Nicolas Rabel

Nicolas Rabel a une quarantaine d'années. Il travaille dans une société de distribution de films et, depuis toujours, se passionne pour l'écriture. Son premier roman, *Une libération* (Nouvelles Plumes, 2013), évoque la vie d'une jeune femme à Paris sous l'Occupation et durant la Libération.

Suivez l'auteur sur son compte Twitter :
https://twitter.com/rabel_nicolas

Suivez *Une libération* sur Facebook

UNE LIBÉRATION

NICOLAS RABEL

UNE LIBÉRATION

ROMAN

ÉDITIONS NOUVELLES PLUMES

MIXTE
Papier issu de sources responsables
FSC® C003309
FSC
www.fsc.org

Pocket, une marque d'Univers Poche,
est un éditeur qui s'engage pour la préservation
de son environnement et qui utilise du papier fabriqué
à partir de bois provenant de forêts gérées
de manière responsable.

ISBN : 978-2-266-24757-3

« Au cœur de Paris en armes,
dans la nuit où la mitraillade crépite
comme une machine à écrire,
la machine-à-écrire-l'histoire,
nous attendons que s'ouvrent
les portes de la liberté. »

Claude Roy,
Les yeux ouverts dans Paris insurgé

L'urine se répand le long de mes cuisses et imprègne lentement le tissu de ma jupe. Ce sont les nerfs qui se soulagent.

L'odeur se mêle aussitôt à celle, aigre et tenace, de ma transpiration. C'est l'odeur de la peur. Une peur qui ne se contrôle pas. Mais qui vous donne du courage face à la mort. Pour l'affronter. La braver. La supplier de venir, même. Rapidement. Pour que tout s'arrête.

Mes épaules écrasées dans cet espace trop petit. Un placard métallique. Étroit. Pour ranger deux vestes et une paire de chaussures. Pas plus. Un casier transformé en cellule. Un vestiaire devenu cachot improvisé.

Un garçon pleure à proximité. Jeune. Peut-être comme moi tout juste sorti de l'adolescence. Il sanglote depuis une demi-heure. Ou plus. Il sait ce qui l'attend. Il a peur lui aussi. Peut-être regrette-t-il. Ou peut-être comme moi ne regrette-t-il pas. Mais il ne peut contrôler sa peur. Car il sait qu'à un moment le placard s'ouvrira, que la lumière viendra brusquement brûler ses yeux et qu'il partira sans savoir pour quelle destination. Alors sans doute espérera-t-il une mort expéditive.

Il y a également quelqu'un juste à côté. Une toux,

à plusieurs reprises. Est-ce Paul ? J'ai tapé doucement avec mon ongle pour essayer d'établir un contact mais n'ai pas obtenu de réponse. Il faut se méfier, il y a des moutons partout. Prêts à vous donner. Pour l'honneur de la patrie ? On ne doit pas avoir la même notion de patrie. Ni d'honneur.

J'attends dans le noir. Le froid me pénètre petit à petit. Comme si la température de mon corps faiblissait lentement. Le tissu mouillé de mon vêtement plaqué contre mes cuisses est déjà glacé. J'essaie de changer de position régulièrement pour ne pas m'engourdir, mais je sens que mes jambes s'alourdissent. Le sommet de mon crâne est compressé sur le haut du placard et mon cou a pris un angle qui va vite devenir insupportable. Ma colonne vertébrale se tord. Articulations et muscles commencent à lutter douloureusement. Je ne sais pas combien de temps on peut tenir ainsi. On doit s'évanouir au bout d'un moment.

Le fait que je sois une femme n'a rien changé à la manière dont j'ai été traitée. Ici tous les prisonniers sont logés à la même enseigne : placard et obscurité. Puis viendra l'heure fatidique de l'interrogatoire. La confrontation. Et ce n'est pas la peine de se le cacher, de la torture. Pour faire tomber votre réseau, connaître vos contacts, donner vos amis. Tous les moyens sont bons.

On le sait tous depuis le début, toute action clandestine peut vous mener à la mort, ou pire, à la torture. Et personne ne peut prévoir, en arrivant ici, comment il réagira face à son bourreau. Personne ne peut affirmer qu'il tiendra son serment de silence ou si les sévices l'obligeront à trahir ses proches, ses camarades. À se trahir lui-même.

À ce stade, tout le monde sait que ce n'est pas une

question de courage, de physique, d'endurance face à la douleur, mais de force mentale. L'affrontement sera un jeu pervers où l'ennemi tentera de vous faire craquer. À vous de trouver votre moyen de résister.

La résistance. Aujourd'hui ce n'est plus l'action menée contre l'Occupant et contre le gouvernement bradé à l'Allemagne, mais bien la lutte contre la trahison. Pour préserver ceux qui sont encore dehors. Ceux qui peuvent encore agir. Une lueur d'espoir qui faiblit, certes, mais qui nous éclairera jusqu'au bout. Car après ce seront les ténèbres. Pour toujours.

Il faut donc tenir. Lutter encore.

Paris. Octobre 1943

Hadrien s'évertue à essayer de déchiffrer les pattes de mouche de *Valery*. Ses messages restent la plupart du temps énigmatiques tant son écriture est penchée, tremblée, minuscule et serrée. Et chaque fois ça énerve *Hadrien*.

Moi ça me fait rire maintenant car son irritation est toujours la même quand arrive un des papiers pliés en huit de cet agent. Rien qu'à le déplier il grogne déjà. Il a fait demander plusieurs fois que le bonhomme s'applique, mais rien n'y fait. Alors il bougonne en approchant le morceau de papier de son nez, puis il l'éloigne et le tient à bout de bras comme si l'écriture pouvait soudainement devenir lisible à distance. Il le penche à droite, à gauche, pour l'éclairer différemment et finit par en tirer quelques bribes éparses, de brèves indications utiles, mais ça le met chaque fois en rogne de ne pas pouvoir le lire correctement. Et plus il râle, plus ça me fait sourire. Ce qui, au début, l'exaspère d'abord un peu plus, puis il se rend compte que ça ne sert à rien de s'énerver et m'adresse un sourire résolu. C'en est presque devenu un rituel.

Il pose le message sur une des piles disposées sur le petit lit selon la catégorie de renseignements qu'il apporte et en pioche un autre dans la sacoche. Nous devons faire le tri de toutes les informations récupérées par le réseau sur la région parisienne avant d'en retranscrire l'essentiel, au propre, avec la machine à écrire. Certaines se recoupent, apportant plus de précisions aux bulletins qui seront transmis de l'autre côté de la Manche.

Nous avons de l'électricité ce soir. On ne sait jamais combien de temps ça dure, alors nous travaillons vite. Je me suis installée à la table pour coder le message qu'*Hadrien* a composé et qu'un autre agent transmettra, demain, par radio au bureau anglais. Je m'applique à écrire serré sur le petit carré de papier fin qui pourra être facilement camouflé. Je taperai ensuite à la machine la synthèse des dernières données collectées que me dictera *Hadrien*.

Nous n'avons pas quitté nos manteaux car il fait humide et les températures ont chuté ces derniers jours. Mes orteils sont attaqués par le filet d'air qui se glisse par le tablier de la cheminée. Je l'ai isolé l'autre soir avec du papier journal, mais le vent a dû déloger un des morceaux et le froid s'immisce à nouveau dans la pièce. Je devrais peut-être le replacer, mais je veux profiter de l'électricité pour avancer dans le codage. Même si la puissance de l'ampoule reste tout à fait relative, c'est quand même plus confortable que la petite lampe à huile qui nous dépanne en cas de coupure. Je ferai ça plus tard.

Je suis venue tout de suite après la fermeture de la mairie. J'ai fait plusieurs détours, jamais les mêmes, par des rues vides, pour bien m'assurer que je n'étais pas suivie.

Tous les soirs, je passe devant l'immeuble à bicyclette et jette un œil à la fenêtre du cinquième. Si les rideaux sont ouverts, c'est qu'*Hadrien* n'est pas là et donc je ne dois pas monter ; si seul l'un d'eux est tiré, c'est que je peux venir. Et il ne les ferme que lorsque nous sommes là tous les deux. Ce petit appartement au cinquième et dernier étage est notre « bureau », une pièce qui combine à la fois le salon et la chambre ainsi qu'une petite cuisine séparée et une minuscule salle de bains.

Quand il m'a engagée, il venait de dégoter cette nouvelle planque. C'est pour ça aussi qu'il a mis du temps à se décider. Il n'était plus sûr de son ancien repaire et préférait trouver un autre endroit pour commencer avec moi. Personne d'autre n'est au courant de l'existence de cette adresse et je reste sa « secrétaire » secrète. Personne du réseau ne doit me connaître. *Hadrien* s'en voudrait trop si je me faisais prendre.

J'ai longuement insisté pour être à son service. Faire n'importe quoi, mais agir. Je ne pouvais plus rester là à ne rien faire pendant que tant d'autres passaient à l'action. Mais au nom de l'amitié qui le liait à mes parents, il ne pouvait m'accepter dans son réseau. Pourtant il a fini par céder car il avait de plus en plus d'informations à transmettre et il lui devenait indispensable d'avoir une « secrétaire ». Quelqu'un de sûr. Je connaissais un peu la dactylo, j'étais celle qu'il lui fallait. Mais il m'avait prévenue que je serais cantonnée au bureau, rien que ça, pas d'autre action.

Ça fait un peu plus de quatre mois maintenant. Au départ une fois par semaine, puis un peu plus, et désormais au moins trois soirs sur sept. Parfois le samedi ou le dimanche. Dactylographie des informations, décodage de messages ou codage pour les transmissions.

Nous avons appris à travailler vite, dans le silence, nous octroyant de temps à autre une pause pour fumer une cigarette. Quand celles que les tickets nous permettent d'obtenir sont épuisées, ce sont parfois des anglaises, récupérées je ne sais où, qui les remplacent mais le plus souvent nous nous contentons de pipes roulées faites d'un mélange de tabac de contrebande et de barbe de maïs macéré dans un jus de mégots. Nous faisons aussi chauffer de l'eau sur un minuscule réchaud ou bien de manière plus rudimentaire avec des bouts de papier ou de carton. Nous y plongeons quelques herbes parfumées en guise de thé ou un *ersatz* de café à base de racines de chicorée. Puis nous buvons ces breuvages tièdes sans saccharine en pensant à un bon café au lait sucré fait avec du vrai café, du vrai lait et du vrai sucre !

Pendant ces courtes pauses à la fenêtre, il arrive que nous voyions passer dans la rue un « gonio »[1] qui sillonne le quartier au ralenti, à l'affût d'un émetteur en action. Mais *Hadrien* diffuse nos messages depuis la banlieue ou de plus loin s'il le faut, et rarement deux fois du même endroit. La nuit, à cause du *black-out*, nous éteignons la lumière ou notre petite lampe à huile avant d'ouvrir la fenêtre et nous fumons face à l'obscurité silencieuse dans laquelle est plongée la ville en sommeil, toutes lumières et tous réverbères éteints, ou bien bleutés pour n'être pas repérés par l'aviation. De temps à autre nous apercevons une torche électrique au faisceau également bleu qui balaie furtivement le trottoir, ombre qui s'aventure dans la nuit ou retardataire qui regagne son domicile en essayant d'éviter un

1. Voiture ou camion goniométrique banalisé qui traque les ondes radio qui émettent vers Londres.

contrôle de police ou une patrouille allemande. Il est préférable de ne pas se faire prendre si on ne veut pas passer la nuit au poste. Selon l'indulgence des policiers et si l'on n'a rien à se reprocher, on peut cirer toutes les bottes du commissariat en guise de punition, sinon le traitement est tout autre.

Hadrien me connaît depuis que je suis gamine, mais nous développons là une relation différente. Une relation d'adultes alors que jusqu'ici c'était celle d'une enfant avec le meilleur ami de son père. Je vois bien que le regard qu'il porte sur moi a changé. Il n'y a pas de séduction ou quoi que ce soit de ce genre, juste un comportement qui n'est plus celui d'un aîné envers une benjamine.

De plus, il s'est assombri. Et j'ai l'impression que je suis la seule à laquelle il se confie. La tension grandit chaque jour un peu plus. La Gestapo, la Police française, la Milice, les cellules de contre-espionnage sont en effervescence pour démanteler les réseaux. Ils veulent à tout prix que l'armée clandestine qui s'est formée sur tout le territoire français soit dissoute. Elle serait un appui trop important en cas de débarquement des forces alliées. Alors les arrestations vont bon train, les têtes sautent. Tortures pour pousser aux aveux. Trahisons. Plusieurs des hommes et amis d'*Hadrien* ont disparu de la circulation. Il ne sait même pas ce que certains sont devenus. Ont-ils été arrêtés ou se sont-ils « mis au vert » ? Alors il faut cloisonner, limiter les communications ou même faire « dormir » quelques branches si on veut avoir une chance de les faire renaître un peu plus tard. Méfiance. Prudence absolue pour éviter que le réseau entier ne s'éteigne.

Ce soir, un des rideaux était tiré, donc je suis montée. D'autres soirs je passe mon chemin. Je reviens une heure plus tard et, si le rideau est toujours ouvert, je rentre chez moi avant le couvre-feu. Pour le samedi ou le dimanche, *Hadrien* me demande de passer à 11 heures, puis à 13 heures et à 18 heures. Le code reste le même, et s'il n'est pas là je poursuis ma route. Dans tous les cas, si jamais il devait disparaître ou s'absenter un moment sans pouvoir me prévenir, nous sommes convenus que je continue de passer pendant une semaine, ensuite il saura où reprendre contact avec moi.

Quand nous travaillons le soir après nos journées de travail officiel, moi à la mairie, lui en tant que représentant en assurances, nous dormons là, en alternance sur le lit simple. C'est généralement moi qui commence, *Hadrien* se contentant d'un fauteuil défoncé mais acceptable pour un somme. Et lorsque je pars au lever du couvre-feu pour retourner chez moi ou aller directement à la mairie, il prend le lit une heure ou deux pour un sommeil plus profond. Tout cela a créé entre nous une certaine intimité assez naturelle. Sans gêne de part et d'autre.

Il m'avait fait rire la première fois que je suis montée ici avec lui. Il était assez tendu. Crispé. Sans doute, parce que c'était en quelque sorte mon intronisation dans le réseau et ça lui faisait peur, malgré sa nécessité d'avoir une secrétaire, mais surtout à cause de l'alibi qu'il avait trouvé pour justifier ma présence à ses côtés. Il avait un peu dodeliné de la tête avant de me le confier. Mais il voulait que ce soit tout de suite établi : en cas d'arrestation par la Gestapo, la Milice, ou autre, nous serions amants. Et je ne connaîtrais rien de ses activités clandestines. Il avait cherché un peu tous les prétextes possibles, mais n'avait trouvé que celui-ci pour expliquer que nous nous retrouvions dans cette mansarde le soir, la nuit ou le week-end. Ça m'avait fait rire, car lui qui m'avait montré lors de tous nos entretiens dans des cafés à quel point il se contrôlait totalement, il avait eu subitement l'air désemparé. Mais mon rire l'avait rassuré. Nous étions donc des amants cachés à cause de la différence d'âge et de mes parents. Et si jamais la concierge ou un voisin posait une question, je restais une amie, sans donner plus d'explications.

Ce qui est assez cocasse, c'est que lorsque je suis revenue chez moi un matin, les traits sans doute creusés par une activité tardive et un manque de sommeil évident, Mme Bodin, ma concierge, m'a fait remarquer que je découchais souvent depuis quelque temps, sous-entendant la présence d'un amant. Voyant rosir mes joues et mon sourire gêné, elle a conclu avec jovialité qu'elle avait vu juste. Je ne l'ai pas contredite, la remerciant intérieurement d'avoir conclu cela.

Nous avons rapidement pris nos habitudes, trouvé notre rythme. *Hadrien* est content de moi ; la masse de travail que nous abattons ensemble, et qu'il affrontait seul auparavant, soulage son emploi du temps. Nous nous donnons généralement une heure limite dans la nuit, heure que nous dépassons systématiquement, voulant en faire toujours un peu plus. Comme une course contre la montre. « Il faut savoir gérer nos forces », me dit souvent *Hadrien*, lui qui pousse jusqu'à l'épuisement certaines soirées, continuant inlassablement d'éplucher les messages reçus tandis que je m'endors sur le lit.

Quand je dois taper à la machine, nous fermons bien la porte qui donne sur la petite entrée et posons la machine sur un coussin pour atténuer un peu le bruit. Précautions au cas où, car il n'y a que le toit au-dessus et la voisine du dessous est totalement sourde. *Hadrien,* en venant ici, connaissait les avantages du lieu permettant de travailler sans s'attirer les soupçons d'un voisin.

Nous échangeons peu au final. Nous avons l'occasion de parler quand nous prenons notre boisson chaude, mais le reste du temps nous ne relevons pas la tête afin d'atteindre l'objectif qu'*Hadrien* s'est fixé, c'est-à-dire traiter la totalité des messages collectés auprès de tous ses agents. Mais toujours plus de messages arrivent, toujours plus d'informations sont à transmettre et donc à coder. Nous n'arrivons jamais à tout faire. Il faudrait être plus nombreux, et pour l'instant c'est impossible. Le recrutement est dangereux. Prendre le risque de faire entrer une taupe dans le réseau qui est déjà bien amputé pourrait entraîner sa mise à mort, son extinction définitive.

L'ampoule faiblit. Je peste sans lever le nez, espérant que le courant ne va pas être coupé. Ça revient. *Hadrien* tire un à un les messages de la sacoche, les déchiffre en lisant quelques mots à voix basse, puis les pose sur ses petits tas.

En dessous, la voisine fait tomber une casserole avec un impressionnant bruit de ferraille. Nous relevons tous les deux la tête, nos regards se croisent, puis nous replongeons dans nos activités. Ça lui arrive souvent de faire tomber des objets comme cela ; le bruit ne la gênant pas, elle ne se rend pas compte de la manière dont ça résonne chez les voisins. J'espère pour elle qu'elle n'a pas renversé sa soupe ou un bout de viande qu'elle serait parvenue à se faire servir chez le boucher. Ce serait dommage.

J'ai faim. Ce soir, *Hadrien* n'a pu nous dégoter que des biscuits durs comme de la pierre, que nous avons ramollis dans un fond d'eau mélangé à quelques gouttes de calvados pour leur donner une autre saveur que celle du plâtre. Puis nous avons bu chacun un bouchon d'alcool en plus, en illusoire remplacement du chauffage. Nous en reprendrons un autre tout à l'heure pour nous redonner un petit coup de fouet. Généralement *Hadrien* parvient toujours à nous trouver quelque chose de plus consistant, mais il n'a pas eu le temps ces jours-ci. Je lui ai dit que j'apporterai demain les quelques denrées que j'ai reçues de ma mère, mais il a catégoriquement refusé ; que je les mange chez moi avant de venir, lui se débrouillera. Et c'était sans appel.

Je taille ma mine avec précaution pour l'user au minimum et pour qu'elle soit la plus pointue possible afin que mon écriture prenne le moins de place sur le petit carré de papier. J'ai encore les mains nues, mais je me demande si je ne devrais pas porter mes gants quand l'hiver viendra pour de bon. Ce sera moins pratique, mais je serai obligée si je ne veux pas que mes doigts s'engourdissent trop rapidement.

Je me remets au travail dans le silence de l'appartement juste bercé par les murmures d'*Hadrien*.

Soudain il se lève. Si brusquement que ma mine dérape légèrement sur le papier. Dans sa précipitation, il se prend les pieds dans le tapis et manque de s'étaler par terre. Il se rattrape de justesse au montant de la fenêtre.

Son visage est grave. Il écarte très légèrement le rideau pour observer la rue. Sa peau est devenue comme du carton. Il reste deux secondes à l'affût puis revient aussitôt vers moi.

— Avale le message ! Vite !

La panique est là, mais elle reste en arrière-plan,

maîtrisée par un remarquable sang-froid. Comme je ne réagis pas, il me répète : « Vite ! »

Lors de notre première soirée de travail, il m'a annoncé qu'il préférait que mon activité soit limitée à la machine à écrire pour qu'on ne puisse pas me confondre avec des écrits manuscrits si des documents étaient interceptés ou bien saisis lors d'une arrestation. Le seul travail à la main qu'il m'ait autorisé est le codage des messages sur ces petits bouts de papier, car leur finesse permet de les ingérer rapidement en cas de danger immédiat et afin de faire disparaître notre système de cryptage ainsi que toute preuve de mon intervention au sein du réseau. Et comme le codage prend énormément de temps, cela permet à *Hadrien* de se concentrer sur la lecture des dernières informations reçues.

Dès le départ il m'a donc conseillé de me faire à l'idée que je pourrais avoir à avaler précipitamment les messages. Ce n'est pas un problème, il m'arrive de mâcher du papier et de boire de l'eau pour apaiser ma faim…

— Allez, vite !

Avec une rapidité incroyable, il débarrasse le lit des piles de missives de toutes tailles. Je comprends que chaque seconde va compter.

— Donne-moi tout ça, vite ! Les codes !

Il m'indique ce qui traîne devant moi sur la petite table. Je me lève et fourre dans ma bouche le papier où j'ai commencé à coder le message tout en réunissant d'un geste vif la mine, la grille de codage et le message original pour les lui remettre. Il les fait disparaître dans sa sacoche, gardant uniquement à la main la grille de codage.

Je produis de la salive pour humidifier le papier qui forme une boule contre mon palais.

— Ouvre le lit ! Retire ton manteau et ton pull ! Et dégrafe ton chemisier !

Il bondit avec la sacoche vers l'armoire et la cache dans le fond, disparaissant sous la penderie.

Tout en me débarrassant de mon manteau et de mon pull, je mâche encore un peu le résidu pâteux du message que j'écrivais il y a encore vingt secondes avec application, et l'avale. Puis je tire le dessus-de-lit et les draps. Nous sommes amants, nous devons être surpris comme des amants.

— Mets-toi tout de suite dans le lit pour froisser les draps…

Il est déjà ressorti de l'armoire pour replacer la table devant la cheminée, prendre le petit vase par terre et le poser dessus, et remettre la lampe en place. J'ai retiré mes chaussures et me jette sur le lit, glissant mes jambes sous les draps qu'il a un peu chauffés en étant assis là. Par contre je sens l'air froid qui tombe sur mes épaules à travers le fin tissu de mon chemisier.

J'attrape sur la table de nuit la cigarette qu'il avait roulée pour notre prochaine pause et craque une allumette en prenant soin de ne pas la casser tant elle est fine. La flamme apparaît. Dans la précipitation j'aspire tout le soufre qu'a dégagé l'allumette. Le bout de la cigarette s'embrase et je tire dessus de tout mon souffle. Le mélange de faux tabac brûle mes poumons. Je recrache la fumée vers le milieu de la pièce puis recommence aussitôt pour en disperser le plus possible.

— Tes cheveux, défais-les.

Sa voix reste posée, bien que légèrement haletante. J'enlève les deux épingles qui retiennent mes cheveux et passe énergiquement mes deux mains dedans pour les ébouriffer. *Hadrien* se débarrasse de ses chaussures et de son manteau qu'il jette sur le fauteuil par-dessus le mien. Je sens mon cœur cogner sans discontinuer. Les goûts du papier et de l'encre se mélangent dans ma gorge à l'âpreté de la cigarette. J'ai envie de vomir. Mais c'est sans doute plus la peur que l'écœurement. Je tremble.

— Dégrafe ton chemisier !

J'ai oublié. Sans doute par pudeur. Je défais alors les boutons et découvre ma poitrine. Il peut bien voir mon soutien-gorge puisque nous sommes amants…

Il disparaît dans la salle de bains. Je tire à nouveau sur la cigarette. Je me dis que c'est peut-être la dernière. Je pense à la cigarette du condamné. J'entends des pas dans l'escalier. Plusieurs personnes. Des pas qui ne tentent pas de se faire discrets. Qui ont de l'assurance.

Hadrien revient en trombe en retirant son chandail. Il s'allonge à mes côtés sur le lit étroit, sur le flanc pour que nous puissions tenir tous les deux. Il s'empare de la cigarette coincée entre mes doigts avec une délicatesse qu'il n'a jamais montrée. Ce n'est pas le moment, mais ça me trouble presque. La douceur de cet instant… Les pas qui arrivent effacent vite tout ça. *Hadrien* défait les premiers boutons de sa chemise, laissant apparaître les poils de son torse. Je remarque que ses deux chaussettes sont trouées à l'emplacement du gros orteil. Il a gardé à la main le papier qui contient les codes.

Ils doivent atteindre le troisième étage.

— Passe-moi le cendrier.

Je le prends sur la table de nuit, il le pose sur le lit entre nous deux et y fait tomber les cendres à côté des autres mégots. Il passe une main dans ses cheveux puis plante ses yeux dans les miens.

— Ils vont nous arrêter. C'est comme ça. Mais tu dois rester calme. Ne te laisse pas gagner par la peur. C'est moi qu'ils viennent chercher. Alors dis-leur qu'on est ensemble depuis un peu plus de quatre mois. Avec le cloisonnement, je te garantis que personne d'autre ne te connaît dans le réseau. Ne raconte que des choses qu'on a faites ensemble, les verres dans les cafés, nos nuits ici. Mais tu ne sais rien de mon activité. Tu dois même être choquée de l'apprendre…

Il tire sur la clope. Il tremble aussi. Infime. Humain.

— Je m'appelle Paul désormais. Paul. Le Paul de ton enfance. Oublie *Hadrien*. Raconte ce que tu veux, invente ton histoire en te basant sur la réalité, moi je ne parlerai pas. Ils n'auront que ta version, alors fais en sorte qu'elle soit cohérente pour qu'ils ne te grillent pas toi aussi.

Ils passent le palier du quatrième. *Hadrien* les écoute approcher. Ils ne parlent pas et montent rapidement.

— Montre-toi coopérante… Réponds à toutes leurs questions. Moi je serai muet. Je te le jure.

Il me redonne la cigarette. Ils sont là. Je ne sens plus le froid qui se frotte à ma peau. J'ai l'impression de brûler.

Un poing tambourine à la porte de l'appartement : « Ouvrez ! »

Hadrien déchire aussitôt en quatre le papier des codes et fourre les morceaux dans sa bouche. Au cas où, il a attendu jusqu'au dernier moment, car la perte de la table de cryptage bouleverse totalement le système de transmission des messages. Mais il sait qu'il est désormais indispensable de les faire disparaître pour qu'ils ne tombent pas dans les mains de l'ennemi.

Son regard m'a quittée. Il est maintenant pointé sur la porte de la chambre qui donne sur la petite entrée.

À nouveau le poing qui matraque : « Ouvrez ! »

Il avale le papier avec un bruit de gorge. Puis il se lève : « J'arrive ! » Tout en se dirigeant vers l'entrée, il sort sa chemise de son pantalon pour avoir l'air débraillé : « J'arrive… »

Je remonte le drap sur moi. L'intensité de la lumière oscille.

Hadrien passe dans la petite entrée. Il ouvre la porte et aussitôt les bruits de pas s'intensifient et se multiplient. Trois types déboulent dans la pièce. L'un d'eux pousse *Hadrien* devant lui, le tenant par une clef de bras dans le dos. Par réflexe, je remonte le drap plus haut, me tassant dans le lit, m'enfonçant dans l'oreiller. Un des hommes qui a des mains gigantesques, agrippe mon poignet et me tire violemment. Je décolle littéralement du lit, le drap m'échappant dans ce brusque mouvement.

— Mais qu'est-ce qui se passe ? me vient instinctivement. Ma voix est aiguë, à la limite du cri.

Une puissante gifle m'interrompt. « La ferme ! » La main qui retient toujours mon poignet empêche mon corps de partir en arrière ; le choc n'en est que plus brutal. Le type me pousse dans un coin de la pièce, à droite de la fenêtre, me paralysant également avec une clef de bras. *Hadrien*, lui, a été plaqué de l'autre côté. Les hommes qui nous retiennent sont tous les deux armés de pistolets.

Il y a comme un léger temps mort après la bousculade, puis le troisième homme commence à fouiller l'appartement, tirant d'abord le tiroir de la table pour le vider sur le lit.

— Qu'est-ce qui se passe ? je répète. Paul ?

C'est étrange de l'appeler ainsi après tout ce temps. Pourtant je dois absolument effacer son pseudonyme de ma mémoire. Du premier jour où je l'ai vu de manière clandestine, il m'a dit de ne plus jamais l'appeler Paul mais *Hadrien*. Paul Pontel n'existait plus, je devais oublier son ancienne identité. J'avais pris l'habitude de l'appeler ainsi et je dois maintenant me forcer à revenir en arrière. Question vitale de crédibilité.

— Laissez-la, elle n'a rien à voir avec tout ça !

Celui qui le tient contre le mur lui ordonne de se taire. Paul garde la tête baissée. Je tente de croiser son regard mais celui-ci reste figé vers le sol. Résolu. Désolé aussi. Prudent. Sans doute serait-ce trop douloureux de nous regarder en cet instant. Son attitude me soulève le cœur.

— Laissez-la… C'est juste mon amie…

L'autre lui assène un coup sur le haut du crâne pour le convaincre d'obéir.

Un quatrième homme entre. Essoufflé. Ralenti par son embonpoint, il a mis plus de temps à grimper jusqu'ici. Lui aussi a une arme à la main. Le type qui a vidé le tiroir sur le lit lui demande d'aller voir dans la salle de bains.

Derrière nous commence alors le chaos. Tout est ouvert, renversé, retourné. Des objets tombent sur le carrelage, sur le plancher. « Mais qu'est-ce qui se passe… ? » je demande à nouveau, implorante. Pour toute réponse, mon gardien resserre sa clef de bras.

L'homme qui a ouvert le tiroir est passé à l'armoire. Il en ressort rapidement la sacoche qu'il ouvre et jette sur le lit. Celui de la salle de bains revient en soufflant avec la machine à écrire et la pose à côté du reste. Puis il repart à la pêche.

Je sens à nouveau le froid qui m'enserre. Je reboutonne mon chemisier d'une main. Mon gardien me laisse faire.

— Ce n'est pas possible… Je suis désolé, Odette, vraiment désolé…

L'autre bouscule encore Paul. J'entends le contact de son crâne avec le mur. Je sais qu'il dit ça pour me disculper, mais c'est aussi sincère car il se sent fautif. Vendredi dernier, plus fatigué que d'habitude, l'air bouleversé même, il m'a confié que ça devenait dangereux et que si je voulais disparaître il était encore temps. Il ne pensait pas qu'on remonterait jusqu'à lui, mais il préférait me prévenir après les arrestations de *Patache* et de *Martray*. Je ne sais pas qui ils sont, mais j'ai vu de nombreuses fois leurs pseudonymes sur des messages. Pourtant hors de question d'abandonner. J'ai remis une feuille dans la machine à écrire et lui ai dit de se préparer à me dicter les dernières informations. Il n'a dès lors plus fait mention du danger, mais il a gardé son air préoccupé dans les jours qui ont suivi.

On balance sans ménagement nos chaussures à nos pieds.

— C'est bon, vous pouvez les embarquer, on termine.

Nous avons tout juste le temps d'enfiler nos godillots que nous sommes tirés en arrière. Je tends le bras pour attraper mon manteau, mais le type qui me pousse vers la sortie donne un coup de pied dans le fauteuil pour l'écarter. Déjà nous descendons l'escalier, canon dans les reins. Une ampoule, un palier sur deux, pour économiser l'électricité. Les murs sont jaunes. Marron presque. Tristes. Lugubres. Je sais que ce sont peut-être les dernières images de ma liberté. Je préfère garder celle de Paul en train de prendre la cigarette entre mes doigts. Un geste de partage. Presque de tendresse. Comme pour me dire « au revoir », avec toute sa pudeur. Et aussi un dernier souffle de liberté.

La porte d'un des appartements du second est entrebâillée. Elle se referme dès que nous apparaissons. Un autre homme attend en bas, avec à ses côtés la concierge. Je croise son regard mais n'y lis aucune expression. Une neutralité douloureuse. Un soupçon de haine m'aurait presque fait plaisir. M'aurait soulagée. Tant de personnes se retranchent derrière cette neutralité.

Dehors il fait nuit. Il n'y a personne. Couvre-feu. Justes trois voitures garées devant l'immeuble, avec leurs conducteurs qui attendent derrière leur volant. *Hadrien* est embarqué dans l'une, moi dans une autre, suivis par nos gardiens.

Est-ce la dernière fois que je le vois ? Sûrement. Peut-être un jour reverrai-je Paul, mais *Hadrien* sûrement pas. Il n'y a plus d'*Hadrien*. Savait-il qu'il se ferait prendre tôt ou tard ? Sans doute. Il était si méfiant ces derniers temps. Mais pourquoi prendre le risque, pourquoi ne pas s'être mis au vert ? Le surmenage sans doute. Et l'espoir de pouvoir continuer. Ne pas vouloir renoncer. Aller jusqu'au bout. Jusqu'au dernier instant qui lui serait octroyé. Quitte à prendre trop de risques.

La voiture dans laquelle on l'a fait monter disparaît. Nous démarrons également. Mon gardien passe alors son bras par-dessus le dossier du siège avant et y prend une cagoule qu'il me met aussitôt sur la tête. Me voilà dans l'obscurité. L'inconnu s'ouvre devant moi. Opaque comme le tissu. Comme mon destin maintenant que je suis entre leurs mains.

Mon engagement a vraiment tourné court.

C'est la douleur qui me réveille. Je me suis assoupie, évanouie. Engourdie, épuisée. Mon corps sans force s'est tassé dans l'espace confiné et mes genoux se sont écrasés contre le métal. J'ai l'impression que mes rotules ont été frappées longuement avec un battoir à linge. Je me demande même si je n'ai pas été torturée et aurais perdu connaissance. Mais non, je ne crois pas.

Lorsque je me redresse, chacune de mes articulations hurle. Mon crâne percute le haut du casier. Les larmes viennent aussitôt. Je gémis mais parviens à les contenir et à calmer ma respiration. Je me positionne en faisant en sorte que mon corps occupe le plus d'espace possible.

Je suis glacée jusqu'aux os. Et malgré tout j'ai soif. Et faim aussi. À part les biscuits au calvados de Paul, je n'ai rien mangé depuis hier matin. En tout cas depuis le matin du jour de mon arrestation. Je n'ai plus la notion du temps. Aucun repère du passage du jour à la nuit. Peut-être suis-je séquestrée ici depuis plus longtemps que je ne le pense. Les relents de transpiration et d'urine emplissent maintenant fortement mon réduit sans air.

Heureusement Auguste est là. Mon Auguste. Je sens glisser sa main dans mon dos. Réconfortante. Mais je dois le chasser. Il ne peut pas rester. C'est trop douloureux. Je ne dois pas penser à lui. Le sentir loin est déjà si difficile à supporter. Ça me fait mal. Ça me ferait peut-être du bien de le garder là, mais j'ai peur que ça ne me détruise plus encore. Il est préférable de le tenir à l'écart pour l'instant. Inaccessible. Peut-être perdu à tout jamais.

Seigneur, donnez-moi la force de surmonter cette épreuve.

Un filet de lumière s'immisce par la fente créée par la déformation de la porte de mon casier ; peut-être un de mes prédécesseurs qui a essayé de se rebeller. J'approche un œil en collant ma joue à la paroi gelée.

Un homme est là, agenouillé par terre sous une ampoule de faible puissance. L'air exténué. Mains liées derrière le dos. Son menton repose sur sa poitrine. Je vois des jambes tourner autour de lui. Passer et repasser. Les souliers traînent sur la terre battue. Le garçon doit avoir mon âge. Un peu plus de vingt ans. Il ne bouge pas. Les voix autour de lui sont inaudibles. Conversations murmurées. Visages dans l'ombre.

Puis les mouvements s'arrêtent et une vague le percute soudain de plein fouet. Un des hommes vient de lui projeter au visage le contenu entier d'un seau d'eau. Le garçon sort de sa torpeur en aspirant une grande quantité d'air. L'eau ruisselle de sa tête sur tout son corps.

Le contenu d'un deuxième seau lui est aussitôt balancé à bout portant. Il manque de partir en arrière mais parvient à maintenir son équilibre, toujours en respirant la bouche grande ouverte.

— On ne s'endort pas ! hurle alors un des hommes.

Autour fusent des ricanements étouffés.

Un genou pousse le garçon qui bascule cette fois-ci d'un bloc dans la flaque qui s'est formée. Un autre seau lui est violemment jeté au visage. Il se met à tousser pour recracher l'eau qui l'étouffe. Une main l'attrape alors par le col et le redresse brusquement pour le remettre sur ses genoux.

— On ne dort pas !

L'homme s'est penché à sa hauteur pour lui jeter à nouveau ces mots. Je ne peux distinguer ses traits car la lumière est au-dessus de lui. Je ne sais pas à quoi ça me servirait de le reconnaître ; c'est un réflexe, enregistrer les visages amis ou ennemis pour, le jour venu, savoir à qui on a affaire. Pourtant il faut bien que je me mette en tête que je n'aurai sans doute bientôt plus besoin de ces réflexes.

Rapidement le prisonnier est remis dans son casier hors de mon champ de vision. Les hommes se retirent. Le noir complet revient. Le jeune garçon tousse encore et renifle bruyamment.

Puis le sinistre silence retombe.

À nouveau sortie de mon état comateux. Des chuchotements tout proches. Je relève la tête avec précaution et approche mon œil de la fente de mon casier, comme un animal aux aguets.

Des individus passent à proximité de l'ampoule. Au milieu, des jambes inanimées. Le prisonnier inconscient ou incapable de se tenir debout est porté par deux hommes. Ses pieds nus traînent par terre. Je ne pense pas que ce soit Paul. En tout cas ce ne sont pas les vêtements qu'il portait quand nous nous sommes fait arrêter.

Ils viennent par ici. Un filet de sang se répand par terre dans leur sillon. Le blessé grogne. Ils disparaissent de ma vue. La porte d'un casier à proximité du mien s'ouvre. Le prisonnier est ramené dans son cachot. Ses gardiens ont du mal à l'y remettre car il ne tient pas debout. Je les entends jurer et s'escrimer sur le corps inerte. L'homme geint encore.

La porte se referme d'un coup. Quelques secondes s'écoulent avant que je perçoive le souffle des gardiens juste devant mon casier. Le prisonnier d'à côté gigote, ses membres heurtent bruyamment les parois.

Quelqu'un trifouille quelque chose sur ma porte. Un

cadenas. Elle s'ouvre en grand. Ils sont trois. Trapus. Sévères.

C'est un immeuble haussmannien. Un beau quartier compte tenu de la taille de son hall et de l'escalier qui mène aux étages.

Je suis encadrée par des hommes ; deux me tiennent fermement par les bras, le troisième marche devant pour ouvrir les portes. L'espèce de vestiaire où j'étais enfermée est situé au sous-sol et ils m'emmènent au premier.

Je remarque que les fenêtres de la cage d'escalier sont toutes condamnées par des tissus noirs et épais qui ne laissent filtrer aucune lumière. Sans doute une volonté d'isoler les prisonniers de toute notion de temps.

Les fenêtres de l'appartement entièrement dépouillé dans lequel nous pénétrons sont également obstruées. Nous avançons dans un long couloir éclairé par une ampoule fade. Nos pas martèlent un parquet lardé de grandes rayures à vif et souillé de gouttes de sang plus ou moins fraîches dans lesquelles des traces de semelles se sont dessinées.

Le couloir dessert quatre portes. La troisième est ouverte. C'est là que nous nous arrêtons. Une fenêtre calfeutrée, un bureau, deux chaises de part et d'autre, c'est tout. Pas de tapis ni d'autre meuble. Sur le bureau n'est posé qu'un cendrier en verre. Et contre le mur derrière, on a installé un haut pied de lampe sans abat-jour au sommet duquel est perchée une ampoule qui envoie dans toute la pièce une lumière crue.

Les types me font asseoir sur la chaise qui fait face au bureau. Puis ils se retirent. J'étends alors mes jambes pour les dégourdir et lance ma tête en arrière afin de soulager ma nuque restée tordue trop longtemps. Il faut que je sois prête. Je sais ce qui m'attend. Nous savons tous ce qui se passe dans ce genre de bureau. Il y a d'ailleurs une désagréable odeur de renfermé, mélange de sueur et de vieux tabac.

Ce court moment de relaxation est interrompu par le grincement de la porte qu'un homme corpulent referme doucement du plat de la main en me fixant, avec des yeux rétrécis par d'épaisses arcades. Je sais qu'il était déjà dans la pièce et qu'il m'a observée pendant que je soulageais mes muscles et mes articulations. Qu'il m'a vue alors que je me croyais seule. Déjà il m'a volé une parcelle d'intimité, même si celle-ci reste toute relative.

Le pêne claque doucement. La large main de l'homme reste collée à la porte, avant de retomber mollement. Il ne bouge pas. Nous nous dévisageons dans la lumière blafarde. Ses traits n'expriment aucun sentiment. Une sorte de vide. Il lui reste très peu de cheveux sur le crâne, ce qui donne l'impression que ses oreilles se détachent sans être vraiment en chou-fleur. Ses joues, elles, sont bien garnies. Me vient à l'esprit qu'on ne voit pas beaucoup de personnes avec un excédent de poids depuis quelque temps. En tout cas pas dans mon entourage.

Il me jauge, une cigarette serrée entre deux doigts. Je lui adresse un sourire convivial qui n'a aucun effet. Peut-être ne devrais-je pas avoir l'air aussi sûr, mais ce sourire est la seule réaction que j'aie trouvée face à l'absence d'expression sur son visage.

Il finit par se décoller du mur contre lequel il était appuyé et vient tranquillement s'installer derrière le bureau. La chaise couine quand il s'assied dessus, comme si le bois allait éclater. Il tire légèrement vers lui le cendrier en verre, sans doute assez lourd vu son épaisseur, rapproche la chaise du bureau et se cale contre le dossier, les bras croisés sur la poitrine. Ses yeux viennent maintenant m'enserrer. Le fait qu'il ait pris soin de mettre en scène son apparition m'indique que nous allons passer pas mal de temps ensemble.

Bien qu'il soit à moitié à contre-jour, ses pupilles brillent comme s'il avait de la fièvre. Celle que donne le plaisir. Il m'a rien que pour lui. Ni mes mains ni mes pieds ne sont liés, mais il me tient sous sa coupe.

Il tire longuement sur sa cigarette, prend son temps. Il est en position de force.

— Vous savez pourquoi vous êtes là, Odette ?

Il a un accent surprenant. Entre le Nord et la Belgique, sans être toutefois trop prononcé.

— Justement, non. J'aimerais bien le savoir…

Je joue un peu la fille surprise d'être là. Il me toise toujours sans rien exprimer.

— *Hadrien*… Le réseau *Aurore*… Ça ne vous dit rien ?

Je le fixe un instant, perplexe, puis je secoue la tête.

— Non.

Les poches qui tombent sous ses yeux lui donnent un air triste, contrit, fatigué. Pourtant il doit avoir une petite quarantaine, pas plus.

— Le réseau *Aurore*, ça ne vous dit rien ?

Je le regarde encore en prenant soin de laisser filer les secondes, comme cherchant bien dans ma mémoire.

— Désolée, mais non. J'imagine que par les temps qui courent, vous parlez d'un réseau de terroristes. Je n'en connais p…

— Renseignements. Un réseau de renseignements.

— De renseignements alors. Mais non, ça ne me dit rien.

— Alors qu'est-ce que vous faisiez avec *Hadrien* dans cette chambre ?

— Vous voulez dire… avec Paul ?

— Je veux dire Paul Pontel, ou *Hadrien*, ou aussi *Pépé* à cause de ses initiales. On l'a aussi connu sous le pseudonyme de *Francœur*.

Son regard me tient fermement collée à mon siège.

— Responsable du réseau *Aurore*. Inutile de le nier, il a déjà avoué.

Je serais bien étonnée qu'il ait parlé si vite. Qu'il ait parlé tout court d'ailleurs.

— Vous êtes en train de me dire que Paul serait un terroriste ?

Il me regarde, les bras toujours croisés sur son ventre gonflé, et la cendre qui commence à pendre au bout de sa cigarette.

— Renseignements, je vous dis. Et vous aussi, Odette. Il nous l'a dit.

Je joue à nouveau la surprise. Avec modération quand même.

— Mais qu'est-ce qu'il a pu vous dire ? Paul travaille pour un cabinet d'assurances. Je ne comprends rien du tout…

— Il nous a dit que vous êtes un des agents de son réseau. Pour les détails je vous écoute…

Je regarde alors mes mains, comme apeurée. Je simule un peu, certes, mais pas tant que ça car ça tremble à l'intérieur. Surtout ne pas faire un seul écart car il le remarquera tout de suite. Il saisira la moindre brèche pour s'y engouffrer et me perdre. Je dois rester sûre de moi.

— Je suis désolée, monsieur, mais je ne compr…

Il interrompt ma phrase en détendant d'un coup ses bras et en plaquant ses mains à plat sur le bureau dans un puissant claquement. Je sursaute avec un mouvement de recul si brusque que je manque de basculer en arrière.

— Bon, allez, on va commencer par le commencement pour faire du bon boulot : nom, adresse, situation familiale, métier, et cætera.

Je relève des yeux embués, à la fois pour rester crédible dans le rôle de l'innocente, mais aussi de manière involontaire car je sais que je peux flancher d'un instant à l'autre. Nous nous sommes bien sûr préparés à l'éventualité d'une arrestation, mais on n'a jamais pu prévoir comment ça se passerait exactement. Alors quand on se retrouve loin des autres, totalement isolé, seule notre foi peut nous permettre de tenir. De garder notre sang-froid. De ne rien avouer, même face aux pires menaces ou sous les coups.

Sans pratiquement bouger, il frappe à nouveau sur le bureau du plat des mains. Le cendrier a un soubresaut. Moi aussi.

— Allez ! Nom, prénom.

— Dulac, Odette.

— Adresse.

— 14, rue Baron. Dans le XVIIe.

Est-ce un policier ou un ancien policier, habitué à cette procédure pour débuter tout interrogatoire ? Quoi qu'il en soit, il ne prend pas de notes.

Comme s'il mémorisait tout. Ou comme s'il savait déjà tout.

— Âge.

— J'ai vingt-deux ans.

— Situation familiale.

— Célibataire.

— Vous vivez seule ?

— Non, avec mes parents. Du moins avant la guerre,

parce que depuis trois ans mon père est dans un *stalag* en Allemagne où il travaille pour l'industrie du Reich. Et ma mère, elle, est partie l'année dernière à Karmorvan dans le Morbihan chez sa sœur, avec ma grand-mère qui était trop malade pour rester ici. Et aussi à cause du froid et des difficultés de ravitaillement…

Il aspire un peu de tabac et tape sur son mégot pour faire tomber la cendre par terre bien que le cendrier soit juste devant lui.

— Et vous êtes étudiante ?

— Non, je travaille. Je suis dans l'administration publique. Employée à la mairie de mon quartier, mairie des Batignolles.

— Employée ?

— Je suis à l'accueil. J'oriente mes concitoyens ou réponds à leurs questions si je le peux. Et Dieu sait qu'il y en a en ce moment…

Il me scrute, cherche la faille qui pourrait lui donner l'avantage.

— Et qu'est-ce que vous faisiez avec Paul Pontel ?

Je regarde un instant le bout de mes chaussures. Elles en ont parcouru des kilomètres. Je les ai fait ressemeler plusieurs fois. Avec du bois. Un voisin connaissait un cordonnier qui nous faisait ça gratuitement si on lui procurait la matière première, bois et clous, ou colle, ou simili colle ou simili bois… Il a disparu du jour au lendemain, ce voisin.

— Je suis son amie…

Un de ses sourcils se soulève.

— Son… *amie* ?

Je reste plantée dans ses yeux.

— Sa maîtresse, si vous préférez.

— Sa maîtresse ?

Je confirme d'un léger coup de tête.

— Il a plus de cinquante ans.
— Cinquante et un.
— Et vous, vingt-deux ?
Je relève un peu le menton, effrontée.
— Et alors, quel est le problème ?
Son haussement de sourcils est remplacé par un sourire en coin. Il tire très doucement sur sa cigarette.
— Il n'y a pas de problème… Je suis juste étonné.
— Peut-être, mais ça arrive.
— Effectivement…
Il laisse s'envoler la suite. Je crains d'avoir été trop virulente. Il lâche son mégot au-dessus du sol et recule un peu pour l'écraser sur le parquet. Je jette un œil intrigué au cendrier immaculé.
— Depuis combien de temps êtes-vous sa « maîtresse », comme vous dites ?
— Un peu plus de quatre mois.
— Et qu'est-ce que vous faisiez dans ce petit appartement où on vous a trouvée avec lui ?
C'est à moi de prendre un air étonné.
— À votre avis… ?
Il se braque très furtivement, de manière presque imperceptible, puis se reprend.
— Et les documents qu'on a trouvés dans l'appartement ?
— Quels documents ?
— Des rapports tapés à la machine sous le lit, une machine à écrire sous la baignoire, des photos derrière le radiateur, des quartz dans la doublure d'une pochette en cuir, des messages prêts à être codés pour être envoyés… Tout ça ne vous dit rien ?
Je le regarde un petit moment et prends une grande respiration sous forme de soupir.
— Écoutez, je fréquente Paul depuis un peu plus

de quatre mois. On s'est vus dans son appartement mais aussi avant dans des cafés et...

— Quels cafés ?

— Je ne sais pas moi...

— Il vaudrait mieux savoir.

Je réfléchis. Donner des noms ne comporte aucun risque. Nous ne faisions aucune visite régulière.

— *Le P'tit Verre*... au *Bon Bistrot*... le *Royal Courcelles*...

— Et vous faisiez quoi dans ces cafés ?

— On discutait... Vous n'avez jamais flirté ?

Je me demande si je ne viens pas de franchir la ligne. Il n'a pas vraiment l'air d'un tombeur et pourrait très mal prendre ma question où se dissimule trop peu la provocation. Il recroise calmement ses mains sur son ventre.

— Attention ma petite demoiselle... Vous savez où vous êtes actuellement ?

Il n'a pas haussé le ton ; les mots suffisent. Lui répondre qu'en l'occurrence je ne sais pas et que j'aimerais bien savoir serait malvenu, c'est sûr.

Alors je ravale mon insolence.

— Qu'est-ce que vous faisiez dans ces cafés ?

Je reprends mon attitude de petite fille coopérative.

— Nous discutions, nous apprenions à nous connaître. Comme vous le faisiez remarquer, il y a une certaine différence d'âge, alors notre relation n'était pas si évidente...

Il renifle, jette un rapide œil circulaire à la pièce vide, puis reprend.

— C'est une relation sérieuse que vous aviez ?

— Je le crois oui.

— Vous le... *croyez* ?

— Pour moi oui ; chez l'autre on ne sait jamais à

cent pour cent. La preuve, d'après ce que vous venez de me dire…

Il me toise par en dessous.

— Mes hommes m'ont dit que vous étiez à peine déshabillés lorsqu'ils sont arrivés…

— Et… ?

— Et c'est tout ce que vous faisiez ?

— Ce soir-là, oui. Nous discutions. Nous retrouver en fin de journée dans l'intimité, ça nous faisait du bien.

Il pousse un petit rire aigu, enfantin. Ou efféminé.

— Quel romantisme !

Je le regarde, un peu interloquée.

— Appelez ça comme vous voulez…

Son sourire s'éclipse.

— Et de quoi parliez-vous ?

Je hausse les épaules.

— Est-ce que je sais ? De notre journée, du ravitaillement, des événements, je ne sais plus exactement. On parlait toujours un peu de tout.

— Et de ses opinions ?

— Non, pas spécialement. Je sais qu'il n'aime pas la situation dans laquelle est la France, mais pas au point d'être un militant actif.

— Je ne vous ai jamais dit qu'il était militant.

— Je parle de tout ce que vous avez retrouvé chez lui. Appelez ça comme vous voulez…

Je reste accrochée à ses yeux. Sûre de moi. J'essaie de bien doser mon arrogance. Ne pas déraper.

— Vous veniez souvent chez lui comme ça ?

Je fais mine de réfléchir.

— Trois fois par semaine environ… Parfois plus, parfois moins.

— Et vous n'avez jamais remarqué qu'il cachait des documents interdits, notamment une machine à écrire ?

— Puisqu'ils étaient cachés, vous me dites, je ne pouvais pas les voir. Et puis je ne venais pas non plus pour fouiller son appartement…

La lumière faiblit derrière lui. Il se tourne et observe l'ampoule, faisant semblant, je pense, de n'être pas concentré, de prendre cet interrogatoire à la légère, sans doute pour que je me relâche et qu'il puisse alors mieux me coincer. L'intensité revient à la normale.

— Et jamais il ne vous a parlé de ses activités clandestines ?

— Non. Ç'aurait été me compromettre et il n'aurait eu aucun intérêt à le faire.

— Pourtant c'est ce qu'il a fait en vous invitant chez lui. Si vous êtes ici aujourd'hui, et aussi innocente que vous le dites, c'est quand même à cause de lui.

Il observe ma réaction. C'est celle d'une jeune fille qui se rend compte que son amant s'est joué d'elle ; des yeux tristes qui veulent s'échapper.

— Qu'est-ce que ça vous fait qu'il ait fait ça ?

— Je suis forcément un peu déçue…

— Forcément ?

— Ben oui, forc…

Il ne me laisse pas continuer et, pratiquement sans s'avancer, me gifle violemment. Je me retrouve à terre sans avoir eu le temps de m'en rendre compte. Je reste plusieurs secondes la paume contre ma joue, qui me semble brûlante. Je n'avais pas remarqué que le bureau était si étroit et que j'étais à sa portée.

Je me relève et reprends doucement ma place sur la chaise. Ses yeux suivent chacun de mes gestes. Je soutiens son regard. D'une détente impressionnante, il m'assène alors une seconde gifle. Mais cette fois-ci je ne tombe pas, parvenant de justesse à garder l'équilibre. Et je maintiens mes yeux dans les siens pour lui montrer que je peux encaisser ses coups.

— Ça, c'est un avant-goût de ce qui va suivre… Et pour l'instant je n'utilise que mes mains…

Je me redresse encore pour prendre un air choqué.

— Pourquoi vous faites ça ?

Il soupire très faiblement et sort un paquet de cigarettes de la poche de sa veste. Je remarque que ce sont des Player's, des anglaises. Sans doute confisquées lors d'une perquisition chez l'un des nôtres.

Il prend son temps pour tirer une cigarette, puis entrouvre un tiroir du bureau et en extrait une petite boîte d'allumettes. Il en craque une, inhale une longue première bouffée, secoue l'allumette pour l'éteindre et la jette par terre. Enfin il range tranquillement le paquet et la boîte, gardant sa cigarette au coin de la bouche.

— Je fais cela parce que vous êtes un de ses agents. Peut-être même sa secrétaire. Il y avait peut-être aussi une relation entre vous, mais cette partie-là ne m'intéresse pas. En tout cas je vous préviens que l'histoire de la maîtresse innocente a déjà été tentée plusieurs fois, mais jamais avec succès.

Il appuie ses derniers mots par une brève pause pendant laquelle il tire sur sa cigarette.

— Ce que je veux savoir, c'est comment vous travailliez, où, et avec qui. Et ça, vous finirez par me le dire.

C'est la première fois depuis le début de notre entretien qu'apparaît sur son visage un air méchant. Il a dit cela sur un ton très calme, mais je vois bien toute la violence qu'il contient.

— Vous vous trompez, monsieur…

Le ton que j'emploie n'est pas celui d'une innocente

mise à mal mais celui d'une femme insultée par des accusations infondées.

— Sans doute…

Il tire à nouveau posément sur sa cigarette.

— Vous m'avez dit que votre père est en Allemagne…

— Oui, vous pouvez vérifier.

— … et que votre mère est en Bretagne. Et vous, vous êtes restée ici ?

— Oui, pour garder l'appartement et pour ne pas perdre mon emploi.

— Voilà de bien bonnes raisons pour en vouloir à l'Occupant…

— Qu'est-ce que vous insinuez ?

— Le père absent, la mère obligée de partir, et vous qui restez seule à travailler. Il y a de quoi avoir une dent contre les Boches, non ?

— Il y aurait sans doute de quoi, oui, mais je n'ai jamais montré aucune hostilité envers les Allemands. Et Dieu sait qu'on en voit à la mairie. J'ai toujours eu de bonnes relations avec eux, vous pouvez aller vérifier auprès de mes supérieurs. Demandez-leur même directement, certains sont en contact quotidien avec nous.

— Nous vérifierons, ne vous en faites pas…

Encore une fois il laisse s'évaporer la fin de sa phrase, comme une menace, et époussette sa cigarette au-dessus du parquet sans prendre soin d'utiliser le cendrier.

— Mais ça ne prouve rien…

— Mais alors qu'est-ce que vous voulez que je vous dise ?

Son rire sonne comme un hoquet.

— La vérité, tout simplement.

Nous nous regardons un long moment. Ou ce qui

paraît être un long moment. Je dois le convaincre que je suis sincère. Tout ce que je lui ai dit sur mes parents, sur l'appartement ou sur mes relations avec les Allemands est vrai. Sur d'autres points ça l'est moins, mais je dois absolument les évacuer de mon cerveau pour me cantonner à la version que je viens de lui servir. C'est désormais celle-ci qui doit devenir une réalité. Oublier le reste.

— La vérité, vous l'avez. Vous ne voulez tout de même pas que je vous raconte que je suis membre d'un réseau juste pour vous faire plaisir…

— Ce n'est pas une question de plaisir, mademoiselle. Nous sommes ici pour percer à jour votre réseau dans le but d'éviter toute transmission d'informations vers Londres. Il n'y a aucune notion de plaisir là-dedans. Juste un devoir.

— Alors votre devoir est aussi de ne pas accuser des innocents. J'étais avec Paul hier soir dans le cadre d'une relation amoureuse et rien d'autre. S'il fait effectivement partie d'un réseau, eh bien tant pis pour lui, mais je ne veux pas que ce dont on l'accuse me retombe aussi dessus.

— Dites donc, vous n'avez pas l'air si attachée que ça à lui…

Je prends un air blessé.

— Vous savez, je comprends qu'il ait pu me cacher une activité qui, d'après ce que vous me dites, pouvait me mettre en danger, mais qu'il ait pris le risque de me faire arrêter en me laissant venir chez lui, ça je le considère comme une trahison.

— Alors comment expliquez-vous qu'il ait avoué que vous êtes un de ses agents ?

— Il vous ment, tout simplement. Par lâcheté. Et sans doute aussi pour que vous le laissiez tranquille…

Je ne sais comment je trouve la force de dire tout ça, comment je fais pour afficher un tel aplomb. Ce n'est pas tellement dans mon caractère. Ou plutôt, ce n'était pas tellement dans mon caractère avant. Toujours est-il que je suis parvenue à lui montrer que je suis une jeune femme indépendante, forte, et pour l'instant il me laisse faire. Sans doute sa stratégie est-elle de me tester en commençant en douceur pour passer ensuite à une autre méthode. Toutefois ses deux gifles ont déjà imposé sa position par rapport à la mienne, celle du dominant.

Ce n'est pas l'Abwehr[1] qui m'a arrêtée. Je n'ai vu aucun uniforme allemand. Aucun uniforme tout court même. Ce ne sont pas des miliciens de Darnand non plus. Et cet étrange accent qu'a le type qui m'a interrogée. Sans doute une cellule de contre-espionnage du gouvernement. Une des nombreuses branches de leur réseau de Collaborateurs. C'est d'ailleurs peut-être préférable d'être dans leurs mains que dans celles des services allemands de la Gestapo ou de l'Abwehr qui ont la réputation de mettre rapidement leurs prisonniers en pièces. Toutefois, compte tenu de l'état des deux autres détenus que j'ai pu voir, je ne pense pas qu'il ne faille me rassurer trop vite malgré la manière plutôt clémente avec laquelle j'ai été traitée pour l'instant.

Après cette première entrevue, j'ai demandé à aller aux toilettes, mais les hommes qui m'ont raccompagnée n'ont même pas pris la peine de me répondre et j'ai été reconduite tout droit dans mon casier. Sur le chemin j'ai essayé de percevoir les bruits de la rue

1. Service de renseignements et de contre-espionnage allemand.

mais je n'ai rien entendu, ni pas ni véhicules. Peut-être étions-nous au milieu de la nuit. Ou dans une rue calme. Impossible de savoir.

Depuis combien de temps suis-je à nouveau enfermée ici ? Je ne sais pas. J'ai essayé de communiquer avec mon voisin, mais n'ai obtenu pour toute réponse que des grognements. La douleur intolérable sur ma nuque brisée par la faible hauteur du placard se répercute tout le long de ma colonne vertébrale. J'ai beau tenter de changer de position régulièrement pour lutter contre l'engourdissement, le nombre de possibilités est restreint et petit à petit mon corps s'alourdit, meurtrissant toujours plus mes genoux, mes épaules et mon dos. Retirer mes chaussures me soulagerait peut-être, mais je ne veux pas les quitter. C'est un bien trop précieux pour prendre le risque de les perdre.

Ma vessie commence à me faire mal. Je me suis déjà préparée à l'idée de m'uriner à nouveau dessus. Cette fois-ci volontairement. C'est sans importance, car l'humiliation en vaudra le soulagement. D'ailleurs l'idée même d'humiliation n'a aucune valeur à côté de ce que je vais devoir endurer ici. Et puis je suis déjà habituée à l'odeur de pissotière mélangée à celle de sueur de vieux vestiaire. À la longue, elles sont devenues moins incommodantes.

La sécheresse de ma gorge et les tiraillements de mon estomac s'intensifient eux aussi. Comme substitut à cette soif douloureuse et à cette faim mordante, j'ai imaginé un repas complet composé des plats les plus savoureux qui me soient venus à l'esprit. Une technique que Paul avait utilisée lorsqu'une fois il était resté pris au piège dans un appartement. Des policiers, pensant qu'il n'était pas encore là, l'attendaient en bas de l'immeuble pour le pêcher à son arrivée. L'heure d'avance qu'il avait prise l'avait sauvé, mais il avait dû attendre trois jours qu'ils capitulent avant de pouvoir sortir de sa tanière. Pour tenir, il avait imaginé des gueuletons phénoménaux. Alors j'ai commencé par une belle tranche de terrine de lapin, puis j'ai savouré un petit salé aux lentilles avec sa saucisse de Morteau et quelques pommes de terre revenues dans du beurre, pour le goût, le tout saucé avec un pain moelleux. Un bon morceau de chèvre frais a suivi, et pour finir une belle part de gâteau nappé de chocolat. Le tout arrosé d'un vin léger, délicieux. Simple en fait, mais à s'en faire péter la panse !

Je suis à l'affût du moindre bruit qui pourrait me renseigner sur l'endroit, le quartier, l'heure du jour ou de la nuit, bien que depuis que les Boches ont investi la ville et imposé la restriction de toute circulation automobile, Paris se soit tue, devenant comme éternellement muette. Mais je m'escrime quand même à capter un son qui pourrait me donner un indice : des pas ou le claquement des sabots d'un cheval, tout ce qui pourrait au moins m'indiquer que nous ne sommes pas dans les heures de couvre-feu.

Cela devient obsessionnel à certains moments et je dois mentalement faire la distinction entre les vrais sons et ceux que je crois capter ou que je voudrais entendre. L'un d'eux, bel et bien réel, m'intrigue. Comme une vibration persistante, ou un souffle. Je finis par deviner : tuyauterie. Eau. On fait couler de l'eau aux étages supérieurs et les canalisations vibrent de manière assourdie dans le sous-sol où je me trouve. Je pense tout de suite à une baignoire. À *la* baignoire. Un des plus redoutables moyens de torture, de pression par asphyxie lente. Alors je me mets à imaginer les préparatifs là-haut. Peut-être est-ce pour moi. Peut-être va-t-on passer tout de suite à une méthode plus radicale.

Paul m'a raconté comment ils procèdent. Il le tient d'un type que le réseau a réussi à faire évader de la Santé, il y a plus d'un an. Il avait été emprisonné après avoir été séquestré rue des Saussaies, sans qu'ils aient pu en tirer un seul renseignement. Son évasion a eu lieu la veille de son départ pour l'Allemagne.

Inconsciemment, je me mets à retenir ma respiration, comme pour m'entraîner à plonger en apnée.

Je me focalise sur le prochain entretien. À cause de son drôle d'accent, je surnomme « *le Belge* » celui qui a procédé à mon premier interrogatoire. Mais peut-être enverront-ils la prochaine fois un autre type pour me questionner.

Cette première manche fut tendue et malgré tout supportable, mais je me demande si je parviendrai à résister à la torture qui, à un moment ou à un autre, sera utilisée, je le sais.

Le cendrier sur le bureau est toujours vide. Pourtant l'odeur est plus épaisse. Des mégots ont été écrasés sur le parquet, comme dans les cafés. *Le Belge* ne m'attend pas dans l'ombre de la porte.

À nouveau deux costauds sont venus m'extirper de ma cellule pour m'amener jusqu'ici. J'ai essayé de distinguer une lueur de jour à travers les tentures qui calfeutrent les fenêtres, en vain. Il fait toujours nuit dans ce bâtiment.

J'ai reconnu l'un des deux gaillards qui est maintenant posté à la porte du bureau ; il faisait partie des types qui ont investi l'appartement de Paul pour nous neutraliser. Je profite du court laps de temps d'attente pour tendre l'oreille et essayer de capter un son extérieur. Mais rien ne filtre, c'est l'activité réduite à néant des rues après le couvre-feu. La nuit donc. Toujours la nuit.

Le Belge entre d'un pas déterminé et vient jusqu'au bureau. Il pose devant moi une petite feuille de papier et un crayon noir.

Je lève les yeux vers lui ; il arbore un air satisfait.

— Votre ami s'est enfin décidé à tout nous dire. Et il nous a donné dans le détail la nature de votre implication dans son réseau… Ce n'était vraiment pas la peine de nous raconter tous ces bobards…

Son visage se crispe légèrement.

— Je suis désolé, mais vous allez faire partie de la prochaine livraison d'otages en partance pour le Mont-Valérien[1]… Je vous laisse cinq minutes pour écrire une dernière lettre à vos parents…

Je reste un instant à le regarder, d'abord sans vraiment comprendre, puis mon cerveau finit par décrypter ce qu'il vient de m'annoncer et mon cœur s'accélère. Mon ventre se creuse.

Je baisse la tête et regarde le petit feuillet vierge et la mine posée dessus.

— Cinq minutes, pas plus…

Et il quitte la pièce, suivi par un de ses acolytes, l'autre restant sans doute pour vérifier que je ne vais pas tenter de mettre fin à mes jours avant qu'ils puissent le faire.

J'ai l'impression que deux mains sont en train de serrer ma gorge pour m'étouffer. Mes yeux écarquillés

1. Forteresse située à Suresnes, connue pour être le lieu où les Allemands exécutaient les résistants, notamment en représailles à l'assassinat d'officiers ou de soldats.

fixent maladivement la feuille jaunie déchirée à la va-vite dans un cahier.

Mes poings restent noués entre mes cuisses. Je ne suis qu'un bloc. Pétrifiée. Je ne réalise pas vraiment ce qui arrive. Quitter ma famille. Arrêter la vie ici. Aujourd'hui. Pour toujours. C'est impossible…

Pourtant je sais bien que c'est ainsi. Que les interrogatoires ne sont pas poussés. Que de simples aveux vous mènent devant le peloton d'exécution, que les informations extorquées soient vraies ou fausses.

Paul a-t-il vraiment parlé ? J'ai du mal à le croire. Mais sans doute ont-ils utilisé des méthodes face auxquelles il n'a eu d'autre choix que de se livrer. Sa détermination n'aura pas pu résister à la torture.

Mes yeux ne peuvent se détacher de ce feuillet où je dois coucher mes derniers mots. Déjà ? Pourquoi si tôt ? Pourtant je n'ai aucun regret pour ce que j'ai fait. J'aurais seulement voulu en faire plus, plus longtemps. Mais c'est ainsi.

Et soudain c'est la colère qui monte. Colère contre tout ça. Contre mon impuissance. Toute cette lutte qui semble soudain totalement vaine. Je n'ai pas envie d'écrire cette lettre d'adieu. Je m'en fiche. Ma mère sait combien je l'aime et mon père, s'il avait un jour l'occasion de me lire, le sait aussi. Ont-ils vraiment besoin de ces ultimes marques d'affection ?

Mais peut-être, après tout, cela les consolera-t-il de savoir que je pense à eux en cet instant.

Je dois faire vite. Ne pas tergiverser trop longtemps. Alors je dénoue mes poings, tire vers moi le papier, et prends le crayon.

Laisser mon instinct me dicter les mots.

« *Ma chère Maman, mon cher Papa,*

« *On vient de m'apprendre qu'on m'emmenait au*

Mont-Valérien et que je ferai partie du prochain lot de fusillés. Mon nom va donc venir s'ajouter à la longue liste des innocentes victimes de cette guerre. J'ai malencontreusement été prise avec un prétendu membre de la résistance et voici qu'on me rend coupable moi aussi de terrorisme. Les temps sont ainsi, cruels et injustes. »

Mes yeux se brouillent. Entre la colère qui continue de me faire trembler et l'effondrement qui me retire toute force.

« *J'espère que vous ne serez pas vous-mêmes victimes de cette terreur que l'on nous fait subir et qu'un jour la lumière reviendra éclairer notre beau pays plongé depuis trop longtemps dans les ténèbres. Cette seule pensée peut m'aider à affronter ce qui va arriver.*

« *J'espère que Papa te retrouvera vite, ma Maman chérie, afin que vous puissiez vous consoler ensemble de ma disparition.*

« *Mais n'ayez crainte, même si ma vie a été courte, votre amour l'a illuminée et je m'en vais en me disant qu'à part ces dernières horribles années où l'on nous a séparés, j'ai eu droit à une existence formidable.*

« *Mes dernières prières seront pour vous.*

« *Je vous garde serrés dans mes bras et vous embrasse bien tendrement, ainsi que Grand-mère et tante Jacquotte.* »

Les larmes percent à mes yeux. La mine reste suspendue au-dessus de la feuille maintenant couverte de mon écriture. Mon regard se perd dans le vide. Tête baissée. Relisant des bribes de mon message pour vérifier instinctivement que je n'ai pas fait de fautes d'orthographe. Je ne veux pas pleurer. Je ne veux pas lui donner ce plaisir. Rester forte. Mais ma main tremble. L'ingérable peur qui domine tout. Je voudrais rester sereine, me dire que j'ai fait mon devoir, que je peux être un peu fière de moi, mais la peur m'écrase totalement.

Des pas approchent.

Je rajoute un « *Je vous aime.* » après ma signature, tout en passant un doigt sous chacun de mes yeux pour en extraire les larmes prêtes à tomber.

Quelqu'un entre dans la pièce et je distingue la silhouette du *Belge* qui vient vers moi. Je pose la mine et plie soigneusement le message en quatre.

Le Belge contourne le bureau. Je me force à lever les yeux. Il arbore un léger sourire.

— C'est bon ?…

Je ne réponds pas, me contentant de pousser vers lui la missive et le crayon posé dessus sans le quitter du regard. La colère gronde à nouveau dans tous mes membres.

Il prend mon courrier, le déplie à peine, y jette un rapide coup d'œil puis le replie. Il ouvre ensuite le tiroir du bureau et l'y fait disparaître avec la mine.

— Merci. Ça va nous permettre de comparer votre écriture avec celles que l'on a trouvées sur les documents dans l'appartement d'*Hadrien*… On pourra voir si ce que vous nous dites est vrai, si vous n'êtes réellement pas impliquée dans tout ça…

Il ponctue sa phrase en repoussant doucement le tiroir sans cesser de me dévisager. Puis, lentement, il tire sa chaise et s'assied au bureau en face de moi. Dans ce long silence, j'ai pleinement le temps de réaliser ce qu'il vient de me faire subir. Le salopard ! Comme quoi la torture n'est pas uniquement physique. Sans doute n'est-ce qu'un début. J'ai replacé mes deux poings entre mes cuisses.

Le sourire presque affectueux qu'il m'adresse a plutôt tendance à m'effrayer.

— On va tout recommencer depuis le début...

— Si vous voulez...

Je sais que je dois continuer. Ne pas me laisser perturber par ces jeux pervers. Faire en sorte que toute la tension qui vient de s'accumuler, toute la détresse, la tristesse, la peur, se dissipent aussi rapidement qu'elles sont venues. C'est le seul moyen de lui tenir tête.

Nous reprenons alors le même interrogatoire que la fois précédente. Je lui rappelle ainsi ma situation, mon travail à la mairie, mes parents, puis ma liaison avec Paul, d'abord les rencontres timides dans les cafés, auxquelles succèdent les visites nocturnes dans son petit appartement, de plus en plus fréquentes, nous engageant dans une relation sérieuse et durable.

Je collabore sans résistance ; bien que je me sois plutôt habituée au contraire... Le dialogue est direct, je réponds sans hésiter aux questions du *Belge* et à celles que posent ponctuellement les deux autres, sans doute pour tenter de me déstabiliser à trois voix. Mais je reste sur mes rails, concentrée pour camper ma version de l'histoire, fidèle à la réalité, à un détail près pour que mon portrait reste celui d'une jeune fille un peu naïve, celle que j'étais réellement il y a quatre ans.

Le Belge s'est allumé une cigarette sur laquelle il tire sans me quitter du regard, évacuant la fumée sur le côté pour ne pas brouiller l'espace qui nous sépare. Et toujours il fait tomber ses cendres sur le plancher à côté de lui, laissant le cendrier immaculé. Mais je comprends soudainement pourquoi il ne l'utilise pas lorsque, titillé par un excès de sarcasme dans l'une de mes réponses, il s'en empare et me frappe violemment au visage avec. La détente est vive, le geste précis.

Il cogne avec le plat du cendrier, le dessous. Je me retrouve aussitôt par terre.

Je n'ai rien vu venir. La douleur se répand, profonde. Et je sais que la valse ne fait que commencer. Il me montre qu'il fera ce qu'il veut pour me faire parler, que rien ni personne ne l'empêchera d'agir à sa guise, d'utiliser le moyen qui lui semble le plus approprié pour me soutirer la vérité. Ma tempe bourdonne là où le cendrier est venu me percuter. Je sais au moins maintenant pourquoi il reste immaculé.

Un des hommes me replace sur ma chaise car je suis à moitié assommée. Le coup a été net et puissant. Efficace. J'ai maintenant tendance à me recroqueviller. Le passage d'une attitude à une autre a été fulgurant. Me voilà subitement bien affaiblie. Il a gardé son arme en verre à la main.

— C'est idiot de vouloir nous cacher les vraies raisons de votre présence chez *Hadrien* et donc votre vrai rôle au sein du réseau *Aurore*… Ce serait quand même mieux si on pouvait éviter toutes ces… bastonnades.

Le mot est surprenant. Il a un côté presque moyenâgeux. *Le Belge* ne peut réprimer un sourire, comme s'il était content de son effet.

— Vous me dites que personne n'était au courant de votre relation, absolument personne, et vous voulez que je prenne ça pour une romance, puisque c'est comme ça que vous nous décrivez votre relation… ?

Je tente de me redresser, mais les heures d'incarcération dans le vestiaire se font ressentir maintenant qu'il m'a mise à mal physiquement. J'y parviens malgré tout et m'accroche à son regard impassible.

— À votre âge, on ne cache pas une liaison, même de cet ordre, à ses amies. On a besoin de se confier…

— Ah bon ? Et qu'est-ce que vous y connaissez, vous, en confidences ?…

Je me contracte instantanément pour recevoir un autre coup de cendrier. J'ai répliqué en omettant encore une fois qu'ici l'agression ne peut venir que de lui, et non pas d'une détenue. Mais il ne cille pas. Il m'observe à travers le filet de fumée de sa cigarette qui va se perdre au-dessus de lui. Je ne baisse pas les yeux mais prends conscience que je dois rester prudente et me montrer un peu plus conciliante. C'est étrange, moi qui étais plutôt réservée, me voilà sarcastique alors que je devrais faire profil bas. Comme si ma vulnérabilité me donnait une force inconnue jusque-là.

— Ce n'est pas qu'à cause de la différence d'âge…

J'hésite. Bien me tenir à la version que j'ai élaborée. Il tire sur sa cigarette, garde un moment le tabac dans ses poumons et le relâche par le nez, doucement, attendant la suite.

— Paul est un ami de mes parents et je ne voulais pas que ça se sache…

Ça ne lui suffit pas, je le vois bien.

— Nous ne nous sommes pas véritablement rencontrés à la mairie comme je vous l'ai dit, mais c'est en le voyant un jour à la mairie, alors qu'il était venu chercher ses coupons de ravitaillement, qu'il s'est passé quelque chose. C'est un ami de mon père à l'origine, et je l'ai souvent vu chez nous ou en dehors, mais toujours avec mes parents. Vous comprenez, il m'a vue grandir. Petite, je grimpais sur ses genoux quand il venait dîner à la maison. Quand nous le voyions au square des Batignolles, il m'achetait une sucette ou un sucre d'orge. Mais ce jour-là, quand il est venu à la mairie, nous nous sommes regardés autrement… Il n'est pas dénué de charme… Et puis je pense que mes vingt-deux ans ne l'ont pas laissé indifférent… Le reste, c'est notre histoire, mais voilà pourquoi personne n'est au courant de notre liaison. Certaines mères de mes amies connaissent ma mère et je ne veux en aucun cas que ça se sache. Et c'est aussi pour ça que notre relation est plus compliquée qu'une autre car, au-delà de la différence d'âge, il y a son amitié avec mes parents qui fait que ce n'est pas simple pour lui…

Le Belge reste imperturbable. Ses deux acolytes de même. Je tente un sourire sincère qui veut leur signifier que c'est aussi simple que ça. À la seule différence que tout ce qui concerne les prétendus rapports de séduction sont à remplacer par un besoin de prendre part au mouvement de résistance. Paul est bien un ami de mes parents qui m'a fait sauter sur ses genoux quand j'étais gosse, je l'ai bien revu à la mairie quand il est venu chercher ses coupons de ravitaillement, sauf que l'étincelle qui m'a touchée à ce moment-là n'était pas le coup de foudre pour un homme qui pourrait être mon père, mais l'opportunité de pouvoir agir contre l'Occupant.

Un autre ami de mon père avait raconté à ma mère que Paul était lié à un réseau. Il savait qu'il menait des actions secrètes, mais il ne savait pas quel genre exactement. J'avais surpris la conversation un soir à la maison. L'ami racontait que Paul avait réchappé de justesse d'un contrôle aveugle effectué dans un restaurant alors qu'il avait sur lui des papiers apparemment compromettants. Heureusement que Paul n'avait pas entendu cette confidence, lui qui exigeait le plus grand secret sur les actes de chacun…

Ces paroles m'ont juste interpellée sur le moment, mais par la suite j'ai souvent repensé à Paul et à ce rôle qu'il menait contre l'Occupant et le gouvernement. Et le jour où il est venu à la mairie, j'ai senti que j'avais là l'occasion de me lancer. Je lui ai demandé de pouvoir m'entretenir avec lui, prétextant vouloir lui parler de mon père, et nous nous sommes vus dans un café place Villiers. J'ai donc d'abord évoqué la situation de mon père, puis rapidement je lui ai confié que je connaissais son activité clandestine, sans pouvoir lui dire d'où je tenais cette indiscrétion, précisant juste que c'était le hasard qui m'avait permis de l'apprendre. Il a d'abord refusé de l'admettre, puis comme j'insistais il a concédé que c'était vrai, mais que ça faisait désormais partie du passé ; il avait effectivement bien failli se faire arrêter et il ne voulait plus prendre de risques. J'ai bien vu qu'il mentait. Je le connaissais depuis toujours, pas intimement, mais suffisamment pour déceler sa réticence à confier son secret derrière le gentil sourire qu'affichait toujours son visage, comme une marque de bonté naturelle. Je suis quand même parvenue à lui faire évoquer son activité parallèle centrée sur le renseignement. Je l'ai mis en confiance, lui rappelant que je le considérais un peu comme un oncle, mais aussi en lui disant rapidement que je voulais faire partie de la grande machine mise en place contre les Allemands et le gouvernement collaborationniste de Vichy, que je cherchais une occasion d'apporter ma contribution à la défense de la France. Toutefois, il n'a pas voulu accepter tout de suite mon aide. Il devait réfléchir.

Alors j'ai insisté pour le revoir, mais il trouvait toujours des excuses pour m'exclure de son travail clandestin. Et puis, après un peu plus de deux mois de lutte, il a fini par accepter, à la seule condition que je ne fasse rien d'autre que du « secrétariat » ; il ne voulait même pas que je prenne de pseudonyme car je ne devais apparaître sur aucun document, aucune communication. Tout cela devait rester exclusivement entre nous, d'abord parce que c'était la règle numéro un dans les réseaux clandestins, mais aussi parce qu'il ne voulait pas – et je ne voulais pas non plus – que ma mère soit au courant de ce que je pouvais entreprendre. Si je venais à être prise ou même à mourir, nous craignions tous les deux que mes parents lui en veuillent. Si jamais lui-même survivait à une arrestation.

Mon apparente franchise ne passe pas. Toujours de manière posée, *le Belge* se lève et vient s'asseoir juste en face de moi sur le bureau, puis il recommence à m'interroger avec avidité, me laissant à peine le temps de répondre entre deux questions. Sa bouche n'est pas très loin de mes yeux. Elle sent le tabac. Ses dents sont brunies. Quand il me laisse parler, je l'inonde de détails. Avec cohérence. En évitant soigneusement de faire se chevaucher dans le temps les faits ou les lieux. En m'appuyant sur le réel pour broder la vérité que je lui sers. Mais je le sens hésitant. Mettant une fois de plus un peu trop d'arrogance dans une réponse, j'écope d'un nouveau direct du cendrier qui semble sortir de nulle part. Je me retrouve encore à terre, complètement sonnée, le côté gauche déchiré par une douleur interne. Le fait de frapper avec le plat de l'objet ne doit pas énormément me marquer, mais c'est à l'intérieur que la blessure se fait. J'ai l'impression que mon visage est déformé, comme tordu par le coup reçu.

Un de ses acolytes m'aide à me rasseoir sur ma chaise et l'interrogatoire reprend sur le même rythme. Je me demande pourquoi il ne me frappe pas plus afin que la douleur m'affaiblisse et me fasse accoucher de la vérité. Peut-être cela ne fait-il pas partie de sa tactique de rouer de coups ses prisonniers. En tout cas je ne pense pas que Paul ait parlé car *le Belge* ne mentionne aucune information qu'il aurait pu lui extorquer.

À nouveau remisée dans mon casier. Les genoux meurtris par le contact avec la paroi. Cela fait une heure. Deux peut-être. Peut-être plus encore. L'impact du cendrier sur ma tempe me martèle encore l'intérieur du crâne. Je dois avoir un sacré bleu.

J'ai repensé à cette lettre qu'il m'a fait écrire. Le salopard ! J'ai enfin pu pleurer. Pleurer pour évacuer cet épisode. Essayer d'effacer les mots, les phrases douloureuses.

Heureusement que Paul avait insisté pour que mon écriture n'apparaisse jamais afin qu'il n'y ait aucune trace de mon existence dans le réseau.

D'ailleurs je me demande encore si ce n'est pas Paul qui est là, à côté de moi, incapable de parler, ou simulant de ne pas pouvoir. Un grognement me répond chaque fois que je tape du bout du doigt pour tenter un contact.

Je sens aussi du mouvement en face. Dans un autre casier. Des coups donnés sur le métal à chaque changement de position. J'essaie de regarder par la fente de ma cellule. J'appelle. Plusieurs fois. Pas de réponse. Et je comprends que, comme moi, la personne doit se méfier des moutons que l'on pourrait enfermer à proximité pour la pousser à se confier.

La faim, elle, c'est sûr, est toujours là. Avec la soif. Et ma vessie est maintenant au bord de l'explosion. L'idée m'a effleurée un instant de boire mon urine pour soulager d'un coup deux de mes obsessions. J'ai entendu dire que dans certains pays ça se faisait. Mais bon, je vais essayer de tenir encore.

Un hurlement de douleur traverse les entrailles de l'immeuble. J'ai l'impression que la terre s'arrête brusquement de tourner. Un haut-le-cœur me coupe le souffle. Le silence semble plus pesant encore après ce déchirement. Aucun autre cri ne transperce les étages.

Je mets du temps avant de retrouver une respiration régulière.

Mon esprit se perd. Entre la douleur, l'obscurité, et toujours cette peur sourde de la torture. Le suicide se présente aussi comme une éventualité, un moyen de mettre fin à tout cela de manière radicale. Mais j'en écarte l'idée. Je ne dois pas me laisser envahir par de telles pensées. Il est préférable de prier. Et de rester concentrée pour garder en tête le moindre détail de la version que j'ai construite afin de répondre correctement lors des interrogatoires suivants. Surtout ne pas se contredire. *Le Belge* sauterait sur l'occasion. Relater des faits précis. Ne pas hésiter à donner le plus grand nombre d'éléments qui peuvent crédibiliser mon récit.

Étrange d'ailleurs cette manière qu'a *le Belge* de me questionner. Comme s'il menait l'enquête. Interrogatoire serré, analyse graphologique. Peut-être est-ce un ancien policier reconverti, mais pas encore habitué aux méthodes sauvages pour pousser aux aveux. Méfiance malgré tout, car l'utilisation qu'il a faite du cendrier n'était quand même pas exempte de férocité.

Une troisième sortie. J'essaie encore de deviner si nous sommes le jour ou la nuit. Impossible de trouver la moindre faille. Et puis la fatigue commence à me rendre plus vulnérable. Moins alerte.

Des traces de sang toutes fraîches ont moucheté le parquet du long couloir qui mène à la pièce où ont lieu mes interrogatoires. Je me demande où sont les autres.

Et combien nous sommes dans le bâtiment à être retenus ainsi. À nouveau je prends conscience qu'il n'y a sans doute aucune issue possible une fois que leurs griffes nous enserrent. Le fait qu'ils ne me bandent pas les yeux pendant les transferts de la cave à l'étage signifie qu'ils ne se soucient pas que l'on reconnaisse les lieux et leurs locataires. Aucune crainte, car après c'est soit la mort, soit la prison ou la déportation, et là peu de chances de pouvoir témoigner avant un long moment. Ou même jamais.

Je me retrouve seule sur ma chaise, avec un des types qui m'a remontée. L'autre est reparti aussitôt.

Sur le bureau devant moi est posé un verre, et à côté une petite carafe remplie d'eau. Quel supplice veulent-ils me faire subir ? Vont-ils me faire du chantage ? Forcément, je sens ma gorge un peu plus sèche encore à la vue de ce trésor.

— Servez-vous, hein, c'est pour vous.

D'abord je ne bouge pas. Puis je me tourne pour regarder mon gardien.

— C'est pour vous…

Est-ce que cette eau ne serait pas empoisonnée ? Impossible de le savoir, et en même temps comment résister ? Maintenant qu'il m'a implanté dans la tête que j'ai le droit de boire cette eau, ça va être difficile de lutter. Peut-être ce verre me donnera-t-il plus envie d'uriner encore, mais tant pis, je ne peux pas refuser. Et puis il faut que je boive, c'est vital.

Alors je prends la carafe presque avec nonchalance et remplis le verre. Le son de l'eau qui s'écoule est déjà à lui seul un régal. Je remarque que ma main tremble lorsque je m'empare du verre. Je le porte doucement à ma bouche. À mes lèvres sèches comme des hosties. Je m'attends à tout instant à recevoir un coup derrière la tête, à voir le verre m'être retiré et jeté à terre. Mais l'eau passe dans ma bouche, sur ma langue, dans ma gorge. Je dois m'arrêter un instant pour ne pas m'étouffer. Puis je vide le verre d'un trait.

Peut-être espèrent-ils m'amadouer ainsi. Peut-être pensent-ils que je vais me relâcher, mise en confiance par ce cadeau qu'ils me font. Que je parlerai pour les remercier.

Je remplis à nouveau le verre, vidant totalement la carafe.

— Est-ce qu'il serait possible d'aller aussi aux toilettes ?

Ma question sort toute seule. Comme si ce qu'ils m'accordent pouvait n'être que le début d'une série de faveurs. Mon ventre me tire. Bien que je n'aie rien mangé depuis mon arrivée, mon transit, lui, fonctionne toujours, et j'ai de plus en plus de mal à me retenir.

Mais le gardien se contente d'un sourire narquois pour toute réponse.

Alors je reprends le verre et le bois à petites gorgées, sentant déjà le bien que m'a fait le premier.

Une fois terminé, je le repose sur le bureau.

Nous attendons. Mon surveillant ne bouge pas. Je remarque sur ma jupe l'auréole qu'a laissée l'urine quand je me suis oubliée en arrivant. Mais j'essaie d'évacuer ces idées pour ne pas rendre mon envie totalement insupportable.

Le Belge finit par venir, accompagné de son autre sbire.

Il y a avec eux un homme que j'ai déjà vu, mais qui ne faisait pas partie du groupe qui a procédé à notre arrestation. Toutefois sa présence ici m'indique qu'il en est à l'origine. Il a un petit sourire faux jeton en coin et me dévisage avec arrogance. Il ne me reconnaît pas, j'en suis sûre. Mais moi je me souviens parfaitement de lui. Il s'appelle *Velours*.

Paul m'en a parlé il y a une semaine car, la dernière fois qu'il l'avait vu, il lui avait semblé mal à l'aise. Comme s'il cachait quelque chose. Un détail l'avait interpellé, mais je ne me rappelle plus lequel. Alors, par prudence, il n'avait remis les pieds dans aucun des lieux que connaissait son jeune agent. Et puis *Patache* et *Martray* s'étaient fait pincer au *Petit Bec*, un café que *Velours* savait fréquenté par des personnes du réseau. Du coup les soupçons de Paul s'étaient concentrés sur lui. Il avait prévenu les autres. Se méfier. Toujours se méfier. Personne n'est sûr. Paul voulait me mêler le moins possible à la vie du réseau, mais ce jour-là j'ai senti qu'il avait besoin de se soulager, de me confier ce problème qui le minait. Il avait du mal à le garder pour lui. Il fallait que ça sorte, bien que ça aille à l'encontre des règles qu'il avait instaurées pour me laisser toujours en dehors de tout ça. Mais peut-être aussi avait-il transgressé celles-ci pour me mettre en garde car le hasard faisait que *Velours* était le seul membre du groupe dont je connaissais le visage.

C'était à *La Carafe*, juste avant que je commence à travailler avec lui, lors d'un de nos rendez-vous où je tentais de le persuader de me laisser l'aider. Lorsqu'il l'avait vu entrer dans le café, il avait maugréé et m'avait aussitôt demandé de partir, mais discrètement. Alors, sans montrer trop d'empressement j'étais sortie, et dans la travée centrale je l'avais croisé. Il ne nous avait pas remarqués, il ne pouvait donc pas savoir que nous nous connaissions, Paul et moi. De petite taille, épaules tombantes, vêtu d'une veste et d'une cravate salies par des éclaboussures de nourriture, il avait reluqué ma silhouette sans vergogne. J'avais rencontré son regard juste en passant à sa hauteur. Paul m'a souvent dit qu'un regard peut être déterminant pour reconnaître quelqu'un plus tard. Pourtant, là, il n'a pas l'air de se souvenir de moi. Il faut dire qu'à *La Carafe* il m'avait dévisagée plus en tant que corps féminin qu'en tant qu'individu. Et aujourd'hui, l'individu que je suis dans cette pièce ne lui rappelle rien, je le vois bien. Il affiche une certaine indolence derrière des lunettes qui agrandissent ses yeux et des longs cheveux noirs qui allongent son visage.

C'est donc sûrement lui qui a donné Paul. D'une manière ou d'une autre l'adresse de notre « bureau » a dû être localisée, en filant Paul par exemple, à moins que d'autres agents, arrêtés depuis, n'aient été au courant de son existence et ne l'aient donnée sous la torture. L'angoisse dans laquelle Paul était ces derniers temps lui a peut-être fait commettre une erreur, déroger à ses principes de prudence absolue.

Les hommes se tiennent debout devant moi.

Velours me détaille un peu plus puis secoue la tête.

— Ça ne me dit rien.

— Sûr ? demande *le Belge*.

La petite frappe me toise encore avec arrogance, et avec presque un sourire séducteur.

— Oui, vous pensez, une belle fille comme ça, je ne l'aurais pas oubliée !

Et il passe sa main sur ma joue comme on le fait sur celle d'un enfant sage. Mais il est brusquement repoussé par une violente bourrade du *Belge*. Sa hanche cogne le coin du bureau, provoquant une grimace de douleur qui s'ajoute à la surprise.

— Tu te prends pour qui au juste ?

Aucune réponse. *Velours* vient de retrouver sa vulnérabilité. Même pour ceux qu'il aide, il est un traître. Il a beau avoir trahi les siens, il n'est pas vraiment de leur bord non plus. Il reste entre les deux, et nulle part, dans les eaux troubles. Je ne me gêne pas pour le fixer longuement, me retenant toutefois d'exprimer ouvertement tout le dédain que j'ai pour lui et pour les types de son espèce. Son regard ne sait pas où se poser.

D'un signe de tête, *le Belge* le fait mettre dehors. Un autre sbire qui attendait dans le couloir l'emmène.

La porte se referme sur le silence.

Assis contre le bureau, les bras croisés, *le Belge* ne me lâche pas des yeux. Je reste un instant à lui tenir tête, les paumes de mes mains collées entre mes cuisses.

Puis je décide de lui laisser l'avantage dans son jeu de domination et baisse le regard, me concentrant sur une fissure qui sillonne sur le mur du fond.

— C'est bien, vous avez tout bu…

Il se retourne légèrement et s'empare du verre et de la carafe pour les tendre à un de ses acolytes placés de part et d'autre de la pièce.

— Oui, merci.

Il recroise les bras, satisfait.

— Très belle votre lettre d'adieu, dites donc…

Quelle belle ordure ! J'aimerais me jeter sur lui pour l'étrangler. Mais il n'attend que ça.

— Elle vous a servi à quelque chose au moins ? je lâche en relevant le front.

— On travaille dessus, ne vous inquiétez pas… Et puis elle pourra toujours être envoyée à bon port si besoin…

Cette seule pensée semble le mettre en joie. Je me

contente de le regarder sans rien exprimer, une manière de lui faire comprendre que je suis prête pour la suite.

Alors l'interrogatoire recommence. Encore et encore les mêmes questions, dans un ordre différent. Avec des menaces en plus. Les mégots de cigarettes atterrissent toujours par terre et l'haleine du *Belge* refoule toujours le tabac réchauffé. Il n'accepte définitivement pas mon histoire de relation amoureuse, certain qu'elle masque la vérité ou, si elle est vraie, qu'elle est doublée de mon appartenance au réseau de Paul. Il joue l'usure. Alors je m'applique à toujours me montrer coopérative.

— Vous me dites que votre père et *Hadrien* se sont connus au lycée à Troyes ?

— Oui.

— Et qu'ils sont venus ensemble à Paris ?

Il est encore assis sur le bureau, juste devant moi, et je dois lever les yeux pour lui répondre.

— La même année, oui. Ils ont postulé aux *Magasins Réunis*, avenue des Ternes, et ont été pris tous les deux comme magasiniers… Ils partageaient un petit appartement.

— Où ?

— Du côté de la rue des Martyrs, je crois.

— Vous croyez ?

— Je n'étais pas née. Mais j'ai souvent entendu évoquer la rue des Martyrs et ses cafés.

— Et *Hadrien* n'a pas été mobilisé avec votre père ?

Là j'ai envie de lui répondre qu'il n'a qu'à le lui demander, mais je me refrène.

— Non, son problème d'asthme lui a permis d'éviter la drôle de guerre.

— « Éviter » ? Il ne voulait pas servir son pays ?

— Sans doute si, mais compte tenu de la stratégie de défense décidée par nos états-majors, il avait bien conscience qu'il n'avait eu aucun intérêt à aller risquer sa vie pour une défaite annoncée. Nous n'en avons jamais vraiment parlé en fait, mais les seules fois où il l'a évoquée c'est en parlant de mon père qui a combattu pour rien et qui, au final, se retrouve dans un stalag à travailler pour l'industrie allemande.

— Et vous pensez que ce n'est pas bien ?

— D'être prisonnier de guerre, loin des siens, et de travailler pour un pays que l'on a combattu ? Non, je ne pense pas que ce soit bien. Je préférerais le savoir ici avec ma mère où que nous soyons tous ensemble en Bretagne.

Il me toise sans vraiment pouvoir me contredire. Qui est cet homme ? D'où vient-il ? Comment est-il arrivé là ? J'aimerais pouvoir lui poser ces questions, savoir ce qui a pu le mener au contre-espionnage, le chemin que le gamin qu'il était a suivi pour atterrir dans ce bureau à interroger des hommes ou des femmes en ayant sur leur vie un pouvoir absolu. Nous avons chacun nos parcours. Je ne soupçonnais pas le mien il y a trois ans.

— Et que pensez-vous du gouvernement de Vichy ?

— Il est à la botte des Allemands. Et ce n'est pas une opinion mais un fait. Il n'a aucune indépendance. Je suis française, j'aimerais être dirigée par un gouvernement français.

Comme ses yeux noircissent, j'ajoute :

— Je ne pense pas qu'il y ait beaucoup de Français favorables à un gouvernement allemand pour la France. Dites-moi si je me trompe. Beaucoup ont d'abord fait confiance à Pétain, mais petit à petit ils se rendent compte que sa position n'est qu'un leurre. Encore une fois, ce n'est pas une opinion, mais un fait.

— Mais vous, votre opinion ?

— Je vous l'ai dit, je suis française, j'aimerais être dirigée par un gouvernement français. Je ne vois pas le mal qu'il y a à penser ça. Je ne crois pas que les Allemands aimeraient être dirigés par un gouvernement français.

— Et de travailler dans l'administration publique, pour ce gouvernement, ça ne vous gêne pas ?

— Je ne crois pas qu'à l'heure actuelle on puisse vraiment refuser un travail. J'occupais cette place avant la guerre, je ne suis pas en position de la perdre pour une question de principe.

— Collabo, alors ?

Et il m'offre un sourire sarcastique que je lui rends aussitôt pour lui montrer que j'accepte son jeu.

— Non, une manière de se préserver. L'administration française doit rester ce qu'elle était. On ne doit pas abandonner son poste ; c'est Pétain qui l'a dit, je vous le rappelle…

Il perçoit l'ironie, laisse filer plusieurs secondes et poursuit :

— Donc ça ne vous dérange pas de servir Vichy et ses ministres ?

À mon tour je laisse un temps, calant mes yeux dans les siens.

— Ce sont mes concitoyens que je sers en restant à mon poste, pas les autres…

Paul m'avait conseillé d'être sincère. De ne pas forcément renier ce que je pensais de la situation selon la personne que j'aurais face à moi. La cohérence avant tout. Ça peut se retourner contre moi, mais jouer la franchise peut aussi pousser *le Belge* à croire le reste. Ce n'est pourtant pas le cas. Ma spontanéité le met soudain en rage. Il commence par un retourné qui me fait vaciller à droite puis à gauche, et me laisse étourdie lorsque je retrouve mon équilibre.

— Nous savons bien que votre place à la mairie est une couverture ! Qu'est-ce que vous croyez, enfin ?

Il hurle ça en se penchant sur moi, comme pour m'obliger à reculer. Ne pas faiblir. Je dois répondre vite. Ne pas flancher.

— Ah bon ? Et vous leur avez demandé à la mairie ou aux services allemands s'ils me soupçonnent de quoi que ce soit ?

— Nous leur demanderons, ne vous inquiétez pas, on ne va pas vous laisser débiter vos salades comme ça !

Je sens mes yeux exorbités. Par les gifles mais aussi par la fureur qui grandit.

— Alors faites-en venir tant que vous voulez des témoins comme l'autre, là, qu'on voie si un seul me connaît !

C'est un nouveau retourné qui me répond. Bien placé pour me projeter d'un côté et aussitôt me renvoyer de l'autre. Ça me coupe le souffle. Mais pas assez.

— Allez fouiller mon appartement si vous voulez ! Allez interroger ma mère en Bretagne ou même mon père en Allemagne si ça vous chante !

Sa jambe droite se lève et je commence à reculer la tête pour esquiver, mais son pied s'arrête à la hauteur de ma poitrine, entre mes deux seins, et donne une brusque poussée. Je bascule d'un bloc en arrière sans pouvoir amortir ma chute. Ma tête rebondit sur le parquet. Je me recroqueville aussitôt sur le côté pour me protéger des coups qui vont suivre. Mais il n'en vient pas. La chaise valdingue vers l'autre bout de la pièce. Il est au-dessus de moi.

— Ne t'inquiète pas… on va vérifier tout ça…

Il chuchote. Et m'écrase la main. Mesquinerie. Méchanceté gratuite. Uniquement pour me faire payer ma persévérance à nier ce qu'il voudrait entendre. Ce n'est pas un acte de torture pour m'inciter à parler, juste un geste pour me montrer encore une fois que c'est lui qui domine.

Sa semelle s'attarde sur ma main. Il ajoute un peu de pression, mes os sont proches de se briser. Le sang gonfle mes phalanges. Les larmes envahissent mes yeux fermés. Je serre les dents et ma langue se plaque contre mon palais. Encore une pression supplémentaire, puis il retire son pied.

Je ne bouge pas et laisse mes articulations se détendre.

— Allez, on l'emmène chez l'abbé.

Je rouvre les yeux. Les deux autres qui n'avaient pas bougé jusque-là me prennent chacun par une aisselle et me redressent. Mes jambes ne me portent plus et ils me rattrapent de justesse alors que je m'effondre mollement. *Le Belge* est déjà sur le pas de la porte à nous attendre. Je pédale dans le vide sur quelques mètres puis retrouve un peu de motricité.

« Pourquoi diable a-t-il évoqué un abbé ? » Cette question se répète sans fin dans ma tête, m'amusant de l'association de ces deux entités religieuses qui s'opposent dans la même phrase. Sans doute un besoin de prendre un peu de distance en pressentant ce qui va venir.

Au bout du couloir nous prenons l'escalier qui mène à l'étage du dessus. La fenêtre de la cage d'escalier est elle aussi couverte du tissu épais qui empêche tout rayon de lumière de pénétrer. Je touche à peine les marches, littéralement portée par les deux gaillards qui m'encadrent fermement.

Le Belge pousse la porte d'un appartement mais nous nous arrêtons net sur le palier. Des bruits de frottement sur le parquet, à l'intérieur. Mes deux hommes ont un mouvement de recul, moi avec. Déboulent alors deux autres musclés qui tiennent chacun d'un côté un homme inanimé dont les pieds traînent sur le sol. Une de ses arcades est largement ouverte et répand sur le plancher un sang vif. La peau de ses mains a pris des nuances bleues et rouges. Sa chemise déchirée est trempée. Il disparaît rapidement dans l'escalier avec son escorte vers le palier supérieur. Nous ne sommes donc pas tous enfermés au même étage. Les services occupent sans doute tout l'immeuble.

L'appartement dans lequel nous pénétrons ressemble à celui du premier, également dépouillé de tout ameublement, fenêtres obstruées et lumière réduite au minimum pour que l'on puisse circuler. Nous passons dans un vaste espace, sans doute un ancien salon avec la salle à manger attenante, puis nous nous engageons dans un long couloir qui donne accès à plusieurs pièces dont les portes sont fermées.

Le sol est parsemé de traces d'eau plus ou moins importantes. La baignoire n'est plus très loin. Je ne trouve pas la force de me crisper physiquement mais je me prépare mentalement à l'asphyxie et à tous les tourments qu'elle va engendrer, notamment la lutte qui va opposer la survie à la trahison.

Le Belge nous précède avec nonchalance. C'est devant la porte du bout qu'il y a le plus d'eau. D'ailleurs seule cette porte est ouverte. L'éclairage qui sort de la pièce est plus intense.

La salle de bains est assez spacieuse. Il ne reste plus rien de ce à quoi était originellement destinée cette pièce, à part le lavabo et, contre le mur du fond, une vieille baignoire en fonte. Le papier peint sur les murs a perdu de sa fraîcheur et deux cadres de poussière témoignent du miroir et d'une petite commode qui en composaient le mobilier. Le carrelage du sol est trempé. Je ne sais pas pourquoi je pense à cela, mais je me dis que le plafond de la pièce du dessous doit être sacrément attaqué par l'humidité.

Je me retrouve face à la baignoire. Elle est remplie quasiment à ras bord et paraît immense. On pourrait plonger un corps entier dans sa longueur. À la surface traîne un mélange de cheveux, de caillots de sang et de plaques troubles, rejets de salives ou de bile. Je suis pétrifiée. Paul m'a parlé avec tellement d'appréhension de cet instrument de torture qui peut s'improviser n'importe où.

Les gars me font asseoir de force au pied de la baignoire dans une flaque d'eau sale. *Le Belge* a posé le pied sur une serpillière qu'il passe devant le grand bac. Puis d'un geste brusque, il l'envoie glisser dans un coin.

— Je te présente l'abbé…

Il laisse un petit temps, semblant savourer le moment.

— L'abbé noir… Celui qui pousse à la confession.

Et il a un petit sourire. Je remarque au même instant que l'extérieur de la baignoire, à dix centimètres de mon visage, est peint en noir. Il a l'air fier de son petit jeu de mots. Est-ce lui qui l'a inventé ou est-ce une blague que l'on se transmet entre tortionnaires depuis des générations ?

L'absence de réaction de ma part semble le décevoir. Il disparaît et me laisse avec les deux autres. Ses pas s'éloignent dans le couloir avant de s'estomper. Le silence se pose.

Je reste la tête droite, observant tout ce que peut capter mon champ de vision. En face, posée contre le mur à côté de la baignoire, je remarque d'abord une lourde barre de fer. Puis mon attention est attirée par les chaussures usées des deux hommes, consolidées par des clous ou des morceaux de cuir, et le bas de leurs pantalons élimés. Ça me rassure presque. Serions-nous tous logés à la même enseigne ? Miséreux quel que soit notre camp.

L'un d'eux va rechercher la serpillière et l'essore au-dessus de la baignoire. Je ne la vois pas, mais j'imagine la couleur du jus qui s'en dégage. Puis il la passe au ras de mes jambes repliées avant de la renvoyer violemment dans son coin où elle s'écrase avec un bruit mou et spongieux.

Aucun mot n'a été prononcé. Des doigts tapent nerveusement contre le mur. L'attente se prolonge. Est-ce l'impatience de se lancer dans l'épreuve de force ou un peu d'anxiété ? Peut-être a-t-on envoyé des jeunes recrues se faire la main sur une femme.

Le robinet goutte. Et j'entends aussi tout près de moi la bonde qui laisse filtrer un filet d'eau. Manque d'étanchéité. Qui explique que la tuyauterie tremble régulièrement au sous-sol quand ils tirent de l'eau.

Plusieurs personnes progressent vers nous dans le couloir. Pas de voix, juste des pas. Leurs semelles claquent sur le parquet comme celles d'une troupe de soldats. Puis ils entrent. Ils sont quatre. Je m'oblige à ne pas lever la tête pour ne rien montrer, ni peur ni intérêt.

J'observe les pieds qui s'approchent de la baignoire. L'un des hommes est pieds nus et ses orteils ont pris une couleur violacée inquiétante. L'ongle d'un de ses pouces est cassé en deux, bleu foncé. Un autre manque. Presque instinctivement, je relève alors la tête et, malgré ce qu'il a subi, je reconnais Paul. Son visage tuméfié est fermé. Il a pris des coups.

Et pas uniquement des gifles. Une longue blessure a entaillé son front. Ses yeux boursouflés sont rivés au sol. Ce qui me foudroie particulièrement, c'est que son éternel sourire a disparu. Effacé de son visage. Même dans certaines situations tendues il ne perdait jamais ce sourire-là ; là, je doute qu'il reparaisse un jour.

Il savait que c'était lui qu'ils cherchaient en priorité et qu'en cas d'arrestation c'était lui qui subirait les sévices les plus rudes.

Il est solidement maintenu devant la baignoire par les deux hommes qui l'ont porté jusqu'ici. Il ne reste pas grand-chose de sa chemise. Seul un bouton maintient le tissu qui cache à peine les ecchymoses sur sa poitrine et une multitude de stries rouges sur le ventre, traces de coups acharnés. Il a les mains liées dans le dos. Son pantalon, qu'il porte bas sur les hanches faute de ceinturon, est maculé de sang et d'autres taches.

Ses yeux meurtris restent fixés sur le carrelage. Il m'a juré qu'il ne parlerait pas, et je suis sûre qu'il n'a pas craqué, contrairement à ce qu'a essayé de me faire croire le *Belge*.

Celui-ci l'empoigne fermement par les cheveux et lui fait relever la tête vers moi.

— Et elle, tu ne la reconnais pas, peut-être ?

Aucune réponse. Pas même un regard. Comme si Paul ne voulait surtout pas croiser le mien.

— Ta p'tite chérie… Elle est encore belle, non ?

Il insiste en poussant Paul vers moi. Ses narines sont cerclées de sang séché ; sa barbe naissante aussi a emmagasiné des plaques coagulées. J'aperçois également ses gencives à vif. Bien que *le Belge* le maintienne tout près, ses yeux restent totalement vides et ne se posent nulle part.

— Si tu veux qu'on préserve son beau p'tit minois, il va falloir nous raconter ce que vous faisiez ensemble.

Et d'un geste brusque qui montre une sacrée force, il lui fait décrire un rapide arc de cercle et lui plonge la tête dans la baignoire. L'eau glacée qui m'atteint me fait sursauter. Je tourne la tête sur le côté pour éviter le sordide spectacle. Paul est un pantin désarticulé. Qui attend la mort. Il reste ainsi dix ou vingt secondes sans bouger, puis *le Belge* le remonte à la surface et le présente à nouveau devant moi.

— Lève la tête.

Il s'adresse à moi. Je ne réagis pas.

— Lève… la… tête.

Le ton qu'il emploie n'appelle aucune alternative. J'obéis. Le visage et le haut du buste de Paul dégoulinent. Ses yeux sont fermés. Gonflés. Sa bouche s'empare de tout l'air qu'elle peut ; son asthme doit limiter sa capacité à tenir en apnée.

Le Belge lui murmure à l'oreille.

— Vous voulez faire une petite baignade ensemble, c'est ça ?

Et il le replonge avec une vigueur impressionnante. J'ai devant moi les jambes de Paul suspendues au-dessus du carrelage. Ses pieds se crispent. Ses deux mains liées par une corde solide se tordent dans leur carcan étroit. Je ne peux détacher mon regard de ses doigts qui s'agitent comme pour accrocher encore un peu d'air. Puis ils se tendent. Je ne sais pas combien de temps dure l'immersion. Sûrement trop longtemps.

Il est ramené à la surface. L'air s'engouffre bruyamment dans ses poumons. Il tousse violemment. De l'eau tombe en cascade sur le sol. Puis l'opération se répète.

Inlassablement. *Le Belge* pose une question à Paul qui reste toujours muet, alors il l'immerge à nouveau en le tenant solidement d'une seule main. Et chaque fois Paul revient en aspirant l'air à pleins poumons avec un sifflement sinistre, comme si tout son corps appelait l'oxygène. *Le Belge* le menace de me faire subir le même traitement s'il ne parle pas, il lui dit que ce n'est pas la peine de faire le brave devant moi car il finira bien par cracher ses secrets. Il l'insulte, trouve déplorable qu'il n'assume pas son action clandestine, le trouve bien valeureux mais inutilement car un de ses adjoints a déjà donné d'autres noms. Et il a beau le secouer, lui hurler à l'oreille que ce n'est pas faire preuve de courage que de garder le silence comme ça, Paul reste le même, insensible, attendant la prochaine plongée.

Je suis presque trempée maintenant par l'eau qui déborde à chaque descente ou remontée. Et je commence à sentir monter une angoisse effrayante. Mélange de peur brute que provoque cette barbarie, mais aussi de rage devant la souffrance de Paul face à la mort. J'ai l'impression qu'à chaque plongeon il se retrouve nez à nez devant *elle*, épuisant chaque fois un peu plus ses facultés à résister. Mais survivant quand même à l'épreuve. Je me sens oppressée, impuissante devant ces sévices, prostrée contre la baignoire comme un animal que l'on martyrise pour passer ses nerfs. Ici toute notion de résistance, d'action contre l'Occupant, semble anéantie, lointaine, reléguée à jamais. Les idéaux sont toujours là, ils aident à surmonter les épreuves, mais c'est avant tout l'instinct de survie qui nous guide.

Le Belge laisse parfois Paul recouvrer un peu ses esprits et un semblant de respiration. Il sait qu'il faut le ménager s'il veut le garder vivant, montrant là une certaine pratique de cette activité. Je suis d'ailleurs surprise de le voir agir seul. Les quatre autres gaillards se contentent de le regarder faire, les bras croisés. Un peu comme si *le Belge* voulait que ce soit un combat d'homme à homme. Qu'il y ait une certaine équité ; certaine, car Paul a les mains bloquées dans le dos et aucun moyen de se défendre.

Pendant les pauses, *le Belge* m'observe. Sans rien dire. Des gouttes de transpiration suintent sur ses tempes. Ses aisselles humides ont assombri sa chemise éclaboussée dont il a remonté les manches. Je me contente aussi de le regarder sans rien exprimer. Je ne veux ni lui montrer l'angoisse qui me ronge le ventre ni demander la grâce de mon soi-disant amant. Ce serait le satisfaire. Lui prouver que sa monstruosité est efficace.

Décidant de reprendre les hostilités, il s'empare de la barre de fer posée à sa portée. Une fois Paul plongé dans l'eau glacée, il l'abat de toutes ses forces sur son dos, ses jambes ou ses pieds. Un grand coup sec sur un endroit précis. J'entends résonner contre les parois de fonte les cris que Paul pousse sous l'eau. *Le Belge* l'oblige ainsi à ouvrir la bouche pour recracher son oxygène plus vite. Et il le remonte, au bord de l'apoplexie, réactivant le souffle rauque de sa respiration d'asthmatique.

Il accélère le rythme, hurle ses questions, le brise avec la barre de fer, le fait revenir des mains de la mort, le laisse suffoquer, tressauter sous le manque d'oxygène, meurtri par l'air qui envahit ses poumons. Et les hurlements de Paul se répercutent encore dans la baignoire, tout autour de moi, comme si j'étais enfermée dans un caisson, submergée par les vagues d'eau gelée qui me tombent dessus à chaque mouvement, commençant à m'asphyxier moi aussi dans cette terreur, dans cette peur inhumaine qui broie mes viscères, me retire progressivement toute faculté de réfléchir.

Je sais qu'il faut tenir, ne pas se laisser anéantir par cette violence. Pourtant un cri supplémentaire de Paul après plusieurs coups acharnés sur sa colonne vertébrale me fait perdre tout contrôle. Je me mets à geindre. À pleurer comme une enfant terrorisée dans son sommeil par le pire des cauchemars. À trembler sans pouvoir rien retenir. À évacuer tout ce que je garde depuis que je suis séquestrée ici. Je hurle. Le fait de craquer accentue encore ma frayeur car je sais que *le Belge* va profiter de ma réaction pour changer de cible et s'en prendre à moi pour me faire parler. Pourtant mon corps continue de s'exprimer sans que mon cerveau puisse le maîtriser. Je sens que je deviens presque hystérique. Tous mes membres vibrent, à l'intérieur comme à l'extérieur. Incontrôlables. Désordonnés. Les sanglots se transforment en cris oscillant entre l'aigu et le grave. Je hurle. Mes coudes se cognent au mur et à la paroi rugueuse de la baignoire. Puis c'est au tour de ma tête de percuter la fonte. Encore. Encore. Je ne peux pas m'arrêter. La machine s'emballe. Une machine folle. Sans esprit.

La chaleur de l'urine est presque réconfortante. Elle descend lentement entre mes jambes, gorgeant le tissu de ma jupe encore imbibée d'eau. Quel bonheur de libérer cette vessie ! De ne plus sentir ce poids sur le bas-ventre. Ce n'est peut-être pas très glorieux, mais au point où j'en suis… Et puis c'est un véritable soulagement après ce que je viens d'endurer. Comme une récompense.

Ils ont eu du mal à me remettre dans mon placard tellement je tremblais. Je ne me débattais pas, j'étais encore dans un état de semi-démence. Comme une crise de nerfs étouffée. Ça a mis du temps à retomber. Au début j'avais sans arrêt des sursauts entre mes quatre parois, chaque mouvement un peu brusque augmentant le niveau de douleur, ce qui me rendait plus agitée encore. Puis mon esprit s'est progressivement calmé et j'ai cessé de remuer, parvenant à trouver une position à peu près supportable.

Je n'ai croisé le regard de Paul qu'en partant. Furtivement. Au milieu de la confusion créée par ma furie, lorsque *le Belge* a ordonné à mes deux gardiens de m'évacuer. Un moment bien choisi pour que cet échange silencieux ne soit perçu par aucun des hommes qui nous entouraient. Sur son visage marqué par les coups, son regard exprimait de l'accablement mais aussi de l'encouragement. Sans doute d'ailleurs tout autant pour moi que pour lui-même. Il savait que mon état n'était pas feint et il voulait me transmettre un peu de sa force pour affronter la suite. Je sais qu'il restera muet jusqu'au bout. Jusqu'à la mort s'il le faut. D'une part pour rester fidèle aux idées et aux actions pour lesquelles il s'est fait arrêter, pour ne trahir aucun de ceux qu'il a engagés auprès de lui, mais également, au nom de l'amitié qui le lie à mes parents, pour que je ne plonge pas par sa faute. Pauvre Paul. Son martyre risque d'être long. Je dois prier pour lui.

Ma respiration est hachée. Bien que je sois parvenue à me calmer, je reste encore en état de choc, à la fois par ce dont j'ai été témoin, mais aussi à cause de ma réaction. Sentir que je ne contrôlais plus mes émotions a été extrêmement perturbant. Comme si j'étais sortie de mon corps pour regarder la scène. Me voir recroquevillée contre la baignoire, gesticulant comme une damnée, observant ma folie passagère. Ne me reconnaissant pas. Je ressasse sans arrêt ces convulsions sans parvenir à les accepter. Refusant d'assumer cet état second. La douleur est plus forte à l'intérieur que les ecchymoses que je dois avoir à la tête après les coups que je me suis donnés sur la fonte et sur le carrelage.

Ma cage est maintenant remplie d'effluves un peu plus poisseux encore, cocktail ténu de transpiration âcre et d'urine tiède, crasse pénétrante dont sont désormais chargés mes vêtements.

Ils ont laissé la lumière allumée, je ne m'en suis pas rendu compte tout de suite. J'ai collé mon œil à l'interstice qui m'ouvre sur l'extérieur. Courte perspective sur les vestiaires alignés, le sol en terre battue. Tout a l'air gris. Comme déjà en état de décomposition. Comme ceux qui sont là.

J'entends une respiration sifflante sans distinguer d'où elle provient. Est-ce toi, Paul ? Je n'arrive pas à savoir combien nous sommes exactement. Plus aucun son ne me parvient d'à côté. Est-ce que certains meurent dans ces cercueils verticaux ? Sans doute. Il y fait un froid de morgue. Comme pour conserver les cadavres de ceux que l'on retrouverait après plusieurs jours de séquestration. Bizarrement ce n'est pas la mort en elle-même que l'on redoute, mais plus la manière dont elle viendra, le temps qu'il faudra pour qu'elle nous achève. Nous sommes à sa merci. À leur merci.

Le jus de légumes me brûle l'œsophage. Mais c'est une douleur agréable. Bienfaitrice. Je me force à mâcher doucement le croûton noir qui fait office de pain, essayant de sentir s'infiltrer dans mes veines les rares calories qu'il contient peut-être. Gonflé par le jus dans mon estomac, il me donne l'illusion de me nourrir pleinement.

Pourtant manger me fait presque peur tant mes intestins me tirent. En fait, j'ai peur de provoquer une occlusion à force de me retenir. Je ne sais pas comment je vais faire s'ils ne m'accordent pas un passage aux toilettes. Et en même temps je ne peux pas non plus refuser cette ration qui me réchauffe.

La pièce doit être une ancienne chambre ; tous les meubles ont été retirés, ne reste ici aussi que le contour poussiéreux d'une tête de lit dessiné sur le papier peint de l'un des murs. La fenêtre est condamnée par le tissu noir opaque. Je suis assise à même le parquet.

Quand les deux sbires sont venus me chercher pour m'emmener jusqu'au premier étage, j'ai cru que c'était pour une nouvelle confrontation avec *le Belge*. Pourtant nous ne sommes pas entrés dans l'appartement de droite où se déroulent les interrogatoires, mais dans celui de gauche. Aussi vide que l'autre. J'ai aussitôt perçu des effluves de poireau. Deux hommes riaient derrière une porte fermée devant laquelle nous sommes passés. J'ai pensé à une cuisine, l'odeur était plus forte.

Mes gardiens m'ont déposée au fond d'un couloir dans cette chambre déserte. Dans un coin traînaient deux assiettes vides. L'un des hommes les a ramassées et ils sont repartis. Je suis restée peut-être une demi-heure, le menton sur les genoux, tentant de former une boule de tout mon corps pour combattre le froid qui semble ici plus vif encore qu'en bas. Et ce fichu courant d'air qui se glisse par la cheminée.

Les rires ont continué au loin. Mais toujours aucun son ne parvenant de l'extérieur. Aucun indice pour distinguer le jour de la nuit. Cette volonté de me repérer dans le temps, comme si ma survie en dépendait.

Puis un des deux hommes est revenu avec une assiette pleine de bouillon et ce croûton noir. Il n'a pas dit un mot. Il les a déposés devant moi et a disparu. Comme pour les deux verres d'eau qu'ils m'avaient accordés, j'ai pensé un instant que le liquide pouvait être empoisonné, pour m'affaiblir, ou peut-être pour me tuer, mais j'ai vite chassé cette idée.

N'ayant pas de cuillère, je bois à même le récipient, m'efforçant d'ingérer lentement le breuvage et le pain pour que mon corps les absorbe au mieux. J'ai l'impression de pouvoir suivre l'évolution de la chaleur dans mon organisme. Mais les frissons persistent sous mes vêtements encore humides.

Une cohorte dans le couloir. Ils viennent déjà me chercher. Je finis d'un trait. Il ne me restait que deux gorgées. Je pose rapidement l'assiette à côté de moi et m'appuie contre le mur, les cuisses rabattues contre mon torse pour qu'ils ne voient pas qu'ils interrompent mon repas plus que frugal mais savouré.

Deux hommes de la maison apparaissent avec un détenu d'une trentaine d'années qui doit sortir de chez « l'abbé », trempé de la tête aux pieds. Ils le déposent par terre contre le mur opposé à celui contre lequel je me tiens ; il n'a apparemment plus la force de tenir debout tout seul. L'un des deux repart tandis que l'autre reste en faction à l'entrée. Je rencontre son regard. Il m'adresse un sourire conciliant. Presque gentil. Je me méfie.

Le prisonnier en face de moi est quasi inconscient, secoué toutes les dix secondes par de violents soubresauts. Le choc. Thermique sans doute. Mais sûrement aussi psychologique. Ses poumons encore meurtris par le manque d'air font le bruit d'une pompe à vélo.

Le second gardien revient avec une bouteille sans étiquette et deux petits verres à liqueur. Il se penche sur le revenant de l'enfer et verse ce qui doit être de l'alcool dans un des verres qu'il place entre ses mains. « Il faut boire ça… Ça va te réchauffer… » lui glisse-t-il en prenant soin qu'il ne lâche pas le récipient en le portant à sa bouche. L'homme boit une gorgée et tousse bruyamment. Le gardien retient le verre et l'incite à en prendre un peu plus. Il recommence, doucement, et sa toux est moins forte.

Le gardien se redresse, veillant un instant à ce qu'il continue de boire. Puis il s'approche de moi et me tend l'autre verre. Je dégage ma main d'entre mes cuisses et m'en empare, tremblant légèrement. Il y verse de l'alcool jusqu'à ras bord. Je fais attention de ne rien renverser et pose un instant le verre sur l'un de mes genoux. Le type m'observe ; nos regards se jaugent, chacun d'un côté de la barrière qui nous sépare. Je le remercie. Il se contente d'un bref sourire en retour. Puis j'approche prudemment le verre de mes lèvres et renifle le liquide dont la seule émanation m'étourdit déjà.

La première gorgée de cette eau-de-vie enflamme immédiatement ma gorge, et le mouvement provoqué par la toux fait s'échapper quelques gouttes qui glissent sur mes doigts. La rencontre avec une petite plaie me fait l'effet d'une aiguille chauffée à blanc qu'on m'enfoncerait dans la peau. Je ferme les yeux pour évacuer la douleur, puis bois à nouveau, de peur qu'on ne m'enlève ce précieux remède. La chaleur de l'alcool se répand dans mon sang, dans mes artères. Il m'enivre instantanément compte tenu de l'état d'épuisement dans lequel je suis. Je bois encore.

Le type tourne les talons et sort, s'éloignant dans le couloir. Le gardien en faction à la porte arbore toujours son sourire presque courtois. Ses yeux se cachent sous des sourcils touffus, mais j'y perçois quand même comme de la compassion.

Il sort un paquet de cigarettes de la poche de sa veste, va pour en prendre une, puis marque un temps d'arrêt. Il s'approche alors de moi et m'en propose une. J'hésite. L'interroge en silence. Regarde le paquet, des cigarettes allemandes. Soupèse ma décision. Et en prends une. Il sort un briquet d'une autre poche pour me l'allumer.

La première bouffée me brûle les poumons et je recrache brusquement la fumée en toussant. Il sourit et va en proposer une à l'autre prisonnier qui ne bouge pas, tenant le verre devant lui dans ses deux mains, les yeux clos. Alors il se baisse et guide le verre jusqu'à la bouche du blessé qui boit de manière automatique. Sa respiration reste difficile. Saccadée.

Le gardien retourne ensuite sur le pas de la porte en s'allumant une cigarette. J'inhale à nouveau le tabac qui semble me détendre. Je me sens encore glacée à l'intérieur, mais je ne tremble plus. Je bois encore un peu d'eau-de-vie puis enchaîne sur une autre bouffée. Je ne veux pas me précipiter afin d'en profiter, mais la crainte de ne pas avoir le temps de déguster tout ce qu'on m'a offert me presse malgré tout.

Posté à l'entrée, l'homme observe l'autre prisonnier qui boit seul maintenant. Puis il me sourit en tirant sur sa cigarette, toujours avec un air un peu gêné.

— *Krieg nicht gut*… me sort-il alors, comme désolé. La guerre, pas bon.

Je le regarde un instant, troublée, mais ne réponds pas. Je ne lui rends pas non plus son sourire. J'aimerais bien, mais c'est un Allemand, et même s'il se montre gentil, sincère peut-être, je n'ai vraiment pas le cœur à lui exprimer la moindre sympathie.

Auray, Morbihan. Mai 2006

Je coupe la radio sitôt franchi la grille du parc. Comme si le silence s'imposait.

L'allée de platanes qui mène jusqu'au bâtiment forme une voûte sombre, sorte de crypte végétale. L'inscription *Couvent Sainte-Cécile*, mentionnée sur une ancienne plaque de céramique fixée à l'une des colonnes de l'entrée, rappelle tout de suite dans quel genre d'endroit on pénètre. Toutefois une seconde plaque plus récente vous précise que le couvent a été reconverti en maison de retraite. *Maison Sainte-Cécile*, y lit-on.

Apparemment le lieu a bonne réputation. Pas de scandales de mauvais traitements ou autres problèmes d'hygiène et de soins. Située à l'ouest de la ville, *Sainte-Cécile* est une maison agréable pour y terminer ses jours quand on ne peut plus être indépendant et que l'on doit définitivement abandonner son domicile pour emménager dans quinze mètres carrés avec ses meubles préférés. Ceux qui peuvent s'offrir, avec ou sans l'aide de leur famille, le confort et les services de cet établissement privé, peuvent vivre leurs dernières années en évitant une part des souffrances liées à la vieillesse. Un relatif soulagement lorsque vient la fin. Et pour ceux qui peuvent encore marcher, il y a un grand parc avec ses bancs et ses promenades ombragées.

C'est ma propriétaire qui m'a parlé de tout cela, le jour où je suis allé chez elle pour signer mon bail. Elle m'a vanté le standing des lieux, sans doute pour se dédouaner du fait qu'elle loue l'appartement de sa mère qui vit ici depuis trois ans et qui s'est rapidement habituée à l'endroit.

Ma grand-mère, elle, n'a jamais pu vraiment se faire à la maison où on l'avait installée. Il faut dire qu'elle n'a pas eu le temps de s'adapter, car un peu plus d'un an après son entrée, elle est repartie. Pour son dernier voyage cette fois-ci.

Pourtant, malgré tout le bien que l'on dit sur la *Maison Sainte-Cécile*, un de ses pensionnaires a subi un traitement un peu différent des autres, et c'est lui que je viens voir, bien qu'on m'ait déjà prévenu qu'il sera dans l'impossibilité de témoigner. Son témoignage, il faudra le trouver autre part, tout autour, car seule une enquête peut faire parler un mort.

Le lieutenant Chenu, appelé tôt ce matin sur les lieux, m'a prévenu un peu avant huit heures pour que je vienne directement sur place. « C'est un homicide », m'a-t-il annoncé avec une certaine solennité. Homicide, ce n'est pas si fréquent dans le coin. Les morts surviennent généralement plus sur les routes, dans des accidents ménagers et des noyades en période estivale. Et puis « homicide », pour les jeunes recrues qui s'ennuient un peu par ici, ça a un côté police scientifique américaine, ça fait davantage « scène de crime ».

Pourtant lorsqu'il a prononcé le mot, mon cœur aussi a piqué un petit sprint. Un peu plus d'un mois que je suis affecté à cette bourgade bretonne en tant que commissaire, et voilà que surgit un meurtre. Ou un assassinat, selon la détermination que l'on pourra faire ou non d'une préméditation. Pendant mon stage dans la banlieue parisienne puis à Lyon, j'ai eu l'occasion de pointer mon nez sur des lieux de crime, j'ai été en contact avec des cadavres, des histoires troubles, tordues, mais là c'est différent, car l'enquête va s'ouvrir sous ma direction. S'il s'agit bien d'un homicide. Toujours rester vigilant. Supposer avant d'affirmer. Remettre en question. D'abord voir de quoi il retourne vraiment avant de se lancer dans des hypothèses ou des conclusions hâtives.

Le couvent apparaît enfin derrière les frondaisons. Une façade XIXe imposante au milieu de laquelle trône, dans une niche, une représentation de sainte Cécile, la patronne des lieux. Derrière, le clocher de la chapelle se détache sur le bleu pur du ciel de ce tout début de matinée.

Au pied du perron stationnent la voiture de police et un van du SAMU dont le hayon est ouvert. Sur les marches, un journaliste, appareil photo en main, discute ou négocie avec un de mes agents. Ça me fait encore drôle de parler de « mes » agents, mais c'est un fait, il faut que je m'y habitue.

Je gare ma voiture sur le parking à côté de la bâtisse et prends dans le vide-poche de ma portière une paire de gants en latex.

En tournant au coin du bâtiment, je retrouve l'agent seul sur les marches du perron.

— Il est où, le photographe ? je lance en lui tendant la main.

Ses joues pâles virent au rouge et il me montre l'intérieur du bâtiment en bredouillant des mots que je ne prends pas la peine d'écouter.

— Je ne veux personne à l'intérieur, j'ajoute en prenant les marches deux par deux.

Le photographe est déjà à l'autre bout du couloir de l'entrée, s'apprêtant à franchir une porte qui donne sur une petite cour.

— S'il vous plaît !...

Ma voix résonne sur la pierre des murs et sur la tomette rutilante. Mais le bonhomme feint de ne pas m'entendre. Alors je lance un « Oh ! » un peu virulent et plus fort qui le stoppe net dans son élan. Je m'approche de lui sans presser le pas, passant devant l'accueil encore fermé à cette heure. En arrivant à sa hauteur, je distingue dans le contre-jour son air parfaitement innocent.

— Personne sur les lieux pour l'instant, s'il vous plaît.

— Mais il m'a laissé entrer... me répond-il en désignant vaguement l'agent à l'extérieur.

— Lui peut-être, mais moi non... Allez...

Et je pousse la porte qu'il tient encore ouverte. Il résiste un peu.

— Je suis le nouveau commissaire, commissaire Bellanger, et donc c'est moi qui décide. Désolé.

Je finis par un sourire conciliant. Alors il lâche la porte qui se referme avec un léger grincement.

Des yeux, je lui indique la direction de la sortie où se tient mon jeune agent qui se balance d'une jambe sur l'autre. Le journaliste hésite d'abord, mon sourire se fait un peu plus aimable, puis il se résout à rebrousser chemin. Je l'accompagne.

— Je ne suis pas là pour vous empêcher de travailler, vous savez, mais je préfère qu'on fasse les choses dans l'ordre… Merci.

Sans doute un peu vexé, il me gratifie d'un sourire forcé et s'engouffre dans la lumière.

L'agent reste là, à l'entrée, les mains pendantes, visiblement mal à l'aise.

— Pour l'instant toute personne extérieure à l'établissement reste dehors…

— Bien, commissaire.

Je vais pour repartir.

— Ça se passe où, au fait ?

— Au premier étage. Aile B. Le lieutenant Chenu est déjà là-haut avec deux agents.

— Merci.

Je lui adresse un sourire courtois pour essayer de faire oublier ma froideur première. Il se détend un peu.

L'espace intérieur de l'hospice est un petit jardin avec quatre bancs, une croisée de chemins et une allée circulaire qui donne accès à chacun des quatre bâtiments. Le tout soigneusement coloré par des parterres de fleurs. Apparemment ce sont les sœurs qui s'occupent des choix floraux, en accord avec les jardiniers qui entretiennent le domaine. Elles ne dirigent plus les lieux depuis qu'ils sont à capitaux privés, mais certaines sont restées là pour apporter du réconfort aux locataires de passage, soit en leur tenant compagnie, soit en les accompagnant quand il s'agit de partir pour de bon. Elles sont une vingtaine à être restées, leur communauté ayant conservé une des ailes lorsque le couvent s'est transformé. Elles aident également à l'office dans la petite chapelle, chaque dimanche quand vient le prêtre.

C'est encore ma pipelette de propriétaire qui m'a raconté tout cela.

Sur un des bancs se tient un vieux monsieur vêtu d'un gilet à grosses mailles sur une chemise et cravate, avec aux pieds des chaussures impeccables en cuir. Il m'offre un sourire chaleureux et, sans dire un mot, me pointe d'un doigt couvert de tâches de vieillesse l'entrée de l'aile B. Il m'a sûrement entendu parler au photographe ou bien il se doute que je viens rejoindre les policiers qu'il a déjà vus passer. Je le remercie d'un signe de tête et son sourire se fait plus cordial encore, toujours dans le silence.

Derrière lui, dans une galerie du rez-de-chaussée, deux femmes de service en blouse rose poussent devant elles un chariot où sont superposés les plateaux de petits-déjeuners.

Dans la longue coursive qui dessert les chambres du premier, c'est assez facile de repérer où ça se passe, il y a devant une porte un groupe de képis, de blouses blanches et roses et de chemises de nuit. Sur le seuils précédents, des personnes âgées se tiennent contre le chambranle pour observer le petit attroupement. L'éclatante lumière du soleil matinal illumine toute la scène en biais, les ombres des fenêtres quadrillant l'ensemble. Les blouses des infirmiers et des femmes de service semblent phosphorescentes sous l'intensité.

Les agents discutent avec les hommes du SAMU et les employées de la maison. L'une d'elles est assise sur une chaise un peu en retrait, son regard plongé dans le vide. Une autre s'est accroupie devant elle, une main sur la sienne. Deux pensionnaires se sont risqués jusqu'au groupe pour satisfaire leur curiosité ;

des femmes de service tentent de leur faire comprendre qu'il ne faut pas rester là.

Une odeur de café de réfectoire un peu écœurante traîne au-dessus de tout ça. Quand j'allais voir ma grand-mère en fin de journée, il y avait toujours un relent de soupe qui soulève le cœur, mélangé aux effluves d'urine et de détergents qui tentent vainement de les masquer.

Le premier à m'apercevoir est le lieutenant Chenu ; un peu plus jeune que moi, il s'est rasé les cheveux pour faire disparaître une calvitie prématurée.

En passant près des deux vieux messieurs que les femmes de service essaient de raccompagner, j'entends des murmures, des mots comme « affreux ! », « incroyable… » ou « je ne comprends pas… »

Remarquant l'attention distraite de Chenu, les deux autres agents se tournent aussi vers moi. Je suis sûr qu'ils restent surpris par mon âge. Quand je me suis présenté en arrivant, j'ai bien perçu dans les regards l'étonnement de leur voir attribuer un si jeune commissaire. Certains des agents sont plus vieux que moi. Mais je m'y attendais. À trente et un ans, on est un jeunot à ce poste. Du coup je me suis senti obligé d'expliquer rapidement mon parcours, quelques années de droit, une formation de police scientifique, puis le concours de commissaire, le stage, et enfin ma première affectation.

Je ne voulais pas m'excuser pour mon âge, mais leur montrer que j'ai toujours voulu faire cela et que j'ai gravi les échelons les uns après les autres pour y parvenir. Je leur ai aussi précisé que j'ai atterri dans cette petite ville du Morbihan par choix ; étant sorti dans les vingt premiers du concours, j'aurais pu demander une affectation plus prestigieuse, mais je me foutais du prestige, je voulais commencer ma carrière par un endroit simple, un coin du pays comme un autre.

Le lieutenant Chenu vient à ma rencontre et me tend une main que je serre rapidement.

— Bonjour commissaire. C'est ici.

La porte est close, comme si elle renfermait un monstre diabolique que nul n'oserait affronter.

— Personne n'est entré, comme vous l'avez demandé. À part madame…

Du menton il me désigne la femme de service prostrée sur la chaise avec sa collègue toujours accroupie devant elle.

— C'est elle qui l'a trouvé. Elle a aussitôt prévenu la directrice…

Il me fait pivoter dans l'autre sens vers une femme d'une cinquantaine d'années dont je vois instantanément à la mine grise qu'elle est un peu dépassée par les événements.

— Madame Prenchère, se présente-t-elle en me tendant la main.

— Commissaire Bellanger…, je glisse en la lui serrant poliment.

Son sourire transforme subrepticement son visage en quelque chose de délicat.

— C'est moi qui ai appelé… J'ai juste passé la tête pour vérifier…

Mais la terreur assombrit à nouveau ses pupilles quand elle évoque cela.

Je remarque qu'il n'y a plus un bruit autour de nous. Dans la coursive en face, les deux femmes de service que j'ai vues en bas font du porte à porte pour livrer les petits-déjeuners. Leurs « Bonjour ! » lointains mais haut perchés quand elles entrent dans les appartements nous parviennent par les fenêtres ouvertes.

— Vous avez eu l'Identité judiciaire ? je demande à Chenu.

— Ils ne devraient pas tarder.

— OK, merci.

Je sors la paire de gants de la poche de mon blouson et les enfile. Je prends mon temps, d'une part parce que c'est une manière de me concentrer, mais aussi parce que je réalise que vient l'instant de me lancer pour la première fois à l'assaut d'une enquête que je dirige.

Je pousse la porte et fais signe à Chenu de me suivre. Derrière lui les cous se tendent et se tordent instinctivement pour apercevoir quelque chose. Je ferme doucement après mon lieutenant. De l'autre côté les murmures reprennent.

Nous restons un instant sur le seuil à observer l'ensemble. Les rideaux sont encore tirés et les volets fermés. La lampe de chevet est allumée, donnant une ambiance feutrée qui contraste avec la forte luminosité du couloir. Le lit médicalisé est fait, pyjama bien plié sur l'oreiller. Le reste du mobilier est rustique, la décoration sommaire. Il y a quelques photos encadrées sur un meuble : la famille sans doute, un couple et un enfant tout sourire, et le même enfant avec un vieux monsieur tout guilleret, sûrement le maître des lieux. La télévision est elle aussi allumée, mais aucun son n'en sort. Dans une atmosphère muette, une émission du matin bat son plein.

— La lumière était comme ça, et la télé aussi, le volume à zéro…

Le coin cuisine semble ne jamais avoir été utilisé. Il y a juste une bouilloire électrique, deux tasses, un sachet de thé, et une boîte de gâteaux au chocolat. La gourmandise des vieux a quelque chose de touchant.

Comme un enfant qui se régale avec un paquet de bonbons.

Près de la fenêtre a été aménagé un coin salon ; des journaux sont soigneusement empilés sur un guéridon. Le fond de la pièce s'ouvre sur une petite salle de bains plongée dans la pénombre.

Du sang sur le couvre-lit beige ; deux grandes giclures qui se sont assombries au contact du tissu. Le sang sur le lino, lui, est resté un peu plus vif. La petite flaque a progressé vers le frigo du coin cuisine.

Le vieil homme est étendu de l'autre côté du lit, sur le dos, les bras le long du corps, le thorax transpercé en au moins cinq endroits. À première vue par une lame, un objet tranchant. Pas une arme à feu. Les impacts sont dispersés sur le haut de l'abdomen, visant le cœur et les poumons. La chemise est imbibée de sang. Il y a effectivement homicide, pas de doute là-dessus.

— Yves Jouanaud. C'est son nom, me précise Chenu dans un murmure.

Le visage de la victime est serein. Éteint et pâle. Maigre et lardé de rides. Je dirais dans les quatre-vingts ans, quatre-vingt-dix peut-être. Il porte une alliance. La télécommande de la télé est à moins de un mètre de sa main gauche ; sous le choc, les piles sont sorties de leur compartiment. L'une d'elles a roulé jusqu'à la plinthe sous la fenêtre.

D'après la position du corps dans l'axe du fauteuil, la présence de la télécommande et la télé allumée, on peut déjà supposer que le vieil homme était devant son écran quand on est venu lui rendre visite. Visiteur du soir donc sans doute. Mais est-ce lui qui a coupé le son quand la personne est entrée ou est-ce le meurtrier qui l'a fait afin d'entendre les éventuels mouvements dans le reste de la maison ? Et la victime s'est-elle levée pour accueillir son visiteur ou s'est-elle dressée face à un danger, peut-être brusquement réveillée ?

Ce qui est surprenant, ce sont ses mules. Il les a encore aux pieds, alors que souvent dans ce genre de situation, quand une victime trébuche, recule ou s'écroule, elle perd un ou même ses deux chaussons. Mais cette fois-ci ils sont restés bien fixés à ses pieds, pointés vers le plafond comme s'il avait basculé d'un bloc sans pouvoir amortir sa chute, comme s'il s'était écroulé raide comme un arbre.

Cette télé muette ajoute à la scène une touche étrange. Je croise le regard de Chenu qui a l'air un peu impressionné. Il faut dire que le tableau a quelque chose de sordide. Voir qu'on a assassiné un être en apparence si faible, si fragile, est assez dérangeant. On est généralement plus habitué à retrouver les personnes âgées terrassées dans leur lit, étendues dans leur salon ou dans leur salle de bains suite à un arrêt cardiaque ou une rupture d'anévrisme. Mais le vieux monsieur qui gît ici devant nous, a été victime d'une attaque sauvage. Un acte empreint de lâcheté.

Le Belge est assis derrière son bureau. Une barbe naissante, peut-être de fin de journée. Je cherche toujours à me repérer. La fumée de sa cigarette s'envole lentement dans l'ombre.

J'ai retrouvé ma chaise. J'en profite pour étendre mes jambes, dégourdir mes muscles. Je me tiens droite aussi ; enfin j'ai l'impression, car mon séjour dans le placard commence à me tasser et mon dos a du mal à se déplier complètement.

Mes doigts ont pris une étrange couleur pourpre. J'arrive pourtant à les remuer. J'ai cru que *le Belge* allait les réduire à l'état de bouillie. C'était il y a deux ou trois séances, je ne sais plus vraiment. Après m'avoir demandé une nouvelle fois de lui raconter ma rencontre avec Paul, il a voulu en savoir plus sur notre relation intime. Comme je refusais de lui dévoiler cette part personnelle de notre histoire, il m'a calmement demandé de poser mes deux mains à plat sur le bureau. J'ai tout de suite pensé au cendrier, et je ne me suis pas trompée. Il a écrasé sa cigarette par terre puis a planté ses yeux dans les miens. Plusieurs secondes ont filé ainsi. Puis il s'est emparé du cendrier et a brutalement frappé ma main droite du plat de l'instrument.

De toutes ses forces. Je suis aussitôt partie en arrière en serrant mes doigts, me recroquevillant autour de ma main. Mes phalanges me semblaient aplaties.

D'un ton placide, il m'a demandé de remettre mes mains sur le bureau. Ce n'était pas une invitation mais un ordre. Un autre de ses sbires se tenait un peu en retrait, nous observant sans rien dire. Alors je me suis accrochée à ses yeux et les ai reposées à plat sur le bord du bureau. Cette fois il a frappé ma main gauche. J'ai senti une décharge dans le fond de mon estomac et ai retenu un hoquet de bile. Mes yeux se sont embués. J'ai tenté de soulager la douleur en enfermant mes mains entre mes cuisses. J'avais l'impression d'avoir posé mes doigts sur un fil électrique dénudé. Je serrais les dents pour réprimer tout hurlement de douleur. Et de rage.

Toujours aussi tranquille, il m'a à nouveau intimé l'ordre de les poser devant moi. La noirceur de mon regard n'y faisait rien. D'ailleurs sans doute cette noirceur avait-elle été atténuée par la seconde déflagration. Il m'a fait payer mon impudence en attendant presque une minute avant d'écraser l'extrémité de mes phalanges droites sous le verre épais du cendrier. Un coup sec et puissant. Je n'ai pas hurlé mais des larmes se sont déversées, lourdes comme de fluides gouttes de mercure. Impossible à retenir, il fallait expulser cette douleur qui se cloîtrait fièrement à l'intérieur. Par contre je suis parvenue à maintenir mes mains sur le bureau et à l'affronter encore malgré les larmes qui brouillaient ma vue. Il a frappé à nouveau. À gauche. Gémissement contenu. Flux de larmes supplémentaires, mais je résistais toujours.

Je ne sais pas combien de fois il a renouvelé l'opération. Peut-être dix fois, peut-être vingt. Et plus il s'acharnait sur le bout de mes doigts, plus c'était douloureux, mais moins je ressentais l'envie de le supplier d'arrêter. Une fois les premiers coups encaissés, je parvenais à supporter les autres. Je souffrais atrocement mais je continuais à serrer les dents. À en briser l'émail. Lui restait totalement serein, inexpressif. Je pense en fait que mon regard qui ne le lâchait pas l'exaspérait. Nous étions à égalité, je le sentais ; nous étions tous les deux fermement campés sur nos positions, et malgré le cœur qu'il mettait à me brutaliser, il ne parvenait pas à prendre l'ascendant. C'est ce qui m'a fait tenir dans ce tourbillon insensé où la conscience est à la limite de flancher.

Puis, sans un mot, il a ordonné qu'on me reconduise à mon étroite cellule. Alors seulement quand je me suis retrouvée seule j'ai pleuré. En silence. Imbibant mes doigts avec mes larmes pour tenter de les soulager. Mais impossible de les bouger. J'avais peur qu'ils ne soient brisés. La douleur a mis du temps à se calmer. Plusieurs jours.

La première fois qu'ils m'ont fait ressortir, j'ai vu que mes mains étaient bleues. Ils m'accordaient enfin un passage aux toilettes. Comme s'ils avaient attendu que je ne puisse pas les utiliser pour m'octroyer cette faveur. Une manière de contrarier mon soulagement, ayant du mal ne serait-ce qu'à dégrafer les boutons de ma jupe. Toujours est-il que je pouvais quand même remuer mes doigts, toutes les fonctions étaient là. *Le Belge* devait avoir une technique avec le cendrier pour les meurtrir sans les casser.

— Nous sommes allés mener notre petite enquête dans votre mairie…

Une griffure sur sa joue, près de l'oreille. Je me demande si c'est un prisonnier qui a tenté de se venger des sévices subis ou si c'est la conséquence d'ébats forcés ou monnayés au cours d'une de ses soirées que j'imagine bien arrosées.

— Nous avons interrogé vos collègues ainsi que les services allemands qui travaillent avec l'administration. Apparemment vous êtes très appréciée là-bas… Ils sont tombés des nues quand nous leur avons appris que nous vous avions arrêtée. Ils ne vous soupçonnent de rien et vous trouvent très impliquée dans votre travail. Et toujours de bonne humeur. D'ailleurs ils estiment que vous manquez au service…

Ont-ils vu Auguste ? Mon Auguste. Je l'imagine en train de parler de moi en choisissant ses mots. Méticuleux. Doux comme il sait l'être. Je soutiens le regard du *Belge* et évacue cette image de ma tête. Je ne veux pas qu'elle vienne me perturber. Rester concentrée, toujours. Suivre invariablement ma ligne de défense. Alors je me force à repenser aux coups qu'il m'a portés sur les doigts, à la vision de Paul brutalement tiré de la baignoire, au bord de l'asphyxie, aux gifles répétées, pour ne penser à rien. Ne rien laisser filtrer et bien lui faire comprendre que les compliments qu'il a pu entendre de part et d'autre sur moi me laissent indifférente.

— Ça ne vous fait pas plaisir d'entendre ça ?

Je reste silencieuse, sur le qui-vive.

— Ça ne vous fait pas plaisir ?

— Si, si, c'est bien. Mais vous allez encore me dire que c'est une couverture.

— Pas forcément…

— Ben si ! Est-ce que ce n'est pas le principe même d'une couverture que de se faire apprécier de tous, de se rendre indispensable ?

D'après son compte rendu, personne ne semble avoir

découvert mon petit manège. Sauf s'il garde une carte dans sa manche pour l'abattre un peu plus tard. De toute manière, mon emploi à la mairie n'était pas au départ une couverture, puisqu'il a commencé avant la guerre, même s'il l'est devenu par la suite. Plus qu'une couverture d'ailleurs, il s'est transformé en atout.

— C'est vous qui me faites douter, là…

— Ah bon ? Parce que sinon vous étiez prêt à me mettre dans un vélo-taxi pour me faire raccompagner chez moi ?…

Il reste interloqué un bref instant, puis sourit presque avant de se glacer en un battement de cils.

— Non. Au contraire, vous restez plus que jamais… Car *Hadrien* nous a parlé des missions que vous exécutiez pour lui…

— Ah bon ? Et quel genre de missions ? Ça m'intéresse…

Sa détente est toujours aussi vive mais je parviens cette fois à esquiver la gifle. Le souffle de sa main balaie mon visage. Mon brusque mouvement en arrière m'a presque fait partir à la renverse et je me rétablis de justesse. Mais furieux de m'avoir manquée, il s'éjecte de sa chaise. Déjà il est sur moi. Je suis clouée à mon dossier, prête à endurer les coups. Il hésite un furtif instant mais sa rage l'emporte et il me gifle. Une fois. Puis une autre. La seconde manque de me faire tomber sur le côté mais il me rattrape par le col et m'en assène une troisième.

Je tente de reprendre mon souffle. Fixe mes doigts en me répétant que ses gifles, aussi puissantes soient-elles, sont toujours moins destructrices que le cendrier.

Une nouvelle volée me fait valdinguer de droite à gauche. Bien que j'encaisse les coups moins facilement que lors des premiers interrogatoires, ça me fait plaisir encore une fois de voir qu'il craque, que je parviens à le pousser à bout, qu'il n'est pas capable de se contenir. Et ça m'aide à supporter son déchaînement de violence. J'ai rapidement su que c'était un être faible ; sa position a beau le rendre intouchable, il a beau être devenu un expert dans les techniques d'interrogatoire, à y montrer le plus grand calme, il n'en reste pas moins un homme avec ses failles, et une patience qui a des limites.

Une dernière salve et il reprend tranquillement sa place derrière le bureau. Je sais que mon insolence aboutit inévitablement à ce genre de réaction virulente, pourtant je me dis que je dois absolument conserver ce système de défense. Peut-être l'atténuer, mais surtout ne pas l'abandonner.

— Ici c'est moi qui pose les questions, alors à vous de me détailler le genre de missions que vous faisiez pour lui…

Je fixe encore un peu mes mains pour reprendre des forces, me maintenir concentrée, puis je les dénoue et relève la tête. Son masque est revenu.

— Qu'est-ce que vous voul…

J'ai un peu de mal à articuler après cette série d'allers-retours. Je fais jouer ma mâchoire pour l'assouplir.

— Qu'est-ce que vous voulez que je vous réponde ?

— La vérité. Sans que j'aie à utiliser la violence…

— Mais ce que je vous dis ne correspond pas à ce que vous voulez entendre. Vous me demandez chaque fois de vous répéter la nature de mes relations avec Paul, ma famille, mes amis, mais je n'ai rien de spécial à vous apprendre, sauf qu'on essaie de survivre tant bien que mal au quotidien, au froid et à la pénurie. Alors, quand vous me parlez de mission, qu'est-ce que je peux vous répondre ? Vous voulez que je mente pour vous faire plaisir ? Je n'ai pas envie.

Je laisse passer une ou deux secondes puis ajoute, soumise mais résolue :

— Pas de vous faire plaisir. Mais de mentir.

Je lui adresse au final un petit sourire qui n'est pas destiné à le séduire ou à l'amadouer, mais à bien lui montrer que je collabore. Paul m'avait conseillé de ne pas rester muette pendant les interrogatoires si je voyais qu'ils n'avaient rien contre moi ; ce qui est le cas, c'est flagrant dans sa manière presque grossière d'essayer de me piéger. Il m'avait aussi préconisé de me considérer comme victime d'une erreur judiciaire et donc de toujours argumenter dans ce sens. Ne pas me retrancher derrière le mutisme que lui utiliserait puisqu'ils auraient forcément des témoignages ou des preuves qui le chargeraient.

— Nous avons le temps, ne vous inquiétez pas. C'est un jeu de patience que nous connaissons bien. Et puis il y a toujours l'abbé pour forcer la confession…

Ses lèvres se tordent légèrement. À l'intérieur la pression s'accélère d'un coup. Je dois me méfier de ne pas aller trop loin une fois de plus. La torsion se change en rictus.

— Vous savez, les visites chez l'abbé ne sont pas ce que nous préférons…

— Ah bon ! Et qu'est-ce que vous préférez alors ?

Cette nouvelle insolence sort de ma bouche sans que je puisse la stopper et je sais tout de suite que je vais la regretter. Un voile noir passe sur son visage quand il se lève. Son sbire le suit des yeux, se tenant prêt.

Pourtant *le Belge* ne se jette pas sur moi. Il contourne lentement le bureau tandis que je me crispe, dans l'attente d'une correction à la hauteur de mon arrogance. Il fait signe à son adjoint d'ouvrir la porte puis se baisse nonchalamment à côté de moi, comme pour ramasser quelque chose. Mais il empoigne en fait ma cheville gauche et se redresse en tirant ma jambe, direction la sortie. Je m'agrippe à ma chaise qui pivote avec un grand bruit de raclement et parviens à me maintenir en équilibre sur un mètre ou deux, avant que d'un mouvement vif il me fasse chavirer tout en continuant de m'entraîner. Je me réceptionne sur une épaule et sens une terrible douleur dans le haut du dos. Puis mon front percute le montant de la porte de plein fouet. Ma tête explose ! Le noir.

Étourdie un instant, je me rends compte que je glisse comme une luge sur le parquet du couloir. J'ai le souffle court après les deux chocs successifs. J'essaie par instinct de m'agripper aux plinthes ou aux tuyaux de chauffage qui se présentent à ma hauteur, mais *le Belge* me tire avec une telle vigueur que j'abandonne les prises que mes doigts trop faibles ne peuvent maintenir.

J'aperçois à l'envers le sbire qui nous suit. Cette fois-ci ils m'emmènent voir l'abbé. Je dois me tenir prête. Pourtant je me sens bien faible pour l'affronter. Ma tête glisse sur le parquet et je ne trouve pas la force de la redresser, de la maintenir en l'air. Je suis comme une poupée de chiffon qu'un enfant traînerait derrière lui. La main du *Belge* enserre toujours fermement ma cheville et mon autre jambe rebondit mollement sans que je sache dans quelle position la garder. Je ne sais pas comment je vais pouvoir résister à la baignoire.

La barre métallique qui marque le seuil de l'appartement laboure toute ma colonne vertébrale. J'ai quand même le réflexe de lever la tête pour éviter un nouveau choc. *Le Belge* me tire maintenant sur le tapis du palier et s'engage dans l'escalier. Nous descendons alors que la baignoire est au second. Ce n'est finalement peut-être pas pour tout de suite. Il continue de m'entraîner derrière lui comme un corps sans vie.

Malgré le tapis, je sens les ondulations de chaque marche, depuis les fesses jusqu'à mon cou. La douleur et l'abandon qui me gagnent m'empêchent de tenir ma tête et l'arrière de mon crâne rebondit sur chacune des marches. Je serre les dents pour ne pas mordre ma langue et souffle par le nez comme un cheval. Ma vision est chaotique, entre la cage d'escalier, le dos du *Belge* et le sbire dont les semelles frôlent mon visage tant il nous suit de près.

La dernière marche est en pierre. Je ne peux réprimer une plainte quand mon crâne la rencontre. Puis ma tête tombe comme un ballon mou sur la céramique du rez-de-chaussée. Le froid du sol est presque réconfortant après la brûlure provoquée par le frottement de mes vêtements sur le tapis. Nous faisons le tour de la rampe et *le Belge* s'engouffre dans la porte qui mène au sous-sol. Je comprends qu'il me ramène dans mon réduit.

L'escalier plus étroit est entièrement en pierre. *Le Belge* ne ralentit pas son allure et je subis cette nouvelle descente avec la même totale impuissance. Les marches sont plus hautes que celles de l'escalier principal et leurs arêtes semblent tranchantes. En tout cas plus meurtrières pour mon dos que le tapis. Mes coudes qui essaient vainement de me maintenir gagnent aussi leur part d'hématomes. Chaque centimètre parcouru me blesse d'avantage.

Je dois perdre un instant connaissance car nous ne sommes plus dans l'escalier quand je reviens à moi. Les graviers qui parsèment la terre battue semblent pénétrer dans la peau de mon dos à travers le tissu de mon chemisier. Je passe dans une flaque d'eau sous l'ampoule pâle du sous-sol. Virage à droite puis la course s'arrête net.

La porte de mon placard est ouverte. Sans un mot *le Belge* me relève violemment. Mes jambes ne me portent pas et il me maintient debout en me tenant fermement par les épaules. Il me pousse dans ma minuscule cellule comme un colis flasque, bourre sans ménagement avec ses pieds pour faire entrer mes jambes, et ferme la porte. Le cadenas rebondit contre le métal.

Je tremble. Mes genoux, mes mains. Une peur crue. Je suis encore secouée physiquement par la grande descente que je viens de faire. J'en ressens encore chaque impact. Avec la crainte de subir l'épreuve de la baignoire. Je sais qu'un jour ou l'autre ils m'y conduiront pour de bon. Je ne vois pas comment je pourrais l'éviter.

La paroi de ma cellule est toujours aussi glaciale et je m'y colle avec l'espoir d'anesthésier la douleur. J'y plaque mon front, les paumes de mes mains, une partie de mon torse, mes coudes. Le froid me fait du bien. Me soulage. J'essaie tant bien que mal de me maintenir debout pour ne pas imposer tout le poids de mon corps à mes genoux. Et je tremble.

Je n'ai même pas envie de pleurer. Je sens bien qu'ils cherchent à me casser sur la durée, à me briser tant moralement que physiquement, étape après étape, mais je ne dois pas abandonner. Jamais. Je dois rester moi-même, fidèle à la ligne que je me suis fixée. Je sais que Paul, lui, tiendra ; je dois être tout aussi loyale envers lui qu'il l'est envers moi.

En fait, bien que la fatigue m'affaiblisse au fil des jours passés dans mon placard, chaque entretien avec *le Belge* me fait découvrir un nouveau degré de résistance de ma part. Notamment face à la douleur. Chacune des épreuves auxquelles je suis soumise semble me rendre plus forte. Sur le moment je pense que je ne vais pas tenir, mais toujours j'arrive à trouver au fond de moi l'énergie et la motivation qui me permettent de combattre encore. C'est étrange. Jamais je n'aurais cru avoir une telle endurance.

Je tremble, mais je sais que je viens d'obtenir une nouvelle victoire. Peut-être ne résisterai-je pas à la baignoire, je ne peux le prévoir, mais jusqu'ici je ne suis pas ressortie battue de la salle d'interrogatoire. Amochée, blessée, insultée, humiliée, mais jamais battue. Je garde toutefois à l'esprit que je marche sur une corde raide et que je peux perdre l'équilibre et sombrer d'un coup. Car si leurs sévices restent jusqu'à maintenant plutôt relativement retenus par rapport au large éventail de tortures que l'on peut faire endurer à un être humain et dont nous avons eu vent, je ne sais pas ce qu'ils me feront subir dans les prochains jours, ou dans les prochaines heures.

La faim et la soif grignotent une bonne partie de ma ténacité. De temps en temps ils me transfèrent dans la pièce du premier étage et me servent leur sorte de soupe et semblant de pain. Parfois il y a des légumes, un morceau de poireau, un bout de navet. Je n'ai pas revu le Boche qui m'a offert une cigarette. Je ne sais pas avec quelle fréquence ils me nourrissent car je n'ai toujours aucun repère temporel. Je continue d'imaginer des repas festifs pour calmer virtuellement mes crampes d'estomac mais, compte tenu du niveau de jeûne auquel je suis soumise, ma technique est de plus en plus souvent mise en échec.

De courtes haltes aux toilettes me sont aussi accordées, même si entre chaque passage sur la lunette je souffre de me retenir. L'opération s'effectue toujours avec la porte ouverte et un de mes gardiens à moins de deux mètres. Mais je n'y prête guère attention.

L'auréole sur ma jupe est un peu plus marquée. Pour autant je ne me soucie plus de ma crasse ni de celle de mes vêtements, ou de ce qu'il en reste. Elle a pu m'affecter un peu dans les premiers jours mais maintenant ça n'a plus aucune importance.

Parfois je m'égare en dehors de la raison. Ce n'est pas de la folie, pas encore, mais je me suis déjà aperçue que je ressassais en boucle des idées, que j'imaginais des dialogues avec *le Belge*, des manières de le contrer, ou même que je chuchotais. La première fois ça m'a effrayée, mais après je me suis dit que c'était normal que le corps et la tête déraillent ainsi lorsqu'ils sont autant sollicités pour résister. Ils ont besoin de se mettre en roue libre.

Mais ce que je sais par-dessus tout, ce qui reste primordial, c'est que moins nous craquerons sous la torture, moins ils auront de preuves qu'elle peut se révéler efficace. Nous taire nous mènera peut-être à la mort, dans une prison ou dans un camp de travail, mais au moins nous n'aurons lâché aucune information. Nous n'aurons pas trahi. Et on pourra faire un pied de nez à la mort en lui disant qu'elle ne nous impressionne pas après ce que nous venons de traverser. Au contraire, elle sera la bienvenue.

C'est bien pour ça qu'ils nous maintiennent en vie, ils savent que la mort est l'option qui nous satisferait le plus.

La lumière crue des flashs inonde par intermittence les murs et le sol. L'Identité judiciaire a investi la chambre pour prendre des photos, relever les empreintes, effectuer les prélèvements nécessaires. Nous leur avons laissé la place pour qu'ils travaillent tranquillement.

Étrange homicide. En tout, six coups ont été portés dans la région du cœur et des poumons. Des coups destinés à tuer. Acharnés, peut-on supposer. Et d'après les premières constatations, rien ne lui a été volé. Pas d'arme du crime retrouvée non plus.

Le procureur est passé il y a une demi-heure. Nous avons regardé ensemble le tableau, il a couché quelques notes sur un calepin en cuir, puis il est parti à son bureau où l'attendent d'autres dossiers. Il avait l'air fatigué. À la retraite dans moins d'un an, il m'a dit qu'il allait faire un crochet par l'accueil en redescendant pour se réserver une chambre. Son rire a sifflé, un rire encrassé par plusieurs décennies de tabac. Il m'a demandé de le rappeler en fin de journée pour faire le point.

Les personnes âgées apparaissent maintenant en nombre dans l'établissement, le personnel de jour est au complet, et tous veulent en savoir plus. Mes agents passent leur temps à leur demander de s'éloigner, de laisser travailler la police. Ils repartent alors en murmurant. Certains pensionnaires sont choqués. Les femmes de service les raccompagnent à leur chambre en les soutenant.

Je repense à ma grand-mère et aux journées qu'elle passait dans sa chambre à s'ennuyer. Ne pas pouvoir lire ou faire des mots-croisés quand les yeux font défaut, ne pas pouvoir écouter la radio quand les oreilles sont usées, l'association des deux ne permettant pas non plus de se reporter sur la télé. La télé étant de toute manière elle-même déficiente, me disait-elle en rigolant. Elle ne l'aimait pas. Elle ne voulait pas de cette boîte vide comme ultime refuge. Elle préférait rester assise à ne rien faire plutôt que de se planter devant cette machine qu'elle n'avait jamais trouvée intéressante. Plutôt abrutissante même.

Certaines locataires des lieux me font penser à elle. Toujours un peu coquettes malgré l'âge. Un collier autour d'un cou affiné et fripé par les ans, des boucles d'oreilles suspendues à des lobes ramollis, une jupe un peu surannée d'où dépassent deux mollets maigrelets. Et un pas devant l'autre, prudentes. Si fragiles.

Par la fenêtre du bureau de Mme Prenchère, la directrice, j'aperçois un cameraman qui filme l'ensemble de la propriété depuis le fond du parc. J'ai alerté mes hommes, il va falloir se méfier des intrusions abusives. Et Mme Prenchère, en accord avec moi, a prévenu son personnel qu'aucune interview ne doit être donnée aux télés, aux radios, ou à la presse écrite, et elle a demandé aussi qu'on surveille les pensionnaires pour qu'ils ne se fassent pas piéger.

Elle est assez retournée par l'affaire ; sa voix tremble un peu sans qu'elle tente de le dissimuler. Dans ce genre d'établissement, ils sont malheureusement souvent confrontés à la mort, mais jamais de cette manière-là, me dit-elle.

M. Jouanaud, la victime, vivait ici depuis presque un an, ayant rejoint la maison suite à un accident cardio-vasculaire. Sa femme était partie quatre ans plus tôt et il s'est retrouvé seul et affaibli chez lui à sa sortie de l'hôpital. Il a alors aussitôt entrepris les démarches pour obtenir une place à *Sainte-Cécile*. La peur que ça ne se reproduise et que cette fois-ci il ne s'en sorte pas. Une belle santé il avait pourtant. Ancien vendeur itinérant de vêtements, habitué à côtoyer du monde, il était apprécié de tous dans l'établissement. Blagueur, toujours joyeux, il chantait de temps à autre à la fin des repas pour distraire les autres locataires. Des chansons un peu grivoises parfois. Les éclats de rire qui résonnaient dans le réfectoire répandaient toujours de la bonne humeur dans la maison. Et de voir les sœurs se boucher les oreilles quand il entonnait ses refrains préférés faisait redoubler les rires.

Ça lui fait mal, à Mme Prenchère, de parler de M. Jouanaud au passé. Elle s'octroie un court moment pour laisser sa peine se diluer dans le silence.

Elle ajoute ensuite qu'il était venu s'installer ici à Auray pour se rapprocher de sa belle-fille et de son petit-fils, sa seule famille depuis la mort, il y a deux ans, de son fils unique emporté par un cancer. Ils venaient le voir régulièrement. Elle a appelé Mme Jouanaud ce matin pour lui annoncer la nouvelle…

Elle ne termine pas sa phrase, retenant de justesse un sanglot.

Il faudra pour ma part que j'aille leur rendre visite.

Pour écourter son trouble, j'embraie sur le fait que nous allons devoir interroger tout le personnel et que par conséquent personne ne doit rentrer chez soi. Il faut également faire revenir ceux qui étaient de service cette nuit. En priorité d'ailleurs. Je devrai aussi sans doute m'entretenir avec tous les pensionnaires.

Elle réfléchit un instant, puis m'avoue que ce qui la tourmente, c'est que le responsable, le « meurtrier » prononce-t-elle du bout des lèvres, est forcément dans la maison, puisque le bâtiment est fermé la nuit. Après plusieurs secondes, je lui précise que l'on peut aussi parler de « meurtrière », car pour l'instant rien ne prouve que c'est un homme, et qu'il ne faut pas non plus se limiter à l'intérieur car une personne extérieure qui voudrait absolument pénétrer dans l'établissement le pourrait sans doute. Même si la maison est fermée à partir de vingt heures, quelqu'un peut toujours se procurer un passe, un double ou même profiter d'une fenêtre ouverte, et repartir comme il est venu. Il ne faut écarter aucune piste.

En tout cas, dans un premier temps, il faut qu'elle me fournisse une liste complète de tout son personnel, de jour comme de nuit, en privilégiant ceux qui étaient présents la nuit dernière, ainsi que celle de tous ses pensionnaires. D'ailleurs je vais commencer par elle.

Elle est un peu surprise, pourtant je dois bien interroger tout le monde. Elle change alors de position sur son siège et me confie qu'elle était avec son mari. Elle a d'ailleurs passé un long moment au téléphone avec une amie dans la soirée.

Sur le ton de la plaisanterie, je lui lance qu'elle a donc déjà préparé son alibi ; elle hésite, mais finit par sourire en me répondant que dans ce genre de cas on pense forcément tout de suite à ce que l'on faisait, pour l'enquête.

— Vous avez une idée de la raison pour laquelle on a tué M. Jouanaud ?

Ses yeux s'écarquillent comme si je venais de l'accuser.

— Non. Non, non…

Elle secoue machinalement la tête en fouillant dans sa mémoire.

— Ça fait presque vingt ans que je travaille dans ce genre d'établissement et je n'ai jamais vu ça… Je ne vois pas qui pourrait avoir fait ça…

— Il y a « Qui ? » et il y a « Pourquoi ? » Vous savez s'il a de l'argent ? S'il gardait du liquide avec lui ? Les meubles ou les objets de sa chambre ne m'ont pas semblé être d'une grande valeur…

— Non, je ne pense pas qu'il possède vraiment une fortune. Ce que je sais toutefois, c'est que c'est lui qui payait sa pension. Et pour le liquide, je ne peux pas savoir, nos pensionnaires sont totalement indépendants.

— Et vous n'avez aucun souvenir de dispute ? Vous n'auriez pas eu vent de conflits, ou de quoi que ce soit qui pourrait nous orienter ?

Elle tourne la tête et jette un œil au-dehors. La lumière vient scintiller dans ses pupilles. Puis elle me sourit en secouant la tête.

— Non, je ne vois rien en ce qui le concerne. Comme je vous le disais, il était plutôt apprécié, autant par les pensionnaires que par mon personnel. C'est pour ça que nous sommes tous sous le choc ce matin.

Elle s'attarde encore sur le jardin. J'ai bien vu sur tous les visages que j'ai croisés depuis mon arrivée la même expression de tristesse à laquelle se mêlent abattement et stupeur. Et la présence de la police dans les locaux ne fait que renforcer cette atmosphère oppressante.

— Aucune effraction ces derniers temps ? Des personnes étrangères au service qui auraient attiré votre attention ? Ou des problèmes avec un de vos salariés ?

— Non. J'ai pensé à ça aussi. Il y a bien eu un vol l'année dernière pour lequel on avait retrouvé la coupable, mais ce n'était pas très grave, et en accord avec la personne volée, la famille et le personnel, elle est restée ici pour ne pas perdre son emploi. Et depuis, rien.

En somme un établissement sans problème. Sauf qu'au milieu de la sérénité de ce petit paradis a surgi la sauvagerie du crime. Et il y a forcément un ou une responsable qu'il va falloir dénicher. Ici ou dehors.

— Le procureur fera une déclaration cet après-midi.

J'essaie de les calmer avec ça mais c'est une dizaine de questions simultanées qui m'assaillent en retour. Les micros se tendent, les caméras m'épient. Le procureur m'a demandé de ne répondre à aucune question ; il réunira tout le monde plus tard afin d'éviter le cafouillage des déclarations multiples.

— Pourquoi ne peut-on pas entrer ?

— C'est un lieu privé. La directrice ne veut personne à l'intérieur…

— Pourquoi ?

Je scrute un instant la jeune femme qui a posé la question, compressée au milieu de la masse de ses comparses.

— Vous savez qui vit ici ?… Vous ne pensez pas que ce qui s'est passé a pu bouleverser ces personnes âgées ?

Ça leur coupe un peu le sifflet, mais les réflexes

reviennent aussitôt et c'est reparti pour un brouhaha de questions. Alors, un ton au-dessus, je leur rappelle que les seules réponses qu'ils obtiendront viendront du procureur, et j'abandonne la petite meute à mes agents.

La légiste pense à une paire de ciseaux. Pas forcément très longue. Mais un objet tranchant plus épais qu'une lame de couteau. C'est une première hypothèse, elle ne pourra vraiment se prononcer qu'après l'autopsie. En tout cas les coups portés sur des organes vitaux n'ont laissé aucune chance à la victime. Et après un examen rapide, elle n'a relevé aucune trace de lutte.

Nous nous sommes rangés dans un coin de la chambre. De l'autre côté du lit, deux infirmiers se chargent de transférer le mort sur un brancard, avec précaution pour que le corps reste au maximum dans la position dans laquelle on l'a retrouvé. Deux types de l'Identité occupent encore la salle de bains, prenant des notes et cherchant ce qui pourrait intéresser l'enquête.

La légiste retranscrit elle aussi quelques observations sur son carnet. Elle n'a pas l'air marquée par son métier. C'est la première fois que j'en rencontre une. Généralement ce poste est réservé à des hommes, des types fatigués de découper du cadavre, les visages aussi pâles que ceux de leurs clients. Elle a d'ailleurs perçu mon étonnement quand elle s'est présentée, sans doute habituée à cette réaction. C'est *Six feet under* qui lui a donné la vocation, m'a-t-elle précisé en rigolant. Je lui ai répondu que pour moi c'était le *Commissaire Moulin*, puis nous nous sommes arrêtés là car nous étions dans la chambre du défunt et il était préférable que nos rires ne s'entendent pas depuis le couloir.

Elle ne devrait pouvoir me transmettre ses conclusions qu'en fin de journée car elle donne des cours à l'université en début d'après-midi. Je la remercie et lui précise que nous allons devoir avancer rapidement car le dossier est sensible.

Les deux infirmiers se redressent et se dirigent doucement vers la porte. Ils ont recouvert le cadavre d'un drap blanc.

Des voix me tirent de mon sommeil. Encore une fois je me suis endormie. Ou évanouie. La frontière est de plus en plus floue. J'ai cru entendre dans ma demi-conscience les sirènes d'alerte aux bombardements aériens, suivies d'un grondement lointain. Sans doute était-ce la nuit. Mais je n'ai pas pu me réveiller tout à fait pour m'assurer que c'était bien cela. J'ai à nouveau sombré en me disant qu'au moins dehors la lutte continuait.

Auguste était là. Tout contre moi. Tendre. Une caresse, une seule pour ne pas se laisser engourdir par la douceur. Je m'octroie parfois un écart dans ma ligne de conduite. Un éclair. Juste pour le réconfort. Puis je m'oblige à le chasser. Il disparaît alors lentement.

Le bruit des pas m'indique que l'on descend. Je me tiens prête en pensant qu'on vient me chercher. Colle mon œil au petit espace qui me permet de voir au-dehors. Consciente de mon état d'animal sauvage enfermé dans sa cage.

Deux hommes arrivent au niveau de l'ampoule jaunâtre, en pleine conversation. Je les distingue à peine avec la distance et la pénombre. L'un d'eux tient un petit carnet dans une main. Il se racle bruyamment la gorge. C'est ce raclement que j'ai d'abord entendu dans mon demi-sommeil.

Je retiens ma respiration pour tenter de percevoir leurs paroles. Je comprends rapidement qu'ils parlent de marchandise. De vente. De revente. Marché noir, trafic quelconque. C'est celui qui se cure la gorge qui vend. Il vérifie dans son carnet, tourne des pages en mouillant son doigt. On discute les prix. Ils parlent de stocks. Tissus. Unités.

Un rire. Je suis surprise, ça fait longtemps que je n'en ai pas entendu. C'en serait presque indécent. Puis la conversation reprend. Raclement de gorge du vendeur qui porte une gabardine et un bonnet. L'autre est en veste plus légère, tête nue. Il joue avec la terre battue du bout du pied tout en argumentant. Ils n'ont pas l'air de parvenir à un accord. J'entends aussi les mots « cuir » et « cirage ». Le vendeur tente de convaincre son client. Mais celui-ci reste rétif. Il secoue la tête. L'autre insiste encore.

Des pas dans l'escalier. Deux autres hommes apparaissent. Costauds. Ils serrent les mains de celui en gabardine. Raclement de gorge. Puis ils se dirigent tous vers la droite. Hors de ma vue.

Je n'entends que les bruits métalliques d'un cadenas et d'un casier qui s'ouvre. Et encore un court raclement de gorge. Puis les ombres repassent sous le halo de lumière. Entre les deux hommes solides se tient un jeune garçon inerte. Ses pieds nus traînent sur le sol. Écorchés. Vêtements en lambeaux. Sa tête se balance mollement en avant. Ses bras battent le long de son corps déformé. Je me demande s'ils ne l'emmènent pas directement à la fosse commune.

Suivent les deux négociateurs. Gabardine pose sa main sur le bras de son acheteur potentiel pour l'arrêter. Je n'entends pas ce qu'ils se disent mais le rétif relève la tête. Un silence. Puis un « D'accord. » Gabardine note quelque chose dans son carnet en se raclant une nouvelle fois la gorge. Puis ils se serrent la main et remontent en disparaissant dans l'obscurité.

J'en ai croisé beaucoup des types comme celui-ci. Des mauvais bougres la plupart du temps. Ils disent qu'ils sont là pour vous rendre service, mais ils sont d'abord là pour s'enrichir sur votre détresse. Et avec eux la Police, la Milice ou même la Gestapo ne sont pas loin. La preuve d'ailleurs, il est dans l'un de leurs fiefs.

La porte se ferme au rez-de-chaussée. Le silence épais revient. Un prisonnier tousse dans sa cellule. Comme s'il avait attendu que les visiteurs aient quitté les lieux. Pour ne pas se faire remarquer.

Je me contorsionne dans ma boîte de métal. Je pense avoir trouvé deux positions confortables. Ou plutôt plus supportables que les autres. Alors j'alterne entre les deux. Je me demande si je n'ai pas une blessure dans le dos. Un point me fait mal. J'ai l'impression que j'ai saigné. Mais impossible de passer ma main derrière pour tenter de vérifier. Quelle que soit ma position, je ne peux faire pivoter suffisamment mes épaules. Et j'ai peur que si je force, mon bras ne reste coincé en arrière.

Je me demande si mes collègues de la mairie se sont rendues chez moi pour avoir de mes nouvelles. Peut-être n'ont-elles pas eu le temps de s'inquiéter avant que des hommes viennent les interroger sur mon compte. Je me demande d'ailleurs si ma mère est au courant de mon arrestation, s'ils sont allés l'interroger à Karmorvan.

En fait je ne sais toujours pas de quel organisme

font partie ceux qui me tiennent prisonnière. Est-ce le contre-espionnage officiel ou seulement une cellule indépendante parisienne ? Et prendraient-ils le temps, ou bien ont-ils suffisamment d'hommes pour aller jusqu'en Bretagne se renseigner sur ma famille ? Je ne suis pas une si grosse prise. En même temps ils ne semblent avoir aucun renseignement me concernant, ils ne peuvent donc pas savoir si ma place au sein du réseau est importante ou non.

J'ai une soudaine palpitation en pensant qu'ils pourraient arrêter ma mère pour me faire chanter ou pour faire chanter Paul. Puisque je leur ai dit que c'est un ami de mes parents, ils pourraient la faire enfermer et ne la relâcher que si nos langues se délient. C'est totalement injuste, mais ils agissent ainsi pour faire pression sur leurs prisonniers. Je me dis que nous avons peut-être de la chance qu'elle soit en Bretagne et que mon père soit en Allemagne pour ne pas avoir à subir ce genre de chantage.

Par contre ils ont peut-être arrêté le frère de Paul qui travaille dans une usine de Nanterre. Toutefois il aura sans doute pris la fuite s'il a appris à temps l'arrestation de son aîné. Je n'ai jamais vraiment su s'il faisait partie du réseau *Aurore* ou d'un autre réseau communiste de l'usine, mais on lui aura sans doute conseillé de filer pour ne pas servir de monnaie d'échange contre des aveux.

Nous savons tous dès le départ que l'appartenance à une cellule souterraine de lutte contre l'Occupant peut, par répercussion, mettre en danger les siens, même s'ils n'ont rien à voir avec nos actions. Cela fait partie des risques. Si seuls les orphelins s'étaient lancés dans la bataille ou s'il fallait évaluer à froid la part de risque qu'entraînent notre engagement et chacune de nos actions, nous ne serions pas aussi nombreux à être prêts au sacrifice et l'avenir de notre pays serait déjà scellé depuis belle lurette. Heureusement, grâce à l'élan donné par les précurseurs et aux symboliques résultats de leurs premières actions, l'espoir a fait germer les graines de résistance dans les quartiers, dans les villes, et partout dans les campagnes, et d'autres se sont enrôlés pour qu'un jour nous puissions voir notre horizon s'éclaircir.

Le soleil qui tape sur les grandes baies vitrées répand sa chaleur dans les couloirs. Je ralentis un peu mon allure pour rassembler mes idées. Ne rien précipiter. Bien jauger les priorités, les personnes à rencontrer en premier. Être sûr de n'avoir omis aucun détail.

Nous avons fait le point avec le lieutenant Chenu : inspecter le bâtiment, intérieur et extérieur, sans oublier la grille d'entrée et le mur d'enceinte, demander les relevés du ou des comptes en banque de la victime, obtenir la liste des communications de sa ligne téléphonique ainsi que de celle de l'établissement, contacter la société de gardiennage pour récupérer l'enregistrement de la caméra vidéo placée à l'entrée, la seule qui marche encore sur les deux de la maison. L'autre, dans le couloir près de l'accueil, est hors service depuis plus d'un an, désaxée et orientée vers le sol. Par négligence, elle n'a pas été réparée. Dommage.

Nous allons commencer par interroger le personnel qui était là dans la nuit. Puis viendront ceux qui étaient de service dans la matinée. Et les autres pour finir. Ils sont un peu moins de trente en tout. On va déjà dégrossir, noter les alibis, écarter d'emblée tous ceux qui n'ont rien à faire là. Chenu et un agent se sont chargés du tri d'après la liste fournie par Mme Prenchère.

Quant à la famille Jouanaud, nous irons la voir demain ; nous la laissons à son deuil pour aujourd'hui.

Je passe devant un petit salon où sont assis un vieil homme et deux femmes un peu moins âgées. Ils sont silencieux et immobiles devant un feuilleton soporifique. Leurs yeux me suivent vaguement. Ils dorment à moitié. Digestion. Ça me rappelle ma grand-mère ; manger lui rendait le sourire. C'était un de ses derniers plaisirs, bien que la nourriture de la maison où elle résidait ne fût pas toujours fameuse. Elle gardait un bon coup de fourchette, buvait immanquablement un verre de vin rouge le midi, et ne rechignait jamais devant une pâtisserie ou les chocolats que je pouvais lui apporter. Et elle appréciait également ces débuts d'après-midi où on se laisse emporter par le sommeil. Je leur adresse un sourire qui reste sans réponse et poursuis ma route dans le couloir.

En arrivant en haut de l'escalier je me retrouve nez à nez avec deux sœurs. Je les salue et entends une timide réponse en retour. Je croise à peine leurs yeux fuyants qui se concentrent sur le sol et me retourne pour les regarder s'éloigner dans le couloir. Leurs semelles crêpe n'émettent aucun bruit et elles semblent glisser sur le plancher. Seul indice qu'elles ne sont pas des fantômes, les lames de bois grincent sur leur passage.

Leur responsable est moins ingénue. On sent tout de suite la femme dynamique et joyeuse. Dans son bureau dépouillé de toute décoration mise à part une magnifique statue polychrome de la Sainte Vierge, elle me précise en souriant qu'elle n'est pas la mère supérieure mais uniquement la doyenne du groupe. Elle a intégré l'établissement quand c'était encore un couvent, et en cette qualité d'ancienne, elle est responsable de la petite communauté et des aides qu'elles apportent aux personnes âgées de la maison. C'est Mme Prenchère qui reste la vraie patronne des lieux.

Elle n'a pas de révélation spéciale à me faire. Le soir, la porte qui donne accès à l'aile qui leur est réservée est fermée et c'est elle qui en garde la clef. Et la nuit dernière, après huit heures et demie la porte était close, jusqu'à ce matin 6 heures.

Elles ont une vie simple, organisée entre leurs temps de prière et leurs fonctions à l'hospice. Si je le souhaite, je pourrai m'entretenir avec ses comparses. Je n'aurai qu'à le lui demander.

Du coup notre entrevue est brève et j'en ressors en me disant que, sauf si des indices nous orientent dans cette direction, ce n'est sans doute pas là qu'il faut chercher. Je ne jette toutefois pas de conclusion définitive car je dois rester vigilant et ne pas me laisser endormir par cette apparente sagesse, cette atmosphère trop innocente de couvent.

En revenant dans le corps principal de l'hospice, je retrouve le personnel réuni dans la petite cour centrale après le service du midi. Pause café-cigarette autour des cendriers. Il n'y a pas un pensionnaire à l'horizon. La grande sieste bat son plein.

Chenu discute avec deux femmes de service. C'est moi qu'ils attendent. On va pouvoir commencer les « entretiens ».

J'ai demandé à mes hommes d'employer ce terme car nous ne sommes pas au commissariat, pas la peine pour l'instant de parler d'« interrogatoires ». Inutile d'effrayer plus encore toutes ces personnes qui depuis ce matin sont confrontées au crime, sans doute pour la première fois de leur vie.

— Tu as de la chance d'avoir une belle petite gueule…

Le Belge ne me tutoie généralement pas d'emblée comme il le fait là, mais plutôt sous le coup de l'énervement en cours d'interrogatoire. Je vois bien qu'il a bu. Peut-être pas beaucoup, mais suffisamment pour avoir cet air guilleret que provoque immédiatement l'ivresse chez certains. Presque jovial. Il a laissé sa phrase se perdre dans un rictus amusé, mais qui me paraît agrémenté de sous-entendus. C'est la première fois que je le vois sous ce jour, comme au naturel ; ceci dit, à deviner la grivoiserie dans son œil, je me demande si je ne le préfère pas le cendrier à la main, ça le rend moins repoussant.

Je ne réagis pas et reste bien carrée sur ma chaise à étendre mes jambes pour les dégourdir. J'ai l'impression que c'est chaque fois plus douloureux. Viendra le jour où je ne pourrai plus tenir debout à force de rester enfermée dans une position impossible.

Le Belge est accompagné d'un compère que je ne connais pas. Vu leur air, je pense qu'ils sortent de table. Était-ce le déjeuner ou le dîner ? Le sourire de son acolyte a quelque chose de malsain. De pas honnête.

— On pourrait ne plus te reconnaître, tu sais ?

Je ne le lâche pas du regard. Le pétillement dans sa pupille, qui m'a d'abord interpellée, m'inquiète maintenant. Pour la première fois je me sens vulnérable. Totalement à leur merci. Bizarrement je n'avais pas ressenti cela jusque-là. J'ai rencontré la peur comme je ne la soupçonnais pas, j'ai enduré des douleurs physiques que je ne pensais pas pouvoir supporter, mais jamais encore je n'ai éprouvé ce sentiment de vulnérabilité. Je sais depuis le début que rien ne peut m'être épargné, que ma vie est entre leurs mains, que ce sont eux qui décideront de mon avenir, pourtant je n'avais pas conscience que mon corps leur appartenait également. Et je vois bien dans leur attitude aujourd'hui qu'ils ont intégré cette idée avant moi.

Malgré la soudaine charge qui écrase mes épaules, je maintiens ma tête levée pour leur montrer que je ne baisse pas ma garde.

— Beaucoup n'ont pas eu ta chance, tu sais. Y compris des femmes…

Il ne tient pas en place, s'assied sur un coin du meuble, puis se relève, fait le tour et revient vers moi. L'autre reste un peu en retrait, le laissant me narguer. Les coups qu'il m'a assenés lors des sessions précédentes ne sont rien à côté des allusions et des regards qu'il pose sur moi maintenant. Et qui atteignent violemment mes entrailles. Comme si déjà je sentais sur ma peau leurs mains moites de désir. La sexualité qui suinte sur leur bouche est intolérable. Elle est plus insupportable que la violence crue dont ils ont fait preuve jusque-là.

Je sais qu'il suffit d'un déclic dans leur tête pour qu'ils passent à l'acte. Alors je m'apprête à affronter ce à quoi je ne m'étais pas préparée. Naïvement peut-être. Ce qui m'effraie encore plus, c'est que je ne dois pas être particulièrement séduisante. Je suis là depuis au moins deux semaines, peut-être plus, je ne me suis pas lavée, mes vêtements sont déchirés et tachés de sang et, vu l'état de mes jambes et de mes mains, je pense que mon visage ne doit pas être brillant non plus. Qu'est-ce qui en moi peut éveiller leur désir ? Uniquement le fait que je sois une jeune femme ? Que je sois sans défense ? Est-ce un mélange de tout cela, auquel s'ajoute une ivresse qui efface les imperfections du tableau ? Ou alors cela vient-il du simple fait qu'ils soient les maîtres des lieux et qu'ils peuvent donc agir comme ils le souhaitent ? Abuser de moi s'ils en ont envie. En tout cas me le faire sentir.

— Alors il va falloir nous dire la vérité maintenant si tu veux le garder, ce p'tit minois…

Il s'est arrêté devant moi, les mains sur les hanches, provocateur.

— Mais vous l'avez, la vérité. Je n'ai esquivé aucune de vos questions, je vous ferai remarquer. J'ai collaboré jusqu'ici…

Il lève les yeux vers son comparse puis rigole.

— « Collaboré », c'est bien ! Ça doit te changer !

L'autre se marre avec lui. Je les observe successivement sans montrer ni amusement ni colère.

— Ben oui, ce n'est pas si difficile finalement !… je leur lance.

Les rires cessent brusquement. *Le Belge* me toise plusieurs secondes sans bouger puis, comme s'il avait attendu un signal, il passe derrière moi et tire violemment ma chaise jusqu'à la fenêtre calfeutrée. Je m'accroche tant bien que mal à mon embarcation vacillante.

— Va chercher la corde à côté.

Le sbire sort aussitôt en laissant la porte ouverte.

— Avec de la lecture, ajoute *le Belge*, un peu plus fort.

Et il m'empoigne par un bras.

— Allez, debout !

J'obéis. D'un grand coup de pied, il repousse la chaise qui glisse sur le parquet et va cogner contre le bureau. Je sens la sueur affleurer sur ma peau. Ce n'est pas qu'il fait chaud, loin de là, c'est le souffle de la peur qui se lève à l'intérieur. Mais elle ne doit absolument pas transparaître.

Le Belge retourne à son bureau et fouille dans sa gabardine posée sur le dossier de sa chaise. Il en ressort un petit objet qu'il fourre dans sa poche. Je pose une main sur la poignée de la fenêtre pour maintenir mon équilibre et touche instinctivement avec mon mollet le radiateur en fonte installé là, pour voir s'il chauffe ; il est glacé.

L'autre revient avec une corde épaisse et une petite pile de papiers. Une tension dans mon dos ; à nouveau cet odieux sentiment de vulnérabilité.

Le Belge me lie les mains devant avec une extrémité de la corde. Il serre fermement, concentré sur le nœud. Je le regarde faire. Les poils drus de sa barbe, les cernes bruns sous ses yeux, une pointe de transpiration. Pendant ce temps l'autre grimpe sur le radiateur.

Je jette alors un œil aux papiers qu'il a posés par terre et reconnais sur le dessus un exemplaire du journal clandestin *Défense de la France*, avec sa typographie irrégulière, la texture granuleuse du papier. Il y en a plusieurs exemplaires. Le premier titre : « *Combattre !* » J'essaie de distinguer la date mais c'est écrit trop petit. *Le Belge* remarque mon regard.

— Prises de guerre ! Pas des plus intéressantes, il faut dire !

Et il confie la corde à son acolyte qui la passe au-dessus d'un gros piton planté à l'origine dans le mur pour soutenir une tringle à rideau, avant que l'appartement soit entièrement dépouillé. Il redescend ensuite du radiateur et tire doucement dessus pour la tendre, m'obligeant à lever les bras, jusqu'à la tension. *Le Belge* me scrute en cherchant une réaction sur mon visage. Comme s'il attendait que je le supplie.

Il fait un signe de tête et l'autre pèse de tout son poids sur la corde. J'ai d'abord l'impression qu'on m'arrache les deux bras, puis rapidement je me sens en suspension. Mes articulations ont tenu, mais les poignets me brûlent. J'ai dû décoller de trente centimètres. Le sbire accroche solidement la corde au radiateur et tire une assiette dissimulée dessous pour la placer sous mes pieds.

D'un geste brutal, *le Belge* retire son ceinturon, une large bande de cuir avec une lourde boucle. Je sens que l'épreuve à venir va être difficile, plus difficile que les autres. Mais ce n'est pas ce que je pense. Il relève ma jupe au-dessus des genoux et passe sa ceinture à la naissance de mes mollets, les plaquant l'un à l'autre pour les attacher solidement. Puis il retire mes chaussures et mes chaussettes. J'ai l'impression qu'il me retire la peau tant elles collent à la plante de mes pieds. L'odeur lui fait pousser un grognement de dégoût.

— Dis donc, on se néglige ?

Et il lance mes chaussures et mes chaussettes vers le bureau avec un petit rire moqueur. Les talons tapent avec un bruit lourd sur le parquet. Il frotte ses mains comme pour en retirer la poussière, puis les hume en grimaçant. Il tend ses doigts sous mon nez en riant.

— C'est ce qu'on pourrait appeler de l'autotorture !

Et il rit encore en me voyant tourner la tête pour éviter l'odeur nauséabonde.

— Il paraît que les gars de la Gestapo font ça aussi sur leurs prisonniers… mais avec leurs propres chaussettes !

Et les deux énergumènes ricanent ensemble. Deux bêtes. Deux ours. J'ai envie de lui demander si je dois m'estimer heureuse d'être tombée sur eux. Mais je me retiens. Ma posture n'a rien de vraiment confortable et je dois rester concentrée si je veux pouvoir affronter ce qui va venir. Je ne sais pas encore quoi exactement, mais je doute qu'ils m'aient suspendue uniquement pour me retirer mes chaussures et m'asphyxier avec la puanteur de mes chaussettes. Je me sens essoufflée. Comme si je venais de monter six étages en courant. Sans doute la position. Sûrement l'appréhension. Je tente de réguler ma respiration.

Le Belge se baisse pour s'emparer du premier exemplaire de *Défense de la France* qu'il déplie et me présente. Le « *Combattre !* » de la une s'affiche juste devant moi.

— Ça te va celui-là ?… fait-il avec un petit plissement des yeux.

La feuille est datée de juillet, elle ne me donne donc aucune indication sur le présent, la date du jour. Il la froisse et sort de sa poche l'objet qu'il est allé chercher dans sa gabardine. C'est un briquet américain. Albert, à la mairie, a acheté le même au marché noir.

— Prise de guerre ça aussi ? je lance en sentant que ma voix est déformée par la tension de tout mon corps vers le bas.

Il relève les yeux sur moi avec un sourire narquois. Comme s'il appréciait malgré tout mon ironie. Mon impertinence. Ou peut-être plutôt ma folie en cet instant. Mais ce n'est qu'un éclair. Vite oublié. Il ouvre le capuchon du briquet et tourne la pierre pour mettre le feu à la boule de journal. Elle a d'abord du mal à prendre, puis les flammes grandissent. Alors il se baisse et pose la sphère embrasée dans l'assiette sous mes pieds suspendus.

Les jambes enserrées par la ceinture, je dois lever les genoux pour éloigner mes pieds du foyer. *Le Belge* et son acolyte m'observent, les bras ballants. Je me maintiens plusieurs secondes, mais rapidement je sens que je n'ai plus de forces. Les jours de jeûne, l'enfermement, la fatigue morale et physique m'ont épuisée. Mes abdominaux et les muscles de mes cuisses lâchent et mes jambes retombent mollement. Le papier finit de se consumer. La chaleur des cendres vient lécher la plante de mes pieds. Le poids tire sur mes bras.

Le Belge se baisse et ramasse une autre feuille. Il en fait une boule sans me quitter du regard, l'allume, vérifie que le feu prend bien, puis la place une nouvelle fois dans l'assiette. Un regain de force me permet de lever encore les jambes, mais pas assez longtemps. Mes pieds entrent alors dans les flammes et se rétractent. Une décharge vient taper ma nuque, je ne peux plus bouger, proie immobile de ce mini-bûcher. Je sens la brûlure tapisser ma voûte plantaire. La combustion s'arrête. Je me rends compte que j'ai fermé les yeux. Je n'ai pas crié. Mes dents me font mal et je dois me forcer à relâcher ma mâchoire. *Le Belge* me scrute, impassible.

Pendant qu'il prépare un nouveau brasier, je me demande pourquoi ils ne sont pas passés à l'acte tout à l'heure. Leurs regards, leur attitude ne trompaient pourtant pas. Est-ce le fait de leur avoir parlé, de ne pas avoir baissé la tête, de ne pas m'être soumise ? Il a peut-être suffi que je lui réponde un peu brusquement pour qu'il ait à nouveau conscience de ma personnalité.

Il dépose une nouvelle boule sous mes pieds. Le réflexe me fait lever les genoux, mais ils retombent aussitôt. Sans force. M'abandonnant aux petites flammes qui grillent mes orteils. Je serre les dents. Mais la douleur est trop forte et je commence à geindre. Je souffle comme une vache. Je sens la morve qui coule de mon nez. Je renifle mais elle descend quand même sur mon menton. Je me tortille au bout de ma corde et sens la peau de mes poignets à vif. Celle de mes pieds grésille.

Puis le feu s'atténue et la tension faiblit un peu. Mais la douleur persiste, comme si la combustion se poursuivait à la surface de l'épiderme. Et l'odeur de la peau brûlée atteint mes narines. Ça me rappelle quand mon grand-père passait le gibier plumé sur le feu pour en retirer les résidus de duvet. Je pense que les poils de mes jambes sont en train de roussir.

Le Belge attrape une nouvelle feuille. Il la déplie et lit la une.

— « *De Gaulle vous parle !* »... Ils oublient de préciser que c'est depuis sa planque à Londres...

Et il froisse la feuille pour préparer une autre torche.

— On a d'autres journaux que *Défense de la France*, si vous avez une préférence...

À travers mes yeux embués je vois les flashs du briquet sur son visage presque joyeux. Puis la lueur de la flamme du journal. Il me vouvoie à nouveau. Comme si la tentation que j'ai peut-être représentée s'était évaporée. Comme si on reprenait notre manège du prisonnier et du tortionnaire avec la politesse qu'il a jusqu'ici employée.

Il se baisse et le supplice reprend. Je sais maintenant que ça dure un peu plus de dix secondes ; je les ai comptées dans ma tête, mais elles me paraissent interminables. À nouveau je remue au bout de ma corde, mais plus je bouge plus j'ai l'impression qu'on arrache la peau de mes poignets. Et le gémissement revient, incontrôlable, avec le souffle animal, la bave qui coule le long de ma gorge.

— C'est vous qui décidez quand ça s'arrête, vous savez. Il suffit que vous vous décidiez à nous dire enfin la vérité pour que nous stoppions tout ça.

Des larmes s'échappent de mes yeux fermés.

— Vous l'avez, la vérité…

Je lui souffle ces paroles en réprimant difficilement un nouveau râle. L'odeur écœurante de peau rôtie devient plus tenace. Je vois à leur mine que ça commence à les gêner.

— Vous savez, mademoiselle Dulac, nous sommes obligés d'agir ainsi…

Le feu s'est éteint mais la brûlure attise toujours la douleur sous mes pieds.

— Ne croyez pas que nous prenions plaisir à faire tout ça…

Qu'est-ce qu'il me raconte ?

— Ça fait partie du contre-espionnage. Tous les pays utilisent ces méthodes, vous savez. Ce sont les seules qui nous permettent d'obtenir des résultats.

Qu'est-ce qui lui prend ? Est-ce une nouvelle manœuvre d'intimidation ? Ou bien cherche-t-il à se déculpabiliser ? Peut-être ont-ils bu plus que je ne le pense. Ça expliquerait peut-être que son esprit divague et qu'il passe des insinuations sexuelles à ces sortes d'excuses.

— Nous restons loyaux malgré tout. Notre but n'est pas de vous tuer, mais de connaître la vérité… Nous vous avons donné à boire et à manger, vous avez pu le constater… C'est malheureusement le jeu que de vous pousser à bout, mais nous ne sommes pas inhumains pour autant…

J'ai l'impression qu'il est sérieux. Ce qui est d'autant plus effrayant. Car tout en disant cela, il s'empare d'un nouvel exemplaire pour en faire une torche. Je ne l'ai effectivement jamais vu prendre de plaisir quand il m'a frappée ou quand il plongeait Paul dans la baignoire, mais ça n'avait pas non plus l'air de le perturber. Il ne semblait aucunement contraint. Presque indifférent à la souffrance.

Il doit y avoir un sacré problème sous son crâne pour qu'il y ait autant de contradictions entre ses gestes et ses paroles. Rien ne le pousse à me dire ça. Je me demande si ce n'est pas le doute après tout. Peut-être ma tactique commence-t-elle à porter ses fruits. Le fait que je ne me sois pas retranchée dans le silence, que j'aie toujours parlé pour montrer que je coopérais, a peut-être permis au doute de s'immiscer.

Il place la flamme sous mes pieds et je me remets aussitôt à me tortiller comme un asticot au bout d'un fil de pêche. Je serais prête à m'écorcher les poignets et les mains pour pouvoir échapper au feu. Des larmes coulent encore sur mes joues. Je sens leur chemin sur ma peau le long de mon cou. J'essaie une nouvelle fois d'actionner mes abdominaux pour lever mes jambes, mais plus rien ne répond. Je ne suis plus qu'un morceau de viande, un cochon à la broche. Je me demande si je vais encore pouvoir marcher après ça.

Une quinzaine de locataires sont répartis dans les fauteuils du salon principal de la maison, le nez levé vers la télévision fixée au milieu d'un mur. Certains sont également sur leur chaise roulante, la majorité des autres ayant laissé leur déambulateur ou leur canne à portée de main.

Je viens de quitter Mme Prenchère qui m'a remercié pour la gentillesse et la discrétion de mes hommes tout au long de la journée, et aussi d'avoir empêché la presse de prendre d'assaut l'établissement. Chenu m'attend dehors pour que nous repartions ensemble dans ma voiture, mais je m'arrête net en entendant le générique de l'édition régionale.

Alors que je me cale dans un coin du salon avec l'écran en ligne de mire, le monsieur qui m'a indiqué le chemin ce matin tourne la tête et me sourit. Je lui rends son signe d'amabilité, notant qu'il est toujours aussi élégant.

Le crime de *Sainte-Cécile* est le premier grand titre. Des images filmées de l'extérieur du bâtiment illustrent les propos de la présentatrice. « Nous serons en liaison avec notre envoyé spécial et le maire de la commune », conclut-elle avant d'énumérer les autres informations principales.

Tous les regards sont rivés sur le téléviseur. Plus un mouvement, à part ceux d'une pensionnaire au visage poupon qui tricote de manière mécanique. Ma grand-mère aussi tricotait. Jusqu'à ce que ses doigts s'engourdissent totalement et qu'elle ne puisse plus du tout enchaîner les mailles. Elle jette un regard dans ma direction puis détourne les yeux vers l'écran avant de revenir à son travail.

La journaliste présente les faits avec un visage de circonstance. Dans le reportage qui suit aussitôt, le récit des événements est appuyé par des prises de vue générales de la propriété et des plans zoomés des fenêtres où l'on voit passer les silhouettes des pensionnaires ou des femmes de service. Suit la conférence de presse du procureur. Il relate brièvement l'affaire sans entrer dans des détails trop sordides, et précise que « c'est un crime odieux qu'il faut élucider au plus vite. On ne peut laisser un tel acte être impunément commis dans notre pays. Les maisons de retraite doivent rester des zones sûres pour les personnes âgées qui viennent y trouver le calme d'une fin d'existence. L'enquête a déjà commencé et nous vous tiendrons au courant du résultat des premières investigations. » Un commentaire conclut que personnel et pensionnaires ont préféré rester discrets au sujet de l'événement qui les a bouleversés ce matin quand ils sont arrivés sur place ou quand ils se sont réveillés. Se succèdent des images furtives d'employées de la maison surprises par les caméras, faisant « non » de la tête, le visage sombre, puis se dirigeant vers leur voiture en évitant les objectifs.

« Une paire de ciseaux de huit centimètres », m'a

annoncé la légiste il y a une demi-heure. Fine. Enfoncée jusqu'aux anneaux. Les coups ont été portés à l'horizontale avec quelques degrés de variation. Sans doute le meurtrier, ou la meurtrière a-t-elle précisé, tenait-il les ciseaux dans le creux de son poing fermé, deux doigts passés dans les anneaux pour les maintenir fermement. Un coup a atteint le cœur et deux autres sont allés perforer le poumon gauche. Puis la tête a encaissé le choc de la chute, indiquant que l'homme n'a pas pu l'amortir avec ses mains ; rien que cette blessure aurait pu être fatale sur un individu aussi fragile. En tout état de cause, il a rapidement succombé. Les faits ont eu lieu entre 21 h 30 et 22 heures. Elle me confirme également qu'elle n'a constaté aucune trace de lutte. Rien d'autre qui puisse renseigner l'enquête.

La présentatrice revient à l'écran, en duplex avec l'envoyé spécial devant les grilles de *Sainte-Cécile*. À ses côtés se tient le maire de la ville. Il est « extrêmement choqué par les événements de la nuit dernière et sincèrement bouleversé par la violence du crime. J'espère que l'on retrouvera rapidement l'auteur de cet acte ignoble car tant qu'il sera dans la nature les habitants de ma commune ne seront pas tranquilles. »

Les entretiens de l'après-midi n'ont rien donné d'exploitable. L'ensemble du personnel, des femmes en majorité, s'est montré coopératif. Nous avons noté les numéros de téléphone des personnes avec lesquelles ils et elles ont passé la soirée, conjoints ou amis, afin de contrôler les alibis. Ceux qui étaient seuls nous ont décrit leur soirée par le menu, nous pourrons donc vérifier avec les programmes télé qu'ils étaient bien devant leur petit écran. Nous les maintiendrons toutefois à part, avec les célibataires qui lisaient, bricolaient ou faisaient de la couture, car nous ne pouvons être sûrs à cent pour cent de la véracité de leurs témoignages.

C'était parfois gênant de questionner ces employées, pour certaines à la voix encore chevrotante à l'évocation des faits commis la nuit dans « leur » hospice. Nombre d'entre elles travaillent ici depuis longtemps et toutes se dévouent totalement aux locataires qui sont parfois complètement dépendants. C'est un métier difficile, physiquement et moralement, et elles le font presque toujours avec foi. Elles sont les derniers gardiens du temple. C'est avec elles que vivent nos aïeux quand ils n'ont pas la chance de pouvoir rester dans leur propre maison ou appartement jusqu'au bout. Et apprendre que quelqu'un a eu assez de cruauté pour venir assassiner un de leurs pensionnaires est un traumatisme.

Certaines femmes ont craqué devant moi. Comme si elles s'étaient retenues jusque-là. Peut-être le fait de se retrouver devant la police, interrogées dans une affaire criminelle, les impressionnait aussi, ce qui expliquerait que les nerfs aient lâché à ce moment-là. Chenu m'a relaté des réactions similaires. S'être acharné sur un vieux monsieur si vulnérable leur paraît indigne d'un être humain.

Qui a pu faire ça ? Quel mobile peut-on avoir pour tuer un vieillard comme cela ? On pense généralement tout de suite à l'héritage. Il faudra dès demain se renseigner sur ce que M. Jouanaud aura à léguer et sur l'existence d'un éventuel testament. Car si l'héritage va naturellement à la famille, il peut aussi être transmis à un tiers que le mort aurait désigné par écrit. Mais dans les deux cas, pourquoi éliminer aussi violemment son futur donateur ? Pour brouiller les pistes ? Faire passer cela pour l'acte d'un fou ?

On peut également être face à un cas de vengeance. Mais la victime aurait-elle fait tant de mal pour que quelqu'un ait voulu se débarrasser d'elle d'une aussi ignoble manière, sachant qu'elle était sans défense ? Reste le crime passionnel. Je ne peux pas l'écarter, même si à cet âge et dans ces conditions cette éventualité paraît beaucoup moins probable. Mais il ne faut négliger aucune piste. Envisager même les plus absurdes, au moins pour pouvoir les écarter définitivement. Le crime gratuit reste donc aussi une option ; une personne qui aurait eu besoin de tuer et aurait frappé au hasard, un déséquilibré du coin ou de passage.

Nous devons déterminer, au cas où ce ne serait pas quelqu'un qui était dans l'établissement la nuit dernière et qui y serait resté depuis, comment cette personne est parvenue à entrer et à sortir sans se faire repérer. La maison n'est peut-être pas sous haute surveillance, mais il a fallu y pénétrer, atteindre la chambre de la victime sans se faire surprendre, puis repartir. Mes hommes ont inspecté l'ensemble des issues, portes et fenêtres, ils ont fait le tour du mur d'enceinte de la propriété, sans trouver la moindre trace d'effraction ou un indice qui nous donnerait un semblant de piste. Aucune arme du crime non plus n'a encore été découverte dans le bâtiment ou dans le parc. Nous sommes toujours au point mort.

Demain nous interrogerons les pensionnaires. J'ai établi deux listes avec Mme Prenchère. L'une répertorie ceux qui gardent une certaine vivacité, l'autre ceux qui n'ont plus de mobilité ou dont les seuls pas permettent de gagner le réfectoire ou de s'octroyer un crochet par le jardin. L'idée n'est pas de leur demander à tous leur alibi, car généralement à partir de 22 h 30 toute activité s'arrête et chacun est cantonné dans sa chambre, mais plutôt de les entendre pour voir s'ils n'ont pas une information sur M. Jouanaud que le personnel n'aurait pas et qui pourrait nous aider.

La présentatrice du JT passe au sujet suivant, balayant d'un aimable sourire le drame précédent. Il y a quelques commentaires dans l'assemblée. Je n'arrive pas à déterminer chez certains s'ils font les remarques pour eux-mêmes ou pour leurs voisins car ils ne tournent pas toujours la tête et n'obtiennent pas toujours de réponse. Ça ressemble plus à un besoin d'exprimer son malaise à voix haute qu'à autre chose.

Des regards viennent jusqu'à moi, des mines désemparées, comme si le crime les dépassait. Comme si tout cela était abstrait. Il faut dire que c'est aussi un peu le sentiment qui m'a envahi au fur et à mesure qu'avançait l'après-midi. L'impression que quelque chose ne colle pas entre le cadavre transpercé de ce matin et la tranquillité sénile qui règne ici. Un décalage.

La femme qui tricote est concentrée sur son ouvrage. Elle termine un rang et fait un nœud avec ses doigts fins et agiles. On sent dans sa précision des décennies de tricot. Derrière ses lunettes, ses yeux contrôlent chaque mouvement. Machinalement elle tend la main vers la chaise à côté d'elle où est posé un sac qui contient des pelotes et un autre jeu d'aiguilles. Elle en sort une paire de ciseaux et coupe le fil de laine d'un geste vif.

Huit centimètres ? Il y a comme un propulseur qui lance dans toutes mes veines un flux accéléré de sang. Une fine paire de ciseaux ? Elle les range aussitôt après son mouvement mécanique puis lève son œuvre à bout de bras. Une layette. Un vêtement tout mignon pour nouveau-né. Bleu tendre. Puis ses yeux se portent sur moi ; elle a remarqué que je l'observais.

Je dois faire une drôle de tête, un peu hypnotisé. Elle m'adresse un gentil sourire que je lui rends avec une certaine fébrilité. Son regard me gêne. Il y a quelque chose. Je ne sais pas quoi, mais il possède une intensité particulière. Surprenante. Comme si elle me jaugeait. Comme si elle me fouillait.

Je détourne alors le regard et sors du petit salon en leur souhaitant une bonne soirée. Je me rends compte que j'ai parlé un peu fort pour couvrir le volume de la télé, pensant aussi instinctivement qu'ils sont tous un peu sourds, et je rencontre des regards surpris, sortis d'un songe. J'esquisse un sourire un peu confus et disparais. Certains me grommellent un « au revoir ».

Mais je ne les entends presque pas. Je fuis. Je suis en cavale. Un peu sonné. Déstabilisé. Marchant dans le couloir éclairé au néon sans vraiment savoir où je vais. Le son des informations semble résonner dans tout le bâtiment. Mes yeux n'arrivent pas à se fixer. Ils restent collés sur le vide. Je repense à la vengeance. Mais chasse aussitôt l'idée. Je suis dans l'escalier et descends les marches sans m'en rendre compte. L'image des ciseaux qui tranchent la laine revient et je la rejette à nouveau. Je l'expulse. Comme si elle était impossible.

Comme si ce n'était pas possible.

Ce matin l'eau était gelée dans le gobelet que nous avions laissé sur le rebord de la fenêtre. Les carreaux en verre dépoli ne nous protègent pas du tout du froid extérieur et la couverture élimée et trouée à plusieurs endroits nous permet tout juste de ne pas succomber sous les températures proches de zéro. La paillasse qui sert de lit nous sauve peut-être aussi car il est impossible d'y trouver un sommeil profond.

Notre corps reste ainsi toujours en éveil. Malgré l'épuisement. Comme s'il redoutait d'être emporté par une vague glacée. L'eau chaude et légèrement teintée de marron que l'on nous sert le matin en guise de café fait l'effet d'un bain brûlant tant il y a de contraste. On a presque peur que la différence de température ne fasse éclater nos dents.

Fresnes. Ses murs de pierre. Son ciment fissuré. Les inscriptions, dessins ou calendriers gravés dans le plâtre. Tout est gris. Même le soleil, les jours où il fait son apparition, semble craindre de s'aventurer dans le bâtiment. La rumeur incessante des voix, des pas, le claquement des serrures qui s'ouvrent ou qui se ferment. Les cris de douleur ou de désespoir. Nous sommes nombreuses ici. Et il y a du roulement.

Cellule 258. Parfois nous y sommes six, souvent quatre, rarement moins. Et pas toujours les mêmes. Depuis que je suis là, j'ai cohabité avec presque une dizaine d'autres détenues. Il faut se méfier des moutons. Il paraît que les prisons en sont truffées. De toute manière je n'ai rien à raconter. Je ne me confierai à personne. Même à celle qui me livrera ses secrets les plus personnels je continuerai de servir la même histoire qu'au *Belge*, celle de l'amant qui pourrait être mon père, un homme qui m'a caché sa prétendue responsabilité au sein d'un mouvement de résistance.

Je reste sur cette version pour qu'elle continue de masquer la vérité dans mon esprit. Qu'elle fasse rempart à ma vraie personnalité. Je me force à toujours y revenir. À en devenir folle car je mets toute mon énergie à aiguiller invariablement mes pensées et mes paroles vers cette histoire falsifiée qui est devenue mienne. Parfois même je doute de certains détails, à ne plus pouvoir faire la part du vrai et du faux. Impossible, par exemple, de me souvenir précisément si j'ai acheté ma bicyclette uniquement avec l'argent de Paul ou bien avec le sien et un peu de celui de mes parents réunis. À force de raconter au *Belge* que c'est lui qui me l'a payée pour que je vienne plus vite le rejoindre après le travail ou pour que nous puissions nous voir parfois le midi, c'est devenu une vérité. Pourtant il me semble bien que j'avais demandé à ma mère de m'envoyer un peu d'argent supplémentaire pour me l'offrir. Je ne sais plus. Tout se confond. S'embrouille.

Je sais que Paul n'a rien lâché. Et qu'ils n'ont pas plus trouvé de faille pour me faire parler. Aucun aveu. Sinon ils ne m'auraient jamais transférée ici. Même dans mon état. Ils s'en fichent.

Je ne tenais plus debout. Mes pieds ne pouvaient

plus être en contact avec le sol. Alors je me laissais tomber à moitié à genoux dans mon étroite cellule. Trois fois ils m'ont retrouvée évanouie. La première fois ils m'ont sortie et m'ont laissée une journée entière dans une des pièces vides du second. J'ai eu le droit à une soupe un peu plus épaisse que d'habitude et un morceau de pain plus conséquent. Un homme est même venu m'apporter une pommade à appliquer sur les brûlures à vif de mes plantes de pieds. Il m'a demandé de tendre les mains et a placé dans chacune d'elles une noisette de crème, puis il a disparu. Mais mon corps avait été tellement distordu, secoué, déformé, que j'ai eu du mal à plier mes jambes pour atteindre le dessous de mes pieds en tendant les bras. Alors j'ai pris mon temps et ai fini par appliquer doucement le produit. Quelques heures plus tard on me remettait dans mon placard.

La deuxième fois je me suis réveillée directement dans la pièce. Un moment après, le même homme est venu avec de l'eau et de la pommade. Même opération difficile. La troisième fois, ils ont décidé de m'envoyer ici. Ça m'a donné un regain de courage. Je commençais à faiblir dangereusement. Mais j'avais tenu bon jusque-là et ils n'avaient toujours rien contre moi : pas de témoignage, personne pour me confondre. Deux fois j'ai vu des hommes qu'ils m'ont présentés comme des membres du réseau. Salement amochés. L'un d'eux pouvait à peine ouvrir les yeux derrière ses coquards. Pas plus que la bouche d'ailleurs qui était monstrueusement boursouflée. Je ne les connaissais pas. Vraiment. Le mur que Paul avait construit autour de moi était parfait. Les deux ne m'ont pas plus identifiée que je n'aurais pu les reconnaître. C'en est resté là.

Le Belge a donc dû estimer qu'il serait préférable de

me faire enfermer ici compte tenu de l'encombrement que je représentais, le besoin de soins, de surveillance, qui ne valaient sans doute pas la peine comparés aux informations que j'aurais pu leur apporter si j'avais parlé, n'étant pas un gros gibier.

Avant que je parte, allongée sur une civière dans un fourgon, il m'a tout de même précisé qu'il n'en avait pas fini avec moi, mais qu'encore une fois il voulait me montrer que dans le contre-espionnage français on a de l'honneur, et que malgré les sévices qu'ils nous font subir ils savent respecter la personne humaine. D'ailleurs il m'apportait mes chaussures dont j'avais été dépossédée depuis qu'il me les avait retirées pour me griller les pieds.

Je crois que je n'ai pas pu m'empêcher de sourire. Peut-être même de pousser un petit rire malgré mon état. Dans son œil a scintillé une lueur d'étonnement. Presque outré que je puisse réagir comme ça. Je me suis dit que j'allais être reconduite à mon placard, mais non, il a grommelé un « À bientôt » et il est sorti du fourgon en faisant signe à ses hommes de m'emmener.

J'ai compris, quand le véhicule est passé à très faible allure sous un porche, pourquoi je n'avais pu capter un seul bruit de rue pendant ma détention : le bâtiment que nous occupions donnait sur une cour intérieure, et l'immeuble sur rue faisait barrage aux sons extérieurs.

La nuit enveloppait la ville quand ils m'ont évacuée. C'est étrange comme ça m'a fait du bien de le savoir. Je ne savais pas encore s'il était vingt heures ou quatre heures du matin, mais au moins je retrouvais un repère. Comme si je pouvais enfin me raccrocher à la réalité, au quotidien, à l'enchaînement des journées. Ça a apporté un souffle d'air indispensable à mon moral qui était près d'étouffer.

L'effet a été décuplé quand j'ai vu le lendemain matin naître la lueur du jour. Je n'avais pas dormi, ne bougeant pas dans l'obscurité de ma nouvelle cellule, profitant de la position allongée. Et malgré le froid et la fermeté de la planche qui faisait office de couche j'avais eu l'impression de me détendre en comparaison de ce que je venais d'endurer. En fait, étrangement, bien qu'appréhendant le fait de me retrouver en prison, je me sentais soulagée. Être ici était déjà une petite victoire. Ce n'était pas la fin de la bataille, j'en étais consciente, mais je tenais au moins ça.

Quand le jour a commencé à se lever, j'ai pu mieux distinguer l'endroit, son exiguïté, les craquelures sur les murs et au plafond, ainsi que les noms et messages d'insulte ou d'espoir de mes innombrables prédécesseurs. Puis la lumière s'est faite plus nette encore. Je la trouvais extraordinaire malgré le lieu et le verre opaque qui en limitait l'intrusion. Après le régime de ténèbres intemporelles auquel j'avais été soumise, la simplicité du jour m'émerveillait.

« Y a-t-il de nouveaux arrivants dans les cellules du rez-de-chaussée ? » ai-je entendu, s'immisçant par un éclat dans le carreau et venant de je ne sais où au-dessus. Je n'ai pas répondu. Méfiance. Cette question, systématiquement adressée aux nouveaux détenus enfermés pour leur première nuit dans une cellule individuelle du rez-de-chaussée, je l'entends depuis résonner dans la cour tous les matins. Comme un rituel. Une recherche de nouvelles informations venant de l'extérieur et la possibilité, pour celui qui la pose et pour tous ceux qui écoutent, de savoir si c'est l'un des siens qui est là.

Après cette nuit à l'isolement, j'ai passé une matinée à l'infirmerie. Quand il m'a enfin reçue, le docteur m'a auscultée, a jeté un œil à mes pieds et m'a dit que je m'en remettrais. Pas aimable le bonhomme. Moi qui m'attendais à trouver une oreille compatissante après toutes mes souffrances, j'ai bien senti qu'il se refusait à récolter les plaintes de tous les prisonniers. Peut-être même estime-t-il que nous méritons les traitements dont nous avons été victimes.

On m'a conduite ensuite dans la cellule 258. Quelque chose comme trois mètres sur trois. Une tablette et un tabouret, un coin toilettes à côté de la porte, une planche de bois assortie d'une fine paillasse en guise de lit et trois autres paillasses posées à même le parquet. L'attribution du « lit » se fait à tour de rôle, chacune une journée et la nuit qui suit.

Les filles ont pris soin de moi. Il y a une certaine solidarité entre prisonnières. D'où qu'elles viennent. Certaines sont là pour des faits politiques, pour avoir appartenu à un réseau, pour avoir volé ou pour s'être prostituées afin de pouvoir se nourrir ou s'habiller. D'autres ont simplement manqué de respect à l'Occupant. Le moindre écart vous mène en prison. Il suffit parfois d'un sifflet ou même juste d'un rire dans un cinéma quand apparaît un dirigeant nazi pendant les actualités concoctées par la propagande de Vichy. Très peu sont des criminelles, même parmi celles qui appartenaient à une cellule de résistance. Il y a aussi des prostituées professionnelles que des Boches ont dénoncées aux autorités françaises parce qu'elles n'ont pas fait ce qu'ils souhaitaient, parce qu'elles leur ont fait payer un prix exorbitant ou parce qu'elles ont refusé de se soumettre aux contrôles d'hygiène. Dans cette disparité, j'ai toujours pu demander à une codétenue de me masser la plante des pieds avec l'espèce de saindoux que me fournit chaque jour l'infirmier faute de pommade, avant de pouvoir le faire moi-même. Puis un matin j'ai enfin pu enfiler des pantoufles et m'aventurer à quelques pas.

Nous sommes le 18 décembre. Ça fera bientôt deux mois que je suis enfermée ici et je ne pense pas que ma mère le sache car je n'ai reçu aucun colis, pas même une lettre, et il m'est interdit d'envoyer un quelconque message pour la prévenir. Elle doit être morte d'inquiétude d'être sans nouvelles. Et sans doute confrontée à la lourdeur habituelle de l'administration française et allemande à chercher où je pourrais être.

J'ai été arrêtée le 4 octobre et suis restée presque trois semaines à la merci des services de contre-espionnage. Je ne sais même pas, au final, où j'étais enfermée. Rue Lauriston, rue des Saussaies ? Je ne pense pas car ce sont des repaires de la Gestapo. Aucune fille n'a reconnu l'endroit où j'étais avec la description que j'en ai faite, et aucune non plus n'est passée dans les mains d'un type avec un accent belge ou du Nord.

J'ai été profondément éprouvée mais j'ai tenu. Je dois dire que je suis assez fière. Au moment de mon arrestation, je n'aurais pas parié que j'endurerais ce qu'on m'a fait subir. Alors passer de l'isolement le plus total à la détention collective a été comme une part de liberté que l'on m'aurait accordée. C'est une situation incomparablement préférable. Pour aujourd'hui. Parce que je sais que demain tout peut basculer. Retour chez *le Belge*, départ pour l'Allemagne, ou autre mauvaise surprise. Alors je profite de cette condition, aussi difficile soit-elle. De toute façon, depuis plus de trois ans nous vivons au jour le jour car il est inutile de tenter de se construire un futur. Surtout lorsque votre activité clandestine peut vous envoyer directement au peloton d'exécution ou dans un camp de travail de l'autre côté du Rhin.

Depuis la défaite des Allemands à Stalingrad qui a marqué un tournant dans cette guerre en début d'année, nous sommes persuadés que la victoire est désormais dans notre camp, bien que nous ne puissions prévoir combien de temps ça prendra. Churchill nous avait promis au printemps dernier un grand événement « avant que ne tombent les feuilles », pourtant l'été et l'automne sont passés sans que rien ne soit venu. Mais les rumeurs d'un débarquement allié circulent maintenant pratiquement tous les jours. Après avoir annoncé que ce serait en décembre, on dit que ça pourrait être pour janvier. Ou février. Si ça pouvait enfin venir. Paul craignait qu'il n'arrive trop tard et que d'ici là la Police, la Milice et la Gestapo aient démantelé tous les réseaux. Mais avec tous ceux qui ont refusé de partir en Allemagne pour le STO[1], ils sont de plus en plus nombreux à vivre dans la clandestinité, et tous ces réfractaires forment une force importante prête à agir si des armées alliées investissent le territoire national. Il ne faudrait pas la gâcher.

On m'a raconté que le 11 novembre, pour la célébration de la victoire de 1918, un bataillon de résistants est descendu de son maquis sur une commune des Vosges pour défiler jusqu'au monument aux morts et y déposer une gerbe. Un sacré coup ! J'ai pensé à Paul que ce genre d'acte de bravoure aurait ravi. Un tel culot l'aurait encouragé. Mais là où il est, il ne doit pas être au courant de tout cela. J'essaie de ne pas

1. Service du Travail Obligatoire : envoi de main-d'œuvre en Allemagne instauré par le gouvernement de Vichy à partir de 1942.

trop penser à lui d'ailleurs car je crains le pire. Je prie pour lui, mais je doute qu'il ait la chance de voir les Américains et les Anglais débarquer sur notre sol.

Il y a une pointe d'espoir pourtant : les Allemands reculent en Russie et les armées alliées gagnent du terrain sur la péninsule italienne. Mais ici rien n'a changé. La Corse a beau être libre, la métropole reste sous le joug allemand. On nous rapporte une multiplication des sabotages de toutes sortes sur l'ensemble du territoire, mais les représailles boches sont aussi de plus en plus sévères, écrasantes, sans concession ; les otages pris au hasard paient de leur vie les actes de ceux qui croient encore fermement en la victoire et qui trouvent la force de ne pas céder face à ces mesures injustes. D'ailleurs les représailles ont le plus souvent un effet contraire, suscitant plus d'indignation que de peur au sein des groupes, mais aussi dans la population.

La situation sociale est, elle, de pire en pire ; les Fritz nous pillent, nous affament, avilissent toujours un peu plus notre gouvernement. Mais nous sommes persuadés qu'un jour la situation va se retourner contre eux. Que la puissance américaine va mettre à mal leur arrogance et la leur faire payer.

Souvent en fin de journée nous percevons le ronflement régulier des bombardiers qui se dirigent vers l'Allemagne pour aller larguer leurs chargements sur les villes et les centres industriels. Il paraît d'ailleurs que ces visites nocturnes s'intensifient. On voit parfois leurs traînées qui se diluent lentement dans l'atmosphère du couchant.

Nous avons également été réveillées plusieurs fois au milieu de la nuit par le grondement lointain d'un bombardement, sans doute sur la banlieue où les usines tournent pour les Boches. Chaque fois ça nous a réjouies. En retirant de la fenêtre le petit morceau de carreau soigneusement brisé qui nous permet de communiquer avec les autres ou au moins d'écouter ce qui se dit, nous pouvions apercevoir de pâles éclairs se refléter sur l'obscurité céleste.

J'ai reçu ce matin de nouveaux vêtements par l'œuvre *Sainte-Foy*, une des associations qui se sont créées pour venir en aide aux prisonniers afin qu'ils reçoivent des colis de nourriture ou des vêtements propres, en particulier ceux et celles qui, comme moi, se voient interdits de tout contact avec leur famille et ne peuvent donc pas faire laver leur linge ou recevoir de vêtements de rechange.

Le chemisier et la jupe que je portais lors de mon arrestation étaient dans un état lamentable. Peu après mon arrivée je suis parvenue à les faire tremper dans une bassine en guise de lavage et à les confier à une surveillante pour qu'elle les fasse sécher devant un poêle – restant emmitouflée tout un après-midi dans ma couverture – mais les taches de sang imprégnées restaient visibles et ils étaient déchirés à plusieurs endroits. Pourtant quand je les ai remis, j'ai eu l'impression d'enfiler une robe de soirée tant la sensation de propreté et de douceur contrastait avec ce que je portais depuis plus de trois semaines. Et leur odeur nauséabonde avait presque disparu.

Ceux que j'ai passés aujourd'hui m'ont donné une impression de luxe. Tout reste relatif bien entendu, mais le fait de porter des vêtements entiers, et surtout un paletot en plus, apporte un peu de réconfort au milieu du reste. Il paraît que sainte Foy est la sainte des prisonniers ; que Dieu la protège !

C'est une maigre consolation car, pour le reste, nos

conditions sont pitoyables. Les lieux sont infestés de poux, de punaises et de puces. Impossible d'être épargnée. La gale se développe aussi tranquillement dans cet environnement qui n'a pas été désinfecté depuis on ne sait quand. En résultent des démangeaisons continuelles. On passe notre temps à se gratter. À en devenir dingue. Il faut se faire violence pour ne pas se mettre en sang. Parfois ça nous réveille la nuit, alors on commence à vouloir se soulager, mais ça démange encore plus.

Bien entendu, nos têtes sont des lieux bénis pour les poux. Nous essayons de nous les retirer mutuellement. Ça passe le temps. Il paraît que les singes font pareil au zoo de Vincennes. J'espère que je n'aurai pas à couper mes cheveux pour éradiquer ces vermines, comme on me l'a fait une fois quand j'étais gosse.

Le bâtiment baigne dans une humidité persistante ; j'ai même quelquefois trouvé des limaces sur le sol à côté de moi. L'eau qui suinte sur un des murs reste parfois gelée pendant la journée tant le froid semble ne jamais se calmer. Et la nuit il faut bouger le moins possible pour éviter que l'air glacé ne s'engouffre sous les couvertures et ne ruine des heures d'efforts à essayer de maintenir une température correcte pour somnoler.

La faim aussi est continuellement présente malgré les repas plus réguliers que ceux que j'ai connus dans mon précédent lieu de détention. Les rations sont maigres, les fragments de légumes se comptent facilement à la surface d'une sorte de soupe très liquide assortie de morceaux de gras flasques qui font office de viande. Les colis personnels que reçoivent les autres ou ceux acheminés par la Croix-Rouge arrivent difficilement à combler la pénurie et les carences, d'autant qu'on se les partage entre codétenues.

L'hygiène reste également superficielle ; je n'ai été emmenée que cinq fois à la douche depuis que je suis ici, et autant dire que l'eau chaude n'existe pas. Et le matin il faut enjamber les autres si l'on veut atteindre le lavabo pour un semblant de toilette. Voilà pourquoi l'arrivée de vêtements propres est déjà une source inespérée de contentement.

Au-delà de tout le reste, on souffre ici du manque d'activité. Je n'ai eu le droit qu'à quatre promenades depuis mon arrivée, « promenade » étant un bien grand mot car il s'agit d'une « sortie » d'un quart d'heure dans une cour d'à peine dix mètres sur dix. Pour ne pas nous engourdir, nous essayons de marcher dans les cellules en tournant en rond ou en faisant des allers-retours, mais comme nous sommes en surnombre, ce n'est pas toujours très facile.

Pour passer le temps nous parlons parfois de notre vie d'*avant*, mais avec toujours de la retenue par peur des espions qui pourraient se nicher parmi nous. Nous nous racontons également les heures de sévices que nous avons subies. Certaines ont été torturées plus durement que moi. Les marques au visage en témoignent.

Simone, l'une de mes codétenues, porte des cicatrices faites par une lame de rasoir sur la joue et sur les seins. J'ai la chance, moi, de ne pas avoir été trop abîmée. J'ai pu le vérifier un jour, quand une des cellules du dessus nous a fait passer un minuscule bout de miroir. En me regardant par fragments, j'ai pu constater que je n'étais pas défigurée mais que j'étais très pâle, avec quelques restes de contusions, et que mes joues s'étaient creusées. Un peu effrayante. J'ai adressé un sourire au morceau de miroir pour vérifier qu'il était toujours là, même amaigri. Ça m'a fait du bien.

Ces interminables journées sont donc rythmées par

les trois repas, la peur d'être emmenée pour un interrogatoire, le judas qui se lève sur l'œil de la gardienne qui effectue sa ronde, les fouilles de cellule au moins une fois par semaine, à coups de « *Raus !* » et de « *Schnell !* », le tout agrémenté de démangeaisons permanentes. On essaie alors de s'échapper en pensant à autre chose, comme à de bons souvenirs, ceux de l'enfance ou des moments heureux passés en famille ou avec des amis. Il m'arrive également de chanter dans ma tête, de me remémorer certaines comptines que m'apprenait ma grand-mère, ou d'autres chansons populaires. Comme un long récital. Et souvent aussi je prie ; pour que le Ciel protège mon père, ma mère, ma grand-mère et ma tante. Mais aussi pour qu'Il prenne soin de Paul, pour qu'Il l'aide à trouver la force de résister, où qu'il soit. Et enfin j'adresse quelques prières particulières pour Auguste, en espérant qu'il se porte bien. Et ces fragiles échappatoires se poursuivent la nuit, avec les ronflements des voisines, la lutte contre le froid et la recherche d'un semblant de sommeil. Puis tous les matins c'est à nouveau le sempiternel « Y a-t-il de nouveaux arrivants dans les cellules du rez-de-chaussée ? »

La prison est une ruche d'informations. Il y a de tout, du vrai comme du faux, mais le croisement des données que l'on glane à droite, à gauche permet de définir une vérité à peu près fiable, confirmée ou contredite par ceux qui arrivent de l'extérieur. Les nouvelles se transmettent par Radio Tinettes, discussions *via* les tuyauteries, les conduits de chauffage ou d'évacuation, et par Radio Fresnes, échange de messages verbaux à travers la grande cour ou d'un étage à l'autre par les ouvertures pratiquées sur les fenêtres. C'est un impressionnant tumulte de conversations croisées, de personnes qui se reconnaissent, qui communiquent en utilisant des codes pour évoquer untel ou unetelle. De temps à autre les gardiens interviennent pour imposer le silence, menaçant de sanctions, ou sortant un détenu pour l'exemple. Mais toujours Radio Fresnes reprend. À voix basse, à deux, à trois, sans que l'on sache exactement où se trouvent les interlocuteurs.

Parfois c'est une *Marseillaise, L'Internationale* ou bien *Le Chant du départ* qui s'élèvent dans le corps de la prison. Généralement le matin, quand des prisonniers sont extraits de leurs cellules pour être emmenés au poteau d'exécution, ici ou au Mont-Valérien. Leurs camarades les soutiennent en entonnant en chœur « *La République nous appelle, sachons vaincre ou sachons périr...* » On imagine les condamnés au visage creusé par une dernière nuit sans sommeil, une barbe de plusieurs jours, encadrés par les gardiens, progressant dans les couloirs avec le chant qui résonne derrière les portes qu'ils longent, ultime soutien de leurs compagnons de combat qu'ils emporteront dans leur dernière épreuve. « *Un Français doit vivre pour elle, pour elle un Français doit mourir...* » Des « Vive la France ! », des « Vive de Gaulle ! » ponctuent chaque fois ces hymnes patriotiques au milieu des injonctions des surveillants. Puis, quand le face à face avec le peloton a lieu ici, c'est le silence, l'attente, les coups de feu qui nous viennent du chemin de ronde en se répercutant sur les murs, nos yeux qui se ferment ou nos têtes qui se baissent. Et lentement le murmure incessant de la détention emplit à nouveau l'espace. Jusqu'aux prochains condamnés à mort, otages passés par les armes à titre de représailles ou bien embarqués vers un camp de travail en Allemagne.

Avec la façade uniforme de sa cour intérieure et ses fenêtres régulières, la *Maison Sainte-Cécile* ressemble un peu à une prison. Sauf qu'il n'y a pas de barreaux. C'est leur vieillesse qui tient ses pensionnaires prisonniers.

Prisonniers d'un corps, cantonnés dans leur chambre avec leur fenêtre pour seule ouverture sur le monde, ou pour les plus chanceux une motricité qui leur permet encore une promenade dans le parc ou une sortie en famille.

Être dans ces murs me projette aussitôt dans l'établissement où ma grand-mère a terminé sa vie, s'impatientant d'une mort qui tardait à venir la chercher quand elle ne pouvait pratiquement plus bouger. La trop longue tranquillité qui précède le sommeil éternel, des journées interminables clouée au lit à regarder l'aiguille faire lentement le tour du cadran. Un jour, puis un autre, puis encore un autre. Attente pénible. Je n'avais pas vraiment retrouvé cette pesante routine hier à cause du désordre que provoquait l'irruption de la police dans les locaux, mais en revenant aujourd'hui je remarque que la vie coule ici aussi au ralenti. C'est une journée comme une autre, rythmée par les repas. Le train a repris sa vitesse de croisière.

Après une matinée de paperasses, de coups de téléphone du préfet, du procureur, du juge d'instruction, et les affaires courantes à gérer, nous avons fait le point avec Chenu sur notre emploi du temps de cet après-midi. Nous avons rendez-vous avec Mme Jouanaud à 18 h 30 afin d'en savoir plus sur son beau-père, mais avant mon lieutenant va tenter de glaner le maximum de renseignements sur la victime, tandis que je me chargerai des entretiens avec les pensionnaires. J'aurais pu déléguer cela à Chenu ou à un autre de mes adjoints, mais je préfère les faire moi-même. Ma grand-mère encore. Son souvenir. Leur parler. Aimer ces minutes paisibles à leurs côtés. Mais aussi me laisser imprégner par les lieux. Peut-être tomber par hasard sur un indice fondamental. Qu'une des personnes présentes la veille se rappelle quelque chose et vienne me le confier maintenant que les uniformes ont disparu.

Essayer de comprendre. Mettre le doigt sur l'embryon d'une piste.

Je ne sais pas ce que l'on va faire de moi. Certaines filles attendent ici depuis plus de huit mois. Et inutile de demander quoi que ce soit, il n'y a aucun interlocuteur pour nous informer de notre sort. Le dialogue n'existe pas avec les gardiennes allemandes et si les surveillantes françaises peuvent nous rendre de petits services, en ce qui concerne notre avenir elles ne savent rien.

Il y a parfois des allers-retours pour celles qui ont déjà fait un séjour à Lauriston, aux Saussaies ou ailleurs, et puis un jour on vient vous chercher et on ne vous revoit plus. L'Allemagne sans doute. Ou l'exécution.

Il n'y a qu'à attendre en espérant qu'un débarquement prochain vienne nous délivrer. Malheureusement, dans cette attente et ces souffrances, certaines ou certains abdiquent et, ne voyant aucune lueur d'avenir, se suicident afin de mettre tout de suite un terme à leur supplice.

J'ai rêvé l'autre nuit que, penchée au balcon, je trouvais dans la cour de notre immeuble un imposant char arborant les couleurs anglaises. De nombreuses personnes se pressaient autour des soldats. Des rires montaient jusqu'à moi. La ville était libérée. Enfin ! La chape germanique s'était volatilisée ! Il y avait dans l'air comme une hilarité incontrôlable. Puis je me retrouvais en bas, au pied de cette machine de guerre disproportionnée, me demandant comment elle avait fait pour entrer dans la cour. Les soldats étaient là, tout près, nous illuminant de leurs sourires chaleureux. L'un d'eux agitait un large drapeau britannique au-dessus des têtes. Ma mère, ma grand-mère et ma tante se tenaient dans un coin, béates, se délectant du spectacle. Personne ne parlait, j'entendais juste les éclats de rire. Je pouvais palper la fièvre de cette foule qui s'agglutinait dans notre cour. L'euphorie s'affichait sur tous les visages. Pourtant j'hésitais. Je n'arrivais pas à y croire, bien que tout autour les accolades se multipliaient. Nous y étions arrivés. Nous avions tenu. Ils les avaient chassés ! Le char me paraissait si gros. Impossible qu'il soit passé par le porche. Mais par où était-il entré ? Je ne pouvais pas croire que ce soit réel. Un mouvement et je me suis brusquement retrouvée sur ma paillasse. Les rires se dissolvaient. Lointains. Factices. Désolants. J'ai tenté de les faire revenir. Impossible. Je m'étais laissé berner.

Un dimanche après la messe, le vieil aumônier allemand qui nous fait l'office, un homme adorable et à la bienveillance sans frontières, me fait signe de venir alors que déjà à la porte les gardiens nous attendent pour nous raccompagner à nos cellules. Comme j'arrive devant lui, son bon sourire s'agrandit légèrement et il me tend une image pieuse qui représente la Vierge Marie. « Tenez, pour accompagner vos prières… » me souffle-t-il dans son français parfait. Mais son regard pointé sur l'image m'indique qu'il y a plus.

« Le message aussi… » Sous son pouce, je remarque effectivement un tout petit bout de papier plié qu'il me tend avec l'image. Je prends alors le tout et le glisse dans la poche de mon paletot en essayant de ne pas montrer trop de précipitation. « Merci, mon père… » Nous échangeons une poignée de main chaleureuse et je rejoins la file pour regagner ma cellule.

Je sens que l'air a du mal à passer dans ma gorge. Ma poitrine fait des bonds à la recherche d'oxygène. Mon dos est recouvert d'une fine pellicule de sueur. Je ne sais pas si c'est la surprise de recevoir un message de manière aussi inattendue, ou bien si c'est ce message en lui-même qui m'inquiète. Sans doute les deux. Vient-il de l'intérieur ou de l'extérieur ? Je pense tout de suite à ma mère, à Denise ou à Suzon, mes deux meilleures amies, mais je me demande si elles auraient vraiment pu retrouver ma trace. Ou alors c'est quelqu'un d'ici qui veut me contacter. En tout cas j'avais entendu dire que le vieux prêtre pouvait rendre des services de ce genre ; ça se confirme.

Après avoir franchi une des grilles de séparation du bâtiment, je plonge rapidement les mains dans les deux poches de mon paletot pour sentir dans celle de droite le petit morceau de papier. Il me paraît minuscule. Je ressors vite mes mains pour ne pas attirer l'attention des gardiens et continue d'avancer avec les autres.

Je dois attendre le début de l'après-midi d'être allongée sur ma paillasse pour pouvoir enfin le lire. En me tournant vers le mur, simulant un besoin de dormir, je parviens à le sortir de ma poche et à le porter au niveau de mes yeux. C'est un petit carré de papier très fin, entre le papier à cigarette et le papier toilette, plié en six. Je le déplie soigneusement entre mes doigts. Il est à l'envers, je le retourne : « *Appart fouillé. Ta mère prévenue. Lui avons dit pas besoin venir. La tenons au courant. On pense fort à toi. D et S.* » Denise et Suzon.

J'ai envie de pleurer. Comme si je venais de m'évader pendant quelques secondes. Instant de liberté par procuration.

Puis ça tourne vite dans ma tête. Ils sont donc passés tenter de trouver des preuves chez moi, tracts, armes ou j'ignore quoi d'autre. Mais je n'ai rien à craindre de ce côté-là. J'avais eu peur aussi que *le Belge* ne me demande de lui indiquer les noms et coordonnées de mes amis pour enquêter sur mon compte, mais il n'avait pas cherché de ce côté. Ça me rassure donc de voir que Denise n'a apparemment pas été découverte, et Suzon non plus, si elle aussi a une activité clandestine comme je le suppose. Je craignais tellement que mon arrestation n'entraîne la leur. Je ne sais pas comment elles savent que j'ai été arrêtée, mais elles se sont débrouillées pour obtenir mon lieu de détention. Denise doit avoir un filon pour localiser et contacter les prisonniers. Elles ont dû payer grassement les intermédiaires pour que le message me parvienne, ou fournir en échange quelques denrées convoitées.

Je relis le texte une dizaine de fois, jusqu'à le connaître par cœur. Je suis contente qu'elles aient pu prévenir ma mère pour qu'elle ne s'inquiète pas.

Je me le récite une dernière fois et fourre le fin morceau de papier dans ma bouche pour le faire disparaître. Il faut maintenant que je voie s'il est possible de transmettre une réponse, par l'aumônier ou autrement, afin de rassurer ma mère et mes amies qui ont sûrement pris des risques importants pour me contacter. Je dois trouver du papier et surtout une mine.

Mes yeux restent fixés sur l'image de la Vierge

que m'a offerte mon messager providentiel. Tout cela apparaît comme un signe, un coup de pouce que me donnerait le Seigneur pour que je ne perde pas courage, pour renforcer ma foi et mon espoir.

Il me reste un léger goût d'encre au fond de la gorge. Mais il ne m'est pas désagréable car c'est de l'encre qui vient de l'extérieur et de personnes qui pensent à moi.

La voix est comme celle d'un ange descendu aux enfers. Une voix légère comme un nuage. La nuit est opaque. Il doit être près de minuit. Un *Ave Maria* qui illumine le silence nocturne. Qui nous tire de notre sommeil, ou plutôt de notre assoupissement tant le froid est vif et empêche de trouver le vrai repos. Presque une voix d'enfant tant elle paraît pure, virginale. Elle résonne dans l'espace clos, rebondit contre les murs et se répand dans les moindres recoins de la prison. Impossible d'en déterminer la provenance.

Une voix qui tombe des cieux. Comme à la messe de minuit. Une femme vient d'entonner un *Ave Maria* en ce 24 décembre. Il est pur comme un cierge, clair comme un vitrail, chaud comme une prière. Il évoque en moi les messes de minuit d'avant la guerre. La main de mon père qui tient fermement la mienne quand monte la voix depuis le fond de l'église. Je le regarde et il est ému. Mon père n'exprime jamais ses émotions, mais l'*Ave Maria* le bouleverse. Je vois bien qu'il retient ses larmes. Alors les miennes se déversent tout de suite quand le chant perce l'obscurité. Les souvenirs, l'isolement, la pensée de mon père enfermé je ne sais dans quelles conditions, de ma mère éloignée et sans doute inquiète pour moi, l'idée que cette guerre dure depuis quatre ans et qu'elle nous brise en profondeur.

Mes voisines se sont redressées elles aussi. L'une d'elles se lève pour s'approcher de la fenêtre. Je vois dans le peu de lumière qui nous parvient de la cour que ses yeux à elle aussi sont humides. Malgré l'air glacé elle retire le petit morceau de carreau du coin de la fenêtre, et le chant est plus clair. Les deux autres filles et moi nous levons également, emmitouflées dans notre semblant de couverture. Des bruits nous parviennent des cellules tout autour où l'on s'agite aussi pour l'écouter.

Ce cantique a l'éclat d'un cierge que l'on verrait de très loin. On parle de plus en plus d'un débarquement allié pour février. Il a beau être chaque mois repoussé, cette fois-ci on a envie d'y croire. Et cet *Ave Maria* semble destiné aux futurs combattants qui viendront de l'étranger, mais aussi aux combattants que nous sommes et qui peut-être un jour pourront apporter leur petite pierre à l'édifice de la paix. Je suis mélancolique, plus sensible encore ici à ce chant qui m'a toujours serré la poitrine. J'ai envie d'espoir. J'ai besoin d'espoir. Et le chant va au-delà de toute croyance religieuse, il est un hymne d'espoir pour nous toutes, pour nous tous.

Un gardien crie deux fois « Silence ! », mais la voix ne frémit pas et poursuit sa prière. Nous nous sommes instinctivement regroupées toutes les quatre pour nous tenir chaud. Et nous pleurons. Le gardien ne réitère pas, comme si lui aussi était touché par la grâce qui se dégage de la voix. Comme si elle lui avait retiré toute autorité. Lui aussi est seul en cette soirée de Noël que nous passons généralement en famille. Lui aussi en a assez de cette guerre qui détruit petit à petit son quotidien. Lui aussi fait partie de cette majorité de Français qui aimeraient voir renaître leur patrie.

Quand le chant se termine, un silence de presque dix secondes s'installe. Nous sommes statufiées, mais ce n'est pas le froid. C'est l'émotion. Nous étions tous dehors pendant ces minutes suspendues. En dehors du temps. Puis quelqu'un applaudit et aussitôt la prison tremble sous les centaines de mains qui remercient à tout rompre. Les gardiens tentent d'imposer le silence mais ils peuvent toujours s'évertuer à hurler, la machine est lancée. Un besoin général de s'abandonner.

La voix résonne à nouveau au milieu du vacarme. Les paroles ont changé et le rythme aussi : « *Allons enfants de la patrie, le jour de gloire est arrivé...* » Les applaudissements cessent brutalement et sont remplacés par des voix. Dix, puis vingt, puis toutes. Une chorale formidable. Un désir commun. Une armée que rien ne peut arrêter.

Les lumières de la cour s'allument, les gardiens continuent de menacer, on entend des bruits de course. Mais l'hymne ne fait qu'amplifier. Sa puissance sonore comme sa conviction, une insatiable envie de se révolter contre cette situation. Pas uniquement celle de l'enfermement, mais celle de l'Occupation de notre pays par une force étrangère qui nous étrangle et nous asservit. Notre chant de ralliement est toujours prêt à sourdre, à l'affût dans notre gorge. Cette *Marseillaise* que les Allemands nous interdisent de chanter. Et cette nuit elle bondit. Nos poumons comprimés se libèrent.

Nous sommes toutes les quatre en train de chanter dans notre cellule, les visages tournés vers la fenêtre pour que nos voix portent le plus loin possible, au-dessus de la prison. Et au-delà encore. La buée qui s'échappe de nos bouches se confond, comme pour matérialiser notre ralliement à la rumeur qui enfle. Des hommes, des femmes, et la voix de notre chanteuse un ton plus haut, menant ce chœur nocturne.

Les larmes ont redoublé. Elles semblent brûlantes sur nos joues glacées par l'air extérieur. Mais qu'importe. Qu'importent aussi les représailles possibles. Le bonheur est si grand de trouver cette communion ici, en cette veillée de Noël. Seules les balles pourraient nous arrêter comme l'ont fait celles de nombreux pelotons sur des hommes et des femmes exécutés pour s'être rebellés contre l'Occupant.

« *Qu'un sang impur, abreuve nos sillons* » est plus hurlé que chanté. Comme une menace. Des munitions qui passent de main en main. Des armes qu'on charge. Un tir soutenu. Une rafale de promesses. Puis le silence retombe comme un couperet. Net. Un avertissement qui signifie à l'ennemi qu'il doit se tenir sur ses gardes. L'armée est là, tapie dans l'ombre. Prisonnière peut-être, mais elle sera toujours prête à sortir de son trou le moment venu.

Comme d'un commun accord, personne n'applaudit, le calme revient comme la clameur est montée, subitement. Subsistent uniquement les ordres des gardiens, mais ils sont maintenant inutiles. L'espoir s'est exprimé. La messe est finie et chacun rentre chez soi en emportant la chaleur du serment qui vient d'être fait. Tous n'iront pas au bout de l'aventure, mais chacun et chacune de nous ira au bout de soi pour que revienne la liberté.

Les paroles résonnent encore dans nos oreilles quand nous nous retrouvons sous notre couverture élimée, grelottant à moitié. Les larmes se sont effacées mais les yeux sont encore chauds. Ils scrutent la pénombre comme s'ils fouillaient l'horizon, le futur. Les cœurs battent encore au rythme du chant guerrier de notre nation. Pour l'instant nous ne pouvons rien faire, les murs brisent notre élan, mais un jour peut-être notre élan brisera-t-il les murs. Et alors seule la mort nous empêchera d'agir ce jour-là.

Je retrouve Mme Prenchère dans son bureau. Elle est fatiguée. Encore bouleversée par la journée d'hier. Marquée. Même si son rôle de directrice demande une activité soutenue, elle reste malgré tout bercée par la lenteur des lieux, et brusquement tout s'est accéléré avec cette mort violente et inédite.

Elle a toutefois l'air soulagée de me voir revenir. Comme si elle avait eu peur d'avoir été abandonnée avec un meurtrier dans les parages.

Elle m'a préparé la liste des pensionnaires capables de témoigner. Je lui précise à nouveau qu'il est malheureusement nécessaire de les interroger, *a priori* non pas pour débusquer le coupable parmi eux, mais pour tenter de faire surgir un quelconque renseignement qui pourrait aider l'enquête.

Il faut dire que pour ma part j'ai besoin d'avancer, car depuis hier j'ai cette image en tête. Les ciseaux. Huit centimètres. Improbable. Une petite vieille. Un visage joufflu, un dos un peu voûté. Un regard clair planté au milieu des petites rides. Et pourtant. Tout est possible. Ne jamais écarter une piste tant qu'on n'a pas la preuve qu'elle est fausse. Soulever toutes les hypothèses.

Celle-ci n'est pas complètement absurde après tout. Elle n'avait pas l'air impotente. Peut-être aurait-elle eu la force. Revient toujours cet indéfinissable quelque chose perçu dans son regard. Cette manière de me sonder. Ou est-ce moi qui suis parti dans un délire après avoir vu la paire de ciseaux ? Je repense à ma fuite. Instinctive. Comment justifier une telle réaction devant le regard de cette vieille femme ? Ce n'était pas de la peur physique. Peut-être plutôt la crainte de me retrouver face à quelque chose d'incohérent.

Pas besoin donc de chercher bien loin d'où vient mon sommeil agité de la nuit dernière. Avec en plus l'appréhension que provoque le fait de diriger ma première enquête, appréhension à laquelle s'ajoutent la pression de mes supérieurs et celle des médias. Dans ces conditions, il faut faire un sacré effort pour rester serein.

Je sens aussitôt venir les sanglots quand la porte se referme. Je tente de les contenir, de les maintenir au fond, cachés, enfouis, mais rien n'y fait, ils montent indubitablement. Et débordent. Je parviens quand même à retenir les gémissements qui pourraient les accompagner. Je pleure en silence.

Quand ils sont venus me chercher ce matin, à l'aube, j'ai tout de suite pensé que je partais en Allemagne. Que c'en était fini de cet espoir qui m'a nourrie depuis que j'étais à Fresnes. Même si elle était souvent assombrie par les départs des autres filles qu'on ne revoyait pas, une lueur persistait toujours.

Le fait que je sois seule dans le fourgon cellulaire était pourtant surprenant. J'ai pu voir un peu Paris par un interstice dans le grillage qui protégeait la vitre. Petit matin. Tout m'a paru gris. Les mines cafardeuses des passants, les queues devant les magasins, des personnes qui déambulaient comme des fantômes dans des vêtements élimés qui ne les protégeaient pas assez du froid et dans lesquels ils flottaient tant ils sont amaigris, sous-vitaminés comme on dit. Une faim généralisée qui semble avoir vieilli tout le monde. Même les soldats boches que j'ai vus semblaient avoir perdu le sourire qu'on leur connaissait. Celui qui nous narguait à la terrasse des cafés. Sans doute le ciel gris sans hauteur y était pour quelque chose. Mais ils commencent peut-être aussi à douter. Les rumeurs d'un débarquement en février parviennent forcément à leurs oreilles. Elles ne circulent pas uniquement dans les cellules de Fresnes.

Assez vite j'ai pensé à un retour chez *le Belge*. Nous ne nous dirigions ni vers l'est de la ville ni vers aucune gare. Après avoir emprunté les boulevards extérieurs, nous nous sommes enfoncés dans le XVIe arrondissement où j'ai reconnu l'avenue Victor-Hugo, puis nous avons bifurqué à gauche dans une rue plus étroite tout près de la place du même nom. C'est quand le fourgon a pénétré dans la cour intérieure que j'ai su que je revenais là.

J'ai presque été satisfaite de savoir enfin où se trouvait ce fameux immeuble que je n'avais pu localiser, n'en ayant connu que ses entrailles. Mais cette paradoxale impression de contentement s'est très vite dissipée lorsque j'ai aperçu la porte attenante à l'escalier principal. Descente au sous-sol. Tout est remonté d'un coup. Comme si j'avais réussi à occulter la totalité de ce qui s'était passé ici. La digue qui retenait les flots de souvenirs a brusquement cédé et mes poumons ne sont plus parvenus à aspirer l'air en quantité suffisante. Les vestiaires. La lumière pisseuse. Les rangées de placards. Un autre que celui où j'avais séjourné. Mais la taille reste la même. Et les larmes s'échappent. Incontrôlables. Douloureuses. La peur à nouveau. Mélangée aux images qui reviennent. Ça va recommencer.

S'ils me ramènent ici, c'est qu'ils ont du nouveau. Paul aurait-il parlé ? Impossible. Je ne peux pas y croire. Il préférerait mourir. Il n'avait pas besoin de me le dire pour que j'en sois certaine. Avait-il parlé de moi à quelqu'un du réseau qui serait maintenant tombé ? Je ne le crois pas non plus. Il connaissait trop le danger des ramifications. Ayant de peu échappé à plusieurs arrestations, il était devenu chaque fois plus prudent et remontait une structure plus cloisonnée encore que la précédente. Au point de rendre parfois les actions ou les transmissions d'informations trop compliquées, m'avait-il confié. Mais c'était le seul moyen de tenter de préserver tous ceux qui étaient prêts à se sacrifier pour alimenter le réseau en renseignements.

Ma poitrine hoquette en silence. Les soubresauts font cogner le haut de mon crâne contre le plafond métallique. J'essuie la morve du revers de ma main. Les larmes s'y mêlent. Je camoufle le mélange visqueux sur la partie intérieure de mon chemisier. Ne pas leur montrer que j'ai pleuré. J'espère qu'ils ne vont pas m'extraire de ma cellule tout de suite, que mes yeux auront le temps de sécher.

Je remarque que j'ai instinctivement retrouvé une de mes positions. Mais les douleurs reviennent avec. Les genoux. Les épaules. Le cou qui se tord légèrement sur le côté. Et maintenant en plus ces satanés poux qui me démangent.

Peut-être ont-ils détecté des incohérences dans mon histoire. Je cherche. Je croise. Dans les lieux. Dans les noms. Les jours. Un détail peu crédible est-il revenu à l'esprit du *Belge* ? Je cherche. Je creuse. C'est possible. La fatigue parfois. La souffrance. Cette tentation qui a pu m'effleurer de tout lâcher pour être tranquille. L'envie qui vous titille de vous débarrasser de vos secrets pour faire stopper le supplice. M'a-t-elle trahie, cette faiblesse malheureusement humaine ? Ou mon esprit s'est-il contredit sans que je m'en aperçoive ?

Exténuée. Parfois à moitié consciente peut-être. Incapable de maintenir le fil de mes pensées. Je n'ai pas l'impression. Je ne crois pas. Je veux croire en mon endurance. En la force qui m'a permis de tenir les presque trois semaines que j'ai passées ici. Je dois y croire. Ne pas me laisser intimider. Ne pas me laisser berner par leurs tactiques.

Je sens que je me remets déjà dans l'état d'esprit. À peine dix minutes dans le placard et déjà mon cerveau a retrouvé son mode de fonctionnement. Résister. Ne pas abandonner après avoir pu croire que ça pouvait être terminé. C'est ce qu'ils veulent. C'est le plus dur. Ne pas leur donner raison. Résister toujours.

Ça a été plus long que prévu hier. Comment leur refuser les minutes supplémentaires de présence qu'ils réclamaient ? Pas ouvertement, bien entendu, mais avec les yeux, avec cette manière de toujours trouver une phrase à rajouter pour prolonger le moment. Pour que je reste encore un peu. Besoin d'une présence.

Hormis le passage des femmes de service, certains ne reçoivent que rarement des visites. Alors quand quelqu'un entre dans leur minuscule appartement, ils font tout pour qu'il y reste.

D'autant que je venais pour leur parler, leur poser des questions, d'une certaine manière leur demander de se livrer. Que savaient-ils de la victime ? M. Jouanaud avait-il eu l'occasion de leur confier une information que n'auraient ni la famille ni l'établissement ? S'était-il plaint de quelque chose, d'un mauvais traitement, de dettes, de rancœurs, de disputes, que sais-je encore ?

Alors ils cherchaient. Consciencieusement.

Certains le fréquentaient un peu, déjeunaient et dînaient à sa table. D'autres jouaient au bridge avec lui ; un très bon joueur paraît-il. Ils m'ont raconté aussi comme il chantait parfois lors des goûters dans le réfectoire, son besoin de toujours faire le pitre, de raconter des histoires, ou le plaisir qu'il prenait à animer les journées d'excursion.

Dans l'ensemble il était plutôt apprécié. Quelques-uns le trouvaient quand même un peu hâbleur, parfois vantard, toujours à vouloir attirer l'attention sur lui. Mais pas au point de susciter de l'animosité. À cet âge on préfère les personnes calmes et posées, et M. Jouanaud n'était pas de celles-là, alors forcément il agaçait parfois un peu.

J'ai pu me constituer au fur et à mesure des déclarations un portrait de la victime, mais je n'ai rien appris qui puisse faire véritablement progresser l'enquête. Aucune piste sur laquelle m'engager. Et de fil en aiguille je me suis fait piéger. Par leur besoin de parler. Puisque j'étais venu pour les écouter. Peut-être sentaient-ils également que j'appréciais de rester là, avec eux, à écouter leurs états d'âme, leurs émotions, les joies d'un rien, les contrariétés pour un rien aussi. Avec souvent en fond le son de la télévision du voisin un peu dur d'oreille qui traverse la cloison.

Bien entendu ça me rappelait les heures que je passais avec ma grand-mère, à l'écouter dans un premier temps, puis à tenter de lui faire la conversation lorsqu'elle n'avait plus trop la force de me répondre. Ils devaient sentir mon point faible ; comme désarmé face à leurs soliloques, charmé par leur fragilité, aussi bien physique que morale, trop heureux de leur donner un instant de répit dans leur solitude.

Sauf pour ceux qui ont répondu à mes questions par des « oui » et des « non » sans rien ajouter d'autre. Avares de paroles ou cassés par la vie, par leur âge, par cette dépression qui grandit au fur et à mesure qu'approche la mort. Petits vieux râleurs qui se méfient de ceux qui posent des questions, qui n'apprécient pas les intrusions dans leur train-train. Pas la peine d'insister. Ni envie de rester à leurs côtés.

Pour les autres je débordais de mes prérogatives, mais impossible de m'en empêcher. Alors forcément j'ai accumulé du retard sur le planning que je m'étais fixé. J'ai vite su que je devrais revenir pour rencontrer ceux que je n'avais pas eu le temps de visiter. Mais ça m'était égal. Je me disais en même temps que c'était bien de m'imprégner de l'atmosphère de la maison. Cette recherche constante du détail qui ferait surgir la vérité.

À 18 h 30 nous étions chez la belle-fille de M. Jouanaud, une maison modeste à la périphérie de la ville. Elle sur un canapé, le lieutenant Chenu et moi assis en face, chacun dans un fauteuil. Et entre nous un plateau avec du thé et des biscuits au beurre salé.

Elle avait l'air un peu impressionnée de nous recevoir. Et, désorientée par cette disparition subite, elle faisait un visible effort pour retenir ses larmes.

Elle nous a parlé de son beau-père, de sa vie de représentant en vêtements, du porte à porte dans les campagnes pendant plus de quarante ans. Quarante ans pour la même maison ! Un amoureux de la route et des rencontres. Apprécié de ses clients, des personnes âgées en général. Il avait profité de ses premières années de retraite pour enfin rester tranquille chez lui avec sa femme, bien que le fait de ne plus rencontrer autant de monde lui ait un peu pesé au début. Puis sa femme était partie. C'était il y a longtemps déjà.

Pour sa part, elle a perdu son mari il y a un peu plus de deux ans. Un cancer qui l'a rapidement emporté. Ça a été dur. Dur aussi pour M. Jouanaud d'enterrer son fils. Il était très triste. Très affaibli. Perturbé. Puis il avait repris du poil de la bête, avant d'avoir son accident cardiovasculaire…

C'est lui qui avait choisi de venir s'installer à *Sainte-Cécile* suite à ses ennuis de santé, afin de se rapprocher de sa belle-fille et de son petit-fils qui étaient sa seule famille. Il s'y sentait bien. On prenait soin de lui. Il était entouré. Il se plaignait bien parfois de la nourriture ou du fait que telle femme de service n'était pas toujours très aimable, mais jamais il n'avait évoqué un quelconque problème qui aurait pu engendrer ce drame…

Elle ne comprenait pas ce qui se passait. Comment cela avait pu arriver.

Elle regardait souvent sa tasse de thé fumante bloquée entre ses deux mains avec un air triste, ne pouvant se résoudre à cette trop subite disparition.

Nous avons bien été obligés de l'interroger sur son emploi du temps de cette soirée-là. Elle n'a pas eu l'air surpris et nous a dit qu'elle était au restaurant avec des amis. Ils y étaient restés jusqu'à la fermeture, un peu après 1 heure du matin, et une amie l'avait raccompagnée. Elle nous a donné tous les détails pour que nous puissions vérifier.

Son fils est entré dans la maison pendant que passait de main en main la petite assiette de biscuits. C'était le gamin que nous avions vu sur une photo avec son grand-père dans la chambre de *Sainte-Cécile*, mais plus grand maintenant. Une vingtaine d'années. J'ai tout de suite vu qu'il avait fumé. Sa mère s'en rendait-elle compte ? Il avait cet air indifférent qu'affichent les garçons de son âge dont on ne sait pas vraiment à quoi ils aspirent. Qui traînent cet air désabusé. Avec de petits yeux cernés. Mais pas par les heures de révisions.

Alexandre, puisqu'il s'appelle ainsi, est venu nous serrer la main comme sa mère l'invitait à le faire. J'ai bien lu le malaise dans son sourire un peu forcé. J'aurais parié qu'il avait une boulette de shit sur lui et que jamais il n'avait imaginé que les flics viendraient là pour l'histoire de son grand-père. Un peu emmerdé par la situation, il parvenait quand même à garder une contenance.

Parlant de son fils comme s'il avait encore douze ans et comme s'il n'était pas là, sa mère nous a raconté qu'il était très affecté par la mort de son grand-père. D'autant qu'il était le dernier à l'avoir vu vivant, étant allé l'embrasser le soir de sa – elle a hésité – de sa mort. Depuis qu'il avait son permis, il allait lui rendre visite au moins une fois par semaine en rentrant de la fac.

C'était assez étrange, car Alexandre en fait ne semblait pas si affecté que cela. Les mots de sa mère semblaient glisser sur lui comme s'il ne les entendait pas. C'était peut-être sa manière à lui d'exprimer sa tristesse, pourtant je restais sur mon idée de fumette pour expliquer son attitude détachée.

J'ai d'ailleurs croisé à ce moment-là le regard tout aussi perplexe de Chenu.

Puis Mme Jouanaud a précisé qu'il était chez son ami Geoffroy le fameux soir pour regarder un match de foot avec lui et qu'il était rentré avant elle, vers minuit.

Elle a terminé en nous adressant à tous un sourire plein de satisfaction.

Alors sans un mot, Alexandre a quitté la pièce pour rejoindre sa chambre, en faisant un rapide crochet par la cuisine.

Nous attendons encore le rapport complet de l'Identité judiciaire, mais pour l'instant nous n'avons rien. Les investigations d'hier n'ont pas permis de soulever la moindre piste et celles de ce matin n'ont rien donné non plus.

Le visionnage de la vidéosurveillance de l'entrée n'a rien révélé de spécial ; de plus, n'étant pas infrarouge, la caméra n'enregistre la nuit que les phares des voitures qui entrent ou qui sortent, sans qu'on puisse distinguer autre chose. Avec l'aide du personnel de *Sainte-Cécile*, mes agents ont pu retrouver les propriétaires de presque tous les véhicules qui étaient passés avant la tombée de la nuit, comme celle du fils Jouanaud par exemple, qui est bien venu voir son grand-père pendant trois quarts d'heure. Ceux des autres voitures, eux, ont pu être identifiés grâce aux fichiers d'immatriculation, mais leur présence était toujours justifiée.

L'analyse des appels téléphoniques passés ou reçus à *Sainte-Cécile* ne nous a pas fait avancer. *Idem* pour l'épluchage des comptes en banque du défunt. Il avait quelques réserves et de petits placements, mais aucune transaction suspecte. Il n'y a pas non plus de testament léguant la totalité de sa retraite à une maîtresse inconnue jusque-là, et l'héritage reviendra normalement à son unique petit-fils.

Au final donc, tout ce qu'on a pu réunir jusqu'ici sur la victime nous a permis d'établir qu'il était un type simple et sans histoires.

Revient alors l'hypothèse d'une vengeance. L'image qui flotte dans mon esprit depuis avant-hier. La vieille femme qui coupe sa laine d'un coup de ciseaux. Un meurtre en interne qui expliquerait l'absence jusqu'ici d'indices extérieurs.

Elle est sûrement sur ma liste puisqu'elle avait l'air plutôt en bonne forme. Mais je ne l'ai pas vue hier. Ce sera sans doute pour aujourd'hui.

Chaque fois que j'y pense, je sens des picotements au-dessous de mes yeux, un petit coup de chaud sur mes pommettes.

Je monte l'escalier avec le plan de l'étage que m'a remis Mme Prenchère. Les appartements à visiter ont été surlignés en bleu. Elle m'a précisé qu'elle est passée voir dans la matinée tous les pensionnaires concernés pour leur expliquer que je viendrais leur parler, puisque je n'avais pas pu le faire hier.

Sur le plan, une dizaine de traits fluo. Il va falloir que j'arrive à faire vite, à ne pas me laisser attendrir afin de les rencontrer tous cette fois-ci.

Et elle particulièrement.

Mes jambes flageolent devant la perspective de l'escalier. Mais ils me tiennent chacun par un bras et je n'ai pas à faire d'effort pour avancer.

Comme d'habitude, ça a été brusque : ouverture de la porte, extraction du casier, et escorte. Avec à peine le temps de sortir de la quasi-inconscience dans laquelle vous plonge l'isolement dans un endroit trop petit pour accueillir votre corps au complet. Vertige en passant sous l'ampoule jaune, jambes qui ne répondent pas sur les premières marches, sensation de flotter au-dessus du sol entre les deux colosses. Je ne suis pourtant pas restée longtemps enfermée, trois heures je pense, peut-être quatre, mais ça a suffi pour m'engourdir complètement, membres et esprit. Je suis d'ailleurs surprise d'être convoquée si vite là-haut.

Mes pieds reprennent contact avec le sol et je parviens à gravir correctement les dernières marches pour accéder au premier étage. Sur le palier, je distingue les silhouettes de deux hommes qui conversent près du mur. De l'une d'elles s'échappe le raclement de gorge que j'ai entendu lors de mon premier séjour. Le type du marché noir, trafics en tout genre. En passant devant eux avec mes gardiens, je reconnais la gabardine et le bonnet qu'il portait quand je l'ai observé par l'interstice de mon casier. Il jette sur nous un œil vindicatif, notre présence dérangeant visiblement sa conversation. Comme si notre apparition pouvait mettre à mal son affaire. J'ai seulement le temps de voir que l'autre porte la francisque[1] sur le revers de sa veste que déjà ils disparaissent de mon champ de vision ; « Gabardine » se cure encore la gorge avant que nous franchissions la porte de l'appartement.

Le couloir avec ses fenêtres camouflées. Je me rends compte de leur totale opacité car je sais que dehors il fait jour. Pourtant c'est toujours cette ambiance de nuit éternelle qui règne ici, de tréfonds nocturne où on rencontre les pires créatures.

Le Belge est là. Debout en train de s'allumer une cigarette. Il ne lève même pas les yeux quand nous entrons. Les types me déposent sur la chaise comme un paquet sans valeur puis se retirent. *Le Belge* leur fait signe de fermer la porte derrière eux.

Les pas s'éloignent dans le couloir, le calme s'installe.

Il recrache au-dessus de lui la fumée et vient s'asseoir sur le bord du bureau, juste en face de moi. Nos regards alors se retrouvent. Il me tend sa cigarette.

— Je ne sais même pas si vous fumez…

J'hésite un peu. Il s'en rend compte mais ne bouge pas ; je dois venir chercher mon os, comme un chien. S'il savait à quel point je me fiche de ce genre d'avilissement depuis que je l'ai rencontré. Je profite. Prends la cigarette et tire dessus. J'ai pu en fumer en prison, mais il n'y en a jamais assez.

1. Décoration et emblème du régime de Vichy – hache à fer double.

— Ce sont toujours des anglaises ?

Il ne comprend pas.

— Vos cigarettes…

Je lui désigne le paquet de *Player's* sur le bureau. Il pose les yeux dessus puis me toise sans montrer aucune réaction.

— Oui, je fais mes courses à Londres…

Il reste de glace un instant, puis se déride franchement jusqu'au sourire.

Je tire une nouvelle fois sur la cigarette. Ce qui est étrange, c'est que depuis que je suis dans cette pièce je me sens presque vigoureuse, à nouveau prête à combattre. Comme si sa présence me galvanisait. Comme si me retrouver face au danger me rendait plus sûre. Plus forte. Je dois d'ailleurs me méfier d'une telle assurance. Elle est mon pire ennemi. Ce n'est malgré tout pas le moment de baisser ma garde ; je ne sais pas combien de temps durera encore le combat, et je dois gérer mes forces pour prolonger mon endurance dans l'épreuve.

Je lui rends la cigarette en le remerciant. Mais il m'oppose le plat de sa main.

— Non, non. Gardez-la.

Et il attrape le paquet, en sort une autre et l'allume avec son briquet américain.

— Vous faites toujours aussi vos courses à New York ?

Étrangement, aujourd'hui mes petites piques ont l'air de lui plaire.

— Décidément, vous avez l'œil…

— En temps de pénurie on apprend à tout repérer, à connaître tous les produits et leur valeur en cas d'échange.

— Marché noir ?

— Non, troc.

Il m'observe longuement avec un sourire en coin. Je soutiens son regard comme je le fais depuis le début. Sauf quand ses coups me laissaient *groggy*.

Je vois bien qu'il rumine quelque chose.

— On va vous relâcher…

Il attend ma réaction, examine la moindre émotion qu'il pourrait deviner. Mais je reste impassible, me contentant de gratter ma nuque pour la soulager.

— J'espère seulement que vous ne serez pas de nouveau arrêtée par une de nos équipes… Car alors on ne pourra plus rien pour vous…

Une petite voix, tout au fond, me souffle que j'ai réussi. Je la repousse immédiatement et le scrute, à la recherche du piège.

— Je voulais vous voir une dernière fois… enfin j'espère pour vous une dernière fois… pour vous dire que je trouve que vous avez du cran.

Il tire sur sa cigarette. Le silence est presque théâtral. Je ne sais pas si je dois rire ou être effrayée. Il époussette son pantalon sur lequel sont tombées quelques cendres, puis recrache la fumée en l'air.

— Comme je vous le disais, nous sommes loyaux. C'est une impitoyable règle du contre-espionnage que d'employer des moyens un peu… brutaux… pour extorquer la vérité, mais nous vous traitons comme des prisonniers, disons, réguliers. Nous jouons un peu plus sur le côté psychologique, mais nous ne voulons pas être monstrueux…

Le revoilà avec ce discours aberrant qu'il m'a servi tout en me grillant méticuleusement la plante des pieds ! Mais je ne pense pas qu'il soit sincère, je pense plutôt qu'il défend une version qu'il souhaiterait vraie, qu'il prépare ses arrières en essayant d'introduire ce genre d'idée dans la tête de ceux qu'il relâche. Croit-il que nous défendrons sa cause le jour de sa défaite ? L'espère-t-il vraiment ? À mon avis il essaie plutôt de se persuader lui-même qu'il n'est pas un bourreau. Trop tard. Et je ne suis pas sûre qu'il y croit en fait, mais que c'est comme un réflexe de survie. Une pathologie aussi peut-être.

— Vous avez montré beaucoup de cran dans tout ça…

— Je défendais juste la vérité.

Je ne le lâche pas. Ses yeux restent fixés aux miens.

— Et puis on a envie d'être encore plus fort lorsqu'on veut vous obliger à avouer quelque chose que vous n'avez pas fait…

Il semble presque attristé par mes paroles, comme quelqu'un qui se rend compte qu'on ne l'aime pas beaucoup. Pensait-il que j'allais lui sauter au cou ? Voudra-t-il que je témoigne en sa faveur afin qu'il obtienne la médaille du contre-espionnage exemplaire ? Ça me paraît tellement incohérent que je me demande s'il ne va pas en fait me renvoyer en fond de cale après avoir pris plaisir à allumer une étincelle d'espoir.

Il se lève en poussant un soupir.

— Allez…

Je ne bouge pas, attendant la suite, la surprise du chef, le coup de poignard dans le dos. Il contourne son bureau, ouvre le premier tiroir et en sort une petite pochette en papier kraft qu'il fait glisser jusqu'à moi.

— Ça, c'est à vous. Il ne manque rien. Pas même les billets. Vous pouvez vérifier. On s'est juste servi de votre clef pour éviter de défoncer votre porte.

Quelle délicatesse ! Je prends la pochette, l'ouvre et en sors mon vieux sac à main élimé. Je ne savais même pas qu'ils l'avaient emporté. Il contient mon portefeuille avec mes papiers et les billets, mon trousseau de clefs, et un mouchoir en tissu très fin. Ce qui s'y trouvait effectivement quand ils m'ont arrêtée.

— Nous avons juste mis un peu de désordre dans votre appartement…

Pour un peu il me ferait pitié. Il doit vraiment avoir un problème. Ou alors il est en pleine rédemption. Tant pis pour lui. Encore une fois, il est trop tard.

Je repose la pochette de papier sur le bureau, me lève, et passe la bandoulière de mon sac à main sur mon épaule, de manière naturelle, comme si je m'apprêtais à quitter un hôte qui m'aurait invitée à prendre le thé.

Puis je me penche au-dessus du bureau et écrase ma cigarette dans le cendrier. Ce fameux cendrier qui n'accueille jamais de mégots, je lui rends sa fonction originelle.

Le Belge me regarde faire, presque effaré. Je me demande s'il sait encore à quoi sert ce lourd objet en verre à fond plat.

— Vous écrasez des cigarettes à moitié consumées… C'est un luxe, vous savez ?

Il serait presque indigné.

— Il ne faut pas gâcher le tabac comme ça…

Alors je vrille mes yeux dans les siens.

— Effectivement… mais je ne voudrais pas non plus me faire arrêter dehors par un de vos confrères… avec une cigarette anglaise.

Il reste encore un instant comme choqué par mon geste et aussi peut-être par mon audace, puis finalement esquisse un sourire.

Le dernier j'espère.

Une petite voix m'invite à entrer après que j'ai frappé. Je pousse doucement la porte et la reconnais aussitôt. Depuis le début des visites de cet après-midi, je m'attends chaque fois que j'entre dans un des appartements à tomber sur elle.

La voilà maintenant.

Assise près de la fenêtre, elle est concentrée sur un tricot, un tout petit vêtement rose, sans doute une nouvelle layette.

Elle relève la tête pour voir qui vient la visiter.

— Ah ! Entrez, entrez…

Une voix douce, lumineuse. Elle se replonge précipitamment sur son ouvrage.

— Je suis à vous tout de suite…

J'accompagne la porte pour qu'elle se referme sans bruit, puis m'avance dans la chambre. Devant moi se présente un tableau idéal : un rayon affectueux du soleil, les arbres du parc qui se balancent tranquillement derrière elle, cette laine rose qui ressemble à de la barbe à papa.

Odette Dulac.

Je peux désormais mettre un nom sur son visage grâce à la liste de Mme Prenchère. Un visage qui exprime une grande sérénité. Jeune femme, Mme Dulac a sans doute été ravissante. Une beauté qu'elle a su conserver par une coquetterie soignée et discrète. Des petites joues bien nourries, peu flétries malgré les rides légères qui sillonnent son visage. Des yeux clairs que j'ai rapidement croisés à l'instant et dans lesquels je n'ai pas retrouvé cette indéfinissable intensité rencontrée avant-hier. Le sentiment de plénitude qu'elle dégage s'exprime sans doute aussi par les gestes délicats qu'elle porte sur sa layette.

Elle termine prestement son opération puis pose son ouvrage et ses aiguilles à côté d'elle sur son sac qui contient d'autres pelotes. Ce même sac d'où elle a sorti ses ciseaux.

Je me demande s'ils sont encore là. J'aimerais tellement les lui demander tout de suite pour les faire examiner par la légiste. En finir. En avoir le cœur net. Arrêter de tergiverser comme je le fais depuis deux jours, sans doute dans le vide.

— Asseyez-vous, voyons… fait-elle en m'indiquant le fauteuil qui fait face au sien et qui forme, avec un petit guéridon, une sorte de coin salon dans cette pièce unique organisée autour du lit médicalisé.

Elle parle avec un sourire spontané. Expression de bonté, de gentillesse. Peut-être suis-je en train de l'idéaliser. Je dois me méfier. J'ai tendance à toutes les comparer à ma grand-mère, à vouloir en chacune de ces mamies retrouver un peu de la mienne. C'est comme ça qu'on se trompe. Qu'on se laisse piéger comme un bleu.

Elle lisse les plis de sa jupe, rajuste du bout des doigts son chemisier sur ses épaules, et ses yeux viennent enfin rencontrer les miens. Je n'y sens pas une once de timidité comme j'ai pu le constater chez la plupart de ceux que j'ai rencontrés jusque-là. Même chez ceux qui avaient l'air plus obtus, ceux qui appréciaient moyennement la victime, j'ai toujours perçu une certaine retenue, sans doute due à ma fonction et aux circonstances. Ce n'est pas le cas ici. Il n'y a pas de défi, mais une attitude naturelle à se montrer forte, même avec l'âge.

Je m'installe dans le fauteuil face à elle.

— Je vous attendais.

— Oui, je devais venir hier mais je suis resté plus longtemps avec vos voisins. Je suis désolé. J'espère que je ne vous ai pas empêchée de faire autre chose.

Elle sourit alors plus franchement.

— Vous savez, je n'avais pas prévu de partir en croisière…

Et elle a un petit hoquet cristallin. Je lui souris. Affectueusement. Touché par cette façon ironique d'évoquer la vie casanière que l'âge lui impose.

— Je voulais vous parler, ajoute-t-elle.

Son sourire s'est brusquement affaissé. Ça me trouble un peu.

— Ça tombe bien, je suis ici pour vous écouter. Mme Prenchère vous a expliqué pourquoi je venais ?

Je prends cette voix apprêtée avec laquelle on parle aux enfants. Je dois me contrôler, elle n'est pas grabataire.

— Oui, oui. Mais pas ici.

— Vous préférez aller dans le petit salon au rez-de-chaussée ? Ou dans le parc ?

Elle secoue la tête. Catégorique.

— Non, je voudrais aller autre part. Pas très loin. Une dizaine de kilomètres. Vous avez une voiture ?

— Oui.

— Alors emmenez-moi là-bas. Parce que je n'aurai peut-être plus beaucoup d'occasions d'y retourner.

Une fois franchi le seuil de la porte, je me retourne pour regarder le numéro : 12. Et sans plus attendre, je me dirige vers l'avenue Victor-Hugo qui est juste là. Au bout de la rue, une plaque : rue Leroux. 12, rue Leroux. Une sorte de satisfaction m'envahit de savoir enfin où j'étais séquestrée. Je ne sais pas au juste pourquoi exactement, mais ça me fait du bien.

Encore quelques pas et je m'arrête à l'angle de l'avenue. Un soleil blanc écrase la perspective de l'artère. Les toits en zinc réfléchissent la lumière comme du verglas. Mon regard se lève vers le ciel. Instant de vertige. Comme enivrée par cette soudaine bouffée de plein air. Sonnée par le froid. Et par le retour au présent.

16 janvier. 1944. J'ai l'impression que toute cette période d'enfermement et de douleur s'est écoulée hors du temps. Le manque de repères. Là, les repères reviennent tous. Retour à la surface. Avec la respiration d'un rescapé de la noyade. Un oxygène nouveau qui s'introduit dans mes poumons pour les gonfler comme ils ne l'ont jamais été. Je ne sais pas si les larmes qui se présentent au bord de mes yeux sont dues à la température glaciale ou à ce trop-plein soudain de

liberté. Liberté relative car, même si je suis dehors, hors de ma cellule, la prison est toujours là, tout autour, avec ses gardiens vert-de-gris à tous les carrefours ou au détour d'un couloir du métro.

D'ailleurs un camion boche passe sur l'avenue, comme pour bien me le rappeler. Son grondement rauque brise cet instant de flottement. Et je sens le froid qui m'enserre. Je ne suis pas assez couverte. Alors je me mets à marcher. Cette marche automatique que nous avons adoptée depuis qu'*ils* sont arrivés. Depuis que l'utilisation des autos a été réglementée et que le trafic des bus et des métros a été réduit, transformant progressivement la circulation en un flot de vélos silencieux ou de pousse-pousse à pédales que viennent parfois perturber le ronflement d'un moteur, le souffle d'un gazogène ou les claquements des sabots d'un cheval tirant une calèche. Ça a été dur au début, ces longues distances à parcourir à pied faute de moyens de transport, mais avec de l'entraînement on s'y est fait.

La marche également pour tenter de se réchauffer, pour faire oublier la faim, pour penser à autre chose. Ou pour aller voir *Hadrien* avant d'avoir mon vélo. Paul. Je sais que je le laisse derrière moi. Mais je ne peux rien faire. De toute manière il ne voudrait pas que j'intervienne. Au moins maintenant je peux penser à lui. *Hadrien*. J'ai tellement lutté pour oublier ce prénom. J'étais revenue à Paul dans la version que je leur ai servie, mais c'est surtout sous le pseudonyme d'*Hadrien* que Paul a pris toute son envergure, celle d'un être dévoué à sa cause, à notre cause à tous. Paul était le gentil Parisien, bon ami, parfois renfrogné, *Hadrien* est le méthodique et scrupuleux homme de l'ombre qui a fait tout son possible pour fournir à Londres quantité de renseignements qui serviront à la lutte prochaine. Il ne sera malheureusement pas là pour participer à l'action. Sera-t-il même vivant ? Je l'espère. Mais sans doute pas en France, plutôt enfermé quelque part de l'autre côté du Rhin.

Je me demande comment je réagirai si je croise un jour *Velours*. Le vendu. L'ordure. Le moins qu'un Boche. Le pire, c'est que je ne devrai rien exprimer pour ne pas me démasquer. Car il interviendrait alors pour me faire arrêter, j'en suis sûre.

Les grilles de la station de métro Victor-Hugo sont tirées. Ils en ferment de plus en plus pour économiser l'électricité. Je poursuis donc pour remonter vers la porte Maillot. Ça me fait du bien. Je remarque toutefois que je n'avance pas très vite. Mes muscles se sont atrophiés pendant cette période d'enfermement. Il va falloir retrouver le rythme. Je sens également les brûlures de mes plantes de pieds, qui se ravivent avec cette marche prolongée en comparaison de mes allers-retours limités dans la cellule ou des courtes promenades qu'on nous octroyait à Fresnes. Mais c'est tellement bon de marcher librement !

Pourquoi m'a-t-il relâchée ? Pour mon « beau p'tit minois », comme m'a dit *le Belge* ? J'ai du mal à imaginer qu'il s'en tienne à ça. Parce que j'ai « du cran » ? Étonnant aussi qu'il m'avoue cela. Je pense en fait que c'est surtout parce que j'ai coopéré et que je me suis montrée convaincante. Car je ne pense pas qu'ils m'auraient laissée filer si je m'étais coupée dans mes versions. Je sais que c'est très rare qu'ils relâchent leurs prisonniers. Exceptionnel. Même les innocents qui se sont fait embarquer après qu'un voisin a cafté sur leur compte pour une animosité quelconque, reviennent rarement.

Au final peut-être ma frimousse et le ton avec lequel

j'ai répondu au *Belge* ont-ils quand même joué. Peut-être séduit au fond de lui, a-t-il voulu m'épargner. Ou s'il est un ancien policier comme je l'ai supposé, peut-être estime-t-il réellement que son rôle dans le contre-espionnage est de soutirer des informations et non de condamner des innocents à tort. C'est un ensemble, sans doute. Une chance infime. Un autre m'aurait fait croupir plus longtemps, transférée en Allemagne, persuadé dans sa logique stupide que si j'étais là, c'est que de toute manière j'étais coupable de quelque chose. *Hadrien* était leur cible, que j'aie été dans son appartement lors de son arrestation pouvait être une preuve de ma culpabilité.

Le Belge, semble-t-il, le voit autrement. Il se présente comme quelqu'un d'humain, alors peut-être suis-je un exemple de sa magnanimité. Pour qu'il puisse déclarer à ses Collaborateurs, dans les dîners mondains ou, je l'espère, prochainement à ses juges, qu'il relâche les innocents puisqu'il ne voit aucun intérêt à les faire souffrir inutilement. Ce discours qu'il m'a sorti à deux reprises.

En tout cas, ils se sentent toujours en totale impunité pour me laisser sortir directement de mon lieu de détention sans même tenter de me le dissimuler, sachant par conséquent que je pourrai le retrouver. Peut-être cela fait-il aussi partie du plan de sauvetage du *Belge* en cas de retournement de la situation, avoir des rescapés qui pourront témoigner en sa faveur, puisque c'est à cette adresse qu'ils ont été détenus, torturés, mais relâchés grâce à lui. Quel cynisme…

Me revient la lettre d'adieu qu'il m'a forcée à écrire en me faisant croire que ma dernière heure était venue. Le beau salopard. Sans doute le fait de l'avoir rédigée pour me rendre compte que c'était uniquement pour m'affaiblir a contribué à me donner du courage. À faire en sorte que ce courrier n'ait jamais l'occasion de parvenir à ses destinataires.

Je suis perdue. Étourdie par le vent glacé qui se frotte à mes joues, mais aussi devant le grand vide que creusent ces questions. Comme si je ne parvenais pas à croire que ce soit vrai. Qu'ils m'aient relâchée pour de bon. À se demander si ce n'est pas un piège. Pour me filer et tenter de mettre la main sur d'autres membres du réseau. Ou encore une manière de briser mes nerfs en me faisant arrêter de nouveau après une période où j'aurais eu le temps de me réhabituer à l'idée de liberté.

Je gratte mes bras pour contrer les attaques des puces ; c'est presque devenu un réflexe. J'ai faim aussi. Cette préoccupation va revenir. Il va falloir à nouveau se débrouiller pour trouver à manger, de quoi garder la forme. Prendre sa place dans les longues files d'attente avec la crainte de n'être pas servie, se rendre en dehors de Paris pour faire le tour des fermes ou des potagers ouvriers, recourir au troc, être à l'affût de la moindre information sur une arrivée de denrées, avant les autres si possible. J'espère aussi que ma mère pourra reprendre ses envois de colis qui m'apportaient un minimum pour survivre.

Il me faut un certain moment avant de remarquer les regards appuyés puis détournés des passants que je croise. Je finis par comprendre que c'est l'état de mes vêtements, usés et déchirés, qui attire l'attention. Et puis je n'ai pas de pardessus, de manteau, je ne porte que le paletot que j'ai reçu à la prison, et qui depuis s'est abîmé. Les personnes qui passent à mes côtés, habitants du XVIe arrondissement emmitouflés dans leurs longs manteaux pour se protéger des basses températures, pensent sûrement face à mon apparence, mon visage défait, mes cheveux sales et également mon air sans doute ahuri, que je suis une vagabonde. Il y en a de plus en plus. Des trajectoires brisées par la solitude, le chômage, la ruine. Ceux que la presse d'État surnomme avec mépris les oisifs et qui se réfugient dans le métro, les expositions, les salles de ventes ou tout autre lieu où ils peuvent trouver un peu de chaleur durant la journée, avant de regagner leur appartement glacé.

Il est vrai que mon allure contraste sans doute avec celle de ceux qui, dans ce quartier, arrivent à maintenir un certain chic malgré les difficultés. À moins qu'ici ils ne connaissent pas les restrictions. Ou alors pas dans les mêmes proportions. En tout cas ça ne saute pas aux yeux. Quoi qu'il en soit, c'est sûrement ma silhouette décharnée qui explique la gêne que je lis à plusieurs reprises dans des regards avant de les perdre. Certains devinent peut-être que je sors de détention. Mais je ne m'en soucie pas, je suis au-dessus de ça aujourd'hui. Et je continue de marcher. Bien que j'en aie perdu l'habitude, aujourd'hui rien ne me semble difficile. Car je suis dehors. J'ai réussi. J'ai survécu. Merci mon Dieu. Merci douce Marie.

Le sourire de la vieille dame assise à la terrasse.

Devant nous l'horizon. Une fine brume sur la mer rend indistincte la séparation entre l'océan et le ciel bleu laiteux. L'air marin secoue les petits arbustes alentour. Mais elle a insisté pour que nous nous installions dehors. À l'abri des rafales derrière un muret de granit. Elle a prévu un foulard en plus de son manteau ; elle est donc assez couverte. Elle trouvait dommage de ne pas profiter des caresses de ces premiers rayons de printemps.

Nous sommes pourtant peu nombreux à avoir choisi l'extérieur. Il y a une femme avec son enfant, elle parlant bas au téléphone, lui tournant autour de la table avec un petit avion en plastique qui vole au bout de son bras. Et un autre couple de retraités, équipés pour la randonnée, faisant sans doute une pause avant de repartir pour quelques kilomètres supplémentaires le long de la côte sur le chemin des douaniers.

Elle a commandé un thé. Avec trois petites gourmandises sucrées. Sans regarder la carte. Elle vient là depuis plus de vingt ans. Les serveuses se sont succédé mais la carte, elle, n'a pas changé et elle prend toujours la même chose. Cela fait partie du rituel. Elle s'est toujours sentie bien ici. Surtout dans des jours comme ceux-là, un peu flottants, un soleil qui sort difficilement de l'hiver, des clients timorés qui préfèrent encore rester au chaud derrière la grande baie vitrée, une saison qui se réveille tout juste.

Elle a son sourire bienveillant. Mais il y a quelque chose dans son regard. De la mélancolie. Et peut-être aussi de l'appréhension.

Tout au long du trajet elle m'a parlé de la région et m'a indiqué les sites à visiter. Une manière d'éviter le sujet. D'attendre que nous soyons là. Elle se montrait guillerette, heureuse de se trouver hors de *Sainte-Cécile*.

J'ai demandé à Mme Prenchère l'autorisation de l'emmener en balade, puisqu'elle le souhaitait. Elle m'a d'abord répondu que je ne devais pas me laisser entraîner par les caprices de la gentille petite dame, que ce n'était pas mon rôle, mais je lui ai assuré que ce n'était pas grave, que si ça lui faisait plaisir d'aller autre part pour me parler je n'y voyais aucun inconvénient. Ça me prendrait un peu plus de temps, certes, mais si ça lui permettait de s'évader un peu, je pouvais bien faire ça. Je verrais les derniers plus tard.

Tout de suite elle m'a prié d'arrêter les « madame Dulac » et de l'appeler Odette. Et elle m'a demandé mon prénom car elle ne voulait pas me donner du « commissaire ». Elle est encore gaillarde, marchant sans canne et refusant mon bras, comme par fierté, son petit sac à main un peu démodé en bandoulière.

Dans la voiture j'ai été pris d'une fébrilité passagère. L'avoir là, à côté de moi, c'était me retrouver avec ma grand-mère quand je la sortais de ses quatre murs pour rompre la monotonie de ses descentes au réfectoire et de ses courtes promenades dans le jardin. C'était un peu comme de revivre une scène. Sauf que la protagoniste avait changé. Elle avait disparu même. Celle qui était là maintenant n'était qu'un substitut, une sorte de placebo qui n'avait pas la même apparence que l'original, mais malgré tout ça me touchait.

J'ai vite chassé cette tristesse qui revenait sans cesse. Je pouvais m'y enfoncer allégrement quand j'étais seul, mais là ce n'était pas le moment. Alors je l'ai écoutée jouer au guide touristique, me pointer de son long doigt osseux une des plus anciennes maisons de la région, une chapelle cachée dans un vallon, ou un phare planté là-bas comme une épingle sur le tapis bleu. Chaque kilomètre renfermait son lot de curiosités. Puis elle interrompait brusquement son flot d'explications pour m'indiquer au dernier moment la direction à prendre.

J'ai vite remarqué qu'elle ne parlait pas d'elle. Du tout. Et elle ne me demandait rien sur moi. On a toujours tendance, quand on ne se connaît pas, à poser quelques questions de rigueur pour connaître un minimum son interlocuteur, mais là non. Aucune. Ce qui m'a rapidement fait comprendre que je ne devais pas non plus en poser et qu'il me fallait attendre que vienne le moment. Son exposé précis sur les curiosités locales était un écran, une évidente diversion. Sans doute préférait-elle que nous arrivions à bon port avant d'aborder ce pour quoi elle m'avait demandé de l'accompagner.

J'ai donc conduit et ouvert mes oreilles. De toute manière, je n'aurais pas pu en placer une tant elle parlait, son ongle cognant doucement contre la vitre pour m'indiquer encore un coin à voir absolument. Sans doute voulait-elle éviter que je profite d'un instant de répit pour lui poser une question. Cette logorrhée trahissait aussi, bien entendu, une certaine tension.

La patronne du restaurant avec vue panoramique la connaît bien. Elles étaient ravies de se revoir. Banalités d'usage, mais de la sincérité malgré tout de part et d'autre. Elle m'a présenté comme un ami, avec un petit rire malicieux. Ça m'a fait sourire.

Les déjeuners se terminaient. Des personnes âgées pour la majorité. Ainsi que quelques commerciaux, notables du coin ou vacanciers hors saison venus profiter de la vue imprenable sur l'océan.

Une fois la commande passée, Mme Dulac s'est tue. Elle a suspendu son petit sac à main sur le dossier de la chaise à côté d'elle et ses yeux se sont fixés sur l'immensité qui nous faisait face. J'ai fait pareil. Je la laissais gérer. Peut-être avait-elle encore besoin d'un petit moment.

Une chose était sûre, elle ne me menait pas en bateau, c'était important de nous être isolés. Ce n'était pas juste un caprice pour retrouver sa grande terrasse. Elle sondait au fond d'elle-même. Comme si elle ouvrait des portes en prenant son temps pour déverrouiller chaque serrure. Et son sourire avait tendance à diminuer malgré le soleil qui nous réchauffait.

Sa main très légèrement tremblante prend la tasse fumante et la lève à la hauteur de sa bouche. Elle hume la vapeur, approche la tasse, puis la repose. Trop chaud.

Elle scrute toujours le lointain. Puis son regard croise le mien avec un sourire, comme elle l'a fait plusieurs fois depuis que nous nous sommes installés, sans qu'un mot vienne perturber cet échange silencieux. Elle hésite, pousse du bout du doigt l'anse de sa tasse, relève les yeux, suit une mouette qui passe en planant un peu en contrebas, et revient sur moi.

J'attends. Je sais que ça va venir. Je ne veux rien forcer. Ça va sortir tout seul.

Son sourire est timide cette fois. Presque gêné.

Mais il n'est pas là, au présent.

C'est un sourire du passé.

Reprendre le train en marche. Renouer avec les difficultés du quotidien. Je me retrouve dans l'appartement glacial, assise dans un fauteuil du salon. Abattement. Passager sûrement. Contrecoup de la joie de ma sortie.

J'observe autour de moi les traces laissées par le passage des hommes du *Belge*. Les gravures sont de guingois, les livres que mon père prend soin d'aligner sur le bord des étagères sont enfoncés sans régularité, un des fauteuils est tourné dans le mauvais sens, dos à la cheminée. On dirait que l'immeuble a été secoué par un tremblement de terre, que tout est resté là, mais en désordre. Hormis les bibelots de ma mère dont certains semblent avoir disparu, comme une petite boîte en marqueterie ou une coupelle en verre gravé que je ne vois pas. Une chance si ces objets faciles à fourrer dans une poche sont les seuls à avoir été volés lors de la fouille ; généralement la police et la Gestapo ne se gênent pas pour se servir sans vergogne dans les appartements des Juifs et autres suspects qu'ils visitent.

Quand je suis arrivée, il y avait sur la porte deux fines bandes de toile gommée disposées en croix en guise de scellés. Comme un symbole, je les ai arrachées et ai délicatement gratté les résidus collés aux montants pour les faire disparaître.

Il n'y a pas d'électricité mais les rayons qui entrent timidement par une des fenêtres illuminent le séjour de leur pâle lumière hivernale. Quand mon regard rencontre la table autour de laquelle se serrent les quatre chaises, je revois les repas du dimanche que je prenais ici avec ma mère et ma grand-mère durant les deux rudes hivers qui ont précédé leur départ, parées de nos manteaux, de nos bonnets, et même parfois de nos gants par peur des engelures. Nous passions ensuite l'après-midi toutes les trois à écouter les programmes musicaux de la *Radio Nationale*, recluses dans cette pièce orientée au sud afin de profiter du semblant de chaleur qui s'y glissait quand le soleil donnait à plein. Puis nous nous couchions tôt, toujours vêtues de nos multiples épaisseurs, nous réfugiant sous plusieurs couvertures et édredons car c'est là que nous étions le plus au chaud. Faute de nourriture, nous dévorions les livres de la bibliothèque municipale qui passaient de l'une à l'autre. Quand la température dans l'appartement devenait intolérable, approchant zéro degré, il nous arrivait, à ma mère et à moi, de partager le même lit afin de cumuler la chaleur de nos corps.

L'immeuble est silencieux. Je pense aux Hedel, nos voisins du dessus, qui sont partis il y a presque deux ans maintenant. Après avoir été obligé d'apposer une pancarte « *Entreprise juive* » sur la devanture de son magasin, le père Hedel avait refusé de se voir « étoilé » tout comme les siens, dans leur propre pays. Fort heureusement ils ont pris la décision de tout quitter avant les grandes rafles de 42. Je me demande où ils sont maintenant. Sont-ils en Amérique comme ils le souhaitaient, ou bien leur tentative d'exil a-t-elle tourné court suite à une arrestation ? La petite Esther traîne-t-elle ses jupes sur les rives du Mississipi comme elle en rêvait, ou un autre destin l'a-t-il attendue avec ses parents au détour d'une rue ou d'un contrôle sur une route de campagne ? En tout cas le silence de leur absence est encore là au-dessus de ma tête. Dieu les aide, où qu'ils soient !

Je me décide enfin à bouger. D'abord me laver entièrement. Je parviens à faire chauffer un peu d'eau pour obtenir un fond de baignoire à peu près tiède. Je dégote aussi sous l'évier de la cuisine le flacon de *Marie-Rose*, la lotion contre les poux qu'utilisait ma mère quand j'étais petite. Je m'en frictionne méticuleusement la tête et tout le corps. Le froid me fait trembler dans mes quelques centimètres d'eau, mais je me force à attendre ainsi plusieurs minutes pour laisser le produit agir le plus longtemps possible. Ce doit être psychologique, mais déjà en sortant de ce bain je sens que ça me gratte moins. Les vêtements que je passe ont une douceur exquise. L'odeur de linge spécifique à ma petite bonnetière est déjà un bonheur. Par contre je me rends compte à quel point j'ai encore maigri, flottant dans ma jupe, devant serrer ma ceinture de trois crans en dessous de celui que j'utilisais avant.

Je profite de l'eau pour jeter dans la baignoire les vêtements que je portais en arrivant. Je les lave vigoureusement au savon, les rince et les plonge à nouveau dans un fond d'eau claire, cette fois avec une bonne rasade de *Marie-Rose*. Le tout reste à tremper.

J'appelle ensuite ma mère pour lui annoncer ma sortie. Une chance que les lignes téléphoniques ne soient pas coupées. Elle arrive essoufflée dans l'épicerie voisine qui possède un téléphone, ma tante ne l'ayant pas. Elle veut en savoir plus sur les raisons de ma détention, mais je lui raconterai plus tard, je lui réponds juste que c'était une erreur et que c'est pour ça qu'ils m'ont relâchée. Je ne veux pas revivre ces moments-là. Je préfère regarder devant. Et puis je me méfie des écoutes que l'on dit assez courantes et qui dans mon cas seraient assez probables. Je lui promets de passer les voir bientôt et la convaincs de rester à Karmorvan, inutile de venir retrouver les tracasseries parisiennes, je me débrouillerai.

Je lui demande des nouvelles de mon père. Elle a reçu en trois mois deux cartes en provenance d'Allemagne sur lesquelles il écrit brièvement qu'il travaille dans une usine métallurgique et se porte bien. Je m'enquiers ensuite d'elle, de ma grand-mère, et de ma tante ; comme pour tout le monde le moral n'est pas vraiment au beau fixe, mais ça va. Elles n'ont pas à se plaindre comparées à d'autres. Il n'y a qu'à attendre… Elle ne termine pas sa phrase. Encore une fois la crainte des écoutes. Mais je comprends bien par là qu'elles attendent elles aussi la délivrance, d'où qu'elle vienne.

C'est rare qu'elle s'exprime au sujet de l'Occupation, mais également au-delà de ça, qu'elle évoque l'absence pesante de son mari. Elle qui m'a souvent répété que je devais être patiente, qu'il allait bien revenir un jour. Ça me serre la poitrine. Les larmes montent. Je fais passer la vague en rangeant l'appartement aussitôt après avoir raccroché.

Il fait un froid épouvantable. Le thermomètre intérieur marquait 6 °C en fin de journée. On doit approcher 0 °C dehors. Le peu de bois qui me restait est en train de se consumer dans le poêle du salon. Avec une poignée de haricots qui traînaient au fond d'une boîte, je me suis confectionné quelque chose qui ressemble à une soupe. Je l'ai fait chauffer sur la gazinière en contrôlant minutieusement le compteur du gaz pour ne pas dépasser le débit autorisé.

Il va falloir que j'aille à la mairie retirer mes cartes d'alimentation. Le casse-tête des tickets va reprendre, tout comme les interminables queues où l'on espère pouvoir obtenir les rations auxquelles ils donnent droit.

Mais je vais aussi devoir me débrouiller pour obtenir des denrées sans ticket auprès de commerçants complaisants, qu'il faut parfois supplier ou même flatter pour qu'ils daignent lâcher cinq ou six rutabagas ou quelques dérisoires grammes de farine. Puis il faudra accommoder au mieux ce que j'aurai réussi à trouver.

Je n'ai pas bougé aujourd'hui. Je suis restée dans l'appartement, emmitouflée dans mon manteau. En faisant le tour des placards de la cuisine pour faire le point sur les maigres réserves que j'y avais stockées, je suis tombée sur un manuel acheté par ma mère, dans lequel on trouve des recettes de cuisine sans beurre, sans œufs, sans lait ou sans viande. Des recettes à faire avec « trois fois rien » et, comme on le dit en plaisantant, ça tombe bien puisqu'on n'a déjà pas « une fois rien ». J'ai parcouru le recueil d'abord rapidement en pensant qu'il me donnerait peut-être des idées, mais l'ai vite refermé après avoir lu l'édifiant texte d'introduction qui vante les mérites de cette cuisine de circonstance qui, après tout, « est meilleure pour la santé puisque moins lourde pour les estomacs ». Le cynisme, lui, n'a pas de limites, il n'est pas rationné.

Françoise, notre voisine du dessous est toujours là avec sa fille Nicole. Je les ai entendues rentrer en fin de journée. Pensant reconnaître mes pas, Françoise est montée frapper à ma porte. En octobre, inquiète au bout d'un moment de ne plus m'entendre, elle avait demandé à Mme Bodin, notre concierge, si elle savait où j'étais.

Elle était contente qu'ils m'aient relâchée. Elle m'a tendu deux poireaux qu'elle avait réussi à dénicher la veille. Je les ai refusés. Mais elle me trouvait amaigrie et pâle. Je lui ai dit que ça irait mieux demain, que j'étais fatiguée et que le régime auquel j'ai été soumise m'a forcément fait perdre encore quelques kilos. Mais je préférais qu'elle nourrisse au mieux sa fille qui en a plus besoin que moi. Je l'ai remerciée pour sa générosité. Elle m'a répondu que c'était bien normal, puis elle est redescendue, ne voulant pas laisser sa petite seule trop longtemps. Nous avons échangé un sourire avant qu'elle disparaisse ; ça m'a fait du bien.

Mon corps ne me démange plus ; seule ma tête me gratte encore un peu. J'ai à nouveau traité mes cheveux avec de la lotion, mais il faudra que je recommence demain matin. Le fait de ne plus être obsédée par ce besoin incontrôlable de se gratter est un soulagement incommensurable.

L'électricité a encore été coupée. Il paraît que c'est de plus en plus fréquent et chaque fois un peu plus long. Je me laisse bercer par le feu du poêle, seule source de chaleur et d'éclairage dans la pièce.

Une colonne d'eau émet soudain un faible ronflement dans le mur derrière moi. Ce son me ramène aussitôt à mon placard de la rue Leroux. Mon estomac se contracte et je dois faire une pause dans mon dîner.

J'espère que les canalisations ne vont pas geler comme l'année dernière et nous priver d'eau pendant plusieurs jours, le temps qu'un plombier vienne remplacer les tuyaux qui avaient explosé.

Je me rapproche encore du foyer où danse une

petite flamme. À la limite de me brûler. Mais j'ai trop froid. Je dormirai là cette nuit, dans cette unique pièce chauffée, ou plutôt moins glaciale que les autres. J'ai installé mon matelas et mes multiples couvertures près du poêle pour profiter des braises le plus longtemps possible. J'ai également fermé les volets, tiré les rideaux, et même plié les pages d'un journal en longues bandes pour calfeutrer les espaces autour de la porte et éviter ainsi tout courant d'air.

L'eau chaude où baignent mes haricots est un véritable privilège, un mets des plus savoureux…

Toujours à se dandiner sur ses courtes jambes, Mme Bodin n'a pas perdu non plus de sa volubilité.

— J'savais bien qu'j'vous avais aperçue hier ! Alors vous v'là rev'nue ?

Une question qui veut dire « Je veux tout savoir. »

— Oui. J'ai été arrêtée par erreur avec d'autres personnes.

— Y z'ont mis du temps à s'en apercevoir !

— Ils prennent leur temps, vous savez…

Elle me toise d'un regard inquisiteur. Sa bouche fine se pince, accentuant ses pommettes saillantes.

— Vous avez maigri, ma p'tite…

Puis elle s'avance et me dit à voix basse :

— Allez voir l'père Martin, rue des Moines, et dites'y qu'vous v'nez d'ma part. Il a r'çu des pommes de terre. Z'en aurez bien besoin. Si vous v'nez d'ma part, y s'ra conciliant.

— Merci…

Puis elle met ses poings sur ses hanches, gaillarde, et se penche un peu pour me parler plus bas encore.

— Dites donc, z'avez d'la chance qui z'aient pas enfoncé vot'porte…

Je ne sais pas quoi répondre et me contente de souffler un « Oui… » sans suite tout en esquissant un sourire courtois. Elle cherche à en savoir plus.

Malgré son apparente bonhomie, je me méfie un peu d'elle. Elle a le colportage et l'extrapolation faciles. Et puis des opinions plutôt versatiles. Sa verve et sa personnalité font qu'il est impossible de savoir ce qu'elle pense vraiment. Elle fait rire les Allemands quand elle balaie le trottoir devant l'immeuble, parvient à se mettre dans la poche les miliciens quand ils se montrent menaçants, comprend la révolte des jeunes garçons qui veulent échapper au STO, mais désapprouve la violence de leurs actes et n'hésite pas à critiquer les mesures prises par le gouvernement tout en trouvant qu'on tape un peu trop sévèrement sur ce bon vieux Maréchal.

Je laisse s'écouler quelques secondes puis ajoute :

— En tout cas, ça fait du bien d'être revenue…

Elle glisse les mains dans les poches de sa blouse et revient près de moi, sur le ton de la confidence.

— Y vous z'ont pas fait trop d'mal ?…

Je la regarde un instant. Elle est décidément curieuse.

— Ça peut aller.

Et je la remercie, même si je pense que c'est tout autant le besoin d'assouvir sa curiosité que celui de savoir comment je me porte réellement qui motivent ses questions.

— Et z'avez des nouvelles d'vot'mère ?

— Oui, oui. Elle va bien, merci.

— Elle a dû s'inquiéter…

— Oui.

Comme elle voit que je veux filer, elle remonte sur la marche de sa loge pour me signifier que la voie est libre.

— Allez, j'vous r'tiens pas. Bonne journée, m'zelle Dulac.

—Bonne journée, madame Bodin. Et merci pour tout.

Quand j'atteins la porte, elle me hèle encore.

— Eh ! J'ai fait suivre l'courrier pour vot'mère en Bretagne ! Et j'poserai su'vot'paillasson les lettres pour vous qu'j'ai gardées !

— D'accord ! Merci, madame Bodin !

La porte se ferme derrière moi avec un bruit lourd. Je sais bien qu'un de ces jours elle va noter que je ne découche plus autant qu'avant. Je me demande si elle me le fera remarquer.

Les températures sont encore descendues en dessous de zéro cette nuit. Il y avait des fleurs de givre sur les carreaux de la fenêtre de la cuisine quand je me suis levée. Dehors, des plaques de verglas ont envahi les trottoirs et la chaussée. Je suis passée devant des queues qui s'étendent sur des longueurs impressionnantes malgré le froid féroce. Les mines sont blafardes, creusées par la faim, les cache-nez relevés et les chapeaux bas sur les fronts pour se protéger du souffle polaire qui s'engouffre dans les rues.

L'activité est au ralenti. Même les Boches se font plus rares bien qu'on ne puisse éviter les trop nombreuses traces de leur présence, affiches placardées sur les murs, panneaux de direction aux carrefours, points de contrôle, véhicules qui passent en grondant, ou le vert-de-gris qui attriste plus encore le paysage parisien, tout comme les drapeaux rouge, noir et blanc qui flottent lugubrement au-dessus des bâtiments officiels.

En passant devant un kiosque, j'ai parcouru rapidement les unes des journaux. Les Américains se battent en Italie. Le ton est toujours le même dans la presse nationale, on y dénigre ceux que l'on traite officiellement d'adversaires bien présomptueux.

Par réflexe je jette un œil à la fenêtre du cinquième. Les deux rideaux sont tirés. L'appartement doit être inoccupé, sans doute abandonné tel quel, en désordre après leur fouille. Je suis tentée de monter. Mais en même temps je sais qu'il est préférable de ne pas m'aventurer là-haut si jamais ils ont posté quelqu'un ou demandé à un voisin de surveiller. Je dois oublier cet endroit, quels que soient les souvenirs qu'il renferme.

Dissimulée sous un bonnet et derrière une écharpe qui monte jusque sous mes yeux, je franchis le porche. J'espère que la concierge ne va pas pointer son nez. Je ne l'ai pas souvent vue et n'ai aucunement envie de devoir parler de ce qu'il s'est passé là-haut.

Je file droit vers les box de la cour intérieure, m'approche de la porte de notre petite remise et fais délicatement tourner la clef dans la serrure. Mon vélo est toujours là, à côté de celui de Paul, dans la même position. Personne ne semble être venu fouiner ici. Une chance. Alors je tire ma bicyclette pour la sortir. Le cadre métallique est gelé. Je vérifie les pneus, un peu dégonflés mais ça ira. Par habitude, je passe ma main sur la selle en cuir pour l'épousseter.

Avant de refermer la porte, je jette un dernier coup d'œil au box et à la bicyclette maintenant seule de Paul. Il faudra que je passe la chercher également pour éviter que le propriétaire, une fois échue l'avance de loyers faite par Paul sur plusieurs mois, ne vienne visiter son locataire absent et ne la récupère. Au prix que ça coûte. Et puis avec les vols qui se multiplient, il est préférable d'en avoir une de rechange. Ou une en plus pour pouvoir la prêter.

En m'éloignant dans la rue, je me rends compte

que j'ai désormais totalement intégré le fait que Paul ne sortira jamais des locaux où ils le retiennent, sauf pour être emmené devant un peloton d'exécution ou pour prendre un train à destination d'un camp de travail en Allemagne. Un nuage vient subitement m'assombrir. Je nous retrouve tout à coup dans nos longues nuits de travail, enfermés comme au sommet d'une tour, œuvrant à la lueur de notre lampe à huile avec l'espoir que chaque message supplémentaire nous rapprochera un peu plus de la fin de cette clandestinité.

Je chasse les images mais elles reviennent aussitôt, comme aimantées à mon esprit. Et je sens que mes yeux se glacent. Ce sont les larmes qui se refroidissent instantanément au contact de l'air. Tout mon corps réagit. Je prends conscience de ce qui nous unissait. Le passé avec mes yeux d'enfant, puis le présent avec plus de maturité. Et de la séduction, je dois bien me l'avouer.

Je pose un pied sur le trottoir car je ne peux plus pédaler. Je sens que ça déborde. Je cache mon visage dans mes mains engourdies. Y avait-il vraiment quelque chose qui naissait entre nous ? Je ne sais pas. Je ne sais pas. Je m'y perds. Notre action secrète était mue d'une telle intensité que je confonds peut-être les deux sentiments. Mais c'est quand même un violent contrecoup qui me frappe là, dans la rue, incapable d'aller plus loin. Plus j'essaie de retenir mes larmes, plus il en vient. Mes jambes ne me tiennent plus et je manque de tomber de ma bicyclette qui soudain me paraît excessivement lourde.

J'ai tellement retenu mes larmes, j'ai tellement peu exprimé mon soulagement depuis ma sortie, que ça vient d'un bloc. Je n'ai encore revu personne. Personne avec qui évoquer ma détention. C'est comme si j'étais restée enfermée depuis ma sortie. Et toute ma souffrance a besoin de s'échapper. D'être évacuée. La souffrance de ce que j'ai enduré, mais aussi la perte de Paul. La perte d'un ami avant tout. D'un allié. Peut-être y a-t-il plus, mais c'est avant tout cela, un ami. Et ça me renvoie automatiquement à mon père, et donc aussi au fait que je ne l'ai pas vu depuis plus de trois ans. C'est un mélange. Un trop-plein. Et j'ai beau essayer de contenir le désespoir qui me serre la gorge, il ne cesse de grossir. À en étouffer.

Je pose mon vélo contre un arbre et m'assieds sur un banc pour laisser ma douleur se vider. Je pleure, la tête enfouie dans mes bras posés sur mes genoux. Recroquevillée pour m'isoler du monde extérieur. Ce monde qui est devenu insensible. Personne ne s'arrête pour me demander si ça va, si j'ai besoin d'aide. Je devine des jambes qui filent dans la morosité du quotidien de cette ville d'où toute humanité se retire un peu plus chaque jour.

Le froid m'oblige à repartir si je ne veux pas attraper mal. Je reprends mon vélo et poursuis mon chemin. L'esprit vide. Je roule très lentement. Les pédales résistent. Je renifle. Quelques larmes s'échappent encore. Je fais demi-tour pour retourner à la maison. Je n'ai pas le courage d'aller à la mairie comme je souhaitais le faire pour toucher mes coupons et surtout pour voir s'il est possible de réintégrer mon emploi. Je sais déjà que ça va être compliqué. J'irai demain.

Je rends visite au père Martin, le commerçant que m'a indiqué Mme Bodin, mais de son stock de patates ne reste qu'un petit monticule de terre bien fraîche qu'il vend un bon prix… Je passe donc l'après-midi à faire la queue chez un épicier et un primeur pour tenter d'obtenir de quoi préparer un semblant de dîner. Avec chaque fois la crainte de voir apparaître dans la vitrine le fatidique panneau « *Rien à vendre* » ou « *Plus de marchandises* ». Quand enfin j'atteins le comptoir pour me faire servir, il ne reste souvent plus grand-chose. Heureusement que les commerçants distribuent ce qu'ils ont eu en petites quantités pour satisfaire tout le monde.

Je sens les Parisiens tendus. Démoralisés. Visages tirés et conversations moroses dans l'air glacé. Les pieds martèlent le trottoir pour éviter les engelures. Les triples ou quadruples épaisseurs semblent insuffisantes pour parer aux températures quasiment nulles.

Dans ce grand silence hivernal où l'on regarde passer les véhicules allemands et les bicyclettes, je réfléchis. Je digère tout ça. J'affronte mes émotions. Je les confronte aussi. Je m'y égare. Sans repère. Essayant de me raccrocher. D'arriver à reconstruire une pensée cohérente. Je me laisse guider par le fil de cette réflexion sans rien éluder. Je veux parvenir à regarder tout ça avec lucidité. Seule ma tête semble fonctionner au milieu de cette léthargie polaire. La personne derrière moi me touche l'épaule pour me demander d'avancer. Je lui souris mais je ne suis pas là. Je suis loin. Dans les profondeurs. Je ne veux pas me renier. Je dois m'accepter.

Je parviens à grappiller quelques petites bûches chez mon bougnat qui les cède avec parcimonie aux connaissances de connaissances, moyennant un prix élevé. Il est étonné de ne pas m'avoir vue pendant ces premiers mois d'hiver. Je prétexte un long séjour en province. Peut-être n'est-il pas dupe, mais il accepte mon explication et me confie de précieuses bûchettes, lingots d'or en bois qui partiront rapidement en fumée.

Il faudra que je refasse de ces boules de papier bien compactes qui les remplacent tant bien que mal. C'est généralement ma grand-mère qui les confectionnait avec du papier administratif ou des journaux que je récupérais à la mairie, trempés dans l'eau et malaxés, et qui durcissent en séchant. Mais je ne sais pas si je vais pouvoir me procurer autant de papier ou de journaux qu'avant.

En rentrant, je frappe à la porte de Françoise, ma voisine du dessous. Après de longues secondes, elle vient demander qui est là. Craintive. Elle m'ouvre, tenant à la main une bougie qui fait vaciller son visage et les murs autour. Je lui présente trois bûchettes. Je sais qu'elle a déjà brûlé certains de ses meubles les soirs de grand froid. Sa petite fille, Nicole, est derrière elle, dans l'ombre. Elle me semble rachitique. Elle tousse grassement. Sa mère se retourne pour vérifier qu'elle ne s'étrangle pas. Elles portent toutes les deux des vêtements maintes fois reprisés avec du fil pas toujours de la même teinte que le tissu.

Je tends à nouveau mes bûches à Françoise mais elle les refuse d'un geste de la main. Je fais alors un pas dans l'appartement en la bousculant presque et pose les courts et fins rondins sur le parquet. Son sourire me remercie.

Je l'aime bien, cette femme ; son mari est prisonnier en Allemagne depuis la reddition de l'armée, comme mon père, et elle désespère de le revoir un jour. Déjà avant que je ne sois arrêtée, elle n'avait plus de nouvelles depuis deux mois. Comme je lui demande à demi-mot, à cause de la petite, si elle a du neuf, elle se contente de secouer la tête. Puis elle ajoute : « Rien, même pour Noël ou la nouvelle année. » Elle a fait des demandes auprès des autorités militaires, mais on est incapable de lui répondre. Ils savent seulement qu'il a été transféré. Elle se demande s'ils ne lui cachent pas quelque chose. Elle attend. Une activité en vogue ces temps-ci.

Quand je rentre chez moi, je me rends compte que j'ai fait du chemin depuis mon départ ce matin. Je me sens plus sereine. Comme reposée après une longue fièvre. Lavée. Mes yeux se sont purgés. Ma tête s'est aérée ; des fenêtres qu'on ouvre pour renouveler l'air d'un appartement resté trop longtemps fermé, où l'obscurité a stagné. Du coup je me sens l'envie de bouger. Je pose le courrier que Mme Bodin a bien laissé devant ma porte et décide d'aller voir Suzon et Denise avant le couvre-feu pour leur annoncer ma sortie. Je préfère ne pas leur téléphoner, craignant d'être sur écoute.

Comme par un vieux réflexe, j'effectue plusieurs détours afin de m'assurer que je ne suis pas filée par des hommes du *Belge*. Mais je ne remarque personne dans mon sillage. Soit ils n'ont pas assez d'effectifs, soit je les ai convaincus que je n'avais rien à voir avec tout ça. Ou, autre hypothèse, je ne les ai pas aperçus, mais j'en doute car avec le froid il y a encore moins de monde dans les rues et n'importe quel fileur serait rapidement repéré. De toute manière, comme je ne connaissais personne dans le réseau à part Paul, ils pourraient toujours essayer de me piéger, ça ne mènerait nulle part. Toutefois je ne veux pas qu'ils puissent remonter ne serait-ce que jusqu'à mes amies.

Par chance, je les trouve en bas de chez Suzon en train de discuter dans le hall. De merveilleux sourires illuminent leurs visages quand elles m'aperçoivent. Sur le mien ce sont les larmes qui montent instantanément. Nous nous étreignons longuement. Je ne peux me retenir de sangloter sur leurs épaules. Se mélangent le soulagement de les revoir et toute la gratitude pour l'aide qu'elles m'ont apportée.

Suzon nous propose de monter boire un thé chez elle. Elle prononce le mot à voix basse, comme nous avons pris l'habitude de le faire pour les denrées rares. À connotation anglaise de surcroît.

Elles ne peuvent me cacher qu'elles me trouvent marquée. Je leur avoue que ça a été très dur. Tenant ma tasse avec sa pâle infusion de thé et grignotant un drôle de gâteau sec que Suzon a déniché je ne sais où, je leur raconte ce qui s'est passé. J'ai bien réfléchi, avant, à la version que je pourrais leur conter. Mais rapidement j'ai su que je n'avais pas le choix et devais, pour tout le monde, coller à la version de l'amant secret, plus âgé, qui m'a caché son activité clandestine, et de ma présence malheureuse au moment de son arrestation. Puis mon séjour d'un peu plus de trois mois dans des locaux du contre-espionnage et à Fresnes.

J'ai peur qu'elles ne se sentent trahies, et à certains moments c'est difficile de leur mentir, mais je vois dans leurs yeux qu'elles acceptent ce que je raconte. J'ai bien conscience aussi que j'ai face à moi Denise qui sait que j'agissais pour un réseau, et Suzon qui a sans doute aussi des accointances avec une cellule de résistance, même si je ne sais pas dans quelle mesure. Elles respectent donc la loi du silence qui régit nos mouvements et ne me questionnent pas. Nous savons toutes les trois que cela ne remet nullement en cause notre amitié et que ce silence peut nous préserver de toute trahison en cas d'arrestation.

Passant rapidement sur mes conditions de détention et les souffrances endurées, je leur demande comment elles m'ont retrouvée et comment elles ont fait pour que leur message me parvienne. Mes yeux se voilent à nouveau quand je leur avoue l'impact qu'a eu ce minuscule morceau de papier sur mon moral. Et comme ma gorge se contracte et empêche d'autres mots de venir, Denise prend le relais et me raconte que c'est en croisant par hasard une de mes collègues de la mairie, qui ne m'avait pas vue depuis plusieurs jours, qu'elle a été alertée. Cette dernière attendait la fin de la semaine avant de venir chez moi, une absence de quelques jours pouvant survenir sans que l'on s'inquiète spécialement, avec tous les problèmes que nous rencontrons au quotidien.

Quand Denise est arrivée devant ma porte, les scellés lui ont donné un premier indice. C'est en descendant qu'elle en a su un peu plus. En frappant à la loge de Mme Bodin, elle a appris que des hommes un peu rustres qui se prétendaient policiers s'étaient présentés deux jours plus tôt et étaient venus fouiller mon appartement, posant les scellés avant de repartir. Interrogée, Mme Bodin leur avait dit que ma mère et ma grand-mère étaient en Bretagne, et qu'elle avait juste une adresse, puisque ma tante n'avait pas le téléphone. Un des hommes avait laissé le numéro d'une personne à contacter si elle revoyait l'un des habitants de l'appartement ou si elle constatait que les scellés étaient brisés.

Mme Bodin avait aussitôt écrit à ma mère pour lui dire que j'avais été arrêtée et que la police était passée chez nous.

En repartant, Denise, qui était venue une fois avec moi en vacances chez ma tante quand nous étions plus jeunes, s'est rappelée que ses parents avaient le numéro de l'épicerie voisine au cas où ils auraient eu besoin de joindre leur fille. Elle a retrouvé les coordonnées dans le calepin de sa mère et a appelé. Cinq minutes plus tard ma mère était au bout du fil ; elle s'apprêtait à partir à la gare pour prendre un train, suite à la réception de la lettre de Mme Bodin. Denise l'en a dissuadée, laissant entendre que mon arrestation pouvait être liée à une activité contre l'Occupant et qu'elle ferait donc mieux de rester en dehors de tout cela. De plus, il n'était pas si sûr que ce soit vraiment la police qui me retienne prisonnière. S'il s'agissait de la Gestapo ou d'une cellule de contre-espionnage, il était préférable de ne pas bouger de Karmorvan et d'éviter ainsi qu'ils ne l'utilisent pour me faire avouer quoi que ce soit. Ma mère s'est récriée, elle ne pouvait m'abandonner ainsi, mais Denise a su la convaincre. Elle la tiendrait au courant dès qu'elle en saurait plus.

Toutes les semaines elle l'a donc appelée pour lui dire qu'elle n'avait toujours rien et qu'il fallait encore patienter chez sa sœur. En attendant, Denise et Suzon faisaient le tour des prisons avec l'espoir de retrouver ma trace. C'est comme cela qu'elles ont fini par me localiser à Fresnes quand j'y étais incarcérée.

Denise a contacté ma mère pour le lui annoncer, mais aussi pour lui dire qu'il n'était pas utile de venir car le régime auquel j'étais soumise n'autorisait ni visites ni colis. Elle lui a promis de s'occuper de moi avec Suzon autant qu'elles le pourraient. Elles se sont alors débrouillées pour me faire parvenir le message.

Denise laisse passer un blanc pour marquer l'évident secret qui entoure cette action illicite qui nécessite sans doute plusieurs intermédiaires. Elle me confirme juste qu'elles ont bien reçu ma réponse, un bref message que j'ai finalement pu gribouiller sur du papier toilette et transmettre *via* le linge sale de Berthe, une de mes compagnes de cellule qui, elle, avait le droit d'envoyer ses vêtements à laver à ses parents. Malgré la méfiance de rigueur entre détenues, j'avais instinctivement fait confiance à cette Berthe qui avait dissimulé pour moi la missive dans l'ourlet d'une de ses jupes, comme elle le faisait pour donner des nouvelles à ses proches. C'était plus simple que de demander à l'aumônier qui, m'avait-on dit, malgré sa gentillesse, ne passait que très rarement des messages dans l'autre sens.

Un silence où s'échangent des sourires fait suite à ces longues tirades. Nous nous servons une surrincette de thé. Il a maintenant refroidi et sa saveur d'origine a quasiment disparu compte tenu de la faible quantité de feuilles.

Puis elles tiennent à exprimer une certaine admiration quant à mon endurance face aux épreuves. Je leur réponds que c'est instinctif quand on se sent innocente. Quand on lutte contre l'injustice à laquelle on est confrontée. Bien entendu, c'est aussi à prendre dans un sens plus large, celui de notre condition à tous.

C'est étrange, ce non-dit entre nous trois. Comme si nous savions toutes ce que nous faisons en parallèle, sans pouvoir nous l'avouer franchement. La solide barrière du secret de la clandestinité. Ne rien dire, même à ses plus proches amies.

Nous abandonnons là nos sinistres récits pour retrouver la légèreté de notre camaraderie. J'ai été en manque de rires et ça me fait du bien d'éprouver à nouveau cette sensation à leurs côtés ; toutes deux ont gardé, malgré les événements, le grain de folie qui les caractérise et leur capacité à s'esclaffer facilement. Alors nous ne nous gênons pas, même si on en revient toujours vite à l'actualité, à l'approche d'un débarquement dont certains pourtant commencent à douter tant il tarde, aux combats en Italie et en Russie, et à la présence toujours plus pesante des Boches. Elles me conseillent aussi d'être prudente car il paraît qu'à plusieurs reprises des femmes se sont fait dépouiller de leurs vêtements à la nuit tombée dans des rues sombres de notre quartier, et ont débarqué frigorifiées au commissariat… en culotte ! Malgré notre éclat de rire, nous savons bien que le danger est réel car nos conditions de vie déplorables rendent certains prêts à tout.

L'approche du couvre-feu abrège malheureusement nos papotages. C'est trop tôt. Mais ces retrouvailles m'ont encore un peu plus ragaillardie. Sur le chemin du retour, roulant à vive allure dans les rues presque vides, je fais abstraction du froid. Je me sens apaisée. Je traîne encore pas mal de questions mais je me sens mieux. Tout est relatif en cette période, mais je me sens mieux.

En arrivant à la maison, c'est à la lumière d'une ampoule de faible intensité que je lis les lettres arrivées en mon absence. Plusieurs sont de ma mère qui me raconte les épisodes de leur vie à Karmorvan, comme elle le fait toujours, et qui me donne des nouvelles du voisinage. Puis, logiquement, les courriers cessent après qu'elle a été informée de mon arrestation.

Les autres lettres proviennent de ma cousine Hélène qui vit à Brest avec ses parents, de mon oncle André de Troyes, et de mon ami Sylvain qui préfère demeurer à côté de Biarritz en attendant que la situation s'éclaircisse. Tous essaient de se sortir au mieux de cet hiver qui n'en finit pas et souffrent de la pénurie grandissante. Ces lettres amicales maintiennent mon sourire malgré le froid qui commence à prendre mes doigts. Il faudra que je leur donne de mes nouvelles.

Lorsque je veux préparer ma soupe, je me rends

compte qu'il n'y a pas de gaz. Je découpe alors les deux carottes et le poireau obtenus aujourd'hui en très fines lamelles, afin qu'ils cuisent plus facilement dans le fond d'eau que je fais chauffer en posant la casserole à même le poêle.

Profitant de l'électricité qui, elle, n'est pas suspendue ce soir, j'allume la radio, sans mettre le son trop fort, et m'y colle, mon bol brûlant serré dans mes mains. J'ai droit à un peu de musique classique sur la fréquence de la *BBC*, mais après le traditionnel « Baissez votre poste, s'il y a lieu » des « *Français parlent aux Français* », les ondes sont brouillées. Et j'ai beau m'escrimer à tourner le bouton dans tous les sens, je ne capte plus rien d'audible. Je coupe alors le poste, frustrée de n'avoir pu retrouver cette voix que je me réjouissais de pouvoir entendre à nouveau.

J'ai commandé une infusion. On ne précise plus de quoi ; ça a toujours comme un goût fruité mais il est préférable de ne pas savoir exactement de quoi cet ersatz est composé. Je me suis postée dans le café à côté de la vitre qui donne sur la rue. Je sais qu'il passe ici sur le chemin du retour. Plusieurs fois c'est là que je l'ai attendu quand nous n'avions pas eu la possibilité de nous donner rendez-vous.

Il fait nuit déjà et il ne devrait plus tarder. Je ne l'ai pas vu ce matin quand je me suis rendue à la mairie. J'appréhendais toujours, mais moins qu'hier. Je n'ai pas beaucoup dormi, passant une nouvelle fois en revue l'ensemble des questions qui m'assaillent. J'ai pu faire le point ; être en règle avec moi-même, ne rien me voiler sur ce que je fais. Être consciente des risques, mais aussi de mes envies. De mes désirs. Je voulais que tout soit clair au fond de moi. Alors j'ai été prête pour retourner à la mairie.

Ça a été éprouvant car, comme je l'imaginais, mon absence a entraîné mon remplacement, et le fait d'avoir passé plus de deux mois à Fresnes rend compliquée ma réintégration dans l'administration. Même relâchée et innocentée, mon séjour en prison m'interdit tout retour à mon poste.

Mon responsable était désolé de ne pouvoir me reprendre. Toutefois il a pensé à un emploi dans un organisme qui travaille avec la mairie mais qui ne fait pas partie de l'administration. Ils ont besoin de personnes pour faire du tri. Toutes sortes de tris, papiers, vêtements ou objets issus de vols ou de trafics et saisis par la police. Uniquement le matin. Ce n'est pas le moment de faire la difficile, alors j'ai accepté, espérant que lorsque enfin l'administration française reprendra son visage d'avant, pas celui de Vichy mais le vrai, je pourrai peut-être retrouver ma place. En attendant, j'ai rendez-vous demain matin avec le responsable de l'organisme en question.

La journée a encore été glaciale. Il a même un peu neigé. Les véhicules traçaient de sombres traînées dans la couche immaculée sur les chaussées.

J'ai plusieurs fois évité de peu de me casser la figure avec ma bicyclette.

J'ai fait la queue pour obtenir quelques bougies, faute de pouvoir me procurer de l'huile pour ma lampe. Elles sont bien maigres, faites avec une graisse de je-ne-sais-quoi, et chères. Puis, en attendant de venir ici, j'ai passé un peu plus d'une heure sur le quai du métro pour me réchauffer, parcourant les pages froissées d'un journal abandonné sur une poubelle, et qui sans doute passe ainsi de main en main. J'ai pensé alors au fait que la perte de mon emploi a également pour conséquence la fin des journées d'hiver passées dans la relative douceur de la mairie. Je serai peut-être désormais obligée de renouveler ces descentes dans le métro pour trouver un peu de chaleur les après-midi, ne m'imaginant pas rester dans mon appartement glacial.

Une femme descend la rue à vive allure en poussant devant elle un landau. On pense toujours au marché noir face à ce genre de tableau. Comme si les bébés n'existaient plus et avaient été remplacés par des jambons qui tentent, à couvert, de se frayer un passage à travers les contrôles aléatoires ! Je la suis des yeux, mais son regard est rivé sur le trottoir devant elle, comme si elle souhaitait oublier le monde alentour. Ce doit être difficile d'élever un bébé en ce moment à Paris. Avec la pénurie, il y a de quoi s'inquiéter pour sa croissance. Déjà pour une J1[1] comme Nicole, la fille de Françoise, en dessous, ce n'est pas évident, alors pour un nourrisson. Sauf, encore une fois, si le petit que l'on promène dans un landau ou une poussette est un sac de pommes de terre car, dans ce cas, il trouve toujours beaucoup de personnes pour s'occuper de lui !

Le voilà ! Auguste. Je l'aperçois qui traverse au croisement. Il ne m'a pas vue. Son regard est toujours là, plein de vie. Hardi. Fougueux. Même quand il marche seul dans le froid, il semble glisser sur ce qui l'entoure. Comme si rien n'avait vraiment d'importance. Il pourrait neiger dru, faire -20 degrés, il descendrait la rue avec le même air débonnaire. Tranquille. Aimable. Là où tout le monde se recroquevillerait dans son col pour éviter le moindre courant d'air. Lui ne s'attache

1. Classement pour la distribution des tickets de rationnement correspondant à un enfant entre 3 et 6 ans.

pas à ça. J'ai l'impression que ses cheveux ont un peu poussé, plus épais sous son calot. Son uniforme qui apparaît à la lumière du réverbère me fait frissonner. Obstacle numéro un depuis le début. Barrière difficilement surmontable. Il m'a pourtant convaincue de la franchir. Mais je n'ai jamais voulu toucher ce tissu sur lequel est cousu l'aigle aux ailes déployées.

Il arrive presque à ma hauteur. Je ne bouge pas. Ça se bouscule dans ma tête, les rires frénétiques de Denise et de Suzon, la situation de mes parents, Paul sorti de la baignoire, ruisselant, *le Belge* et son accent étrange, mes nuits à Fresnes, tout ça se télescope avec lui. J'ai peur de perdre les pédales. Dois-je vraiment suivre mon instinct ? Le laisser me guider plutôt que de m'en remettre à la raison du moment ?

Il lève les yeux et m'aperçoit. Je ne peux m'empêcher de sourire. Ça cogne à l'intérieur. Il semble avoir un doute et ralentit. Sans s'arrêter toutefois. Il dévie très légèrement sa trajectoire pour passer plus près de la vitre du café. Puis il sourit. Naturel. Le sourire d'un gamin qui ne se pose pas de questions. Nos regards s'accrochent comme pour une danse. Je sens que ma poitrine a du mal à contenir le rythme furieux des battements. La peur. Et la joie en même temps. La frousse et le bonheur à la fois. Tout est comme ça. Depuis le début. Des extrêmes. Je les retrouve comme si rien n'était arrivé entre-temps. Cette sensation de flotter en dehors de tout contexte.

Il longe la vitre, tout près, et nos regards se quittent au plus loin, sans que nous tournions la tête pour les prolonger. C'est ainsi. Il sait que dans quinze minutes je serai là. Ne jamais rien afficher en public. Un seul regard peut vous trahir. Une tête qui pivote pour suivre un homme, un soldat, un Allemand, un Boche. On peut vite se faire cataloguer.

Je suis heureuse, car après m'avoir vue l'attendre la première fois dans ce café sur son chemin, Auguste m'avait dit que désormais à chacun de ses passages il scrutait les clientes pour vérifier si je m'y trouvais. C'était devenu comme un rituel. Une manière de penser à moi. De me chercher partout. De toujours s'apprêter à me voir. Et ce soir, après que j'ai disparu pendant plus de trois mois, j'ai pu constater qu'il vérifiait quand même. Comme s'il attendait mon retour. Je me trompe peut-être, toujours est-il qu'il est passé sur ce trottoir et que ses yeux se sont levés à l'approche de l'établissement.

Après mon arrestation, bien que je me sois imposée de ne pas penser à lui, de l'oublier un moment, la tentation l'avait emporté et je l'avais finalement laissé venir me rendre visite occasionnellement dans mon placard au sous-sol de la rue Leroux et un peu plus souvent dans ma cellule à Fresnes. Il venait me réconforter, généralement le soir pour m'aider à m'endormir, et pas longtemps pour que je ne m'habitue pas à sa présence. Alors le revoir là, en chair et en os, a quelque chose de fabuleux. Auguste. Enfin pouvoir redire son prénom à l'envi dans ma tête. Bientôt le prononcer à voix haute.

Le quart d'heure est passé. Je suis venue à pied pour qu'on ne repère pas mon vélo avec la plaque d'immatriculation. J'ai fait plusieurs boucles dans le quartier avant d'aborder la rue où se trouve son hôtel afin de vérifier que je n'étais toujours pas suivie par les services du *Belge*. Je ne veux pas non plus qu'ils puissent remonter jusqu'à Auguste. Il est mon secret. Et doit le rester.

Nous sommes derrière l'Opéra, dans les petites rues près de l'église de La Trinité. Les Allemands ont réquisitionné dans ce quartier de nombreux hôtels pour les effectifs de leurs services administratifs d'Occupation.

La première fois que je suis venue, Auguste m'a montré l'entrée par la porte cochère attenante à l'hôtel qui permet de rejoindre l'escalier de service de l'établissement. C'est par là que passent les amies de ses collègues et les prostituées. J'avais failli déguerpir aussitôt, mais il l'avait dit sans arrière-pensée et avec un tel détachement que j'avais ravalé ma fierté. Venir dans un hôtel de Boches me faisait courir un grand risque, celui de croiser du monde, le personnel de service, des personnes qui pourraient me reconnaître un jour ou l'autre, mais c'était ça ou rien. Car se rendre dans un autre établissement en entrant par la réception ou aller chez moi multipliait encore plus les possibilités de dénonciation. Alors je me suis arrangée pour toujours entrer seule dans l'immeuble attenant ou en sortir de même, couverte d'un foulard, baissant la tête en montant ou en descendant l'escalier si je croisais quelqu'un, toussant pour cacher mon visage, trouvant chaque fois une parade.

La chance a fait que j'ai rarement croisé d'autre visiteuse, et lorsque c'est arrivé c'était le soir, quand l'escalier était sombre. Et une fois seulement je suis tombée sur une femme de chambre au rez-de-chaussée. Surprise, je n'ai pas eu le temps de baisser les yeux. Je n'ai pas su comment interpréter son regard, si c'était du mépris ou de l'indifférence.

Je retrouve mes réflexes. L'approche lente dans la rue puis l'accélération en voyant que la voie est libre. L'entrée par la porte cochère, la porte de service avec ses gonds qui grincent toujours, la veilleuse en bas de l'escalier, les marches que l'on monte dans l'obscurité sur la pointe des pieds pour ne pas faire claquer ses talons. Un étage. Deux étages. La respiration avant d'ouvrir la porte qui donne sur le long couloir qui dessert les chambres. La tête penchée pour prévenir toute rencontre fortuite. L'applique pâlotte en pâte de verre. Les pas sur le tapis élimé en prenant soin de ne pas coincer un de mes talons dans un accroc. Une quinzaine d'enjambées. Je les ai comptées plusieurs fois. La porte 23. Le bout du doigt qui tape légèrement. Un « Oui » qui a remplacé le « *Ja* » qui m'a accueillie la première fois, et que j'ai demandé à Auguste de rayer de son vocabulaire en ma présence. La poignée qui crisse. Il est là. Dans la pénombre de la lampe de chevet. Son sourire lumineux. Sa veste et son calot déjà retirés pour ne laisser que sa chemise blanche et ainsi éviter tout rappel trop grossier de son appartenance à l'armée d'Occupation. La porte que je ferme sans le lâcher des yeux. Mon cœur de petite fille. Ma faiblesse d'adolescente que je ne renie pas. Mon chemisier m'oppresse. Entre la peur qu'engendre d'ordinaire ce parcours et le plaisir des retrouvailles. Particulièrement ce soir. Me demander une fois de plus si je fais bien. Si ce n'est pas une erreur qui pourrait me coûter cher. Mais impossible de renier tout ça. Je suis déjà allée trop loin. Faire machine arrière serait inutile et douloureux. Incohérent même. Je sens les larmes. Mélange de tous ces sentiments. Bouleversée. Le terme me paraît souvent exagéré quand certaines personnes l'emploient, mais là il me semble opportun. Je suis bouleversée. Les douleurs des trois mois passés remontent d'un coup. Violemment. Comme si je n'avais attendu que cet instant sans jamais oser l'espérer. Tout se libère brusquement. Je me revois hier en train de pleurer sur mon banc en pensant à Paul. Tout était là en fait. Dans cet instant. Dans cette porte qui se referme et qui m'isole avec Auguste. Non que ma tristesse pour Paul ait été feinte, mais je redoutais en fait déjà ce moment à cause de tout ce qui est arrivé. Je crains tellement que ça ait tout brisé. En moi. En lui. Que tout ait disparu. Que notre monde ait été pulvérisé par tout ça. C'est pourtant pour revenir ici que j'ai tenu. Pas uniquement, mais pour beaucoup. Pour retrouver ces instants hors du temps. Hors de cette douleur. De ces idées qui s'affrontent. De cette idée de péché qui me hante. De péché contre la nation. De trahison envers ce que je veux défendre et ce pour quoi je me suis engagée, au risque de tout perdre. C'est aussi pour cela que j'avais évacué Auguste de mon esprit. À cause de la faute. Comme pour éviter de penser à tout l'apaisement qu'il m'apporte. Alors son sourire maintenant retrouvé est presque insupportable physiquement tant il est bon. Merveilleux vertige. Et déjà je suis dans ses bras. Pas un mot. Juste son souffle. Juste son baiser sur le foulard qui couvre mes cheveux et qu'il retire doucement. Il sait très bien ce que j'ai enduré. Il sait où j'étais. Il sait qu'il va me falloir un peu de temps pour revenir à la surface. Que la douleur va persister un bon moment. Il me connaît. Il connaît mes contradictions et il les respecte. Mes jambes ne me portent plus, il me retient. Contre lui. Je me livre. Étourdie. Enfin. Ne rien retenir. Ne rien cacher. Se laisser aller. Sa main glisse dans mon dos. Cette caresse qui est venue si souvent m'apaiser dans mon imagination. Elle est réelle. Les larmes sont là. Sans pudeur. Libres. Je m'abandonne. Totalement.

Les larmes sont là aussi.

Alors ses yeux s'échappent vers l'horizon. Troubles. Mais toujours vifs. Imprégnés du passé. Meurtris par ces souvenirs.

Elle me sourit puis s'échappe à nouveau vers le large.

Seule persiste la brise qui parfois s'énerve derrière le muret qui nous abrite.

Je reste stupéfait de son récit. Elle a parlé de manière fluide, évoquant sans retenue ces événements gardés depuis cette époque au secret. C'est ce qu'elle m'a avoué au début. Et je vois bien qu'elle a besoin de les livrer. Plus de soixante ans après elle revit devant moi ses souffrances.

Du coup je ne suis pas intervenu. Je l'ai laissée progresser à son rythme, voyant son visage s'assombrir au gré des phases de son récit. Parfois elle prenait délicatement une de ses petites gourmandises entre deux doigts pour l'engloutir d'une seule bouchée. Chaque petit rituel nécessitait une courte pause, le temps de mâcher, de savourer, d'y ajouter une gorgée de thé. Puis elle reprenait, captant mon attention avec ses pupilles enflammées par ce retour détaillé sur cette période de sa vie. Une jeunesse bousculée. Tiraillée. Confuse. Dont elle essaie de bien me faire comprendre toute la complexité.

— Vous reprendrez du thé ? je lui demande, presque étonné par le son de ma voix.

Elle ne lâche pas la ligne de l'océan.

— Oui, s'il vous plaît.

J'adresse un signe à la serveuse qui vient nous débarrasser et prendre commande de la même chose, sans réassort de petites pâtisseries toutefois.

Les clients qui se reposaient là quand nous sommes arrivés sont partis et un autre couple s'est installé plus loin sur la terrasse. Je n'ai même pas remarqué qu'il y avait eu du mouvement.

Elle reste silencieuse. Absorbée. Je la laisse à ses pensées et me concentre sur les ondes régulières qui viennent se briser au pied de la falaise, en bas, hors de notre vue.

Un peu plus loin, un cerf-volant apparaît par intermittence au-dessus des falaises, décrivant de grandes courbes avec de brusques changements de direction. Parfois les vibrations de la toile nous parviennent, comme celles d'un insecte géant.

La serveuse dépose les tasses et une nouvelle théière devant nous, puis se retire.

Je soulève le couvercle et remue délicatement le sachet de thé pour accélérer l'infusion. Mme Dulac observe chacun de mes gestes. Son attention est revenue ici. Je la sers. Nous échangeons un sourire courtois. Puis je verse le thé brûlant dans ma tasse et repose doucement la théière.

Je me perds un instant dans le brouillard concentré qui s'évapore au-dessus de la porcelaine, avant de la regarder à nouveau.

— C’est quand même étonnant… cet Allemand…

Elle ne cille pas. Puis après un instant elle reprend juste « Étonnant… ? » Alors j’hésite. Je crains de la blesser avec une interprétation trop hâtive. Mais bon, la curiosité l’emporte. En fait je suis un peu déboussolé.

— Vous me racontez votre lutte au sein d’un réseau de renseignements, votre arrestation, la détention, et après tout ça vous terminez… dans les bras d’un Allemand. C’est un peu… contradictoire… Non ?

— D’entrer dans la Résistance et d’être « collabo » ?

— « Collabo », je ne sais pas…

C’est la première fois que je suis confronté à ce mot devant quelqu’un qui a vécu cette période, cette notion étant toujours restée celle de livres d’histoire ou d’articles de journaux se penchant sur ces années troubles.

— Si, si. Coucher avec un Allemand était considéré comme de la *Kollaboration*. Avec un « K », pour que ça ait l’air plus allemand. Alors imaginez ce que c’était que d’avoir une relation de plusieurs mois…

Sa phrase est emportée par une rafale. Son visage passe dans l’ombre. Je sens que c’est dur. Que ça a toujours été dur.

— Il y avait plusieurs degrés dans la Collaboration, mais, pour certains, rien que côtoyer l’Occupant était déjà considéré comme un acte de traîtrise pratiquement au même titre que ce que faisait n’importe quel milicien ou celui qui dénonçait anonymement ses voisins.

Elle appuie son regard. Il y persiste peut-être de la rancœur.

— En fait il n’y avait pas de nuance. L’étiquette était la même pour tous. Il fallait juste l’accepter…

Elle s’arrête et prend sa tasse dans le creux de ses mains.

— Pourtant jamais je n'avais imaginé faire partie de ceux-là… Mais avec Auguste…

La vapeur contourne lentement son visage. Elle se ressaisit.

— Vous savez, c'était compliqué. J'étais une gamine. Vingt ans à l'époque, ce n'est pas comme maintenant. J'étais fille unique, couvée par mes parents, et donc timide. Peu expansive. À dix-huit ans j'avais eu mon bachot, mais je ne savais pas vers quelles études m'orienter. Je n'avais d'attirance pour aucune activité. Alors mon père m'avait dit que je devais travailler, que ça ne servait à rien de se lancer dans des études si je ne savais pas dans quel but. Lui avait toujours travaillé sans même avoir son certificat, alors il ne considérait pas les études comme quelque chose de fondamental. Ce qui importait, c'était le travail, de quoi gagner sa vie. C'est comme ça qu'il m'avait trouvé une place à la mairie, à la réception et à de petites tâches administratives. L'administration publique c'était bien. C'était un emploi sûr et on pouvait monter les échelons les uns après les autres. J'étais contente, je dois dire. Ça me plaisait, après tout. Je travaillais consciencieusement, j'étais discrète. Je n'étais pas épanouie, mais disons… satisfaite. Malgré cela je restais confinée dans l'enfance, habitant encore avec mes parents et ma grand-mère, et donc sans véritables responsabilités. Je voyais quelques amies mais fréquentais très peu les garçons. Encore cette crainte de l'inconnu…

Ses yeux m'observent un instant.

— D'une certaine manière, j'étais plutôt heureuse de cet état mais inconsciente de mon manque d'épanouissement. Les années qui ont précédé la guerre étaient assez sombres, mais ça ne m'avait pas trop touchée non plus. Je ne m'intéressais pas à la politique ni à la situation en Europe. C'est une période un peu floue quand j'y repense. Un peu comme un rêve où on subit ce qui se passe autour sans y prendre part, témoin inconscient et inactif.

Le coin de sa bouche se soulève dans un sourire désarmé.

— Et puis l'ordre de mobilisation générale est tombé. Mon père a été appelé sous les drapeaux pour partir au front, si on peut appeler ça comme ça… Ce qu'on a appelé la « drôle de guerre »… Je me suis retrouvée avec ma mère, effondrée de voir son mari partir au combat – on vivait encore avec le souvenir des tranchées de 14-18 et des millions de morts de la guerre –, et ma grand-mère malade qui avait beaucoup de difficultés à se déplacer. Bien qu'au début on n'ait pas cru que les Allemands puissent être une menace directe, il y avait quand même des alertes, la crainte des attaques au gaz, les masques à gaz, le black-out, les descentes aux abris à toute heure… Puis les divisions ennemies ont franchi les frontières, on a vu des milliers de fuyards affluer de Belgique et des régions du Nord, et soudainement Paris s'est vidé aussi. C'était la grande peur, la panique, l'exode partout, vers le Sud ou la Bretagne. Mais nous, nous sommes restées. Se ruer sur les routes avec tout le monde aurait pu tuer ma grand-mère. Et moi je ne pouvais pas les abandonner toutes les deux. Ma mère voulait pourtant que je me sauve ; on entendait les pires atrocités à propos des hordes d'Allemands, de Huns, de barbares qui fonçaient sur nous, crevant les yeux et coupant les mains des habitants des régions qu'ils annexaient à une rapidité foudroyante. Les rumeurs se transformaient en délires ! On disait que Paris allait être mis à feu et à sang. Mais je ne voulais pas les quitter… et puis j'avoue qu'en fait j'avais peur de me retrouver toute seule sur les routes pour aller me réfugier chez ma tante en Bretagne. Je préférais encore rester et souffrir avec ma famille. D'ailleurs nous avons bien fait, car pour beaucoup l'Exode a été terrible… Une cohue exposée à la mort sur les routes, la faim, les avions allemands qui fondaient sur les colonnes en déroute avec leur hurlement terrifiant… Et puis il fallait aussi que je garde ma place à la mairie ; il était important d'avoir mon salaire maintenant que mon père n'était plus là.

Elle laisse passer une bourrasque, observant les branches d'un pin qui s'agitent violemment à proximité. Puis le souffle régulier reprend.

— Toute cette période du début du conflit m'a quand même bousculée. Ça m'a obligée à poser les pieds sur terre. Un atterrissage forcé. Face à ma mère et à ma grand-mère, je me sentais tout à coup responsable. Je me retrouvais à soutenir ma famille, sortant brusquement d'une adolescence qui n'avait que trop duré, mais en en gardant malgré tout des séquelles…

Elle boit une gorgée de son thé. Prend le temps de laisser la chaleur l'envahir.

— Le choc de la défaite nous a tous bouleversés. Les Français étaient tellement sûrs de la victoire quand ils ont déclaré la guerre à l'Allemagne… Notre armée invincible qui maîtrisait la terre, la mer et l'air, l'infranchissable ligne Maginot, nos valeureux guerriers… Le gouvernement avait fini par persuader tout le monde que la défaite était impossible. Et pourtant… Je me souviens des larmes qu'a versées ma grand-mère à la suite du discours de Pétain, après son terrible « *C'est le cœur serré que je vous dis aujourd'hui qu'il faut cesser le combat.* » Elle qui se montrait d'ordinaire plutôt réservée et pudique… Mais je n'avais pas su véritablement interpréter son désarroi sur le moment ; cet aveu de défaite face à l'Allemagne était insupportable pour une femme qui avait travaillé pour l'effort de guerre dans les usines d'armement en 14-18 pendant que son mari croupissait dans les tranchées…

Une autre gorgée pour reprendre son souffle, éclairer sa voix.

— Pourtant la signature de l'armistice apparaissait malgré tout plutôt comme une bonne nouvelle car elle signifiait que ce conflit n'allait pas se prolonger comme l'autre avec toutes ses victimes inutiles…

Elle ferme brièvement les yeux.

— De toute façon nous n'avions pas le choix. L'Allemagne était surpuissante, elle nous avait écrasés, et il ne lui restait que l'Angleterre à terrasser pour être maîtresse de l'Europe. Nous n'avions plus qu'à ronger notre amertume.

Ses épaules semblent s'être affaissées comme à l'époque.

— Au début je croyais en Pétain, comme la majorité des Français. On avait envie d'y croire. Et il le fallait de toute manière car il était notre dernier espoir. Du haut de ses quatre-vingt-quatre ans, le « *père tranquille* » allait nous protéger. Il avait fait « *à la France le don de sa personne* », comme il disait. Sa présence rassurait après la grande peur provoquée par la déconfiture infligée à notre armée et par l'arrivée des Allemands. Le prestigieux vainqueur de Verdun serait notre bouclier contre cette présence ennemie. Il allait jouer un double jeu avec Hitler et les nazis pour protéger les intérêts de la France. Il sauverait notre honneur… En fait on était surtout contents que la guerre soit finie. Et officiellement c'était toujours un gouvernement français qui dirigeait le pays. C'est en tout cas ce qui ressortait de ce qu'on entendait à la radio ou de ce qu'on lisait dans les journaux. Mais les soucis du quotidien ont vite pris le dessus sur le soulagement. Les premières restrictions et les premiers interdits ont rapidement été des sources de préoccupations. Préoccupations auxquelles s'ajoutaient le devoir que j'avais de travailler pour ma mère et ma grand-mère, et le lourd poids de l'absence de mon père. On savait qu'il était prisonnier, qu'il allait bien, qu'il n'était pas blessé, mais on ne savait pas combien de temps il allait rester en Allemagne. Il fallait se résoudre à vivre sans lui et avec ce qu'on avait. Au jour le jour désormais.

Elle boit à nouveau, les yeux portés vers le lointain.

— Bien sûr on entendait parler de de Gaulle et des mouvements de résistance qui naissaient un peu partout en France, en zone occupée et en « zone nono », la zone non occupée. D'ailleurs on ne parlait pas encore de Résistance avec un grand « R » mais plutôt de clandestinité. Et les cellules qui naissaient alors sans aucune coordination se composaient soit des partisans d'une France qui se devait de redevenir indépendante et souveraine par elle-même, soit d'hommes et de femmes qui s'engageaient pour aider les Anglais à continuer la guerre en leur faisant parvenir le maximum de renseignements sur la situation dans le pays. Et puis il y avait ceux qui rejoignaient directement Londres et de Gaulle pour répondre à son fameux *Appel*…

Les rires d'un enfant nous parviennent depuis le contrebas.

—Partout aussi il y avait des petites marques d'hostilité envers l'Occupant, une manière de montrer que la France n'avait pas dit son dernier mot. Elle était certes, battue, à terre, mais elle n'était pas morte. Dans la rue, sur le sol des bus ou des wagons du métro, on trouvait par exemple des tickets découpés en forme de « V » pour « Victoire » ou de « H » pour « Honneur ». Parfois c'était simplement une allumette cassée en deux qui dessinait un « V », ou bien la lettre était tracée à la va-vite sur une affiche de propagande, ou même dans la poussière des carlingues des camions vert-de-gris.

D'autres cris venant du rivage.

— Il y avait aussi des tracts que l'on trouvait dans les « *boîtes aux lettres* ». Toutefois j'avais l'impression que toute cette résistance n'était en fait que les vestiges de l'esprit contestataire français, celui des communistes principalement, ou de quelques intellectuels, et qu'ils ne pourraient jamais rien contre le mastodonte hitlérien qui s'était installé chez nous. Et quand les premiers assassinats de soldats allemands en pleine rue ont été réprimés par des exécutions d'otages, on s'est demandé dans quelle mesure ces actes de rébellion étaient vraiment utiles. La propagande prenait en plus plaisir à ajouter à la confusion en répétant sans cesse que ces « terroristes », ces « anarchistes », risquaient de mettre à mal l'armistice passé avec notre voisin.

Son visage est grave. Il me semble qu'il s'est assombri malgré le soleil toujours puissant.

— Vous savez, l'époque était bouleversée par un manque total de repères et le pays était divisé entre individus d'une multitude d'opinions opposées. Il faut bien avoir ça en tête également. Il y avait ceux qui pensaient que Pétain agissait pour notre bien, et parmi ceux-là certains refusaient l'idée de « collaboration ». Il y avait ceux qui pensaient que l'unité de l'Europe contrôlée par l'Allemagne serait une bonne chose pour notre pays et ceux-là croyaient donc aux vertus du rapprochement franco-germanique… Il y avait les communistes qui se perdaient entre les accords que Staline avait passés avec Hitler et leur volonté de combattre le régime nazi, il y avait ceux qui voyaient une lueur d'espoir en de Gaulle et ceux qui espéraient que la contre-offensive viendrait de l'Angleterre. Mais ça c'était avant que la marine britannique coule notre flotte exilée à Mers el-Kebir en Algérie pour empêcher le gouvernement de Vichy de l'offrir à l'armée allemande. Les Anglais sont alors devenus des traîtres, des lâches, tandis que les Allemands se montraient plutôt « corrects », comme on disait. Polis, disciplinés, organisés, pas les monstres teutons que la propagande nous avait vendus et que l'on avait redoutés. Au début seulement, car rapidement ils ont montré leur vrai visage. Les relations n'ont alors cessé de se dégrader. Et en même temps nos conditions de vie, elles aussi, se détérioraient de semaine en semaine, sombrant plus encore avec l'arrivée d'un hiver exceptionnellement froid… L'espoir est bien venu à nouveau de Londres, du tenace Churchill et de son peuple qui gardait la tête haute malgré les terribles bombardements allemands, et qui abritait de Gaulle et les Forces Françaises Libres, les FFL. L'entrée des États-Unis dans la guerre et le débarquement américain en Afrique du Nord nous ont aussi laissés espérer des jours meilleurs ; le nom de Roosevelt sonnait comme celui d'une bonne étoile. Et désormais les Russes combattaient également les Allemands… Mais malgré tout on avait du mal à se raccrocher à ces lueurs positives qui nous semblaient quand même très lointaines, presque abstraites. Au quotidien, les peurs et les déceptions nous assaillaient. C'est pour ça qu'au début, avec sa bonne petite bouille de grand-père, Pétain rassurait une grande majorité, ceux qui n'étaient pas engagés politiquement et qui souhaitaient une vie tranquille. Le culte du chef qu'il s'était efforcé de développer, sur les modèles d'Hitler et Mussolini, avait le résultat escompté. Il était partout, sur les affiches, les calendriers, son portrait offert en toute occasion, accroché dans les vitrines, défendant toutes les causes, toujours de bon conseil. Ses homélies radiophoniques aussi étaient attentivement écoutées. Il rassurait et semblait au final être le moins pire dans tout ça… Mais c'était sans compter sur Laval et toute sa clique collaborationniste qui allaient germaniser la France pour aider à la construction de la Grande Europe, celle d'Hitler bien entendu, et sa « croisade de la civilisation contre la barbarie »…

Elle semble marquer là un silence pour bien me laisser le temps de considérer l'étourdissant tourbillon dans lequel étaient effectivement plongés les Français.

— Vous saviez que le terme « collaboration » a été inventé pour ne pas mentionner l'échec des troupes et de la politique française face à l'Allemagne ? Le gouvernement n'a pas voulu parler de capitulation, ce qui aurait signifié une défaite militaire, et a préféré signer un armistice aux allures de conciliation politique, qu'il a tout simplement maquillé par ce terme courtois de collaboration. Ça avait presque une consonance amicale ! Comme si une sincère cordialité s'était tout à coup installée entre les deux ennemis ! Mais cette soudaine collaboration cachait tout bonnement la lâcheté pure et simple de l'État qui n'assumait pas ses responsabilités vis-à-vis des Français. Nous avions en fait été victimes d'une trahison de la part de notre gouvernement qui n'avait pas su organiser la défense du pays, le livrant ainsi aux Allemands, et qui, en plus, allait même parfois jusqu'à insinuer que la défaite était, après tout, méritée, puisque nos soldats n'avaient pas su se battre… Vous vous rendez compte du cynisme…

Je lui signifie d'un mouvement de tête que je le comprends bien.

— C'est cette reddition inacceptable, le refus de cet abandon des Français à l'Occupant qui ont poussé certains à entrer tout de suite en résistance.

Elle ferme les yeux un court instant.

— Malheureusement beaucoup d'entre nous n'ont pris conscience de tout ça que plus tard…

D'un léger mouvement d'épaule elle exprime sa déception. Ou plutôt ses regrets.

— On a quand même fini par s'apercevoir que Pétain n'était qu'une marionnette aux ordres d'Hitler. Alors on s'est mis à le surnommer « le Maréchal Pantin », ou bien « le Maréchal Pétoche »…

Elle retrouve là un semblant de sourire, manière d'exorciser la noirceur de l'époque.

— On disait aussi que le « serment » qu'il avait fait de protéger les Français était plutôt un « serrement de fesses » !…

Elle hausse les sourcils pour marquer un amusement éphémère.

— Il voulait reconstruire la France, lui inculquer la discipline, l'autorité des chefs, en faire un pays organisé où régnerait la justice. Il n'avait pas précisé que c'était en fait les nazis qui allaient imposer leurs règles et nous apprendre tout cela à coups de répressions, de restrictions draconiennes et de justice pour le moins expéditive…

Ses yeux se perdent une fraction de seconde, puis reviennent.

— D'un conservatisme endurci, le régime de Vichy nous a tous entraînés dans une politique d'austérité et d'exclusion, réglée sur l'heure allemande, au propre comme au figuré. Alors, après avoir été assommés par la défaite de 40, nous avons lentement sombré dans un profond désespoir. Nous finissions par ne plus avoir de projets, par ne plus penser au futur qui nous semblait totalement incertain. Ce fatalisme ambiant était une véritable arme pour les Allemands et le gouvernement de Vichy qui en profitèrent pour nous avilir, faire de nous un troupeau discipliné, nous demandant de nous dénoncer les uns les autres, prétendument pour l'intérêt de la nation. Créer la suspicion pour éviter tout soulèvement. Sauf qu'en poussant trop loin cette tactique, en la transformant en misère, ils ont fini par se mettre pratiquement tout le pays à dos. Cette misère, d'abord matérielle, puis psychologique avec tout ce qui se passait, a fini par faire prendre conscience à une majorité du danger qui guettait le pays si on laissait faire ceux qui nous dirigeaient.

Elle pose sa tasse sur sa soucoupe, mais garde l'anse entre deux doigts.

— Au début j'étais perdue dans ce brouillard dans lequel flottaient beaucoup de ceux qui devaient se battre pour vivre, ou pour survivre même. Ceux qui avaient été touchés par la guerre, par l'absence du chef de famille, et qui n'avaient pas en eux les armes pour se rebeller. Nous étions écrasés par cette présence ennemie qui s'annonçait éternelle, et on n'avait pas d'autre choix que de s'y plier si on n'était pas fort mentalement. Et je ne l'étais pas. Même si la nouvelle situation familiale m'avait fait grandir, elle ne m'avait pas encore fait mûrir…

Elle m'adresse un sourire désarmé.

— J'ai pourtant vu à la mairie des femmes venir avec leurs enfants pour se plaindre du manque de lait, de charbon ou de tissu ; ça m'affectait, mais étrangement ça ne me faisait pas réagir. Je faisais partie des paralysés. Un peu trouillarde aussi. De plus, pour moi c'était aux responsables politiques de monter au créneau. Ce n'était pas une manière de me décharger, seulement, comme je n'avais jamais été impliquée dans la vie avant la guerre, je ne voyais pas en quoi je pouvais l'être désormais. J'estimais qu'eux seuls avaient le pouvoir de faire quelque chose… Mais il n'y avait plus d'opposition…

Elle fait doucement pivoter sa tasse du bout des doigts.

— Le jour de la première fête des mères, il y a eu aussi des manifestations où les femmes accusaient Vichy de les empêcher de travailler alors qu'au contraire nombre d'entre elles se retrouvaient seules et avaient besoin de travailler, pour vivre tout simplement. En fait, le gouvernement reprochait aux femmes de n'avoir pas fait assez d'enfants depuis la dernière guerre, de s'être émancipées, d'avoir abandonné le foyer conjugal. En les empêchant de travailler, Vichy voulait favoriser leur retour à la maison et ainsi rétablir les valeurs traditionnelles, tout en lançant une grande politique nataliste. La création de la fête des mères par Pétain était une des manières de redonner aux femmes leur place dans la société. Du moins dans la société patriarcale qu'il souhaitait réhabiliter, avec le retour de la femme soumise, cantonnée aux besognes ménagères et à l'éducation des enfants !

Elle lève les sourcils pour souligner son désaccord avec ces idées.

— Le fameux « *Travail, Famille, Patrie* » était le slogan de ce nouvel ordre social que Vichy voulait instaurer et qui n'avait qu'un seul objectif : mettre les

Français au pas, faire d'eux des moutons bien obéissants au service de l'Occupant. Car ce n'était pas sans rappeler le « *Kinder, Kirche, Küche* » du Reich voisin. « *Enfants, Église, Cuisine* ». De beaux programmes pour endormir les populations !

Une nouvelle vague parcourt ses sourcils, agrémentée d'un furtif sourire cynique.

— Vichy prônait le *Travail* mais toutes les usines tournaient en priorité pour l'Allemagne. Le renouveau de la *Famille* que réclamait le gouvernement avait, lui, du mal à se faire puisque le retour des milliers de maris et de pères de famille prisonniers en Allemagne semblait non négociable avec les nazis. L'idée de famille unie est même devenue de plus en plus illusoire avec la multiplication des incarcérations et l'instauration du STO qui a fait fuir les hommes vers les maquis. D'ailleurs, au bout du compte, faute de main-d'œuvre masculine, les femmes ont été embauchées dans les usines ou dans les commerces, devenant d'importants agents économiques... Et pour ce qui était de la *Patrie*, elle devenait chaque jour un peu plus esclave du Reich. Difficile donc de croire en cet ordre nouveau car tout était comme ça, toujours en contradictions. On parlait de révolution nationale, de politique d'assainissement, de morale, de vertu, mais on poussait les Français à devenir des mouchards, à se laisser marcher dessus. Une sorte de schizophrénie s'installait dans les esprits, entre la propagande du gouvernement et la réalité. Nous nous retrouvions perdus au milieu de ce chaos idéologique qui tendait parfois à l'absurde. Et auquel venaient se greffer les difficultés croissantes du quotidien, le ravitaillement de plus en plus difficile que les tickets de rationnement étaient censés réguler, la répression, la peur d'une arrestation arbitraire pendant un contrôle, le couvre-feu, les descentes dans les abris pendant des alertes aux bombardements, les coupures d'électricité de plus en plus fréquentes et de plus en plus longues, les métros et les autobus plus rares et bondés qui obligeaient à de longues marches fatigantes… Tout ça nourrissait le désespoir en place ; on s'enterrait petit à petit, sans voir d'issue possible. Tous les jours on parlait de la guerre, à la radio, dans les journaux, entre nous. C'était oppressant. On avait la tête sous l'eau. Nous étions asphyxiés, vivant dans un monde hypocrite et terne, abêtis si on se laissait aveugler par la propagande qui tentait de nous manipuler, et menacés d'un abrutissement irréversible si on se laissait contaminer par la perte totale de conscience morale qu'on voulait nous inculquer. Alors forcément l'esprit contestataire a mis du temps à se réveiller…

Son regard se perd au loin.

— Il y a un tract d'un réseau que j'ai eu plus tard entre les mains qui disait : « *France, prends garde de perdre ton âme* »… C'est ce qui était en train de se passer effectivement.

Le désarroi se lit encore sur ses traits après toutes ces années.

— Oui, il y avait quand même de plus en plus de tracts distribués dans les boîtes aux lettres, glissés au milieu des journaux à la solde du gouvernement, ou parfois envoyés à la volée sur un trottoir bondé par un cycliste qui disparaissait aussi vite qu'il était apparu. Mais tous ces actes isolés, même s'ils pouvaient toucher ceux qu'ils ciblaient, n'avaient pas la même puissance que la monstrueuse propagande et l'efficace travail de sape mis en place sur tout le territoire par les nazis, conjointement avec le gouvernement de Vichy.

Elle reprend sa tasse et la porte à ses lèvres. J'en profite pour faire de même dans le silence qui s'installe. Elle laisse un temps avant de poursuivre.

— En plus de ce climat pesant, de la routine du travail et du besoin constant de trouver où se ravitailler, j'étais de plus en plus préoccupée par l'état de santé de ma grand-mère et l'inquiétude de ma mère, puisque mon père ne revenait toujours pas.

Elle boit une nouvelle gorgée.

— Ma mère, à laquelle on avait refusé plusieurs emplois à cause de cette fameuse politique qui voulait la faire rester au foyer dans l'attente de l'hypothétique retour de son mari, a quand même fini par toucher l'allocation pour les femmes de prisonniers et a commencé à faire des travaux au noir, de couture ou de ménage. Mais nous vivions principalement sur mes maigres revenus. Les tarifs augmentaient et il fallait acheter au marché noir si on voulait manger un peu plus que ce que nous octroyaient les cartes d'alimentation. C'était chaque jour un tour de force pour trouver quelque chose à se mettre sous la dent. Entre les queues interminables, les « jours sans » et les hivers rudes qui perturbaient un réapprovisionnement déjà bien ralenti, il fallait « se débrouiller » disait-on. Le bouche à oreille vous informait ainsi parfois qu'un commerçant vendait ses produits sans ticket dans une arrière-cour. Il fallait alors arriver dans les premiers pour espérer être servi… Pour ça comme pour les vêtements, les fournitures et tout le reste, c'était le système D qui primait.

Ses yeux se ferment un court moment.

— Quand on avait réussi à se procurer quelques denrées, on se torturait ensuite l'imagination pour composer un repas de la manière la plus économique et en gâchant le moins possible. On ne gaspillait pas, on cuisinait ce qu'avant on jetait, les fanes des radis ou de carottes, les feuilles de choux ou l'extrémité verte des poireaux. C'était d'abord dans notre intérêt, mais selon la bonne doctrine du gouvernement c'était aussi un « devoir national » qui contribuait à l'« effort national »…

Un sourire moqueur naît au coin de sa bouche.

— La quête de nourriture pouvait devenir obsessionnelle ; quand les provisions commençaient à baisser ou à manquer, quand la faim nous travaillait, alors on ne pensait plus qu'à ça. La bouffe, le rêve d'être rassasié, de trouver à manger en abondance… Parfois le dimanche je prenais le vélo d'une amie de ma mère et je partais au-delà de la banlieue, jusqu'à soixante kilomètres, pour aller acheter des légumes ou de la volaille dans des fermes. Au retour il fallait éviter les fouilles des agents du contrôle économique qui luttaient contre les trafics en tout genre et les marchés parallèles. Je revenais éreintée de ces longues courses qui pouvaient se révéler infructueuses car de plus en plus de Parisiens s'approvisionnaient dans ces fermes, et la pénurie commençait également à s'y faire ressentir. Ce qui en plus faisait flamber les prix.

Ses sourcils se froncent légèrement.

— Il nous arrivait donc de passer une journée entière le ventre vide…

Sa phrase semble s'être coupée net. Mais elle se reprend.

— On pouvait aussi mâcher du papier et boire de l'eau, une technique qui, disait-on, permettait de sauter un repas… Alors je faisais ça parfois le midi, et le soir je disais à ma mère que j'avais mangé chez une collègue qui avait reçu un colis de province et qui m'en avait fait profiter… Je ne sais pas si l'excuse marchait, mais le procédé, lui, c'est sûr, ne fonctionnait guère…

Elle hausse les épaules, presque amusée.

— Et encore, j'avais la chance, une fois ma mère exilée en Bretagne, de recevoir des colis assez régulièrement et de pouvoir aller là-bas de temps en temps pendant deux ou trois jours, ce qui me permettait de manger un peu. Et ma mère me confectionnait toujours un petit paquet pour repartir. Mais dans Paris la pénurie était parfois telle qu'on se disait qu'il n'y avait plus rien à manger… On avait alors peur de mourir littéralement de faim… Nous avons tous perdu énormément de poids…

Elle se tait un instant, affichant une certaine gravité. Puis un semblant de sourire revient.

— Ce qui est fou, c'est que nous arrivions quand même à plaisanter sur ce sujet… Par exemple on disait que les seuls légumes qui ne manquaient pas, c'étaient les haricots verts, un des surnoms que l'on donnait aux soldats de la Wehrmacht… Et on ajoutait que si on en avait en abondance, c'était grâce à un engrais de choix : « ce fumier de Laval »…

Ses yeux s'illuminent.

— Ce fumier de Laval qui prenait d'ailleurs petit à petit la place du « Maréchal Pétrin » !

Elle sourit encore puis boit tranquillement en me regardant par-dessus sa tasse avec un petit pétillement, comme si le fait de se remémorer ces blagues qui lui permettaient de dédramatiser la soulageait encore.

— Quand on se voyait avec mes deux meilleures amies, Denise et Suzon, nous nous échangions toujours les derniers jeux de mots en vogue, même si les soucis du quotidien accaparaient l'essentiel de nos conversations.

Elle prend un peu de temps avant de poursuivre, laissant la bonne humeur s'estomper lentement.

— Elles avaient chacune leur point de vue sur la situation. Denise, elle, était une fervente gaulliste de la première heure. Elle était encore étudiante en 1940 et elle a participé avec Suzon à la manifestation interdite du 11 novembre sur les Champs-Élysées pour la commémoration de l'armistice de 1918. Elles avaient insisté pour que je me joigne à elles, mais dans la crainte d'une arrestation qui pourrait aggraver la situation de mon père, j'avais préféré m'abstenir, peu téméraire que j'étais... Le rassemblement a d'ailleurs été dispersé dans le sang par les Allemands, mais il est resté le symbole du début de la résistance de la jeunesse dont je ne faisais pas encore partie, n'étant pas alors dans cet état d'esprit. Par la suite, j'ai quand même exprimé mon refus de l'Occupation en restant chez moi le 1er janvier 1941 suite aux consignes de Londres que Denise et Suzon m'avaient transmises. Déserter ainsi les rues était une façon de montrer au gouvernement et aux Allemands que les Français réfugiés de l'autre côté de la Manche étaient écoutés et qu'on se ralliait à eux. Mais ce genre de manifestation silencieuse était facile, presque lâche si on ne faisait que ça, comme moi. Et puis je pense que je l'avais surtout fait pour ne pas décevoir mes amies, elles qui me reprochaient souvent de subir sans broncher ce que Vichy faisait de la France, de m'être fait « embocher » comme on disait alors, d'être bochophile. Ce que je réfutais vigoureusement.

Elle observe le dépôt de thé au fond de sa tasse, puis relève les yeux sur moi.

— Suzon, elle, travaillait aux PTT et côtoyait beaucoup de communistes. Elle a sans doute rapidement été liée à un réseau, bien qu'elle ne l'ait jamais véritablement évoqué. Mais au cours de nos discussions elle nous vantait souvent les actions des communistes qui agissaient depuis le début avec des grèves, des sabotages, des déraillements de train, avant de passer aux assassinats d'officiers ou de soldats allemands. Mais moi, la virulence des communistes me faisait peur, comme je vous le disais. Une peur que les Allemands alimentaient en fusillant plusieurs otages pris au hasard pour chaque attentat perpétré contre un *feldgrau*[1] ou un SS. C'était une manière d'essayer de retourner l'opinion publique contre ces francs-tireurs, mais ça poussait aussi ces derniers à tuer d'autres Allemands pour venger leurs morts. C'était le début d'une guerre sans fin et la liste des innocents qui payaient pour les autres s'allongeait tous les jours…

Ses paupières se ferment, comme pour marquer un instant de recueillement.

— La ligne de conduite de Londres derrière laquelle s'était rangée Denise était d'attendre le bon moment pour agir, alors forcément j'étais plutôt du même avis, mais malgré tout je ne voulais pas prendre parti… Par facilité sans doute. Ou par lâcheté peut-être, encore une fois.

Elle relève la tête avec son sourire plein de désarroi.

— De mes deux amies qui défendaient chacune une orientation politique, je suis donc restée au milieu, longtemps passive. Trop longtemps, je le sais. Ce qu'elles m'ont dit je l'ai entendu, je l'ai enregistré, mais ça ne m'a pas fait réagir tout de suite. Pourtant malgré nos divergences, nous continuions à nous voir. Tant que nous partagions les mêmes sentiments

1. Soldat de la Wehrmacht.

antiallemands et la même rancœur contre notre gouvernement vendu à l'Occupant…

Son regard scrute encore l'horizon, mais c'est aussi à l'intérieur d'elle-même qu'elle sonde. Et les souvenirs remontent les uns après les autres pour reconstituer le difficile puzzle.

— Il y a eu aussi un petit événement qui m'a marquée. C'était début 41, entre mars et avril je ne me souviens plus exactement. Un soir, juste avant le couvre-feu, j'ai trouvé un petit morceau de charbon dans le caniveau. Par réflexe je l'ai ramassé et, tout en continuant à marcher, j'ai eu une soudaine envie de tracer avec une croix de Lorraine sur un mur afin d'exprimer mon mécontentement. Malgré mon attentisme absolu. En fait je voulais un peu faire comme les autres, faire ma rebelle. Comme en étant restée chez moi le 1er janvier. Et là aussi ça restait une action qui ne m'engageait pas beaucoup. Il n'y avait pas grand risque. Pourtant je me souviens de la poussée d'adrénaline. J'ai regardé devant, derrière, pour vérifier que personne ne venait. La rue était étroite, le jour presque totalement tombé. La voie libre, je me suis rapprochée du mur et ai tiré à la va-vite les trois traits noirs qui forment la croix gaulliste, englobant le tout dans un grand V. Et je suis repartie comme si de rien n'était. Mais tandis que je longeais le mur, j'ai vu en face à la fenêtre du premier étage, un monsieur qui me suivait des yeux. Aucune expression sur son visage. Il faut dire que je n'ai pas cherché à soutenir son regard… J'ai eu vraiment très peur. Les dénonciations étaient tellement nombreuses. Et il aurait pu décrire chacun de mes gestes avec précision pour prouver que ce n'était pas une accusation mensongère. C'est sûrement de ce jour que je me suis dit que je serais incapable d'entreprendre quoi que ce soit. J'avais voulu jouer la rebelle mais ça ne me correspondait pas. Je me ferais prendre à coup sûr. Je n'avais ni le courage ni le sang-froid qu'il fallait, c'était ainsi.

Cette fois son regard s'échappe, comme s'il retrouvait ce sentiment honteux qu'elle avait pu ressentir alors. Elle laisse ce mauvais souvenir se dissiper. D'autres affluent.

— Les mois passant, la présence allemande est devenue plus pesante ; les contrôles se multipliaient, la surveillance s'intensifiait, la répression était de plus en plus sévère et les restrictions de plus en plus drastiques. Avec le risque malheureusement, si on était trop faible, de s'habituer à cette soumission à l'Occupant, d'oublier l'idée même de lutter, de s'installer dans une routine. De plus, notre quotidien était alimenté par des rumeurs qui pouvaient varier selon l'optimisme ou le pessimisme de ceux qui les faisaient circuler. Mais nous restions disposés à tout croire pourvu que l'Occupation cesse et que la vie redevienne normale. Ces colportages faisaient donc souvent naître des espoirs que le temps détruisait puisque rien de concret ne venait. Ça a été le cas par exemple avec les annonces répétées de débarquement, ou celle d'un départ très probable des Allemands de Paris en 1942. Il y avait bien quand même la réalité du front russe qui s'ouvrait, la tentative de débarquement à Dieppe, les premiers bombardements de villes allemandes par la RAF, l'aviation britannique, mais, à force, les successions permanentes d'espoirs et de déceptions finissaient par nous miner.

Elle s'arrête un instant, figée par une émotion sans doute profondément enfouie qui refait surface.

— Avec les nouvelles mesures prises par Laval des

gens disparaissaient. Des communistes, des Juifs, que leurs familles tentaient de localiser en venant chercher des informations à la mairie ou à la Kommandantur qui avait investi notre bâtiment. Puis il y a eu le port de l'étoile, les rafles, le « Vel' d'Hiv », Drancy… Même si je ne pouvais imaginer ce qui se cachait réellement derrière tout ça au final, je savais qu'il se passait des choses étranges, sordides, et qu'on atteignait un niveau supérieur de répression. Ce n'était pas que des on-dit. Denise et Suzon m'avaient expliqué que ce qui se passait était grave et je le comprenais bien, mais il y avait toujours cette espèce de voile entre ce qu'elles me rapportaient, ce que je voyais moi-même à la mairie ou ailleurs, et le fait de réagir. En fait l'état permanent de peur m'anesthésiait. Je n'étais pas insensible, mais je restais engluée dans une sorte d'apathie totale face aux actes terribles orchestrés par les Allemands contre les Juifs et d'autres minorités, avec l'aide des Français. De certains Français, il faut le préciser, pas tous.

Elle laisse passer quelques secondes pour bien prendre le temps de respirer.

— Vu mon caractère introverti au début de la guerre, et après mon infructueuse tentative avec l'épisode de la croix de Lorraine, toute velléité de rébellion qui aurait pu naître alors, et qui aurait dû naître, était tuée dans l'œuf. De manière plus ou moins inconsciente, je refrénais toute idée de me lancer dans quelque action car c'était risquer une arrestation, et ça je ne pouvais toujours pas me le permettre compte tenu de mes responsabilités familiales. Je n'avais pas le droit d'abandonner ma mère et ma grand-mère. Je restais donc parmi la majorité attentiste des Français, désapprouvant l'Occupation et le gouvernement, noyée dans une situation qui me dépassait et qui me plongeait chaque jour un peu plus dans le désespoir.

Sur son visage triste se lisent encore les remords qu'elle a pu avoir.

— D'ailleurs mes amies m'en voulaient toutes les deux de plus en plus d'être si peu impliquée. Après les décrets sur le port de l'étoile, comme d'autres elles ont porté en signe de protestation contre ces « crachats jaunes » une étoile identique avec écrit « Basque » ou bien « Parisienne ». Pas longtemps d'ailleurs car cet acte a été très durement réprimé, mais elles ont quand même fait ce geste en signe de solidarité… Et moi pas… Je restais avec ma compassion, mais aucun engagement… Au bout d'un moment notre amitié en a pâti, c'est sûr. Surtout avec Suzon qui était plus virulente, plus passionnée. Denise, elle, restait indulgente compte tenu de ma situation familiale. Elle voyait que j'étais vulnérable et ne voulait pas trop m'accabler. Elle me disait toujours que je finirais par me rendre à l'évidence, comme beaucoup de Français. Mais à cette époque je restais encore perdue dans cet immense foutoir. Je me sentais comme un pion minuscule sur un échiquier bien trop grand pour moi.

Elle s'empare de la théière pour se resservir. Je fais mine de vouloir l'aider, mais d'une moue elle me signifie qu'elle peut se débrouiller toute seule. La tasse alors se remplit avec un petit bruit de cascade. Je remarque qu'elle tremble un peu. Normal à cet âge. Elle regarde ma tasse mais je n'y ai pratiquement pas touché. Alors elle repose la théière et tourne le sucre qu'elle a ajouté, concentrée sur le petit tourbillon créé dans la porcelaine. Elle pose la cuillère dans la soucoupe sans faire de bruit, puis prend la tasse entre ses deux mains.

— Je me répète un peu, je sais, mais c'est difficile à expliquer tout ça. Vous savez, avec le recul, c'est un peu plus facile d'y voir clair, mais sur le moment... Pourtant, quand je repense à cette période, je me sens stupide. Affreusement lâche. Je vous le redis, je n'étais pas insensible à tout ce qui se passait, mais il y avait une barrière dans ma tête... Je me sentais totalement impuissante, enfermée dans la fatalité et le malheur.

Elle pose ses lèvres sur le bord brûlant, puis se ravise.

— Tous ces événements m'ont privée de ma jeunesse, vous savez...

Je remarque que ses yeux se sont embués, et ce n'est pas la vapeur de la tasse.

— C'est pour ça qu'Auguste a été une source d'évasion pour moi. Dans la mélasse dans laquelle je vivais, il a fait office de lumière. Un projecteur sur la vie, la vraie. Notre quotidien était si morose et tellement pesant que ça avait fait germer chez certains une véritable envie de vivre. Et chez moi cette envie de vivre est passée par Auguste car il a été le premier à me l'offrir. Il était allemand, certes, mais c'était avant tout sa lumière qui m'importait...

Ses yeux vont se promener sur l'océan, puis reviennent sur moi. Elle garde sa tasse dans ses mains.

— Quand les Allemands sont arrivés à Paris, ça a été dur. Voir les uniformes, les véhicules, les drapeaux, les pancartes envahir les rues, a été difficile à accepter. Nous nous sentions humiliés. Et encore plus avec un père prisonnier chez eux. Alors on faisait tout pour les éviter, les Boches, les Doryphores, les Fritz, les Frisés, les Vert-de-gris. Pourtant il en arrivait toujours plus car, au-delà de l'Occupation militaire, Paris est vite devenue la capitale du tourisme du IIIe Reich. Mais on persistait à ne pas répondre à leurs saluts parfois insistants dans la rue ou à les ignorer dans les transports. Malgré tout, rapidement à la mairie j'ai été en contact direct avec eux. Contact obligé car nos deux administrations collaboraient… Vous voyez, j'y étais déjà en quelque sorte…

Elle a son petit sourire ironique.

— Mais je limitais au maximum ces contacts. Politesse, rien de plus. Pourtant dans l'ensemble le personnel administratif allemand ne se montrait pas désagréable. La plupart de ces hommes et de ces femmes se rendaient bien compte qu'ils étaient dans une position étrange. Alors le temps a joué en leur faveur. Nous les voyions tous les jours, il était donc au final inutile d'entretenir de mauvaises relations avec eux. Il fallait s'en accommoder car dans tous les cas nous aurions été perdants. Alors je faisais mon travail consciencieusement. Je ne pouvais pas me permettre de perdre mon emploi… Et être bien avec eux pouvait toujours aider, un jour ou l'autre, à obtenir une dérogation quelconque ou un *ausweis* en cas de coup dur. C'était de la faiblesse de se comporter comme cela, ça faisait partie du défaitisme ambiant, mais je ne m'en suis rendu compte que plus tard…

Sa tête s'incline légèrement, comme pour confirmer son repentir.

—Toutefois nous nous contentions, pour la majorité, du minimum nécessaire lié à nos fonctions administratives. Nous coexistions plus que nous ne collaborions. Et c'était pareil pour la plupart des Français. Pourtant, à la mairie, certains avaient déjà franchi la ligne et frayaient avec untel ou untel, nous le savions…

Ses yeux se fixent sur le cerf-volant qui vient de refaire son apparition au-dessus de la falaise.

— Puis ça a été mon tour…

Elle suit les boucles de la voile multicolore dont la longue queue retrace la trajectoire tourbillonnante.

— J'avais d'abord refusé d'admettre le charme de ce jeune Allemand qui faisait plusieurs fois par jour la navette entre les bureaux de la Kommandantur et ceux de la mairie pour apporter ou prendre des plis, des documents. Il était discret, à peu près du même âge que moi, et n'avait pas cet air imbu de soi qu'affichait son prédécesseur. Quand nos regards se croisaient, il se passait quelque chose. Un léger tremblement dans tout le corps. Qui m'a déplu au début. Je n'avais pas le droit de ressentir ce genre d'émotion pour un Boche. Impossible. C'était contre nature. Pourtant plusieurs mois ont passé et je me suis relâchée. L'habitude, le quotidien, et la fatigue morale. Et puis il avait l'air différent. Son excellent français était déconcertant. Il avait du charme, tout simplement. Et quand on a vingt-deux ans…

Elle revient sur moi, me fixe un instant.

— Bref, je l'ai laissé venir petit à petit. Ça me tiraillait intérieurement, mais c'était plus fort que moi. Il y avait quelque chose entre nous. Une évidence… Puis un jour il m'a glissé un mot. Un rendez-vous après le travail dans un café, dans un autre quartier. Il précisait qu'il ne porterait pas son uniforme, qu'il serait en civil. Comme s'il avait deviné, comme s'il avait lu dans mes pensées. C'était juste après l'été 42. Je n'y suis pas allée. Et je n'ai pas dormi de la nuit. Je restais tentée car c'était un homme avant tout, mais le fait qu'il soit allemand me bloquait. Le lendemain il avait la même attitude, le même sourire amical ; il m'a juste dit : « Dommage pour hier. » Je lui ai alors répondu, sans pouvoir retenir les mots qui sortaient instinctivement de ma bouche : « Une autre fois peut-être… » Un instant de faiblesse, le cœur qui parle avant la tête. Trois semaines plus tard, il a réitéré sa demande avec un nouveau message, le même rendez-vous. Courtois. Doux. Je ne pouvais plus faire machine arrière. Ou plutôt si, j'aurais pu, mais j'ai voulu voir. Je savais que dès lors je prenais un gros risque, mais je voulais voir. Coup de folie, naïveté ou désir tout simplement… Je ne savais pas ce qu'il fallait mettre en premier sur la liste.

Elle sourit pour elle-même et boit une gorgée de thé.

— J'étais encore jeune, vous savez. J'apprenais à grandir avec les événements, mais je restais encore novice sur d'autres points…

Un sourire encore ; ses yeux s'éclairent en même temps.

— Alors je suis allée dans ce café fréquenté en majorité par des Français. Il était là, seul à une table, devant un verre de vin rouge. En civil, comme promis. Son visage s'est illuminé en me voyant. Un enfant devant la plus belle des surprises.

Elle semble le revoir encore, comme si la scène se rejouait devant nous.

— Je savais que passer la porte de ce café signifiait franchir la fameuse frontière que j'avais dressée entre les Allemands et moi. Mais je l'ai quand même rejoint à sa table.

Elle boit à nouveau. J'attends qu'elle poursuive.

— Lors de ce premier rendez-vous et de ceux qui ont suivi, j'ai découvert un garçon extraordinaire. Et tout d'abord libre. Libre de tout. C'était ça qui se dégageait de son regard, de sa manière discrète de m'observer… Originaire d'une famille modeste des bords du Rhin, il avait été contraint de rejoindre l'effort de guerre de son pays, mobilisé du jour au lendemain. Mais il ne se sentait pas concerné par l'élan national que revendiquaient Hitler et ses hordes d'agents de propagande. Il les détestait même, car il trouvait que la guerre totale qu'ils avaient déclarée à l'Europe entraînait l'Allemagne sur une pente dangereuse. Il avait vingt ans et aucune envie d'aller se faire tirer dessus sur un champ de bataille à deux mille kilomètres de chez lui pour une cause qu'il ne soutenait pas, loin de là. Alors il s'est débrouillé pour ne pas être envoyé en Russie avec les autres garçons de son âge. Il avait pour lui de parler couramment le français comme l'allemand, avec un accent de l'Est, pas l'accent allemand un peu sec de ses compatriotes, et il a su rencontrer et convaincre la bonne personne afin d'être affecté à un poste dans l'administration d'Occupation. Tenace, ne s'imposant pas mais dégageant une vraie volonté, il avait fini par obtenir une place à Paris.

Elle reprend rapidement son souffle.

— Il ne venait pas en conquérant, mais en explorateur. Il n'avait rien de ces officiers prétentieux tout droit venus de l'aristocratie, ou pseudo-aristocratie allemande. Il était simple. Et après vingt années passées dans le même village, il se révélait soudainement assoiffé de découverte, comme un jeune chiot insouciant qui ne souhaite que s'amuser. Pas forcément faire le fou, juste manger la vie au sens le plus large. Un peu plus tard dans notre relation, quand je lui ai demandé ce qu'il aurait fait s'il avait été envoyé en Russie ou en Italie pour se battre, il m'a répondu qu'il aurait déserté. Et, brusquement vindicatif, il m'a dit qu'il était prêt à le faire sur-le-champ si je le lui demandais. Mais je lui ai conseillé de garder sa place de gratte-papier inoffensif au sein de la lourde machine allemande. Ça l'a fait rire. Il se fichait de tout ça. Il avait tissé de bonnes relations avec ses collègues et ses supérieurs, mais il les voyait très peu en dehors. En fait il s'était découvert une passion pour le théâtre et il s'y rendait seul plusieurs fois par semaine. Voir jouer les acteurs sur scène le fascinait. Ce n'était pas comme au cinéma. Pour lui, exprimer devant des centaines de spectateurs des sentiments qu'on n'éprouve pas relevait du miracle. Il retournait plusieurs fois voir les mêmes pièces. Elles n'étaient pas toutes passionnantes, les grands classiques français étaient censurés, mais cette vie qui naissait sur les planches, la métamorphose de ces hommes et de ces femmes le temps d'une représentation le subjuguaient. Quand il ne sortait pas, il lisait des pièces, tout au moins les œuvres qui n'étaient pas interdites. Il n'avait aucune velléité d'acteur, simplement il trouvait dans les théâtres une magie qu'il n'avait trouvée nulle part ailleurs. Une évasion en même temps qu'une sublimation de la vie. Cette découverte avait renforcé son désir de liberté. Il me disait souvent qu'il n'était pas né à la bonne époque. Puis il ajoutait que si, sinon il ne m'aurait jamais rencontrée…

Elle laisse s'évanouir la suite dans ses yeux brillants et sirote un peu de thé avant d'enchaîner sur le même rythme tranquille.

— Longtemps nous nous sommes vus dans ce café. Pendant plusieurs semaines. Comme deux amis. Nous avons appris à nous connaître, mais j'avais quand même du mal à accepter qu'il soit allemand. Pourtant, en civil, avec son parfait français, il avait plutôt l'air d'un Parisien. Je lui avais tout de suite fait comprendre que jamais je ne pourrais le fréquenter avec son uniforme, et il l'avait admis sans problème. Le fait qu'il porte un prénom allemand qui soit également un prénom français, avec un « E » en moins, avait sans doute aidé aussi. Et je le prononçais à la française. S'il s'était appelé Hans ou Wolfgang, ça aurait peut-être été plus difficile encore. Car bien qu'il me plaise, le fait qu'il soit un représentant de l'ennemi de la France me bloquait toujours. Il m'a fallu un peu de temps pour passer outre.

Elle marque un court silence et me fixe.

— Mais vous allez me demander pourquoi je m'accrochais si c'était si difficile. J'y ai souvent réfléchi. Mais ça ne s'explique pas concrètement. Il y avait la séduction en premier lieu. Et puis Auguste n'était pas un garçon comme les autres. C'était un romantique, et je n'en avais jamais rencontré jusque-là... Ça vous surprend ?

Effectivement, je viens de faire une drôle de moue.

— Un peu, oui... « Romantique »...

— Pourtant c'était le cas. On était loin du « Boche-saucisse-*kartoffel* » qu'on a parodié après dans les films !

Je la regarde, étonné par ce ton subitement réprobateur. Elle se rend compte qu'elle s'est un peu emportée et laisse s'écouler quelques secondes d'apaisement.

— Il était différent. Comme débarqué par hasard dans ce conflit, dans cette occupation si douloureuse pour les Parisiens et tous les Français. C'est ça aussi qui m'intriguait et qui m'attirait. Cet anachronisme du personnage avec l'époque. Nous étions tous en manque de liberté, écrasés depuis plusieurs années par cette situation, mais lui montrait une incroyable vigueur à en faire abstraction. Il était spontané, instinctif. Tout devenait merveilleux quand j'étais avec lui, quand nous étions ensemble. Il me rendait enthousiaste. J'avais bien un peu flirté avec d'autres garçons avant lui, mais aucun n'avait son tempérament. Peut-être cette énergie m'apparaissait-elle comme décuplée en raison des circonstances particulières du moment, toutefois Auguste avait cette faculté de faire tomber toutes mes défenses. À tous niveaux d'ailleurs…

Elle a presque un sourire coquin en disant cela. Elle vérifie que ça me fait sourire aussi, ce qui est le cas.

— Et puis notre relation a pris une tournure plus sérieuse. Nous ne nous sommes plus vus qu'à son hôtel. « Chez lui », comme nous appelions ça. Discuter dans un café était devenu un supplice car il était inconcevable de se permettre le moindre geste affectueux en public. Déjà qu'il était difficile à la mairie de continuer de simuler des relations cordiales… Alors je me suis mise à passer des nuits là-bas car le couvre-feu tombait toujours trop tôt. Et puis quitte à y être, quitte à prendre le risque de venir jusqu'à son hôtel, autant y rester toute la nuit.

À nouveau elle a ce petit sourire en coin, comme si la joie de ces instants volés la ravivait.

— Il gardait toujours dans l'armoire de sa chambre quelque chose à grignoter et une bouteille de vin récupérée au mess. Et des cigarettes. Je ne sais pas combien de paquets nous avons pu fumer tous les deux pendant ces longues nuits…

Comme touchée par la nostalgie, une bouffée d'émotion, elle regarde ses mains.

— Il a voulu m'emmener au théâtre, mais il en était hors de question ; inutile d'aller s'afficher à l'extérieur pour s'attirer des ennuis. Alors nous restions cloîtrés. Et heureux de l'être, au final. Deux ou trois fois par semaine. Créant petit à petit notre monde à nous, notre cocon. Nous parlions très peu de ce qui se passait dehors. Nous tentions de l'oublier. Ce n'était pas toujours facile, mais nous nous efforcions de partager autre chose que la misère de notre époque. Le matin, nous repartions séparément. Parfois je repassais chez moi ; ma mère et ma grand-mère venaient de partir à Karmorvan chez ma tante, je n'avais donc pas à justifier mes absences nocturnes.

Deux promeneurs arrivent par le chemin qui mène à la plage en contrebas. Elle les suit du regard de manière automatique.

— Par contre, je devais faire extrêmement attention à ne pas tomber enceinte. C'était une hantise à l'époque. Vous imaginez les complications que ça entraînait… Avant la guerre, des amies de lycée m'avaient raconté les histoires de leurs sœurs ou de leurs cousines qui ne se terminaient pas toujours très bien et qui vous incitaient à prendre toutes les précautions. Heureusement, Auguste avait conscience des conséquences qu'il pouvait y avoir, ce dont ne se préoccupaient pas la plupart des hommes à ce moment-là. La méthode Ogino n'était pas encore répandue et il n'y avait pas les moyens de contraception que l'on a connus après, alors il fallait faire des concessions. Je dois dire que parfois ça me faisait si peur que ça me bloquait. Mais Auguste comprenait toujours. Ni lui ni moi ne souhaitions nous imposer ce genre d'épreuve. Il n'y a donc jamais eu d'accident et de grossesse à interrompre.

Le silence qui vient là me renvoie aux histoires de faiseuses d'anges et d'enfants nés de pères allemands. Elle finit par relever les yeux et m'offre un sourire teinté de tristesse, puis chasse les images de la main.

— Au final il s'est tissé une drôle de relation entre nous, car compte tenu des circonstances nous estimions qu'il était préférable de la considérer sans avenir. Ça venait de lui cette idée. C'était son état d'esprit. Et c'était l'époque aussi : un événement pouvait survenir et tout chambouler, alors à quoi bon établir des plans ? Nous devions vivre notre passion au jour le jour. Et il avait raison, car nous avions beau nous efforcer de tout oublier quand nous étions ensemble, le présent nous rattrapait toujours quand nous nous retrouvions seuls. Auguste restait un Allemand, donc de plus en plus mal aimé dans le pays et de plus en plus combattu sur les fronts européens et à l'Est, et pour ma part plus le temps passait, plus je ressentais l'envie de participer activement à la Résistance. Nous savions donc qu'un jour ou l'autre l'histoire nous rattraperait et nous obligerait peut-être à nous séparer, à prendre des chemins différents. Alors nous profitions de l'instant…

Les deux promeneurs passent à proximité de notre table et pénètrent dans le restaurant. Elle attend que la porte se referme avant de poursuivre.

— Je lui avais parlé de mon besoin de prendre part au mouvement. Notre relation était ainsi, je pouvais lui dire ce genre de chose, même si intégrer un réseau signifiait combattre son armée. « L'armée allemande », me reprenait-il alors, comme s'en excluant.

Elle s'arrête encore quelques secondes.

— Il m'avait demandé si je serais prête à tuer un Allemand, mais je lui avais répondu que non ; je voulais agir *pour* la France et non *contre* les soldats allemands. L'idée était de participer au travail de sape de la grande machine nazie qui occupait notre territoire afin qu'elle disparaisse un jour de nos rues, mais je n'en voulais pas aux hommes eux-mêmes, en tout cas pas à la grande majorité de ceux qui étaient ici et qui ne faisaient qu'obéir aux ordres des fous qui les dirigeaient. Ça ne l'offusquait nullement de m'entendre parler ainsi. Il partageait totalement mon point de vue.

Elle regarde à nouveau ses mains. Puis redresse la tête.

— Mon envie de m'engager était venue d'un déclic. Début 43. Une scène dont j'avais été témoin qui m'avait fait prendre pleinement conscience de ce que devenait notre monde, de ce qui se passait vraiment. Une scène qui avait retiré le voile qui me tenait jusque-là isolée dans mon quotidien et qui m'avait brusquement ouvert les yeux.

Elle lâche une sorte de soupir, affectée par ce qui lui revient.

— J'avais vu un matin un garçon être sorti violemment d'un immeuble, traîné par deux hommes qui le tenaient par les bras. Ça m'avait aussitôt rappelé un cochon que j'avais vu une fois, en Bretagne, traité de la sorte pour être saigné… Le garçon se démenait comme un animal et un autre type lui assenait des coups de pied dans les côtes. Puis ils l'avaient laissé tomber sur le trottoir et l'avaient encore roué de coups, là, devant les passants qui ne s'arrêtaient pas. D'autres types étaient sortis de l'immeuble avec des documents dans des sacoches qu'ils avaient lancées dans les coffres des voitures garées le long du trottoir. Au total ils étaient presque une dizaine à être venus pour l'arrêter. Pourtant, malgré le traitement qu'on lui avait infligé, le garçon était parvenu à se relever et à prendre la fuite. Mais un des hommes avait dégainé son arme et lui avait tiré dessus, dans le dos, sans même une sommation. Il s'était écroulé sur les pavés. Le tireur l'avait alors rejoint tranquillement et l'avait retourné en prenant soin de ne pas salir ses chaussures avec du sang. Il était mort. Froidement abattu par des Français. Dans la rue, sans se soucier des témoins. En toute impunité donc.

Elle détourne les yeux en rencontrant les miens, comme si la honte pesait encore sur ce qu'elle avait vu.

— Ça a été comme une révélation. Ces hommes étaient venus à *dix* pour arrêter *un* garçon ; ils n'étaient même pas capables de le maîtriser bien qu'il soit à moitié *groggy*, et ils l'abattaient comme un chien alors qu'il essayait de leur échapper. Devant tout le monde, comme si c'était normal. Alors la lumière s'était faite brusquement sur tout ce dont j'avais été témoin jusque-là sans que ça m'ait fait réellement réagir. J'ai compris ce jour-là ce qui n'allait pas : la haine, la soif de pouvoir, la cruauté, l'appât du gain étaient les moteurs de la société qu'établissait le régime nazi, prolongé chez nous par le gouvernement de Vichy. Une société constituée de truands qui persécutaient les plus faibles, répandaient la terreur et détruisaient à une vitesse ahurissante notre civilisation. Toutes ces idées de liberté et d'égalité que nos pères et nos grands-pères avaient défendues et combattues étaient réduites à néant. Que ces hommes – et femmes aussi – soient allemands ou français, le problème n'était pas là. Ce n'était pas une question de nationalité, mais une question de nature humaine.

Cette fois ses yeux m'accrochent.

— J'ai alors su que je devais faire quelque chose. Qu'il était temps d'agir. Comme un devoir sacré. Je déplorais un peu d'avoir mis autant de temps à m'en apercevoir, mais mieux valait à ce moment-là que jamais. Je devais absolument trouver un moyen de me rendre utile, d'apporter ma pierre pour tenter de sauver l'édifice. Toutefois je préférais éviter de passer par mes deux amies pour ne pas les compromettre en cas de problème. Mais je ne savais pas trop non plus comment établir un contact avec la Résistance. Ce n'était pas évident, vous savez, il ne suffisait pas de se dire qu'on voulait entrer dans la clandestinité pour faire partie d'un réseau le lendemain. Il n'y avait pas d'annonces dans les journaux. Mais le hasard a fait que j'ai vu Paul peu de temps après à la mairie. Et tout est parti de là.

Elle profite du passage d'une mouette pour interrompre encore son récit, prendre le temps de bien ajuster ses souvenirs.

— Si je suis restée avec Auguste malgré mon activité clandestine, c'est parce qu'il ne faisait pas partie des Collaborateurs allemands ou français du régime nazi. Il était comme moi, victime de ces idées folles qui empoisonnaient l'Europe et le monde, de cette hystérie au pouvoir, du cynisme ambiant. C'est bien pour cela que j'étais avec lui d'ailleurs, pour m'échapper de ce monde chaotique où les valeurs essentielles disparaissaient. À ses côtés j'avais trouvé ce que je n'avais jamais trouvé autre part, le bonheur, alors je voulais le conserver. Le préserver.

Un sourire mélancolique se dessine.

— Je me suis souvent demandé si ce n'était pas aussi une certaine forme de remords qui m'avait poussée à intégrer un réseau, le fait d'avoir un Allemand pour amant, même si je le dissociais de l'armée d'Occupation… Mais en fait non. Ma relation avec Auguste et ce besoin soudain de participer à la lutte étaient deux choses bien distinctes. Mon but n'était pas d'agir d'un côté uniquement pour contrebalancer ce que je faisais de l'autre. Je m'engageais avec sincérité. Je l'avais fait avec Auguste, ça a également été le cas avec Paul.

Elle relève la tête, possédée par le passé.

— Ce qui est amusant au bout du compte, c'est que j'ai développé avec Paul la même clandestinité que celle instaurée avec Auguste. Les rendez-vous, la chambre, les nuits enfermés…

Elle esquisse un sourire.

— Le départ de ma mère et de ma grand-mère avant l'hiver 42 avait favorisé ma relation avec Auguste, ce fut de même pour mon passage à l'action. Le fait que je puisse découcher sans avoir à me justifier rendait mes deux clandestinités plus faciles. Je n'avais de compte à rendre à personne sur mes horaires. Toutefois je me faisais discrète pour que Mme Bodin, notre concierge, ne sache pas exactement quand j'étais absente. Juste précaution…

La serveuse apparaît dans notre champ de vision pour vérifier que nous n'avons besoin de rien. Nous lui adressons tous les deux un sourire bienveillant qu'elle nous rend en se retirant discrètement.

Mme Dulac reprend sa tasse et boit une gorgée de thé.

— Au printemps 43, Denise m'a un jour demandé franchement si je ne voulais pas enfin me lancer… Elle n'en a pas dit plus, mais j'ai bien compris. À cette époque, je voyais Paul depuis presque un mois, insistant pour qu'il m'incorpore dans son réseau. Alors, d'abord gênée, je lui ai répondu que je ne pouvais pas, à cause de mon travail, de mon père prisonnier, de ma mère et de ma grand-mère si je me faisais prendre… Je bredouillais. Mais cette fois-là elle s'est montrée exaspérée par mes excuses et elle m'a rétorqué qu'on ne pouvait plus désormais prendre chaque obstacle de son quotidien en considération, sinon personne n'agirait. Et puis la roue tournait et les Alliés allaient bientôt avoir besoin de soutien à l'intérieur du pays. J'ai donc fini par lui avouer, en plantant bien mes yeux dans les siens, qu'en fait je ne pouvais pas cumuler les rôles… Elle a tout de suite saisi le sous-entendu, m'a juste dit « C'est bien », et n'a pas cherché à en savoir plus. Toujours rester discrète pour ne trahir personne si on se faisait prendre. Sans doute la tactique adoptée aussi par Suzon depuis longtemps. Principe de base du cloisonnement.

Elle respire.

— Je n'en ai pas non plus parlé tout de suite à Auguste mais quand je me suis mise à voir Paul le soir et que je n'ai plus été aussi disponible pour nos rendez-vous, il a commencé à se poser des questions. Une certaine tristesse est venue ternir l'éclat de ses yeux. La peur que je me détache petit à petit de lui. Il y avait bien un peu de jalousie aussi, peut-être avais-je rencontré quelqu'un d'autre, mais ce qu'il craignait avant tout, c'était que je refuse finalement ce que nous avions créé à cause du monde alentour. Nous nous étions tellement répété que nous ne devions pas nous laisser influencer par les événements extérieurs… Alors, compte tenu de notre relation fusionnelle, je savais que je ne risquais rien à lui dire que j'appartenais désormais à un réseau. Au contraire, ce secret ne pouvait être qu'une nouvelle preuve de ce que nous partagions. Et si au final il apparaissait que ç'ait été une erreur de le lui confier, c'est que je m'étais trompée depuis le début et donc la déception serait pire qu'une trahison de sa part… Mais il n'en saurait pas plus. C'était la seule fois que je l'évoquerais. Quand j'ai eu terminé, il m'a juste dit avec gravité qu'il ferait la même chose s'il était à ma place.

Son sourire se teinte une nouvelle fois de mélancolie.

— J'aurais pu lui demander de m'aider, comme pour nous procurer des coupons de ravitaillement, des tampons ou des laissez-passer, mais il était évident qu'il ne fallait surtout pas tomber dans ce piège. Il aurait accepté, j'en suis sûre, mais j'aurais alors transgressé la ligne que je m'étais fixée, de maintenir une totale indépendance entre les deux. Et puis ça pouvait le mettre en danger s'il se faisait pincer. Dans tous les cas, ça risquait de pervertir notre relation, il était donc hors de question de le mettre à contribution.

Son regard file un instant, songeur, puis revient.

— Je lui avais également demandé de ne pas intervenir si jamais je me faisais arrêter, et il avait tenu sa promesse. Il avait su par son supérieur hiérarchique que j'étais retenue par un service de contre-espionnage, mais il n'avait pas été interrogé par les hommes du *Belge* lorsqu'ils étaient venus à la mairie. Il m'a avoué, quand nous nous sommes revus, avoir quand même été tenté de faire quelque chose, mais il avait renoncé sachant qu'il aurait eu peu de chances de réussir compte tenu de son grade et que ça aurait peut-être pu aggraver ma situation.

Elle ferme les yeux. Besoin de souffler. Sortir ce récit des profondeurs est sans doute une douleur. Alors elle s'octroie un bref instant de repos, comme pour réunir encore un peu de force. Puis elle repart.

— Je ne voyais pas ma liaison avec Auguste comme de la Collaboration. Bien sûr, j'étais consciente que dans les termes c'en était, mais je n'avais pas provoqué cette situation dans le seul but d'améliorer mon quotidien, d'obtenir des avantages ou des passe-droits. Il s'agissait avant tout d'une relation humaine. Je fréquentais un garçon de mon âge qui m'avait séduite. Je me considérais encore libre de mes sentiments. C'était la seule part de liberté qui nous restait. Le droit de rêver. Alors était-ce de la trahison de le faire avec un

Allemand ? Je ne voulais pas le voir comme ça. Je passais outre. Auguste était avant tout un amant avant d'être un Allemand. Toutefois notre relation n'aurait jamais pu se poursuivre ni même voir le jour si je n'avais pas senti dès le début son mépris pour ce qu'était devenue sa patrie et pour ce qu'elle avait mis en œuvre. Cette relation était à double tranchant pour nous deux, mais les risques ne nous freinaient pas. Au contraire, ils l'intensifiaient. Le danger ne rendait nos rendez-vous que plus intenses encore. Uniques. Extorqués à ceux qui s'escrimaient à nous écraser, à nous avilir…

Elle s'interrompt encore. J'ai parfois l'impression qu'elle s'emballe, comme si les souvenirs affluaient en quantité trop importante pour être exprimés, l'élocution ne suivant pas. C'est fou d'ailleurs comme elle est encore physiquement marquée par tout ça, passant de la douceur en évoquant sa relation avec cet Allemand à la contraction quand elle aborde l'idée de la trahison envers la nation.

Elle reprend, plus posément.

— Ce n'était pas facile au début, puis c'est devenu presque pire au fur et à mesure que l'Occupation se prolongeait, accentuant le mécontentement général, nos conditions de vie se détériorant toujours plus, la répression augmentant. Mais au milieu de tout ça, notre complicité était si précieuse qu'il m'était impossible de m'en priver. Il y avait juste ce satané uniforme qu'il portait le jour.

À nouveau elle a besoin d'une courte pause. Je vois bien qu'elle fait un effort pour parler. Et ce n'est pas un effort physique.

— Dans ce contexte, une sorte de dédoublement de la personnalité s'est progressivement opéré en moi. Je me suis scindée en deux. D'un côté une jeune femme qui vivait une passion particulière avec un garçon incroyable, de l'autre une jeune Française qui sentait monter en elle la révolte contre un Occupant qui chaque jour nous étranglait un peu plus.

La souffrance est encore là. Vive.

— C'était très perturbant. Difficile à gérer. Et pourtant je ne pouvais stopper l'engrenage. Il y avait une sorte de folie dans notre relation, presque suicidaire au regard des événements. L'Allemagne que l'on sentait flancher petit à petit, les Allemands que l'on détestait un peu plus chaque mois, et donc les relations avec les Français qui se tendaient. Mais étrangement, le danger, l'interdit, me poussaient à aller plus loin encore, à continuer de voir Auguste régulièrement alors que je m'investissais de plus en plus dans le réseau *Aurore*. Deux extrêmes. Avec Auguste je refusais le présent, et paradoxalement ce présent je m'y confrontais, je le combattais quand je me retrouvais avec Paul, et avec les autres par la suite.

Elle va chercher tout ça très loin.

— C'était compliqué. Plein de contradictions. Ça me rongeait. Parfois je ne dormais pas en me demandant ce que je faisais. J'étais prise de nausées en me comparant à Pétain qui disait protéger la France tout en flirtant avec les Allemands, ou à tous ceux du gouvernement qui prétendaient préserver la grandeur du pays et son honneur mais qui se soumettaient à l'Occupant, quitte à se laisser dépouiller de tout, de ses richesses et de ses enfants avec le STO.

Un sourire perdu.

— Les idées contraires se télescopaient sous mon crâne. Violemment. À ne plus savoir quoi penser. À ne plus vouloir même y penser. Alors forcément j'ai eu plusieurs fois envie de tout ficher en l'air, me sentant incapable de faire plus longtemps face à la pression. Une fois même je lui ai dit que c'était fini, que c'était trop dur. J'avais l'impression que tout le monde me regardait dans la rue comme s'il avait été écrit sur mon front que j'étais une mauvaise Française. Mais il m'a convaincue. Pourquoi arrêter tout ça alors que c'était notre seule source d'évasion à tous les deux ? L'intérieur de la chambre était un *no man's land* que rien de ce qui se passait à l'extérieur ne venait influencer, alors pourquoi mettre fin à ces rares moments de bonheur ? Rien ne m'interdisait de le voir et de continuer de défendre mes idéaux.

Elle repose sa tasse qu'elle tenait toujours entre ses deux mains. Son œil se fixe sur la porcelaine éclatante. Elle s'empare de la cuillère et la fait tourner doucement entre ses doigts.

— J'étais seule. Personne à qui me confier. Impossible. Denise et Suzon n'auraient pas compris. Personne n'aurait compris. Déjà moi j'avais du mal…

Elle a encore ce sourire triste.

— Je suis sincère, vous savez. J'ai eu le temps de ruminer tout ça depuis. À en perdre la boule plusieurs fois… Mais l'absence d'avenir créait un tel besoin d'insouciance qu'on pouvait facilement se lancer dans quelque chose d'aussi fou. Je ne sais pas si on s'en rend bien compte aujourd'hui, mais nous vivions dans un monde si violent, physiquement comme moralement, et la mort était tellement présente autour de nous qu'on pouvait finir par faire n'importe quoi sans la craindre. Ce qui provoquait le véritable appel d'air à la vie dont je parlais tout à l'heure, tant elle nous manquait. Malheureusement pour moi, cet appel était venu d'un Allemand… C'était la pire situation…

Pourtant jamais je ne l'ai regrettée… C'était comme ça, voilà tout.

Puis elle ajoute.

— De toute manière, tout était faussé. L'hypocrisie et le mensonge avaient remplacé la sincérité, les opinions n'étaient jamais claires, on ne pouvait faire confiance à personne, il n'y avait plus de règles. Rien ne filait droit. Il fallait juste trouver comme on le pouvait son équilibre interne.

Une pause encore. Pour laisser venir les mots.

— Et aussi étrange que cela puisse paraître, je pense que c'est la folie de ma relation avec Auguste mêlée à mon activité clandestine avec Paul qui m'avait permis, en fin de compte, d'être mentalement assez forte pour affronter l'arrestation et ensuite la prison.

Elle affiche à nouveau son sourire de circonstance. Mais ses yeux sont déjà repartis là-bas.

Les rideaux sont tirés sur la nuit. La faible intensité des veilleuses des compartiments et des couloirs ne doit pas filtrer au-dehors pour que le train ne soit pas repéré par l'aviation alliée. Je jette parfois un œil par le maigre interstice entre le rideau et la vitre glacée sur laquelle se sont formés des cristaux. Nous parcourons la campagne, qui est d'un noir opaque. Les villes où nous nous arrêtons sont toutes également plongées dans l'obscurité. Les haltes en gare semblent durer une éternité. Et parfois aussi le train s'immobilise sur la voie, en plein désert. Puis nous repartons, roulant d'abord au pas, avant de reprendre un peu de vitesse sur certains tronçons.

Des voyageurs se sont laissé bercer par le roulement des wagons et dorment, la tête penchée sur le côté ou basculée en avant. Nous nous sommes entassés dans les compartiments qui se sont remplis chaque fois un peu plus au gré des arrêts. Un enfant est assis aux pieds de sa mère et un jeune homme s'est installé contre la porte, à même le sol.

Le couloir affiche également complet, et il semble que plus personne ne bougera jusqu'à Paris. Nous espérons arriver avant le couvre-feu afin d'éviter de devoir passer la nuit dans la gare à attendre le jour et l'autorisation de circuler à nouveau.

Malgré le surnombre, il règne un froid tenace et tout le monde a gardé son manteau. Mes orteils sont gelés, mes mains restent au fond de mes poches, mon menton enfoncé dans mon col.

J'ai pu manger un peu plus correctement pendant ces quatre jours passés chez ma tante avec ma mère et ma grand-mère qui m'ont trouvée très amaigrie et pâle. Elles étaient, elles, toutes les trois dans une forme relative en raison des événements nationaux et familiaux. Le ravitaillement reste là-bas moins difficile qu'à Paris où tout devient très compliqué, les Allemands se servant en priorité et le marché noir nuisant au réapprovisionnement. La santé de ma grand-mère s'est améliorée, et même si ma mère se fait du souci pour moi, il est préférable qu'elle reste avec sa sœur et sa mère dans cette petite commune bretonne plutôt que de revenir dans la dureté de la vie parisienne.

Bien entendu, elle m'a interrogée pour en savoir plus sur les raisons de mon arrestation. Je lui ai donc avoué, avec une certaine gêne il faut le dire, que je voyais quelqu'un… et que ce quelqu'un s'est révélé appartenir à un mouvement de résistance. Je n'ai pas modifié la ligne de mon récit et ai gardé mon assurance quand elle a mis en doute le fait que je n'aie pas su, ou tout au moins deviné, qu'il appartenait à un réseau. Je me suis sentie tout de même un peu honteuse de devoir lui mentir. Comme avec Denise et Suzon, sauf qu'avec mes deux amies la gêne venait plus du non-dit que de la légère transformation de la vérité.

Je craignais également que ma mère n'évoque l'arrestation de Paul. Je ne sais pas comment elle aurait pu être au courant, mais j'avais peur qu'elle ne m'en parle et que je ne puisse pas dissimuler mon émotion. Ça peut paraître bizarre, mais on n'est pas dans le même état d'esprit aux mains du contre-espionnage que devant sa mère où, là, les émotions peuvent surgir plus facilement qu'avec un type comme *le Belge* devant lequel on a revêtu une carapace. Mais elle n'a pas mentionné Paul. Elle m'a demandé comment j'avais été traitée et j'ai éludé le sujet en lui disant que ça aurait pu être pire. Elle a bien compris et n'a pas insisté.

La veille de mon arrivée, elle avait reçu des nouvelles de mon père. Il continue de travailler pour l'industrie allemande et, comme toujours, par peur de la censure du courrier, ne donne pratiquement aucun détail sur ses conditions de détention et de travail. Mais le fait que nous recevions ces messages est déjà une preuve qu'il est vivant et qu'il n'est pas à l'isolement ou dans quelque camp de travail aux traitements inhumains dont nous avons entendu parler.

Ma mère a toutefois eu besoin de pleurer dans mes bras. Avant la guerre, c'était extrêmement rare que je la voie pleurer mais, depuis le départ de mon père, elle vient souvent se soulager auprès de moi, retrouvant généralement sa vigueur après un bon déluge de larmes. « Les soucis s'enchaînent sans vouloir se résoudre », m'a-t-elle soufflé entre deux sanglots. Mais je lui ai répondu qu'elle se trompait, puisque déjà j'étais dehors, ce qui est un souci de moins, que grand-mère va mieux et qu'elle a pris la bonne décision en continuant de rester éloignée de Paris.

J'ai profité de ces journées pour me reposer dans la maison, sortant très peu et dormant beaucoup. J'avais un réel besoin de sommeil. Ça m'a permis de faire le vide, de ne penser à rien, en regardant le feu crépiter dans la cheminée, rajoutant une bûche de temps en temps. Je me disais que c'était bon de pouvoir brûler du bois sans trop se rationner, puis j'effaçais de mon esprit toute comparaison avec Paris pour profiter de l'instant.

Ma mère se demandait si je ne ferais quand même pas mieux de venir habiter avec elles. Mais comment faire, je dois bien continuer de travailler pour gagner un peu d'argent et aussi rester à Paris pour garder l'appartement. Les pillages sont nombreux dans les logements délaissés ; on a déjà eu de la chance que le nôtre n'ait pas été visité quand j'étais enfermée. Je lui ai toutefois caché que j'ai perdu ma place à la mairie et que mon nouvel emploi du matin est moins rémunérateur.

Malgré mon apathie, j'ai tout de même eu la velléité d'aller faire une escapade sur une plage afin de respirer un peu d'air iodé et me repaître de l'horizon sans fin de l'océan, mais toute la côte est classée « zone interdite » et il est impossible de s'en approcher. Je me suis donc contentée de courtes sorties dans les rues du village.

Le train freine brutalement. Nous sortons tous de notre somnolence en nous cramponnant à la banquette. Dans le couloir il y a une grande poussée vers l'avant, les corps engourdis s'étant fait piéger par le brusque changement de rythme. Certains ne peuvent s'empêcher de râler, mais dans l'ensemble c'est plutôt le calme qui prédomine. L'habitude.

Je croise le regard du garçon qui me fait face. Il doit avoir dans les vingt ans. Et pendant une seconde j'ai lu la panique dans ses yeux quand il s'est réveillé. Était-ce la peur d'un déraillement ou celle de se faire prendre ? Beaucoup de jeunes ont gagné les maquis un peu partout en France pour fuir les obligations du STO, refusant de partir en Allemagne servir l'industrie boche. Cathy, une ancienne du lycée que j'ai croisée l'autre jour, m'a ainsi fait comprendre que ses deux frères aînés avaient dû subitement « démissionner » de l'usine où ils travaillaient pour partir en province.

Ils sont désormais de plus en plus nombreux à se mobiliser pour la reconquête du pays. Les actes de résistance se comptent un peu partout.

Malgré la forte répression, des réseaux s'organisent, préparent soigneusement leurs opérations, et aux représailles des Boches répondent les représailles des groupes clandestins. La lutte est féroce.

On espère toujours un débarquement en se disant que plus le temps passe, plus il approche. Ma mère m'a montré un tract qu'elle a trouvé un matin glissé sous la porte de la maison, une feuille appelant à se tenir prêt pour l'insurrection le jour où elle viendra, prévenant que les organisations de résistance auront besoin du soutien total de la population ce jour-là et ceux qui suivront. Je lui ai dit qu'il ne faudrait pas hésiter à aider si l'occasion se présentait. Ce serait un devoir de citoyen. Mais je sais qu'elle est bien trop craintive pour se lancer dans quelque action, bien qu'elle ait toujours montré un sentiment hostile envers l'Occupant. Je pense souvent que son anxiété a déteint sur moi et c'est sans doute ce qui m'a rendue si timorée. Et c'est sans doute aussi, pour une part, pour contrer cette faiblesse de notre trait de caractère qu'inconsciemment j'ai voulu m'engager.

Toujours soucieuse, elle m'a demandé si je faisais moi-même partie de ces gens décidés à s'engager dans la lutte. Je suis sûre qu'elle pensait alors au fils Masson du second, qui a été un jour embarqué par des agents en civil et que l'on n'a pas revu depuis. J'ai nié avec aplomb mais j'ai ajouté que, si je peux, j'apporterai sans hésiter ma contribution quand viendra le moment. Nous ne pourrons pas subir éternellement la tyrannie des Boches. Et puis leur défaite est en marche, il sera bientôt temps de les chasser de chez nous.

Mon enthousiasme l'a un peu effrayée, je l'ai bien vu, comme si elle avait du mal à croire que je ne sois pas déjà attachée à un réseau. C'est pourtant vrai. Pour l'instant. Car il va falloir rapidement y remédier. Mais ça, je ne le lui ai pas dit pour ne pas l'inquiéter plus encore.

J'en ai touché un mot à Denise, l'autre jour. Je lui ai confié que je ne suis plus liée à personne et que je suis désormais libre tous les après-midi pour continuer à participer à l'élan national souterrain. « N'importe quoi, mais agir », ai-je insisté en lui précisant que je tapais à la machine et pouvais être affectée à toute tâche de secrétariat. Elle m'a observée sans rien dire, se contentant de hocher imperceptiblement la tête en scrutant aussi les alentours. Elle a juste conclu par un : « J'ai compris » puis a changé de sujet. J'espère qu'elle va rapidement revenir vers moi, ou me faire contacter. Quand nous nous sommes quittées, elle a ajouté un : « Ça m'a fait plaisir ce que tu m'as dit… » agrémenté d'un sourire. Moi ça m'a fait du bien. J'avais hésité à lui en parler, mais finalement j'ai eu raison. Mon cœur palpite à l'idée de me lancer à nouveau, mais je me sens grandie par l'initiative. C'est aussi une manière de poursuivre ce que j'ai commencé avec Paul, et de le faire pour deux si besoin, puisque lui ne le peut plus.

Le train a repris son rythme poussif à travers la campagne toujours aussi lugubre. J'ai cru apercevoir de la neige tout à l'heure sur le bas-côté dans la pâle lueur que nous projetons au-dehors. Tout le monde s'est à nouveau assoupi. Le garçon assis devant moi s'est rendormi. Peut-être a-t-il marché pendant des jours, veillé plusieurs nuits, et revient-il maintenant avec des ordres ou des données récupérés sur le terrain. Est-il un agent de liaison ou de renseignement comme ceux du réseau *Aurore* ? Cache-t-il dans ses doublures quelque document d'une importance capitale pour la préparation d'un débarquement ? Après tout, ce n'est peut-être qu'un étudiant qui est tout simplement allé voir ses parents en Bretagne, comme moi. Les temps sont aux secrets. On ne sait jamais qui on a face à soi. À qui on a affaire. Beaucoup de gens se cachent derrière un masque. Et si j'intègre un nouveau réseau, je vais moi aussi recommencer à vivre ainsi. Toujours sur mes gardes. Je dois bien avouer que ça m'angoisse un peu. Même si ce comportement ne m'a pas vraiment quittée ces derniers mois, je sais que, si je suis recrutée, je vais être de nouveau tout le temps sous tension.

Je sais aussi que si je suis moins disponible, ma relation avec Auguste va encore en pâtir. Et si un jour les Alliés débarquent, je serai peut-être également obligée de prendre une décision. Pas de choisir mon camp, c'est déjà fait, mais de m'investir totalement dans l'action.

Je verrai. Je préfère ne pas trop me projeter pour l'instant. La peur de perdre Auguste, sans doute. De me perdre dans mes deux vies aussi. De tout mélanger et de tout gâcher. Garder les deux sera peut-être trop compliqué. Je dois me tenir prête et j'espère trouver la bonne solution le jour venu.

Un matin morne où le jour tarde à se lever derrière le plafond grisâtre. Je fais la queue chez le boulanger dans l'espoir d'arriver à temps devant le comptoir pour être servie des quelques grammes de pain auxquels les tickets me donnent droit. Je tape des pieds sur le trottoir pour essayer d'empêcher le froid de m'engourdir totalement. J'ai glissé des feuilles de papier journal entre deux épaisseurs de vêtements afin de me protéger de l'air cinglant qui transperce les tissus. Ce sont malheureusement les pages d'un exemplaire d'*Aujourd'hui* que j'ai acheté l'autre jour pour me tenir au courant des dernières informations concernant le ravitaillement mais, compte tenu des températures proches de zéro, le sacrifice d'avoir plaqués contre moi plusieurs feuillets de ce torchon reste supportable.

Les femmes, qui représentent la majorité de la clientèle, sont silencieuses, patientes, résignées, mais toutefois à l'affût des resquilleuses qui s'aventureraient à ne pas prendre leur tour en bout de file. Elles avancent d'un pas chaque fois qu'une cliente sort de la boulangerie qui est un peu plus loin, les yeux braqués sur son cabas pour contrôler ce qu'elle emporte. Certaines soufflent dans leurs mains, d'autres toussent derrière leur cache-nez. On renifle, on se mouche, on attend, dans cette queue muette où depuis longtemps on ne cancane plus, ayant appris à surveiller ses paroles et donc à se taire. Et l'air glacé empêche celles qui le pourraient de tricoter ou de faire du crochet. Aucune non plus n'a apporté de pliant ou de chaise de toile pour s'asseoir, comme on le fait aux beaux jours.

Pour passer le temps, je chante dans ma tête l'air de *J'ai du bon tabac* avec les paroles de la parodie qui passe souvent sur la *BBC*. « *Il n'y a plus d'tabac dans la France entière, il n'y a plus d'tabac, les Boch' n'en manquent pas.* » Mais il faut faire attention de ne pas se mettre à la fredonner tout haut car ça indiquerait tout de suite à mes voisines que je fais partie de ceux qui écoutent la dissidence gaulliste.

Le primeur à côté a ouvert ses portes aujourd'hui mais les rares légumes qu'il vendait ont vite disparu. Il ne lui reste plus que de la luzerne pour les lapins. Certains en élèvent dans leur cuisine ou dans leur cave. Au final, les lapins mangent peut-être plus à leur faim que nous ! Ce n'est pas dur d'ailleurs. Sauf que leur sort est déjà scellé alors que nous, nous avons encore une fenêtre d'espoir…

Le bonheur, ce serait d'avoir la priorité pour se faire servir. La « priorité », comme un mot magique… Un passe-droit qui nous éviterait ces interminables attentes dans le froid ou bien ces queues de plusieurs heures qu'on nous impose pour certaines démarches administratives et qui nous font perdre un temps précieux.

Et il y a aussi ce rêve, que j'imagine chacune de nous porte en elle, qui serait de pouvoir entrer chez un commerçant en poussant simplement la porte et d'attendre que la personne devant nous se fasse servir ; alors on resterait là à patienter tranquillement devant un comptoir bien fourni, à se demander ce qu'on va bien pouvoir choisir. « Choisir », un mot que nous avons aussi rayé de notre vocabulaire…

Au loin naît le martèlement régulier des sabots d'un cheval sur le pavé. Compte tenu du silence qui règne sur la ville, on l'entend de loin. Le bruit s'amplifie et un maigre canasson passe au bout de la rue, tirant derrière lui un chargement de planches de bois. Les roues cerclées de métal de la charrette percutent les pavés, provoquant parfois des étincelles. De part et d'autre du cocher, deux jeunes Boches à moitié endormis, fusil entre les jambes. Ils disparaissent à l'angle de la rue. Nous faisons deux pas. Les clientes servies s'éloignent rapidement de la boutique pour rejoindre la prochaine file, recommençant inlassablement cette routine dans l'espoir de lester un peu leur panier avant de rentrer dans leur appartement gelé.

Je remarque alors l'air miteux que nous commençons tous à avoir dans nos vieux vêtements raccommodés, avec nos visages laminés par la fatigue et le froid, les yeux dont l'éclat se trouble au fur et à mesure des mois et des restrictions que nos corps ont de plus en plus de mal à accepter, le moral tentant vainement de les maintenir debout. Beaucoup, je pense, gardent cachée bien au fond une petite flamme, mais chez d'autres sans doute s'est-elle déjà éteinte. On progresse encore d'un pas. Longue colonne de prisonniers.

Le bruit d'un moteur s'élève entre les immeubles. De plusieurs moteurs en fait, qui passent dans une rue proche. Les têtes se tournent, curieuses, inquiètes, toujours inquiètes quand approchent des véhicules, quand quelque chose vient rompre la monotonie de l'attente. Quatre fourgons de la police parisienne déboulent au croisement et s'engouffrent dans notre rue. C'est d'abord leur grondement qui domine, mais rapidement je me rends compte qu'un autre son provient des compartiments arrière. *La Marseillaise*. Plusieurs *Marseillaise*. Toutes un peu à différents stades, créant une cacophonie troublante. Les camionnettes arrivent rapidement à notre hauteur et on aperçoit à l'intérieur les occupants qui chantent à tue-tête. Sans doute des détenus que l'on emmène à la prison du Cherche-Midi, à la Santé ou à Fresnes. Peut-être encore un réseau démantelé, surpris au petit matin suite à une dénonciation, une réunion mouchardée, une infiltration qui a porté ses fruits. Dans le second fourgon, des mains collées à la grille nous adressent des « V ». Je remarque qu'il n'y a pas de Boches dans le convoi, uniquement la police française. Les vaches ! Une fois de plus.

Les véhicules accélèrent et emportent dans leur vacarme le chant désespéré mais encore combatif de ces prisonniers qui dans une heure peut-être n'auront plus la possibilité ou la force de s'exprimer. La longue file de ménagères les regarde passer sans montrer aucune réaction. Comme amorphe. Les deux hommes que nous avons toutes remarqués devant l'immeuble en face y sont sans doute pour quelque chose. Je me rends compte que mes poings se sont automatiquement serrés dans mes poches. Rage et impuissance. Les deux hommes ne sont peut-être pas des agents en civil, seulement des travailleurs qui attendent un de leurs collègues pour faire ensemble le chemin à pied, mais dans le doute on s'abstient d'afficher ses sentiments. Encore et toujours se méfier.

Peut-être sommes-nous plusieurs à serrer ainsi les poings dans les poches de nos manteaux. Je l'espère. Mais la crainte de se faire également embarquer empêche tout geste de révolte, surtout lorsqu'on est isolé. Les Français se recroquevillent dans leur peur. Ils s'isolent. Ils ont appris, contraints et forcés, à devenir individualistes. Il y a une fracture dans la confiance, qui engendre une raréfaction des relations entre nous. On craint de dire un mot qui ne dévoilerait ses pensées et de se faire dénoncer. Il y a toujours un mouchard qui traîne, un homme ou une femme prêt à vendre un renseignement contre quelques coupons de nourriture ou pour obtenir un peu plus de bois d'un intermédiaire qui ne demande pas de tickets.

Pétain, Laval, Darlan, et tous ceux qui adhèrent à leurs idées, ont instauré cette nouvelle mentalité. Depuis le début, des affiches placardées un peu partout invitent à la délation, menacent celui qui ne dénoncera pas les méfaits, les trafics, les opinions antifrançais de son voisin. Comme un appel à la haine. Chacun devenant un espion pour le compte de la nation. Étrange transformation des valeurs républicaines que notre pays était fier de faire rayonner.

On a même peur que son voisin ou un ami ne se fasse embarquer pour marché noir, pour avoir mis en doute la bonne foi du Maréchal ou celle de ses ouailles, ou pire, parce qu'il est juif, communiste ou résistant, et de faire partie du convoi. L'âme de la France pourrit petit à petit. Les valeurs les plus viles deviennent celles dont il faudrait s'enorgueillir. Je me demande jusqu'où ils veulent nous rabaisser, nous déshonorer. Et ce qu'il y a de pire, c'est que la population semble s'habituer à cet esclavage organisé, contrainte, il faut le dire, à cette servitude par les répressions allemandes et françaises conjuguées. Heureusement, je pense que chez une majorité de mes compatriotes les instincts sont tout de même en veille et qu'ils se tiennent prêts à émerger dès que ce sera possible, sitôt que leur sera donnée l'occasion de prendre place dans un élan qui permettra de chasser l'ennemi hors d'ici. Alors pour l'instant on regarde hors de nos frontières, là où s'agite l'espoir, avec l'armée russe qui avance vers la Pologne ou les armées alliées qui livrent bataille après bataille en Italie et se montrent conquérantes.

Ceux qui tentent quelque chose dans la France occupée, comme peut-être ces détenus qui sont passés devant nous dans les fourgons, sont considérés par les organes officiels comme des « hors-la-loi ». J'ai entendu qu'on les nommait ainsi l'autre soir sur *Radio Paris* que j'écoutais pour comparer les informations avec celles que j'arrive à capter sur la radio française de Londres. Deux hommes qui avaient blessé un soldat allemand sur une route près de Nevers étaient traités de « hors-la-loi », de « bandits » par la voix *nazillarde* de Philippe Henriot. Mais ces hommes ne sont-ils pas en fait plutôt au-dessus des lois d'un gouvernement qui a trahi son peuple ? N'agissent-ils pas tout simplement pour les lois de la Liberté ?

Les Boches essaient eux aussi de dissuader ceux qui voudraient s'engager dans la lutte en organisant des procès spectaculaires. Mais toutes ces manœuvres sont bien inutiles car les victimes de ces mises en scène deviennent des martyrs dont on a envie de prendre la place pour les venger et poursuivre leur combat.

Je me demande souvent si dans ce contexte étouffant il ne serait pas préférable de rejoindre un maquis pour apporter mon aide à la lutte armée qui s'organise dans des zones retranchées. Mais je me dis en même temps qu'il faudra sûrement des effectifs pour Paris le jour où tout se déclenchera, et puis je ne vois pas où aller en province, sur un terrain que je ne connais pas. Au moins ici je maîtrise mon environnement. Mais n'est-ce pas plutôt la peur d'une action guerrière qui m'empêche de gagner un maquis ? Ma frilosité qui revient ? Je ne sais pas. Je ne veux pas me laisser affaiblir par ces pensées. J'ai bon espoir que Denise me mette à contribution dans son organisation, elle qui avait tant insisté pour que je m'y joigne.

J'espère qu'elle ne pense pas que j'aie pu être « retournée » par les hommes du *Belge*, qu'ils m'aient convaincue de me mettre à leur service, de faire la taupe, contre la vie sauve, une protection, une prime. De toute façon, si elle ne revient pas vers moi, je la relancerai car il est hors de question de rester passive face aux événements. Il est plus que jamais temps de rassembler nos forces.

Nous nous sommes encore réveillés tard. Trop tard. Envie de traîner au lit. Fumer ensemble une dernière cigarette. De mon côté les retards sont tolérés à cause des moyens de transport si incertains, des contrôles aléatoires tellement fréquents, ou de l'interdiction soudaine de certaines rues obligeant à des détours. Seulement Auguste, lui, se doit d'être ponctuel, les excuses étant moins bien perçues par ses supérieurs. Il est donc parti il y a cinq minutes après s'être rasé à la hâte, avec un fond d'eau froide qui restait car il n'y a pas d'eau ce matin. Un voisin lui a expliqué qu'apparemment une canalisation a explosé dans la nuit à cause du gel.

Comme toujours quand il part avant moi, je reste au lit, les yeux fermés pour ne pas le voir revêtir son uniforme. J'ai de toute manière au moins un quart d'heure ensuite pour me préparer ; c'est le temps que nous laissons entre nos deux départs. Mais mes paupières closes ne l'empêchent pas de venir m'embrasser sur l'oreiller. Seulement alors je les rouvre afin de ne voir que son visage. Sa pupille encore pétillante. La fossette de sa joue droite. À nouveau le rideau retombe et j'entends uniquement ses pas, le tintement de la boucle de son ceinturon, ses bottes, son souffle quand il s'applique à boutonner sa veste. Puis c'est un dernier baiser, plus long, affectueux, mais aussi troublé par la peine que cause cette séparation provisoire. Et la porte se ferme.

Nous ne nous voyons presque plus dans la journée, nous croisant seulement par hasard dans l'enceinte de la mairie quand je viens apporter les comptes de nos tris de la matinée. Nous nous contentons alors d'un salut cordial, parfois chargé de messages muets si personne ne se trouve aux alentours. Mais nous nous rattrapons en passant ensemble au moins trois nuits par semaine. Parfois plus. Pour l'instant mon emploi du temps me le permet.

Pour qu'il sache que je suis toute à lui pour la soirée, je fais en sorte de le croiser le soir sur son chemin de retour, soit en l'attendant dans le café où il peut m'apercevoir, soit directement sur le trottoir, car, à force, les consommations coûtent cher. Je m'applique ensuite à semer toute éventuelle filature ; même si le contre-espionnage, qui pourrait me faire suivre pour essayer d'en savoir plus sur mon compte, découvrait l'existence d'Auguste, ça n'aurait sans doute pas d'incidence dramatique mais, encore une fois, je veux le garder de manière exclusive. Hors du reste. Alors je prends toutes les précautions pour être sûre de n'avoir personne à mes trousses. Puis je me faufile jusqu'à sa chambre où il m'attend, sans uniforme, sans la moindre trace de son appartenance à l'armée d'occupation. Alors nous pouvons enfin nous enlacer, corps et âmes libres. Dans l'insouciance. Et l'abandon…

Je dois bien avouer toutefois que quelque chose a changé depuis mon arrestation. Comme une légère fêlure. Ce n'est pas dans notre relation proprement dite, il s'agit plutôt du monde extérieur qui plane au-dessus de notre monde à nous. Car les forces alliées progressent un peu plus chaque semaine sur une multitude de fronts, et les hostilités envers les Boches s'étendent sur tout le territoire avec une virulence croissante. Nous refusons toujours de nous laisser submerger par ces données parasites, nous escrimant à les maintenir derrière les murs que nous avons dressés, mais il est malgré tout chaque fois plus difficile d'en faire abstraction.

Dans le couloir, d'autres bruits de pas pressés ; Auguste n'est pas le seul à lever le camp au dernier moment. Je sais que je devrai aussi être partie avant que les femmes de chambre n'investissent les lieux. L'autre jour l'une d'elles est entrée alors que je me préparais. J'ai juste eu le temps de me jeter derrière le paravent pour qu'elle ne voie pas mon visage. Elle s'est excusée et a vivement tiré la porte.

Je fais une dernière fois le tour de notre repaire pour vérifier que je n'ai rien oublié, puis je colle mon oreille à la porte avant de l'entrebâiller pour observer le couloir. Personne. Je sors en refermant doucement derrière moi. La chambre restera sans tour de clef jusqu'à ce que la femme de chambre arrive, Auguste ayant posé la sienne à la réception en partant. Le gérant de l'hôtel sait que d'autres personnes viennent passer la nuit dans ses chambres, mais il ferme les yeux tant que les militaires déposent leur clef à la réception en partant.

En atteignant le fond du couloir, j'entends s'ouvrir derrière moi la porte d'une chambre, sans doute un autre soldat qui s'en va ; j'accélère et disparais dans l'escalier de service. Aussitôt le froid me saisit et je descends rapidement les marches dans la quasi-obscurité. J'essaie de capter les éventuels sons qui viendraient s'ajouter à celui de mes talons sur les marches, mais n'en perçois aucun. Au rez-de-chaussée, je franchis prudemment la porte qui donne sur la cour de l'immeuble voisin ; personne, je me glisse donc vers la porte cochère, dans l'ombre.

Des bruits me parviennent de l'immeuble, sans doute la concierge qui passe le balai dans la cage d'escalier.

J'entrouvre la porte qui me sépare de la rue et tends à nouveau l'oreille. Le jour pointe à peine. Me sentant comme un animal traqué, je rajuste le foulard qui couvre mon front presque jusqu'à mes yeux et remonte mon écharpe sur mon nez. L'hiver, c'est plus simple de se camoufler ainsi. J'écoute attentivement si des pas approchent sur le trottoir, mais ne capte qu'un claquement de semelles qui s'éloignent au loin. Je baisse alors la tête et ouvre franchement la porte pour me jeter dans la rue. Mais à peine ai-je mis un pied dehors que je manque de bousculer une jeune femme. Elle fait un brusque écart. Nos regards se croisent. Je la connais. Elle me connaît. C'est la fin. Je suis faite. C'est Carole, la fille de Mme Bodin, ma concierge. Quelle malchance… Elle parlera. Bizarrement, alors que je sors simplement d'un immeuble et ne devrais donc rien avoir de spécial à me reprocher, aucun mot ne parvient à s'échapper de ma gorge. Je me sens tellement fautive et prise au piège que je manque de spontanéité pour la saluer comme je le fais chaque fois que nous nous croisons en bas de chez moi. Elle n'habite pas avec sa mère mais passe souvent la voir. Elle a mon âge, nous nous connaissons donc depuis toujours ; il nous est même arrivé de jouer ensemble quelquefois. Et je reste muette, gênée, les yeux sans doute ahuris. Ça se passe dans un souffle. Elle semble surprise par mon attitude étrange et ne me salue pas non plus, comme si elle ne m'avait pas reconnue. Alors que c'est forcément le cas. Car la stupeur m'a fait relever la tête, sortant le bas de mon visage de mon écharpe. Malaise. Situation presque absurde. Elle poursuit son chemin et je pars dans le sens opposé. En baissant les yeux, j'ai remarqué qu'elle portait des espadrilles, ce qui explique que je ne l'aie pas entendue arriver. Des espadrilles, elle doit avoir les pieds gelés.

Je réfléchis vite pour déterminer s'il faut faire quelque chose. Mettra-t-elle ma réaction sur le fait que l'immeuble est accolé à un hôtel de Boches ? Ou simplement sur la surprise de tomber nez à nez sur elle à une heure si matinale et ne sortant pas de chez moi ? Si elle sait déjà par sa mère que je découche, elle sait maintenant où cela se passe. Mais elle pourrait aussi traduire mon trouble et mon silence par le fait que ce lieu puisse être une planque de la résistance. Je me suis souvent dit que si je me faisais surprendre, je pourrais évoquer cela. Si elle m'avait trouvée en bas de l'immeuble où nous nous voyions avec Paul, il en aurait été ainsi.

Ma réflexion est rapidement écourtée par un : « *Fraulein !* » dans mon dos. Qui coupe net ma respiration. Je continue du même pas sans me retourner. Le « *Fraulein !* » se répète, aussitôt suivi d'une course de bottes qui approchent. Comme un marteau qui frapperait violemment mon crâne. Une douleur intolérable. Un jeune soldat entre dans mon champ de vision et se poste devant moi, me barrant la route. Je n'ai d'autre choix que de m'arrêter. Tête baissée, je me contente de lever les yeux. Il affiche un sourire courtois : « Fotre gant… fous l'avé fé tomber dans le kouloir… » me fait-il avec un accent dur, mais fier de parler français, me tendant mon gant en laine.

Je ne peux pas nier qu'il m'appartienne, j'étais machinalement en train d'enfiler l'autre en me demandant comment Carole allait interpréter notre rencontre. Alors je le prends et remercie le soldat du bout des lèvres. Son sourire est toujours cordial. Ses yeux me scrutent un court instant avec cette envie ou ce besoin de séduire qu'on lit souvent sur ces jeunes visages, puis il claque des talons pour me saluer et repart vers l'hôtel devant lequel l'attend un autre soldat.

En me tournant instinctivement pour le suivre du regard, je remarque derrière eux Carole qui pivote pour continuer son chemin. Après avoir dépassé l'hôtel, elle s'est sans doute arrêtée en entendant le « *Fraulein !* » de l'Allemand, pensant peut-être que c'était à elle qu'il était adressé ; elle a donc observé la scène, percevant à coup sûr les paroles du soldat dans le parfait silence du matin. Me voilà faite pour de bon ! En tout cas certainement cataloguée. Je ne sais toujours pas ce que la mère et la fille Bodin pensent exactement de l'Occupant, mais Carole sait maintenant que je suis en relation avec lui. En relation hôtelière… Le répétera-t-elle à sa mère, je ne sais pas. Mais je me sens coupable. Comme si désormais sur mon front était gravé « Fille à Boches ».

Peut-être Carole revient-elle elle-même d'une nuit avec un soldat ou un officier, ça se pourrait. Malgré tout je me sens découverte. Peut-être pas coupable à ses yeux, mais découverte. Ma relation avec Auguste n'est plus un secret entre nous deux, il est maintenant partagé avec la fille de ma concierge. Je ne pouvais pas plus mal tomber, je crois. Ce sont de vraies pipelettes.

Je tremble et je sais que ce n'est pas le froid. Je tremble car je me sens comme accusée. « Collaboratrice horizontale » tourne en boucle dans ma tête sans que je puisse l'évacuer. Ma cage thoracique ne va pas tenir longtemps. Pas plus que ma tête qui explose déjà. Ma gorge se serre et j'ouvre la bouche malgré le froid pour aspirer de l'air. Ma double vie, pas mes sentiments doubles puisque je me sens totalement du côté de de Gaulle, mais ma double vie va peut-être me coûter cher. Ma folie de jeune femme, ma volonté de braver les événements, de ne pas laisser ma conduite être dictée par les contraintes nées du conflit, je vais maintenant les payer.

Un vélo manque de me percuter comme je traverse la rue sans regarder dans la demi-obscurité. Le type maugrée en s'éloignant. Je ne tourne même pas la tête. Si elle bavarde, si elle colporte ce dont elle a été témoin, et donc m'étiquette comme « collabo », je serai à coup sûr mal vue dans tout le quartier. J'ai entendu parler d'une fille qui a été menacée par des patriotes après avoir été surprise avec un Boche. Elle a dû quitter son logement. Disparaître. Après mon arrestation par le contre-espionnage, soupçonnée d'appartenir à un réseau clandestin, me voilà peut-être fichée comme « fille de l'Occupant ». Comment Mme Bodin va-t-elle interpréter tout ça, je me le demande. Si Carole le lui raconte. En tout cas, je risque d'être vite fixée.

J'ai instantanément la réponse en rentrant en début d'après-midi. Elle n'a pas perdu de temps.

J'ai rejoué la scène dans ma tête toute la matinée. Les espadrilles par ce froid. Le « *Fraulein !* » du Boche dans mon dos. Son amabilité quand il me présente mon gant. L'impression de le voir tomber de ma poche où je l'ai rapidement fourré la veille en arrivant dans la chambre, de le voir, là, au milieu du couloir, ramassé par l'Allemand consciencieux. J'ai même dû aller m'enfermer aux toilettes pendant un quart d'heure. Je ne supportais pas. Le poids. J'avais toujours cette pression dans la poitrine. Je devais respirer la bouche ouverte, prendre de grandes goulées d'air pour me calmer. Pour tenter de me calmer car à l'intérieur il y avait le feu. Un brasier dévastateur. Cruel. Ma propre cruauté. Ma bêtise. Mes illusions qui flambaient. Le sentiment de trahison qui s'enfonçait dans mon dos, entre mes deux omoplates, comme l'énorme aiguille d'une seringue pour piquer les chevaux. Un poison mortel qui allait m'emporter.

Une collègue est venue me demander si ça allait. J'ai prétexté une baisse de tension. La faim et le froid. J'étais pâle, m'a-t-elle confirmé quand je suis sortie des toilettes. Mais j'ai voulu continuer de travailler. J'étais assise, je pouvais tenir. En fait je ne voulais pas rentrer chez moi. Alors j'ai mécaniquement poursuivi ma tâche.

Je sentais que mes yeux se creusaient. J'avais éprouvé une certaine forme de peur avec *le Belge* car ma vie était en jeu, mais là elle prenait un autre visage. La peur de la honte, la peur du châtiment par les miens. De l'exclusion. Et je sais que ce ne serait même pas la peine de tenter de donner une explication sur ce que je faisais dans cet hôtel et sur la nature de mes relations avec Auguste. L'étiquette est là, c'est écrit noir sur blanc et c'est sans appel. Je connais le risque depuis le début. Je ne peux pas nier que je n'en étais pas consciente. Je n'aurai qu'à l'assumer.

Après avoir rangé ma bicyclette dans le box, j'aperçois l'ombre de Mme Bodin derrière sa porte vitrée. En bonne concierge, elle écarte toujours légèrement son rideau pour vérifier les allées et venues, et en particulier du côté des box, mais cette fois-ci elle l'a laissé tomber dès que je me suis retournée. Comme un couperet. Inutile d'en demander plus. Elle sait. Elle qui cherche toujours à bavarder avec les locataires, la voilà qui évite même mon regard.

Je manque de m'affaler, sentant les muscles de mes jambes m'abandonner subitement. Je parviens tout de même à atteindre la rampe de l'escalier et m'y cramponne vigoureusement. Je reste là un instant à regarder ces marches qui me semblent impossibles à gravir.

Surgissent à nouveau les douleurs dans le ventre, à la poitrine, dans le dos. Et la sensation que mes yeux vont sortir de leurs orbites pour libérer la pression de ma tête. Je tousse. Mes mains sont moites malgré le froid. J'ai l'impression d'être dans la loge de Mme Bodin, d'être dans son cerveau, et de me voir. Petite pute. Pute à Fritz. Vendue à l'ennemi. L'étiquette qui m'étrangle. Je me demande s'il ne faut pas que j'aille me réfugier chez ma tante. Mais comment leur expliquer ? Leur avouer tout cela ? Ma famille comprendrait-elle ? Sans doute pas plus que les autres. Dois-je aller parler à Mme Bodin avant qu'il ne soit trop tard ? Avant qu'elle ne répande la nouvelle dans tout le quartier. Elle ne comprendrait pas non plus. Lui expliquer mon arrestation pour mon implication dans le réseau *Aurore*, lui dire que j'ai demandé à Denise de me faire entrer dans le sien ? Que je ne suis pas un traître, que je ne joue pas un double rôle, que je suis juste une jeune femme éprise d'un garçon du mauvais camp ? Je ne peux pas non plus. Comme on ne sait pas sur quel pied danser avec elle ni avec qui elle parle, il est préférable de se taire.

Je m'enferme tout l'après-midi. Me couche tout habillée pour me réchauffer. L'appartement est glacé. Je suis à l'affût du moindre bruit, du moindre craquement dans l'escalier. La peur qu'on m'envoie tout de suite quelqu'un pour me menacer, pour me conseiller de partir au plus vite. Et je me force à ne pas penser à Auguste. Comme quand j'étais dans mon placard. Faire comme s'il n'existait pas. Bien qu'il soit la cause de toutes mes inquiétudes. Je sens qu'à certains moments je suis dans un état proche de la transe. Je ne sais pas comment c'est exactement, mais j'imagine. Ne plus contrôler mes pensées. Avoir des instants d'absence, comme des évanouissements très brefs. Je me demande si je ne suis pas en train de devenir folle pour de bon.

J'arrive malgré tout à supporter cette pression. Je me dis que, après mon passage dans les services du contre-espionnage, la honte et le fait d'être bannie seront des épreuves physiquement moins rudes. Moralement ce sera autre chose, mais s'il le faut je m'exilerai. Voir la situation sous cet angle me permet de tenir le coup.

Auguste me trouve quand même bizarre la première fois que nous nous revoyons après cet événement. Il tente de savoir pourquoi mais je lui demande de respecter mon silence. Je pleure contre lui. Il m'a pourtant accueillie avec un petit bouquet de roses : nous sommes début mars et cela fait deux ans qu'il est en poste à la mairie et donc que nous nous connaissons. Il voulait marquer le coup. Ça ne m'aide pas à dissiper ma détresse. Au contraire. Alors il ne pose aucune question et me console avec sa douceur habituelle. Je pourrais lui dire ce qui s'est passé, mais à quoi bon ? Je ne ferais que me rabaisser et il n'aimerait pas ça. Je n'ai pas envie qu'il en souffre aussi. Le repos est si bon à ses côtés qu'il est inutile de l'embarquer dans mes eaux troubles.

Je prends beaucoup plus de précautions depuis ma rencontre inopinée avec Carole Bodin. J'ai peur qu'elle ne revienne pour me surprendre. Comme pour vérifier que c'est bien moi qu'elle a vue. Je me demande si je ne deviens pas un peu paranoïaque. Il y a de quoi il faut dire. Toujours est-il que je m'assure bien qu'il n'y a personne avant de franchir les cent mètres qui me mènent du bout de la rue à la porte cochère attenante à l'hôtel. Et le matin je pars tôt, avant les soldats.

Je ne recroise pas Mme Bodin. Je l'entends une fois parler dans la cour avec un voisin alors que je descends, mais j'attends dans l'escalier qu'elle ait regagné sa loge pour partir. Je sens aussi un matin son regard dans mon dos. En passant, je perçois du coin de l'œil le rideau qui bouge. Je m'efforce de garder la tête droite, les mains sur mon guidon. J'ai l'impression que ça n'en finit pas avant que la porte se referme derrière moi. Et encore, je me dis qu'elle est maintenant à sa fenêtre pour m'observer dans la rue. Je n'ose pas vérifier et donne de puissants coups de pédales pour m'éloigner au plus vite dans le froid.

Pourtant je crois ma fin venue quand un soir un homme surgit de l'ombre alors que j'arrive devant mon escalier. Il était tapi contre la porte qui mène à la cave et j'ai un brusque mouvement de recul quand il apparaît. Il faut dire que je m'attends désormais à tout instant à voir prononcer mon jugement, à entendre la sentence qui me mènera à l'échafaud.

Petit, râblé, des yeux noirs, il s'excuse de m'avoir effrayée. Je ne sais comment interpréter le sourire qu'il arbore. Cynique ou poli ? Je me dis qu'il pourrait aussi bien être un résistant venu pour me demander de filer, qu'un flic en planque ou un des types du *Belge*. Dans tous les cas sa présence n'est pas de bon présage. Mais comme après tout je ne sais pas s'il est là pour moi, je le salue et commence à monter l'escalier. Technique que m'a enseignée Paul.

Il m'arrête alors avec un : « Attendez ! » Je remarque qu'il a chuchoté. Comme s'il craignait d'être entendu. Et son ton n'était pas menaçant non plus. Je m'arrête sur la première marche, un peu au-dessus de lui, innocente, la respiration presque coupée. Il garde un œil sur l'extérieur pour surveiller si quelqu'un approche.

— Je viens de la part d'une élève de Mme Casse-tête…

Denise. Mme Casse-tête est le surnom que nous donnions à Mme Vergne, notre professeur d'arithmétique pendant notre première année de lycée, et à l'époque nous ne connaissions pas encore Suzon.

— Si vous voulez parler équations, rendez-vous demain à 16 heures au square des Batignolles…

Il parle toujours à voix basse.

— Attention de ne pas être filée. Venez avec ce ticket et ne le présentez qu'à la personne qui vous en présentera l'autre moitié. Installez-vous sur un banc isolé si vous le pouvez.

Et il me tend la moitié d'un ticket de métro déchiré. Ses yeux vérifient encore si personne ne vient dans la cour. Je le dévisage, interdite. Il insiste pour que je prenne le ticket.

— C'est bon ?

Je sors alors de ma torpeur et m'en empare. Le type souffle un : « Au revoir » et s'éclipse aussitôt dans la pénombre. La porte de l'immeuble s'ouvre puis se referme.

Je fourre la moitié du billet dans ma poche et monte l'escalier sombre dans le silence du soir. Je remarque que je ne tremble pas. J'ai été un moment paralysée, mais bizarrement la peur semble s'être vite évaporée. Ai-je instinctivement senti que cet homme ne représentait pas de danger ou suis-je immunisée après ce que j'ai vécu ces derniers mois ? Ou bien est-ce cette certitude d'être condamnée depuis que j'ai été surprise en sortant de l'hôtel, comme si plus rien ne pouvait m'affecter ? Comme si mon mal-être m'avait rendue invulnérable. Je ne sais pas, mais ça me surprend.

Après avoir fermé ma porte, je reste un instant dans l'obscurité de l'entrée, quelque peu désorientée. Décidément les événements se succèdent. Il y a quatre jours cette rencontre malencontreuse à la sortie de l'hôtel, et voilà que je suis maintenant semble-t-il contactée par un réseau. Quelle ironie ! Dommage que Mme Bodin ou sa fille n'aient pas été témoins de cette brève entrevue ce soir.

Bien sûr, l'éventualité d'un piège me traverse l'esprit. Ne jamais écarter cette possibilité. Mais j'évacue rapidement l'idée, car si c'était le cas Denise en serait l'une des instigatrices, ce surnom de Mme Casse-tête n'ayant existé qu'entre nous, et impossible d'admettre qu'elle puisse faire ça.

Seule devant ma soupe principalement composée d'eau chaude, j'ai l'impression que l'espoir revient. Je traîne encore avec moi mes problèmes, mais l'idée de peut-être repasser à l'action me réjouit. Ça me redonne soudainement de l'entrain. Plus que les maigres calories que j'ingurgite. D'ailleurs il va falloir que je fasse attention à bien me ravitailler, autant que je le peux, pour rester endurante et réactive dans ce qu'on pourrait me demander. Il faut être en bonne forme physique pour être efficace et affronter toutes sortes de situations. Depuis ma sortie de prison j'ai eu tendance à très peu manger et la faim vient souvent me tirailler, mais je ne trouve pas toujours assez de courage pour aller faire la queue au marché ou devant les magasins. Il va falloir remédier à tout ça.

Je dois toutefois ne pas trop m'emballer et attendre de voir ce que donnera le rendez-vous de demain, mais déjà le fait d'avoir été contactée me ravit. Comme si je pouvais commencer à ne plus me considérer totalement comme une lépreuse, écartée de la société pour ses relations avec l'ennemi. Ça me fait du bien. Pour ma santé mentale ça a du bon. Je me sens tellement proche de sombrer.

Le ticket colle parfaitement. L'homme a une quarantaine d'années. Il se présente sous le nom de *Patrick*. Son visage est souriant mais son regard est souligné de larges cernes. Manque de sommeil et tension nerveuse.

Après m'être bien assurée que je n'étais suivie par personne, j'ai pu trouver dans le square un coin tranquille. Je pense que l'endroit a été choisi parce qu'il y a plusieurs issues pour s'échapper, contrairement aux cafés où l'on peut se faire facilement contrôler.

En s'asseyant sur le banc à côté de moi, il range les deux morceaux dans sa poche et pose sa main sur mon épaule comme le ferait un amant. Je suis un peu surprise, mais il me souffle : « On croira à un rendez-vous… » Décidément…

— Vous savez, nous sommes conscients du risque que vous ayez pu être « retournée » par les services de contre-espionnage…

C'est bien ce que je pensais, ils émettent forcément cette hypothèse. L'acte me paraît pourtant tellement ignoble. Le visage de *Velours* me revient aussitôt, cet air méprisant qu'il arborait. Et pourtant si lâche.

— Beaucoup de réseaux en ont été victimes…

Il espace ses phrases d'une respiration.

— *La Lycéenne* vous fait confiance. Alors si elle s'est trompée et que vous avez peur de trahir votre amie, il est préférable de renoncer tout de suite…

Je me demande si *la Lycéenne* est le pseudonyme

courant de Denise ou juste un code pour cette conversation.

La pression de sa main sur mon épaule est neutre. Il me parle bas, comme pour des confidences. Ce dont il s'agit d'une certaine manière. Et malgré son air sympathique, il maintient une certaine distance, ne lâchant pas mes yeux, comme pour lire entre les lignes.

— Vous vous en doutez, notre organisation est totalement compartimentée. Les erreurs de nos prédécesseurs nous ont trop coûté… Vous aurez très peu de contacts avec les autres…

Je me contente de hocher la tête pour lui signifier que je comprends et approuve chacune de ses paroles.

— En tout cas, sachez que nous savons où résident votre mère et votre grand-mère en Bretagne… Notre réseau est grand, et dans l'éventualité d'une trahison ou d'une dénonciation, les ordres auront déjà été transmis pour des représailles…

Aucun signe de menace sur son visage ; les mots suffisent.

— Vous savez, c'est la guerre. Même si celle-ci n'est pas encore officielle, même si elle reste encore souterraine, c'est œil pour œil, dent pour dent. Nous utilisons donc les mêmes méthodes que la Gestapo ou la Milice…

Passe dans ses yeux le souvenir des actes monstrueux dont ont été victimes des proches ou des amis.

— Bien sûr, je ne parle pas de ceux qui craquent sous la torture… Personne ne peut savoir comment il réagira sous les coups. Je parle de ceux qui collaborent pour l'éviter… De ceux qui aident les services à démanteler nos réseaux… Parfois en y mettant beaucoup de zèle…

Il insiste. C'est douloureux.

— Alors vous êtes prévenue, nous n'hésitons pas à faire payer les familles des traîtres.

Je dois dire que ça me fait quand même froid dans le dos. Déjà en m'engageant avec Paul je savais que je courrais le risque que les Allemands ou la Police française s'attaquent à mes proches si j'étais recherchée, utilisant cet ignoble mais efficace moyen de pression pour vous obliger à vous rendre. Ils se considèrent effectivement en situation de guerre.

Comme il veut ensuite savoir pourquoi et comment j'ai été arrêtée, je lui raconte l'histoire de l'amant dont j'ignorais le travail dans le renseignement. Je suis une nouvelle fois obligée de me tenir à ce récit et il m'écoute attentivement, sans trop poser de questions. Sans doute a-t-il appris par Denise que cet amant est celui avec lequel je menais une activité – avouée à demi-mot à mon amie –, il sait donc que, par souci de cohérence et pour me protéger, je ne peux lui livrer la vraie version.

C'est sur ma détention au contre-espionnage qu'il souhaite entendre plus de détails : où étais-je séquestrée, comment se déroulaient les interrogatoires, quels sévices m'ont été infligés, qui étaient mes tortionnaires ? Et aussi sur les conditions de mon incarcération à Fresnes.

Nous continuons d'échanger sur le ton de la confidence. Sa main toujours sur mon épaule. Une fois seulement je sens une pression pour me faire taire, quand un homme passe devant nous, un peu trop près. Puis je continue d'évoquer ces longs mois de douleur. Je sais que je suis en train de passer le concours d'entrée. Une sorte de test pour voir comment je me comporte, récolter des informations au passage, essayer de me piéger pour s'assurer que je raconte la vérité, même si on n'est jamais sûr. Alors je sens que ça monte en moi. Lentement. Ça m'envahit totalement. Le souffle. Puissant. Comme si j'avançais sans faire un seul pas. Il me porte. Un élan vers l'action. Je repense à *La Marseillaise* chantée le soir de Noël à Fresnes par cette voix venue des cieux et qui vibre encore en moi. Je repense au *Belge* qui me dit que j'ai du cran. Et ça me renvoie à l'énergie que j'ai mise à lui tenir tête. Féroce. Pas frontalement, mais en le biaisant. Du cran. Je sens effectivement que j'en ai. Que j'ai appris à en avoir. Qu'il s'est révélé. Comme un sentiment d'invincibilité. Mais ce n'est pas de l'arrogance, juste une incroyable poussée de courage. Une fièvre. Savoir que je suis prête à mourir s'il le faut. Une certitude.

Tous mes sens semblent se réveiller. Je sors subitement de l'état léthargique dans lequel je me traîne depuis mon retour, avec le contrecoup moral, la fatigue physique, l'éprouvant retour à la réalité. Relater mon passé proche me permet de sentir un avenir. Je sais qu'il devra se présenter sous le signe du sacrifice. Pour la patrie. Pour la Liberté. J'avais connu ce réveil, cet élan, en voyant Paul à la mairie, mais pas d'une manière aussi forte. Là s'ajoute aussi le fait qu'en Europe les événements en notre faveur se succèdent, qu'en France les actes de résistance sont légion, ce qui nous laisse augurer plus que jamais la perspective d'une libération du pays. Même la présence d'Auguste dans ma vie me pousse en avant, accentue ce désir. La contradiction doit faire partie de mes forces maintenant.

Les démonstrations quasi quotidiennes de la folie de la politique d'Hitler et de ses sbires deviennent des motivations. Et s'il y a en moi une part de nationalisme qui souhaite faire disparaître l'écrasante oppression des

Boches, il y a avant tout une volonté de combattre l'injustice que subissent partout ceux qui sont déjà à terre et qui ne peuvent pas se battre. Esclaves des nazis et du gouvernement de Vichy, prisonniers et déportés, ouvriers envoyés en Allemagne, communistes, francs-maçons, résistants, juifs arrêtés et internés pour leurs seules origines, tout comme d'autres minorités. J'ai la chance d'être encore debout, j'ai eu une chance énorme de ne pas être envoyée dans un camp d'internement en Allemagne, mes mains ne sont pas enchaînées, alors je me dois d'agir pour ceux qui ne l'ont pas eue, cette chance. C'est l'espoir qui décuple mes pulsions. Ça gronde. J'en tremble presque.

— Vous savez, si j'ai tenu pendant ma détention au contre-espionnage et puis après à Fresnes, c'est pour être là aujourd'hui. Pour être encore debout et lutter. Jusqu'au bout s'il le faut.

Il ne laisse filtrer aucune réaction et abandonne un instant mon épaule pour regarder l'heure sur sa montre. Puis il repose sa main et jette un œil à droite et à gauche pour contrôler les promeneurs et les femmes qui sont venues faire jouer leurs enfants. Son attention revient enfin sur moi. Je reprends la parole.

— J'ai une condition.

Il ferme les yeux pour me signifier que je peux continuer.

— Je ne me réclame d'aucun idéal politique. Si je suis prête à m'engager, c'est pour l'idée d'une France libre et pour aucune autre.

Beaucoup de résistants s'engagent avec leurs idées. Depuis les premiers actes contestataires il existe des tensions entre communistes et gaullistes, des divergences idéologiques qui ne devraient pas influer sur les actions entreprises. C'est idiot, les vrais enjeux de la

Libération doivent passer avant ceux de la future carte politique. Il faut déjà un avenir pour la France avant que la politique française pense même à se reformer.

Patrick sourit. Je ne sais pas si c'est affectueux ou ironique.

— C'est bien de le préciser. Mais ça ne fait pas partie de nos critères de recrutement. Nous sommes tous dans la mouvance des Français clandestins ou exilés qui veulent se battre pour un retour de notre République… Certains ont des idées politiques, peut-être, mais ce n'est pas ce qui nous motive…

Ses yeux se portent lentement vers la gare de Pont-Cardinet de l'autre côté des voies ferrées. Un camion rempli de soldats boches déboule sur le carrefour, lâchant derrière lui un épais nuage de gaz d'échappement. Il hoquette un instant, puis le conducteur semble trouver la vitesse et se lance vers la rue de Rome.

— Je peux commencer quand vous voulez. Je suis libre tous les après-midi.

Son sourire a alors quelque chose de plus net. Comme un remerciement.

Mme Dulac interrompt brusquement son récit. Avec un sourire qui prolonge celui de son passé, elle me dit qu'elle doit faire une courte pause.

Elle se lève en s'excusant et me précise, avec son petit rire, que « le thé fait son effet ! » Elle contourne les tables en se tenant aux dossiers des chaises et disparaît dans le restaurant.

J'en profite pour me dégourdir les jambes et m'avance vers le bord de la terrasse où la corniche tombe à pic. J'observe un instant les vagues qui s'échouent sur la plage, en bas, et font s'entrechoquer les galets en se retirant.

Aussi loin que le relief me permette de voir, j'aperçois des petits groupes de promeneurs qui longent le rivage. Au milieu du vent et du roulement des vagues me parviennent les rires de plusieurs enfants qui se poursuivent un peu plus loin en trébuchant sur le sol meuble.

Je me demande où cette Odette Dulac m'entraîne. M'a-t-elle fait venir uniquement pour évoquer ses souvenirs ou a-t-elle vraiment quelque chose à me confier ? J'espère que ma faiblesse n'est pas en train de grever mon temps d'enquête. Non pas que ce qu'elle me raconte me fasse perdre mon temps, mais je ne peux pas me permettre d'occuper mes journées à écouter tous les pensionnaires de *Sainte-Cécile* revenir sur leur passé sous prétexte qu'ils trouvent en moi une oreille attentive.

Je sors mon portable que j'avais mis sur vibreur et que j'ai senti plusieurs fois trembler dans ma poche. Deux messages m'ont été laissés. L'un d'eux par un journaliste qui souhaite me rencontrer, l'autre par Chenu qui veut que je le rappelle dès que je le peux.

Mon lieutenant décroche au bout de la première sonnerie et semble content de m'entendre. Il me demande d'abord si ça se passe bien « avec les retraités ». Je lui réponds que ça se passe, qu'il n'y a rien de vraiment intéressant mais qu'on ne peut pas y couper.

Alors il embraie aussitôt sur la raison de ses appels répétés. Pour vérifier ce que nous a dit Mme Jouanaud, il s'est rendu en début d'après midi au restaurant où elle avait passé la soirée et s'est fait confirmer qu'elle y était bien avec des amis.

Puis il est allé chez Geoffroy, le copain d'Alexandre, chez lequel le garçon a vu le match de foot le soir de la mort de son grand-père. C'était le quart de finale du championnat, et Brest affrontait Bordeaux, Chenu aussi était devant sa télé.

Geoffroy était à la fac quand il a sonné à la porte, mais sa mère était présente. Il lui a donc demandé si Alexandre était bien venu chez eux ledit soir pour suivre la rencontre. Pure formalité. Mais sa réponse a été négative : Alexandre est bien passé ce soir-là mais ils ne sont pas restés ; ils sont aussitôt repartis, Geoffroy et lui, dans la voiture du fils Jouanaud. Elle a juste su qu'ils étaient allés à Vannes. Elle était effectivement étonnée qu'ils n'aient pas regardé le match comme ils avaient l'habitude de le faire, mais bon, elle s'est dit que le foot leur passait peut-être. On change à cet âge-là. Elle se souvenait que Geoffroy était revenu entre 23 h 30 et minuit puisqu'elle regardait une émission à ce moment-là.

Chenu est enjoué quand il me rapporte ce témoignage, car il se souvient, lorsque la mère d'Alexandre nous avait dit qu'il était chez Geoffroy pour la rencontre, que le regard de son fils avait dévié pour aller se perdre vers la fenêtre. Le lieutenant n'avait pas su comment interpréter cette réaction sur le moment, mais désormais il la comprend mieux. Le garçon avait laissé filer le mensonge sans le contredire alors que sa mère était en train de nous donner son alibi.

Voilà. Il attend maintenant Geoffroy qui ne devrait pas tarder à rentrer de cours, afin de lui demander ce qu'ils ont fait à Vannes ce soir-là.

A priori il ne devrait pas y avoir de rapport avec notre affaire, mais Chenu pense tout de même qu'Alexandre cache quelque chose. Peut-être cela a-t-il seulement un rapport avec le soupçon de consommation de stupéfiants que nous avons eu tous les deux, ou tout autre chose, une histoire de fille par exemple, mais il préférerait en avoir le cœur net. On ne sait jamais.

La porte du restaurant s'ouvre et Mme Dulac apparaît, éblouie par le soleil qui lui fait face. Elle ne me voit pas tout de suite dans le contre-jour, mais quand elle m'aperçoit enfin elle me fait un petit signe amical.

Je dis à Chenu que je dois y retourner et lui demande de me rappeler quand il aura interrogé le garçon.

Ma conteuse reprend sa place ; je la rejoins pour retrouver la mienne.

— Tout va bien ?

— Oui, oui, c'était un de mes lieutenants. Il me faisait un petit point sur ses recherches…

Elle retire son foulard, le plie soigneusement et le remet autour de son cou pour qu'il couvre bien toute sa gorge.

— C'est vous le « principal » alors ?

Je lui souris.

— Commissaire, on dit plutôt. Mais oui, c'est moi le patron !

— Aussi jeune ?

— Plus si jeune que ça ! Mais jeune dans la fonction, c'est sûr.

Elle hoche la tête, comme pour approuver mes paroles.

— Ça ne fait pas longtemps alors ?

— Non, c'est mon premier poste. Après les examens, j'ai demandé à être affecté ici.

À nouveau elle enregistre mes réponses par un petit mouvement en avant du front.

— Alors vous êtes originaire de la région ?

— Non, pas du tout, mais j'ai voulu m'éloigner un peu de Paris…

Ses yeux clairs s'arrêtent sur moi.

— Chagrin d'amour ?

Les miens se baissent.

— Peut-être, oui…

Nous ne bougeons plus.

— C'est un « peut-être » qui en dit long…

— Oui, mais… Mais dites donc, c'est vous qui m'interrogez, là !

Alors elle rit et je ris avec elle.

— Faudrait voir à ne pas inverser les rôles quand même !

Nous rions encore. Je vois bien qu'elle en a besoin,

que ça lui permet de se soulager, de se libérer du poids de ces souvenirs qui refont surface. Mais aussi de reprendre des forces. Car elle est déjà repartie. Brusquement, comme si ses questions n'avaient été qu'une manière de se remettre en condition, son rire une façon d'ordonner une nouvelle fois ses idées, pour revenir encore plus de soixante ans en arrière.

Dans le groupe *Étendards*, je deviens *Lancelot*. Odette Dulac, donc *Lancelot*. C'est *Patrick* qui me surnomme ainsi. Avant que nous nous quittions, il me demande de me présenter le mardi suivant devant un marchand de couleurs à côté de la place de Clichy ; je devrai glisser un journal dans ma poche droite et porter un béret à la main gauche pour que la personne du réseau qui viendra puisse m'identifier. Les lieux de rendez-vous changeront chaque fois, mais celui-ci sera l'endroit de repêchage, uniquement le mardi à la même heure, si jamais je perdais contact avec l'agent qui me dirigera, en cas de rendez-vous manqué ou bien d'arrestation qui l'empêcherait de se présenter ; ce lieu de repêchage permettra soit à moi de renouer contact, soit à un autre agent de prendre le relais.

La semaine suivante, les intestins noués mais aussi gonflée par un souffle de fierté, je suis abordée par une femme au visage poupon un peu plus âgée que moi.

— Je cherche le numéro 127, s'il vous plaît, me demande-t-elle.

— Il n'y a pas de numéro 127 dans cette rue, madame.

C'est le code de reconnaissance oral que m'a donné

Patrick. Alors elle m'entraîne sur les Batignolles et me parle comme à une vieille amie. Je joue le jeu, ravie de la revoir, et nous partons bras dessus, bras dessous. Elle m'expose rapidement ce qu'on attend de moi : c'est simple, à chaque rendez-vous me sera remise une enveloppe que je devrai porter où on me l'indiquera. Et chaque fois rendez-vous sera pris pour la fois suivante. Il faudra que je vienne avec mon vélo. Ce sera tout pour cette première entrevue. Elle s'appelle *Henriette*.

Je la retrouve le lendemain, dans le quartier, à l'endroit convenu. Pendant que nous marchons, elle me glisse discrètement une enveloppe assez épaisse que je dois remettre en main propre à *Flamme* ; je le trouverai à Levallois-Perret, devant l'entrée principale du parc de la Planchette, le lacet gauche défait. Puis elle disparaît aussi vite qu'elle est venue. Rendez-vous la semaine prochaine, même heure, au même numéro, mais dans une autre rue.

Je pars aussitôt sur ma bicyclette en prenant soin d'emprunter des petites rues, évitant les grands axes et leurs possibles contrôles aléatoires et effectuant de nombreux détours en me retournant pour être sûre de n'être pas suivie. *Henriette* m'a plusieurs fois rappelé de montrer la plus extrême vigilance, de ne prendre aucun risque inutile, car la police en civil est omniprésente, s'infiltrant partout pour surveiller, surprendre, arrêter. Malgré cela, je ne me sens pas écrasée par la peur. Seulement une sorte d'appréhension face à l'inconnu. Mon besoin impulsif de passer à l'action annihile tout le reste. L'excitation l'emporte.

Pourtant les questions tournent dans ma tête. Je me demande si l'enveloppe n'est pas juste un leurre pour me tester. Et puis je voudrais en savoir plus sur le réseau. *Patrick* ne m'a rien dévoilé de leur activité et je n'ai pas posé de questions. Je sais que le secret est la première des sécurités, mais ma curiosité est quand même aiguisée. Dans la douceur revenue de ce mois de mars, je pédale donc avec une certaine satisfaction, sentiment toutefois contenu par la concentration et la prudence, consciente du danger qui peut surgir à la moindre faute d'inattention et coûter très cher.

Près de l'entrée du square indiqué, je trouve effectivement *Flamme*, un jeune garçon au regard vif et au lacet gauche dénoué. Je m'approche de lui de manière naturelle.

— Savez-vous où se trouve le bureau de poste, s'il vous plaît ?

— Il est fermé en ce moment, mademoiselle, me répond-il pour que nous puissions nous reconnaître.

Puis il me salue gentiment, lui aussi, comme un ami de longue date, et me demande de monter sur le porte-bagages de mon vélo car c'est lui qui va pédaler pour la suite du trajet. Je lui abandonne donc le guidon et m'assieds en amazone à l'arrière.

Nous partons tranquillement dans les rues vides de Levallois, ouvriers et ouvrières de la ville travaillant tous à cette heure dans les ateliers et les usines alentour. Tournant dans une rue déserte, il vérifie derrière nous qu'il n'y a personne puis, tout en continuant de pédaler, me demande de lui passer l'enveloppe. Je m'exécute, il la range tranquillement dans sa poche intérieure, et nous poursuivons notre balade.

Deux rues plus loin il arrête la bicyclette. « Merci pour la virée, et à bientôt ! » me lance-t-il avec un large sourire de gamin. Je le regarde disparaître à l'angle de la rue d'une démarche un peu balancée, les mains dans les poches, puis je repars de mon côté. Mission accomplie.

Le même manège se répète les semaines suivantes. *Henriette*, l'enveloppe, toujours cette enveloppe bien remplie, très peu de mots échangés, aucune question, le chemin prudent jusqu'à Levallois, avec chaque fois un itinéraire différent, empruntant les petites artères pour éviter contrôles ou filatures, *Flamme*, notre trajet en vélo dans la ville ouvrière au travail, l'enveloppe passée discrètement et l'abandon dans une rue, jamais la même ; fin de la mission. Si *Henriette* ne se présente pas au rendez-vous déterminé la fois précédente, je repasse une heure plus tard mais ne m'arrête pas si elle n'est toujours pas là. Si nous nous sommes manquées, je me présente le lendemain, et si jamais elle est encore absente, alors nous devons utiliser le lieu de repêchage. Les règles s'appliqueraient de la même manière si c'était moi qui faisais défaut. Mais seuls deux de nos rendez-vous sont décalés de la sorte d'une heure suite à un léger contretemps d'*Henriette*.

Puis la fréquence des missions augmente. Deux par semaine. Parfois trois. Je finis par comprendre par une allusion de *Flamme*, que les enveloppes contiennent des cartes d'alimentation. On parle beaucoup de vols dans les mairies et de trafics de tickets, généralement pour nourrir les siens, mais depuis l'instauration du STO et son refus massif, les vols sont principalement organisés par des réseaux pour ravitailler tous ceux qui se sont réfugiés dans la clandestinité et qui ne peuvent plus les réclamer. Lorsque je travaillais à la mairie, il est arrivé plusieurs fois que des cartons entiers de cartes disparaissent ainsi. On soupçonnait d'abord les employés, mais souvent on retrouvait des serrures fracturées. Il paraît que maintenant des commandos armés attaquent les mairies comme des banques. Me voilà donc désormais maillon de la chaîne, en charge du transfert de ces tickets peut-être vers les maquis de province. Mais *Flamme* n'en dit pas plus.

D'autres sortes de livraisons nous obligent parfois à modifier le déroulement des opérations ; *Henriette* organise alors notre rencontre au fond d'une cour d'immeuble, bien à l'abri des regards, et sort de derrière un volet un chargement plus volumineux que nous répartissons dans les sacoches de mon vélo. Puis je pars après un échange de sourires confiants, un poids sur l'arrière de ma bicyclette. En cas de contrôle, il sera impossible de dissimuler mes colis ou même de m'en débarrasser. Je redouble donc de prudence, d'autant que les Boches sont de plus en plus sur les dents. La Gestapo et la milice s'acharnent contre les groupes clandestins qui tendent à s'affirmer en se montrant toujours plus audacieux. La bataille est redoutable. De nombreux réseaux se sont fait démanteler suite à des arrestations ou à des dénonciations. La « petite Reine » reste toutefois un moyen de transport moins dangereux que le métro avec ses contrôles inopinés.

J'ai demandé un jour à *Henriette* si je ne devrais pas avoir de faux papiers d'identité pour remplacer les miens, mais elle m'a répondu que je ne suis pas une clandestine, que je suis une citoyenne ordinaire, fondue dans la masse, et, tant qu'on ne doit pas me mettre au vert suite à un pépin, je peux garder mes vrais papiers, ce qui évitera en cas de vérification poussée de m'embrouiller dans une histoire mensongère. De toute façon, si je me faisais prendre avec une de mes cargaisons, je serais foutue, que j'aie des faux papiers ou non. Sa conclusion a été un sourire désolé, mais réaliste.

La première fois que j'arrive avec deux plus gros colis, contrairement à son habitude *Flamme* ne prend pas les commandes pour me transporter sur le porte-bagages. Il sait déjà que ce n'est pas une enveloppe que je dois lui remettre et que mon chargement est placé dans mes sacoches. Alors nous partons à pied, moi à côté de mon vélo, lui tranquille les mains dans les poches.

Comme nous le faisons chaque fois, nous échangeons nos commentaires sur l'actualité, les nouvelles mesures du gouvernement, les batailles en Russie ou en Afrique, les rumeurs toujours vives d'un débarquement. Il me raconte aussi certaines histoires d'arrestations ou de souricières qu'il a pu glaner ici ou là afin que j'en sache toujours plus sur les méthodes de nos ennemis et reste ainsi bien sur mes gardes.

Puis nous passons une porte et pénétrons dans une petite cour attenante à un bistrot nommé *Chez Jean*. Il m'indique l'immeuble du fond et me tient la porte pour que j'entre dans le hall avec le vélo. Il écoute si personne ne descend des étages supérieurs puis ouvre mes sacoches et s'empare des colis qu'il cache dans un placard sous l'escalier. Ses gestes sont précis, calculés. Il referme la porte et me tend la main, me signifiant que je peux y aller.

— Vaut mieux que tu r'partes sur la gauche, pour éviter d'passer d'vant le bistrot.

— D'accord, je fais en pivotant avec ma bicyclette.

— Tu r'trouveras ton ch'min ?

— Pas de problème, je lui réponds, la voix légère comme après un bal et en donnant un coup de pédale.

Sous le soleil ou sous la pluie, les opérations se poursuivent. Après ma matinée de travail, je me rends directement à mon rendez-vous avec *Henriette*, prends possession du chargement puis rejoins Levallois. *Flamme* et moi nous retrouvons également à un endroit toujours différent afin de ne pas nous faire repérer.

Henriette m'a demandé aussi d'essayer de changer mon apparence autant que je le peux, d'alterner le foulard, le béret, les cheveux accrochés ou dans le vent. Un détail important pour ne jamais montrer la même silhouette.

Enveloppes et colis se succèdent donc alternativement à des fréquences plus soutenues. Une fois, en cachant deux plus gros paquets sous l'escalier dans l'arrière-cour de *Chez Jean*, *Flamme* me lâche : « D'la lecture pour tout l'monde ! » Journaux, tracts, ou alors papier vierge volé dans une mairie ou autre part pour partir dans quelque imprimerie clandestine, je ne sais pas exactement.

Un après-midi, je me fais surprendre par un contrôle. Heureusement c'est au retour. Une patrouille de Boches. Mon cœur tambourine bien que je n'aie plus rien sur moi. Et en même temps je ressens presque de la jubilation d'être contrôlée à vide, comme un pied de nez à ceux qui nous harcèlent. Mais c'est là aussi peut-être une manière d'occulter les conséquences qu'aurait pu avoir cette mauvaise rencontre si elle avait eu lieu à l'aller. Je dois me méfier de cette assurance et faire attention de ne pas me laisser engourdir par la routine car malgré ma prudence je n'ai quand même pas su éviter ce contrôle.

Souvent au moment de nous quitter, je prends l'habitude de souhaiter un « Bon vent ! » à *Flamme* ou à *Henriette*, ayant entendu *Flamme* me le lancer à plusieurs reprises quand je repars sur mon vélo. Mais un jour *Henriette* me demande si je sais d'où vient cette expression et pourquoi nous l'employons. Comme c'est un salut qui me vient par réflexe, *Henriette* me met en garde sur son utilisation, car il fait référence à une phrase avec laquelle Pétain, évoquant les débuts d'opposition à sa politique, a commencé un discours en août 41 : « Je sens se lever depuis quelques semaines un vent mauvais… » Du coup, et on ne sait exactement d'où c'est parti, le « Bon vent ! » est devenu une formule qui, au-delà de la simple politesse, révèle son insoumission au régime de Vichy, considérant la montée de la résistance comme un bon vent pour la France plutôt qu'un vent mauvais.

Et puis un jour *Henriette* m'annonce que je dois me rendre directement dans l'arrière-cour de *Chez Jean*, sans autre précision. Pendant tout le chemin je me dis que *Flamme* est tombé, peut-être en opération ou sur dénonciation, et qu'il manque désormais un maillon dans l'équipe. Mais quand j'arrive dans la cour, un peu fébrile, en ayant pris soin de ne pas passer devant le bistrot, *Flamme* est là, appuyé contre un mur, les mains dans les poches, en train de fumer une cigarette. Son sourire est toujours le même, amical mais un brin tendu. Un tablier est noué autour de sa taille et la porte arrière de l'établissement est ouverte ; je comprends alors qu'il travaille là. Il m'accompagne au fond de la cour où nous mettons les paquets à couvert.

— C'est mieux qu'tu viennes direct'ment ici maint'nant. Ça m'évite de trop traîner dans la ville. Et on perd moins d'temps comme ça.

Avant de sortir par le porche, je me retourne pour lui faire un signe de la main. Son salut en retour se termine par un bref « V ». Je lui en adresse également un et disparais.

Je repars, heureuse qu'on m'ait accordé aujourd'hui un peu plus de confiance encore. Nous sommes dans les premiers jours de mai et voilà bientôt deux mois que je fais ces livraisons. Je n'ai jamais revu *Patrick,* n'ai pas croisé Denise depuis que j'ai intégré les *Étendards* et ne connais rien d'autre de l'organisation hormis mes deux contacts et ce bistrot dont je sais seulement que l'arrière-cour sert de boîte aux lettres.

Mon activité clandestine ne me permet plus d'être avec Auguste aussi souvent. Il nous arrive même de ne nous retrouver qu'une seule fois par semaine. Pour éviter le malentendu qu'il y a eu quand j'ai commencé à voir Paul, je lui ai rapidement annoncé que j'avais été incorporée dans un nouveau réseau. Ma franchise toujours intacte l'a ému. Toutefois il n'en a pas su davantage. Depuis, il comprend et respecte mes absences, d'autant que le fait que je vienne encore prouve que je ne l'abandonne pas.

Pour parvenir jusque « chez lui », je me montre extrêmement prudente. Beaucoup plus qu'avant encore car les *Étendards* pourraient vouloir vérifier que je n'ai pas été retournée. Mais jamais aucune allusion ne m'est faite sur mes entrées discrètes dans un hôtel de Fritz. Sans doute mettent-ils la priorité sur les actions et font-ils confiance au cloisonnement de l'organisation.

J'attends vraiment le bon moment pour passer le porche qui mène à l'hôtel. Fréquenter des boches s'avère de plus en plus dangereux ; beaucoup de tracts, d'affiches, menacent les Collaborateurs de représailles, de règlements de compte qui ne vont pas tarder à venir, un débarquement semblant plus que jamais imminent.

Mais je ne veux pas abdiquer. Je m'y tiens depuis le début malgré les difficultés, ce n'est pas maintenant que je vais me laisser influencer par les événements.

Auguste, lui, hésite à déserter. Mais il craint d'être envoyé sur le front de l'Est ou dans un camp de travail s'il est arrêté, ou bien d'être pris pour un espion s'il tentait de rejoindre un réseau ou même s'il disparaissait simplement dans la nature. Il risquerait sa vie dans tous les cas et refuse de la sacrifier inutilement à quelques mois, espérons-le, de la fin du conflit. Il préfère encore être prisonnier de guerre.

Un soir il me propose de m'aider. Il est prêt à faire n'importe quoi, je n'ai qu'à le lui demander. Mais je lui rappelle que notre relation ne doit en aucune manière servir à ça, ni dans un sens ni dans l'autre, et que jamais je ne dérogerai à cette loi à laquelle nous nous sommes toujours tenus jusqu'ici. S'il veut agir, qu'il le fasse, mais de son côté.

Notre relation perdure donc encore, mais nous voyons bien que cette guerre va bientôt nous rattraper et il faut s'attendre à ce qu'elle nous oblige à y couper court. Nous refusons encore cette évidence en nous abandonnant l'un à l'autre durant les heures éphémères que nous partageons.

C'est assez étrange, confus, comme depuis le début d'ailleurs. Je sais que je me mets en danger, plus qu'avant, mais encore une fois je veux rester loyale envers ce que nous avons créé. Je veux garder cette part de rêve que j'ai trouvée avec Auguste. Je veux qu'elle survive à tout ça. Le plus longtemps possible en tout cas. Rompre le fil sera douloureux, je le sais. J'ai beau mettre toute mon âme dans mes petites actions de résistance, je sens profondément en moi le besoin de continuer à le voir. Je suis bien lorsque je me tiens contre lui. Paisible comme avant. Comme toujours.

Il y a de nombreux attentats contre des hôtels où logent les Boches – une grenade a été envoyée une fois dans le hall du sien mais n'a pas explosé –, pourtant je veux prendre le risque de venir, comme je prends le risque de braver ses compatriotes. Comme un amant illégitime qu'on ne peut s'empêcher de revoir, quitte à ruiner son mariage. J'y trouve mon équilibre. Bien fragile certes, un peu tordu je le sais, mais c'est comme ça. Ne plus revoir Auguste serait comme une trahison envers moi-même.

Mme Bodin, elle, continue à m'éviter. Elle ne frappe plus à ma porte quand elle monte le courrier et se contente de le déposer sur le paillasson. Quand je tombe sur elle dans la cour, nous échangeons un « Bonjour » ou un « Bonsoir » tout juste poli, comme deux inconnues.

Parfois je me dis que la situation est grotesque, que je devrais lui raconter que je fais partie des *Étendards* et qu'il ne faut pas me juger sur ce que sa fille a pu voir un jour. Un être humain peut être fait de plusieurs facettes. On ne peut pas demander à notre époque d'être droit. Et surtout face à qui ? Qu'est-ce qu'être droit devant le papy gâteux qu'est Pétain ? Qu'est-ce qu'être droit devant ce fou d'Hitler ? Ou encore Staline ? Il suffit d'être droit devant son reflet. Et je le suis. Alors je passe mon chemin et ne veux pas me compliquer la vie avec cette pie qui, après tout, n'a qu'à s'occuper de ses oignons.

Je surprends aussi une fois Carole à l'entrée de la loge, mais elle a le réflexe de se retourner pour parler à sa mère et évite ainsi de devoir se confronter à moi. Là encore j'ai envie de lui dire de ne pas toujours se fier à ce qu'elle voit, de ne pas me coller une étiquette sans tout connaître de moi. Mais à quoi bon ? Elle pourrait voir cela comme une volonté de me disculper, et je ne veux pas qu'elle croie que je me sens coupable ; alors je passe mon chemin.

Presque chaque soir le « petit Raphaël », comme on surnomme la « RAF[1] à ailes », passe au-dessus de la région parisienne, en direction de l'Est. On voit rarement les avions qui survolent la ville, on ne perçoit que leur grondement régulier, profond, mais rassurant ; rien à voir avec celui que l'on entendait au début de la guerre, quand les bombardiers et chasseurs allemands partaient pour l'Angleterre. Là on sait que ces hommes et ces machines partent pilonner l'Allemagne, la blesser encore en portant des coups sur ses grandes cités industrielles.

Il paraît qu'il y a de nombreuses victimes civiles de l'autre côté de la frontière. Est-ce uniquement de la propagande ? Je ne le crois pas ; chaque nation paie un lourd tribut et les Allemands sont en train de manger leur pain noir. Ça ne me réjouit pas de savoir que des innocents sont victimes de la politique guerrière de leur pays, pourtant je ne peux m'empêcher de penser qu'Hitler est quand même arrivé au pouvoir par les urnes et que c'est une partie de ce peuple qui lui a donné le pouvoir d'avilir l'Europe. Bien que je ne veuille pas développer d'esprit revanchard, je ne peux chasser totalement cette idée de mon esprit. On est ainsi fait.

Les alertes sont nombreuses, les sirènes retentissent de jour comme de nuit, mais elles ne sont pas toujours

1. Royal Air Force – Armée de l'Air britannique.

suivies d'impacts. Toutefois les murs tremblent lorsque les escadrilles anglaises attaquent les usines de Gennevilliers, de Saint-Ouen ou de Saint-Denis qui fournissent du matériel aux Allemands, ou d'autres lieux stratégiques comme la gare de la Chapelle.

Deux ou trois fois, en route pour Levallois, je dois m'engouffrer sous un porche d'immeuble pour rejoindre un abri, me retrouvant soudain aux côtés de nombreuses personnes venues aussi s'y réfugier. Avec dans les sacoches de mon vélo des documents qui peuvent m'envoyer directement dans un camp d'internement en Allemagne. Chaque fois mon cœur palpite, plus pour cette raison que pour l'éventualité de voir tomber un obus.

Un jour aussi, un homme de la Défense Passive m'oblige à descendre dans la station de métro de la porte Champerret avec mon vélo que je ne veux pas abandonner ; la banlieue étant bombardée, on craint qu'un projectile n'atteigne une rue ou un immeuble. Je me faufile alors au milieu d'une foule de Parisiens résignés qui attendent patiemment sur le quai que l'alerte soit passée.

Au-delà du fait que je n'aime pas me réfugier ainsi dans le métro par crainte d'être prise dans un mouvement de panique si la station était touchée, j'ai extrêmement peur des policiers en civil qui rôdent partout et peuvent profiter de ces regroupements forcés pour contrôler tout ce petit monde. Une manière idiote de se faire piéger. Je reste alors dans un coin du quai derrière un grand type, en priant pour que personne ne me demande d'ouvrir mes sacoches. Une fois qu'on nous autorise à sortir, je ne montre aucun empressement pour remonter à la surface, laissant même un homme porter ma bicyclette mais, quand j'atteins le pavé, je me perche sur ma selle et pars en pédalant avec entrain, soulagée, et en me promettant de ne pas me refaire stupidement surprendre comme cela.

Dans la nuit du 20 avril, je suis réveillée en sursaut par les sirènes. Rapidement les explosions se rapprochent dans le quartier avec une intensité alarmante. Sans doute visent-ils cette nuit la gare des Batignolles. On entend nettement les canons antiaériens de la Flak[1] installée sur les toits des immeubles des boulevards extérieurs.

J'ai bien pensé à couper le gaz avant de me coucher mais, craignant que les vitres ne volent en éclats, je me relève pour fermer les volets du salon. Pendant l'opération, je me rends compte que je tremble et que je n'ose pas regarder au-dessus des toits les éclairs qui incendient le ciel. L'air chaud vibre sur mon visage. Les volets métalliques semblent une bien dérisoire protection face à ce roulement infernal où se confondent les ronflements des avions et les déchirements des explosions. Je laisse la fenêtre entrouverte pour que le souffle des déflagrations puisse passer, appliquant des consignes dont je n'ai, par chance, pas encore pu vérifier l'efficacité. Peut-être ces précautions éviteront-elles au moins que les carreaux ne soient réduits en miettes, mais si mon immeuble devient par erreur une cible de l'aviation elles ne seront pas d'un grand secours.

J'entends dans l'escalier mes voisins qui s'interpellent d'un étage à l'autre, s'inquiétant de la proximité du bombardement et décidant de gagner l'abri à la cave. Mais cet abri, je ne m'y réfugie plus car je ne

1. Abréviation de *Flakartillerie* – DCA, défense antiaérienne allemande.

veux pas m'y retrouver face à Mme Bodin. Et puis j'ai entendu tellement d'histoires sur des personnes bloquées sous les décombres que je ne sais plus s'il faut se terrer ou non dans les sous-sols. Toutefois il est vrai que ce soir je suis quand même tentée de m'y rendre, quitte à devoir affronter ma concierge en bas dans la pénombre, car à tout instant j'ai l'impression que mon étage va être pulvérisé. Mon ventre se creuse sous la crispation. Mes jambes me portent tout juste. Les yeux grands ouverts, je ne cesse d'observer le plafond, m'attendant à chaque seconde à le voir s'ouvrir en deux.

Je décide malgré tout de ne pas bouger et affronte ma peur en priant pour que ça tombe à côté. Je ne sais pas si je dois rester dans le salon ou retourner dans ma chambre. Le plancher grince sous mes pieds nus. Le vase danse sur la table. La porte fermée de la cuisine rebondit sur ses gonds. J'entends également la vaisselle qui s'entrechoque dans le buffet. Instinctivement j'analyse la distance de l'explosion qui secoue tout le bâtiment jusqu'aux fondations et la compare avec la précédente pour savoir si le feu se rapproche ou si j'ai une chance de passer au travers.

Un impact tout près ! Peut-être dans la rue. Et un autre la seconde suivante. J'ai soudainement très froid. Agrippée au chambranle de la porte du salon, incapable de décider quoi que ce soit, je regarde mes mains qui tremblent comme celles d'une vieille personne. Le grondement des avions devient subitement assourdissant, accentué par les bruits de destruction et de mort qui m'encerclent, qui vont bientôt m'ensevelir. Dans un élan incontrôlé, je me rue alors vers la porte de l'appartement avec comme seule idée de descendre jusqu'à l'abri. Mais je me retrouve devant l'escalier qui semble véritablement se tordre sous les secousses de la terre. Je suis au milieu de l'enfer, en équilibre dans un château de cartes, encerclée par les ombres et les reflets des flammes ! Je fais vite demi-tour pour regagner mon chambranle, comme s'il pouvait m'être d'un quelconque secours.

Dans le couloir je suis prise d'un haut-le-cœur. Une suée. Et aussitôt je rends mon dîner, ou ce qui en a fait office. D'autres déflagrations, un hurlement continu qui ne s'arrêtera jamais. Un nouveau haut-le-cœur broie mes entrailles. Je reste accrochée à l'armature de la porte, les yeux emplis de larmes brûlantes, la gorge irritée, ma poitrine secouée par une sensation d'étouffement. Et je finis par me laisser glisser jusqu'au sol, presque assise dans mon vomi, épuisée, attendant que passe l'ouragan dévastateur. Ou bien qu'il m'engloutisse à tout jamais.

C'est presque deux heures plus tard que se termine le déluge de bombes orchestré par l'aviation alliée et repris en chœur par la Flak. Jamais ça n'a été aussi long. Lorsque les sirènes de fin d'alerte retentissent, je puise je ne sais où la force de me relever. Éreintée, vidée. Avec toujours l'impression d'être malade, fiévreuse, comme intoxiquée. Agonisante. J'avance dans l'appartement en me tenant aux murs. Avant de regagner ma chambre, je prends malgré tout le soin de nettoyer le sol, puis je m'abandonne à mon lit.

Le lendemain j'apprends que plusieurs immeubles des XVIIe et XVIIIe arrondissements sont tombés ; j'aperçois de loin leurs vestiges fumants arrosés par les pompiers, avec des membres de la Défense Passive et de la Croix-Rouge qui se démènent autour. Il y a beaucoup de dégâts. Il paraît même que le Sacré-Cœur a été pris pour cible. Il serait intact mais n'aurait plus de vitraux. On annonce déjà que la vague de la nuit a fait plus de cinq cents morts et autant de blessés.

Bien que ces assauts aériens répétés soient destinés à notre proche délivrance, des victimes sont chaque fois immanquablement découvertes parmi les ruines des immeubles éventrés suite à de mauvais calculs dans le largage de bombes, ou bien à des chutes d'avions touchés par l'artillerie allemande. Mais bien que ces pertes soient inutiles – et ce sont généralement des femmes, des enfants et des personnes âgées, population majoritaire dans la ville – il faut serrer les dents et accepter ces catastrophes à contrecœur car c'est le triste lot de la guerre. Un sacrifice malheureusement incontournable.

Ce n'est pourtant pas le sentiment de la presse qui chaque fois fustige la puissance anglo-saxonne, l'accusant de ne pas respecter les civils en larguant ses bombes au hasard. Ou ces affiches placardées dans la capitale qui traitent les aviateurs anglais de « lâches ».

Le Maréchal, venu se faire acclamer par les Parisiens sur le parvis de l'Hôtel de Ville fin avril, a lui aussi pointé du doigt cette aviation qui tue aveuglément des innocents. Il est vrai que l'armée avec laquelle il collabore, la Milice et autres bureaux spéciaux créés par son gouvernement, n'agissent pas de la même manière : eux tuent, assassinent et torturent sciemment… Malgré cela, le parvis était noir de monde pour écouter son discours prononcé d'une voix qui n'est plus celle d'un homme mais celle d'une vieille femme.

Toujours à sa botte, la presse a salué l'événement le lendemain à grands titres, remerciant le chef de notre gouvernement d'être venu, après une trop longue absence, visiter Paris et soutenir ses habitants martyrisés par l'acharnement de l'aviation ennemie. On parlait presque d'un acte héroïque. Ce cynisme n'en finit pas de nous désoler. Cette ferveur pour le gouvernement, même si elle est loin d'être générale et reste une façade, a parfois tendance à me faire douter d'une issue positive. Mais je me reprends vite et reviens de chacune de mes opérations avec l'espoir ravivé.

Un jour *Henriette* m'annonce que je ne vais pas faire de livraison. Ou plutôt une livraison d'un autre genre. Je dois accompagner jusqu'à Montrouge un aviateur anglais tombé dans le nord de Paris, qu'un membre du réseau héberge depuis presque une semaine. Il faut maintenant l'aider à rejoindre la province et de là l'Angleterre et son unité. Je dois le mener à une adresse précise d'où son transfert pourra se faire vers les côtes bretonnes. Il ne parle pas un mot de français et s'il se faisait interpeller sur le chemin par des Frisés ou des policiers français, il serait immédiatement arrêté. Je dois donc l'escorter et éviter tout contrôle. Le mieux est de me promener naturellement avec lui, et ce jusqu'au sud de Paris.

Henriette me demande d'aller reposer mon vélo chez moi et de la rejoindre dans une rue derrière la gare Saint-Lazare où elle m'attendra avec le *Tommy*. Je m'exécute et me présente au point de rendez-vous trente minutes après. Elle est là avec lui, un grand type à l'air étonné, en costume un peu ample, coiffé d'une casquette qu'il porte bas sur le front.

Quand je m'approche, je m'aperçois qu'elle parle toute seule, en français, lui se contentant de hocher la tête puisqu'il ne comprend rien de ce qu'elle lui raconte. Comme j'arrive à leur rencontre, elle s'arrête au milieu d'une phrase et me le présente. Timothy.

Il m'adresse un sourire un peu gauche et me serre la main sans rien dire.

Henriette nous entraîne dans la rue et m'explique où je dois me rendre exactement, me proposant un itinéraire qui nous permettra d'éviter les points dangereux en raison des contrôles, itinéraire à modifier au moindre doute. Elle ajoute que je peux lui faire la conversation pour que nous n'ayons pas l'air de deux muets si nous croisons des soldats ou des policiers en uniforme ou en civil. Elle ajoute, avec un petit rire, que j'ai intérêt à avoir de l'inspiration pour tenir tout au long du trajet ! Puis, une fois que nous sommes arrivés au croisement, elle nous laisse. Timothy lui serre la main sans dire un mot, toujours un peu perdu ; elle me fixe un rendez-vous pour le lendemain et s'en va.

Après quelques mètres silencieux, je décide de passer mon bras sous celui de mon compagnon. Il me regarde, comprend, et me serre timidement contre lui. Puis ravivant mes rudiments d'anglais, je lui dis que je m'appelle *Perceval*, préférant utiliser cet autre pseudonyme par précaution. Il me demande si c'est comme le chevalier, *the knight*, alors avec un sourire je lui confirme que c'est bien cela, et ajoute en français que je suis son chevalier servant. Ça le fait rire, bien que je doute qu'il ait vraiment compris. Et notre échange en anglais s'arrête là car d'une part je suis incapable de tenir une réelle conversation, et surtout il est préférable d'éviter d'utiliser cette langue dans les rues de Paris. Il faut passer d'autant plus inaperçus que, même s'il n'est pas bien épais, sa silhouette un peu massive peut trancher au milieu de la population chétive des Parisiens. Son costume trop grand lui donne cet air que nous avons un peu tous de flotter dans nos habits, et *Henriette* l'a sans doute aussi couvert d'une casquette pour que disparaissent autant que possible dans l'ombre ses joues pleines comparées aux nôtres.

Nous marchons à une allure tranquille, ralentissant toujours à l'abord des carrefours pour détecter toute présence militaire ou policière, puis continuons notre promenade. Quand sur certains axes il y a un peu plus de monde, je parle seule, parfois de manière animée, et il approuve tout ce que je dis. Je le traite alors amicalement de vrai béni-oui-oui, sans qu'il comprenne plus que le reste.

Deux fois je dévie discrètement notre course en apercevant des véhicules boches arrêtés le long d'un trottoir.

Nous parvenons ainsi un peu plus d'une heure plus tard sans encombre aux portes de Paris et nous engouffrons dans Montrouge en suivant les indications d'*Henriette*. Je trouve l'adresse, l'atelier d'un vieux menuisier qui, par des gestes un peu précipités, nous invite à entrer, ferme la porte dans notre dos et nous emmène au fond de l'atelier, dans son bureau. Là seulement il se déride et s'adresse à l'Anglais.

— Timothy ?

L'aviateur se contente de hocher la tête, cette fois-ci à bon escient.

— Bien, conclut-il. Tout s'est bien passé alors ?

Je hoche la tête à mon tour, sans doute par réflexe après avoir vu mon partenaire le faire peut-être trois cents fois !

— Bien. Alors merci.

Je suis un peu surprise, mais je me rends compte que l'entrevue s'arrête là. Il a déjà la main sur la poignée. « *You stay here* », fait-il avec un fort accent, mais se faisant comprendre. Puis il ajoute : « Je vous raccompagne. »

Je fais un pas en avant et tends la main à mon *Tommy*.

— *Good bye. And good luck.*

— *Thank you ! Good luck to you too... French knight !*

Il parle avec un entrain visible, comme libéré soudainement de son mutisme, la crainte ayant disparu de ses yeux pour être remplacée par de la gratitude. Nous nous serrons la main avec une reconnaissance mutuelle, lui pour ce que je viens de faire, moi pour ce qu'il a fait pour nous et va, je l'espère, pouvoir continuer de faire depuis les airs.

Le menuisier attend derrière moi. Je lance un dernier regard à ce combattant en exil et traverse l'atelier en silence. Le vieux bonhomme m'ouvre la porte.

— Alors merci. Au revoir.

— Au revoir.

Et la porte se referme.

Bien que je sache que les consignes nous poussent à en savoir le moins possible sur les autres membres du groupe, je me sens un peu brusquement évincée après le long trajet qui m'a menée jusqu'ici. Je repars donc avec l'impression de n'être pas rassasiée, ma curiosité une fois encore insatisfaite, mais ravie malgré tout de la confiance encore renforcée que l'on m'a accordée en me désignant pour une opération de ce type.

Le bus que je voulais prendre Porte d'Orléans est bondé ; impossible d'ajouter ne serait-ce qu'un enfant. À force de charger les véhicules à bloc, les châssis vont finir par se briser et il n'y aura plus de service du tout.

Je me rabats sur le métro car, par chance, la ligne est ouverte. Les ombres se croisent dans les couloirs où les ampoules de faible intensité ont été espacées afin de réduire la consommation d'électricité. Fantômes silencieux qui espèrent pouvoir rejoindre leur destination sans trop de difficultés.

Étant au terminus, je trouve une place assise dans une rame qui vient de se garer au départ et dans laquelle s'engouffre déjà beaucoup de monde. Le wagon est imprégné de la lourde odeur de renfermé des trajets précédents au cours desquels les voyageurs se sont succédé, entassés dans ce mélange désormais habituel de transpiration, de vieux vêtements pas assez souvent lavés et d'haleines chargées, sans autre choix que de se faire à cet air saturé.

J'ai pris l'habitude de toujours avoir un livre avec moi pour ces trajets dont la durée peut rapidement être multipliée par trois ou quatre, ou pour les cas où je me retrouve coincée quelque part comme dans un abri ou bien une file d'attente. J'exploite donc tout ce temps perdu pour m'évader comme je le peux dans la lecture, et pour ne pas me laisser engourdir non plus par l'inertie de notre vie quotidienne.

Lorsqu'un soldat allemand s'installe en face de moi, je garde les yeux rivés sur mon livre, n'ayant dans mon champ de vision que ses bottes et son pantalon. Je suis d'abord surprise de voir cet uniforme dans un wagon de seconde classe, mais je me rends compte rapidement qu'il est en fait venu exprès s'installer en face de moi car je sens son regard qui me détaille. Fixe. Insistant.

Le train finit par se mettre en branle. Il progresse lentement, traversant les stations fermées plongées dans le noir et s'arrêtant plusieurs minutes dans celles que le réseau maintient encore en service. Dès que les portes s'ouvrent, les voyageurs jouent des coudes, se bousculent sur le quai, tentent de se frayer un chemin au milieu des flots contraires, entre ceux qui sortent et les nouveaux arrivants qui ne veulent pas que la rame reparte sans eux. Heureusement il règne une sorte de résignation qui permet de maintenir un calme relatif.

Je sens toujours l'attention du soldat portée sur moi. Quand la rame entre dans une nouvelle station, je relève la tête comme pour vérifier où nous arrivons et croise son regard. Il profite de cet instant pour m'adresser un sourire. Alors je le soutiens quelques secondes en restant de marbre : lui signifier clairement que je ne suis pas réceptive à cette marque de sympathie et, au-delà même que je refuse ce désir à peine voilé d'entrer en contact. Puis je m'isole à nouveau dans ma lecture.

Mon attitude méprisante un peu improvisée me réjouit. C'est une sorte d'insulte implicite contre laquelle il ne peut rien. Ce n'est pas répréhensible. Une insubordination passive. Un peu comme ces toux que l'on entend dans les cinémas pendant les actualités – qui ont remplacé les sifflets que les soldats surveillaient –, lorsque la voix du chroniqueur vante les victoires allemandes ou de nouvelles mesures prises par Vichy.

Ce doit être dur de se sentir tout le temps détesté à ce point ; ça doit peser lourd à force, mais bon, c'est le jeu, c'est le sale jeu qui s'impose. C'est une attitude que j'ai toujours eue envers les soldats, mais jamais de manière aussi effrontée, directe. Et ça me fait jubiler. Sans doute une manière de décompresser après la tension accumulée avec le *Tommy*. Je me dis d'ailleurs que ce serait bon de lui lancer à la figure que je viens de sauver un aviateur, de l'accompagner en banlieue pour qu'il reparte en Angleterre chercher un avion pour enfin revenir combattre et chasser son armée. Je sais que ce serait idiot d'agir de la sorte, mais ce qui est sûr, c'est qu'ils ont beau nous tenir physiquement sous leur joug, ils n'ont certainement pas encore mangé notre âme.

Lors d'une belle soirée de printemps, de retour de Boulogne-Billancourt où j'ai porté un paquet assez lourd dans le sous-sol d'une boulangerie, je me presse de rentrer avant le couvre-feu qui a été avancé en représailles à la mort d'un officier allemand abattu à côté de la place de Clichy.

Il fait bon sur les quais de la Seine illuminés par les rayons déclinants du soleil qui a nourri la journée de sa chaleur nouvelle. Des cyclistes circulent çà et là sur l'artère qui s'étend entre Neuilly et la rive du fleuve. Une voiture à cheval déboule un peu plus loin ; sans doute un des habitants de cette banlieue résidentielle qui a ressorti sa vieille calèche. En le croisant, je remarque que l'animal pas bien épais souffre bruyamment du poids qu'il tire, bien que l'habitacle soit vide. Il semble que ce soit le propriétaire en personne qui mène son véhicule ; décidément, même ici ils n'ont plus les moyens d'entretenir leur personnel pour se faire conduire !

En arrivant à la hauteur de Courbevoie, j'entends sur l'autre rive les sirènes annoncer un bombardement. Puis rapidement monte dans l'air un impressionnant bruit de moteur qui vient couvrir celui de l'alerte. Et déjà la Flak se met à claquer. Commence alors au-dessus de la banlieue un ballet d'avions de chasse, piquant sur je ne sais quelle usine ou caserne boche pour y lâcher leurs bombes avant de repartir dans une belle courbe pour reprendre de l'altitude. Les explosions jaillissent au-dessus des toits, les nuages opaques des tirs antiaériens perlent le ciel, obligeant les appareils à des slaloms périlleux. Nous sommes plusieurs à nous être arrêtés pour observer cet étourdissant spectacle dont la violence semble atténuée par l'espace qui nous en sépare.

Une nouvelle volée de chasseurs se présente ; ils fondent sur leur cible avant de disparaître aussi vite qu'ils sont apparus. Un appareil touché répand dans son sillage une traînée de fumée noire. Comme il perd de l'altitude, la Flak s'acharne ; il disparaît derrière les immeubles mais aucune explosion ne retentit. Et la valse continue au ras des toits. Les habitants qui se terrent en dessous doivent rentrer leur tête dans leurs épaules et coller leurs mains sur leurs oreilles en espérant que le plafond de leur cave ne va pas céder et les enterrer vivants.

On m'a rapporté l'autre jour, quand je faisais la queue chez le primeur que, lors d'un des multiples bombardements qu'a subis la banlieue, les Allemands ont interdit aux secours d'intervenir. Ni les pompiers ni les médecins ou autres infirmiers n'ont pu approcher les immeubles en flammes pour venir en aide aux victimes. Tout ça dans le but d'exacerber la haine contre les Anglais, faire d'eux des assassins de civils. Mais c'est tout le contraire qui se produit car ce qu'ont ressenti les Parisiens et tous ceux auxquels on a rapporté la nouvelle, c'est qu'on a laissé mourir des hommes, des femmes ou des enfants qui auraient pu être sauvés si les secours étaient parvenus à temps jusqu'à eux.

Une épaisse boursouflure de fumée naît d'entre les toits et grossit en s'élevant dans l'air. Je me remets en selle pour ne pas arriver après l'heure fatidique mais pédale lentement pour observer encore le cirque de la mort qui se poursuit de l'autre côté du fleuve.

Les raids comme celui-ci n'ont pas lieu exclusivement dans la région parisienne, on en compte également partout en France. La presse parlait l'autre jour des victimes faites à Marseille et à Bordeaux à la suite d'attaques des forces aériennes anglo-saxonnes ; comme d'habitude, aucune mention des objectifs visés ou détruits, mais uniquement un bilan des civils touchés par ces « tueurs aveugles », comme aime à le rappeler cette presse elle-même toujours aussi aveuglément partisane. Il faut dire toutefois que nous avons eu vent d'un nombre important de bombardements massifs qui ont fait énormément de victimes au sein de la population, parfois sans même atteindre les lieux stratégiques pris pour cible. Et il paraît que le mécontentement monte dans certaines régions du Nord et de l'Ouest particulièrement exposées, où les habitants déplorent de plus en plus que la menace vienne de nos alliés. Même si, encore une fois, ces sacrifices sont malheureusement inévitables, les erreurs répétées de l'aviation britannique ou américaine commencent à semer le doute sur leur capacité à venir à notre secours. Après quatre ans d'Occupation, de misère et de deuils, les gens sont aigris, ils ne croient plus en rien, et dans ce contexte l'opinion est changeante et peut rapidement se retourner contre ceux dont les bombardements meurtriers ne semblent pas affaiblir notre ennemi. Alors forcément la presse profite de cette confusion dans les esprits pour en rajouter et dénigrer plus encore les actions inefficaces de l'état-major allié.

La propagande allemande reste elle aussi infatigable. Au début du mois est apparue une affiche représentant l'Italie sur laquelle progresse un escargot avec un drapeau américain et un drapeau britannique sur chacune de ses antennes. Pourtant les nouvelles qui nous parviennent de ce front sont plutôt positives ; nos armées avancent singulièrement, obligeant les forces allemandes à se replier chaque jour un peu plus. Le mensonge et la mauvaise foi sont tels, qu'on se demande si ceux qui conçoivent ces affiches y croient encore eux-mêmes… C'est peut-être une manière de garder la face quand on voit que l'ensemble du système que l'on a mis en place s'effrite de partout.

La situation qui résulte de tout ça est assez étrange, mouvante, incertaine, balancée entre des vagues d'espoirs et des peurs fulgurantes. Auguste me rapporte que le moral des troupes d'occupation est lui aussi en baisse, que beaucoup de soldats souhaitent une issue rapide à cette guerre ; les jeunes comme les plus vieux qui sont cantonnés dans la capitale craignent d'être envoyés sur le front russe dont personne ne revient entier, ou de devoir quitter leur poste parisien relativement tranquille pour être mutés sur les côtes du Pas-de-Calais, de Normandie ou de Bretagne où Berlin s'attend chaque jour à voir débarquer des troupes anglaises et américaines. Auguste m'a également raconté que certaines compagnies ont de plus en plus de mal à se ravitailler et que les hommes de troupe ne se nourrissent pas toujours à leur faim, ce qui accentue leur lassitude et leur épuisement. Ils se méfient aussi davantage des Français qui sont chaque jour plus nombreux à se montrer ouvertement hostiles ; la consigne donnée depuis longtemps aux soldats d'éviter de circuler seuls vaut plus que jamais. Il a même entendu parler de cas de désertions, comme on en rapporte en Russie ou en Italie dans certaines divisions en déroute.

Du coup les autorités allemandes renforcent la pression qu'elles exercent sur la population, multipliant les arrestations, les procès bâclés, les pelotons d'exécution pour les opposants à leur présence et à leur idée d'un monde idéal. Autant d'atrocités en tout genre que l'on colporte, arrestations de juifs en pleine nuit, de déportations qui se poursuivent. Il circule aussi une rumeur selon laquelle le jour où aura lieu le débarquement allié tous les hommes en âge de combattre seront aussitôt arrêtés et déportés. Du coup chacun cherche ou aménage une planque où il pourra se réfugier au cas où cette mesure serait appliquée.

Toute cette répression ne fait qu'attiser la haine qu'une population quasi unanime porte maintenant à l'Occupant. Il y a encore des irréductibles, bien sûr, les profiteurs, mais chez ceux qui tirent la langue, ceux qui ont vu leurs proches disparaître suite à une maladie, épuisés par la faim et le froid, embarqués lors d'une rafle ou emprisonnés pour avoir osé critiquer la politique du gouvernement, chez tous ceux-là s'est installée une volonté tenace de voir les Boches décamper au plus vite afin de retrouver ne serait-ce qu'un semblant de vie normale. Nous sommes tous minés par les restrictions de gaz et d'électricité ou les fermetures répétées de stations de métro qui obligent ceux qui n'ont pas de vélo à rallonger leurs parcours à pied ; on parle même d'un arrêt total du trafic.

Mais c'est le ravitaillement qui reste la principale préoccupation et il est désormais habituel de sentir les tiraillements de la faim pincer nos ventres. Il arrive parfois que l'on ne bouge pas de son lit pour ne pas brûler d'énergie inutilement si l'on n'a rien à faire. J'ai même entendu dire que des ouvriers, n'ayant certains jours plus la force de travailler à cause de la malnutrition, n'ont d'autre choix que de rester chez eux. Mais le lendemain ils sont incapables de reprendre un effort prolongé à leur poste, et ils se retrouvent ainsi piégés dans un cercle infernal.

Malgré cette lente asphyxie, il faut éviter d'exprimer ouvertement ses opinions car les dénonciations restent un sport que certains se plaisent toujours à pratiquer, de manière anonyme et abusive le plus souvent. On a donc tendance à s'isoler, mais parfois un mot, un geste, une moue, permet de partager son exaspération, son ras-le-bol avec son voisin dans une queue ou sur un boulevard quand passe une patrouille ou une fanfare.

En dehors des quelques opérations spéciales que l'on me confie, les allers-retours à Levallois se poursuivent. Parfois deux jours de suite. Puis brusquement ils cessent : *Henriette* m'apprend que *Chez Jean* est « brûlé ». Comme elle ne m'en dit pas plus, je ne sais pas si l'endroit est juste « grillé » ou si les membres du réseau qui s'y trouvaient ont été arrêtés. Je pense à *Flamme* et à son air décontracté.

Calant ses yeux dans les miens, elle me demande si je souhaite continuer malgré tout. Ma réponse positive étant immédiate, elle m'indique que désormais je devrai me rendre à Clichy. À côté de la mairie pour commencer. Elle n'a aucune livraison pour moi aujourd'hui, alors si je ne connais pas les lieux, j'ai la journée pour les étudier. Ce que je fais.

Le lendemain, après notre rendez-vous, je porte un colis à un certain *Bernard* que je retrouve en face de la mairie, un béret roulé dans la main gauche et portant sa montre au poignet droit. C'est un homme d'une quarantaine d'années avec un accent du Sud-Ouest et des doigts de métallurgiste. Nous partons ensemble dans les petites rues de la ville où, au moment opportun, je lui remets le paquet qu'il glisse rapidement sous sa vareuse. Nous repartons ensuite tranquillement ensemble puis nous nous séparons un peu plus loin.

Il devient mon nouveau contact de livraison, nos points de rencontre changeant à chaque fois. Son accent chantant me ravit, même s'il reste plutôt avare en paroles, me laissant souvent entretenir la conversation pour faire croire que nous nous connaissons. Son sourire a quelque chose de brisé. J'imagine des blessures liées à l'action clandestine, à de la famille ou à des copains disparus, mais jamais il n'évoque l'origine de son air triste. Pour les plus gros colis, je lui laisse ma bicyclette et nous nous retrouvons un quart d'heure plus tard dans une rue un peu plus loin pour qu'il me la rende, les sacoches vides.

Mon activité demande une attention permanente. Il est formellement interdit d'être étourdie, sous peine d'arrestation, avec le risque d'entraîner ses compagnons avec soi. Cette concentration totale génère une angoisse continue qui peut rapidement devenir épuisante. Alors je m'efforce, dans la mesure du possible, de me maintenir en forme afin d'éviter un état de faiblesse qui serait propice à l'erreur. Souvent après ma mission quotidienne, je me démène pour trouver à manger. Si je n'arrive pas trop tard, je patiente dans l'une des longues files d'attente qui s'étendent sur les trottoirs. J'y vais aussi parfois tôt le matin, dès la levée du couvre-feu, pour rejoindre au plus vite une queue avant qu'elle devienne trop importante et m'empêche d'être servie avant de devoir me rendre à mon travail. Et désormais il faut faire attention aux vols car on m'a rapporté que plusieurs femmes se sont fait agresser au retour des commissions par des individus qui leur ont dérobé leur filet à provisions.

Lorsque mon emploi du temps me le permet, je pars également faire la tournée des fermes aux alentours de Paris, en priorité celles qui nous ont déjà dépannées quand ma mère et ma grand-mère étaient encore là. Je m'y rends à plusieurs reprises, parcourant à vélo l'éprouvante cinquantaine de kilomètres qui y mène, arrivant parfois pour m'entendre dire qu'ils n'ont plus rien, même pour les clients de la première heure comme moi. Ce sont généralement des coups durs pour le moral, entre la fatigue du trajet et la faim qui me tenaille. Heureusement ma mère arrive à m'envoyer assez régulièrement des colis contenant quelques légumes ou des œufs pour éviter que je ne sois trop carencée.

À Karmorvan, elles parviennent encore à se ravitailler, mais elle me dit que ça devient aussi de plus en plus difficile. Si ça continue, nous allons tous finir anémiés. Car même si on peut encore se débrouiller pour trouver des légumes et de rares morceaux de viande essentiellement faits de gras, les prix ne cessent d'augmenter et il n'y aura bientôt plus qu'une minorité qui pourra s'offrir ne serait-ce que le minimum vital. La disette n'est pas loin. Si on ne considère pas qu'elle est déjà là. On dit que même les « Rescos », les restaurants communautaires, n'ont plus rien à servir aux affamés qui se présentent chaque jour plus nombreux.

Je croise souvent dans mon quartier des adultes ou des enfants qui ne mangent sûrement pas tous les jours, et dont les corps se traînent sur les trottoirs à la recherche d'un déchet qui pourrait faire office de repas. Mais même les déchets deviennent rares, tout est récupéré ; la moindre épluchure, quand il y en a, peut être revendue pour nourrir un animal, certaines personnes en achetant parfois en faisant croire que c'est pour leur chien…

Dans cette atmosphère où l'on craint la famine, je vois défiler un matin sur le boulevard de Clichy un troupeau de vaches. Nous n'en croyons d'abord pas nos yeux. C'est comme une provocation perverse d'exposer ainsi ces tonnes de viande devant une population qui rêve de s'en procurer un quartier bien frais pour le passer au four façon rôti avec des pommes de terre moelleuses noyées dans du beurre… Par précaution les bêtes sont escortées par des soldats, sinon l'une d'elles pourrait rapidement disparaître dans la cour d'un immeuble pour y être découpée et partagée.

Le tonnerre des sabots monte dans le silence du boulevard. Étrange défilé. Un type nous raconte que le troupeau a été débarqué dans une gare de banlieue un peu plus tôt et rejoint les abattoirs de la Villette où il ne peut être directement acheminé, les voies de chemin de fer ayant été coupées suite à de multiples bombardements. Il va donc traverser toute la ville et narguer les Parisiens avant de rejoindre des mess ou des cantines boches. Toutes ces richesses nous passent sous le nez, comme on dit. Quelle misère !

Malgré la pénurie alarmante, je fais en sorte de ne pas entamer ma petite réserve de nourriture, en prévision de jours plus difficiles encore où il ne sera peut-être plus du tout possible de trouver quoi que ce soit. Je gère au plus près les colis de ma mère et l'argent qu'elle m'a laissé pour me procurer un minimum vital mais, si les étalages restent vides et si les prix du marché noir augmentent encore, ma situation va très vite devenir précaire.

Quand je le peux, je me rends aussi aux bains

publics pour me laver à l'eau chaude. Pour ceux de ma condition, qui n'est pourtant pas la pire, c'est un luxe rare. Cela fait un bien fou. Et ça change de la toilette du petit chat, sommaire, avec une cuvette d'eau froide, surtout quand on transpire chaque jour sur son vélo.

Je revois Denise et Suzon un soir dans un café, mais pas très longtemps malheureusement car le couvre-feu approche. Denise me demande comment ça se passe et je lui réponds que ça va. Un coup d'œil vers Suzon m'indique que celle-ci est au courant. Elle me dit juste que c'est bien que je m'y sois mise aussi, car l'avenir de notre pays risque bientôt de se jouer et les Alliés auront besoin d'appui parmi les Français. Rien de plus.

J'ai envie de leur demander ce qu'elles font, de comparer nos activités, nos peurs et aussi nos satisfactions à agir, mais je dois absolument respecter nos consignes de sécurité. En savoir le moins sur les autres en cas d'arrestation, plus spécialement lorsque ce sont des amies, donc plus exposées si une enquête était menée sur l'entourage. D'ailleurs, déjà le fait de nous réunir comme cela pourrait mettre nos situations en péril. Alors, en faisant attention aux oreilles indiscrètes, nous parlons des événements, de l'Armée rouge qui fait toujours reculer les nazis sur le front de l'Est ainsi que des poussées de plus en plus victorieuses des armées alliées en Afrique du Nord et en Italie. Nous confrontons ce qu'annonce la presse officielle et ce que nous avons pu capter sur *Radio Londres*, et en particulier la rumeur de plus en plus persistante de débarquement. D'ailleurs on ne parle plus « d'un débarquement » mais « du débarquement ». Le *speaker* sur les ondes londoniennes conseillait l'autre soir aux gens d'évacuer les grandes villes, de se réfugier à la campagne avant qu'il ne soit trop tard. L'opération pouvait bientôt débuter, disait-on, avec la conjonction d'une pleine lune et d'une marée favorable. Mais rien n'est venu.

Bien que nous le souhaitions plus que jamais, nous craignons en même temps que ce débarquement ne marque l'engagement de violents combats sur notre territoire, d'une guerre qui pourraient ravager les régions où ils se dérouleront. Plutôt épargnées en 1940, c'est le spectre des combats de 14-18 qui y plane à nouveau. Mais, une fois encore, ce sera le prix à payer, nous le savons déjà.

En attendant, les bombardements s'intensifient sur les usines Renault de Boulogne-Billancourt et les autres manufactures d'armes, de caoutchouc ou de roulements à billes de la banlieue. Le fait que ni la radio ni les journaux ne mentionnent ces attaques signifie qu'elles atteignent leurs objectifs. Il y a quelque chose dans l'air. On ne veut pas trop s'emballer, mais sans doute les prochains mois vont-ils marquer un changement radical dans cette guerre. Peut-être la fin, se plaît-on à espérer. Au cours de l'été, nous aimerions.

Nous parlons avec une certaine précipitation car nous voulons échanger au maximum avant de devoir regagner nos appartements. Toujours en surveillant les alentours, nous évoquons alors d'autres rumeurs autour desquelles se brodent encore d'autres hypothèses ; comme tout le monde, on suppute, on prédit, on pronostique. Avant de nous séparer, nous nous refilons les tuyaux qui circulent pour se procurer tel ou tel produit, tel ou tel aliment, puis nous nous quittons en échangeant un discret « V ».

Un après-midi, *Henriette* se présente à notre rendez-vous avec un homme à lunettes d'une quarantaine d'années, petit, malingre, le menton un peu en galoche, les mains dans les poches d'une veste légèrement trop grande pour lui et rongée d'avoir été trop portée. Les voyant venir de loin, je pense à un nouvel aviateur anglais, mais dès qu'ils m'ont rejointe, elle me présente *Claudel*, qui fait partie des *Étendards*. Nous partons aussitôt ensemble et *Henriette* m'annonce qu'elle me remet aux mains de ce bonhomme qui voudrait me proposer une mission d'un autre acabit, si toutefois je suis d'accord. Comme je suis ouverte à toutes sortes d'entreprises, elle nous abandonne en prenant une rue à droite tandis que nous continuons tous les deux dans la même direction.

« Prenons un air badin… » me dit d'abord *Claudel* en forçant son sourire et en retirant ses lunettes pour souffler sur les verres. La formule me surprend, mais j'arbore un air enjoué, comme ravie de le voir. Il rechausse ses lunettes et reste un moment silencieux, à nouveau les mains dans les poches de sa veste. Il cache tant bien que mal sa nervosité derrière des sourcils rapprochés qui entraînent irrémédiablement son visage dans une moue de profond mécontentement. Puis il se lance, parlant par longues salves jusqu'à devoir reprendre son souffle, mais allant droit au but : nous devons exécuter Henry Creslin, un promoteur immobilier qui s'est énormément enrichi depuis le début de l'Occupation avec un trafic de vente d'appartements. Il n'est certes pas le seul dans l'industrie ou le commerce à s'être rempli les poches de la sorte mais, grâce à ses liens avec les administrations françaises et aussi allemandes, il a pu mettre la main sur un nombre important de logements abandonnés par des Juifs suite à une arrestation ou obligés à l'exil en province ou à l'étranger. Henry Creslin s'occupe alors de faire vider les lieux, d'organiser leur remise en état au besoin et d'obtenir de nouveaux titres de propriété officiels pour enfin les revendre. Ses contacts touchent une commission et certains en ont profité pour s'installer à bas prix dans de beaux appartements, notamment des officiers allemands qui ont ainsi pu s'offrir un pied-à-terre dans la capitale.

Dans sa soif d'agrandir son marché, Henry Creslin n'a pas hésité à dénoncer des Juifs pour ensuite récupérer leurs appartements, ou bien à faire arrêter certaines personnes qui le gênaient dans ses transactions. Et encore récemment il a donné un membre éminent d'un réseau afin de s'octroyer ses cent cinquante mètres carrés exceptionnellement situés sur la place des Invalides. Il devient impératif de le stopper.

Un contact des *Étendards* qui travaille dans un restaurant de la place des Ternes où il vient déjeuner tous les jours depuis trois mois maintenant avec une jeune femme a pu nous fournir des renseignements sur ses horaires : arrivée en voiture à 12 h 45, à deux ou trois minutes près, et départ à 13 h 45 précises. Le fait qu'il ait le droit de circuler en auto fait déjà de lui un privilégié ; sans doute n'a-t-il pas eu trop de problèmes pour obtenir un *ausweis* ou une carte d'usager prioritaire. D'après notre informateur, il est très pointilleux sur les horaires, quittant son bureau à 12 h 30 et voulant absolument y être de retour à 14 heures. Son chauffeur le dépose devant l'entrée et part se garer dans une rue annexe ou va autre part, et à 13 h 35 il est de retour, en stationnement le long du trottoir pour attendre son patron.

C'est donc là que nous pourrons intervenir. Un autre groupe s'occupera de son exécution, mais avant je dois observer ses allées et venues, en relever chaque détail, confirmer ses horaires et sa manière d'arriver et de quitter l'établissement, afin de préparer au mieux l'opération.

Me voilà par conséquent installée dans l'un des cafés de la place des Ternes en observation, un journal dans les mains, mais les yeux souvent levés pour contrôler ce qui se passe devant la brasserie *La Lorraine*, le restaurant de catégorie A en question, au nom on ne peut plus symbolique ! Depuis quatre jours je viens directement après mon travail du matin et m'installe près de la vitre pour avoir en ligne de mire l'entrée de l'établissement, changeant chaque fois de café pour éviter de me faire repérer.

Claudel m'a fait parvenir une photo de notre cible tirée d'un journal qui lui consacrait un article afin que je puisse l'identifier, même si sa ponctualité est en elle-même presque une indication suffisante. Le portrait montre un visage doux, souriant, dégageant presque de la joie de vivre. Gentil au premier abord. J'en étais presque étonnée. Le premier jour, il est arrivé à l'heure indiquée. La cinquantaine, richement vêtu ; j'ai tout de suite remarqué que son visage était différent de celui de la photo. Les traits, bien entendu, étaient les mêmes, un peu vieillis peut-être, mais l'expression de gentillesse qui émanait de son portrait avait fait place à un air préoccupé, à de la dureté, une certaine intransigeance. Puis il a rapidement disparu dans le restaurant.

Le rituel se répète tous les jours : la voiture à gazogène se gare, le chauffeur en fait le tour, ouvre la portière, le promoteur immobilier descend sans le regarder, sans lui dire un mot, parcourt avec un air soucieux les quinze mètres qui mènent à son restaurant, ignorant tout ce qui se passe autour de lui, passe sans le voir devant un garçon qui lui tient la porte et s'engouffre à l'intérieur. Autour, aucune présence policière ou militaire spéciale. Des patrouilles boches peuvent circuler en voiture ou en camion, des policiers ou miliciens en civil peuvent traîner autour des bouches de métro, mais il n'y a aucun poste de garde fixe.

La jeune femme qui partage son déjeuner est sa maîtresse, mais on n'en sait guère plus. La première fois, je l'ai vue arriver vers 12 h 30 mais je ne savais pas encore que c'était elle qu'il venait rejoindre. Sans doute se doit-elle d'être là quand il arrive. Elle a moins de trente ans, elle est jolie – l'air peut-être un peu gourdasse mais je ne sais pas si je suis objective ! – et est très chic, un tailleur très bien coupé, parée de bijoux. Quand à 13 h 42 Henry Creslin sort du restaurant avec elle, il l'embrasse dans le cou et monte à l'arrière de sa voiture qui démarre aussitôt. Après un dernier signe de la main, la jeune femme s'éloigne tranquillement sur l'avenue des Ternes.

Creslin s'est présenté et est reparti aux mêmes heures le deuxième jour, pareil le troisième, à une ou deux minutes près. Un peu comme si je voyais le même film, encore et encore. Je fais chaque fois mon rapport un peu plus tard à *Claudel* dans un bistrot près de la place de Clichy. Il commence inévitablement par son furtif « Prenons un air badin… » souffle vivement sur les verres de ses lunettes puis, en arborant nos sourires joviaux, nous faisons le point en allant à l'essentiel.

Mais aujourd'hui un événement va peut-être venir tout bouleverser. Ce matin des troupes américaines et anglaises ont débarqué en Normandie. La rumeur disait encore que ce serait certainement pour juin mais, depuis le temps que ce débarquement était annoncé puis reporté, nous n'osions trop espérer. Pourtant, dans la matinée, *Radio Londres* a solennellement déclaré que l'offensive était lancée ; eux qui répètent souvent qu'ils donnent toutes les mauvaises nouvelles pour qu'on les croie aussi lorsqu'ils annoncent les bonnes, là plus que jamais on a envie de les croire. D'y croire.

Dans le bureau où je travaille une personne qui a de la famille en Normandie nous l'a confirmé. Ce serait donc vrai ! La Libération serait vraiment en cours cette fois-ci ! Vont-ils réussir à percer le fameux mur de l'Atlantique dont on nous a tant vanté l'invulnérabilité dans les actualités au cinéma, avec ses innombrables installations de béton, ses milliers de canons, de mines et ses kilomètres de barbelés ? Nous devons maintenant attendre pour savoir si l'opération réussit.

Voilà pourquoi, lorsque je m'installe à mon poste d'observation place des Ternes, les pieds trempés par la forte pluie qui tombe depuis ce matin, je suis tout émue. Je pense que mon visiteur ne va pas se montrer, peut-être préoccupé par ces nouvelles qui ne vont pas aller dans le sens de ses affaires. Mais en fait ça ne bouleverse en rien ses habitudes : à 12 h 30 je vois apparaître sa maîtresse sous un parapluie, portant un tailleur différent de celui de la veille et, comme d'habitude, des brillants autour du cou, aux oreilles et aux doigts. Lui arrive à 12 h 45, en parfait accord avec son emploi du temps quotidien. Une heure plus tard, il réapparaît avec la jeune femme à son bras, comme les figurines d'un coucou suisse sortant de leur chalet, la quitte et repart travailler.

Claudel, lui, est tourmenté par la nouvelle du jour. Il a du mal à prendre son « air badin ». Il n'a pas plus de détails que moi. On ne connaît pas encore la véritable ampleur de ce débarquement. Ses phrases sont plus hachées que d'habitude, comme s'il pesait chacun de ses mots. Il époussette ses lunettes d'un puissant souffle, puis me dit qu'il ne faut plus perdre de temps. L'opération aura lieu demain. Ils en savent assez. Mon cœur bondit. Sans doute parce que je vais participer à la mort de quelqu'un. Pas directement, mais elle va avoir lieu en partie grâce à mon travail de repérage. C'est un peu étrange comme sensation.

Ma participation s'arrête là. Il me remercie et me donne pour le lendemain une heure et un lieu de rendez-vous où je pourrai retrouver *Henriette*. La poignée de main que nous échangeons est ferme, un peu plus appuyée, une manière de nous dire que nous tenons peut-être le bon bout, de partager l'espoir que le débarquement rend soudainement réel. Et il disparaît, comme piqué par une mouche, s'abritant sous un journal.

Je m'attarde un peu dans le café à observer les passants sur le boulevard, comme par habitude, mais c'est surtout la pensée d'une prochaine libération qui me laisse rêveuse. Ce sera long, nous le savons, mais le jour qui verra la disparition des panneaux d'indication en allemand est peut-être annoncé. Le jour où on nous enlèvera à tous ces chaînes qui enserrent nos chevilles, cette épée qui pend au-dessus de nos têtes, prête à les trancher. Aujourd'hui on a vraiment le droit d'y croire. Il faut quand même rester prudent, mais ce 6 juin semble être un grand jour. Une charnière.

En fin d'après-midi, je raccommode une chaussette devant la fenêtre du salon, le bouton de la TSF tourné pour qu'elle s'allume dès que l'électricité reviendra. À la faveur d'un rétablissement temporaire du courant, j'entends donc le bulletin d'information de *Radio Paris* qui évoque une « opération d'essai », le largage aventureux d'un commando anglo-saxon sur les rivages de Normandie. Bien entendu, ils ne peuvent accepter ce qui arrive ; ils sont obligés de minimiser l'importance de la bataille en cours, cette « tentative de débarquement » ne pouvant qu'être vouée à l'échec.

Après avoir diminué le volume, je parviens à capter des crachouillis sur la fréquence de la *BBC*. Et malgré le brouillage, j'entends que *Radio Londres* confirme le débarquement. Dans les premières lueurs du jour, une armada considérable a fondu sur les côtes normandes dans les environs de Caen et des milliers de soldats ont posé le pied sur nos plages. Mon cœur a du mal à rester en place, à ne pas s'emballer. Les voix ont un timbre légèrement différent de l'habituel, comme une once de fierté qui se cacherait dans les dernières syllabes de chaque mot, un optimisme épatant.

Puis les bulletins reprennent en anglais. Je reste collée un instant au poste sans tenter de comprendre la suite. Je ne peux plus bouger. Ils ont débarqué… Ils ont débarqué ! C'est encore difficile à réaliser. Ils sont là, sur notre territoire. Tout près ! Et malgré mes larmes de joie, l'angoisse reste encore tapie dans l'ombre car cette offensive peut être repoussée par les troupes que les Allemands ont accumulées sur les côtes, justement dans la crainte de ce débarquement. Mais il faut y croire ! Partout les armées alliées progressent, il n'y a pas de raison qu'elles échouent sur nos propres terres.

J'ai du mal à reprendre ma respiration. Je pense à ceux qui souffrent et meurent là-bas, pour nous, pour venir nous délivrer, pour qu'un jour nous puissions nous réveiller sous un ciel de liberté. Alors je me recueille, je prie pour eux, pour que leurs efforts et le sacrifice de leurs vies ne soient pas vains, que des blessures et des deuils à venir sorte la Victoire, une victoire que chacun de ces soldats aura aidé à faire renaître. Dans l'attente du résultat de cette opération, nous pouvons d'ores et déjà leur être reconnaissants d'être venus jusqu'ici pour tenter de nous offrir la délivrance.

Je sors aussitôt après et parcours sous la pluie le chemin de retour d'Auguste à contresens. Il ne peut empêcher un sourire en m'apercevant. Je dois dire qu'il est difficile de contenir le mien également. Une demi-heure plus tard je me jette dans ses bras. Sans un mot. Je sens sa respiration sur mes cheveux mouillés. Je colle mon oreille contre son épaule. Je suis un peu perdue. Attirée vers lui en ce jour qui a tout de symbolique. Encore une fois j'ai besoin de lui montrer, et de me montrer, que notre relation va au-delà des événements.

Pourtant nous ne pouvons nous empêcher d'en parler. Je lui demande s'il a des nouvelles, mais il ne pense pas que l'on puisse se fier à celles qu'ils reçoivent ; déjà au temps des victoires, les informations étaient déformées, alors, dans le cas d'une attaque alliée, il ne faut pas s'attendre à obtenir la vérité. Dans les communiqués officiels, l'armée allemande sera toujours victorieuse, et ce jusqu'à son dernier souffle. Toutefois il est heureux de cette nouvelle situation. La guerre va peut-être bientôt prendre fin. La défaite annoncée de l'Allemagne d'Hitler et des démons qu'il a lancés à travers l'Europe le réjouit. Elle n'est pas encore certaine, mais les événements de ces derniers mois l'ont déjà fortement laissé présager, alors, si les Alliés parviennent à ouvrir un nouveau front avec ce débarquement, sans doute va-t-elle s'accélérer. Il espère que tout cela cessera au plus vite.

Je suis un peu mélancolique. J'espère aussi que tout cela s'arrêtera bientôt, mais j'ai peur pour nous. Je crains de plus en plus que, une fois le poids de l'Occupation retiré, notre passion ne se volatilise. Et j'ai beau me faire à l'idée que notre histoire ne sera pas éternelle, qu'au-delà de notre attirance elle est le fruit de cette guerre et de cette volonté tenace à prouver qu'il ne faut pas s'arrêter aux étiquettes, je redoute l'effet dévastateur que sa fin pourra entraîner. Peut-être continuerons-nous à nous voir après, mais je sais que lorsque les conditions auront changé, ce ne sera plus pareil.

Encore une fois tous ces sentiments sont étranges. Contradictoires. Inexplicables sans doute. Mais c'est ce que je ressens. Comme si la guerre seule était le postulat de départ de notre relation. Mais je verrai comment ça évolue, je me laisserai guider par mon instinct comme je l'ai fait jusque-là.

Les larmes se calent aux coins de mes yeux. Sur mon vélo, dans la ville couverte d'un plafond de nuages bas sur laquelle se lève ce 7 juin, je ressens à nouveau cette mélancolie d'hier soir, un mélange d'espoir auquel vient se greffer la tristesse. D'un côté les troupes qui luttent pour établir une tête de pont sur la côte normande, apportant avec elles la liberté que nous attendons tous, et de l'autre le fossé qui va peut-être s'agrandir pour nous séparer, Auguste et moi. La délivrance peut-être, mais dans la douleur.

En passant devant un bâtiment où flotte le drapeau nazi, je me convaincs que bientôt nous pourrons le brûler en reléguant ces quatre années au placard.

Cet état de relative béatitude mêlée d'angoisse est stoppé net lorsque j'arrive devant l'immeuble où je travaille : *Claudel* est là, de l'autre côté de la rue. Pas normal. Mon pouls s'emballe. Il me fait signe de le rejoindre. Je vois tout de suite à ce geste inhabituel car trop voyant, et par sa présence ici si tôt, que c'est important.

Il me prend par le bras et m'entraîne sur le trottoir. Pas d'« air badin » cette fois. Et ses lunettes restent sur son nez, sans besoin d'époussetage. *Arthur* est tombé lors d'un contrôle. Je ne sais pas qui c'est, mais le fait que *Claudel* le cite en dépit de toutes les précautions d'usage me fait comprendre que c'était un proche. *Arthur* avait sur lui des messages tout juste rédigés qu'il portait à l'imprimerie. Il n'a rien pu faire. Celui qui le secondait a pu par miracle réchapper à l'arrestation et est venu aussitôt l'avertir avant de quitter la ville. C'est avec *Arthur* que *Claudel* devait faire équipe aujourd'hui pour s'occuper d'Henry Creslin.

Il fait une petite pause ; nous continuons de marcher en silence. J'attends la suite. Il a l'air éprouvé.

— C'est toi qui viendras avec moi, m'annonce-t-il enfin, d'un trait.

Je le regarde, surprise.

— Pour Creslin… ?

— Oui. Nous devons être deux. *Arthur* était le tireur. Je le remplacerai, mais j'ai besoin de quelqu'un en appui.

Mon souffle ne trouve plus son rythme. Ayant observé les allers-retours de notre cible plusieurs fois, j'ai eu le temps d'imaginer la scène quand viendrait le jour de passer à l'acte. Mais jamais je ne me suis imaginée en être un des acteurs.

— Il faut que tu ailles récupérer un revolver.

— Mais je n'ai jamais tiré…

— Tu ne tireras pas, *Lancelot*, je tirerai et tu me couvriras.

Il m'appelle très rarement par mon nom. C'est suffisant pour comprendre que la décision est prise. Ça me terrifie, mais je ne le montre pas.

— D'accord.

— Ça te fait peur ?

— Non. Si tu dis que je peux te seconder, je le ferai. Où est-ce que je trouverai le revolver ?

— Chez *Casse-pipe*.

Beau présage ! Il me donne l'adresse et le mot de passe à prononcer à la porte.

— Ne va chez lui que vers 11 h 30 pour ne pas garder l'arme avec toi trop longtemps avant l'opération. Il sait que c'est toi qui te présenteras. Mais ne va pas à ton travail ce matin pour éviter tout imprévu. Car il faut absolument le faire aujourd'hui. Il faut le faire ce midi.

J'acquiesce pour lui montrer que je mémorise bien chacune des informations.

— Je dois me rendre à deux rendez-vous pour prévenir de l'arrestation d'*Arthur*, pour que tout le monde soit sur ses gardes. Il ne parlera pas, mais il vaut mieux être prudent. Retrouvons-nous à midi à l'angle de la rue de Courcelles et de la rue Jouffroy, je te dirai comment nous procéderons. Si je ne suis pas là à midi et demi, c'est que j'ai eu un pépin, alors ne traîne pas là-bas. Et repasse demain au cas où. Sinon *Henriette* te repêchera la semaine prochaine. Mais y'a pas de raison…

Et il m'adresse un sourire confiant. Il ne sourit pas souvent comme cela.

— Ne t'inquiète pas, tout se passera bien.

Le fait que je ne réponde pas trahit quand même mon appréhension, mais je parviens malgré tout à lui sourire en retour pour qu'il sache que je serai opérationnelle.

Quand nous nous quittons, il me demande d'avoir un foulard avec moi à notre rendez-vous. Puis il disparaît de ses pas courts mais rapides. Avant de tourner à l'angle de la rue, il se retourne pour vérifier que personne ne voit le « V » que forment ses doigts sur la poche de son pantalon. Je souris à nouveau et me gratte la joue avec deux doigts également en « V ».

Les minutes filent. Je retourne chez moi chercher un foulard. L'immeuble semble encore endormi. En tout cas il n'y a pas de bruit. Je me pose un petit moment dans un fauteuil du salon. J'essaie de faire le vide, de ne pas penser à cette scène que je semble avoir déjà vue. Je me dis aussi que c'est peut-être la dernière fois que je regarde ce salon ; si l'opération capote ou même si elle réussit et que nous nous faisons prendre, il y a peu de chances que je sois relâchée comme la première fois. Je n'aurai aucune histoire à raconter ce coup-ci. Mais j'efface vite ces pensées idiotes et, profitant d'un créneau d'électricité inhabituel à cette heure, allume la radio pour tenter de capter quelques nouvelles.

D'abord la *BBC*, mais il n'y a que du souffle ou le lointain écho de la voix étouffée et inaudible de « *Honneur et Patrie* »[1]. Alors je me rabats sur *Radio Paris*. Le bulletin d'information mentionne des combats violents mais, compte tenu de leur manque d'objectivité, c'est plutôt bon signe qu'ils ne parlent pas d'anéantissement des forces alliées sur les côtes normandes. J'essaie à nouveau la *BBC* mais la fréquence est toujours brouillée. Je coupe la TSF. Le silence revient.

1. Autre émission de *Radio Londres*.

Dans la cuisine, je mâche lentement un morceau de pain noir que j'ai passé sous l'eau pour le ramollir un peu. Son goût est écœurant – peut-être à cause de la sciure avec laquelle on coupe la farine, dit-on – mais il faut que je mange. Ce que nous allons faire va me pomper beaucoup d'énergie. Je décide alors d'ouvrir un des pots de cerises cuites que ma mère a glissés une fois dans mes bagages quand je suis venue la voir. Ils font partie de ma réserve pour les moments d'extrême nécessité ; je pense que c'en est un.

Leur saveur est un délice. J'ai l'impression de manger du soleil. Les aliments que nous ingurgitons sont tellement insipides que ces cerises gorgées de jus sucré me paraissent extraordinaires. Succulentes. Providentielles. Je les sens cheminer jusqu'à mon estomac. Je me limite à trois cuillères. Le rationnement est devenu un réflexe. Et puis ces vitamines seront peut-être bientôt très utiles pour se requinquer s'il faut se battre vraiment.

Je range le pot dans le placard à côté des deux autres. J'évite de penser à ma mère et au risque que je vais prendre. Ça la rendrait malade. Je pense à mon père. C'est pour lui que je vais faire ça. Ce sera peut-être un pas vers sa libération à lui aussi.

À 11 h 30 je suis chez *Casse-pipe*. Je frappe deux fois. Des pas s'approchent, traînants.

— C'est pour quoi ?

— C'est pour un coup…

— Un coup de quoi ?

— Un coup de main.

C'est le code que *Claudel* m'a transmis. La porte s'ouvre, comme celle d'un coffre-fort quand on a placé les molettes devant les bons numéros. Un vieux monsieur m'offre un chaleureux sourire.

— Entrez…

Il referme derrière moi et me détaille avec ravissement des pieds à la tête. Je suis gênée par son regard un peu trop appuyé et par son silence.

— Excusez-moi, mais pendant un instant j'ai cru que j'allais perdre toute résistance…

Et il rigole. Je l'imite, me décrispant un peu après cet accueil singulier. Je me dis que, même s'il m'a un peu reluquée, c'était peut-être aussi un test pour voir si j'étais bien celle qu'il attendait. Si je ne m'étais pas montrée naturellement timide devant son regard, peut-être aurait-il été méfiant.

— Vous êtes bien… ?

— … *Lancelot*.

— C'est bien. Ne bougez pas.

Il s'enfonce dans le couloir et disparaît par une porte. J'attends dans la petite entrée uniquement éclairée par une lointaine fenêtre. À peine le temps de détailler les tableaux que *Casse-pipe* revient, les talons de ses mules claquant sur le parquet. Il tient dans ses deux mains un chiffon sale qu'il pose sur une commode.

Avec des gestes lents il pousse un peu les bibelots et ouvre le paquet. Apparaissent un revolver et une dizaine de balles.

— Attention, je l'ai chargé.

Il prend l'arme par le canon et me la tend. J'hésite une brève seconde ; il le remarque.

— Allez, faut se lancer ma p'tite. Vous n'êtes pas là pour faire du tourisme.

Alors j'empoigne l'arme par la crosse. Elle est lourde. C'est la première fois que j'en tiens une. Je fais attention de ne pas placer mon doigt sur la gâchette et lève le bras dans la direction du couloir.

— Maintenir son bras bien rigide quand on tire, sinon ça part trop haut. Mais on ne s'entraîne pas ici !

Et à nouveau il rigole. Un rire un peu las, comme usé par quatre ans de misère, mais on sent derrière ce rire toute la bonne humeur que renferme le bonhomme. Ou qu'il renfermait.

Je lui souris, un peu impressionnée je dois dire. Mais confiante.

— C'est parfait, merci, je lui dis en baissant l'arme et en la lui tendant par le canon.

Il l'enroule dans le tissu maculé.

— Je vous l'enveloppe là-dedans pour que vous la mettiez au fond de la sacoche de votre vélo. *Claudel* m'a dit que vous avez un vélo…

Je lui confirme d'un mouvement de tête.

— Comme ça, en cas de contrôle, on ne sait jamais, ça peut toujours passer. Le chiffon pour remettre la chaîne si on déraille… Vous en avez déjà un…?

À nouveau j'acquiesce.

— Ça vous en fera deux. Après l'opération vous le mettrez bien en lieu sûr chez vous, ou ailleurs mais faites bien attention à lui, car il n'y en a pas tant que ça et on va peut-être bientôt en avoir besoin. Celui-ci sera le vôtre.

Il me tend le paquet que je dissimule sous mon manteau et maintiens d'une main contre moi.

— Merci.

— Pas d'quoi.

Et à nouveau son beau sourire un peu estompé. Mélancolique peut-être aussi. Nous le sommes sans doute tous aujourd'hui. L'espérance.

— Allez, ne vous mettez pas en retard.

Il m'ouvre la porte. Je passe devant lui et m'arrête sur le palier. Un instant d'hésitation, mais nous ne pouvons pas nous serrer la main, la mienne étant bloquée sous mon manteau.

— Merci. À bientôt.

— Y'a intérêt !

Et il rit encore en fermant la porte.

À midi je suis au rendez-vous. Il pleut faiblement. *Claudel* arrive une minute après moi.

— C'est bon ?

— C'est bon, je lui réponds d'un ton assuré.

Nous partons à pied en poussant nos bicyclettes à côté de nous. Il m'expose avec précision la manière dont nous allons procéder. Je l'écoute attentivement.

La petite demi-heure que nous avions pour nous préparer passe comme une minute. La tension comprime le temps. Vers 12 h 20, *Claudel* me demande de cacher mes cheveux sous mon foulard. Lui passe une casquette et rajuste une petite écharpe qu'il porte déjà autour du cou.

Avant de nous séparer, je me penche sur l'une de mes sacoches et m'empare discrètement du revolver de *Casse-pipe*. J'entends dans un éclair son rire brisé. Les balles supplémentaires restent dans le chiffon au fond de la sacoche. L'arme passe rapidement dans la poche de mon manteau. En cas de contrôle, je serai faite sur le champ. À moins d'ouvrir le feu, si je le sens, m'a conseillé *Claudel*.

Et déjà nous enfourchons nos bicyclettes et partons chacun d'un côté sous la pluie fine qui persiste. Je parviens encore à contenir l'angoisse qui veut s'infiltrer de force, mais déjà mon rythme cardiaque est plus rapide que d'ordinaire. L'adrénaline se prépare doucement à un violent débit. Ça m'amollit presque. Je pédale mécaniquement, le plan de l'opération en tête.

Un œil sur ma montre : 12 h 33. La demoiselle a déjà dû faire son apparition dans le restaurant, dans une nouvelle tenue. Elle l'attend à une table. Peut-être consulte-t-elle le menu du jour avec détachement. Sait-elle que d'autres ne mangent pas à leur faim depuis des mois ? Est-elle consciente de la disparité des régimes au sein de la même ville ? Que certains n'ont pas pu acheter de nouveaux vêtements depuis plus de deux ans ? Le portier à l'entrée, lui, attend les clients qui vont bientôt affluer.

Je fais un crochet supplémentaire en roulant sans forcer. Pas trop lentement tout de même pour ne pas éveiller de soupçons, car ces temps-ci personne ne se promène dans Paris, les cyclistes ne circulent pas pour le plaisir mais pour se déplacer, pour du concret. Je dépasse un vélo-taxi tiré par un garçon rachitique aux mollets tendus juste sous la peau. Je me demande comment avec un tel gabarit il peut tracter son pousse-pousse à pédales et son chargement. Puis je continue sur l'avenue des Ternes où il crachine toujours.

À 12 h 38 je me lance sur la place en inspectant du regard chaque personne qui se trouve à proximité du restaurant. Aucun soldat en vue, ni de policier en uniforme. Il y a même très peu de monde en fait. Je passe devant l'établissement devant lequel se tient le portier et m'arrête vingt mètres plus loin, le long du trottoir. Je descends de mon vélo et fais semblant de regarder le mécanisme de la chaîne, simulant un problème. Une ombre approche. *Claudel* arrive déjà et me demande si j'ai un souci, jouant le bon samaritain qui vient à mon secours. Il cale sa pédale sur le trottoir pour faire tenir son vélo. 12 h 43. Il se baisse pour feindre d'ausculter mon pédalier. Tenant ma bicyclette par la selle et me penchant pour voir ce qu'il fait, je le cache un peu afin qu'il puisse observer la circulation. Nous n'échangeons aucun mot.

Un homme passe à quelques mètres. Comme je relève la tête, il m'adresse un sourire aimable. Je lui réponds poliment en espérant qu'il ne va pas vouloir venir mettre son grain de sel. Il poursuit son chemin. *Claudel* se redresse brutalement en me soufflant « Le voilà… » Son visage est déformé par la crispation. Il baisse machinalement un peu la visière de sa casquette et reste un instant encore dans mon axe, hors de vue du chauffeur et de notre cible. Puis soudain il me contourne, la main dans la poche de son pardessus. Son regard a quelque chose de bestial. Sauvage. Froid. Et sa peau semble soudain grise. Creusée. Ma main droite glisse dans la poche de mon manteau et enserre la crosse du revolver. Comme habituée déjà. Du pied, je déplie la béquille de mon vélo pour qu'il tienne tout seul si besoin. Le sang bat contre mes tympans. Mon chemisier est plaqué dans mon dos par la transpiration. Et bien qu'immobile, je suis essoufflée.

Claudel fait un petit bond pour monter sur le trottoir. Il avance, droit comme un *i*. Le chauffeur a fait le tour du véhicule avec un parapluie et ouvre la portière arrière. Henry Creslin sort de la voiture, habillé richement comme les jours précédents. Je me demande encore si les événements d'hier lui font craindre ou non un retournement de situation. En tout cas il est ici, c'est le principal. Les deux trajectoires vont se rencontrer. Henry Creslin n'a pas vu *Claudel*. Peut-être si j'avais été à sa place m'aurait-il remarquée, en tant que femme. Mais cet homme qui s'approche de lui est un passant comme un autre, donc invisible. Sauf qu'il sort brusquement un revolver de sa poche et le braque sur sa tête. Alors seulement il prend conscience de sa présence. Mais trop tard. *Claudel* tire. Presque à bout portant. Le bruit de la détonation est moins fort que je m'y attendais. Par contre du sang est projeté, restant comme suspendu dans l'air alors que le corps de Creslin s'effondre lourdement. *Claudel* se penche sur le corps déjà inerte et tire une nouvelle fois dans la poitrine. Le portier reste la porte à la main, paralysé. Dans le restaurant, j'aperçois une vieille femme qui s'est levée, collée à la baie vitrée, la bouche ouverte. Le chauffeur fait un pas en avant mais s'arrête quand *Claudel* le vise et lui intime l'ordre de se mettre à terre. Le type obtempère immédiatement, lâchant son parapluie et s'allongeant sur le trottoir. J'observe un peu plus loin : des passants se sont arrêtés, d'autres se sont réfugiés sous les portes cochères, réflexe de ceux qui ont déjà assisté à une fusillade. *Claudel* recule, puis se retourne et court jusqu'à moi.

Déjà prête, béquille relevée, pied sur la pédale, je démarre en prenant soin de surveiller les alentours. Dans un mouvement fluide, il empoigne d'une main son vélo, gardant le revolver dans l'autre, se jette sur sa selle et donne de grands coups de pédalier. Il est tout de suite à ma hauteur. Je regarde encore derrière nous, moi aussi le guidon dans une main, l'autre toujours fourrée dans la poche de mon manteau. Un homme nous suit des yeux depuis le bord du trottoir. Il pourrait se précipiter pour nous bousculer et permettre notre arrestation. Je croise son regard et comprends qu'il approuve ce que nous venons de faire. Sans doute ne sait-il pas qui nous venons d'abattre, mais les attentats sont forcément perpétrés contre des nazis ou des collabos.

Nous tournons sur le boulevard de Courcelles, abandonnant derrière nous le chauffeur qui se relève prudemment. Au loin, j'aperçois deux agents qui arrivent en courant. Je ne sais pas s'ils nous ont vus disparaître. Maintenant il faut foncer. Je bifurque à la première rue sur la gauche, comme nous l'avons prévu. *Claudel* m'adresse un furtif « V » avec deux doigts et un sourire vif et plein d'espoir ; ses yeux brûlent encore de la fièvre de cet assassinat. Il prendra la prochaine à gauche pour s'évanouir lui aussi dans les petites artères du quartier.

La rue dans laquelle je me suis engouffrée me paraît étrangement calme après cet extrême moment de tension. Seul le vent de ma course siffle dans mes oreilles. Avec le bruit régulier de mon souffle. Je me rends compte que je respire bruyamment, comme pour expulser le trop-plein d'air de mes poumons oppressés. Je me retourne, personne n'est à mes trousses. Alors je retire le foulard de ma tête pour brouiller mon signalement, me retrouvant les cheveux défaits. Les témoins s'attachent toujours à ce genre de détails. Une astuce qui m'a fait comprendre que *Claudel* et *Henriette* avant lui ne sont pas novices en la matière.

Je remets mes mains sur le guidon et poursuis ma course. Itinéraire en tête, j'enchaîne les rues les unes après les autres. Voyant que personne ne me file, je ralentis un peu pour ne pas avoir l'air en fuite et éviter de me faire inutilement repérer. La pluie fine qui se répand sur mon visage me semble fraîche, mais ce doit être le contraste avec mes joues qui ont sans doute chauffé sous le coup de l'émotion.

Quand je franchis le porche de mon immeuble, Mme Bodin est dans la cour en train de balayer. Je la salue d'un coup de tête, comme elle le fait maintenant, et me dirige vers les box pour ranger mon vélo. Je sais que son regard est collé à mon dos. J'ai bien envie de sortir mon revolver et de la mettre en joue comme *Claudel* l'a fait tout à l'heure. Pour lui ficher la trouille. Lui montrer qu'elle est toujours sur la mauvaise piste. Qu'elle devra peut-être un jour me remercier pour ce que j'ai fait, comme tant d'autres. Encore une fois le geste serait inutile, voire dangereux, pourtant il me ferait du bien. Mais je me contente de ranger ma bicyclette dans mon box. Profitant que la porte obstrue le champ de vision de ma concierge, je m'empare du chiffon avec les balles et les fourre dans mon autre poche pour les cacher chez moi avec l'arme.

Dans l'escalier je croise Françoise, ma voisine du dessous. La nuit j'entends tousser sa fille Nicole. Elle est toujours malade. Le médecin qu'elle a vu n'a rien diagnostiqué. Et elle aussi, elle s'est mise à tousser. Elle est livide. À bout de forces, je le vois. L'autre jour je lui ai apporté cinq pommes de terre et quatre carottes obtenues lors d'une de mes virées. Elle les a acceptées avec un sourire épuisé et un « merci » glissé dans un souffle. Je me demande si Mme Bodin lui a raconté que sa fille m'a vue sortir de l'hôtel. Son attitude envers moi n'a pas changé, elle est simplement devenue plus discrète au fil des mois, plus maigre et fatiguée. Les opinions des uns et des autres n'ont sans doute aucune importance dans son quotidien.

Comme je lui demande des nouvelles de sa fille, elle me répond qu'elle va mieux, qu'elle tousse moins. Je sais qu'elle dit ça pour se rassurer. Pour éviter de penser au pire. Puis elle s'excuse car elle doit y aller. Elle part faire des courses. C'est-à-dire la queue. Pour tenter d'obtenir le minimum du minimum avec les tickets d'alimentation. Je lui souhaite bon courage et lui promets de lui apporter quelque chose si je parviens à dénicher des légumes comme l'autre jour. Son sourire triste me désole. Et en même temps je sais qu'il m'encourage pour la suite. J'aimerais lui raconter ce que nous venons de faire, quel genre d'individu nous venons de mettre hors de nuire, pour lui donner peut-être espoir. J'entends ses pas traînants qui descendent l'escalier.

Je m'enferme chez moi. Un long moment je reste assise dans la cuisine, la fenêtre ouverte, à écouter les sons de la cour. Je bois beaucoup d'eau. Comme si tout cela m'avait totalement déshydratée. Je m'efforce de ne pas trop rejouer la scène avec *Claudel*. Le crâne qui s'ouvre et le corps qui s'affaisse.

C'était tendu mais rondement mené. Une chance, pour mon baptême du feu. Je trouve que j'ai fait preuve de pas mal de sang-froid. Je respire. Je suis fière de moi. Ce n'est pas tous les jours !

— Était-ce le début de l'épuration ? Je ne crois pas. Les prémices peut-être. Mais à ce moment-là, il s'agissait d'abord d'une action punitive contre un type ignoble. Un Collaborateur de la première heure. Ce n'était pas un règlement de compte comme il y en a eu tant par la suite. Nous étions encore en guerre. C'était un acte patriotique dans un pays où la justice allait uniquement dans le sens de l'Occupant et de tous ceux qui lui obéissaient.

Le soleil commence sa paisible descente vers la mer. Il est encore doux et vient se promener sur les rides de Mme Dulac. Son visage s'est imprégné de sévérité quand elle se remémorait ce dernier épisode. Elle semble maintenant retrouver sa sérénité, bien qu'un brin de gravité persiste tandis qu'elle me scrute pour vérifier que je suis toujours attentif. Ce qui est le cas, plus que jamais.

— C'était la première fois que j'étais confrontée à ce genre de mort. Violente. Criminelle même. Mais je n'ai eu aucun remords. Même si notre victime était un de nos compatriotes et non pas un de nos « ennemis héréditaires », comme on disait alors…

Elle se redresse un peu dans son fauteuil et rajuste délicatement les plis de sa jupe.

— J'avais peut-être mis du temps à me réveiller, à sortir de mon cocon, mais cet acte me paraissait désormais tout à fait normal. Justifié. Encore une fois, c'était la guerre et les victimes se comptaient dans les deux camps.

Elle tire à nouveau sur le tissu de sa jupe, par habitude, puis ajoute :

— Ça m'a même d'ailleurs fait un peu peur, à un moment, de ne rien ressentir de spécial. Je ne me trouvais presque pas assez effrayée. Comme si je pouvais y prendre goût.

Un petit hoquet amusé lui permet de se détendre un peu.

— Mais je n'en étais pas vraiment là quand même. Par contre je ne pouvais m'empêcher de penser aux otages qui allaient être exécutés à cause de ce que nous avions fait. Assassiner un Allemand ou un de leurs Collaborateurs, c'était exposer la vie de plusieurs prisonniers pris au hasard pour payer les crimes des autres. Pourtant malgré cela il fallait continuer d'agir. C'était difficile à supporter mais nécessaire pour montrer à l'Occupant que la Résistance, malgré les représailles, ne se laissait pas déstabiliser et qu'elle poursuivrait son action jusqu'au bout.

Ses yeux s'assombrissent à l'évocation de cette froide logique.

— Par chance, Henry Creslin n'a pas eu cet honneur d'être vengé. Ce qui m'a fait doublement plaisir. La presse évoquait un probable règlement de compte dans un milieu immobilier qu'elle qualifiait de « pas toujours très clair » ! Pour la version officielle, Henry Creslin s'était sans doute fait des ennemis au cours de ses affaires et avait pour cela été exécuté. Les autorités dénonçaient cet « acte barbare » – elles n'avaient peur de rien ! –, mais ne mentionnaient aucune représaille… Je pense qu'en fait elles préféraient éviter d'attribuer ce genre de fait d'armes à la Résistance pour qu'on ne croie pas que l'épuration soit lancée. Elles craignaient tellement que les règlements de comptes ne basculent rapidement dans une guerre civile… Ou peut-être était-ce tout simplement pour minimiser l'importance et la détermination des mouvements contestataires. D'ordinaire intransigeantes quand il s'agissait d'un soldat, les autorités montraient là une certaine prudence. Il était encore trop tôt en ce début du mois de juin pour savoir si l'offensive alliée en Normandie allait réussir, mais les années d'Occupation, de restrictions, de misère, avaient créé de telles disparités et développé de telles rancœurs au sein de la population qu'il était préférable de ne pas attiser un feu qui ne demandait qu'à se propager. Tout pouvait vite dégénérer.

Elle jette un coup d'œil vers moi puis se perd à l'horizon. Les arbres s'agitent toujours autour de nous au gré des rafales, desquelles le muret continue de nous protéger.

— Les cellules de résistance étaient soutenues, au moins moralement, par une population au bout du rouleau. Véritablement. En bout de course. Affamée, détroussée par les Allemands, appauvrie à l'extrême, et qui avait eu bien le temps de comprendre que les manœuvres de Pétain et de son gouvernement ne profitaient qu'au régime nazi. Mais il était encore un peu tôt pour soulever les foules. Il ne fallait pas tout gâcher après avoir attendu si longtemps. Les actes isolés se sont quand même multipliés, mais il fallait encore patienter pour lancer l'insurrection générale…

Ses yeux sont rivés sur le soleil déclinant. Comme si sa chaleur ravivait tous ces souvenirs figés au fond de son cœur.

— Certains se sont démasqués trop tôt et l'ont payé cher. Sentant venir la libération, des hommes et des femmes ont oublié les consignes de cloisonnement, et les Allemands ou la Milice en ont profité. En juin et juillet, leurs effectifs étaient encore suffisamment importants et puissants pour maintenir leur autorité. Pourtant la résistance prenait encore de l'ampleur un peu partout. Parfois de manière symbolique ; une histoire qui circulait alors à Paris racontait qu'un officier nazi avait été arrêté dans la rue par plusieurs résistants, désarmé et forcé par ces derniers à marcher les mains en l'air en hurlant « À bas Hitler ! » sous l'œil goguenard des passants.

J'ai l'impression de le voir avancer sur le trottoir au milieu des Parisiens qui jubilent.

— Par contre, certaines opérations étaient de vrais actes de guerre ; des commandos attaquaient des garages allemands pour incendier les véhicules et les empêcher ainsi de circuler, d'autres s'en prenaient à des soldats ou à des officiers pour leur voler leurs armes. Des camions étaient même mitraillés en plein jour dans les rues de Paris. Toutes ces actions prouvaient bien à l'ennemi qu'il y avait maintenant face à eux une véritable armée organisée. Peut-être n'était-elle pas bien pourvue en armes, mais elle restait redoutable par sa volonté de se libérer. Et surtout invisible…

Un moment en suspens laisse à sa mémoire le temps de fouiller dans les archives.

— Le 14 juillet, plusieurs manifestations ont eu lieu à Paris et en banlieue, souvent organisées par les FTP[1], les groupes de résistants communistes auprès desquels s'engageaient de plus en plus de volontaires, dont énormément de jeunes. *Henriette* m'a demandé de ne pas y participer, précisant que ça n'avait rien à voir avec le fait qu'elles soient en partie à l'initiative des communistes, mais il était préférable de garder sa voix et ses forces pour le moment opportun. Militaires et policiers étaient sur les dents de peur d'un débordement, et ça pouvait mal tourner. Au final il y a eu quelques incidents, mais les manifestations auxquelles se greffaient spontanément les Parisiens ont été avant tout une manière de montrer aux autorités que de plus en plus de monde était prêt à se soulever au moindre signal et à suivre le mouvement.

Il y a comme une flamme dans son regard. Est-ce simplement le reflet du soleil ?

— Le vent qui soufflait de Normandie redonnait aux Parisiens le goût de la provocation. Beaucoup de femmes portaient des vêtements bleu, blanc et rouge, ou épinglaient à leur boutonnière un petit bouquet tricolore. C'était une manière de militer ouvertement pour une réhabilitation des vraies valeurs françaises et d'un patriotisme depuis trop longtemps bafoué. On avait déjà vu ça, surtout en 41, pendant les fêtes nationales du 14 juillet ou du 11 novembre, avant que la répression ne coupe court à toutes sortes de démonstrations les années suivantes. Il y avait aussi eu ces garçons qui s'étaient promenés avec deux cannes à pêche, deux gaules, pour signifier leur attachement à celui qui parlait depuis l'autre côté de la Manche…

1. *Francs-Tireurs et Partisans*, mouvement de résistance communiste armée créé fin 1941.

L'esquisse d'un sourire se dessine pour s'effacer aussitôt.

— En province, il y a également eu un peu partout une grande vague de sabotages destinés à empêcher ou à freiner la progression des bataillons allemands qui cherchaient à rejoindre le front de l'Ouest au plus vite. Cela faisait partie du plan organisé par les Alliés conjointement avec de Gaulle et ses représentants sur le territoire, pour garantir le succès du débarquement. Malheureusement, là aussi certains ont voulu se frotter trop tôt aux effectifs allemands encore importants et décidés à combattre cette jeune armée souvent trop peu expérimentée. Parfois aussi la population galvanisée par l'espoir laissait trop vite éclater sa joie. Tulle, Oradour ou encore le Vercors sont les exemples qui ont marqué les esprits, régions martyres où l'armée allemande a montré qu'elle était encore puissante. Et sauvage. Jusqu'au bout cruelle et sans pitié.

Elle fixe les tasses et la théière dans un long silence. Comme pour marquer ce deuil éternel. Une sonnerie aux morts que ne percevraient que nos oreilles.

Puis elle revient à moi avec un sourire qui a du mal à se former. Tout ça la perturbe. Cette marée de souvenirs. Au parfum un peu âcre. Un ressac qui donne le mal de mer.

— Vous voulez boire encore quelque chose ?

— Non merci…

Le silence se prolonge. Elle m'adresse un coup d'œil, comme pour me pousser à lui poser la question. J'hésite un instant, puis j'y vais.

— Et Auguste ?…

Ses pupilles se tournent encore vers moi. Elle se montre presque amusée.

— Ça vous intrigue, hein ?

Je lui souris en retour. Les souvenirs remontent d'un coup, je le vois à ses traits qui s'affaissent légèrement comme son sourire disparaît. Elle se perd au loin, sur la mer, sur le trouble de ses jeunes années, ce tumulte qu'elle n'avait pas souhaité.

— Nous nous sommes encore revus, bien sûr.

Elle se raccroche un court instant à mes yeux pour y trouver peut-être un peu plus de courage.

— C'était plus dur. Mais toujours nécessaire. Les nouvelles qui nous parvenaient quotidiennement, même si elles n'étaient pas toujours identiques selon le camp qui les diffusait, nous laissaient deviner, ou tout au moins espérer, que l'heure de la libération approchait chaque jour un peu plus. Toutefois nous ne savions pas dans quelles conditions se terminerait la bataille pour chacun de nous. Quel serait le sort des soldats allemands ? Si je souhaitais prendre une part active aux combats, est-ce que j'en réchapperais ? Auguste craignait plus que jamais d'être envoyé sur le front de l'Ouest ; il m'avait encore assuré que dans ce cas il déserterait.

Une ombre apparaît sur son visage puis s'estompe rapidement.

— Les rares nuits que nous avons pu passer ensemble durant cet été sont restées les plus tendres que nous ayons partagées. Sans doute était-ce dû à la tension dans laquelle nous vivions quotidiennement, et sans doute aussi parce que nos rendez-vous étaient moins fréquents compte tenu de mon activité de plus en plus soutenue au sein du réseau.

Ses yeux se posent sur ses mains, puis se relèvent.

— Chaque fois que nous nous quittions, il me demandait d'être très prudente. Et moi aussi je lui faisais promettre de l'être… Comme si c'était la dernière fois.

Elle soupire et ébauche un léger sourire teinté de fatalité.

— Et chaque fois il était aux anges quand je le croisais dans la rue pour lui indiquer que nous pouvions nous voir. Quand j'arrivais dans sa chambre, mon cœur palpitait avec la même intensité que pendant mes missions. Mélange d'adrénaline, car je me trouvais en territoire strictement interdit, et de bonheur du fait de le retrouver… Notre plaisir, lui, restait intact.

Un nouveau soupir, comme un besoin de se libérer.

— Puis une nuit, plaquée contre lui, ne parvenant pas à trouver le sommeil, je me suis aperçue d'une chose qui était pourtant évidente depuis le début…

Ses paupières se ferment un instant, puis le rideau s'ouvre à nouveau.

— Je me suis aperçue que je l'aimais.

Elle observe ma réaction. Mais je ne cille pas, attendant la suite.

— Ou plutôt je me suis avoué que je l'aimais. C'est apparu clairement. Je me l'étais tout simplement caché jusque-là. Cette frontière que j'avais instaurée dans notre relation n'était que la peur extrême de me l'avouer. Comme un péché auquel on ne veut pas être confronté. Relent d'une éducation chrétienne. J'avais beau assumer ma relation avec Auguste en moi-même, je ne pouvais accepter que le sentiment soit aussi fort…

Elle laisse traîner les pointillés puis reprend :

— Pourtant il l'était. Depuis la première seconde.

Sa phrase est ponctuée par un haussement de sourcils ironique.

— Je ne vous raconte pas comme ça a été perturbant de faire face à cette certitude…

Elle s'arrête brusquement. Ses yeux se sont encore échappés vers l'horizon. Et les rayons du soleil viennent scintiller sur l'humidité qui les envahit.

— J'avais mis tant d'énergie à me le masquer…

Elle doit détourner la tête pour retenir ses larmes. Chasser son trouble. Je suis un peu gêné. Mais elle ne veut pas abdiquer.

— Les contradictions qui m'habitaient devenaient alors deux extrêmes : d'un côté l'amour pour un Boche, et de l'autre la hardiesse de la jeune combattante qui s'affirmait. Encore une fois, même si Auguste n'était pas un Boche à mes yeux mais un homme devenu mon amant, pour les autres il restait un de ceux qui occupaient le pays. Un ennemi. J'étais donc maîtresse de l'ennemi et membre d'un groupe de combattants de cet ennemi que nous voulions à tout prix ficher dehors. Même si j'étais seule consciente de cet antagonisme, avec Auguste un peu aussi, même si je l'assumais toujours, il restait extrêmement difficile à porter. Éprouvant pour les nerfs…

Elle ferme les yeux, puis les rouvre lentement.

— Mais une nouvelle fois, c'est cet état de tension permanente qui me permettait de tenir. C'est ce qui me donnait la force d'effectuer les longs trajets à vélo que je faisais soit pour les *Étendards*, soit pour trouver de quoi manger. Je reportais toute ma tension nerveuse dans l'effort physique. Une manière de tout oublier. Jusqu'à l'épuisement parfois. Mais je crois que c'était aussi un moyen efficace de ne pas devenir folle…

Encore cet air amusé qu'elle affiche, comme pour s'empêcher de sombrer. Je suis impressionné par sa persévérance. Après une nouvelle pause, elle poursuit.

— Les dernières fois que je l'ai vu avant le début de l'insurrection, ça a été très dur. Je ne pouvais pas lui avouer ce qui m'était apparu. C'était trop tard. Peut-être en avait-il lui aussi pris conscience, mais aucun de nous n'a pu l'exprimer. Quoi que nous réservât l'avenir, il y avait de forts risques que nous soyons séparés, ce n'était donc pas le moment de nous faire plus de mal encore.

Sa voix se coupe net. Les larmes reviennent à l'assaut. Elle est obligée de faire une pause. Elle a attrapé un angle de la nappe et le frotte avec son pouce. Sans s'en rendre compte sans doute.

— Nous trouverions bien à nous revoir après. Et je pourrais lui avouer ce que je lui avais alors stupidement caché. Mais à ce moment-là je ne pouvais pas. Déjà intérieurement il m'était difficile de formuler cet amour, alors de là à le faire oralement, à l'officialiser en quelque sorte…

Ses yeux ont une nouvelle fois dérivé vers le lointain, troublés par le voile de larmes.

— Ça me rendait triste. Mon moral était bas. Mes compagnons des *Étendards* me le faisaient remarquer. Il faut dire aussi qu'à force de tirer sur mes nerfs, je me retrouvais physiquement épuisée, entre le vélo, la marche et des repas trop frugaux ou trop de fois sautés, auxquels il fallait ajouter la tension permanente de l'activité clandestine.

La lassitude semble avoir traversé les années tant elle marque son visage. Mais encore une fois elle balaie tout ça d'un léger mouvement de tête, relevant le menton en me prenant droit dans les yeux.

— Mais je ne flanchais pas. L'espoir nous faisait tenir debout, vous savez.

Juin et juillet sont des mois d'impatience. Bien que des panneaux « *Zur Normandie Front* » aient été ajoutés dans la capitale aux autres panneaux allemands afin de diriger les convois dans la bonne direction, la grande machine germanique est désorganisée. Sur le front Ouest, elle est submergée par la puissante force de frappe des Alliés qui, après des débuts difficiles et incertains qui nous ont fait douter un moment du succès de l'opération, intensifient leurs offensives et enchaînent les victoires, gagnant pas à pas du terrain. Les divisions appelées en renfort sont, elles, immobilisées ou tout au moins ralenties par les mouvements de résistance qui s'activent dans toute la France. Mais malgré ce début de perte de contrôle de l'Occupant, le désordre et l'insécurité croissante dans lesquels vivent ses troupes, il faut ne pas se précipiter et rester sereins afin d'être prêts lorsque le signal serait donné.

Les *Étendards* deviennent une compagnie qui fait désormais partie des FFI[1], comme la majorité des cellules de résistance toutes opinions confondues, de Paris et de sa banlieue, qui se sont regroupées sous cette

1. Forces Françaises de l'Intérieur.

bannière. L'armée de l'intérieur que nous formons doit se structurer dans son ensemble, pour se comporter avec la rigueur et la cohésion de bataillons réguliers.

Le fait d'avoir secondé *Claudel* lors de l'exécution d'Henry Creslin renforce mon implication dans les activités du groupe. Lors de nouvelles missions, je rencontre d'autres membres, *Duroc*, *Hector*, *Madeleine* ou *le Breton*. Nos principes de cloisonnement et nos précautions restent de mise, mais il faut désormais prendre le risque d'être plus nombreux afin de nous lancer dans des actions plus importantes. Ce qui nous permet également de mieux nous connaître pour les éventuels combats à venir.

Ainsi un matin, dès la fin du couvre-feu, nous partons à vélo tous les cinq, seuls ou à deux, vers la commune de Mantes à proximité de laquelle une unité de la Wehrmacht doit passer le lendemain pour tenter de rejoindre Caen. C'est une cellule de résistants du coin à laquelle celle des *Étendards* est rattachée je ne sais comment, qui a demandé à ce qu'on nous envoie leur prêter main-forte suite à de nombreuses arrestations dans leur secteur. Et puis il est préférable que des personnes extérieures à la zone interviennent pour éviter des dénonciations qui pourraient mettre la mission en péril.

Nous trouvons notre chemin grâce à une carte du coin qu'on nous a confiée car de nombreux panneaux de signalisation ont été retirés pour désorienter l'ennemi. Nous arrivons ainsi séparément en fin de matinée et nous nous présentons à la porte d'un presbytère. Un vieux prêtre nous y accueille et nous entraîne aussitôt à la cave. Nous y passons la journée à attendre à la lueur d'un grand cierge, rejoints dans la soirée par trois résistants rescapés du réseau local qui nous accompagneront pour nous guider. Le curé qui nous cache officiait dans l'armée en 14-18 et il ne supporte pas que la France se soit donnée aux Boches en 40. Il est aussi voûté que sa cave mais on sent qu'il est encore costaud malgré son âge. En tout cas son esprit est encore bien vif. Et comme il peut parler librement face à nous, il ne s'en prive pas.

Un peu après minuit, il descend précipitamment dans notre repaire : il vient de recevoir l'appel prévu qui lui a signalé le passage du convoi ennemi dans un village un peu plus au sud. Nous partons dans la nuit tous feux éteints. Des mouchoirs ont été glissés dans les sonnettes pour les empêcher de tinter ; les freins et les pédaliers ont été scrupuleusement graissés pour éviter tout grincement mécanique. Dans nos musettes « l'arme secrète de la Résistance », un surnom ironique qui fait référence aux fusées V1, les « torpilles à deux ailes », les « avions sans pilote », vantées par la propagande comme les armes secrètes d'Hitler, des bombes volantes qui sont envoyées depuis la France sur le sud de l'Angleterre et sur Londres ; les nôtres sont des « crève-pneus », de simples morceaux de métal tordus fabriqués dans une usine de Boulogne-Billancourt qui, quelle que soit la manière dont ils tombent au sol, pointent toujours vers le ciel pour transpercer les roues. C'est aussi parce que nous possédons cette « arme » en quantité que cette filière a fait appel à nous. Nos « munitions » ont été livrées un peu plus tôt dans la semaine et nous en avons rempli nos musettes avant de nous engager dans l'obscurité.

Dans un parfait silence, nous progressons en ligne en gardant un œil sur nos trois compagnons qui ouvrent la voie, puis nous semons nos petits pièges sur toute la largeur d'un tronçon de route. La nuit est opaque.

Au loin, nous croyons percevoir le grondement d'un bombardement. Nous poursuivons sur deux ou trois kilomètres et éparpillons encore quelques-unes de nos pointes fatales. L'opération terminée, nous regagnons prudemment la cave du presbytère afin d'attendre le matin pour repartir.

De bonne heure notre curé nous apprend que les véhicules boches de reconnaissance qui se sont engagés sur la parcelle piégée se sont rapidement retrouvés sur leurs jantes, imposant une halte de plus d'une heure au reste de la troupe, le temps de changer les pneus et de nettoyer la chaussée devant. Puis ils sont repartis au pas, inspectant la voie au fur et à mesure de leur progression pour le moins ralentie. Ces nouvelles nous ravissent, d'autant que notre hôte, fier comme un pape de son concours à un sabotage, est descendu dans la cave pour fêter ça avec du pain, du saucisson et un litre de vin en guise de petit déjeuner !

Les alertes ponctuent nos journées, nous forçant à nous réfugier dans les abris, bien que leurs multiplications nous poussent à moins nous en soucier. Toutefois la nuit je ne peux m'empêcher d'y descendre, encore hantée par le traumatisme du bombardement de fin avril. Mais comme je préfère toujours éviter de me retrouver coincée entre quatre murs avec Mme Bodin, je gagne à chaque alerte nocturne l'abri préposé de l'immeuble d'en face.

Selon une habitude prise depuis les premières alertes de 39, j'y vais avec ma valise de survie. Elle est légère, composée de quelques biscuits qui commencent à se faire vieux, de plusieurs morceaux de sucre, d'une gourde d'eau, ainsi que de linge de rechange et d'une serviette de toilette. J'ai également sur moi, dans les poches de mon manteau, mon trésor personnel, papiers d'identité, argent, cartes et tickets d'alimentation, ainsi que mes trois modestes bijoux. Précaution indispensable, car si notre immeuble était touché ou pulvérisé je ne pourrai rien récupérer. Quand ma mère était encore là avec ma grand-mère, nous descendions aussi les quelques objets de valeur que nous avions, mais elles les ont emmenés en Bretagne, je n'ai donc que ma petite valise à prendre avec moi.

Pour passer le temps, généralement à la lumière d'une bougie, certains jouent aux cartes tandis que d'autres essaient de dormir ou discutent à voix basse. Mais toujours nos oreilles restent pointées vers la surface pour épier le grondement des bombardiers et les éventuels impacts.

Tout le monde est en manteau d'hiver dans les abris, d'une part parce que nous avons pris l'habitude de ne pas quitter nos biens les plus précieux en cas de danger, mais aussi parce qu'il fait froid dans ces sous-sols où nous restons longtemps immobiles. On voit ainsi des femmes descendre en fourrure alors que nous sommes en plein été ! Mais pour rien au monde elles ne quitteraient ces vêtements qui, quand vient l'hiver, sont un gage de survie. Et même si ces descentes à répétition dans nos sous-sols sont l'annonce d'une espérée prochaine libération, nous savons aussi que l'hiver reviendra bientôt.

Le 20 juillet, Hitler est visé par un attentat auquel il survit. Le choc est immense quand la nouvelle nous parvient. Que se serait-il passé s'il avait succombé ? Son successeur aurait-il mis un terme au conflit ou s'acharnerait-il dans le combat comme le fait le Führer diminué mais plus que jamais enragé ? On se dit qu'on est peut-être passé tout près d'un dénouement plus rapide. Mais il n'en est rien et la lutte se poursuit. Les attentats contre tout ce qui appartient ou abrite les Boches se multiplient ; hôtels, cantines et garages sont régulièrement visés.

De leur côté, les Allemands sont de plus en plus à cran, faisant feu au moindre geste interprété comme suspect. Si quelqu'un traîne après le couvre-feu et essaie de se faufiler dans l'obscurité d'une rue, ils tirent sans sommation. Pas toujours précis, ils blessent et tuent parfois. Ils sont également intransigeants envers ceux qui ne ferment pas leurs rideaux pour le black-out ; ils n'hésitent pas alors à monter à l'étage pour embarquer le contrevenant ou bien mitraillent directement la fenêtre d'où filtre la lueur. N'importe qui peut subitement devenir une cible et donc une victime.

On m'envoie à nouveau livrer des enveloppes. À Asnières maintenant, dans un garage. Le mécanicien, *Cheval*, m'y accueille chaleureusement, s'essuyant soigneusement les mains avant de s'emparer de la livraison et de la fourrer dans un tiroir de son bureau. C'est un grand gaillard aux yeux malicieux, couvert d'une casquette maculée de taches de graisse et qui, sous son bleu de travail entrouvert, a rentré sa cravate dans sa chemise pour ne pas la salir.

La deuxième fois que je lui apporte un colis, il me confie également une enveloppe que je dois remettre à *Henriette* lors d'un second rendez-vous fixé en fin de journée. Elle m'a expliqué que nous sommes désormais également chargés du transit d'informations entre les *Étendards* et d'autres compagnies FFI de la banlieue Ouest pour lesquelles *Cheval* sert de boîte aux lettres. Nous devons tous nous accorder pour agir de concert et être plus forts quand il faudra passer à l'action. D'autres fois, c'est *Bernard* que je retrouve à Clichy ; lui aussi me confie maintenant des courriers en retour.

Je reste prudente dans mes déplacements, évitant toujours d'emprunter le même itinéraire pour n'être pas repérée et abordant les grands axes avec précaution, à l'affût de soldats ou de policiers susceptibles de procéder à un contrôle aléatoire. En cas de doute, je change tranquillement de direction, sans montrer la moindre panique. Extérieurement, car intérieurement l'estomac se noue toujours quand on sent le danger à proximité.

Pourtant, un après-midi, je suis prise d'un soudain excès de provocation qui pourrait me coûter cher. Arrivant au bout d'une rue, je vois s'avancer sur les clous un officier dont le visage s'éclaire à ma vue. Je remarque son regard qui détaille furtivement ma poitrine et mes jambes, l'air qui s'engouffre dans ma jupe découvrant tout juste mes genoux. Le sourire satisfait qu'il m'adresse alors m'excède subitement. Lorsque j'arrive à sa hauteur, il me laisse passer avec une galanterie appuyée.

— Où allez-vous si vite, mademoiselle ? lance-t-il, jovial, avec un très faible accent.

Emportée par un coup de sang, je lui réponds :

— J'ai rendez-vous avec de Gaulle ! Et je suis en retard !

Et je me taille, me retournant instinctivement pour observer sa réaction : sa bonne humeur s'est envolée, laissant place à un ahurissement où pointe la colère. Comme si je l'avais giflé en passant ! Mes jambes appuient d'elles-mêmes sur les pédales pour prendre un peu plus de vitesse. Je sens la chaleur me monter au visage car je réalise l'imprudence que j'ai commise. Je m'éloigne dans la rue en m'attendant à tout instant à entendre des cris, des sifflets, mais le calme n'est interrompu par aucune alerte et je disparais au croisement suivant sans sentir de menace.

Je ralentis un peu plus loin, soufflant autant par soulagement qu'à cause de l'effort que je viens de fournir. Mais le sourire aux lèvres. J'ai beau être consciente que cette provocation était parfaitement inutile, stupide même, j'en suis encore amusée. La tête du Boche qui est resté planté sur les clous, coupé net dans son élan !

Je dois pourtant faire attention à ne pas réitérer ce genre d'impertinence qui pourrait me mener directement en prison. Et je dois espérer aussi que je ne recroiserai pas cet officier car je pense qu'il se souviendra de mon visage.

Un jour, le colis de *Cheval* est un peu plus épais et plus lourd. Il me précise que ce sont six grenades. Il ajoute, face à mon étonnement, qu'il n'y a pas à s'inquiéter outre mesure, que c'est tout aussi explosif que le reste des courriers que j'ai transportés jusque-là. Sa réflexion nous fait sourire.

À mon retour, *Henriette* prend délicatement le paquet en me gratifiant d'un clin d'œil. Puis elle ajoute, d'un ton monocorde qui lui permet de masquer son émotion, que *Jeando* a été arrêté la veille au cours d'un contrôle d'identité, avec des tracts sur lui. Je ne l'avais croisé que deux fois, mais je sens bien qu'*Henriette* est très affectée. Et il n'est pas le premier de chez nous à tomber dans les mailles du filet ennemi qui semblent de plus en plus serrées, au point que nous poursuivons notre activité au quotidien avec cette idée qu'on ne verra peut-être pas non plus la Libération.

Quatre ou cinq fois je fais passer ainsi des armes de la banlieue à Paris. Malgré la féroce répression, tout se met en place petit à petit. Et « la bataille de France » vient vers nous. Les troupes américaines et britanniques mènent de durs combats et progressent toujours. Plusieurs parcelles du territoire sont déjà libérées.

Les bombardements s'intensifient la nuit, mais aussi le jour. D'épais nuages obscurcissent souvent le ciel, s'échappant des réserves d'hydrocarbures suite aux pilonnages massifs de l'aviation anglaise.

Les magasins d'alimentation ferment les uns après les autres faute de marchandise. Il paraît que le marché noir va quand même bon train derrière les rideaux tirés, et que les prix atteignent des sommets. Chez ceux qui ouvrent encore leur porte, on attend dans des queues infinies, parfois pour rien car le commerçant ne peut servir tout le monde malgré les quantités infimes qu'il lâche à chacun.

Les colis de ma mère ne me parviennent plus et dans ses lettres elle s'inquiète de mon approvisionnement. Je la rassure dans mes réponses, et me débrouille comme je peux pour obtenir ne serait-ce qu'un petit morceau de pain. Mais il est certain que je mange de moins en moins. Nous souffrons plus que jamais du manque de nourriture.

On peut, si on a toutefois la chance de tomber sur l'un d'eux, encore se rattraper sur un marchand à la sauvette. Ils fleurissent ces jours-ci. Toujours furtivement. Portant un panier couvert d'un tissu, entourés par une foule qui joue des coudes pour s'arracher leurs provisions, quelles qu'elles soient, tant qu'elles se mangent, même si les prix s'envolent rapidement.

Face au spectre de la pénurie, certains quittent la

capitale, principalement les femmes avec enfants, mais on préfère aussi s'éloigner de Paris tant qu'on le peut encore parce qu'on redoute que des combats ne s'y déroulent.

L'électricité se fait plus rare ; il n'y a pratiquement pas de courant dans la journée, et la nuit uniquement après 23 heures, ce qui ne nous permet d'écouter le bulletin des « *Français parlent aux Français* » qu'à 23 h 30. Et le gaz tout comme l'eau se raréfient.

Les matières premières n'arrivant plus, de nombreuses usines cessent leur activité. Les ouvriers qui se retrouvent au chômage, poussés par la colère et leur accointance avec les syndicats, s'engagent dans les réseaux communistes.

Le service des métros est également de plus en plus perturbé par les coupures de courant ou par les alertes qui paralysent le trafic. En prenant le métro, on court toujours le risque d'y rester coincé pendant un certain temps ; trois heures, ai-je entendu une fois.

La ville prend ainsi progressivement un étrange visage avec ses flots silencieux de piétons. Jambes et vélos, déjà devenus les principaux moyens de transport, s'imposent maintenant définitivement pour tout déplacement. Les petites Reines sont d'ailleurs de plus en plus utilisées à deux, des femmes se tenant en amazone sur le porte-bagages, cramponnées à la selle.

Parmi les rares véhicules à circuler encore, il y a les camions allemands qui traversent la ville en direction de l'Ouest, camouflés sous des branchages pour éviter d'être repérés par l'aviation ennemie. Mais leurs dérisoires protections flétries par le soleil estival leur donnent un air moins vaillant que celui avec lequel ils plastronnaient lors de leur entrée dans Paris.

Dans les gares, les quelques trains encore prévus

doivent souvent reporter leur départ pour cause de voie endommagée ou parce qu'une rame est immobilisée sur la ligne un peu plus loin.

Plus rien ne fonctionne normalement ; sur la base de la norme qui s'est imposée depuis quatre ans. Quasiment coupée du reste du territoire, Paris s'isole lentement. On glisse progressivement vers une sorte de ville fantôme. Peuplée de fantômes. Français et Allemands, car les Boches aussi commencent à se faire plus discrets.

Les troupes alliées ont dépassé Le Mans, qui est venue s'ajouter à la longue liste des communes qui ont renoué avec la République. La vague libératrice s'étend doucement vers nous depuis la Normandie et la Bretagne. On sent que le jour de la Libération approche, mais personne ne sait encore quelle forme elle va prendre.

Certains groupes veulent d'ores et déjà déclencher l'insurrection, mais d'autres en appellent à la raison : s'y lancer trop tôt pourrait être suicidaire, il est préférable d'attendre que les troupes américaines entrent dans la ville. Malgré ces divergences, le mot magique, avec un grand L, est sur toutes les lèvres et on sent dans l'air une effervescence contenue. Au fond des pupilles des Parisiens renaît cette flamme depuis trop longtemps étouffée. Des poignées de main prolongées transmettent silencieusement le nouvel espoir. Tout le monde se tient prêt, autant à combattre qu'à rester calfeutré chez soi jusqu'à ce que l'Occupant ait disparu avec tous ses fidèles.

On évoque des débuts de négociations et on raconte que dans certains bâtiments administratifs ou dans leurs cantonnements les Boches commencent à faire leurs bagages. Les rumeurs filent toujours à travers Paris avec une facilité que l'espoir décuple, mais la totale incertitude qui règne a également fait naître une certaine appréhension.

Nous sommes le 10 août et la mission du jour est plus que symbolique. Nous partons avec *le Breton* à 11 heures de la place de Clichy, direction Asnières. À midi nous retrouvons *Cheval* à son garage, l'œil toujours malicieux, frétillant même aujourd'hui, casquette vissée sur le crâne, et sans son bleu de travail. *Duroc* est déjà là avec *Madeleine*. C'est lui qui conduira le vélo et la remorque chargée de trois fusils, de deux revolvers, des munitions qui vont avec, et d'une caisse contenant quelques grenades. Ce petit arsenal appartient à l'armée française et a été récupéré lors de la débâcle de 40. Les armes sont dissimulées sous un amas de gouttières et de bois, résidus d'une cabane de jardin ouvrier. En cas de contrôle, *Duroc* prétendra que ce fatras est destiné à réparer la gouttière de son atelier qui s'est effondrée. Il l'a démontée avant de venir, au cas où des soldats ou des policiers voudraient l'accompagner jusque chez lui pour vérifier.

Nous avons choisi l'heure du déjeuner car il y a généralement un peu moins de monde dans les rues. Ce n'est pas que tous les Parisiens soient rentrés chez eux se goinfrer, loin de là, mais dans ce créneau horaire les soldats, eux, ont rejoint leur cantine. Même s'il reste toujours des troupes de garde, ce moment de la journée est préférable au milieu de l'après-midi ou à la nuit.

Je roule en tête, en éclaireur, compte tenu de mon expérience pour ces trajets en milieu urbain. *Duroc* me suit à trente mètres avec la remorque et *Madeleine* à ses côtés. *Le Breton* ferme la marche, cinquante mètres derrière, prêt à venir en soutien si ça tourne au vinaigre, ou à les rejoindre rapidement s'il soupçonne un danger. À chaque carrefour je ralentis légèrement comme je le fais toujours afin d'examiner l'endroit d'un coup d'œil circulaire. Aucun suspect en vue, je tends ma jambe droite comme pour me dégourdir, signe que l'on peut continuer. Si c'était ma jambe gauche, *Duroc* devrait stopper instantanément. Et si c'était les deux, il faudrait déguerpir.

En cas de contrôle, il faudra jauger rapidement nos chances de nous en sortir. Je porte dans la poche de mon manteau le revolver que m'avait remis *Casse-pipe* ; il faudra défendre notre chargement si cela nous semble possible.

Nous passons ainsi un à un les carrefours, dissimulant au mieux notre nervosité sous un masque décontracté. Nous avons échangé très peu de mots avant de nous mettre en route. Seul *Cheval* affichait son air guilleret. Sans doute sa manière à lui de chasser la peur.

Lorsque nous arrivons au-dessus de la gare de Pont-Cardinet sans avoir fait de rencontre malheureuse, je laisse derrière moi *Duroc* et *Madeleine* qui s'engouffrent sous une porte cochère. *Le Breton* passe devant l'immeuble pour vérifier que tout va bien, puis part de son côté. D'autres sont là pour décharger la marchandise avec *Duroc* et *Madeleine*. Les armes seront planquées jusqu'au moment propice où elles pourront être distribuées.

Je repars chez moi poser mon revolver pour éviter de me griller inutilement en cas de contrôle d'identité. Nous effectuerons un autre transfert demain, avec la même équipe. Je n'irai donc pas travailler non plus. Mon chef ferme les yeux. Je prétexte que je suis trop faible en raison de la malnutrition, ce qui n'est pas difficile à simuler, mais je pense qu'il n'est pas dupe. Son sourire conciliant et amical me l'a fait comprendre. De toute façon, je ne risquerais pas ces absences si lui ou les deux autres femmes qui travaillent avec moi ne m'avaient pas déjà laissé entendre de quel bord ils sont bien que j'aie feint de ne pas comprendre leurs allusions. Je ne suis d'ailleurs pas la seule à ne pas me présenter certains jours.

Ce soir, quand je retrouve mes compagnons après le couvre-feu dans un des appartements qui servent de lieu de ralliement, nous écoutons *Radio Londres* que les services allemands s'évertuent à brouiller sans y parvenir totalement. Nous devinons les comptes rendus du jour sur la progression des Alliés ainsi que de nouveaux appels à la prudence pour ceux qui se montrent trop vindicatifs. Difficile pourtant de retenir l'exaltation qui nous gagne tous. Des mouvements de grève se sont amorcés dans certaines usines, aux PTT ou chez les cheminots, et la Résistance incite à la création de milices patriotiques, petits groupes qui peuvent s'organiser dans les entreprises, les usines, chez les fonctionnaires ou les syndicats.

Partout commence à bouillonner l'envie de reconquérir notre territoire, notre ville. Comme un besoin vital, une nécessité. C'est une insurrection populaire que nous désirons. Tous. La volonté d'en découdre avec un ennemi qui n'a cessé de nous asphyxier. Certains disent qu'il faut laisser les troupes régulières s'en occuper car ils craignent que Paris ne s'embourbe dans un siège prématuré et que les Boches empêchent toute approche de divisions alliées. D'autres redoutent qu'un soulèvement populaire après ces années troubles et les profondes divisions qui sont nées au sein de la société ne mène tout droit à la guerre civile. Mais plus les jours passent et plus nous sentons que nous pouvons mener le combat avec nos effectifs. Que nous devons le faire par nous-mêmes. Que les Parisiens doivent libérer leur cité. On évoque la Commune de 1871. Un air de révolution plane dans la chaleur de l'été. Et à cela s'ajoute une volonté de revanche qui date de juin 40 lorsque la population surprise, submergée, paralysée, impuissante, lâchée par ses dirigeants, avait abandonné sa ville à l'envahisseur qui avait pu investir les lieux sans qu'un seul coup de feu ne soit tiré. Le désir de se battre est donc né aussi de cette résignation générale que beaucoup avaient regrettée et considérée comme une trahison.

Du coup, nos rangs grossissent. *Claudel*, qui est avec nous dans le petit salon de l'appartement, a passé l'après-midi à recruter des volontaires qui souhaitent participer à la libération de leur ville, quel qu'en soit le prix. La tension monte chaque jour d'un cran. Toutefois il nous appelle encore à la vigilance car les troupes ennemies sont toujours là et il y a de nouveau eu de nombreuses arrestations dans la journée.

Sancerre, ou *Patrick* pour ceux qui l'ont connu sous ce nom, est en train de régler la manière dont on va s'organiser avec les responsables des *Milices patriotiques du XVII*e. Je comprends donc que c'est lui qui dirige les *Étendards*, sans savoir d'ailleurs si c'était déjà le cas quand je l'ai rencontré au square des Batignolles ou s'il a pris cette fonction depuis. Il porte le grade de capitaine, nous précise *Claudel*, tandis que lui-même a été nommé lieutenant. Il nous apprend aussi que la compagnie compte une soixantaine de membres, ce qui nous stupéfie, car avec le cloisonnement nous avons toujours eu l'impression de n'être qu'une dizaine.

Ce qui est incroyable d'ailleurs avec les hommes et les femmes qui sont ici et que je connais à peine, en en ayant côtoyé quelques-uns uniquement lors d'opérations où nous avons très peu échangé, c'est que j'ai malgré tout l'impression d'être avec des amis. Le fait d'être regroupés avec un tel dévouement sous la bannière des *Étendards*, d'avoir cet espoir commun, ce besoin de nouvelle vie, cette volonté d'effacer le passé, nous rapproche et fait de nous des camarades. L'idéal que nous partageons crée une connivence naturelle.

En aparté, entre deux souffles sur ses lunettes, *Claudel* m'apprend qu'*Henriette* est en sommeil, partie se mettre au vert car elle avait peur d'avoir été balancée par un voisin. Il ne sait pas quand elle pourra revenir et ne m'en dit pas plus. Je regrette qu'elle ait été obligée de s'exiler alors que se présentent des moments qui vont peut-être être décisifs.

Je n'ai pas non plus revu Denise depuis notre entrevue avec Suzon dans le café. Nous avons implicitement coupé les ponts. Jusqu'à la fin du conflit au moins. Je l'ai juste croisée une fois boulevard Malesherbes mais soit elle ne m'a pas vue, soit elle m'a volontairement évitée, et dans le doute je n'ai pas insisté pour entrer en contact.

Claudel impose le silence et sort d'un grand sac de jute un fusil du type de ceux que nous voyons quotidiennement dans les mains des Boches, ainsi que deux grenades à manche. Au moment de passer à l'action, il faudra nous armer en désarmant l'ennemi. Il veut donc que nous nous familiarisions avec ces armes, car si nous parvenons à en récupérer nous devrons immédiatement être en mesure de les utiliser. Il fait également passer une brochure qui décrit avec précision tout le matériel de guerre allemand et la manière de le démonter, de le manipuler.

Le fusil et les grenades passent de main en main. L'air est électrique. Il y a comme une atmosphère de complot guerrier, de veillée d'armes. Nos âmes sont explosives. Je dois avouer que tout cela me rend un peu anxieuse ; l'emploi du mot « armée » et tenir ces armes concrétisent la bataille à venir. Autant les petites missions que j'ai effectuées jusque-là étaient dans mes cordes, ou le sont devenues, autant, pour ce qui est de combats à proprement parler, je ne sais pas si je serai à la hauteur. Mais je chasse mon angoisse car je sais déjà que je puiserai toute la force nécessaire au fond de moi comme je le fais depuis le début, avec en plus la perspective que ce sera peut-être le dernier combat à livrer avant de nous retrouver libres. Libres enfin.

Ma fenêtre est ouverte sur la nuit tiède. Au loin, des éclairs. Bombardement. Le son ne me parvient pas. Peut-être tout à l'heure les sirènes retentiront-elles sur la banlieue pour prévenir d'un nouveau raid aérien. Je pense à Auguste. Il me manque. Je suis bien obligée de me l'avouer. Il me manque. J'ai peur. J'ai du mal avec cette vie solitaire. Je prends tellement de plaisir à m'endormir à ses côtés. À me réveiller et à voir ses yeux déjà posés sur moi. Son sourire lumineux dès le matin. J'ai peur pour lui. Travaille-t-il encore à la mairie ? Peut-être a-t-il été envoyé dans une zone de combat. Il aurait déserté alors. Je me demande si je n'aurais pas dû lui donner mon adresse la dernière fois que nous nous sommes vus. S'il désertait, il pourrait toujours venir ici, je le cacherais. Je regrette de ne pas l'avoir fait. Il n'a même pas mon numéro de téléphone. Je ne sais pas quand je le reverrai. J'aimerais tellement l'avoir ici le soir, quand je rentre de mes après-midi avec les *Étendards*. J'ai pensé après le débarquement, quand les troupes alliées ont commencé à repousser les lignes de défense allemandes, à lui proposer de venir se réfugier ici. Mais qu'arriverait-il si j'étais arrêtée et mon appartement fouillé ? Que feraient les Allemands s'ils trouvaient un déserteur terré chez une femme ? Il serait à coup sûr exécuté sur-le-champ. Ou alors envoyé sur le front de l'Est. Ou front de l'Ouest maintenant.

Je pleure souvent quand je suis seule. Ça me soulage. C'est une manière d'évacuer la tension de la journée. Et la fatigue. Mais aussi la tristesse de ne plus le voir si souvent. J'ai été tentée d'y aller l'autre jour, mais l'heure du couvre-feu était trop proche et j'avais rendez-vous tôt le lendemain avec *Henriette*. J'espère que cette situation ne va pas trop se prolonger car je ne sais pas si j'aurai la force. Physique et mentale. La pénurie encore grandissante de nourriture m'affaiblit un peu plus chaque jour, et à cela s'ajoutent les efforts qu'il faut fournir. Des membres de la compagnie parviennent toutefois à négocier à l'extérieur de Paris des stocks de nourriture pour nous ravitailler, ce qui nous permet de manger un peu, mais ce n'est pas assez. L'apport calorique reste inférieur au plancher quotidien généralement requis et déjà fortement rabaissé. En plus je dors mal. Mon Auguste n'est pas là. Je me réveille parfois brusquement la nuit en pensant que je suis dans son hôtel, dans son hôtel de Boches, au milieu des lignes ennemies et pourtant sur mon îlot de paradis, dans ses bras. Je me retrouve un moment pétrifiée dans mon lit, puis la sensation persistante de sa présence m'apporte un peu de réconfort, et je me rendors contre lui. Son souffle qui caresse ma nuque. Sa main plaquée sur ma hanche.

Le dimanche matin, le 13, le téléphone me réveille. Je suis étonnée de voir qu'il est presque 10 heures. Il faut croire que j'avais du sommeil à rattraper. D'ailleurs la sonnerie stridente m'a extirpée des profondeurs. Quand je décroche, j'entends ma mère enjouée qui m'annonce que Karmorvan est libérée !

Elle a du mal à reprendre son souffle. Elle est dans l'épicerie voisine et derrière elle fusent des hourras. Elle me raconte qu'il y a à peine une heure est entrée une longue colonne de soldats américains qui a gagné l'Hôtel de Ville sous les applaudissements et les larmes de joie. Elle s'est alors précipitée avec ma tante pour suivre le cortège qui grossissait au fur et à mesure de sa progression. Sur la place s'était regroupée une foule compacte, émue, soulagée, les drapeaux tricolores déroulés aux balcons, des cocardes sur les revers des vestes, sur des casquettes ou des chapeaux. Le maire s'est présenté à la fenêtre du premier étage avec l'officier américain qui commande le bataillon et a déclaré la ville libérée.

Ma mère interrompt son récit, la gorge encore serrée par l'émotion. Elle parvient à se reprendre ; je l'écoute, me représentant parfaitement la scène, les lieux, l'exaltation des habitants qui laissent enfin éclater leur joie au grand jour. Elle aimerait que je les rejoigne ; je devrais pouvoir venir jusqu'à elles afin de me réfugier dans cette parcelle du pays passée sous contrôle des Alliés. Mais son enthousiasme est refréné lorsque je lui réponds que je veux rester à Paris pour voir moi aussi les Américains investir nos rues et libérer notre ville.

Et s'il le faut, me battre à leurs côtés pour chasser les derniers Allemands.

Je l'imagine au bout du fil, son visage tout à coup inquiet dans le silence qui suit, avec les applaudissements et les ovations qui se poursuivent dehors. Je tente toutefois de la rassurer, lui promettant de ne pas m'exposer imprudemment, ajoutant que de toute manière ce seront sans doute les soldats de Libération qui mèneront les combats dans la capitale, s'il doit y en avoir.

Je m'efforce de rester convaincante, bien que je ne sois pas vraiment certaine de ce que j'affirme, compte tenu de la volonté répandue parmi nous de participer activement aux combats, et même de les engager sans attendre l'arrivée des troupes alliées.

Quand je raccroche, me retrouvant dans le calme de notre appartement, je suis envahie par un sentiment partagé entre d'un côté la joie de savoir qu'*a priori* ma mère, ma grand-mère et ma tante ne risquent plus rien, et d'un autre côté une appréhension croissante car chaque journée qui passe nous rapproche de ce moment décisif où va se jouer le sort de la capitale. Rien n'est gagné et pourtant on a envie d'y croire. On a envie que ça vienne, que ça commence, car l'impatience nous ronge. Il y a la peur de l'inconnu, mais en même temps ça nous démange. On a envie que ce soit à notre tour. Le cœur de Paris palpite, je le sens battre ouvertement.

Autour du 15 août et les jours qui suivent, la fièvre monte brusquement. Les Boches nous quittent. Devant les bâtiments qu'ils occupaient stationnent des camions que l'on charge de bagages et de dossiers. Les « souris grises », les secrétaires de la Wehrmacht, abandonnent leurs bureaux et se préparent à un voyage en camion, sans doute nettement moins confortable que celui de l'aller.

Ce déménagement forcé se fait dans une certaine précipitation. Les cheminées se mettent à cracher un mélange de fumée et de cendres de papier qui forment d'étranges averses de flocons noirs. On brûle, parfois à même les balcons, les documents compromettants qui pourraient tomber dans les mains des résistants ou des armées alliées.

La déroute est générale, qu'elle soit chez ceux qui occupaient la ville ou chez les autres que les Américains repoussent. Des colonnes de véhicules stationnent dans Paris, sur les grandes artères, hors de vue de l'aviation anglo-saxonne sous la frondaison des arbres qui bordent les boulevards. Ce sont des convois de soldats sales et exténués qui fuient vers l'Est. Parfois même à vélo. Il faut d'ailleurs se méfier car ils les prennent de force sur les routes ou les avenues de banlieue qu'ils empruntent. Il y a aussi de longs convois de blessés qui passent la nuit ici et repartent le matin. Ou qui font juste une courte halte de jour et disparaissent. Ces soldats ont laissé leur arrogance en chemin, dans les bocages de Normandie. On ne peut s'empêcher de jubiler intérieurement. En traversant le rond-point des Champs-Élysées, j'ai vu des personnes qui s'étaient installées sur des chaises à l'ombre des arbres pour observer, comme au spectacle, le passage d'une de ces colonnes. Il ne faut toutefois pas se laisser emporter par des effusions de joie car les Frisés mais aussi les miliciens sont sur les dents et les arrestations se poursuivent quand même au moindre signe d'antipathie.

Au milieu de ce funeste repli, la vie continue, vélos et piétons se faufilent entre des colonnes en fuite ou dans les rues désertées de tout véhicule. Pendant le pont du 15 août, les Parisiens flânent dans cette drôle d'ambiance d'évacuation, espérant pouvoir se réjouir bientôt de la disparition définitive d'un ennemi qui, malgré tout, règne toujours en maître des lieux.

Le ravitaillement reste l'une des principales sources d'inquiétude. On fait la queue devant les quelques magasins qui lèvent encore leur rideau. Dans plusieurs quartiers, des cuisines communautaires se sont ouvertes pour apporter un minimum vital aux habitants.

L'électricité est distribuée dans des créneaux toujours plus réduits et irréguliers, tandis que le gaz, lui est partiellement coupé. Certains quartiers sont même parfois privés d'eau.

L'arrêt total du métro a également désorganisé ce qui reste de vie économique, pourtant on essaie de reprendre le travail le 16 en trouvant des parades pour se déplacer. Des charrettes venues de banlieue viennent battre le pavé avec leurs chargements d'omnibus. Mais les Parisiens commencent à être réellement épuisés par les déplacements à pied de plus en plus longs et par cette incertitude croissante quant au réapprovisionnement.

En ce matin du 16, quand je viens voir *Claudel* comme tous les jours avant de partir travailler au cas où on aurait besoin de moi dans la matinée, il me confirme qu'il y a bien eu hier en Provence un second débarquement. Ses yeux sourient derrière les verres de ses lunettes avec une certaine fierté, car plusieurs divisions de l'armée française participent au déploiement de forces dans le Sud.

Et puis hier la police s'est également mise en grève. Les forces de maintien de l'ordre sont maintenant absentes des trottoirs ; la disparition de leurs uniformes de la ville est d'ailleurs assez surprenante.

La presse nationale ne paraît plus, elle qui considérait les Américains et les Anglais comme des ennemis… Le journal Collaborateur *Je suis partout* devient *Je suis parti*, et, avec les miliciens qui commencent eux aussi à s'éclipser, le *Maréchal, nous voilà* s'est transformé en *Maréchal, nous v'là plus* !

Mais l'absence totale d'informations approvisionne la masse de ragots : Pétain aurait été arrêté par des SS ; le gouvernement aurait quitté Vichy pour Nancy. Il se dit aussi que le débarquement en Provence a soit été un échec, soit est un succès plus important que prévu. On ne sait plus trop où on en est. Mais dans le silence de la nuit, le grondement des bombardements ou des batailles nous semble un peu plus proche que la veille. Les sirènes continuent de résonner au-dessus des toits de Paris. Tout le monde se tient prêt à gagner les abris si ça se rapprochait dangereusement, et on écoute chasseurs et bombardiers alliés passer au-dessus de nos têtes, harcelés par la Flak, en espérant qu'ils iront faire des dégâts plus loin, sur les divisions allemandes qui tentent de s'échapper vers l'Est.

L'heure est toute proche, on le sait. Mais Paris reste encore dans cet état d'impatience flottant, partagée entre la joie d'une imminente délivrance et la crainte d'ultimes représailles comme ça a été le cas dans certaines villes ou villages. On ne sait pas précisément jusqu'où est arrivée notre armée libératrice, et la consigne est toujours de ne pas sortir les armes trop tôt. Alors on laisse les convois de Boches traverser la capitale, et ceux qui vivaient là continuer de faire leurs valises et quitter comme ils le peuvent ces lieux qui, ils le savent, ne seront d'une manière ou d'une autre bientôt plus en leur possession.

Tout au long de la journée du 18 on dénombre une multiplication des accrochages avec la Wehrmacht un peu partout dans la capitale ; on parle de tensions, de provocations de part et d'autre, de bagarres, de blessés.

Dans l'après-midi apparaissent sur tous les murs de la capitale des appels à l'insurrection, à la grève et à la mobilisation générale. *« TOUS AU COMBAT ! », « AUX ARMES, CITOYENS ! »* peut-on lire sur les affiches. Paris doit se soulever pour ouvrir la route aux troupes alliées victorieuses qui marchent vers la capitale.

En fin de journée, je rejoins *Claudel* pour en savoir un peu plus, et je ne suis pas la seule à envahir l'appartement où il organise d'ordinaire ses rendez-vous. La flamme dans l'œil, il nous déclare que nous devons désormais nous tenir réellement prêts. Les hommes de la nuit vont peut-être enfin se montrer au grand jour... Je sens les larmes envahir mes yeux en même temps qu'une bouffée d'anxiété. Le moment de vérité approche. Avant que nous repartions, *Claudel* nous demande de nous présenter tôt demain matin. Avec notre arme.

Dans la nuit des explosions assez proches me réveillent d'un bond. Je vais à ma fenêtre et entrouvre mes volets : les lueurs de plusieurs incendies irradient les nuages au-dessus de moi. Des coups de feu claquent pas très loin. Difficile ensuite de retrouver le sommeil tant mon cœur est à vif.

Le samedi 19, tout s'enchaîne très vite. Quand j'arrive dans l'appartement de *Claudel*, j'y trouve une activité inhabituelle, une effervescence non dissimulée. Il y a sur le visage de certains une excitation palpable. On parle fort, on rit nerveusement. Les armes à la main. D'autres sont fermés, graves.

Claudel, qui ne semble pas avoir beaucoup dormi, m'apprend que des résistants occupent la Préfecture de police depuis le lever du soleil. Ils font le siège du bâtiment et tirent sans vergogne sur tout véhicule allemand qui passe à proximité. La lutte semble bel et bien engagée et *Claudel* manque de laisser son émotion le submerger quand il me l'annonce. Mais il se maîtrise et enchaîne rapidement : la mairie des Batignolles est en train d'être investie par des membres des *Milices patriotiques du XVII*e.

Une seconde je pense à Auguste, mais il est préférable de ne pas y songer dans cet instant pour ne pas me miner et rester concentrée.

L'occupation de la Préfecture marque le début de l'insurrection. C'est la première action d'envergure dans Paris après les échauffourées de ces derniers jours en banlieue, aux termes desquelles on dit que des mairies ont été reconquises.

Il est même assez étonnant qu'elle ait lieu au centre même de la capitale avec le risque d'être violemment réprimée. Mais le fait que la lutte s'amorce là précisément est aussi symbolique ; c'est un véritable détonateur pour l'ensemble des groupes de combattants qui n'attendaient que ça, et une manière d'encourager la population parisienne à se soulever dans un même élan. Et malgré les premières attaques allemandes, la Préfecture résiste.

Dans plusieurs arrondissements les armes sortent enfin de leurs cachettes : soldats et véhicules allemands essuient des tirs soutenus. Il paraît même qu'un char a été détruit. Les convois qui se replient encore en traversant Paris sont dorénavant systématiquement pris pour cibles, souvent surpris par la résistance qu'ils y rencontrent.

Nous nous organisons rapidement au milieu du chaos. Je me retrouve avec de nombreux *Étendards* – de nouvelles têtes encore –, à proximité de l'avenue de Clichy au fond d'un bar où *Sancerre* a installé son poste de commandement, son grade de capitaine cousu sur un beau blouson de cuir. Il est heureux de me revoir ; il a entendu parler de toutes les actions que j'ai menées depuis notre entrevue pour mon premier contact.

Les *Étendards* ont la charge du secteur des Épinettes, un triangle délimité par l'avenue de Clichy, le boulevard Bessières et l'avenue de Saint-Ouen. Je deviens agent de liaison entre notre compagnie et les *Milices patriotiques du XVII*e, rebaptisées *Bataillon Désiré*, qui contrôlent tout le secteur des Batignolles, mais aussi avec les compagnies des quartiers alentour. Déjà on me confie plusieurs plis à porter. *Claudel* me demande aussi de lui donner mon revolver et ses munitions car nous n'en avons pas assez pour tout le monde, et il est préférable de les répartir entre ceux qui prendront directement part aux combats. On me remet en échange un brassard FFI que je glisse sur mon biceps droit. Si on m'avait dit qu'un jour je combattrais dans une armée quasi officielle !

Le sigle FFI et la croix de Lorraine apparaissent aussi sur les quelques voitures réquisitionnées qui passent à toute vitesse sur les boulevards. Parfois ce sont une faucille et un marteau qui ont été peints sur les portières. Des Parisiens accrochent des drapeaux à leurs balcons, colorant les rues restées grises trop longtemps. Il paraît que nos couleurs ont également été hissées au-dessus de la Préfecture, de l'Hôtel-Dieu et de Notre-Dame. Déjà certains ministères et autres bâtiments publics sont occupés, tout comme les mairies de plusieurs arrondissements. Celle des Batignolles fait partie du lot. *La Marseillaise* et des « Vive la France ! » résonnent chaque fois dans ces lieux investis. Le patriotisme que proclamait Pétain trouve ici sa vraie couleur, sa vraie valeur, son âme vraie, celle de la liberté, d'une libération en marche.

« VIVE PARIS INSURGÉ ! » proclame une nouvelle affichette. C'est le début de plusieurs journées extraordinaires. On sait déjà que ces moments s'inscriront dans l'Histoire. Avec le peu d'armes en leur possession, nos combattants prennent place aux carrefours stratégiques derrière des sacs de sable ou autres éléments de protection trouvés à proximité, et attendent que passent des véhicules allemands. D'autres trouvent refuge avec leur fusil mitrailleur sur un balcon, protégés derrière des volets métalliques, disposant ainsi d'un meilleur point de vue sur un boulevard ou sur une place. Le mot d'ordre est de paralyser les troupes ennemies afin qu'elles restent concentrées dans certains points et se sentent en état d'insécurité permanente.

Ce sont souvent des coups de sifflet qui préviennent de l'arrivée d'une cible. Alors les passants ou les curieux qui traînaient sur les trottoirs partent aussitôt ventre à terre s'engouffrer dans une entrée d'immeuble ou une bouche de métro et en quelques secondes l'endroit est déserté, laissant seul monter le bruit des moteurs. Dès que les carrosseries vert-de-gris pointent leur nez, les armes se déchaînent. Les têtes se penchent, les cous se tendent pour voir quelque chose. Comme au spectacle. On est euphorique, mais c'est une sorte d'euphorie morbide car on veut voir couler le sang de l'ennemi, bien qu'on soit autant excité qu'horrifié à sa vue. Et tout le monde assiste à ces scènes qui se répètent partout dans la ville, hommes et femmes, vieillards et enfants.

Quand leurs véhicules touchés s'immobilisent, les Boches tentent parfois de riposter, mais le plus souvent les rescapés sortent les bras en l'air. Aussitôt des résistants se ruent sur eux pour s'emparer de leurs armes, mais aussi de leurs ceinturons ou de tout ce qui pourra agrémenter leur attirail. C'est parfois une course pour être le premier à dépouiller l'ennemi. Certains en viennent même aux mains en prétendant être prioritaires pour récupérer une arme. D'autres n'hésitent pas à déchausser des cadavres encore tièdes, essuyant sur l'uniforme de leur victime le sang qui souille leurs bottes en cuir. Puis, quand les lieux redeviennent sûrs, la foule s'extirpe des cachettes où elle s'était réfugiée le temps de l'attaque. On encercle alors les militaires au visage marqué par la fatigue et par la peur. La peur de se faire lyncher. Ils savent très bien que la rancœur a eu le temps de mûrir en chaque Parisien. Certains n'hésitent d'ailleurs pas à leur sauter dessus pour leur assener une claque ou un coup de poing.

Après avoir été si longtemps obligés de courber l'échine, les Parisiens relèvent le visage et toute l'hostilité accumulée se libère dans une violence subite. Des hommes et des femmes leur crachent à la figure avec des « Sales Boches ! », des « Assassins ! » Une manière d'exprimer leur frustration d'avoir été si longtemps traités comme des chiens, comme des bêtes, par ces hommes qui se prétendaient supérieurs. Les résistants repoussent ces assauts car, bien que la réaction puisse se comprendre, ils ne peuvent laisser des civils agir ainsi contre des prisonniers de guerre, prisonniers d'une armée qui sort de la clandestinité et qui se doit de maintenir l'ordre. Autant les FFI, les « fifis » comme on nous appelle, ont la charge de protéger les Parisiens des Allemands, autant ils doivent aussi empêcher tout débordement et éviter que la ville ne soit en proie à l'anarchie.

Je progresse à vélo en évitant les escarmouches. Quand des tirs éclatent à proximité, je me réfugie en vitesse dans un immeuble et attends que les échanges se terminent.

Infirmiers et infirmières n'hésitent pas eux, à sauter sous les crépitements des balles en agitant un drapeau blanc au-dessus de leur tête, musette à l'épaule, pour aller porter les premiers soins à ceux qui ont été touchés et qui gisent sur le trottoir. Puis ils les rapatrient dès que possible à couvert sur une civière ou sur un drap tendu.

Quand la voie est à nouveau libre je reprends prudemment ma route ; souvent l'odeur de la poudre se disperse dans l'air électrique.

Retirant parfois mon brassard pour passer *incognito*, je roule toujours tranquillement car il faut éviter de montrer trop de précipitation si on ne veut pas attirer l'attention et devenir une cible. Même si ça ne tire pas, je ralentis chaque fois à l'approche des points où se tiennent les résistants car des gâchettes un peu souples sont susceptibles de vous laisser sur le pavé. La tension, le manque d'expérience, font commettre des impairs à certains.

Je dois également éviter les grands axes – ça ne change pas – car des Allemands peuvent surgir à tout moment dans une contre-attaque désespérée. Et il faut aussi se méfier des miliciens ou des Boches en panique qui canardent depuis les toits ; plusieurs fois je sens des balles me frôler et dans une embardée je me mets à couvert ou m'engouffre dans une autre rue, laissant derrière moi les hommes qui tiennent le coin déloger le ou les tireurs isolés. Dès que ceux-ci sont sortis de l'immeuble où ils s'étaient cloîtrés, les habitants les entourent et vomissent sur eux leur haine dans un grand mouvement de foule. Encore une fois, les fifis tentent de contenir cette fureur que la population a besoin de manifester contre ces lâches qui s'en prennent à des civils. Il faut souvent les évacuer rapidement car ils seraient roués de coups et mis à mort.

Munie d'un laissez-passer, je vais ainsi de PC en PC, entre le XVIIe arrondissement et les secteurs autour de la butte Montmartre, collecter des renseignements et en fournir. Rapidement je connais les autres agents de liaison et quand nous nous rencontrons à mi-chemin nous échangeons nos plis ou nos informations pour éviter de faire tout le trajet. Ce sont souvent des femmes, les hommes restant aux postes de tir pour parer à toute attaque et pour maintenir l'ordre au sein des quartiers. Je transmets ainsi à *Sancerre* les consignes qui viennent du commandement du *Bataillon Désiré*, auquel j'apporte en retour les comptes rendus de notre compagnie pour chaque demi-journée, avec nos besoins en armes ou en ravitaillement.

Ce ravitaillement est une priorité car les seuls rares commerces encore ouverts sont les boulangeries, ainsi que quelques épiceries isolées qui se risquent à lever leur rideau. Quelques Messieurs Sauvette font encore leur apparition dans les premiers jours, mais ils disparaissent bien vite, sans doute par peur d'être pris sous les feux de quelque tireur des toits.

On dit que les stocks alimentaires parisiens et de banlieue sont pratiquement tous vides ou ont été sabotés par les Boches avant qu'ils n'évacuent les lieux. On a même peur que l'eau n'ait été empoisonnée. Bien que nous arrivions malgré tout à manger encore un peu, le spectre de la famine menace.

Malgré tout, nos soldats, portés par la fièvre de ces journées de soulèvement ou par l'ardeur de leur jeunesse, bravent les dangers, affrontent l'ennemi avec une impétuosité qui, si elle peut se révéler fatale, leur permet souvent de prendre l'avantage. Et malgré l'inégalité d'armement, le bilan de ces premiers affrontements est plutôt positif, chaque jour compte son lot de victoires. Les Boches reculent, perdent du terrain, se regroupent par quartiers, bouclant plusieurs rues autour de leurs Q.G., tandis que d'autres, faits prisonniers, sont gardés dans des écoles, des bâtiments publics ou dans des commissariats. Ceux que l'on voit passer sous bonne escorte FFI ont souvent l'air terrifié. Ils doivent craindre que leur dernière heure ne soit arrivée. En tout cas pour eux la guerre est certainement terminée tandis que la nôtre commence.

Le 20 au matin on annonce que l'Hôtel de Ville est sous contrôle de la Résistance. Des membres de l'administration provisoire y seraient installés. Dans de nombreux quartiers la République est ainsi désormais restaurée. Les drapeaux tricolores cachés au fond d'un placard, ondulent enfin dans l'air chaud de l'été. On piétine le portrait de Pétain qui vient d'être jeté d'une fenêtre ou qu'on est allé déloger dans la vitrine brisée d'un magasin. De visibles « V » et croix de Lorraine sont dessinés sur les murs ou sur les trottoirs, comme pour bien signifier aux Boches que ce n'est désormais plus leur croix qui domine ici, que le territoire est à nouveau français.

Parfois ils reviennent à la charge pour tenter d'enrayer l'expansion de la liberté, mais ce n'est qu'un retour éphémère, comme un dernier sursaut de vie.

Quand les combats cessent, les habitants qui se terraient ouvrent leurs volets ou se risquent dans les rues et sur les boulevards. L'attente reprend alors, et pour passer le temps on se promène dans la ville insurgée. Une heure plus tôt, revolvers, fusils et mitrailleuses se répondaient, d'intenses explosions faisaient vibrer le quartier, et maintenant le silence est rétabli, perturbé seulement par le passage éclair d'une voiture. Ce contraste est parfois déroutant. La ville qui sort provisoirement de la lutte rayonne sous un splendide soleil et les rues prennent une allure tranquille de temps de paix. Curieux, on va observer les dégâts, on essaie d'en savoir plus sur la situation. Certains vont même jusqu'à la Seine pour se baigner tandis que les combattants plaisantent entre eux pour évacuer toute la peur accumulée pendant la bataille. D'autres partent chercher des nouvelles de leurs copains blessés, évacués dans la tourmente du combat.

Une trêve annoncée dans l'après-midi, prétendument négociée avec l'état-major allemand par on ne sait exactement quelle branche de la Résistance apparaît comme un leurre au milieu de ces journées d'exaltation. Suspendre un combat attendu depuis si longtemps paraît inacceptable. Ce serait de la lâcheté.

D'ailleurs les Allemands eux-mêmes ne tiennent pas compte de cet accord, tirant sur les civils qui ont entendu les appels au cessez-le-feu et qui se montrent un peu trop vindicatifs devant l'ennemi. Alors rapidement le mouvement reprend partout de l'ampleur. Impossible d'arrêter la machine libératrice, il faut continuer d'user les Boches encore présents. La guérilla qu'ils subissent les affaiblit, autant physiquement que moralement. L'armée de solides guerriers aux tenues soignées qui a défilé dans Paris le 14 juin 40 réunit maintenant une majorité d'hommes d'un âge plus avancé qui n'ont pas l'âme des jeunes loups de la *Blitzkrieg* ; harassés, dépouillés, désorganisés, découragés, ils se montrent moins combatifs. Et le front de l'Ouest continue de repousser des troupes qui tentent toujours la traversée de la ville. Certains convois rapatrient de nombreux blessés, entassés dans des bus sur lesquels ont été sommairement tracées des croix rouges. C'est un signe réjouissant de l'avancée des Alliés. Ils arrivent.

Pourtant la rumeur dit que les Américains veulent contourner la cité, craignant de s'y faire piéger par les Allemands. On raconte aussi que le nouveau commandant du Gross Paris le général von Choltitz a été spécialement affecté ici par Hitler pour se charger de la destruction de la capitale. Il paraît que c'est sous ses ordres que la ville de Sébastopol a été réduite à un simple tas de ruines. Il attendrait des renforts de l'Est et malgré des négociations apparemment entreprises avec certains délégués de la Résistance, on craint qu'il ne rase Paris dans un dernier coup de folie ou bien qu'au minimum il fasse sauter les ponts et autres points stratégiques avant l'arrivée des Alliés pour couvrir sa fuite. Alors, dans ce tourbillon d'informations incertaines, nous nous préparons plus que jamais à libérer nous-mêmes la ville, à nous battre jusqu'au bout.

« *CHACUN SON BOCHE !* » a décrété le colonel *Rol*, chef d'état-major des FFI d'Île-de-France, dans l'un de ses messages placardés sur les murs. Les Parisiens voulant en découdre avec l'Occupant rejoignent ainsi toujours plus nombreux les rangs de cette armée qui se dévoile, faite de jeunes et de plus vieux issus de toutes les classes, de toutes opinions, portant toutes sortes d'uniformes et de grades, mais tous réunis derrière une unique bannière, celle de la Liberté.

Si elles sont plus rares, on compte tout de même des femmes parmi ces soldats souvent improvisés, tenant le pistolet ou le fusil comme des hommes.

Et au sein de la multitude de groupes, de compagnies, de formations, on trouve aussi des étrangers qui ont trouvé refuge dans les maquis français, Juifs de toute l'Europe, communistes espagnols, Russes, Polonais, Tchèques et même des Allemands.

Je pense forcément à Auguste quand j'en rencontre. A-t-il déserté ? Je n'en sais rien. Il voulait se préserver tant qu'il ne recevrait pas un ordre absurde l'obligeant à se sacrifier. Lors de mes va-et-vient, je passe souvent devant ou à proximité de la mairie des Batignolles où je travaillais, où nous travaillions ; des sacs de sable et des plaques de tôle ont été installés dès le début de l'insurrection devant les entrées et les fenêtres pour résister aux assauts répétés des Boches. Malgré cela la pierre de la façade est éraflée, mutilée, des embrasures de fenêtres ont été pulvérisées, mais les combattants ont tenu bon face aux attaques de chars, et toute trace de la présence allemande a désormais disparu. Le panneau « *Kommandantur* » a été retiré et les drapeaux français et américain ornent maintenant les fenêtres.

Auguste était-il là quand ils ont investi les lieux ? J'en doute. Je me demande aussi s'il loge toujours dans son hôtel. Le lien est peut-être rompu. Mais je chasse tout cela de ma tête. Je ne peux supporter ces idées en ce moment. C'est trop en contradiction avec ce que je vis chaque jour depuis le début de l'insurrection. Pourtant c'est ancré tout au fond. Mon cœur ne me trahit pas, mais mon cerveau fait de la rétention pour que je reste attentive et prudente. Le moindre écart peut faire de vous une nouvelle victime que l'on ajoutera à celles, bien nombreuses, que nous comptons déjà.

Le 21 paraissent les premiers numéros de la presse libre. C'est une grande fierté que de transporter dans les sacoches de mon vélo le *Journal officiel des FFI* et *Le Parisien libéré*. Quand je les sors pour les confier à *Sancerre*, je reste avec les gars à lire ces premiers mots libres publiés depuis quatre ans. Il y a bien eu des tracts, des circulaires, des journaux clandestins, mais ces feuilles remplacent désormais la presse officielle où pendant trop longtemps a été répandue la propagande de Vichy et de Berlin. Finis *La Gerbe*, *Au Pilori*, *Le Cri du peuple* et autres parutions infâmes.

Il y a peu de texte dans ces premiers numéros d'une presse renaissante, mais chaque phrase pèse lourd devant nos yeux embués. Des personnes du quartier qui ont eu vent de l'arrivée de ces journaux se pressent devant notre PC afin de pouvoir eux aussi s'en émouvoir. Puis les sifflets montent depuis le bout de la rue pour signaler une offensive boche ou un passage sur l'avenue ou la place de Clichy. Alors ceux qui ont des armes partent en courant et tout le monde les suit au plus près, encore une fois de manière irraisonnée.

Tandis que l'administration allemande continue de

plier bagage entassant effets ou archives sur des véhicules de fortune, la lutte s'intensifie. L'écho des combats monte de tous les quartiers et de la banlieue, accompagné de panaches de fumée provenant de véhicules, d'immeubles incendiés ou de dépôts de carburant sabotés.

Les rues et les avenues de la capitale sont les témoins de cette guerre urbaine faite d'attaques, de contre-attaques et d'embuscades. Les tunnels du métro qui ne circule plus sont également utilisés par les deux camps pour se déplacer à couvert, ce qui provoque de sévères affrontements. Les Boches se frottent aux milices patriotiques du métro, très organisées sur tout le réseau.

Dans notre secteur des Épinettes, les accrochages ont lieu sur les grands axes qui ceinturent le quartier, et particulièrement Bessières où se trouve une caserne allemande. Sur les petites artères des bagarres acharnées et mortelles se poursuivent aussi, mais la plupart du temps les Allemands battent en retraite, ce qui nous conforte dans la lutte. La témérité de nos combattants se voit récompensée.

Face à cela, des groupes de soldats furieux qu'on leur résiste et n'acceptant pas la défaite à venir se livrent à des exactions contre des résistants et même contre des civils, tirant aveuglément sur la foule en passant sur un boulevard, alignant à l'arme automatique toute personne qui tentera de franchir une artère dont la perspective est gardée par un char ou une casemate, ou tuant de sang-froid de jeunes garçons arrêtés avec des armes.

Les barricades s'élèvent. Certaines ont déjà été dressées les jours précédents en plusieurs points stratégiques, mais désormais la consigne est donnée d'en monter dans chaque rue pour empêcher toute incursion des forces ennemies. Les journaux diffusent même des conseils pour les concevoir efficacement. Alors tout le monde s'y met, hommes, femmes, et aussi les enfants. Pour barrer les artères ou ne serait-ce que former des chicanes afin de ralentir la progression des véhicules, on entasse les sacs de la Défense Passive descendus des immeubles ou remontés des caves, et qui vont désormais servir à la « défense active », dit-on. On dépave également les rues pour monter des murets, mettant souvent des ouvriers du bâtiment à contribution pour qu'ils soient correctement construits et suffisamment solides pour résister aux assauts des tanks. On scie aussi des arbres, on entasse tout ce qu'on a pu trouver, poêles et radiateurs hors d'usage, vieux sommiers, matelas, gravats, tonneaux. Parfois ce sont des plaques publicitaires métalliques qui protègent les combattants, donnant un côté incongru à leur point de défense. Et parmi ces amoncellements on peut aussi trouver, bien en évidence, un buste du Maréchal fauché dans une mairie où il avait remplacé celui de Marianne, grimé afin d'être officiellement ridiculisé. Des pâtés de maisons ainsi isolés de l'Occupant créent de véritables petites zones impénétrables, parcelles de liberté dans la ville. Parfois un blindé se risque encore à franchir une barricade, mais rapidement il passe d'assaillant à assailli et doit vite faire marche arrière s'il ne veut pas être définitivement immobilisé au milieu de la chaussée.

Photographes et cameramen immortalisent toutes ces scènes qui passeront à coup sûr à la postérité. Dans les moments de calme, les résistants posent, arborant leurs armes et bombant fièrement le torse, mais les reporters sont également avec eux au cœur des combats pour capter leur héroïsme, s'exposant dangereusement aux rafales qui ne font pas de *distinguo* entre ceux qui tiennent les fusils et ceux armés de caméras ou d'appareils photo.

Malgré tout, certains habitants n'approuvent pas les événements. Pour eux ce n'est pas à ceux qu'ils considèrent comme des « combattants à la petite semaine », jeunes excités ou bolcheviks, de délivrer la ville, mais aux forces alliées, aux Américains. Pourtant même si les résistants qui prennent part aux combats ne sont qu'un faible pourcentage des habitants de la cité, c'est une minorité représentative ; ils sont les délégués du peuple, ils ont le soutien des Parisiens, et c'est par eux que Paris tout entière pourra se sentir vraiment libérée.

En approchant de la brasserie *Wepler* et du cinéma transformés en foyer pour soldats, avec son gigantesque panneau « *Soldatenheim* » qui domine la place de Clichy, je me force à observer avec attention ce décor d'Occupation qui va bientôt disparaître, afin de bien le garder en mémoire. On a tellement attendu ce jour, on a tellement imaginé comment ça se passerait, l'émotion qui nous gagnerait le moment venu, qu'il paraît presque difficile maintenant de réaliser que ça arrive vraiment. C'est un étrange sentiment, car tout cela a l'air naturel alors qu'hier encore on n'osait y croire. Et les souffrances de ces dernières années ont désormais été remisées au rang des mauvais souvenirs, supplantées par les dangers d'aujourd'hui.

Dans mes trajets incessants, je dois souvent poursuivre mon chemin bicyclette sur l'épaule pour éviter de déchirer mes pneus déjà garnis de rustines sur les débris qui jonchent la chaussée, ou bien les tessons et crève-pneus qui ont été répandus devant les barricades pour empêcher les camions boches de les atteindre. Chaque quartier, chaque secteur, est devenu un champ de bataille lardé de nombreuses traces de combats, murs criblés de balles, magasins aux vitrines réduites en miettes, fenêtres éventrées, ici un bouquet posé sur le trottoir ou sur les pavés pour marquer l'endroit où est tombé l'un des nôtres, là un casque allemand au rembourrage de cuir couvert de sang, et partout des carcasses carbonisées et encore fumantes de véhicules victimes de jets de bouteilles incendiaires ; des épaves qui peuvent servir à consolider une barricade, comme si on se protégeait derrière le cadavre de son ennemi. Parfois sur l'un de ces barrages a été posé un portrait d'Hitler dérobé dans des bureaux abandonnés, sorte d'effigie du diable bien en vue pour éloigner les démons. Une manière aussi de signifier aux Allemands qui se risqueront encore à attaquer, que le grand maître du Reich qui les a menés jusque-là est tombé et est déjà aux mains des insurgés.

Les soldats qui se rendent à l'armée d'insurrection sont alignés contre les murs des immeubles et gardés par des résistants en armes. Ils me rappellent nos soldats défaits de 1940, en déroute devant les fulgurantes avancées de l'envahisseur. Comme sonnés. Bizarrement, leurs yeux marqués par la peur et l'épuisement m'inspirent de la pitié. Toute l'absurdité de ces quatre années se résume sur leurs traits creusés ; le masque est tombé, l'arrogance d'hier, celle de la puissance nazie, de leurs défilés en fanfare, les éclats de rires aux terrasses, s'est volatilisée. Ils sont brisés. Peut-être parfois même honteux. Honteux d'avoir été assez crédules pour suivre leur *Führer* dans ses thèses absurdes et dangereuses. Et criminelles au final.

Il règne dans la foule autour d'eux le même sentiment de désolation et de gâchis. Tous ces curieux qui peuvent enfin toiser leur ancien ennemi sans craindre une arrestation arbitraire qui peut les emmener jusqu'à un camp en Allemagne ou en Pologne. On vient observer ces ex-soldats de la terreur qui sont maintenant comme des vieux tigres en cage, faibles et inoffensifs. Le poil hirsute, débraillés, le brillant des bottes et des boutons terni par la poussière des combats. Le tableau de ces êtres humains qui se scrutent de part et d'autre en se demandant ce qui s'est passé m'attriste. Comme s'ils sortaient d'un long cauchemar dont personne n'a pu maîtriser l'évolution.

Les Boches qui me procurent ce sentiment étrange sont essentiellement les soldats, les troufions vert-de-gris qui pullulaient dans la ville. Les officiers, eux, me laissent parfaitement indifférente. Je remarque d'ailleurs que nombre d'entre eux restent souvent hautains malgré leur vulnérabilité. Il ne faudrait pourtant pas grand-chose pour qu'ils se fassent lapider, pour que les pavés qui ont monté les barricades ne leur soient violemment lancés au visage. Certains regards sont même encore empreints de cynisme, de provocation. Peut-être ne veulent-ils pas croire que nous tenons la ville.

On déloge également des Collaborateurs de leurs appartements ou bien on les cueille alors qu'ils cherchent à s'enfuir ; ils sont aussitôt entraînés dans la rue où la foule les bouscule, exprimant son dégoût pour ces profiteurs et autres traîtres qui n'avaient pas prévu que le vent tournerait si vite. J'ai vu une fois l'un d'eux disparaître sous une meute acharnée, repêché de justesse par les hommes d'une Milice patriotique qui l'ont rapidement évacué pour éviter qu'il ne périsse sous les coups. Mais cela ne signifie pas pour autant que le bonhomme soit sauvé, car il est généralement accompagné jusqu'à l'une des prisons provisoires qui se sont ouvertes dans plusieurs quartiers pour regrouper ses homologues, et on dit qu'ils ne sont pas forcément mieux reçus dans ces endroits où les patriotes les associent à ceux qui ont pu trahir leurs réseaux ou leurs groupes durant ces derniers mois. Ils sont donc souvent traités avec le même soin qu'ont pu l'être les résistants arrêtés… J'ai même entendu parler d'exécutions de certains dont les penchants et actions progouvernementales, voire pronazies, étaient notoires. On sait que l'heure de la Libération risque fort de sonner aussi le temps des règlements de compte – on parle beaucoup d'« épuration ». La voilà sans doute qui commence.

Sancerre, qui a été plusieurs fois témoin de ce genre d'exactions perpétrées contre des hommes, me raconte qu'il a également vu une femme dont on avait rasé le crâne, entourée d'une petite foule surexcitée. Il avait entendu parler de ce châtiment infligé à celles qui se sont affichées avec des Allemands et de touffes de cheveux exhibées sur les grilles des mairies des Batignolles et de Montmartre, mais il ne savait pas s'il s'agissait de rumeurs ou de faits réels. Le groupe comprenait des personnes âgées, des enfants, des ménagères, et tous se réjouissaient de cette tête scalpée que l'on exhibait comme un trophée.

Le terme « collaboration horizontale » résonne dans ma tête. Mon estomac se tord à la pensée que je pourrais faire partie de ce lot de personnes auxquelles on va réclamer des explications sur leur conduite avec les Boches. Jusque-là je n'avais pas vraiment fait de lien entre les scènes de violence auxquelles j'ai pu assister et ma situation, tant j'étais investie dans l'activité clandestine, mais après le récit de *Sancerre* je suis bien obligée d'affronter cette réalité. Je sais bien que selon l'interprétation que l'on en fait je rentre dans cette catégorie, pourtant je ne me considère pas comme une collaboratrice, et tous ceux des *Étendards* auprès desquels j'ai lutté pourraient témoigner en ma faveur si on me cherchait querelle.

Mon angoisse se dissipe au fur et à mesure de mes allers-retours dans les rues, à nouveau plongée dans cette course vers la liberté, mais malgré tout je ne peux empêcher la peur de miauler dans un coin de mon ventre.

Les nuits ont un caractère fantastique. Je dors sur un matelas dans un appartement situé au-dessus de celui où réside désormais notre PC, les deux étages ayant été mis à notre disposition par leurs propriétaires. Rester sur place me permet d'être prête à toute heure à enfourcher ma bicyclette s'il faut porter une missive urgente.

À la lueur des bougies ou des lampes à huile, les gars veillent en se racontant leurs combats du jour. Malgré l'épuisement, leurs cernes, leurs barbes naissantes, ils trouvent l'énergie de remettre en scène leurs actes de bravoure pour ceux qui se battaient autre part. Et souvent de grands éclats de rire suivent les minutes d'attention. *Abel*, un des combattants de notre unité, s'amuse chaque fois dans ces moments de décompression à demander aux nouveaux venus s'ils veulent voir son « trou de balle », avant de brandir devant ses interlocuteurs décontenancés son casque percé par un tir ennemi. Il ne l'avait pas sur la tête au moment de l'impact et semble répéter inlassablement son jeu de mots pour conjurer le sort. Et chaque fois c'est la même hilarité qui accueille sa blague.

Pas facile de trouver le sommeil dans ces conditions, mais cette ambiance chaleureuse me ravit. Des explosions ou des échanges de coups de feu interrompent souvent ces effusions de joie et réveillent tout le quartier. À l'Ouest, les lueurs et les grondements emplissent le ciel sans que l'on puisse toujours distinguer si c'est le front qui se rapproche ou si ce sont les orages de l'été qui se déchaînent. Parfois c'est la Flak qui retentit pour tenter de stopper l'aviation alliée qui survole la capitale.

Avec ces nuits fractionnées, il m'arrive, dans la journée, de faire de courtes siestes pour me requinquer, aussi bien sur une chaise qu'à même le sol, appuyée contre un mur. Je ne suis pas la seule à sombrer de la sorte à n'importe quelle heure pour pallier, comme nous le pouvons, le manque de sommeil, mais également en prévision des futures heures de veille.

Si le black-out doit encore être respecté, il n'y a plus de couvre-feu, ce qui sonne déjà comme un avant-goût de liberté. Certains PC que je visite à la nuit tombée pour y prendre ou y porter un pli se transforment au fil des jours en cavernes d'Ali Baba, sortes de repaires de gentils brigands où stagne une odeur de renfermé, mélange de transpiration et de cendriers surchargés de mégots. S'y accumulent toutes sortes de prises de guerre, boîtes de conserve et autres provisions récupérées dans des stocks allemands ou des réserves de marché noir, armes légères en tout genre, grenades ou munitions de tous calibres « réquisitionnées à la Wehrmacht » s'amuse-t-on à dire, ainsi que les journaux de ces derniers jours, des brassards, des cartouches de cigarettes. Ces endroits se composent souvent exclusivement d'hommes qui discutent et rigolent, une rondelle de saucisson sur un bout de pain dans une main, un verre de vin rouge dans l'autre. Mais je ne m'attarde généralement pas avec eux car ils font partie de ces combattants certes impliqués dans l'élan libérateur, mais qui profitent quand même des événements pour se valoriser et assouvir leur penchant quelque peu voyou.

Parfois au milieu de mes courses nocturnes, je fais également halte à une barricade si devant moi le grabuge est trop important. J'en profite toujours pour griller une cigarette avec ceux qui sont en faction, à couvert pour éviter de nous faire repérer dans l'obscurité, l'extrémité incandescente de nos mégots pouvant servir de cible aux tireurs isolés insomniaques. Ce sont souvent des clopes allemandes que nous fumons, « confisquées » à l'ennemi et dont le goût me rappelle celles que nous fumions avec Auguste…

C'est aussi la nuit que je rentre chez moi, quand je le peux et souvent en coup de vent en me faufilant dans les rues désertées. Je fais un brin de toilette, me change, et lave rapidement mon linge pour qu'il soit sec au prochain passage. Avant de repartir, j'avale deux ou trois cuillères des cerises cuites de ma mère pour absorber un peu de sucre. Puis je regagne directement notre PC.

Au fond de certaines cours j'entends de la musique ; on danse, envie irrépressible de sentir l'air de liberté virevolter autour de soi. Mais généralement les fifis viennent demander qu'on arrête ces fêtes spontanées car l'ennemi est toujours là et ce n'est pas encore le moment.

Depuis quelques jours déjà *Radio Paris* ne ment plus, *Radio Paris* s'est tue. Elle n'empoisonne plus les ondes. La *Radiodiffusion de la Nation Française* que nous captons maintenant ne diffuse pour l'instant que de la musique, mais le fait de savoir qu'une radio émet sans être sous la coupe du gouvernement de Vichy est déjà une source de satisfaction. C'est donc encore la *BBC* que l'on interroge pour obtenir les dernières précisions sur l'avancée des combats sur le territoire. Parfois on tombe sur une petite foule qui s'est regroupée autour d'un poste de TSF posé sur un rebord de fenêtre au rez-de-chaussée, quand l'électricité est revenue, le soir principalement, et qui se repaît religieusement de la voix du speaker. Quand c'est en anglais, quelqu'un s'occupe de traduire les principales informations. Souvent les bonnes nouvelles sont applaudies. Sorte de spectacle à ciel ouvert dont on est l'acteur.

À côté de cela déferle toujours quotidiennement une vague de rumeurs parmi lesquelles il est difficile de faire le tri. Les lignes téléphoniques qui, étrangement, ne sont pas toutes coupées, permettent de communiquer avec d'autres quartiers, mais accélèrent aussi la propagation des ragots auxquels se mêlent sans doute des vérités.

Pour tenter d'éclaircir la situation, je pars souvent à la recherche d'une confirmation ou d'un démenti, à l'affût d'une nouvelle fiable, vérifiée auprès de plusieurs sources. Les infirmières ou les brancardiers nous transmettent des informations obtenues dans les hôpitaux où l'on peut constamment écouter la radio londonienne car l'électricité n'y est presque jamais coupée. Pourtant on n'est jamais vraiment sûr de ce qu'on nous rapporte, car à telle heure il se dit que des troupes américaines ou même françaises vont investir nos rues – le général de Gaulle ne serait pas très loin –, et une heure plus tard on a la certitude que l'état-major américain n'attache aucune importance à Paris. Il circule même un après-midi qu'à Versailles des soldats de la Wehrmacht se battent avec des FFI contre des SS !

Malgré cette cacophonie, nous sentons que la victoire est là, à portée de main, même si la crainte d'un revirement soudain ne quitte pas les esprits ; on dit que les centrales téléphoniques et électriques sont minées, que des avions chargés de bombes attendent au Bourget l'ordre de pilonner la ville. Cette information est-elle diffusée par la Wehrmacht pour tenter de calmer les Parisiens ou, au contraire, émanent-elles de la Résistance afin que les combats se durcissent pour accélérer la défaite allemande ?

Désormais les Boches ne se montrent plus qu'en char, et essentiellement sur les boulevards. Ils ne pénètrent pratiquement plus dans les quartiers car les barricades se transforment en murs de feu à chacune de leurs apparitions. Même si la force qu'ils représentent reste encore importante, ce sont eux maintenant qui font figure de résistants ! Malgré notre infériorité en nombre et en armes, nous avons réussi à faire en sorte qu'ils nous craignent. Nous avons pris un ascendant psychologique primordial sur ces troupes sans doute pour la plupart démotivées, qui redoutent la hardiesse des jeunes guerriers que nous sommes. D'ailleurs nous ne comprenons pas pourquoi ils s'acharnent à lutter, pourquoi ils n'évacuent pas totalement la ville alors que leur sort semble bel et bien scellé, puisque les troupes alliées, si elles n'investissent pas tout de suite

Paris, vont poursuivre leur rapide avancée pour prochainement encercler la capitale.

La majeure partie de la population s'est maintenant ralliée au mouvement en avant, sans idée politique, sans arrière-pensée idéologique, uniquement avec la volonté de voir sa liberté revenir. Mais le besoin est tel, la fin paraît si proche qu'un grand sentiment de fébrilité semble nous avoir tous gagnés. C'en est presque douloureux. Comme lorsque l'on sait qu'une grande nouvelle arrive mais que l'on retient son émotion pour ne la laisser éclater que lorsque viendra l'annonce officielle. Alors quand ça dure, quand l'attente se fait trop longue, la gorge se serre, on se mettrait presque à douter, à craindre que ça n'aboutisse pas. L'impatience est si grande.

Aujourd'hui 23 août la radio anglaise a annoncé que Paris était libéré. C'était assez déroutant d'entendre cette information émanant de plusieurs sources car la réalité est tout autre, la ville étant toujours en état de siège. On ne sait pas pourquoi la radio a diffusé cette nouvelle, et au final on se demande si ce n'est pas un bobard de plus sorti d'on ne sait où. La ville a bien un peu changé de visage avec la disparition de la majorité des panneaux allemands, mais elle reste malgré tout encore sous la menace des derniers Boches concentrés principalement dans les quartiers du centre et avec lesquels on dénombre encore beaucoup d'accrochages.

Toutefois leurs assauts ne sont lancés que pour obéir aux ordres d'un commandement qui ne contrôle plus le déroulement des combats. Tout peut toujours basculer dans l'autre sens, une faille dans notre système de défense et c'est une rue ou un bâtiment qui peut être repris, mais les fifis qui dirigent le siège connaissent suffisamment le terrain et la tactique à adopter pour réduire toute possibilité de mouvement de l'ennemi.

L'armée de citoyens disparates que nous formons est maintenant mieux structurée et s'arme un peu plus au fur et à mesure des prises. J'ai vu hier devant la mairie des Batignolles un petit char en état de marche qu'un groupe était allé récupérer dans une usine de Saint-Ouen. Il avait déjà été naturalisé, l'immatriculation allemande grossièrement camouflée par les peintures des FFI, et tout le monde tournait autour de ce magnifique trophée en jubilant.

L'ivresse de ces journées me maintient debout. Le sentiment de victoire que je sens naître me permet de tenir et de puiser dans les maigres ressources physiques qu'il me reste après les trop longs jeûnes imposés par les circonstances. Nos nerfs sont soumis à rude épreuve. Le danger est omniprésent. Quand les balles sifflent, les sourires qui éclairaient les visages disparaissent brusquement. Partout on trouve des blessés ou des cadavres de combattants et de civils. Mais l'espoir ne faiblit pas. C'est notre moteur, notre principale énergie.

La Marseillaise aussi, que l'on entend à tout bout de champ, est une source de joie. Ce n'est plus le chant des détenus que j'ai entendu à Fresnes le soir de Noël ni celui que les condamnés à mort entonnaient une dernière fois devant leur peloton d'exécution ; cette fois-ci c'est le chant des Français qui s'élève sans contrainte sous le ciel d'une République qui ressuscite. Une manière de proclamer le retour de la *Liberté*. Mais aussi une manière de se retrouver en groupe après tant d'années où le gouvernement nous a poussés à l'individualisme, à l'égoïsme, jusqu'à la délation. Les Parisiens redécouvrent qu'il est possible de se réunir sur un trottoir et évacuent leurs années de soumission en entonnant ensemble leur hymne, ranimant par là même la *Fraternité*. Les Boches peuvent encore intervenir pour nous interrompre, des miliciens peuvent encore tirer depuis les hauteurs, – complétant ainsi la devise nationale en rétablissant l'*Égalité* devant les menaces, – le besoin irrépressible de se réveiller qui nous brûle nous fait braver ces éventuelles représailles.

Je suis d'ailleurs surprise du courage dont j'ai fait preuve. Portée par cet élan, j'ai affronté les dangers des combats avec un sang-froid inhabituel. Non pas que je n'aie pas eu la trouille en progressant courbée sous le feu, sentant plusieurs fois la mort me frôler, mais j'ai toujours poursuivi ma course malgré les risques évidents que je courais. Moi d'ordinaire si craintive, si peu téméraire, j'ai parfois remarqué que la panique qui aurait dû me gagner laissait place à une certaine placidité, une sérénité qui me permettait de prendre les bonnes décisions au bon moment. Une réaction en fait opposée à celle que j'aurais eue en temps normal et qui m'aurait paralysée. Je ne sais comment l'expliquer. Quoique ce soit sans doute le fait de sentir que ces journées sont historiques qui me galvanise complètement, au point de me laisser presque insensible au danger. Ou inconsciente.

Une fois, en passant à bicyclette à proximité de la caserne Bessières où se replient les Allemands, j'ai été mise en joue par une sentinelle postée sur le boulevard. Dans la seconde je me suis vue désarçonnée, agonisant sur le pavé, tous mes espoirs subitement évaporés. Mais pour ne pas attiser la suspicion du soldat, j'ai continué mon chemin sans ralentir puis, dans le mouvement du pédalier, j'ai instinctivement laissé l'air soulever ma robe afin qu'elle remonte et dévoile mes cuisses. Ultime tentative de diversion. Le canon n'a pas cessé de suivre ma trajectoire. Avec ma main j'ai stoppé l'ondulation du tissu pour n'être pas entièrement découverte, marquant ainsi de façon naturelle une certaine pudeur. Aucun coup de feu n'a claqué et j'ai poursuivi ma route, toujours à la même allure, laissant encore flotter mon vêtement sur mes jambes. Une fois hors d'atteinte, j'ai senti ma poitrine se gonfler dans mon corsage. Mais ça, ce n'était pas feint !

La nuit est maintenant tombée. Il pleut, comme souvent le soir après l'oppressante chaleur de la journée. Un puissant orage déverse des trombes d'eau sur les rues vides, sporadiquement illuminées par les éclairs. Le tonnerre secoue toute la ville. Ça ressemble à un bombardement.

Bien que je sois trempée, je ne pédale pas plus vite afin d'économiser mes forces. J'ai renoncé à m'abriter, préférant rentrer directement chez moi pour quelques heures après deux journées complètes passées à parcourir la ville dans le tourbillon des affrontements. De toute façon je ne peux pas être plus mouillée.

Je passe un barrage où les hommes en armes ont dressé une cahute de fortune pour se maintenir au sec. Ils m'adressent un petit signe amical. J'ai eu l'occasion de venir les visiter pour leur apporter des instructions ou prendre des renseignements sur leur position. Puis je file jusqu'à ma rue, guidée dans l'obscurité par la lueur timide de mon phare brouillé par la pluie. Il y a eu presque une heure d'électricité tout à l'heure, trop tôt pour entendre le journal des Français qui parlent aux Français, et le courant ne viendra sans doute plus ce soir.

En posant le pied à terre devant la porte de mon immeuble, je remarque une ombre qui se détache du mur un peu plus loin, abritée sous un porche, et qui vient maintenant vers moi. La vue de cette silhouette manque de me faucher les jambes. Un éclair. Auguste. Déjà il est à côté de moi. En civil, avec un blouson un peu épais, le col relevé. Les cheveux plaqués sur son front par la pluie lui donnent un air fatigué, mais son sourire rayonne quand même. Je suis effrayée. Et bouleversée. Et tétanisée.

— Il faut que je te parle.

— Ce n'est pas possible…

Le réflexe de tout séparer. Le voir ici est insupportable et en même temps mon cœur ne peut s'empêcher de trembler. Il est comme l'apparition d'un temps révolu. Pourtant tout est encore intact à l'intérieur. Un frisson. Cette histoire de tonte. Je l'évacue aussitôt.

— Si Odette, je dois absolument te parler.

Ce prénom aussi sonne comme un soudain retour de notre intimité. Depuis une semaine maintenant on ne m'appelle plus que *Lancelot* car nous avons gardé nos pseudonymes par habitude des précautions.

J'ai appris à réagir rapidement.

— Viens.

Nous nous engageons sous le porche et le bruit de la pluie est soudainement atténué. Je sens des gouttes glisser sur mon dos sous mon chemisier. Mes sandales aussi sont inondées. Et le déluge revient quand nous abordons la cour.

— La porte au fond, là…

Pendant qu'il part s'y réfugier, je vais ranger mon vélo dans le box. La gouttière au-dessus de moi déborde et l'eau me ruisselle dessus. Je maugrée devant la serrure dans laquelle ma clef ne semble pas vouloir pénétrer. Mais les éclairs m'aident en ricochant sur les façades alentour. La manœuvre terminée, je rejoins Auguste dans l'opacité du hall.

— Cinquième…

Je chuchote. Il est minuit passé et la cage d'escalier semble bien silencieuse après le vacarme torrentiel de l'orage. Je passe devant, guettant le moindre son. Les vifs jets de lumière qui jaillissent des fenêtres permettent de nous repérer dans notre ascension.

Arrivée au cinquième, je tâtonne sur ma porte, mais avec l'habitude maintenant je trouve la serrure sans trop de difficulté.

— Entre…

Le bout de sa chaussure percute involontairement le montant de la porte, puis il s'engouffre dans la pénombre plus épaisse de l'appartement. Je referme prudemment derrière moi.

— Reste là…

Je rejoins le salon en progressant comme une aveugle dans le couloir, effleurant la console et les murs du bout des doigts. Un éclair illumine toute la pièce, me permettant de parcourir plus rapidement la distance qui me restait jusqu'à la cheminée. C'est là que je laisse toujours mes bougies.

Je craque une allumette et fais brûler une mèche. La pâle lueur s'étale sur le mur ; les ombres ondulent. Je vais tirer les rideaux.

— Viens par ici…

Je murmure toujours. Auguste apparaît. Intrigué. Sans doute de découvrir mon univers. Scrutant la pièce, le décor, avec curiosité. Je prends un second bougeoir et allume la bougie avec la première flamme.

— Retire ton blouson et suspens-le dans le couloir pour qu'il sèche. Je reviens…

Je gagne la salle de bains, précédée par les reflets mouvants de ma lumière. Avec la serviette suspendue derrière la porte, je m'essuie la figure et frictionne vivement mes cheveux. Puis je retire mon chemisier et mon soutien-gorge, me sèche et enfile ceux que j'avais lavés et étendus sur le fil à linge au-dessus de la baignoire. Je me débarrasse aussi de mes sandales. Ma jupe est également trempée sur le devant, mais je la changerai plus tard.

Je sors une serviette propre du meuble et repars pieds nus avec ma chandelle.

Quand je le retrouve dans le salon, Auguste m'attend au milieu de la pièce. Il a retiré son blouson et a allumé une cigarette. Son sourire s'agrandit quand il m'aperçoit.

— C'est bien, ici…

Je ne réponds pas. J'ai à nouveau ce sentiment d'intrusion, même si malgré tout je reste contente de le voir en ces lieux. Ce sont sans doute les circonstances, la fatigue, qui me perturbent. Je lui tends la serviette.

— Tiens, pour te sécher un peu…

Il me remercie et la déplie aussitôt. Je souffle la bougie pour l'économiser et la pose à côté de celle qui est restée là.

— Alors tu as déserté ?

Son visage apparaît au milieu de la serviette, surpris, la cigarette coincée entre ses lèvres.

— Non…

Ça m'étonne. Mais il n'en dit pas plus et continue de se frictionner.

Par habitude, je lui prends la clope de la bouche pour que nous la partagions. Un éclair projette un grand flash à travers les rideaux, teintant la pièce de leur dominante rouge. Le tonnerre retentit moins de deux secondes après. L'orage est quasiment au-dessus de nous. Je recrache doucement la fumée sur le côté.

Je remarque que nous ne nous sommes pas embrassés. Pour ma part c'est sans doute la surprise, troublée par ces retrouvailles inattendues après plus de quinze jours de séparation. Comme s'il y avait un doute sur la réalité de notre présence à tous les deux ici, en pleine nuit d'orage, encore à moitié trempés. Un décalage entre notre relation établie et cette situation particulière qui nous amène à nous comporter presque comme deux étrangers.

Quand il a terminé de se sécher les cheveux, je récupère la serviette et lui rends sa cigarette. Mais il me dit de la garder et sort un paquet de sa poche. Il en tire une et l'allume sur la bougie que je lui tends. Ses traits sont marqués par la fatigue, mais son visage englobé par le halo de la flamme, ses cheveux encore humides, la fumée de sa cigarette qui lui fait légèrement plisser les yeux, lui donnent ce charme mystérieux des héros de cinéma qui viennent de traverser un fleuve à la nage en échappant aux crocodiles.

Je recule vers la porte et suspends sa serviette à la poignée.

— Asseyons-nous…

Je tire deux chaises pour que nous nous installions à la table. Sans un mot, comme intimidé, il s'approche et s'assied à côté de moi. Je tire sur ma cigarette et tends le bras pour ramener un cendrier entre nous deux.

— Mais comment tu as su que j'habitais ici ?

Il me scrute un instant, puis baisse un peu les yeux avant de revenir.

— Je l'ai toujours su. Très vite j'ai regardé dans les fiches de la mairie. Je voulais savoir… Mais je ne suis jamais venu. Je gardais ton adresse en mémoire comme un trésor, un secret…

Son sourire enthousiaste est celui d'un gamin espiègle, avec un brin de timidité. Adorable. Sa douceur me réconforte. J'avance une main sur la table. Il la prend sans hésiter. Elle est chaude.

— J'étais là hier soir, et presque toute la nuit…

— Ah oui… Je ne suis pas rentrée hier…

À nouveau je me sens perturbée. Le contraste entre sa présence ici et mes journées investies dans la lutte, en ces heures où l'avenir de la ville mais aussi du pays tout entier se joue peut-être. J'ai également l'impression d'une rupture dans les habitudes de notre relation, dans la manière dont s'est construite notre intimité. Rupture à laquelle s'ajoute cet étrange sentiment que nous ne nous connaissons pas vraiment. Est-ce déjà le résultat que je craignais ? Le lien brisé suite aux événements ?

— Je suis venu te voir pour quelque chose de très important…

Lui aussi a l'air troublé par la situation. Je sens la pression affectueuse de sa main, mais je le trouve nerveux, lui qui s'est toujours montré plutôt jovial et décontracté.

En fait il est préoccupé.

— Tu sais que la mairie a été évacuée… Oui, forcément… Eh bien après l'évacuation j'ai été transféré dans un autre service, à l'hôtel *Continental*. En fait une partie des troupes qu'ils maintiennent dans Paris a été regroupée autour de l'hôtel *Meurice*, où réside l'état-major, dans le quartier de la rue de Rivoli et de la Concorde. D'autres sont cantonnées à côté de l'Opéra, au Palais du Luxembourg, à l'École Militaire ou à République…

Le tonnerre gronde encore juste après un grand flash rouge. Auguste observe la flamme qui vacille en tirant sur sa cigarette.

— Il y a trois jours, j'ai rencontré un type de mon village. Le frère d'un de mes amis d'enfance…

Il hésite. Je ne l'ai jamais vu comme ça, cherchant ses mots.

— C'est un officier supérieur. De l'état-major du général von Choltitz, *der Kommandant von Gross-Paris*…

Sourire crispé. De part et d'autre. Je n'aime pas quand il parle allemand, il le sait. Même quand il ne prononce que quelques mots par habitude. C'est involontairement et il ne s'en rend souvent compte que lorsque les sons germaniques sortent de sa bouche. Mais c'est aussi ce qu'il vient de dire qui m'interpelle.

— C'est lui qui m'a reconnu. Comme je traînais beaucoup avec son frère, nous nous croisions souvent, mais je restais un enfant sans intérêt pour lui. Il a dix ans de plus que nous. Pourtant quand nous nous sommes croisés, il a foncé vers moi et m'a pris dans ses bras !

Imaginer la scène me donne presque envie de rire. Pas lui apparemment.

— Il était vraiment heureux de me voir ici, à Paris. Comme un vieil ami sur lequel on tombe par hasard… Et il m'a aussitôt proposé de l'accompagner pour passer la soirée au *Meurice*, là où il est installé.

Il s'attache à mes yeux.

— Tu sais, le soir l'état-major organise des petites soirées. Il y a du champagne, à manger, de la lumière… Après les négociations tendues de la journée, les ordres qui arrivent de Berlin, les mauvaises nouvelles qui viennent de l'Ouest, les troupes américaines qui approchent et la ville qu'ils ne tiennent plus totalement, ils ont besoin d'oublier un peu leurs tracas… Alors ils s'isolent dans leur îlot et tentent de retrouver un peu l'insouciance de ces années où ils étaient les maîtres…

Une rafale. La pluie tambourine contre la fenêtre.

— Ils savent que ce sont leurs dernières soirées dans ce luxe parisien qu'ils apprécient tant. La belle vie touche à sa fin.

Il prend une inspiration. J'inhale une bouffée de tabac.

— Je n'ai pas pu refuser… Je l'ai suivi et il m'a traité comme un jeune prince, moi le petit troufion ! Il m'a fait servir à boire, à manger, il m'a présenté à tout le monde… Puis il m'a raconté fièrement son engagement très tôt dans la Wehrmacht, ses premières campagnes en Pologne, les troupes qu'il menait au front à un train d'enfer, la peur des habitants quand ils les voyaient arriver, puis son passage en Allemagne où il a côtoyé un peu le Führer, avant d'être affecté à Paris, comme une récompense…

Il hausse les sourcils en signe de dépit.

— Il était volubile. Excessif. Son attention à mon égard était disproportionnée. Nous nous connaissons à peine en fait. Mais j'ai compris pourquoi il se comportait ainsi quand je lui ai demandé s'il avait des nouvelles de son frère. Il a alors subitement perdu de son entrain et m'a répondu qu'il était mort. En Russie. À Stalingrad. Et ses deux autres frères aussi. En Afrique. Il est donc le dernier survivant… Ça a dès lors été plus clair. Le hasard de notre rencontre lui permettait de transférer sur moi le souvenir de sa fratrie et de compenser sa tristesse en me faisant profiter de ses privilèges. La situation actuelle de déroute favorisait aussi sans doute ce besoin subit de renouer avec son passé, son village, cette vie paisible qu'il avait quittée du jour au lendemain, sa famille. J'étais le prolongement de tout ça.

La mèche de la bougie crépite et la flamme diminue brusquement.

— Ça m'a quand même fait bizarre d'apprendre que tous ces garçons que j'ai bien connus sont morts…

Il ferme les yeux et les rouvre aussitôt.

— Il s'appelle Ottweiler. Gerhard Ottweiler. Je me souviens de lui comme d'un garçon plutôt malingre, mais il a changé. Il s'est musclé, et un peu empâté aussi…

Son regard fait un détour sur les rideaux qui viennent de s'illuminer. J'écrase ma cigarette.

— Il a beaucoup bu pendant la soirée. Et petit à petit il a glissé dans la confidence… Ce qu'il a vu en Pologne, leurs avancées fulgurantes, les charniers… puis la beauté du Reich, les grands projets d'Hitler… et enfin Paris.

Il revient sur moi avec son sourire crispé.

— Alors il est devenu triste. Comme seules les personnes saoules peuvent le faire de manière aussi brutale. Il m'a entraîné à l'une des fenêtres qui donnent sur le jardin des Tuileries et a pointé avec sa coupe de champagne la silhouette de la tour Eiffel qui se découpait sur le ciel, avec les éclairs des bombardements au loin…

Il laisse filer un silence. La pluie tape encore au carreau.

— Nous sommes restés comme ça à observer la ville plongée dans l'obscurité… Je sentais son désarroi face à cet empire qui s'écroule et auquel il a cru si fort. Cet idéal qui semblait se désagréger sous ses yeux.

Sa cigarette se consume entre ses doigts.

— Puis à nouveau sur le ton de la confidence, de celle qu'on fait à un vrai ami, mais aussi avec la fierté qui le caractérise, l'air supérieur d'un aîné, il a commencé à me dire que c'est lui qui a élaboré pour l'état-major l'ensemble du dispositif qui permettra de faire sauter une partie de Paris… Il m'a confié qu'il a dans son bureau la liste complète des monuments, des bâtiments stratégiques et des ponts visés, avec les plans d'installation des explosifs pour chaque cible.

J'ouvre des yeux ronds, éberluée.

— Comme je me suis montré un peu sceptique, il a déboutonné le haut de sa chemise et a sorti une chaînette qu'il porte autour du cou. À côté de la croix de l'armée allemande, il a mis en avant une petite clef et s'est vanté de détenir là l'avenir de Paris…

Je ne le lâche pas. Il prend le temps de respirer.

— Alors, en modérant mon intérêt, je lui ai demandé si tout était prêt. Ça l'a fait rigoler et il m'a dit qu'il me trouvait bien curieux ! Que ces documents sont ultra-secrets… J'ai lu dans ses yeux à ce moment-là toute la folie destructrice qui sommeille en lui. Je l'ai imaginé, jeune loup, en Pologne, hurlant ses ordres, le reflet des brasiers des maisons sur ses pupilles…

Il observe un instant nos deux mains enlacées.

— Puis sa vantardise l'a emporté et, après avoir sondé mes yeux comme s'il pouvait y capter quelque chose, il m'a invité à le suivre. Nous sommes allés dans la suite qu'il occupe au *Meurice*, et dans son bureau il a ouvert une armoire métallique avec sa fameuse clef et m'a sorti un des exemplaires des plans, un document assez épais. Il ne m'a laissé regarder que la couverture sur laquelle est écrit précisément de quoi il s'agit, puis il l'a repris et a refermé l'armoire.

Je ne pouvais pas en voir plus, bien entendu, mais maintenant je pouvais le croire !

Ses yeux se focalisent sur sa cigarette.

— Quand nous sommes repartis vers la soirée, je lui ai demandé pour quand c'était. Alors il a encore ri et m'a dit que je verrais bien, que j'aurais la surprise comme tout le monde !

Il tire une dernière bouffée.

— Finalement il m'a quand même lâché que tout n'était pas prêt… mais qu'une grosse partie du dispositif l'était… et que la totalité le serait bientôt… Il n'attend que l'ordre du général von Choltitz pour tout déclencher.

Il écrase sa cigarette en recrachant la fumée et se cale au dossier de sa chaise, comme soulagé de m'avoir enfin livré tout cela.

Le claquement du tonnerre vient en même temps que l'éclair. Le cœur de l'orage est maintenant juste au-dessus. Les vitres frémissent. Ma main est toujours dans la sienne.

Depuis le début de l'insurrection, on a plusieurs fois entendu dire que le général von Choltitz est un destructeur dépourvu d'état d'âme qui répond directement aux ordres d'Hitler, et qu'il ne laissera pas Paris intact derrière lui. Toutefois impossible de savoir si cette réputation n'est pas en fait une menace qu'il fait circuler pour contenir les ardeurs des multiples réseaux de résistance, et laisser les Américains venir jusqu'ici afin de négocier avec eux la reddition de ses troupes. Malgré tout, d'après ce que vient de me révéler Auguste, un projet d'une destruction partielle de la capitale existe bien.

— Il faut qu'on arrive à s'emparer de ces plans, Odette. La Résistance doit en posséder un exemplaire pour le transmettre aux Américains ou à je ne sais qui, et éviter à tout prix ce gâchis inutile.

J'ai un peu de mal à déglutir. Il me laisse quelques secondes pour ingérer ses paroles. Je finis par mettre mes idées en ordre.

— Et tu crois que l'état-major a vraiment les moyens en hommes et en matériel de faire exécuter ses plans ?

— Je ne sais pas. Peut-être pas complètement, mais sans doute en partie. Et une chose est sûre, si le général von Choltitz veut vraiment procéder à des destructions, il fera en sorte d'obtenir ce qu'il veut.

— Mais de notre côté on a entendu dire que des délégués de la Résistance tentent de négocier avec lui… Tu es au courant ?

— Oui, bien sûr, on a vu beaucoup d'allées et venues au *Meurice*. Mais il faut se méfier car, même si le général von Choltitz acceptait la voie diplomatique, avec tous les conflits qui existent entre nos différents corps d'armée et administratifs, on n'est pas à l'abri de voir un officier comme Ottweiler ou un autre décider de passer outre à d'éventuels accords pour s'octroyer la destruction de points importants ou symboliques de Paris. Et puis il reste encore plusieurs bataillons de SS dans la ville et tu sais qu'ils n'agissent pas toujours de concert avec les états-majors de la Wehrmacht. Je ne sais pas exactement qui d'autre possède les plans, mais si une partie du dispositif est déjà prête, c'est que des exemplaires ont dû circuler. Et avec la confusion qui règne en ce moment, un ordre peut vite être donné et exécuté. On ne peut pas risquer de laisser une partie de Paris partir en fumée si on a la possibilité de l'empêcher.

Un long silence s'installe, avec derrière le tapotement contre les carreaux. Une goutte de cire descend lentement le long de la bougie. Je fixe nos mains toujours liées. Mes yeux reviennent vers lui, perdus.

— Il faut y aller, Odette. Tous les deux. Il aime beaucoup être entouré de femmes ; seulement depuis une semaine il n'a plus de contact avec la population et les « souris grises » ont été évacuées. Nous nous sommes à nouveau revus le lendemain et il m'a dit que ça lui manque. Ils ont le luxe, l'alcool, encore la liberté, mais plus de femmes. Si je lui propose de lui présenter une amie, je suis sûr qu'il fera tout pour que tu puisses venir. Je lui dirai que tu as toujours collaboré avec nous et…

Je relève brusquement le front.

— Tu veux que je couche avec lui pour récupérer les plans ?

Ma réaction le fait sourire. Puis, résolu, il poursuit :

— Mais non. Si c'est pour coucher, il sait où aller ou qui faire venir. Ce qu'il veut, c'est avoir une vraie présence féminine à ses côtés. Jouer le séducteur, montrer sa puissance, être admiré – peut-être une dernière fois – dans son costume… Et ne pas être toujours qu'entre hommes. Il suffira juste de l'enjôler un peu, de le faire boire et de lui faire la conversation. On m'a dit que parfois il s'écroule comme un ours quand il a trop bu et qu'on a du mal à le lever le matin… On verra sur le moment comment récupérer la clef. Peut-être se vantera-t-il aussi auprès de toi de détenir les plans ; il faudra alors nourrir sa fierté et lui demander s'il est possible de les voir. Nous agirons selon la situation. Et s'il le faut nous utiliserons la force. C'est pour ça qu'il faut être deux. L'anesthésier d'un côté, et si besoin le mettre hors d'état…

Ses yeux brûlent de détermination.

— Puisqu'il me considère comme un frère de substitution, il m'ouvre toutes les portes. J'ai fait un essai hier, pour voir, et il a accepté que je vienne, comme ça, en pleine journée, le saluer dans son bureau au *Meurice*. Il m'a même proposé de les rejoindre le soir, mais j'ai prétendu être de service et suis venu ici pour essayer de te voir…

À nouveau je reste les yeux dans le vague à ruminer toutes les informations qui s'accumulent. Officier supérieur. Luxe. Réceptions. Et aussi avancée alliée, combats, espoir. Je soupèse.

Il baisse la tête pour essayer de capter mon regard par en dessous.

— Il faut qu'on en récupère un exemplaire, Odette. Il y en a plusieurs ; quand il a ouvert son armoire j'en ai aperçu une petite pile, et celui que j'ai vu portait le numéro cinq.

Je laisse passer un grondement au-dehors.

— Quand est-ce que tu veux faire ça ?

— Demain soir. Le plus vite possible.

— Et si les Alliés entrent dans Paris demain comme certains le prétendent ?

— Alors on verra bien ce qui se passe. Mais s'ils n'arrivent pas, tu ne penses pas que ça vaille le coup de prendre le risque de récupérer les plans du dispositif pour les leur transmettre ?

Tout le dilemme est là en effet. Entre le risque encouru sans être certains de parvenir à nos fins et l'importance de ces plans, même si on n'est pas sûrs qu'ils soient mis à exécution. Depuis une semaine j'ai pris chaque jour un nombre incalculable de risques dans l'espoir d'une libération de la ville, et je considère ces risques comme ma part apportée à cette fichue guerre, alors ce que me propose Auguste est-il mon ultime mission ou un acte héroïque inutile ?

— Tu me fais confiance, dis ? Tu ne crois quand même pas que c'est un piège ? Ou que je voudrais te laisser entre les mains d'un type comme ça ?... Pas après tout ça, Odette...

Je relève les yeux. Les siens sont noirs. Comme rarement. Lui d'ordinaire si posé, lui qui m'a appris à me détacher de tout, le voilà dans un rôle opposé, frondeur.

— Je ne suis jamais intervenu dans ton engagement, Odette. J'ai respecté le silence que tu m'as demandé. Tu sais aussi que j'ai accepté cet engagement et que je l'approuve, alors si j'ai pris le risque de venir jusqu'ici au milieu de l'état de siège dans lequel se trouve la ville, c'est que j'estime que c'est assez important pour tenter de le faire.

Je pince ma lèvre inférieure entre mes dents. Trousse mon nez. Me concentre encore sur la flamme qui danse dans les courants d'air.

— J'ai bien pensé dans un premier temps à le faire tout seul pour ne pas avoir à te le demander, mais je sais qu'avec une femme ce sera plus facile de faire boire Ottweiler afin qu'il se sente à l'aise et donc de trouver une solution pour arriver à nos fins. Seul, ce serait trop risqué. Et l'avantage aussi de le faire ensemble, c'est que si nous arrivons à récupérer les plans, tu pourras repartir avec et les apporter directement à tes supérieurs.

Il tente un sourire.

— Je risque autant que toi, tu sais. Ça s'appelle de la trahison, et on sait tous les deux que dans ce genre de cas il n'y a pas de procès. Le jugement est immédiat. Une balle dans la nuque.

Sa main me serre un peu plus. Il essaie d'attirer mon attention qui s'égare à droite à gauche à la recherche de la bonne réponse.

— C'est un risque à prendre, je sais… On n'a pas le droit à l'erreur, à l'échec, il faut en être bien conscient…

J'accapare alors ses yeux.

— Pourquoi tu fais ça ?

Il paraît un peu surpris.

— Mais simplement parce que ce serait une folie de laisser Paris être endommagée ou détruite ! Ce serait catastrophique ! Une honte même ! Et si nous avons l'occasion de pouvoir l'empêcher, je pense que c'est un devoir moral de le faire.

— Et s'ils s'aperçoivent qu'on a volé les plans, tu ne crois pas qu'ils les changeront ?

— Non, même s'ils s'en rendent compte, ils ne pourront plus modifier tout le dispositif. Ce sera trop tard.

Je le jauge encore. Le visage sévère sans doute. Il me laisse un peu de temps puis ajoute :

— Il faut tenter le coup, Odette. Vraiment.

Alors je lui réponds que je suis d'accord.

Il a l'air étonné que ça vienne si vite, mais ma décision semble le soulager. Il presse ma main plus fortement encore.

— Je savais que tu accepterais…

Pressant moi aussi sa main en laissant apparaître un sourire, je lui signifie qu'il a toute ma confiance.

Alors il m'explique comment il veut procéder, où nous devrons nous retrouver. Il se procurera par Ottweiler un *ausweis* à mon nom afin que je puisse franchir avec lui les barrages où les soldats sont extrêmement méfiants. Si Ottweiler n'était pas d'accord pour me faire pénétrer dans l'enceinte fortifiée de l'état-major, ce dont il doute, alors il tentera quand même d'aller dérober les plans seul, coûte que coûte. S'il ne se présentait pas à l'heure convenue, je devrai repasser une heure plus tard au cas où il aurait eu un contretemps. Et s'il ne se montrait pas du tout mais réussissait quand même à mettre la main sur le butin, il se débrouillerait pour venir me l'apporter ici, chez moi.

Je m'aperçois qu'il a tout prévu, qu'il a entièrement planifié l'opération, et ça me rassure. Malgré son tempérament habituellement plutôt fantaisiste, Auguste se révèle ici tout à fait organisé et clair. Ce qui me conforte dans ma décision. Il ne veut prendre aucun risque inutile, surtout pour moi. Il sait que je me trouverai dans la gueule du loup. L'hôtel *Meurice* sera le dernier bastion à tomber et il y aura des soldats partout. Il me précise donc de ne pas venir armée car je serai sûrement fouillée.

Et si demain Paris est libéré par les armées alliées, alors advienne que pourra du dispositif d'Ottweiler.

— Et advienne que pourra de moi, conclut-il avec un grand sourire un peu désespéré.

Les larmes viennent piquer mes narines. Auguste n'est pas du genre héroïque, et ça me bouleverse de le voir ainsi, convaincu de devoir réagir devant l'éventuelle menace qui pèse sur Paris. Comme j'ai pu moi-même me révéler ces derniers mois, le voilà sorti de sa réserve. Il serait temps pourrait-on dire, mais c'est ainsi. La perspective de ravages injustifiés et d'avoir subitement à sa portée l'opportunité de les contrer agissent comme un déclencheur.

Il se lève. Il doit y aller. Retraverser la ville dans la nuit. Profiter de la pluie diluvienne qui persiste, comme ça il aura plus de chances de ne rencontrer personne.

Il enfile son blouson encore humide et nous nous retrouvons dans les bras l'un de l'autre. Le baiser que nous échangeons est long. Il est tendre. Et plein de fébrilité en même temps. Car quand nous nous retrouverons demain, nous courrons un grand danger. Et en même temps ce baiser est peut-être aussi celui de l'inconnu car, si la ville est libérée avant, nous ne savons pas quand nous nous reverrons.

Je sens mon cœur s'agiter sous ma poitrine. Entre cet amour inavoué qui me brûle les lèvres et cette émotion sous-jacente d'une libération. Auxquels vient maintenant s'ajouter la sensation étrange que nous allons peut-être accomplir quelque chose d'important. Il n'y a pas de volonté de graver notre nom dans l'Histoire mais, si nous parvenons à mettre la main sur ces plans pour sauver Paris d'une blessure irréparable, alors notre action commune deviendra peut-être quand même historique. J'y vois une manière sublime de sceller notre amour. Un mot que j'emploie dans ma tête désormais plus facilement.

Il y a comme une part de romantisme dans cet acte planifié, je m'en rends compte. Juste reflet de la personnalité d'Auguste. Ce sera peut-être aussi une façon de montrer que notre relation n'aura pas été une si honteuse trahison. Je ne fais pas cela pour ça, et lui non plus je le sais, mais impossible de ne pas y penser.

Comme toujours, toutes ces impressions se mélangent dans cette étreinte enivrante. Qui se poursuit à l'entrée de mon appartement. Puis déjà la porte s'ouvre et il disparaît dans l'obscurité de la cage d'escalier. C'est trop rapide. Une dernière fois ses yeux renvoient le faible reflet de la bougie qui nous a accompagnés, puis il n'est plus qu'une ombre qui se noie dans la nuit.

L'orage semble s'être éloigné. Le tonnerre est moins

virulent, mais la pluie reste drue. J'écoute ses pas discrets glisser sur les marches, le faible couinement de la porte en bas, le silence qui revient, avec la pluie régulière qui s'abat tout autour. Je referme la porte et reste là, abasourdie, déconcertée. Et pourtant grisée également, épanouie comme je ne l'ai pas été depuis longtemps. Comme je ne l'ai peut-être jamais été.

Cette fois c'est moi qui dois interrompre son récit. Mon portable a vibré à de multiples reprises dans ma poche et je préfère vérifier s'il y a une urgence.

Je m'excuse auprès de Mme Dulac.

— Faites donc, faites donc !

À nouveau deux messages m'attendent. Comme je vois que le lieutenant Chenu m'a appelé plusieurs fois, je décide de l'appeler sans même les écouter. Je me lève en m'excusant encore.

— Ne vous excusez pas ! Il faut bien travailler…

Je ne sais même pas s'il y a eu une sonnerie à l'autre bout car la voix de Chenu est là instantanément. Il était impatient. Je lui demande de me résumer rapidement la situation.

Il a vu Geoffroy. Comme Alexandre, un garçon pas très bavard, mal dans sa peau, et sans doute fumeur de shit. Quand il l'a interrogé sur le soir de la mort du grand-père d'Alexandre, Geoffroy n'a pas hésité et lui a tout de suite répondu qu'ils sont allés voir le quart de finale à Vannes, dans un bar sur le port. Il ne l'a pas senti très à l'aise pourtant. Alors, pour voir, il lui a demandé le score. Mais Geoffroy a été incapable de répondre. Il a bredouillé qu'il savait que Brest avait gagné, mais il ne se souvenait pas du résultat exact. Dommage, car Chenu, lui, avait regardé le match et il se souvenait parfaitement des deux magnifiques buts des Bretons face aux Girondins. Des buts qu'on ne pouvait pas oublier, et une victoire deux à zéro face à Bordeaux, c'était plutôt un beau résultat pour les amateurs de foot du coin.

Chenu a alors travaillé le jeune homme qui s'est défendu en racontant qu'en fait ils avaient un peu bu, qu'il y avait des filles et qu'ils avaient passé plus de temps à les draguer qu'à regarder le match.

Mais mon lieutenant a un doute. Il ne croit pas à cette histoire de filles, ni même à cette histoire de bar sur le port pour regarder le match. Il pense qu'il y a plus. Une histoire de shit par exemple. Comme il le soupçonnait. Ou même de cocaïne. Elle se vend de plus en plus dans la région et se consomme dans tous les milieux. Il ne serait donc pas étonné que les deux amis aient été pris eux aussi par cette nouvelle mode. Il n'avait pas senti Alexandre totalement serein quand nous l'avions vu, et les bredouillements de Geoffroy sont loin de l'avoir convaincu.

Et, une idée en amenant une autre, en imaginant qu'ils soient venus pour se réapprovisionner, Chenu a pensé également que pour payer leurs achats ils ont besoin d'argent. Il me rappelle alors que, suite à ce que nous a dit le notaire quant au régime de séparation passé entre ses parents et l'absence de testament, Alexandre est l'unique bénéficiaire de l'héritage de son grand-père. Il se demande donc, vu les spécimens, s'il ne pourrait pas avoir tué M. Jouanaud, avec la complicité de son copain.

Ce ne serait pas la première fois que l'on verrait une histoire de ce genre, tout aussi incroyable soit-elle.

Le vieil homme avait les clefs de *Sainte-Cécile*,

celle de l'entrée et celle de sa chambre afin de pouvoir circuler librement à toute heure, et comme Alexandre venait le voir souvent, peut-être en a-t-il fait un double et est-il venu la nuit pour l'assassiner…

Il connaissait la maison, il a pu étudier les habitudes du personnel pour se faufiler discrètement jusqu'à la chambre de son grand-père. Tout cela pourrait expliquer le fait qu'ils n'aient retrouvé aucune effraction dans la maison ni de traces de lutte dans la chambre du défunt… On a des mômes maintenant qui font des trucs aussi tordus. Et là, on a une histoire d'héritage qui revient directement au garçon. Il n'y a pas une fortune, mais quand même, c'est un mobile.

Je suis un peu soufflé par ce que Chenu vient de me débiter. L'extrapolation me paraît un peu rapide, même si effectivement certains jeunes font des trucs impensables, toutes classes sociales confondues. Surtout s'ils consomment une quelconque drogue depuis leur tendre enfance, en commençant par du shit avant de passer à autre chose.

La mère d'Alexandre nous disait que son fils était très attaché à son grand-père, mais bon, peut-être l'était-il pour d'autres raisons et préparait-il son coup depuis longtemps.

De toute manière il faut fouiller toutes les pistes pour éliminer les mauvaises. Chenu est peut-être en plein délire, mais si les deux garçons ont menti, c'est qu'ils ont une raison, et il est préférable de la connaître.

Il voudrait donc maintenant aller interroger Alexandre, mais il a besoin de mon autorisation pour emmener Geoffroy avec lui afin d'éviter que celui-ci ne téléphone à son ami le temps qu'il arrive.

Je lui donne mon accord et lui demande de me rappeler dès qu'il aura interrogé le fils Jouanaud.

Je raccroche, un peu sceptique je dois bien l'avouer. J'espère que cette enquête sur un meurtre et que la multiplication des séries policières et des programmes télé consacrés aux crimes crapuleux ne sont pas montés à la tête de mon adjoint !

On est probablement face à une histoire d'achat de shit, ou peut-être de cocaïne, et le hasard de la mort du grand-père d'Alexandre fait qu'ils ne peuvent donner comme alibi le fait d'être allés à Vannes se réapprovisionner ce soir-là.

Mais bon, si délire il y a de la part de mon lieutenant, ce ne sera pas grave, cela permettra de toute façon d'éliminer cette hypothèse.

Sans m'en rendre compte, j'ai marché jusqu'à la rambarde où s'offre le panorama sur l'océan. Le soleil répand à la surface de l'eau des milliers de petits foyers resplendissants. Seul un hors-bord file sur le grand tapis ondulé, son sillon brisant la monotonie du relief avant d'être englouti.

Quand je me retourne, toujours un peu sous le coup de la théorie de Chenu, je vois Mme Dulac qui m'attend sans bouger, les yeux fermés, la tête légèrement en arrière, son visage reposé entièrement pris par le soleil, bercée par le bon air marin.

Lorsque j'arrive à sa hauteur, ses yeux réapparaissent et la béatitude dans laquelle elle baignait prend la forme d'un sourire franc.

Mais déjà l'ombre de l'inquiétude vient bouleverser le bel équilibre du présent. Une ombre dont je ne pèse sans doute pas toute la portée pour qu'elle vienne encore la toucher ici, aujourd'hui.

Le matin je suis à pied d'œuvre de bonne heure sous la fine pluie qui persiste après l'orage de la nuit.

Les nouvelles courent encore dans tous les sens et il faut croiser les informations pour tenter d'obtenir un embryon de vérité dans ce désordre. Le général von Choltitz serait en pourparlers avec des émissaires américains pour une reddition de ses troupes afin de les remettre à une autorité militaire, refusant de tomber dans les mains des Parisiens.

La seule chose dont on soit sûrs, c'est que nous avons faim. Des boulangers parviennent à ouvrir leur boutique pour distribuer du pain et certains épiciers réussissent également à faire acheminer du ravitaillement, mais l'information, on ne sait comment, se répand instantanément et les stocks des commerçants sont bien vite anéantis. Alors la crainte qui se propage, une hantise même, c'est que l'état de siège dure et que nous nous retrouvions vraiment à court de denrées.

Malgré cela et malgré la fatigue qui nous touche tous, les barricades se consolident et se multiplient encore dans toute la ville. On scie des arbres qui viennent barrer les grands axes, obstruer les carrefours, paralysant totalement la circulation. Pendant les accalmies, il règne toujours ce silence extraordinaire sur les boulevards quand hommes et femmes descendent observer le résultat du dernier face à face, poussés par la curiosité mais aussi par ce besoin de savoir où on en est, si les Boches sont encore là. Il y a toujours cette ambiance un peu suspendue entre la joie de la libération à venir et la crainte de se réjouir trop tôt, de voir son espoir s'évanouir.

Descendant vers La Trinité et apercevant le dôme de l'Opéra, je repense à ce dont Auguste m'a parlé hier soir. Ce monument fait-il partie de la liste de ceux visés ? Je me demande également en voyant la pointe de la tour Eiffel, s'ils ont prévu de la faire tomber elle aussi.

Bien sûr, j'ai eu un sommeil agité avant de rejoindre notre PC à la pointe du jour. Je n'ai pas remis en question l'éventualité de risquer ma vie s'il le faut, mais j'ai été un moment perturbée par l'idée que sa proposition pourrait être une manière de me faire arrêter afin de m'interroger et obtenir des renseignements sur l'organisation mise en place pour combattre les derniers bastions allemands de la capitale. Délire dû à l'épuisement et à la tension nerveuse qui ont atteint ces derniers temps un niveau dangereux pour une petite personne comme moi. Je ne vois pas pourquoi Auguste déciderait maintenant de se ranger auprès de ce qui reste de son état-major pour me trahir. Aberration. Si tel avait été son dessein, il l'aurait fait avant, quand les Boches étaient encore en position de force. Non, Auguste redoute simplement qu'avant de partir des officiers ne décident, avec la fierté du désespoir, et parce qu'ils l'ont déjà fait ailleurs, de défigurer ou de raser cette ville qui a symbolisé leur victoire à l'ouest de l'Europe, ce paradis pour leurs soldats et leurs officiers qui, en l'espace d'une semaine, s'est transformé en enfer. Je sais bien qu'il n'admet pas ces possibles destructions, mais j'avais besoin de me poser ces questions, de retourner toutes les hypothèses, pour me conforter dans ma détermination à agir.

Le front s'est encore rapproché. Cette nuit, après l'orage, le grondement des bombardements a pris le relais. Il y a eu des passages au-dessus de la ville. On dit que des Forces Françaises sont à Rambouillet, aux côtés de bataillons américains, avec pour objectif la capitale. Ce sera peut-être le général *Leclerc* qui entrera en premier dans Paris. Tout le monde parle de lui sans savoir qui il est vraiment, sauf qu'il est déjà le symbole de la renaissance d'une armée française régulière et qu'il a combattu victorieusement en Afrique. Les tractations doivent aller bon train en coulisse. On dit que de Gaulle est auprès de ses troupes, prêt à se montrer aux Parisiens dès que la ville sera libre. Lui non plus n'est pas une figure familière, mais par sa voix et les actions qu'il a entreprises depuis quatre ans, son nom est devenu synonyme de délivrance, de retour de la République.

Je sens mon estomac se contracter au fur et à mesure que s'écoulent les heures. J'ai envie qu'on m'annonce que les troupes ont libéré la ville, qu'il n'y a plus rien à craindre, que l'état-major s'est rendu dans l'après-midi. Mais la nouvelle ne vient pas.

En fin de journée j'ai encore un espoir car une rumeur se propage selon laquelle des chars français ont atteint la Porte d'Orléans. Mais encore une fois comment savoir ? On a envie d'y croire, on a tellement besoin de se dire que c'est la fin, mais n'est-ce pas une manœuvre supplémentaire des Boches pour nous faire sortir de nos barricades, pour que nous laissions exploser notre joie afin de mieux la réprimer ? Tant que les casques américains, britanniques ou français ne sont pas visibles, tant que les canons de leur puissant armement dont on parle ne se montrent pas, inutile de se laisser gagner par le soulagement.

La menace dont m'a parlé Auguste reste par conséquent toujours de mise ; nous devons donc tenter de récupérer ces plans pour que je puisse les apporter à *Sancerre* qui les fera suivre à ses contacts haut placés.

Le rendez-vous est à 20 heures. Je fais en sorte d'être libre pour cette heure-là, demandant en fin de journée à *Sancerre* de me laisser rejoindre mon lit pour quelques heures de vrai sommeil plus que nécessaires. Permission accordée.

Prévoyant que je n'aurais pas le temps de faire un crochet par chez moi, j'ai glissé ce matin des vêtements de rechange dans les sacoches de mon vélo. Dans des toilettes publiques, je troque donc ma jupe, mon chemisier et mon brassard FFI pour la dernière robe correcte qui me reste et un petit paletot de laine pour couvrir mes épaules. Je remplace aussi mes sandales par mes chaussures à talons, puis passe de l'eau sur mon visage et fais en sorte de donner une allure à mes cheveux. J'ai également pris une vieille pochette en cuir terni appartenant à ma grand-mère, maintenue par une fine lanière, dans laquelle j'ai mis mes papiers et un mouchoir. Ça me fait un peu bizarre de circuler ainsi vêtue dans les rues qui me séparent de notre point de rendez-vous ; j'ai l'impression d'être très apprêtée, comme pour aller au bal.

Afin d'arriver à pied, je laisse mon vélo dans la

cour d'un immeuble, caché dans l'ombre de l'escalier de service. Dans les artères entre la Madeleine et l'Opéra, assez calmes en cette fin de journée ensoleillée, j'aperçois une infinité de drapeaux tricolores pendus aux balcons. Sur un mur a été collé un numéro de *Libération* que plusieurs personnes sont en train de lire. Un vieux monsieur se tient à quelques centimètres seulement du mur, le nez collé au journal, myope sans doute.

Je passe les barricades où veillent les soldats de Paris aux mines creusées mais qui gardent malgré tout leur air réjoui, et longe les immeubles en prenant soin de bien observer les hauteurs où peuvent encore se cacher des tireurs embusqués qui vous dégomment comme à la foire. Je traverse rapidement le boulevard de la Madeleine et progresse toujours par les petites rues, contournant la place Vendôme par la gauche. Dans ce quartier, de nombreux hôtels sont encore occupés par des Boches.

L'espace se vide de plus en plus au fur et à mesure de ma progression. Une femme se glisse elle aussi le long des portes cochères, sur la pointe des pieds pour ne pas faire claquer ses talons. Elle vient vers moi. Nous nous croisons en silence. Elle fait un écart de cabri en passant à ma hauteur. Sans même relever les yeux. Puis elle bifurque à l'angle et disparaît.

Il est 20 heures. J'arrive dans la zone de l'hôtel *Meurice* où s'est replié l'état-major. Auguste m'a dit de venir tôt car dès que la nuit commence à tomber les soldats qui montent la garde sont encore plus à cran. Mieux vaut donc se montrer quand il fait encore jour.

En arrivant rue Saint-Honoré, j'aperçois à quelques centaines de mètres les blindés allemands qui barrent la rue de Castiglione. Il y a plusieurs hommes en armes sur la chaussée, à l'affût du moindre mouvement dans le prolongement de l'artère et sur la place Vendôme. Je ralentis imperceptiblement le pas en continuant d'avancer dans cette direction. C'est à ce carrefour que je dois retrouver Auguste.

Un soldat passe à ma hauteur, perché sur une bicyclette dont le cadre métallique fait un raffut du diable. Il porte son fusil en bandoulière et semble, avec ses bottes, son sac à dos surchargé et son casque, disproportionné par rapport au vélo qu'il propulse en soufflant, avec de légers coups d'épaules pour accompagner le pédalier. Le couinement des freins se répercute sur les façades quand il ralentit pour s'engouffrer dans l'entrée d'un hôtel. Le silence est rétabli. Dans chacune des rues qui donnent sur Rivoli, j'aperçois des groupes de soldats en faction derrière des barbelés ou des rails antichars qui empêchent tout passage de véhicule. Ma silhouette attire aussitôt leur attention. Je poursuis mon chemin.

Étrangement je ne sens pas la peur. Il y a de l'appréhension, de la tension, mais rien qui ne me paralyse. Galvanisée par les dernières journées et la perspective de retrouver enfin notre liberté, je me sens presque immunisée, comme si le danger ne pouvait plus m'atteindre. Il faut dire que, à force de côtoyer la mort, on finit par la provoquer insolemment. Pourtant je sais que je dois rester sur mes gardes, que ma vie peut se jouer à la moindre erreur, même si malgré tout cette approche du danger semble me motiver. Comme un nouveau défi à relever contre moi-même. Contre celle que j'étais. Une fois de plus j'en suis surprise.

En abordant le croisement de Castiglione, je remarque que les vert-de-gris ne me quittent pas des yeux. Ils suivent instinctivement ma trajectoire du bout de leur canon, sans bouger pour autant, campés dans leurs bottes. Je m'efforce de garder une contenance devant le véritable camp retranché à la porte duquel je me présente. Derrière les murets faits de sacs de sable, les rails antichars et les grandes barrières de barbelés pointent des mitrailleuses de gros calibre ainsi que les canons d'autres blindés. Dans l'enfilade de la rue je suis surprise de voir des drapeaux nazis ; le rouge sang, le blanc froid et le noir symbole de mort ; imposées au quotidien pendant quatre ans, ces couleurs semblent déjà faire partie du passé de notre paysage. Me voilà face à l'un des derniers décors de l'Occupant.

Je ralentis presque au point de m'arrêter à l'angle de la rue, à la hauteur du rideau métallique d'un magasin. Si je ne vois pas Auguste maintenant je repasserai dans une heure, comme convenu. J'essaie de ne pas trop dévisager tous ces soldats qui ne scrutent que moi puisque je suis la seule passante. Le silence est lourd. La température y est sans doute aussi pour quelque chose. J'entends juste passer dans le fond, sur la rue de Rivoli, plusieurs véhicules. Et des oiseaux qui piaillent quelque part. Sans doute dans les Tuileries.

Sous les arcades de gauche, une ombre s'extrait du passage entre les sacs de sable et la guérite qui filtre les entrées et les sorties dans la forteresse. Auguste. Il me désigne du menton à l'officier du poste de garde qui est apparu avec lui, puis prononce quelques mots tandis que l'autre parcourt le papier qu'il tient dans sa main, sans doute mon *ausweis*. Les soldats qui me suivent depuis mon apparition sentent par mon attention soutenue vers le poste de contrôle qu'il s'y passe quelque chose. Ils se tournent légèrement en gardant un œil sur moi. L'officier relève la tête puis prononce son verdict ; Auguste me fait alors signe de venir.

Sous le regard de tous les guetteurs, je me dirige vers la guérite. J'ai l'impression d'avancer sur un terrain miné, pouvant sauter au moindre faux pas. La chaussée est entièrement vide. À droite comme à gauche, pas une silhouette civile en vue, seulement d'autres Boches postés aux carrefours, mitraillette au poing. J'ai l'impression que le son de mes chaussures résonne dans toute la ville. Je parviens tout de même à afficher une certaine décontraction, adressant un rapide sourire à deux soldats tout proches. Seul l'un d'eux se montre à peu près aimable.

Auguste m'invite à pénétrer sous les arcades, m'accueillant avec un : « Bonsoir » en allemand, un : « *Guten Abend* » courtois mais sans chaleur. Le voir ainsi avec son uniforme me fait frémir ; j'ai l'impression de me présenter devant un Boche comme un autre et non pas devant *mon* Auguste. Il faut passer outre. Ce n'est sans doute rien comparé à ce qui m'attend.

L'officier me demande mes papiers en allemand, des termes que nous avons appris à connaître sans avoir pratiqué la langue. Je sors alors de ma petite pochette en cuir ma carte d'identité. Le gradé la détaille avant de comparer avec attention la photo à mon visage. Ce sont mes vrais papiers ; et *a priori* je ne suis pas fichée. J'amorce un sourire et croise le regard d'Auguste qui ne laisse rien deviner. Une neutralité totale.

L'officier adresse trois mots à un soldat qui se tient à côté et j'aperçois, quand il baisse les yeux, son regard vers le décolleté de ma robe. Il n'a rien d'outrageant, mais cela reste un décolleté féminin qu'il serait sans doute dommage de manquer. Il ausculte maintenant l'*ausweis* et ma carte.

Le soldat appelé s'approche et s'excuse en allemand, me faisant signe d'écarter les bras. Fouille au corps.

Avant il y avait des femmes pour nous fouiller lors des contrôles mais, comme me l'a dit Auguste, elles sont toutes parties. Le soldat me palpe alors de haut en bas, puis me demande de me retourner, agissant avec respect, de manière mécanique, évitant, je m'en rends compte, tout geste ambigu. Et après un : « *Danke* », il regagne sa place, en retrait, indiquant à son supérieur que c'est bon.

L'officier plie enfin le courrier et la carte d'identité pour me rendre le tout.

— Gardez ça sur vous, me dit-il avec un léger accent et un sourire un peu crispé.

Je le remercie et range les documents dans ma petite pochette en cuir. Puis il s'efface pour me laisser passer en claquant respectueusement des talons.

Auguste m'ouvre la voie. Je pénètre alors dans les vestiges de l'Occupation. Les restes d'une domination. Une atmosphère de fin de règne où les rares soldats qui traînent dehors attendent les ordres, l'air désœuvré au milieu de l'arsenal amassé derrière les remparts. On a regroupé ici comme dans les autres bastions les dernières forces, l'ultime puissance de feu encore capable de mener une offensive contre les combattants acharnés qui ont repris la quasi-totalité de la ville depuis bientôt une semaine.

Le soleil tape en biais sur le haut des immeubles, enveloppant l'endroit d'une lumière chaude, paisible en opposition avec l'agitation qui règne un peu partout dans les autres quartiers durant la journée.

— Ça va ? me murmure Auguste en m'octroyant un discret sourire.

Je ne lui réponds que par un hochement de tête car je me sens brusquement écrasée par ce qui m'entoure. Je suis dans l'antre de la bête. Me rendant compte que l'Occupant est encore là malgré tout. Les combats des derniers jours, la fuite des chars devant les barricades nous ont donné le sentiment d'un royaume en perdition, mais il est encore vivant et le fait de me retrouver en son sein me refroidit. Je prends soudain conscience que la partie dans laquelle je me suis lancée n'est pas gagnée. Un des drapeaux au-dessus de nous flotte sans bruit dans l'air du soir. Le cœur de la citadelle bat encore. J'espère que ce ne sont que les derniers soubresauts d'une agonie. Qui durera combien de temps encore ? Personne ne le sait.

— En tout cas tu es très belle avec cette robe…

Une fusillade éclate derrière nous, sans doute aux alentours de l'Opéra. Les tirs sont soutenus. La tension se lit sur les visages qui se tournent dans cette direction. On redoute les attaques.

Poursuivant notre chemin, Auguste m'indique l'hôtel *Continental* où il loge désormais, puis nous nous engageons à gauche sous les arcades de la rue de Rivoli. Le rythme de mon cœur s'accélère.

À l'entrée de l'hôtel *Meurice*, un soldat surgit de derrière les sacs de sable et nous barre le chemin. Auguste me demande de sortir mes papiers. Je m'exécute, le soldat déchiffre consciencieusement l'*ausweis* et ma carte d'identité, puis nous signifie que nous pouvons entrer.

Nous nous engageons l'un après l'autre dans la porte à tambour laissée en fonction comme un filtre supplémentaire.

Dans le vaste hall aussi des points de défense sont installés, hautes barrières de sacs derrière lesquels sont postés des soldats. Pourtant il règne un grand calme. L'imposant lustre central est éteint mais plusieurs lampes diffusent une lumière douce. Les lieux sont donc pourvus d'électricité. Deux officiers discutent dans un coin et trois autres militaires semblent attendre à côté du comptoir. Le contact de mes talons sur le sol attire l'attention de tous ces messieurs.

Le tapis de l'escalier finit par étouffer mes pas. Nous montons à pied jusqu'au deuxième étage, l'ascenseur étant hors service par économie. L'appréhension nous tient silencieux, concentrés. Comme avant un combat.

En gravissant les dernières marches, Auguste me prend furtivement la main et la presse avec avidité.

— Ne t'inquiète pas. Tout va bien se passer...

Une nouvelle fois je réponds par un mouvement de tête. Mon sourire est juste ébauché, vite effacé. Ma gorge se contracte. Il ne faudrait pas que je m'étouffe avant même d'arriver ! Je m'applique à respirer posément. Auguste m'adresse encore un de ses beaux sourires qui ont le don de me détendre un peu. Après l'avoir serrée un peu plus fort, il lâche brusquement ma main juste quand nous atteignons le palier de l'étage. La tension reprend son envol.

Deux soldats en armes gardent le couloir. Ils saluent Auguste de manière amicale. Je sors à nouveau mes papiers et les tends au premier soldat qui les inspecte rapidement. L'autre échange un mot avec Auguste, rapide, chuchoté. Je pense qu'il fait une réflexion à mon sujet. Si le fameux Ottweiler est un habitué des visites, extérieures ou souris grises, il est évident que ses gardiens ont eu le choix de jauger ses compagnes avant lui. Leurs regards sur mes hanches ne sont d'ailleurs pas vraiment dissimulés. Sans gêne.

Le soldat qui a contrôlé mes papiers nous accompagne et nous ouvre la porte de la suite. La voie est libre. Il y a comme un souffle d'air qui vient de l'intérieur. Sans doute mon imagination devant l'importance du moment, puisque désormais je ne peux plus faire demi-tour. Mais en fait les fenêtres sont ouvertes. Nous ne sommes pas seuls, il y a là déjà plusieurs invités qui profitent depuis le balcon des derniers rayons de la journée sur le jardin des Tuileries et sur Paris derrière.

Je tourne doucement la tête vers Auguste et vois son sourcil qui se couche très légèrement sur son œil. Il a émis l'hypothèse qu'Ottweiler invite ses congénères à venir passer la soirée dans sa suite comme ça lui arrive souvent, mais il se demandait aussi s'il ne préférerait pas que nous soyons seuls. Apparemment il a opté pour la première option. Impossible de rebrousser chemin, il faut s'adapter à la situation.

Sur une commode sont posées les casquettes des invités, tous des officiers. L'un d'eux est noir, celui d'un SS. Auguste se découvre également la tête en retirant d'un geste naturel son calot pour le glisser dans sa ceinture de cuir.

Puis il m'entraîne à la grande porte-fenêtre qui permet d'accéder au balcon. Je remarque, en avançant, trois bouteilles de champagne vides posées sur une table et une ouverte dans un seau à glace.

Un officier nous a aperçus et fait un signe de tête à un autre officier qui se retourne. D'après la description que m'a faite Auguste, c'est Ottweiler. L'homme est épais, mélange de muscles et d'abus. Ses traits sont tirés. Grosse fatigue. Tension nerveuse. Gentil sourire pourtant. Amical tout au moins. Une coupe de champagne dans la main, il descend la petite marche pour nous rejoindre dans le salon. Les autres restent à profiter du soleil qui se couche derrière la tour Eiffel. Il n'y a que des militaires. Masculins cent pour cent.

— *August ! Mein Freund !*

Il lui tape familièrement le biceps et pivote aussitôt vers moi.

— La voilà donc !

Il prend ma main avec une grâce un peu gauche et la porte à ses lèvres. Dans son mouvement j'aperçois autour de son cou, par l'ouverture de sa chemise au col déboutonné, la chaînette dont m'a parlé Auguste.

— Enchanté…

Il se donne du genre mais n'en a pas. Il l'a appris à la va-vite dans les salons où se pressaient hier encore les collaboratrices prêtes à tout pour profiter de la richesse de l'Occupant.

— … Odette, je réponds, voyant qu'il attend que je me présente.

— Odette ! Comme une petite ode… ! C'est beau !

Ses yeux pétillent. Sans doute un mélange de champagne et de désir instantanément éveillé. Pas par moi spécialement, sans doute par tout ce qui est féminin. Ses fausses manières aimables sont celles d'un rustre qui pense à vous culbuter rapidement, ça se voit tout de suite. J'en frissonne.

— Venez, que je vous offre un peu de champagne !

Son français est parfait, comme celui d'Auguste, avec juste un léger écho germanique. Il s'empare de la bouteille en prenant soin de laisser les gouttes des glaçons s'écouler dans le seau, puis il nous sert à chacun une coupe.

— Peut-être le dernier verre avant…

Sa phrase s'évanouit dans le frémissement du champagne et il lâche un petit rire nerveux. Étrange remarque. Un soupçon de défaitisme qui laisserait entendre qu'il sait déjà qu'aux années de domination va bientôt succéder le temps de la défaite et du jugement. Et peut-être m'inclut-il dans le camp des futurs vaincus si Auguste m'a présentée comme une fervente partisane de son régime. Je me contente d'un sourire aimable en prenant la coupe.

— Profitez-en, il est bien frais !

Et il lève son verre. Nous l'imitons.

— *Zum Wohl*, lancent les deux Allemands.

— À la nôtre…, je fais.

Le cristal tinte. Nous ne trinquons sans doute pas à la même chose, mais je force mon sourire pour qu'il me croie sincèrement ravie d'être là.

Il nous entraîne vers le balcon pour nous présenter à ses invités. Huit en tout, tous officiers de la Wehrmacht, sauf le SS, un type à l'air étonnamment chaleureux, mais dont le costume noir et les têtes de mort sur le col vous refroidissent instantanément. Ils me font tous le baisemain de manière un peu trop pompeuse. Puis je m'appuie sur le balcon et fais face à la perspective sur Paris tandis que mon hôte me commente la beauté du jardin à cette heure-ci et la magnificence de cette tour de fer effilée qui domine la ville.

La rue de Rivoli est vide, barrée en divers points par des rails antichars. L'accès par la place de la Concorde est obstrué par un important barrage de chars et de barbelés. Dans le jardin en bas, des dizaines de camions, d'autres chars encore et de nombreux véhicules sont stationnés ; tous ont été répartis sous les arbres et camouflés pour ne pas être repérés par l'aviation.

En me penchant pour observer une motocyclette qui s'arrête un peu plus loin, je me rends compte que juste en dessous flotte une grande bannière rouge et blanc avec en son centre la croix gammée noire. Me voici donc, après plusieurs jours de lutte parmi les Parisiens, en train de boire du champagne frais avec des officiers de l'état-major allemand, dans le soleil couchant de la rue de Rivoli, avec à mes pieds un immense drapeau nazi. Les bulles de champagne ont beau répandre leur fraîcheur dans ma gorge desséchée, le plaisir reste amer, car il me renvoie automatiquement à ceux et à celles qui, pendant quatre ans, n'ont cessé de goûter à ce luxe pendant que Vichy nous laissait crever de faim à petit feu. Impossible donc d'apprécier ce champagne tant il a le goût de la trahison et de la mort. Difficile de cautionner ces mondanités sordides, mais en acceptant de venir il était certain que je m'exposerais à ce genre de situation insupportable.

Je dois prendre garde de ne pas me laisser stupidement déstabiliser par tout cela. Me répéter, encore et encore, que je suis venue ici pour dérober des documents sans doute fondamentaux. Cette coupe de champagne, l'admiration des Boches pour cette ville qu'ils ont meurtrie, détroussée et affamée sont un sacrifice que je dois accepter. J'ai connu pire cette dernière année. En tout cas la comparaison m'aide à garder mon sang-froid et ma concentration.

Je porte parfois discrètement mon attention vers Auguste qui, je le vois bien, fait bonne figure également devant ces officiers qui arborent fièrement leurs décorations, lui le seul soldat toléré dans ce cercle restreint. Nos regards se croisent, et cela seul est une vraie source d'énergie, le moteur de tout ça. Nous allons peut-être faire quelque chose d'important tous les deux.

L'ambiance n'est tout de même pas à la fête. Ça me rappelle un peu l'enterrement de mon grand-père, le retour dans la maison de mes grands-parents après le cimetière, où tout le monde était réuni comme pour une grande réunion de famille, un verre à la main, mais sans véritable envie de se retrouver là. Les officiers me font le même effet. Je me dis qu'ils se sont forcés à venir pour faire plaisir à leur camarade qui les a souvent conviés à ce genre de soirées, mais aussi peut-être pour ne pas s'avouer trop vite vaincus, pour faire comme d'habitude. Pourtant je sens bien les regards inquiets portés vers les quais de la Seine en face quand un véhicule passe à toute allure, ou bien les têtes qui se tournent quand ça pétarade à gauche du côté du Louvre. On se méfie d'une balle qui viendrait jusque-là, mais on brave le danger pour montrer que l'on domine toujours la ville.

L'alcool aide aussi. D'autres bouteilles sont ouvertes, les verres remplis. Je fais attention de ne pas trop boire et remarque qu'Auguste a adopté la même tactique.

Je me force à répondre aux questions d'Ottweiler, à soutenir une conversation que l'on peut qualifier de conviviale malgré toute l'hypocrisie que j'y mets. Je me fais passer pour une fille un peu cruche, plutôt impressionnée par l'uniforme, et qui n'a aucun scrupule à siroter un verre avec des Boches. La fille simplette qui se laisse entraîner par le courant, qui considère ces gradés comme des hommes et non comme des ennemis. Je ne me montre pas aguicheuse, je ne minaude pas, je m'efforce juste de jouer la nunuche, la môme bien brave. Ce qu'il semble apprécier.

J'improvise, je construis ce personnage au fur et à mesure de notre discussion. Jouer ce rôle me permet d'affronter plus facilement le malaise qui m'a gagnée depuis que je suis ici. Un peu comme si ce n'était pas vraiment moi. L'idée étant de me mettre dans la peau d'une autre pour ne pas me trahir. Et son enthousiasme m'encourage à poursuivre dans cette voie, sans toutefois trop forcer le trait.

Quand Ottweiler va chercher une nouvelle bouteille de champagne pour ses invités, je suis accaparée par deux autres bonshommes. Alors je continue mon numéro, demandant à mes très polis officiers ce qu'ils préfèrent dans Paris. Ils me répondent avec entrain et me font partager l'intérêt soulevé par des visites privées de monuments qu'ils ont eu l'occasion de faire, ainsi que par les plaisirs culinaires uniques découverts dans certains restaurants. Jamais ils ne mentionnent le fait que depuis bientôt trois mois les Alliés ont débarqué en Normandie, puis dans le Sud. Ils parlent comme de vulgaires touristes en villégiature, privilégiés et pleins d'admiration pour leur terre d'asile favorite. Ils n'évoquent même pas la situation actuelle dans Paris. Comme si tout était normal. Je me demande si leur manière de se comporter n'est pas, au fond, le signe effrayant d'une certaine pathologie. Refus catégorique de voir la réalité en face, volonté inébranlable de continuer de vivre comme ils le font depuis quatre années. Une attitude qui témoigne d'une singulière dose de folie. De toute manière leur présence sur ce balcon révèle déjà un décalage, quelque chose d'anormal. Peut-être cette décontraction est-elle jouée de toutes parts pour montrer à l'autre qu'on ne panique pas, par fierté, mais toujours est-il que j'ai l'impression de discuter avec les pensionnaires d'un asile.

Un soldat entre dans la pièce et se dirige directement vers le balcon. Il se plante devant nous, claque des talons et, le visage empourpré par sa course ou par l'émotion, prononce une phrase rapide en allemand. Je ne comprends pas, mais la réaction immédiate des officiers est déjà une indication. Il se passe quelque chose de grave. Les regards se cherchent, subitement assombris.

Ottweiler remercie le soldat qui repart d'un pas alerte après un demi-tour réglementaire. Le silence se prolonge. Un des Boches boit alors son verre d'un trait et lance quelques mots par-dessus son épaule en allant dans le salon chercher une bouteille de champagne. Comme nous rentrons tous à sa suite, Auguste s'approche de moi et me traduit qu'on signale la présence de véhicules de l'armée alliée dans le sud de Paris. L'information a été confirmée par plusieurs sources, dont la *BBC*.

Je regarde instinctivement la pendule sur la cheminée : elle marque 21 heures tout juste passées. Je ne peux dissimuler mon étonnement mais parviens à refréner mon émotion. Mes jambes faiblissent. Des larmes montent le long de mes tempes. Je ne dois surtout pas montrer que je suis bouleversée. Heureusement, ils y vont tous maintenant de leur commentaire sans se préoccuper de ma réaction. Je n'ose même pas croiser le regard d'Auguste de peur de m'effondrer.

Malgré cette information nous n'avons aucune indication sur le sort de Paris et je dois garder en tête la raison pour laquelle je suis ici. Je laisse l'officier me resservir du champagne et les observe tranquillement. Les discussions semblent porter sur la nouvelle qui vient d'être annoncée ; ils montrent soudain dans leurs échanges dans leur langue une plus évidente préoccupation qu'en s'entretenant avec moi.

Il se passe alors quelque chose d'extrêmement troublant. Au milieu du brouhaha, l'un des officiers entonne subitement un chant au rythme lent où chaque mot est fortement appuyé. Les autres se joignent instantanément à lui, formant une petite chorale spontanée. Auguste chante avec eux. Le regard qu'il m'octroie en cet instant me signifie qu'il se force à participer au mouvement. Je n'ai pas besoin de cela, mais sans doute a-t-il besoin, lui, de me le faire comprendre pour se donner le courage de suivre ces capitaines de fortune.

Ces hymnes guerriers, nous y avons souvent eu droit ces dernières années, alors la seule chose qui me permette de supporter encore celui-ci, comme donné rien que pour moi, c'est de me dire que c'est peut-être la dernière fois que j'en entends un. Je tente donc de prendre un air détaché. Presque sous le charme. Mais ce n'est pas facile car ils y mettent tout leur cœur. La pièce en est remplie. Ils sont droits comme des piquets, au garde-à-vous devant leur nation qui chavire. Je dois pourtant avouer qu'au malaise d'être spectatrice de cette sinistre prestation se mêle une certaine jubilation d'en être témoin.

Quand le chant prend fin, un silence de mort s'installe. Certains vident leurs verres. Dehors, au loin, des coups de feu, des explosions. On se bat. Après l'avoir sifflée, Ottweiler pose sa coupe sur un meuble et va dans son bureau, laissant la porte ouverte. Le SS grommelle quelque chose et se ressert du champagne. Il fait le tour de ses camarades ; tous acceptent une nouvelle rasade. Quand il passe devant moi, je lui montre mon verre encore presque plein mais il le remplit quand même un peu plus en me jetant un regard que je ne sais comment interpréter. Est-ce un reproche de me voir là ? Impossible de le savoir. Il passe aussitôt à Auguste qui tend également sa coupe.

Ottweiler a décroché son téléphone. Il parle par monosyllabes. Puis raccroche. Il revient dans le salon avec un sourire et fait en allemand le compte rendu de l'échange qu'il vient d'avoir. Quand il a terminé, les discussions reprennent dans une certaine bonne humeur. Ottweiler débouche même une nouvelle bouteille, laissant le bouchon percuter le plafond dans une grande exclamation. À ne plus rien y comprendre. On passe du chant aux tonalités funèbres à la rigolade d'un bouchon qui vole.

Auguste me traduit à nouveau discrètement : Ottweiler téléphonait au général von Choltitz qui lui a confirmé que des éléments de l'armée alliée sont bien entrés dans Paris, Porte d'Italie, mais c'est tout. Seulement quelques véhicules. Il est normal que dans ces quartiers tombés aux mains des insurgés, des effectifs de l'armée régulière puissent pénétrer. Rien de plus. La situation reste la même. Ils tiennent toujours Paris.

Je retire mon paletot et le pose sur une chaise avec ma pochette. Je les observe encore pendant qu'ils poursuivent leur petite fête privée pour évacuer la détresse de leur situation. Mais je vois bien qu'ils ont eu peur. Leur soudain besoin de chanter n'était pas anodin. Ils veulent prolonger leur occupation. Leur domination. On ne sort pas aussi facilement de quatre années ou plus de conquêtes, d'acharnement à opprimer tout un peuple, à le tenir sous sa coupe, à en faire son esclave. Difficile d'accepter que la machine se rebelle contre son maître.

Tout leur cynisme apparaît dans cet instant. Et aussi toute la faiblesse humaine cachée derrière des uniformes qui ont semé la terreur dans toute l'Europe. Mais depuis le mois de juin le grand méchant loup se casse les dents sur une armée qu'il n'est plus à même d'effrayer. Il fait bien encore un peu peur, mais plus assez pour repousser les assauts de ceux qui veulent sa peau. Alors il continue de parader, de faire des yeux féroces, mais il sait que la curée se profile. Ils sont comme ça ces officiers, encore ivres de leur puissance et cultivant cette ivresse jusqu'au bout car ils savent que leur défaite n'est plus très loin.

Ottweiler revient vers moi avec sa bouteille. Il est encore droit et clair, mais ses yeux brillent plus que tout à l'heure et se promènent sur mes épaules dénudées. Je le remercie avec douceur en lui indiquant mon verre plein puis je ris à gorge déployée quand il me rétorque : « Vous avez peur d'être ivresse ! » Je ne sais pas d'où me vient ce rire, sans doute du champagne, mais aussi du fait que leur attitude depuis tout à l'heure a provoqué en moi une viscérale volonté de réussir. Une hargne terrible. Je veux lui faire croire, leur faire croire, que la situation extérieure m'importe peu, que je souhaite profiter du moment, en toute simplicité. Alors je le reprends en riant.

— D'être *ivre* !

Il rit lui aussi en voyant ma réaction, puis ajoute :

— Non, « d'être ivresse » ! C'est plus joli, vous ne croyez pas ? C'est de la poésie !

Alors je m'esclaffe à nouveau en portant ma main à ma gorge. Il rit encore avec moi sauf que, comme lorsque nous avons trinqué tout à l'heure, nous ne rions pas pour le même motif. Lui se trouve perspicace et subtil, tandis que je le trouve parfaitement ridicule avec ses élans de poésie à la française. Grotesque. Insultant même. Si caricatural de ces Boches amoureux d'un pays qu'ils ont pillé, qu'ils ont écrabouillé.

Auguste saisit la différence des points de vue. Parce qu'il partage le mien. Et Ottweiler, lui, reste bel et bien persuadé que je suis séduite. Ce qui me fait d'autant plus jubiler.

— Vous avez raison, c'est plus joli ! J'ai peur « d'être ivresse » !

Tenant toujours la bouteille, il m'entraîne alors un

peu à l'écart. Courtois, il ne me touche pas, ne me colle pas, mais fait barrière pour m'isoler.

— Vous avez un rire merveilleux, vous savez ?

L'entrée en matière est un peu balourde, mais je ris encore pour lui faire plaisir. Moins fort quand même.

— Ça fait longtemps que je n'ai pas entendu un rire comme celui-là…

Je glousse encore. Cette naïveté me régale ; si elle ne venait pas d'un Boche, elle pourrait presque être attendrissante. L'intensité de la lumière faiblit soudain. Il ne paraît pas le remarquer.

— Ça me fait du bien vous savez…

Le voilà qui va jouer l'enfant malheureux, l'œil mélancolique.

Bien que les autres aient laissé un instant leur ami œuvrer dans son coin, l'esprit de camaraderie militaire revient au galop et l'un des officiers interpelle Gerahrd en levant son verre. Sans doute réclame-t-il à boire car Ottweiler se rappelle soudain qu'il a emporté le champagne avec lui, trop absorbé par son entreprise. L'appel est réitéré, ce qui l'amuse.

— Laissez-moi quand même vous resservir un peu…

Je souris en prenant un air un peu gêné.

— Bon, d'accord, mais pas trop… Je ne voudrais pas être trop… « ivresse » !

Je plante délicatement mais franchement mes yeux dans les siens en prononçant les derniers mots. Et le poisson mord facilement à l'hameçon. Je prends alors conscience que l'on peut parfaitement déployer son charme pour arriver à ses fins avec ce genre d'individu. Il faut dire que je n'ai jamais essayé, en fait, de séduire quiconque de cette manière. Et encore moins cette catégorie de personnage. La réponse est immédiate :

ses yeux s'imprègnent de désir, sentiment évident d'un pouvoir d'attraction. Il a dû tellement l'utiliser depuis qu'il porte cet uniforme. Et peut-être même en abuser compte tenu de sa position…

Un furtif sourire calculé et il se retourne pour rejoindre ses amis. Auguste est là, avec eux, l'air guilleret, mais ses yeux me couvent, comme soulagé que cette première passe d'armes se termine bien. L'officier m'a effectivement sauvée de cette tentative d'abordage. Je sais que ça viendra, qu'à un moment il faudra sans doute accepter de laisser le monstre s'approcher un peu plus si on veut le piéger, mais il est préférable de passer d'abord par des étapes intermédiaires pour être capable de le supporter.

Auguste sait que personne ne voit son visage, alors il m'adresse un clin d'œil d'encouragement. Ça me réconforte et ça me met en confiance aussi pour la suite. Il faut que ça marche.

Le semblant de fête reprend quelque peu de vigueur. Des rires lourds viennent ponctuer les conversations. Parfois on tend l'oreille quand des tirs lointains s'intensifient. Par deux fois encore la lumière faiblit et les regards se lèvent vers le lustre.

Je reste un peu en retrait avec Auguste, sans que nous sachions quoi nous dire. Nous ne voulons pas montrer à ces hommes que nous sommes très proches, et la tension nerveuse nous rend particulièrement muets. Auguste me demande juste si le champagne ne me fait pas trop tourner la tête. Je lui réponds que ça va, que je fais attention de ne pas trop en boire.

Puis un des gradés s'approche de nous et engage une discussion cordiale. Banale. Mais elle est rapidement interrompue par le son régulier d'une cloche d'église. Il est d'abord imperceptible, mais deux ou trois voix l'entendent et s'arrêtent pour l'écouter. Les autres se taisent aussi, imposant le silence dans la pièce.

On entend maintenant distinctement les cloches d'une église qui sonnent à toute volée. Et à bien écouter, elles ne sont pas seules. D'autres les imitent un peu plus loin. Et d'autres encore. Je n'ose pas regarder les officiers et reste figée sur l'extérieur, le ciel obscurci et les cimes assombries des arbres des Tuileries. Le son se propage sur tout Paris, d'église en église.

Est-ce le son de la liberté ? Pas véritablement car je suis là avec des Boches, il reste donc au moins une parcelle occupée, mais ces cloches à tout rompre évoquent le cri des villes ouvertes, des villes libérées. Pourtant des tirs résonnent toujours au-dessus du concert. Ils semblent d'ailleurs plus intenses. Cet air de liberté doit exacerber la haine des Boches et de leurs Collaborateurs qui veulent encore occuper les lieux, et en face exalter l'héroïsme de ceux qui se battent pour se défaire de leur emprise.

Bien que je ne comprenne pas vraiment ce qui se passe, cet appel des tocsins qui gagne de proche en proche fait à nouveau monter l'émotion jusqu'à mes tempes. Et mes jambes me retiennent difficilement. Un œil à la pendule : il est 21 h 40.

Ottweiler grogne une série de mots et gagne la porte-fenêtre qu'il ferme violemment, manquant de fracasser les vitres. Le son des tocsins s'atténue nettement mais reste audible car il s'élève dans tout le ciel de Paris. Ottweiler s'arrête maintenant devant un phono dont il remonte la manivelle avec une vigueur qui trahit à nouveau sa fureur. Nous suivons chacun de ses gestes, dans une paralysie totale. Il tire le bras du tourne-disque et pose la pointe sur le sillon. De la musique classique s'élève alors dans la pièce, orchestrée comme du Wagner, couvrant cette fois-ci les voix des clochers. Puis il crie un nom et la porte de la suite s'ouvre sur le soldat qui a vérifié mes papiers tout à l'heure. Ottweiler lâche une rafale gutturale et l'autre repart aussi sec avec son ordre.

Ottweiler se retourne enfin vers ses invités avec un grand sourire affable et va chercher une bouteille de champagne. Les conversations reprennent, mais avec moins de ferveur cette fois-ci. La musique est un peu forte, trop forte pour créer une ambiance conviviale. On sent bien qu'elle couvre un autre son. Celui de la peur. Celui de la fin. Car ces cloches doivent bien marquer une victoire. Mais encore une fois il faut rester prudent. Peut-être des troupes ont-elles officiellement libéré certains quartiers déjà tenus par des Parisiens et l'on fait sonner les églises pour fêter cette victoire, mais tout n'est pas fini. Les Allemands n'ont pas encore dit leur dernier mot. On a clairement entendu que les combats se poursuivent. À cette heure, l'éventualité qu'on ordonne une série de destructions reste donc encore de mise.

En tout cas je ne dois pas me laisser trop influencer ni déstabiliser par ces tocsins afin d'aller jusqu'au bout de ce à quoi je me suis engagée. Tant que des militaires alliés n'ont pas pris possession de cette suite, je dois considérer le danger comme toujours existant. Récupérer les plans sera toujours utile, quelle que soit la situation dans la nuit ou demain matin. Vu les forces qu'ils ont regroupées dans leurs derniers bastions, les Boches peuvent encore tenir longtemps. Les bêtes acculées se battent jusqu'à la mort. Et miner des bâtiments ou des ponts est bien dans la ligne de leurs méthodes. Même à l'agonie.

Je suis toujours dans un coin avec Auguste et l'autre

officier qui me raconte qu'il est un grand fanatique d'architecture catholique et qu'il a visité pratiquement toutes les églises de Paris. Il me parle dans un français relativement correct, mais je dois tendre l'oreille au-dessus de la musique pour bien comprendre ce qu'il dit. J'ai bien envie de lui demander, puisqu'il connaît si bien son sujet, ce que signifient exactement les volées de cloches que l'on a entendues, transmises d'église en église. Mais je ravale sagement mon impertinence et l'écoute me débiter ses connaissances en art religieux qu'il a pu nourrir et enrichir durant son séjour dans la capitale.

Le soldat qui est entré plus tôt pour annoncer la présence de véhicules alliés dans le sud de la ville revient et salue en claquant des talons. Un officier arrête la musique. Dehors, le concert de cloches continue de jouer, perceptible derrière les fenêtres fermées. Le soldat fait son rapport. J'observe les réactions sans comprendre un seul mot. Aucune émotion ne passe sur le visage d'Ottweiler. Puis le messager repart, toujours avec des mouvements secs et rigoureux. Auguste me murmure alors qu'apparemment des véhicules sont stationnés sur la place de l'Hôtel de Ville. Plusieurs voitures blindées et des chars. Une patrouille de reconnaissance sans doute. La radio parisienne annonce que ce sont des soldats français.

J'imagine aussitôt l'ambiance qu'il doit y avoir autour des militaires, avec les cloches qui sonnent de toutes parts dans la nuit étoilée. Ce doit être féerique. Et les combats qui se poursuivent un peu partout, *La Marseillaise* entonnée pour se donner du cœur à la bataille et célébrer chaque secteur délivré ou défendu. Ils sont là ! Enfin là ! Mais je ne veux pas trop y penser. Je dois me concentrer sur ce qui se passe ici, ne pas me laisser troubler par des extrapolations.

Même s'ils continuent d'afficher un certain calme puisqu'il ne s'agit apparemment que d'une patrouille, les officiers vont chercher leurs casquettes et se retirent les uns après les autres en serrant chaleureusement la main d'Ottweiler ou en lui donnant une accolade amicale. Sans doute vont-ils quand même rejoindre leur unité ou leur bureau pour parer à toute alerte. Ils viennent également me saluer de leur trop aimable baisemain auquel je réponds par un beau sourire hypocrite. Avec une irrépressible envie de leur dire adieu et bon voyage de retour.

Il est 22 h 10 et nous nous retrouvons tous les deux avec Ottweiler qui ferme la porte derrière le dernier invité et se retourne vers nous avec un air étrangement enjoué.

— Et voilà, une nouvelle fois tout le monde me laisse ! Mais il ne faut pas s'inquiéter, nous tenons encore la ville…

Il jette un œil à la fenêtre. Les volées de cloches et des rafales viennent jusqu'à nous, étouffées, puis il y a une explosion plus distincte. Il hausse les épaules.

— Ne bougez pas, je reviens…

En quelques pas il est dans son bureau et décroche le téléphone. Auguste et moi restons suspendus, notre coupe de champagne à la main. Je pense que, comme moi, il espère que cet imprévu ne va pas mettre à mal notre opération.

Ottweiler demande le général von Choltitz. Il attend un long moment, puis trouve enfin son interlocuteur. Le ton est grave, une nouvelle fois monosyllabique. Je regarde au-dehors la nuit maintenant tombée sur notre capitale, peut-être prise par une ultime fièvre avant d'être guérie. L'esprit un peu anesthésié par l'alcool, je me prête à rêver aux soldats alliés qui sont à moins de un kilomètre. Et en plus *a priori* français. Mais une fois encore je dois me méfier de bien garder toute ma lucidité.

Ottweiler raccroche et revient, toujours jovial. Je remarque qu'il a retiré sa veste.

— Rien de grave. Rien de grave. État d'alerte, mais nous sommes en alerte depuis cinq ans, alors une nuit de plus !…

Et il ponctue sa phrase par un rire que nous imitons consciencieusement.

Il gagne la table où est posé le seau à champagne et prend la bouteille par le goulot, laissant les gouttes ruisseler sur le parquet et le tapis sans s'en soucier.

— Allez, on ne va pas se laisser faire, hein ?

Nous tendons alors poliment nos deux coupes à moitié vides. Lui remplit complètement la sienne. Puis il lance à Auguste quelques phrases rapides en allemand ; je ne saisis que le mot « *Musik* » au milieu du reste.

Auguste répond par un « *Ja* » franc et se dirige vers le phono. Je sens alors la main d'Ottweiler qui m'enserre le bras.

— Venez par ici Odette, je voudrais vous montrer quelque chose…

Son sourire est bienveillant. Mais je sens une montée d'adrénaline car il m'entraîne vers la chambre par une petite porte sur le côté du salon. J'ai juste le temps de jeter un bref coup d'œil à Auguste mais ne rencontre que son dos puisqu'il est en train de choisir un disque.

Je me laisse conduire dans la pièce, spacieuse, richement meublée, avec un imposant lustre au-dessus du lit. Mais seule la lampe de chevet est allumée, sans doute par souci d'économie d'électricité.

Je ne me sens pas bien. Le goût âcre du champagne me remonte dans la gorge. J'ouvre la bouche pour aspirer une grande goulée d'air qui parvient à dissiper un peu mon angoisse soudaine.

— Vous allez voir…

La pression de sa main sur mon bras se raffermit. Non pas que je résiste, mais je le sens plus pressant. Nous contournons le lit et nous approchons de la fenêtre qui donne elle aussi sur le jardin des Tuileries.

— C'est ici…

Il allume la lampe posée sur une commode devant laquelle nous nous sommes arrêtés. Je ne vois pas tout de suite ce qu'il me montre. En fait je suis dans un tel état d'anxiété que je dois à nouveau respirer la bouche ouverte pour tenter de me calmer. Je croise son visage sur lequel est peinte une certaine fierté, une sorte d'extase que je ne comprends pas. Il me sourit, puis son regard se pose encore sur la commode. Alors seulement mon attention se porte sur ce qui le met dans un tel état : il y a au milieu du meuble un petit dessin encadré qui représente une jeune femme nue, allongée sur un lit, un drap recouvrant ses jambes jusqu'au haut de ses cuisses. C'est un dessin magnifique, je dois avouer. La grâce habite la jeune fille. Le rêve et le désir prennent vie sur son corps dénudé.

— C'est un fusain d'Edgar Degas…

Je reste fixée sur l'œuvre. Pendant un bref instant je suis propulsée ailleurs, hors de cette chambre. Loin. Peut-être dans l'atelier du peintre. L'abandon de la jeune femme est un appel à l'évasion.

— C'est un ami qui a pu me le procurer… Une merveille…

Sa main tient toujours fermement mon bras. Nous restons là tous les deux devant la commode à l'admirer. Le trait de crayon sûr. Pur.

— Je l'ai acheté, vous savez, je ne l'ai pas volé…

La magie retombe d'un coup. Je reviens dans cette chambre à l'atmosphère lugubre malgré son luxe. Ottweiler me rappelle à la bassesse de notre époque. Je ne sais pas s'il fait allusion aux nombreuses œuvres d'art qui ont été dérobées par les Boches ou si c'est une manière de me montrer qu'il a de l'argent. Peut-être les deux.

— Comment le trouvez-vous ?

Je me perds à nouveau dans le dessin, tentant de ranimer le souffle qui m'a touchée de prime abord.

— Beau… Très beau…

Un air de musique se faufile jusqu'à nous depuis le salon. Auguste a choisi un morceau pour piano et violon très doux. Je ne sais pas si c'est la convergence du Degas, de la musique et de ma présence qui l'inspire, mais Ottweiler se lance alors dans une grande explication passionnée des émotions que lui procure ce petit chef-d'œuvre. Du coup il lâche mon bras, ce qui a pour effet de me soulager. Je me demande comment je vais réagir si je dois me laisser approcher un peu plus.

Il gesticule avec sa coupe dans une main, parvenant je ne sais comment à ne pas renverser de champagne. Je le regarde, un peu éberluée, sans réellement écouter ses commentaires car je reste préoccupée avant tout par le fait qu'il a volontairement écarté Auguste, et sans doute pas uniquement pour me montrer son Degas. De plus cette représentation de jeune femme nue me paraît assez équivoque, comme une invitation, une incitation plutôt, à l'abandon, à lui rendre vivant ce portrait qui l'anime tant. Peut-être est-ce moi qui me fais des idées, mais je ne pense toutefois pas être très loin des projets que doit cacher ce monologue enflammé qu'il ressort sûrement à chacune de celles qui sont venues ici. Rien que cette pensée fait courir des frissons dans mon dos.

L'électricité vacille à nouveau, reprend en intensité, puis diminue encore avant d'être coupée, cette fois-ci complètement. Je distingue l'ombre d'Ottweiler dans l'encadrement de la fenêtre, stoppé net dans son élan. Il hurle en allemand. Le tourne-disque mécanique continue, lui, sa douce mélodie dans la pénombre. La nuit claire permet quand même de distinguer un peu le décor.

Ottweiler gagne le salon où il retrouve Auguste. Ils conversent en allemand, puis une autre voix, sans doute celle d'un des gardiens, s'ajoute au débat. Un briquet lance de petits éclairs dans la pièce. Je les rejoins au moment où le morceau de piano s'arrête dans le craquement régulier du disque. Ils s'affairent tous les trois à allumer des bougies plantées sur des chandeliers. Ottweiler m'accueille avec un grand sourire, éclairé par les lueurs disséminées dans toute la pièce.

— Ces fichues coupures d'électricité…

J'ai bien envie de lui rétorquer que s'ils n'étaient pas là nous ne serions pas sans arrêt perturbés par ce genre de problème. Paris était une ville lumineuse avant qu'ils ne viennent y répandre la misère. Mais c'est d'un ton amical que je lui réponds :

— Mais non ! Ça donne un côté plus romantique…

Auguste se tourne vers moi. Je crois discerner de l'inquiétude dans ses yeux. Le ton que je viens d'employer m'a surprise moi-même par la complicité dont il était chargé. Je suis en train d'entrer dans mon rôle plus que je ne le souhaite. En fait je minaudais, chose que je n'ai jamais faite avec Auguste, ni avec personne d'autre d'ailleurs car j'ai toujours trouvé niais ce ton emprunté que prennent certaines femmes pour séduire. C'est donc à coup sûr mon comportement inhabituel qui lui donne cet air un peu ahuri, comme s'il ne me reconnaissait pas. Craint-il que le champagne ne m'ait fait oublier le but de notre venue ici ?

Nos regards se croisent un instant. J'essaie d'appuyer le mien pour lui signifier que je vais bien, mais je dois l'abandonner aussitôt car Ottweiler, après avoir installé un dernier chandelier sur un meuble, se retourne brusquement et nous demande si nous avons faim. Mais sans même attendre notre réponse, il ordonne au soldat d'aller nous chercher à manger. C'est ce qu'il me traduit juste après avec son sourire bienheureux. Puis il reprend sa coupe de champagne dans une main et, un chandelier dans l'autre, demande à Auguste s'il a vu l'œuvre d'art qu'il cache dans sa chambre. Auguste lui répond qu'il lui en a parlé mais qu'il ne sait toujours pas de quoi il s'agit. Alors il nous entraîne tous les deux dans la pièce à côté. À la demande d'Ottweiler, les deux Allemands parlent en français pour que je comprenne ce qu'ils disent.

Auguste découvre le fusain de Degas sur la commode. Il fait remarquer à Ottweiler en riant qu'il comprend maintenant pourquoi il me l'a montré à moi en premier ! Nous rions tous les trois. L'éclairage à la bougie donne au petit dessin une magie supplémentaire et nous restons un instant dans le silence à en détailler la beauté. Je remarque alors que les cloches se sont tues au-dehors. Mais les échanges de tirs se poursuivent.

Enhardi par le champagne, Ottweiler recommence à

parler de ce que lui inspire son esquisse, motivé par l'auditoire que nous formons, en apparence intéressé par ses états d'âme. Il se complaît dans un exposé quelque peu pédant sur ses penchants pour la peinture. Comme s'il y avait une obligation, compte tenu de son rang, à devoir absolument se passionner pour l'art. Un peu comme l'autre officier, tout à l'heure, spécialisé dans l'architecture catholique.

Mais du bruit dans le salon abrège son étalage de connaissances et nous passons brusquement à plus terre à terre. Le dîner nous attend, posé sur la table basse : deux grandes assiettes avec de la terrine et du fromage, du beurre, un peu de pain, une bouteille de vin, des verres en cristal, et un chandelier pour éclairer le tout. Le serveur se retire avec son plateau, le garde fermant la porte derrière lui sans un mot.

Nous nous installons dans les fauteuils autour de la table. Je perçois depuis ma place les odeurs de ces victuailles qui s'entremêlent et m'efforce de ne pas trop montrer que je suis subjuguée par ce qui est à mes yeux une véritable richesse, un petit trésor.

Ottweiler s'empare de la bouteille de vin pour me servir, mais je préfère continuer au champagne. Pas de mélanges qui peuvent se révéler néfastes. Pourtant le sacrifice est dur car, même si je n'ai jamais été un vrai amateur, le fait de pouvoir goûter à ce qui semble être une bonne bouteille me fait soudain envie. La privation génère des besoins qu'on n'a pas forcément.

Il se lève et va chercher la bouteille de champagne pour remplir ma coupe. Auguste fait comme moi. Alors Ottweiler conclut qu'il boira son vin tout seul, tant pis pour nous. Nous rions à nouveau. Il est volubile.

Comme il me demande si Auguste m'a raconté d'où ils se connaissent et que je lui réponds par l'affirmative, il se lance dans le récit d'anecdotes sur leur village, sur son frère cadet disparu, des souvenirs d'école, des portraits d'habitants, une vieille acariâtre, un jeune curé, le tout assorti de vifs éclats de rires. Il est sincère et les regards qu'il porte à Auguste sont ceux d'un homme réellement heureux d'avoir à ses côtés une connaissance de jeunesse. Il conclut d'ailleurs que, malgré leur différence de rang dans l'armée allemande, ils sont là tous les deux, sans aucune cérémonie, égaux puisque originaires du même village. C'est ça la grandeur de l'Allemagne ! Auguste confirme avec un sourire conciliant.

Sa sincérité a presque quelque chose d'émouvant, même si je n'arrive pas à retirer de mon esprit que, si cet homme attache tant d'importance à accueillir un de ses vieux compatriotes, c'est uniquement pour compenser le grand vide qu'il porte en lui. Auguste ne s'y était pas trompé. Et sa manière de mentionner les souvenirs, de rire de certains détails anodins qui peuvent marquer des enfants, a quelque chose de triste en fait. Une profonde solitude transpire de cette joie qui me semble inconsciemment factice. Comme si une autre voix parlait pour un esprit enfermé dans le carcan de cinq années ou plus d'armée, de guerre, de nazisme. Embrigadé dans son présent, il ne lui reste que son passé pour retrouver un peu de paix en lui. La défaite est proche. Il le sait. Il profite des derniers instants. Jusqu'au bout.

Et moi je profite du repas. Au départ je pense que je ne vais rien pouvoir avaler tant mon estomac est contracté par l'appréhension, mais les premières bouchées m'ouvrent l'appétit et je me dis que je dois manger pour éponger le champagne. Et puis depuis trois jours je n'ai pas ingurgité grand-chose, alors mon ventre n'est pas mécontent d'être rempli.

Ottweiler veut savoir comment nous nous sommes rencontrés. Nous lui racontons donc que c'est à la mairie que s'est tissée notre amitié. Au fur et à mesure du temps. Je lui confirme qu'Auguste est un garçon adorable. Curieusement il ne nous demande pas si nous avons eu une relation, chose à laquelle je m'attends pourtant ; nous sommes convenus avec Auguste de ne mentionner que de l'amitié. Mais la question ne vient pas. Sans doute n'a-t-il pas envie de savoir. Ou craint-il de nous mettre mal à l'aise.

D'un geste naturel, il pose soudain une main sur mon genou, un peu vers l'intérieur de ma cuisse, et me demande d'où je viens, qui je suis. Je fais un effort surhumain pour ne pas me raidir à ce contact, même si le tissu de ma robe sépare encore ma peau de sa main. Je parviens à maintenir mon sourire et me laisse faire. Auguste, lui, continue de se servir de fromage comme si de rien n'était. Je sais qu'il se force également à ne rien laisser paraître. Je l'espère en tout cas. Alors, faisant mine de ne pas être déstabilisée par ses légères caresses, je dresse à Ottweiler un rapide portrait de ma famille, père et mère exilés en Bretagne avec ma grand-mère. J'ai pensé, avant de venir, qu'il était inutile de parler d'un père prisonnier en Allemagne, ce qui pourrait laisser supposer une certaine haine contre la guerre et l'Occupant. Puis je lui parle de ce que je fais à la mairie, sans mentionner bien entendu mon passage dans des locaux du contre-espionnage et en prison.

Je réponds à ses questions sans hésitation, soutenant parfois longuement son regard insistant. Je me dis que ça doit lui plaire que je l'affronte ainsi, que ça doit l'exciter de voir que je réponds à ses signaux silencieux qu'Auguste ne semble pas percevoir. Comme un dialogue parallèle invisible. Et ça marche. Je le sens venir. Je le sens monter. Ça me déplaît mais c'est ce qu'il faut. Je dois le séduire pour le rendre vulnérable, et le moment est venu car je ne vais pas passer la nuit à tourner autour du pot. Toutefois je ne sais pas jusqu'où je vais pouvoir supporter le contact de sa main qui est maintenant légèrement remontée sur ma cuisse.

Le téléphone sonne dans le bureau. Ottweiler siffle son troisième verre de vin et se lève pour aller répondre. La porte ouverte, nous écoutons. Il ne dit pas grand-chose, se contente de plusieurs « *Ja* ».

J'envoie un sourire à Auguste. Il me répond par un sourire nerveux. L'air fatigué. Il faut dire que je commence également à ressentir un certain degré d'épuisement entre le manque de sommeil accumulé, la tension, l'alcool, et ce repas qui me pèse un peu sur l'estomac après la frugalité des précédents. Il me gratifie quand même d'un de ses clins d'œil malicieux qui ravive instantanément ma confiance. Mais nous restons sur les nerfs.

Ottweiler continue ses : « *Ja... ja... ja...* » L'interlocuteur semble bavard. Il finit par raccrocher et réapparaît avec toujours le même enjouement.

— Il y a des incidents dans toute la ville ! L'arrivée de soldats français a excité les guerriers des rues ! C'est la pagaille !

Nous sourions tous les deux sans savoir quoi répondre, craignant que les événements n'obligent l'officier à interrompre cette soirée et ne fassent définitivement capoter notre opération. Mais Ottweiler se dirige vers le phono.

— Allez ! Ça manque de musique ici !

Il bredouille pour lui-même quelques mots en allemand et fouille dans les disques posés à côté de l'appareil en sifflotant. Il en sort un, tourne la manivelle et pose l'aiguille sur le sillon. Une valse monte dans le haut-parleur. Il se retourne alors brusquement, revient vers nous et prend la bouteille de vin pour remplir son verre. Auguste s'empare de la bouteille de champagne pour nous resservir, imitant son entrain.

D'une gorgée, Ottweiler boit la moitié de son verre puis me tend la main. Je lève les yeux, un peu surprise, mais son sourire insiste. « *Tanzen ?* » me demande-t-il. Je ne dois pas hésiter. Lui montrer mon enthousiasme. Gagner sa confiance. Je lui fais signe d'attendre un instant, attrape ma coupe et en bois à mon tour une grande rasade. Cette goulée vient naturellement du besoin soudain d'un remontant pour aborder la suite du programme, geste qu'il doit interpréter pour une folle envie de s'amuser.

Je lui offre ma main. Il m'entraîne aussitôt au milieu de la pièce et m'enlace pour me faire valser. Je me laisse conduire et tourne avec lui au rythme du morceau. À chaque tour, je jette par-dessus son épaule un regard vers Auguste, mais celui-ci continue de manger ou de boire en battant le rythme avec son pied, toujours l'air de rien. À un moment seulement je croise ses yeux, mais ils m'évitent. Je ne sais comment je dois interpréter cette fuite. S'inquiète-t-il, comme moi, de l'attitude de plus en plus entreprenante d'Ottweiler ? Est-il en train de réfléchir à la manière dont il va devoir intervenir ?

Le décor tourne, tourbillonne, virevolte. Mais le cœur n'y est pas. Au contraire, sentir son corps contre le mien me répugne. Sa main glisse doucement vers le bas de mon dos, entamant le haut de mes fesses du bout des doigts. Je dois faire un effort pour garder le rythme et ne pas me laisser troubler par son geste ; un trouble différent de celui qu'il recherche. Le disque me paraît interminable. À un moment où l'orchestre baisse en intensité, il se rapproche de mon oreille.

— Qu'est-ce que vous ferez après la guerre… ?

Je ne peux m'empêcher de m'écarter légèrement pour le regarder, étonnée. Nos visages sont très près l'un de l'autre. Son sourire paraît gêné. Pour la première fois ce soir il semble désabusé. Comme si la légèreté de la valse permettait de dévoiler un sentiment de doute qu'il aurait jusque-là dissimulé. Je me demande même si c'est bien à moi qu'il pose la question ou si c'est à lui-même.

— On n'y est pas encore…

Et d'un coup de reins je l'entraîne à reprendre la valse comme le morceau repart. Ce simple geste le ranime subitement, lui laissant croire que je veux continuer de faire la fête tant que c'est encore possible. Son regard pétille à nouveau. Il me presse un peu plus contre lui et accélère la rotation de notre manège. Ça tourne, ça tourne.

Le disque s'arrête enfin et Ottweiler me libère. Nous rions de notre léger tournis. Auguste rit avec nous, en bon spectateur. Je m'appuie sur le dossier de son fauteuil pour reprendre mon souffle. Je sens la transpiration qui suinte à la racine de mes cheveux. Le visage d'Ottweiler est tout perlé. Ses cheveux courts sont plaqués sur son front.

Il lève d'un large geste la bouteille de champagne et remplit nos verres posés sur la table basse, puis l'échange contre la bouteille de vin afin de remplir à nouveau le sien. Il se coupe ensuite un morceau de fromage et va jusqu'au phono. Il change de face pour une autre valse. Je lui fais signe que non avec un sourire, mais il revient vers moi, me tend ma coupe, prend son verre, et m'attrape par le bras comme il l'a fait plus tôt pour m'entraîner vers la chambre. Mon premier réflexe est de résister, continuant de rire avec des « *Nein, nein*... » essoufflés. Il rit également mais je sens la pression de sa main se resserrer sur mon biceps. Je résiste encore, toujours sur le ton de la plaisanterie, mais il insiste fermement en gardant lui aussi son air amusé. Je n'ai d'autre choix que de le suivre. Je continue de rire de manière automatique, mais mes poumons se compriment violemment. Il va falloir jouer serré car nous arrivons au cœur de notre mission.

Avant de passer la porte, j'aperçois dans un miroir le clin d'œil qu'il adresse à Auguste. Un vrai clin d'œil grivois rempli de sous-entendus. Qui glace le sang. Et mon malaise s'amplifie quand je capte, dans le quart de seconde qui précède ma disparition dans la chambre, le sourire complice qui se dessine en réponse sur le visage d'Auguste. Comme une approbation qui conforte Ottweiler dans ce qu'il fait, le sourire d'un souteneur qui abandonne sa prostituée à un client. Sa connivence a l'air tellement sincère que ça me fait l'effet d'un coup de poing dans l'estomac. Dur à encaisser dans un moment comme celui-là, bien que je me rassure en me répétant qu'Auguste doit lui aussi jouer son rôle jusqu'au bout.

Mais je n'ai pas le temps d'aller plus loin dans ma réflexion, Ottweiler claque la porte derrière moi et nous nous retrouvons tous les deux dans la vaste chambre. La musique en sourdine. Seuls. La lueur du chandelier posé sur la commode danse dans ses yeux. Ces bougies que j'ai qualifiées tout à l'heure de « romantiques ». Pourtant ce n'est pas de la romance que je lis dans ses pupilles, mais un désir vil. Qui se veut charnel. Effrayant.

Sans un mot, il m'entraîne directement sur le lit. Je repousse sa main qui veut dégrafer le premier bouton de ma robe, mais elle insiste, autoritaire. Quand je veux l'empêcher à nouveau de me découvrir, il écarte cette fois-ci sèchement mon bras. Alors je me laisse faire mais cherche une alternative par le dialogue. N'a-t-il pas envie que nous prenions notre temps, que nous fassions un peu plus connaissance ? Il ne prend pas la peine de me répondre et défait plusieurs de mes boutons. Je dois lui paraître bien naïve tout à coup. Lui a brutalement remisé sa convivialité.

Une de ses mains se positionne dans mon dos tandis que l'autre glisse maintenant sous le tissu. « N'est-ce pas un peu rapide ? » je lui demande, candide. Il se contente d'un « *Nein…* » et se perd dans mon cou. Son souffle qui pue la vinasse m'écœure. Je me crispe. Ses doigts effleurent mes seins au-dessus de mon soutien-gorge. Je le laisse faire. Mais jusqu'où ? J'ai la nausée. Me laisser tripoter par ce Boche, est-ce une manière de me laver de ma relation avec Auguste ? Un sacrifice ultime pour absoudre mon péché envers la nation ? Non. Je ne veux pas mettre les deux en parallèle. Et puis je ne veux même pas y penser. Je respire fort. Ma poitrine se lève puis retombe. Il doit prendre cela pour un halètement de désir. Pourtant plus ses doigts s'aventurent, plus j'ai envie de hurler. Je me retiens. Tant que je le peux encore. Mes yeux sont fermés. Je ne sais pas à quoi penser pour m'évader d'ici. Il se serre contre moi. Je sens son sexe gonflé contre ma hanche. Il est un peu au-dessus, embrassant mes joues, prenant ma bouche. Son haleine alcoolisée. Je ne sais pas comment je peux supporter ça. Il souffle comme un bœuf.

Il s'arrête un instant et me regarde sans rien dire. Je ne sais pas quelle tête je fais, mais il a l'air satisfait. Il se redresse légèrement pour passer un peu plus sa main sous ma fesse afin de me maintenir plus solidement. Dans le mouvement, la chaînette qu'il porte autour du cou se dégage de sa chemise, découvrant la croix de l'armée allemande et la petite clef. La petite clef pour laquelle je suis là. Pour laquelle je fais tout cela. Et quand il se penche pour me mordiller le cou, je sens la croix et la petite clef se poser sur ma gorge. Dans le flot de ses mouvements, elles se promènent sur ma peau. J'aimerais arracher la clef et tout stopper immédiatement. Mais c'est impossible pour l'instant. Ottweiler me veut. Le Boche me veut. Et il ne me lâchera pas tant qu'il ne m'aura pas consommée. Je dois trouver une solution. Vite. Et Auguste ? Qu'est-ce qu'il fait ? Pourquoi n'est-il pas là pour l'empêcher de promener ses mains sur moi ?

La croix et la clef traînent encore sur ma gorge, comme un appel à m'en emparer. Sa main sort de mon décolleté et descend au niveau de mon genou pour s'immiscer sous le tissu de ma robe et remonter le long de ma cuisse. Ma tête va exploser. Comme le désir de l'amour, mais à l'inverse. À l'opposé. M'échapper. Fuir. Sa main progresse. Lentement. Il prend son temps. Il a tout le temps. Il donne des petits coups de reins pour frotter son sexe contre ma hanche. Je suis de plus en plus tendue. Son souffle est plus fort à mon oreille. Ma légère ivresse s'est totalement dissipée. Je suis on ne peut plus consciente. Horriblement consciente de ce qui se passe.

Sa main arrive en haut et vient effleurer mon sexe par-dessus ma culotte. Puis il la plaque vigoureusement. Je me crispe encore sans pouvoir le dissimuler. Alors il relâche la pression et poursuit au-dessus, sur mon bas-ventre, avec un grognement de contentement. Il a dû interpréter ma réaction comme une satisfaction et il fait durer le plaisir. Il se fourre dans mon cou, puis descend entre mes deux seins. Avide. Dans le mouvement de son corps, sa main revient entre mes jambes et ses doigts glissent sous le tissu de ma culotte. Cette fois-ci je me raidis carrément, laissant échapper un petit râle. Sa réponse est un nouveau grognement ; pense-t-il vraiment que ses intrusions m'excitent, qu'elles provoquent en moi les prémices d'une jouissance ? Ou alors est-ce un sadique qui prend plaisir à me voir refuser ses attouchements ? C'est toujours possible.

Je tente de repousser son épaule en répétant son prénom, comme pour le raisonner, mais il ne semble pas se soucier de ma résistance. Pourtant il retire ses doigts et revient se promener sur mes cuisses, poursuivant son idée. Il enfouit son visage dans l'ouverture de ma robe et vient titiller un de mes tétons avec sa langue. Le besoin est si fort de ne pas sentir ce qu'il me fait que mon esprit semble s'être expulsé de mon enveloppe corporelle. J'ai l'impression de regarder la scène d'au-dessus. Et j'ai beau être un pantin, ne répondre par aucun geste affectueux, ça ne le dérange pas. Peut-être même préfère-t-il ça. Abuser de moi.

Je ne sais pas combien de temps tout cela dure. Puis d'un mouvement brusque, sa main passée sous mon dos soulève un peu mon bassin et il revient à la charge en glissant franchement un doigt dans mon sexe. Je hurle. Tout l'air contenu dans mes poumons est expulsé. Je ne sais pas exactement ce que signifie ce oui ; de la colère, de la stupeur, du dégoût. Mes muscles se tendent, mais il me tient fermement plaquée contre le lit. Tout son corps pèse sur moi. Il insiste. Comme s'il me pénétrait entièrement. Comme s'il me possédait. Je suffoque, tente de me dégager pour lui montrer que je ne suis pas d'accord. Mais il me domine. Et persévère. Mon refus l'encourage.

Les yeux maintenant ouverts et fixés au plafond, je hurle à nouveau sans pouvoir articuler un seul mot. Juste un cri bestial, instinctif, un appel à l'aide. Auguste ne m'entend-il pas ? Dois-je me laisser faire pour atteindre l'objectif de notre mission ? C'est impossible, je ne pourrai pas. Je ne le supporterai pas. Ça me détruira. Il faut arrêter tout ça. Tant pis. Ces plans sont peut-être essentiels, je ne peux pas, je ne peux pas, je ne peux pas. Il continue. Son doigt m'explore pendant qu'il soulève ma cuisse pour me faire pivoter légèrement, préparant le terrain pour son sexe.

Et plus je résiste, plus il consolide son emprise. Je sens que je deviens furieuse. Je le supplie des yeux et me retrouve face à un sourire satisfait. Je déploie toute mon énergie. Un son bizarre continue de sortir de ma bouche. Mais n'est-il pas uniquement dans ma tête, coincé dans ma gorge ?

Brusquement sa pression se relâche, il reste un court instant au-dessus de moi, immobile, puis glisse très lentement sur le côté. Auguste prend sa place dans mon champ de vision : il tient entre ses mains un objet épais qui scintille dans la pénombre des bougies. Il est à genoux sur le lit à côté de nous. Avec des yeux de fou. Un regard que je ne lui connais pas. Qui m'observe avec une attention dérangeante ;

je ne sais même pas s'il me voit. Il est dans un état second. Moi je me sens légère tout à coup. Les râles d'Ottweiler se sont tus. Je remarque également que la musique s'est arrêtée.

Auguste baisse doucement l'objet avec lequel, je le déduis, il vient d'assommer Ottweiler. Ses yeux reprennent alors leur éclat habituel et rencontrent les miens. Son visage reste de marbre, figé. Il recule doucement et se met debout à côté du lit. Il lance l'objet sur les oreillers. On dirait une statuette. En bronze. Je dégage alors lentement la jambe d'Ottweiler qui était encore sur ma cuisse et me glisse vers le bord du lit. Le corps du Boche gît là, sur le ventre, inerte, le visage enfoui dans le dessus-de-lit sur lequel s'est formée, à la hauteur de son crâne, une tache d'un rouge sombre, presque noir. Peut-être est-il mort. En tout cas, le coup que lui a porté Auguste a été efficace. Radical, on dirait. J'ai du mal à recouvrer mes esprits car je sens encore vibrer en moi la fureur et la peur qui brûlaient mes veines.

Auguste veut prendre mon bras pour m'aider à me lever, mais je le repousse violemment, ne pouvant supporter aucun contact. Il fait un pas en arrière et écarte les bras pour me montrer qu'il comprend ma réaction. Je pose les pieds par terre mais attends encore un instant avant de me mettre debout car je crains de ne pas en avoir la force. Auguste contourne le lit et s'approche du corps immobile. Délicatement, il prend la chaînette et la tire pour faire apparaître la croix et la clef. Il les enferme dans le creux de sa main et tire d'un coup sec. La chaînette cède avec un petit bruit net. Le corps ne réagit pas. Auguste extirpe la clef de la chaîne et laisse tomber le reste sur le lit. Puis il revient vers moi et me tend à nouveau la main.

— Allez, viens, souffle-t-il avec douceur. Viens.

Le contact est possible. Je m'accroche à lui et me lève. Je constate presque avec émerveillement que je peux marcher. Tout est extrêmement silencieux. Est-ce le contraste avec le vacarme que je sentais gronder dans mon corps ?

Je remarque en franchissant la porte grande ouverte de la chambre par laquelle Auguste est venu à mon secours, que j'ai eu de la chance qu'Ottweiler n'ait pas poussé le loquet pour nous y enfermer.

— Va mettre un disque. Un autre disque. Et baisse un peu le volume.

J'obéis tandis qu'il se dirige d'un pas déterminé vers le bureau. Et je me sens moi-même à nouveau opérationnelle ; le naturel revient malgré tout très vite. Sans doute le contrecoup me surprendra-t-il plus tard. Je cherche parmi les disques celui que je peux passer. Bien que tout soit écrit en allemand, je lis le nom des auteurs pour me guider ; je ne supporterais pas d'entendre une autre valse. Je trouve une sonate de Schubert, remonte le mécanisme, et pose délicatement l'aiguille. La douce mélodie du piano est réconfortante.

Reboutonnant ma robe, je retrouve Auguste dans le bureau devant une armoire métallique grande ouverte. Il tient dans les mains un document relié assez épais. Il relève la tête de sa lecture et m'adresse un sourire concentré mais satisfait qui m'indique qu'il a trouvé ce que nous cherchons. Je m'approche lentement.

— Les voilà… murmure-t-il. Chaque bâtiment visé avec l'endroit où il faut placer les explosifs…

Sur une étagère de l'armoire, deux piles de documents apparemment identiques. Auguste tourne les pages par à-coups. Je viens me serrer contre lui et regarde par-dessus son épaule. Des textes alternent avec des plans de bâtiments ou de ponts qui prennent parfois une double page.

Auguste referme le dossier et me le confie. Sur la couverture, à côté d'un titre que je ne comprends pas, une croix gammée et un tampon rouge « *Vertraulich* » que je devine comme signifiant « Confidentiel ». Auguste s'est emparé d'un autre document et le feuillette rapidement.

— C'est bien le même...

Il le compulse jusqu'au bout pour bien s'en assurer.

— Prenons-en deux.

Il me tend donc ce deuxième exemplaire et vérifie les autres documents posés sur l'étagère, lit les titres, puis les remet à leur place. Il s'accroupit pour examiner l'étagère du dessous, mais n'y trouve rien d'intéressant. Alors il referme l'armoire et tourne la petite clef dans la serrure. Chacun de ses gestes est précis.

— On a ce qu'il faut...

La sonnerie du téléphone me fait sursauter. Auguste se maîtrise et regarde l'appareil en réfléchissant. Les sonneries se répètent.

— Je vais répondre... Va voir s'il ne se réveille pas...

Je m'exécute. Alors que je traverse le salon, je l'entends décrocher et prononcer son nom.

Rien n'a bougé dans la chambre. Ottweiler est toujours là, inerte, la tête dans le dessus-de-lit. La tache de sang noir sur le tissu a peut-être grossi. S'il n'est pas mort du coup que lui a assené Auguste, il ne doit pas être en très bon état. Je n'arrive même pas à m'en réjouir. Tout cela reste abstrait, avec Schubert et son piano derrière, le chandelier sur la commode qui éclaire la pièce d'une lumière chaleureuse, et le Degas dont je doute qu'il le revoie un jour.

En quelques pas je suis devant le dessin : sans

trembler, je pose le cadre face contre le marbre du meuble et fais sauter les petits clous qui maintiennent la plaque arrière contre le verre. Je la soulève et tire le petit rectangle de papier épais que je glisse dans un des deux documents. Puis j'ouvre le tiroir du meuble et y fourre le cadre vide sous une pile de chemises.

Je me retourne tout juste quand Auguste apparaît à la porte.

— C'était une division qui voulait connaître les ordres… Je leur ai répondu qu'il analysait la situation avant de prendre une décision…

Il me sourit en s'approchant du corps. Toujours avec calme, il dépose la clef à côté de la croix sur le dessus-de-lit ; on pourrait ainsi croire que la chaînette a été arrachée au cours d'une lutte.

— Allons-y…

Dans le salon, Auguste prend mon paletot et y enveloppe les deux documents. Je pourrai ainsi les garder contre moi. Il m'explique ensuite comment il compte sortir d'ici sans éveiller l'attention des gardes. Il a pensé à une petite mise en scène. Je l'écoute attentivement, mais une fois qu'il a terminé il me demande si ça va. Effectivement je me sens faible. Les yeux me brûlent. Il le voit bien et m'attire dans ses bras pour m'étreindre.

— Allez… Courage… On y est presque… Le plus dur est fait…

Je ne peux empêcher une larme de filer sur ma joue. Ça a été éprouvant et je dois alléger un peu la charge. Mais je me reprends ; je suis prête.

Alors Auguste s'empare de la bouteille de champagne sur la table basse où traînent les vestiges de notre dîner, dégrafe un peu sa veste et passe une main dans ses cheveux pour les ébouriffer.

— C'est bon ? me souffle-t-il.

Je prends ma petite pochette en cuir et lui confirme d'un signe de tête que nous pouvons y aller. J'arrive même à sortir un sourire. Je ne sais comment. Sans doute grâce à son air de conspirateur avisé. Lui qui s'est toujours montré plutôt tête en l'air, je dois avouer que je suis une nouvelle fois assez admirative.

Il se dirige donc vers la porte de l'appartement, l'ouvre et s'engouffre dans le couloir sombre en riant, la bouteille de champagne à la main, comme éméché. Il reste un instant sur le seuil à rire ainsi tout seul. J'arrive alors à mon tour et force mon rire, serrant contre moi les documents enveloppés dans mon paletot.

— Attends-moi, Auguste !

— Non ! *Nein !* Reste avec Gerhard ! Je reviens !

— Non, je viens avec toi !

Et nous rions tout les deux comme deux soûlographes. Les deux sentinelles postées au bout du couloir et éclairées par une lampe à huile, nous regardent avec un sourire.

— *Nein*, tu restes ! *Bleibt hier !*

— Non, je viens !

Comme j'ai parlé un peu fort, Auguste me fait grossièrement signe de baisser d'un ton. Nous sommes en pleine comédie de boulevard. Nos spectateurs semblent apprécier. La sonate de piano continue de jouer dans le salon pour accompagner la scène.

— D'accord… Allez, viens !

— Mais tu ne vas pas y aller avec la bouteille de champagne !

Il la scrute avec des yeux de poule, comme s'il l'avait oubliée.

— Va la reposer !

Il hausse les épaules puis, à contrecœur, entre dans

la suite et dépose la bouteille tandis que je l'observe, main sur la hanche, matrone, à la manière des femmes dans les saynètes de Charlot que je voyais au cinéma quand j'étais petite.

Il me rejoint et nous nous dirigeons vers nos spectateurs dont les sourires se sont agrandis. Ils ne se gênent pas pour me zieuter copieusement. Auguste s'adresse à eux en allemand. À voix basse il leur dit que nous revenons, qu'Ottweiler réclame d'autres disques et que nous allons lui chercher ce qu'il veut… La réplique fait partie de notre scène. Les autres acquiescent, un éclat dans les yeux. Ils sont parfaits dans leurs rôles de complices involontaires et bernés.

— *Bis bald.*

— À tout de suite, je fais.

Un des gardiens me répond : « À tout de suite » en français, amusé. Je le fixe avec un peu d'insistance, comme pour lui faire du gringue et l'empêcher ainsi de trop réfléchir. Il reste accroché à mes mirettes scintillantes. Les duper me motive énormément. J'en rajoute un peu. L'autre a remarqué mon air aguicheur et observe son compère qui a peut-être une chance… Un clin d'œil pour envelopper le tout et nous disparaissons dans l'escalier plongé dans le noir complet. Après un dernier rire par souci de crédibilité, notre fausse ivresse se dissipe. Nous descendons prudemment, Auguste allumant son briquet par intermittence pour nous montrer la voie. Je pose ma main sur son épaule pour me laisser guider.

Nous traversons le plus tranquillement possible le hall plongé dans la pénombre, nous repérant grâce à la lueur qui provient de la réception. Auguste a refermé sa veste, s'est recoiffé et a remis son calot, l'air présentable. Ma robe est également reboutonnée jusqu'en haut. Seuls deux soldats sont présents derrière le comptoir d'accueil. Auguste leur adresse un geste amical auquel ils répondent poliment sans me lâcher du regard.

L'air du dehors est un bonheur. Celui de la naissance. L'ivresse réelle est ici, dans la rue, dans ce sentiment de victoire que nous emportons avec nous, que je tiens contre moi. J'espère que tous ces sacrifices en valaient la peine.

Nous avançons silencieusement sous les arcades de la rue de Rivoli puis franchissons la rue de Castiglione vers l'hôtel *Continental*. Des tirs d'artillerie grondent dans le sud de la ville. Des halos éclairent la nuit, sans doute des incendies. L'électricité est toujours coupée dans tout le quartier et peut-être dans toute la ville. Seul l'éclat de la lune inonde la rue d'une pâleur fantomatique. Nous croisons deux soldats qui ne nous saluent pas. Je croise leurs regards blancs dans l'obscurité. Je serre instinctivement les documents contre moi. J'ai l'impression qu'on les voit à travers mon paletot.

Le gardien de l'hôtel, un Boche, ouvre un œil contraint quand nous poussons la porte. Dans la lumière blafarde d'une bougie, il répond par un sourire endormi au salut d'Auguste.

Nous montons au deuxième étage, guidés par les soubresauts du briquet d'Auguste qui a pris ma main pour que je suive ses pas. Le bâtiment est paisible.

Le soldat qui partage sa chambre se tourne vers nous quand il nous entend entrer. Auguste m'a prévenue qu'il n'est désormais plus seul par manque de place. Il murmure quelques mots au bonhomme pour lui faire comprendre qu'il peut continuer à dormir, puis il tâtonne entre les lits jumeaux et ramasse une petite lampe électrique. Il revient vers moi sans bruit en diffusant la lumière de la torche vers le sol. Le type grimace à cause de cet éclairage soudain. Ouvrant un peu plus la fente d'un de ses yeux, il lance une courte phrase à voix basse, sans doute étonné de me voir. Auguste lui répond quelque chose avec un petit rire. Le soldat me toise encore un bref instant puis pivote contre le mur et s'enfonce dans son oreiller avec un soupir amusé.

Agissant alors comme s'il avait minutieusement préparé chacun de ses gestes, Auguste me confie la lampe, coince son calot dans sa large ceinture, retire ses chaussures, ouvre une petite penderie, en sort un pantalon civil qu'il pose sur le dossier d'une chaise, retire son pantalon d'uniforme, enfile l'autre puis passe son pantalon militaire par-dessus et rechausse ses souliers. Il se dirige ensuite à droite de son lit, se baisse, et revient près de moi avec une pile de livres pour que je les lui éclaire. Ce sont ses fins recueils de pièces de théâtre, en éditions allemandes et françaises. Sourcils froncés, il les regarde les uns après les autres et, comme s'il savait déjà lesquels il recherchait, sélectionne *Cyrano de Bergerac* et *Le Malade imaginaire*, tous deux en français. Il les glisse dans une poche intérieure de sa veste et va reposer les autres où ils étaient.

Toujours avec un empressement calculé, il me reprend la lampe et traverse la pièce pour disparaître dans le cabinet de toilette. Je me sens subitement bizarre. Isolée sur cet îlot de Boches, au cœur de la nuit, pendant qu'Auguste prépare sa désertion. Mal à l'aise. Oppressée. Impatiente.

Mais il est rapidement de retour et me confie à nouveau la lampe pour remettre son calot sur ses cheveux mouillés qu'il a impeccablement lissés. Il arbore son beau sourire. Son sourire de petit garçon. Son sourire détaché de tout, ce sourire qui n'est rien qu'à moi. Il s'approche et me prend la main. Je frémis. Et je m'aperçois que lui aussi a le souffle court. Il sait que ce qu'il est en train de faire est extrêmement important. Il en va de sa vie. De son avenir. Encore une poignée de secondes, une hésitation qui n'en est pas vraiment une, puis il s'empare de la lampe, l'éteint et la met dans sa poche. Sa main me serre un peu plus, m'attire contre lui. Il m'embrasse dans le cou. J'ai un haut-le-cœur car j'associe automatiquement ce geste à Ottweiler. Il faudra que j'ôte cela de ma tête. Mais je surmonte mon malaise. Je veux apprécier ce baiser. Seuls les siens pourront me délivrer des autres. Les effacer. Les tuer. Car ceux du Boche vivent encore sur mon corps. Ses mains sont encore là. Brutales. Douloureuses. Blessantes.

Il ne faut pas perdre de temps pour le cas où quelqu'un découvrirait le corps inerte d'Ottweiler. Nous quittons l'hôtel discrètement et rejoignons le poste de garde sans échanger un seul mot. Nous nous sommes lâché la main et maintenons un mètre entre nous pour donner l'illusion qu'il m'escorte.

Mon cœur se remet à tambouriner quand nous approchons du barrage qui nous sépare du Paris que les Boches ne tiennent plus. La frontière. Les chars et les voitures équipées de mitrailleuses stationnent toujours derrière les rails antichars, prêts au combat. Des soldats dorment derrière leur volant ou appuyés contre leur véhicule.

L'officier de garde se place en travers de notre chemin. Ce n'est pas le même qu'à mon arrivée. Le faisceau d'une lanterne nous éclaire. Auguste lui parle vite, sans trop élever la voix, nomme Ottweiler, puis se tourne vers moi et me demande d'une manière brusque : « *Ausweis* », sans doute pour montrer l'autorité qu'il a sur moi. Il sort également ses propres papiers. L'officier examine scrupuleusement le tout et me détaille un instant. Je tiens toujours mon paletot contre ma poitrine. Je ne sais pas si je dois sourire ou pas. Alors je baisse les yeux pour lui signifier qu'il est encore maître en son domaine. Il pose une question à Auguste qui lui répond toujours d'une voix basse et rapide. Puis il nous rend nos papiers. Je les glisse dans ma pochette et le gratifie d'un sourire. Il me répond par un bref sourire et s'efface pour nous ouvrir le passage.

Nous pénétrons enfin en dehors du territoire allemand. En dehors de cette principale poche de résistance boche. Hors du contrôle de l'armée d'Auguste. Il est désormais totalement avec moi. Je ne peux pas croire que nous ayons réussi. Pourtant ça y ressemble. Déjà nous sommes sur le trottoir d'en face, nous éloignant dans la rue Saint-Honoré sous les reflets de la lune, nous habituant à la visibilité réduite. Bientôt le barrage ne sera plus derrière nous. J'ai l'impression que l'air ici est différent. Qu'il est plus léger.

Auguste se tourne vers moi. Ses yeux semblent briller malgré la nuit. Lui aussi soulagé après la succession d'événements qui nous a menés jusqu'ici. Il a même l'air sidéré d'être là. Comme si ce n'était pas possible d'avoir franchi victorieusement toutes ces étapes. Cette stupéfaction nous rend d'ailleurs totalement muets.

Une fois hors de vue des troupes allemandes, Auguste m'entraîne dans un passage qui donne sur une cour intérieure où le noir est presque complètement opaque. Il nous pousse dans un renfoncement puis retire son calot et, sans un mot, m'enserre tendrement. Je me hisse sur la pointe des pieds pour venir blottir ma tête dans son cou. Nous nous embrassons fougueusement puis nous étreignons à nouveau. Nous collons nos fronts l'un à l'autre en nous regardant dans les yeux. Ses traits sont tirés par l'épreuve. Je dois également avoir l'air éprouvé.

Nous devons continuer, mais avant Auguste fourre son calot dans la poche de sa veste, défait le large ceinturon de cuir qui le cintre au niveau du nombril et se déchausse tout en déboutonnant le haut de son uniforme. Il le retire et me le confie avec sa ceinture, ne portant plus qu'une sorte de maillot de corps un peu ample. Moi qui m'étais juré de ne jamais toucher à son uniforme, voilà que je le tiens tout contre moi. Mais je l'accepte cette fois-ci car je sais que c'est la dernière fois que je le vois.

Il se débarrasse ensuite de son pantalon militaire, se retrouvant avec son autre pantalon civil, donc sans aucun vêtement allemand hormis ses chaussures qu'il a déjà renfilées. Il me reprend son uniforme des mains et commence à le fouiller ; il en sort son portefeuille avec ses papiers, les met dans une poche de son pantalon, fait de même avec la petite torche électrique et, poursuivant sa fouille, retire ses deux recueils de théâtre qu'il range dans son autre poche. Il roule ensuite son uniforme et le fourre derrière un pilier. Le voilà en pantalon et maillot de corps, ressemblant à n'importe quel combattant parisien. Et je le retrouve enfin totalement. Comme si son costume de la Wehrmacht n'avait toujours été qu'un déguisement pour tromper l'ennemi.

Toutefois ce n'est pas fini car Auguste reste un

Boche et il va maintenant progresser dans un territoire où il ne fait pas bon en être un, même en civil, même avec une personne affiliée à une compagnie appartenant à la Résistance. Nous allons devoir rester sur nos gardes jusqu'à mon appartement, en évitant toute rencontre inopportune qui pourrait mettre un terme à notre aventure. Bien que nous portions des documents importants qui peuvent accréditer de la bonne foi d'Auguste, il règne depuis quelques jours un tel état de rébellion dans Paris que nous ne sommes pas à l'abri d'un geste irréfléchi de la part d'un de ces jeunes fougueux assoiffés de vengeance expéditive.

Avant de repartir, Auguste me demande de lui confier un des deux exemplaires ; il est préférable que si nous venions à être séparés, chacun de nous en porte un. S'il ne parvenait pas à me retrouver, il se débrouillerait pour contacter un groupe de résistants. Et s'il était fait prisonnier, ce serait toujours une preuve de sa volonté d'aider les insurgés.

Je fais alors attention de bien garder celui dans lequel j'ai glissé le dessin de Degas et lui tends l'autre. Il le coince à l'arrière de son pantalon, sous son maillot de corps qui heureusement ne le serre pas.

Nous échangeons encore un baiser. Je le remercie pour ce qu'il a fait. Il me répond qu'il n'a rien fait, que c'est moi qui ai fait le plus dur… Je sens aussitôt monter les larmes. Il le remarque et me prend dans ses bras. Mais je ne veux pas me laisser déstabiliser par ces évocations et me dégage doucement ; il faut y aller, chaque minute compte peut-être désormais.

Ma bicyclette n'est plus sous l'escalier où je l'ai laissée. Envolée. Volée. Je suis dépitée, mais aussi enragée car, en plus de cet unique moyen de locomotion rapide, ce sont mes vêtements, mes sandales, mon brassard et mon laissez-passer qui ont disparu avec. Je jure à voix haute puis entraîne Auguste ; rester ici ne la fera pas revenir.

Guidés par les timides rayons de la lune et notre lampe électrique quand il fait trop sombre, nous partons donc à pied vers les Batignolles, contournant soigneusement les axes principaux pour éviter toute rencontre qui pourrait nous ralentir. Malgré l'heure tardive, l'activité guerrière se prolonge dans la ville. Des cris résonnent dans les rues vides, suivis de tirs isolés ou répétés. Parfois des explosions. Un véhicule boche passe à toute vitesse sur un boulevard, sans doute pour rejoindre un abri ; une voiture sur laquelle est peinte une croix de Lorraine vrombit sur les pavés. Au loin c'est une carcasse en flammes ou encore fumante dans la nuit qui gît sur la chaussée ou à cheval sur un trottoir, traces encore vivaces des combats de la soirée.

Nous franchissons également des barricades sans nous attarder, à la faveur de l'obscurité et de l'heure avancée, pour éviter que l'on n'aborde Auguste. Bien qu'il parle sans accent, il ne connaît pas tout du langage des résistants et pourrait rapidement se griller. Quand je ne connais pas ceux qui tiennent les positions, n'ayant plus ni mon laissez-passer ni mon brassard je vais au-devant des hommes et nous présente comme appartenant aux *Étendards*, agents de liaison pour *Sancerre*, ce qui suffit à nous ouvrir le passage.

Je profite parfois d'un petit rassemblement au coin d'une rue pour demander des précisions sur les derniers événements, glanant ce que chacun a pu entendre, et ainsi croiser les informations. On nous confirme donc que des troupes françaises ont bien rejoint l'Hôtel de

Ville dans la soirée vers 21 h 30. « Des gars d'chez nous ! » on me précise. Avec trois chars et des voitures blindées. Certains ont entendu à la radio un reporter qui décrivait la liesse sur le parvis. C'est aussi par le biais des ondes que l'ordre a été donné à tous les curés de faire sonner leurs cloches pour répandre la nouvelle. Et il paraît que les Parisiens ont alors rempli les églises pour venir rendre grâce au Seigneur.

Puis il y a eu des combats parfois violents car des unités allemandes sont apparues pour réprimer l'enjouement victorieux qu'affichaient certains groupes. La radio a également annoncé dans la soirée la présence d'un détachement de soldats français au pont de Sèvres, mais on n'a pas plus de détails.

Dans une petite rue, une dizaine d'hommes veillent en écoutant des marches militaires un peu crachotantes qui se succèdent sur une TSF alimentée par le courant revenu comme par magie à cette heure avancée ; le silence est fait d'épuisement et de la satisfaction d'entendre ces airs depuis quatre ans interdits.

Il règne toutefois une ambiance étrange dans la ville, entre la crainte de représailles des Boches et l'envie irrésistible de laisser exploser sa joie. La retenue peut soudainement faire place à une effusion irréfléchie. Il court que l'entrée de plusieurs unités de troupes françaises dans la ville est pour le lendemain. On annonce toujours la présence de de Gaulle à Versailles ou à Rambouillet. Certains, plus pessimistes – ou plus réalistes, qui sait – prétendent que plusieurs divisions allemandes arrivent de l'Est en renfort et qu'elles entreront dès l'aube pour nettoyer les rues de Paris. Si le ravitaillement en nourriture tarde à se faire, le marché de la rumeur, lui, n'est toujours pas à la baisse.

Comme au cours des nuits précédentes, du fond d'une rue ou par une porte cochère nous parviennent parfois des airs de musique et des rires, comme de petites fêtes improvisées. Devant des bars, on s'enivre de vin blanc alors qu'à quelques rues de là montent encore des tirs soutenus. Mais l'envie est si grande de célébrer cette libération que certains ne peuvent attendre plus longtemps. J'espère seulement qu'ils ne vont pas nous porter malheur à vouloir trop anticiper.

À l'ouest, une grande lueur illumine le ciel. On dit que ce sont des usines de Nanterre bombardées par l'aviation anglaise qui flambent. Même si les présages sont plutôt au beau fixe, l'ombre de la guerre couvre toujours la capitale, qui se réveillera sûrement encore sous la coupe des Boches.

Ma rue et mon immeuble sont enveloppés dans un grand calme. Nous ne croisons personne dans les dernières minutes de notre long périple. C'en est presque angoissant. Comme une ville abandonnée.

La porte de l'immeuble semble faire un bruit infernal lorsque je la pousse, et nous nous faufilons comme des chats vers mon escalier, nous repérant avec le faisceau de la torche qu'Auguste actionne ponctuellement. Arriver dans cet environnement si familier après tout ce qui s'est passé ce soir, me fait l'effet de n'être pas venue depuis des lustres. Comme un retour de voyage. Je me souviens de cette même impression lorsque nous revenions ici après les longues vacances d'été passées en Bretagne. Pourtant j'étais là il n'y a pas vingt-quatre heures.

Auguste range sa lampe pour l'économiser tandis que j'allume une bougie pour chacun, puis file vers la salle de bains, lui demandant de nous servir de l'eau dans la cuisine car nous mourons de soif.

Dans la salle de bains, je retire le dessin de Degas du document relié et le cache dans le meuble sous les serviettes de toilette.

Quand je reviens dans la cuisine, Auguste est de dos en train de boire, sa silhouette se détachant sur la fenêtre ouverte, avec en fond la façade opposée qu'illumine faiblement la lune. Sur la table, l'exemplaire qu'il portait sur lui ; je pose le mien dessus puis prends le verre qu'il m'a servi. Je viens me coller dans son dos. Nous restons ainsi une minute ou deux, dans ce silence paisible, laissant nos nerfs se détendre enfin un peu, les yeux pointés vers le ciel parsemé d'étoiles. Je glisse ma main sur son ventre et le caresse affectueusement. Envie de me trouver loin d'ici. Loin de tous ces soucis.

Pourtant il faut que j'y aille. Nous nous demandons si je dois emporter les deux exemplaires pour les remettre à *Sancerre* ou si je dois en laisser un ici en réserve, au cas où. Si jamais je n'étais pas de retour dans les vingt-quatre heures, Auguste pourrait tenter d'en remettre un à des membres de la Résistance. D'un autre côté, peut-être est-il plus judicieux de confier directement les deux exemplaires pour qu'ils puissent être tous les deux utilisés. C'est cette solution que nous retenons car il est préférable de diffuser rapidement les informations au plus de monde possible, à différentes unités si nécessaire.

Alors je vais me changer, passer une jupe et de vieilles sandales pendant qu'Auguste me prépare un nouveau brassard FFI dans un morceau de tissu bleu déniché au fond d'un placard et sur lequel il trace les trois lettres avec l'encre de mon père. Nous nous activons sans parler. En fait nous sommes à bout de forces et puisons dans nos dernières réserves de quoi tenir encore le coup. J'enfile un chemisier que m'avait fait parvenir ma mère, découpé dans une des vieilles nappes de ma grand-mère. Bientôt peut-être pourrons-nous à nouveau nous acheter des vêtements neufs.

Je reprends ma carte d'identité dans ma pochette pour la mettre dans la poche de ma jupe et laisse le petit étui en cuir sur la table.

Tout en nouant le nouveau brassard autour de mon bras, Auguste me rappelle que je ne dois pas hésiter à venir le solliciter s'il faut traduire les documents. Je lui promets de le faire si besoin, mais l'un des *Étendards* parle allemand et il y a sans doute au sein des états-majors auxquels ils confieront ces plans des personnes qui le parlent également. La majorité des cellules dispose de traducteurs pour déchiffrer tout document qui pourrait être dérobé à l'Occupant.

Sur le pas de la porte, nous nous étreignons longuement. Je lui fais promettre de n'ouvrir à personne avant mon retour et de faire le moins de bruit possible pour qu'on ne sache pas qu'il y a quelqu'un dans l'appartement. Si la concierge venait, qu'il ne réponde surtout pas, même si elle insistait en disant qu'elle a entendu du bruit. Je lui laisse une clef au cas où il devrait impérativement sortir. Si je suis blessée, je me débrouillerai pour lui faire parvenir un message écrit. Mais je le rassure, tout va bien se passer. Qu'il aille dormir en m'attendant. Je lui indique le placard où sont rangées mes maigres réserves de nourriture et d'autres bougies si besoin.

Le baiser que nous échangeons me suit tout le temps de la descente de l'escalier et même après. Je sens encore son odeur musquée, la pression de ses bras autour de moi. La dernière image reste elle aussi gravée : depuis l'entrebâillement de la porte, son sourire confiant malgré l'épuisement et l'appréhension. Puis nos yeux qui se séparent. Ça va trop vite.

Dans la cour, je sors du box la bicyclette de Paul que j'étais allée récupérer ; bien m'en avait pris. Je prends soin de ne faire aucun bruit et me glisse à l'extérieur. La rue est toujours aussi vide. Je m'éloigne dans les faibles grincements du cadre métallique du vélo.

Je descends vers la place de Clichy sans croiser personne dans l'obscurité qui garde les rues désertes. J'ai coincé dans ma jupe sous mon chemisier les deux documents liés ensemble pour avoir les mains libres. Avec le brassard qu'Auguste a noué autour de mon biceps, j'ai l'impression de porter un peu de lui. Ce petit bout de tissu est un étrange symbole de la confusion de tout ce conflit, puisqu'il a été confectionné par un Allemand qui a risqué sa vie pour subtiliser à son armée les plans qui pourraient permettre la destruction de Paris. À la première barricade je le présente bien en avant pour être identifiée. Levant leurs lanternes, les gars me reconnaissent. Ils me demandent alors s'il m'arrive de dormir. Je leur réponds en riant qu'une fois de plus ils ont devant eux la preuve que les femmes ont plus de ressources que les hommes ! Ils rient avec moi. Je suis heureuse de revoir ces têtes que je croise depuis une semaine et qui marquent le territoire auquel je suis rattachée.

Je poursuis mon chemin et retrouve d'autres hommes des *Étendards* aux postes où je les ai laissés il y a quelques heures. Comme je leur demande des nouvelles, ils me répondent que c'est assez calme, qu'ils attendent des ordres et plus d'informations sur l'entrée des troupes dans Paris. Ils sont au courant pour la patrouille de reconnaissance qui est parvenue jusqu'à l'Hôtel de Ville et qui y stationne toujours, mais s'impatientent de la libération définitive de la ville. Je leur dis de rester prudents car il y a encore eu des affrontements sérieux dans le centre de Paris, même tard dans la nuit. Les Boches sont encore bien là.

Dans l'appartement qui tient lieu de PC aux *Étendards*, je trouve *Lacase*, un des deux lieutenants de *Sancerre* avec *Claudel*, assis à la lueur d'une lampe à huile dans le salon maintenant transformé en véritable bureau, avec un point de vue stratégique sur la perspective de la rue. Il me dit que *Sancerre* dort. Je lui demande donc de le réveiller, précisant que c'est important, capital même. Le ton que j'emploie lui fait comprendre l'urgence de ma démarche et il se lève aussitôt. Il pousse devant moi une boîte en carton pleine de biscuits allemands qu'ils ont récupérée la veille et me propose de me servir. Pendant qu'il disparaît dans la pièce contiguë, je goûte un de ces gâteaux sans grande saveur qui ressemble aux biscuits vitaminés réservés aux enfants.

J'en termine un second quand il revient avec *Sancerre*, l'air frais, son sourire guilleret en coin.

— Qu'est-ce qui t'amène à cette heure ? T'as assez dormi ?

Il parle de la manière posée qui le caractérise tout en s'asseyant sur un coin du bureau. Les combats ne l'ont pas éprouvé plus que ça. Il est seulement un peu plus fatigué, mais sa bonne humeur n'a jamais été ébranlée.

Je sors alors de sous mon chemisier les deux documents estampillés de la croix gammée et les leur présente à bout de bras.

— Ce sont les plans qui prévoient la destruction des principaux monuments, bâtiments, et ponts de Paris…

J'observe alternativement les deux bonshommes dont les regards circonspects vont des documents à moi. Après un court instant, *Sancerre* tend la main et s'en empare. Il regarde d'abord la couverture puis ouvre celui du dessus avec précaution, comme si ça pouvait lui sauter à la figure. *Lacase* jette un œil par-dessus son épaule. Je sais que ni l'un ni l'autre ne parlent allemand.

— Ça vient d'où ?

Je vois bien qu'il oscille entre le doute et la stupéfaction, mais je savoure mon effet car je suis quand même un peu fière de leur ramener ce document. Plusieurs secondes passent, *Sancerre* continue de parcourir attentivement les plans.

— De la Kommandantur… je finis par répondre. Gross Paris… Hôtel *Meurice*…

Il arrête brusquement de tourner les pages et relève la tête pour carrer ses yeux dans les miens.

— C'est un Allemand que je connais qui me l'a remis…

Son visage change d'expression, l'étonnement premier se teinte d'un brin de méfiance.

— Un Allemand que tu… connais ?

— Nous avons travaillé ensemble quand j'étais à la mairie.

— *Travaillé* ensemble ?… C'est tout ?

— Oui, c'est tout. Il avait le béguin pour moi, mais ce n'était pas réciproque.

— Dis m'en plus…

C'est son expression favorite lorsque je viens lui rapporter les informations que j'ai récoltées ou ce dont j'ai été directement témoin. Demande de détails supplémentaires.

— C'est un garçon d'une vingtaine d'années, originaire de la zone frontalière, côté allemand. Comme il parle le français sans accent, il a été affecté à Paris dans l'administration boche. Il faisait tous les jours la navette entre les bureaux de la Kommandantur et ceux de la mairie où je travaillais. J'ai vite remarqué qu'il me tournait autour, trouvant toujours un prétexte pour traîner un peu au guichet d'accueil, pour bavarder… Et puis un jour il m'a invitée à boire un verre, et comme il était plutôt sympathique j'ai accepté afin de lui faire comprendre gentiment que c'était sans espoir. Quand les choses ont été claires, il est resté le même et nous avons discuté un moment. Nous avons parlé de choses et d'autres, et petit à petit il s'est confié, montrant une certaine animosité envers Hitler et sa clique, finissant même par me dire qu'il était antinazi. Je me suis demandé s'il ne m'avouait pas cela dans une ultime tentative de séduction, mais je pense en fait qu'il était sincère. Il n'a plus jamais retenté quoi que ce soit par la suite et nous sommes restés en bons termes. Cordiaux, pourrait-on dire.

Je marque un temps d'arrêt pour vérifier qu'ils ont bien suivi, puis je reprends :

— Et comme je suis la seule Française qu'il connaisse et que ses confidences nous avaient en quelque sorte liés, il s'est dit qu'il pourrait me remettre ces documents et que d'une manière ou d'une autre je me débrouillerais pour les confier à des membres de la Résistance.

Je m'étonne de ma nouvelle propension à broder des histoires autour de quelques informations véritables. Pourquoi ne pas leur dire la vérité ? En partie pour ne pas avoir à révéler ma liaison avec Auguste, mais aussi sans doute pour ne pas avoir à raconter jusqu'où il a fallu aller pour récupérer ces plans…

Sancerre se mord la lèvre inférieure pour mieux réfléchir.

— Et il a traversé Paris pour te les apporter ?

— Non, il avait recherché il y a quelques mois mon numéro de téléphone dans les fiches du personnel de la mairie en se disant qu'il m'appellerait peut-être un jour. Toujours avec un faible espoir… Et il l'avait gardé depuis, comme un souvenir. Alors il a tenté de me téléphoner. Vers 20 heures. Il m'a réveillée et je ne comprenais pas trop au début qui il était ni de quoi il parlait. Mais je l'ai laissé m'expliquer pourquoi il me contactait. Et bien que ce soit un Boche, compte tenu du moment un peu spécial que nous avions passé ensemble, mon instinct me disait que je pouvais lui faire confiance, alors j'ai accepté le rendez-vous qu'il me proposait et m'y suis rendue plus tard dans la soirée.

Il tourne plusieurs pages du recueil, hésitant.

— Comment savoir si ce document a une vraie valeur ? Il y a tellement d'intoxications et de rumeurs qui viennent de tous les côtés… Tu ne crois pas que ça puisse être une manœuvre ?

— Je ne crois pas, non. Les Boches n'en sont plus là, ils essaient surtout de sauver leur peau et je ne vois pas en quoi ça pourrait les aider de nous transmettre un faux document.

— Pour se racheter une conscience.

— Peut-être, mais mon Boche ne m'a rien demandé en échange. Il veut juste éviter que Paris ne soit détruite inutilement. Il me l'a dit. Il ne sait pas si ce projet sera mis à exécution, mais il craint que des personnes de l'état-major ne l'appliquent même si cela va à l'encontre des négociations en cours… C'est pour ça qu'il l'a dérobé. Pour lui c'est sérieux.

Il se replonge dans la succession de plans et de textes.

— Faut aller chercher *Flaire*, je propose, qu'il y jette un œil…

Flaire, notre traducteur. *Sancerre* demande à *Lacase* d'aller le trouver.

Quand nous nous retrouvons seuls, il pose le document ouvert sur le bureau et croise les bras.

— Et en quel honneur il a fait ça, *ton* Boche ? Pour tes beaux yeux ?

Je souris.

— Peut-être un peu, oui ! Et peut-être aussi pour me prouver qu'il ne me mentait pas quand il me disait qu'il n'aimait pas les nazis…

Il hausse les sourcils, pas vraiment convaincu.

— Mais il est surtout heureux de voir les projets d'Hitler s'effondrer et il refuse que des bâtiments ou des monuments soient détruits juste à cause de l'orgueil de certains de ses chefs… Quand il a eu vent de l'existence de ce document, il s'est tout de suite dit qu'il devait prendre le risque de se le procurer pour le transmettre à la Résistance.

— De sa propre initiative ?

— Oui. Je te le dis, il n'a plus confiance dans ses supérieurs et il veut éviter la perte de Paris. Avec la pagaille qui règne dans les services administratifs en ce moment et avec les accointances qu'il a, il s'est donc débrouillé pour récupérer un double de la clef de l'armoire où ils sont enfermés. Il est affecté à l'hôtel *Continental*, juste à côté des bureaux de l'état-major au *Meurice*.

Il me scrute par en dessous. Je le confronte sans ciller.

— T'inquiète… Tu sais, je lui ai posé les mêmes questions pour tenter de savoir si ce qu'il me racontait tenait debout. Je n'ai pas fait tout le chemin jusqu'à lui pour me faire avoir comme une bleue. Et puis je savais que tu me poserais toutes ces questions.

Il m'accorde un embryon de sourire.

— Et tu l'as retrouvé où ?

— À côté de la Madeleine.

— Ça a chauffé là-bas ce soir ?

— Oui. On a quand même pu trouver un endroit un peu tranquille pour parler.

— Il doit être sacrément dingue de toi pour faire ça…

Je secoue la tête.

— Comme je te le dis, il ne veut pas que Paris soit défiguré… Il m'a dit que s'il ne m'avait pas connue ou si je n'avais pas répondu au téléphone, il aurait tenté de le remettre à une barricade.

— Mais il ne sait pas ce que tu fais depuis que tu nous as rejoints ?

— Bien sûr que non. Il préférait simplement remettre ces informations à quelqu'un qu'il connaissait. Pour lui c'était un peu moins hasardeux.

Il jette un œil sur la page ouverte, comme pour y trouver une confirmation de tout ce que je viens de lui raconter.

— Eh bien, si tous les Boches étaient comme lui…

— Si tous les Boches étaient comme lui on n'en serait pas là à l'heure actuelle. On serait chacun de notre côté à siroter une boisson fraîche à une terrasse en regardant les étoiles…

Ça le fait rire. Je ris avec lui.

Lacase revient avec *Flaire* qui porte encore la trace de l'oreiller sur la joue. Ses yeux sont en amande malgré la faible intensité lumineuse. Sans un mot, *Sancerre* lui tend le dossier qu'il a refermé. *Flaire* s'en empare, sortant une paire de lunettes de sa poche de chemise pour lire attentivement la couverture. Il redresse alors la tête pour nous scruter tous les trois l'un après l'autre, puis ouvre le document comme s'il s'agissait d'un vieux grimoire.

Dans un silence de monastère, il tourne tout doucement les pages.

— D'où est-ce que ça vient ? fait-il sans lever les yeux.

Sancerre m'indique que je peux répondre.

— De l'hôtel *Meurice*. De l'état-major du Gross Paris.

La tête de *Flaire* pivote vers moi, les yeux bien ronds maintenant.

— C'est un Allemand qui l'a volé là-bas. Il y en a plusieurs exemplaires qui attendent apparemment les ordres pour être distribués à des équipes spécialisées.

Flaire se replonge dans les descriptions et les plans. Il me demande des précisions sur l'origine de ce qu'il tient dans les mains et sur ce fameux Allemand qui dérobe des documents hautement confidentiels pour nous les remettre. Je lui explique comme je l'ai fait aux deux autres. Alors ses questions cessent et il poursuit silencieusement sa lecture. Ça dure un petit moment. Puis brusquement il prend une inspiration et regarde par la fenêtre. Il a l'air perturbé.

— Alors ? tente *Sancerre*.

Le traducteur passe sa main sur son menton, se gratte le cou, puis baisse la tête avant de la relever. J'ai entendu dire qu'il était professeur d'allemand.

— Ça m'a l'air authentique. Le style d'écriture est bien celui de la Wehrmacht. Après, soit c'est une manœuvre de l'Abwehr pour brouiller les pistes et pour nous faire peur, soit c'est un vrai plan qui pourra être mis à exécution…

Sancerre me toise à nouveau avant de tourner la tête vers *Flaire* qui ajoute aussitôt :

— À mon avis il vaudrait mieux le transmettre rapidement à l'état-major pour qu'il puisse l'étudier sérieusement et mette sous surveillance chacun des bâtiments visés, au cas où les Boches voudraient en suivre les instructions dans un ultime élan de désespoir.

Il y a d'abord un long silence de réflexion, puis *Sancerre* contourne son bureau et s'y installe. Il ouvre un tiroir et en sort des feuilles à en-tête des FFI, une plume et un encrier. Nous le regardons tous les trois écrire au rythme du crissement du métal sur le papier. Quand il a terminé, il plie les deux courriers qu'il vient de rédiger et en pose un sur chacun des dossiers : *Lacase* et moi irons porter un des exemplaires à l'état-major FFI, au colonel *Rol* en personne, en passant par *Cyprien* qui pourra nous introduire dans son PC ; une autre équipe ira porter le second exemplaire au Comité Parisien de Libération, le CPL, *via Benoît*, qui lui aussi pourra les mener à leur bureau. Les lettres jointes indiquent à leurs destinataires que les agents viennent de sa part et informent les deux partis que l'autre a également reçu un exemplaire, d'une part par mesure de sécurité, mais aussi pour qu'elles puissent coordonner leurs éventuelles actions.

Puis sur d'autres papiers à en-tête, il nous rédige à chacun un ordre de mission spécial afin que nous puissions franchir rapidement les contrôles. Je me souviens alors que je n'ai plus mon laissez-passer et devrai penser à lui en demander un nouveau.

Il me tend un des documents avec son courrier et l'ordre de mission.

— Allez, il ne faut pas perdre de temps. En plus vous circulerez mieux dans la nuit. Au lever du jour il va sûrement y avoir du grabuge.

Je range les courriers dans la poche de ma jupe puis glisse le dossier dans mon dos et rabats mon chemisier dessus.

— *Flaire*, va me chercher *François,* s'il te plaît.

Le traducteur s'exécute, maintenant parfaitement réveillé, mais toujours avec la trace de l'oreiller sur la joue.

— Et rapporte-nous aussi un vrai brassard pour remplacer celui-là… ajoute *Sancerre* en pointant du menton mon brassard improvisé.

Et il se lève pour nous inciter à partir.

— Revenez vite ici après car on aura besoin de vous.

Lacase et moi hochons tous les deux la tête.

— Et bravo *Lancelot*, me fait-il avec un gentil sourire.

Je hausse les épaules.

— Si ça permet réellement de sauver Paris de la destruction, votre nom rentrera dans les livres d'Histoire…

— Je ne fais pas ça pour ça…

— Je le sais bien, mais c'est un fait. Vous savez comme moi que ces jours marqueront l'Histoire. Et si ce document peut sauver Paris de la destruction, ce n'est quand même pas rien…

Il en rajoute un peu. Il est toujours comme ça, enthousiaste, très éloquent, toutefois si Paris devait effectivement être épargnée, ce ne serait pas grâce à moi, mais principalement grâce à un Allemand, un soldat de la Wehrmacht, sans lequel nous n'aurions pas ce secret entre les mains.

La ville semble avoir retrouvé un semblant de calme après les combats qui se sont poursuivis tard dans la nuit. Nous la traversons sans bruit à vélo sous les reflets lunaires, ombres parmi les ombres, le plus souvent en longeant les immeubles pour éviter de nous exposer.

Nous sommes tentés de passer devant l'Hôtel de Ville pour aller voir les soldats français qui bivouaquent au pied du bâtiment d'après ce qu'on dit, mais nous nous résignons à le contourner car les contrôles risquent d'y être plus rigoureux qu'ailleurs et nous devons amener au plus vite les documents à destination.

Déjà en abordant l'île Saint-Louis les haltes se multiplient, mais une fois notre ordre de mission présenté nous franchissons les barrages sans difficulté. Ici la tension est plus palpable, nous pénétrons dans le cœur de la ville, au cœur même de la bataille. Et les hommes qui ont vu passer ici ce soir les premiers soldats français sont encore tout excités ; ils attendent avec impatience le lever du jour pour poursuivre le combat, et peut-être cette fois libérer la ville pour de bon.

Derrière Notre-Dame, sur le pont par lequel nous abordons la rive gauche, nous essuyons une rafale qui passe juste au-dessus de nos têtes ; peut-être un homme de l'armée des toits ou bien un résistant sur les nerfs troublé par la demi-obscurité et qui fait feu au moindre mouvement. Nous nous recroquevillons sur nos montures et donnons un coup d'accélération.

Les gardiens de la barricade qui bloque la rue dans la continuité du pont nous ouvrent le passage pour que nous nous réfugiions à l'abri. Nous soufflons un peu, indiquons notre destination, échangeons des nouvelles, puis repartons rapidement.

Il y a une multitude de barricades dans le quartier de Saint-Michel ; nous les approchons chaque fois avec prudence, portant bien en évidence notre brassard FFI pour éviter d'autres tirs aveugles. Des lampes à huile ou des torches électriques éclairent nos visages puis nos ordres de mission. Ici aussi on a été galvanisé par les combats de ces derniers jours et particulièrement par ceux de la nuit. Les insurgés sont d'ailleurs nombreux à veiller derrière les barricades pour monter la garde ; l'odeur du café qui permet de lutter contre la fatigue se mêle à celle de la transpiration souvent présente. Tout comme le sang, la sueur a coulé durant ces journées, entre la chaleur de l'été et la peur née de cette guérilla à laquelle nous ne sommes pas habitués. Et puis l'hygiène ne fait pas partie des priorités chez ces garçons et ces hommes devenus soldats, surtout quand l'eau manque.

À quelques rues de là on se bat, des coups de feu se répercutent à ciel ouvert. Des véhicules pris à l'ennemi stationnent le long des trottoirs, des croix de Lorraine ou les lettres FFI peintes sur les portières par-dessus les couleurs allemandes. D'autres, renversés, ont servi à dresser des barrages. Des arbres sciés obstruent entièrement plusieurs axes. Certaines rues dépavées sont parfois glissantes car les pluies de ces derniers jours ont formé de la boue sur les parties mises à nus.

À la lumière bleutée de nos phares, nous remontons ainsi tronçon par tronçon par la rue Saint-Jacques, puis nous faufilons dans le dédale du Ve arrondissement en évitant les zones d'où nous parviennent des tirs, jusqu'à un bel immeuble de la rue Campagne-Première.

Nous montons dans un noir quasi total jusqu'au troisième étage en nous repérant à l'armature de la cage d'ascenseur. Nous frappons à la porte de *Cyprien*. S'il n'est pas là, nous tenterons de rejoindre directement le colonel *Rol* en passant ces barrages, toutefois il serait préférable qu'il nous accompagne afin de nous faciliter la tâche. *Lacase* l'a déjà rencontré et m'a dressé un portrait rapide du personnage, sorte d'agent sans attache, de conseiller, qui fait le lien avec les hautes sphères. *Sancerre* a été en contact avec lui en province lorsqu'il dirigeait un groupe de maquisards ; c'est par lui qu'il obtient des informations sérieuses.

Lacase frappe à nouveau et nous entendons des pas à l'intérieur. Quelqu'un nous scrute par l'œilleton. Il ne doit rien distinguer dans l'obscurité. *Lacase* nous annonce, de la part de *Sancerre*, des *Étendards*. La porte s'ouvre sur une silhouette qui nous souffle : « Entrez, entrez... », referme la porte aussitôt que nous avons franchi le seuil, et nous pousse avec des : « Allez, allez... » vers une source lumineuse unique.

Nous progressons ainsi jusqu'au salon où brûle une lampe à huile. Notre hôte apparaît derrière nous : c'est un homme d'une quarantaine d'années, assez petit, qui marche avec une canne. Son visage renfermé est surmonté d'épais cheveux noirs qui le rendent plus sombre encore. Il porte une robe de chambre mais est habillé en dessous. Tout le monde dort habillé en ce moment.

Il serre la main de *Lacase,* puis la mienne. La poigne est sûre. Son visage s'est allumé furtivement d'un éclair chaleureux qui disparaît bien vite sous le masque. Sur un imposant fauteuil gisent une couverture et un oreiller ; c'est là qu'il somnolait, à l'affût, un poste de TSF sur une commode à proximité. Il nous invite à prendre place dans des fauteuils en nous précisant que *Sancerre* lui a téléphoné pour nous annoncer.

Après avoir fait un point précis sur l'activité dans le quartier des Batignolles, *Lacase* lui expose la raison de notre venue. *Cyprien* l'écoute avec attention. Ses yeux vont de mon compagnon à moi sans laisser filtrer aucune expression. Il se contente juste d'acquiescer pour montrer qu'il saisit bien les propos de *Lacase*. Ce dernier me demande de lui montrer la lettre de *Sancerre* ainsi que le document en question que je sors de sous mon chemisier. *Cyprien* s'en empare avec précaution, ses petits yeux marron visiblement impatients. Il lit d'abord le courrier puis, toujours sans rien dire, parcourt attentivement la couverture, et enfin les pages du document. *Lacase* me jette un œil un peu circonspect. Il attend, comme moi.

Après peut-être deux minutes, *Cyprien* finit par refermer le document et me rend le tout.

— Rangez ça… Et allons-y tout de suite.

Il prend sa canne, se lève, et va dans un coin de la pièce. Il retire sa robe de chambre qu'il remplace par une veste et pose un chapeau sur sa tête. Pendant un moment il tient en équilibre sur ses deux jambes, puis il s'appuie à nouveau sur sa canne. Lui qui se montre plutôt avare en paroles, il ne l'est pas en actions ; il prend une torche électrique dans un tiroir de l'entrée, revient éteindre la lampe à huile, et d'un petit : « Allez, allez… » nous entraîne vers la sortie.

Nous descendons à pied, dans le silence du tapis de l'escalier, guidés par le faisceau de sa torche. Au rez-de-chaussée, il sort une clef de sa poche et ouvre la porte qui mène à la cave. Il la referme derrière nous puis repasse en tête avec un nouveau : « Allez, allez… » Nous le suivons docilement. Les portes en bois des caves se succèdent avec les consignes de la Défense Passive en de nombreux points et les pancartes qui indiquent où se trouvent les abris. Nous allons ainsi jusqu'au bout du couloir qui s'arrête sur une vieille porte en métal dont la partie inférieure est rongée par la rouille. Il sort une nouvelle clef de sa poche pour la déverrouiller. Une odeur nauséabonde qui planait déjà nous agresse brutalement. Il nous fait signe d'entrer, « Allez, allez… », referme derrière lui, et nous précède dans un corridor humide que balaie sa lampe. Le sol est mou, de la terre ou du sable gorgé d'eau. Dix mètres plus loin nous débouchons dans le tunnel des égouts.

Il dirige sa lampe vers le plafond moussu.

— On est juste sous la rue… Allez, suivez-moi.

Et il part en tête sur l'étroit trottoir qui longe le canal d'évacuation des eaux usées, progressant avec une certaine assurance malgré sa canne.

Nous tournons à gauche à la première intersection. *Cyprien* éclaire en face la plaque du boulevard Raspail qui est au-dessus de nos têtes. Nous nous engageons alors dans le long tunnel sur la paroi duquel un panneau indique qu'il remonte vers la place Denfert-Rochereau.

De temps en temps il pivote pour éclairer le sol et nous prévenir d'une irrégularité par un petit : « Attention, là… » Je prends d'abord appui timidement sur le mur trempé de moisissure, mais après m'être rattrapée deux fois de justesse je m'y soutiens plus fermement. Derrière moi j'entends *Lacase* jurer à voix basse, manquant sans doute lui aussi de se casser la figure.

L'écoulement de l'eau est régulier, l'atmosphère chargée d'humidité. Seuls nos pas résonnent dans le couloir dont on ne voit pas le fond. Nous progressons lentement derrière notre guide silencieux. À notre droite, une pancarte donne la direction du cimetière du Montparnasse.

Notre périple s'arrête soudain devant une porte métallique qui suinte. *Cyprien* frappe trois coups, plus un. Après un court instant, une voix assourdie par l'épaisseur de la paroi dit juste « 1805 ». *Cyprien* répond aussitôt « Austerlitz », puis éclaire son visage avec sa lampe. On entend alors un léger frottement et un point de lumière brille par un petit trou percé dans le métal, judas improvisé. La serrure claque et la porte s'ouvre sur un homme en chemisette qui lève une lampe à huile pour nous dévisager. Nous sommes un peu éblouis après ces longues minutes dans l'obscurité presque totale. Un autre type se tient derrière, mitraillette au poing. Tous les deux portent un brassard FFI.

— Ils sont avec moi, dit *Cyprien* en franchissant déjà le seuil. On vient voir le colonel.

— Entrez… nous invite le gardien, refermant rapidement derrière nous.

Et sans attendre de signal, notre guide nous entraîne à sa suite. Nous adressons des sourires amicaux aux deux hommes qui hochent la tête pour nous saluer et nous filons derrière lui.

Nous marchons maintenant dans un dédale de couloirs sans aucun repère de direction aux intersections, de quoi s'égarer facilement. Mais *Cyprien* n'a aucune hésitation sur le chemin à suivre, continuant de retourner parfois sa lampe pour nous signaler une déformation du sol avec son petit « Attention, là… », puis redressant le faisceau vers l'obscurité des boyaux souterrains.

Au milieu d'un long couloir, il pointe un instant le plafond et lâche : « Le Lion de Belfort, au-dessus de nous… » Nous regardons instinctivement en l'air, comme si nous pouvions admirer la statue imposante au travers, puis poursuivons notre marche labyrinthique.

Nous finissons par déboucher sur un ensemble de pièces taillées dans le calcaire. Nos pas résonnent sur les parois avec un peu plus d'intensité. Il y a là un peu partout des caisses en bois fermées par des cadenas.

Des voix nous parviennent soudain sans que nous puissions vraiment en localiser la provenance. Une lueur se reflète sur la roche par une des ouvertures percées dans ce sous-sol. Avant que nous l'atteignions, un homme sort de l'ombre et barre notre route.

— Qu'est-ce que vous faites là ?

Il braque sur nous un fusil mitrailleur. Il est jeune, plein d'assurance, et arbore un brassard avec un écusson tricolore.

Comme un peu plus tôt, *Cyprien* tourne sa lampe vers son visage pour se faire reconnaître.

— C'est moi. On vient voir le colonel.

Le garçon ne bouge pas et nous observe avec méfiance, pointant son canon vers nous. *Cyprien* nous éclaire alors l'un après l'autre.

— Pas de problème, ils viennent de la part de *Sancerre*.

L'autre n'exprime toujours rien mais finit par s'écarter.

— Bien. Allez voir *Le Bernac*.

Il s'efface et retourne dans l'ombre. *Cyprien* éteint sa lampe et nous passons l'ouverture pour débarquer dans une pièce plus vaste que les autres. Des hommes de tout âge sont là, attablés, parlant à voix basse ; d'autres dorment sur des lits de camp. Une lampe à huile posée dans une niche accentue les ombres sur les visages. Les hommes se tournent vers nous, des « Salut ! » sont échangés sur notre passage.

Nous descendons plusieurs marches et passons une porte ouverte sur un espace bétonné. Dans cette salle sont entreposées d'autres caisses, et trois hommes dorment sur des lits de camp. Leurs yeux aux aguets s'entrouvrent automatiquement sur notre passage.

Un couloir légèrement en pente nous mène jusqu'à un nouveau défilé de salles aux murs également faits de béton. Il y a des bureaux, des machines à écrire, des téléphones, et même un éclairage électrique qui fonctionne, doublé de lanternes en cas de coupure. C'est donc apparemment ici, au milieu du réseau des anciennes carrières de Paris, que se terre l'état-major FFI de la région parisienne, hors de portée de la surface.

Il n'y a personne dans la première salle, mais dans la seconde nous trouvons trois officiers en uniforme de l'armée française, ainsi qu'un homme et deux femmes en civil. Leurs conversations s'interrompent aussitôt et tous les visages se tournent vers nous. *Cyprien* s'avance seul et les salue. Il leur explique que nous venons voir le colonel *Rol* pour une affaire très importante. Comme l'un des officiers lui demande de quoi il s'agit, il lui répond que le message que nous apportons doit être remis en main propre à son destinataire. L'officier, apparemment *Le Bernac*, est ennuyé car le colonel vient juste de s'allonger pour tenter de prendre une heure de sommeil. *Cyprien* commence alors à insister, mais une porte qui sépare le bureau d'une pièce contiguë s'ouvre soudain et une silhouette apparaît dans l'ouverture, portant elle aussi un uniforme de l'armée française. L'homme vient directement vers notre porte-parole et lui tend la main avec convivialité bien qu'on le tire visiblement de sa tentative de repos.

— Comment ça va, *Cyprien* ?

— Ça va bien. Ces agents ont un message important pour vous…

Le colonel se tourne alors vers nous avec son sourire lumineux malgré la grande tension et la fatigue que renferment ses yeux bleus. On m'a dit qu'il est breton, un peu comme moi, et ça me fait plaisir, sans que je sache exactement pourquoi ; comme s'il y avait un lien de famille du fait de nos origines régionales.

— Venez par là…

Nous le suivons aussitôt avec *Cyprien* dans la pièce d'où il est sorti, meublée d'un bureau et d'un lit de camp. *Le Bernac* nous suit et ferme la porte derrière lui.

— Vous pouvez parler librement, dit le colonel maintenant concentré, apparemment lui aussi avare de paroles.

Je m'avance alors et lui tends d'abord le courrier de *Sancerre* que j'ai sorti de ma poche. Il le lit avec attention en relevant la tête pour nous dévisager alternativement, *Lacase* et moi. Puis il le passe à *Le Bernac* et prend le document de la Wehrmacht que je lui présente. Il en détaille un moment la couverture avant de l'ouvrir et de tourner lentement les pages. Deux fois il interrompt sa lecture pour nous observer furtivement. *Le Bernac* s'est rapproché et découvre avec lui les informations que révèle le dossier. On entend à côté le bruit d'une machine à écrire et un téléphone qui sonne, aussitôt suivi des réponses brèves d'un des hommes. À côté de nous, *Cyprien* reste imperturbable.

Peut-être trois minutes passent ainsi. Le colonel finit par confier le document à son adjoint qui continue de l'explorer, et me demande comment je suis parvenue à obtenir des plans aussi confidentiels. Je lui ressors alors le même laïus que j'ai brodé à *Sancerre*, répondant précisément à chacune de ses questions. Je reste calme, sûre de moi, improvisant s'il le faut mais m'appuyant toujours sur la vérité.

Le colonel *Rol* conclut que le document est capital pour la suite des opérations, et particulièrement pour la journée qui arrive. Il nous confie que les Forces Françaises Libres devraient faire leur entrée dans Paris ce jour même, sans doute dans les premières heures du jour, suivies des Américains, et qu'ils s'attendent à une forte résistance de la part des derniers bataillons allemands maintenant prisonniers de la ville. Ils ont entendu parler des menaces qui pèsent sur la capitale mais, dans l'*imbroglio* de vraies et de fausses nouvelles, de promesses et de mensonges dans les tractations avec l'état-major allemand, ce document permettra de contrer toute tentative de destruction de la moindre partie de la ville.

— Nous allons tout de suite mettre en place un plan d'action pour surveiller ces lieux et éviter un tel malheur…

Un sourire revient sur son visage.

— Comment vous appelez-vous ?

— *Lancelot*.

— Non, votre vrai nom…

— Ah… Odette Dulac.

Il ne note rien, mais je vois que c'est désormais dans sa mémoire.

— Merci, Odette…

Je ne réponds rien et baisse timidement les yeux. Il s'avance alors vers *Lacase* et moi et nous serre la main avec une fermeté digne de son rang.

— Regagnez vite votre unité… Il faudra appuyer les troupes françaises pour continuer de faire régner l’ordre dans tous les quartiers une fois qu’elles seront là… Et passez le bonjour à *Sancerre*.

Nous le remercions, puis il tend la main à notre guide.

— Merci, *Cyprien*. À plus tard…

Ce dernier ne répond pas et se contente d’un bref sourire en lui serrant la main. Le document sous le bras, *Le Bernac* ouvre déjà la porte et nous conduit dans la pièce où les militaires et les civils s’affairent sur la machine à écrire et sur des cartes de la ville.

Un signe de tête comme au revoir et nous nous éclipsons.

Une nouvelle fois je demande à ce que nous fassions une courte pause. Je suis désolé de la couper dans son élan, mais la piste du lieutenant Chenu me tracasse quand même un peu et je voudrais savoir où il en est.

— Mais oui, mais oui, il ne faut pas hésiter à m'interrompre…

Et elle prend la théière pour se resservir, mais seules quelques gouttes s'en échappent.

— Vous voulez que j'en recommande ?

— Non, non, ça ira très bien. Je regardais juste s'il en restait…

— Comme vous voulez…

— Ça ira, ne vous inquiétez pas. Passez votre coup de fil tranquillement…

Je suis déjà debout, le téléphone à la main. Je sais que je dois faire vite.

Je me dirige vers la rambarde panoramique en espérant que Chenu ne soit pas en train de faire une bêtise, emporté par une théorie peut-être complètement folle.

D'ailleurs mon doute s'intensifie quand les sonneries se succèdent sans qu'il décroche. Ce n'est qu'à la sixième que j'entends sa voix. Il parle bas. Il est chez les Jouanaud et sort pour me parler à l'écart. J'entends la porte qu'il referme derrière lui.

Il me rapporte alors brièvement qu'il est venu avec Geoffroy qu'il a laissé dans sa voiture, embarquant son portable, et qu'il a cueilli Alexandre comme il rentrait de cours. Le garçon a été tout aussi embrouillé que son ami lorsqu'il l'a questionné sur son emploi du temps du soir de la mort de son grand-père.

Quand il lui a demandé pourquoi il n'avait pas dit à sa mère qu'en fait il n'était pas allé chez son copain regarder le match, Alexandre a bafouillé une réponse incohérente. Puis quand mon lieutenant a voulu savoir pourquoi ils étaient à Vannes, le garçon a compris qu'il avait déjà vu son ami. Il a alors avoué qu'ils étaient allés voir le quart de finale dans un bar sur le port. Mais lui non plus ne se souvenait pas du score. Il ne savait plus trop pourquoi ; sans doute avaient-ils discuté sans vraiment suivre la rencontre. Et bien que Chenu ait continué de l'interroger, Alexandre n'a pas mentionné le fait qu'ils aient dragué des filles, ce qui contredit la déclaration de Geoffroy.

Désormais les deux copains cachent quelque chose, c'est une certitude. Peut-être toujours une histoire de shit, de cocaïne, ou alors autre chose. Chenu se demande s'ils ne sont pas tout simplement allés voir des prostituées et n'oseraient pas l'avouer. Sinon pourquoi tant de mystères ? et de contradictions ? Ou bien il y a un réel lien avec le meurtre du grand-père. Les options restent nombreuses.

Je demande alors à mon lieutenant d'embarquer les deux garçons et de les emmener au commissariat. Dès que j'aurai fini nous les interrogerons, nous les confronterons pour leur soutirer la vérité.

Chenu paraît satisfait. Il va les faire « mariner à la

maison » en attendant mon arrivée. « Pas de bêtise », je lui précise. Il me rassure, je n'ai pas de souci à me faire de ce côté-là, il disait juste cela pour signifier que les deux garçons seront sans doute impressionnés par le fait de se retrouver dans les locaux de la police.

Je raccroche. Mais reste immobile, appuyé à la balustrade qui me sépare du vide, les yeux perdus sur la houle. Et si Chenu avait raison ? Je ne peux pas m'empêcher de me poser cette question. La réponse qui s'impose à moi est négative, pourtant je ne peux être catégorique. La porte est ouverte. Elle peut donner sur une multitude de chemins, mais l'un de ces chemins peut aussi rejoindre celui de notre enquête.

J'ai envie de me dire que c'est improbable, que Chenu est peut-être en train de nous entraîner vers une piste complètement abstraite, délirante, pourtant les mensonges de ces deux gamins font indubitablement d'eux des suspects.

Mme Dulac s'est à nouveau installée la tête en arrière dans une position qui pourrait faire croire qu'elle est détendue. Pourtant à peine ai-je fait un pas dans sa direction que sa nuque se redresse et que ses yeux s'ouvrent, comme si un signal l'avait prévenue de mon retour.

Son sourire ravissant qui est toujours là suit ma trajectoire, mais dans son attitude je devine son impatience. Elle m'attend pour poursuivre. Pour aller plus loin.

Je me réveille un peu avant 7 heures dans une chambre de l'appartement situé au-dessus du PC des *Étendards*. Quand nous sommes revenus, *Sancerre* m'a presque ordonné d'aller dormir car j'étais livide et il aurait besoin de moi dans la journée. J'ai trouvé un lit inoccupé et m'y suis endormie instantanément. J'ai essayé de me remémorer la succession d'actes accomplis durant cette longue nuit, mais je ne pense pas avoir pu le faire plus d'une minute. Je suis partie loin. Sans rêve.

Le retour de la place Denfert-Rochereau s'est fait selon le même itinéraire qu'à l'aller, avec le réseau de galeries, les égouts, la séparation d'avec *Cyprien*, le chemin entrecoupé d'arrêts fréquents aux barricades jusqu'à la Seine, une traversée rapide du fleuve sans nous faire tirer dessus cette fois-ci, puis le long dédale de rues et les derniers coups de pédale jusqu'à la place de Clichy.

L'autre binôme parti porter le pli au CPL était déjà revenu. Là-bas aussi le document a été accueilli avec intérêt. Et on leur a également confirmé qu'après la reconnaissance de la nuit, des troupes françaises et américaines devraient investir aujourd'hui la capitale.

Je m'étire en sachant qu'une grande journée nous attend. Je me sens encore différente depuis hier. L'impression d'avoir effectué quelque chose d'exceptionnel. Pas pour la gloire que je pourrais en tirer, ça n'a jamais été le but de la manœuvre et je ne l'ai eue en tête que lorsque *Sancerre* l'a évoquée, mais pour la force puisée une nouvelle fois en moi pour repousser mes limites. Déjà étonnée par le courage dont j'ai fait preuve ces derniers temps, je sais que cette nuit j'ai franchi un autre cap. Et j'éprouve ce matin une certaine satisfaction personnelle. C'est en quelque sorte de la fierté, mais pas de la fierté devant les autres, une fierté pour moi-même. Sans doute à nouveau le sentiment d'être à l'opposé de ce que j'étais il y a trois ans. Peut-être appelle-t-on ça tout simplement « mûrir » quel que soit l'âge, je ne sais pas, mais je me sens mieux. Une sorte d'harmonie avec moi-même. J'ai découvert face aux épreuves une endurance dont j'ignorais l'existence. Je pensais être déjà allée assez loin depuis plusieurs mois, mais je me sens élevée encore d'un cran. Élevée, c'est ça.

Je me demande d'ailleurs quelle serait la réaction de mes parents si je leur racontais tout ce que j'ai fait la nuit dernière. Me croiraient-ils ? Mon père, que je n'ai pas vu depuis plus de quatre ans, qui a été forcé de me laisser alors encore gamine, me reconnaîtrait-il aujourd'hui ? Sans doute serait-il un peu déboussolé. Ma mère, qui m'a vue si peu dégourdie, me soupçonnerait peut-être d'avoir inventé tout ça. Cette pensée m'amuse. Mes amies, qui prennent peut-être elles aussi part aux combats, accepteraient-elles mon récit, elles qui m'ont vue si peu engagée et si peu téméraire ? Je n'ai pourtant pas l'impression d'avoir changé. Seulement des limites ont été dépassées. Surpassées peut-être. Je crains d'ailleurs, lorsque la pression et l'excitation retomberont, de me sentir inutile et donc démoralisée, abattue. Mais pour l'instant je ne veux pas y penser. Pour l'instant je remets mes sandales et vais à la fenêtre jeter un œil sur la rue.

Des tirs au loin, on se bat vers le sud. Plusieurs foyers de fumée noire s'échappent dans le ciel encore clair du matin. La situation semble, elle, assez calme dans notre secteur où les Boches ne viennent plus trop maintenant.

Tandis que je sirote un ersatz de café brûlant en dévorant un quignon de pain frais qui vient de je ne sais où, *Sancerre* me demande d'aller dès que possible aux nouvelles dans le centre, aux alentours de l'Hôtel de Ville, de la Préfecture de police, et plus loin si je le peux. Après qu'il m'a rédigé un nouveau laissez-passer suite à la disparition du mien hier avec toutes mes affaires, j'enfourche ma bicyclette et pars sillonner les rues où piétons et cyclistes circulent en nombre.

La quasi-majorité des commerces étant fermée, les métros ne fonctionnant plus et les entreprises étant elles aussi totalement paralysées, les Parisiens n'ont rien d'autre à faire que de battre le pavé dans l'attente de la nouvelle qui les délivrera définitivement du poids de ces dernières années. Certains patientent à leur fenêtre, accoudés à leur balustrade, d'autres se regroupent derrière les barricades. L'information sur l'arrivée des troupes de Libération s'est répandue comme une traînée de poudre et les habitants qui vivent au milieu des combats depuis une semaine veulent être les premiers à voir les soldats et à les accueillir.

Les drapeaux tricolores, américains, britanniques ou soviétiques, se sont propagés sur les façades, ravivant encore les couleurs de la ville qui se prépare à une grande célébration. Ceux qui n'ont pas de drapeaux ont regroupé des échantillons de papier, de tissu ou de tarlatane, bleus, blancs et rouges pour afficher coûte que coûte les couleurs de la nation qui sont aussi celles des Alliés.

Mais malgré leur enthousiasme, les Parisiens restent quand même un peu sur leurs gardes au cas où les annonces faites tôt ce matin devraient se ranger parmi les inévitables rumeurs. Seule la vue des troupes pourra mettre un terme à cette attente. Alors dans cette expectative on colporte les dernières nouvelles, on se rassemble devant les affiches collées dans la nuit. Une épicerie a réussi à se procurer un peu de marchandise et déjà la queue s'étire sur le trottoir. Peut-être est-ce la dernière fois que l'on se transmettra des informations dans une file d'attente.

Un camelot pousse devant lui un chariot rempli de cocardes et de petits drapeaux qu'il vend à qui mieux mieux ; certains n'ont pas perdu le sens du commerce avec la guerre, au contraire elle leur aura permis de développer leur propension à toujours tirer profit des événements.

Les vendeurs de journaux sont eux aussi des centres d'attraction ; on se regroupe autour d'eux soit pour emporter un exemplaire du *Parisien Libéré*, de *Combat*, de *L'Humanité* ou de *Libération*, soit pour en lire les titres, glaner encore des détails sur les événements de la veille et de la nuit.

Soudain on s'agite car des personnes ont eu au téléphone des habitants du sud de la capitale qui ont vu défiler sous leurs fenêtres des véhicules et des bli dés américains. La nouvelle vole de fenêtre à fenêtre, de porte à porte. Elle est rapidement confirmée par d'autres personnes qui ont reçu le même témoignage mais qui, elles, annoncent que ces troupes arborent nos couleurs. On n'ose pas y croire. Déjà certains ne parviennent pas à retenir leur soulagement et fondent en larmes. D'autres restent simplement perplexes, comme sonnés.

L'électricité revenue pour une petite heure permet de se coller aux postes de radio. On y annonce là aussi la présence dans Paris de la 2e division blindée des Forces Françaises Libres menée par le général *Leclerc*. Son nom est sur toutes les bouches. Comme celui du messie. On entend également celui du général de Gaulle que beaucoup ont hâte de voir. On dit que lui aussi fera aujourd'hui son entrée dans Paris.

Les barricades ralentissent toujours ma progression. Étape par étape, je passe devant la gare Saint-Lazare où plus aucun train n'arrive ou ne repart depuis plusieurs jours, puis derrière l'Opéra en évitant de trop m'approcher car on échange des tirs sur la place, sans doute avec les derniers résidents de la Kommandantur.

Plus loin, la chasse continue contre des Collaborateurs qui tentent de se faire discrètement la belle. On veut châtier les traîtres sans autre forme de procès.

Arrivant sur le quai en surplomb de la Seine, je dois subitement accélérer et zigzaguer pour éviter une rafale dont je suis la cible. Les balles sifflent près de mes oreilles. Jamais elles ne sont passées si près. Tout à côté de moi les impacts étincellent sur les pavés. Je baisse la tête et appuie encore sur les pédales. Je dois sans doute de n'être pas touchée au feuillage des arbres sous lesquels je prends soin de toujours circuler. Je m'arrête juste après *La Samaritaine*, happée par une porte cochère ouverte et, essoufflée, indique aux hommes qui se trouvent là d'où provenaient les tirs.

Je dois absolument redoubler de prudence car ce n'est vraiment pas le jour à tomber sous un feu hasardeux.

Je me remets en route, le cœur encore affolé. Du coup je fais le tour de la place du Châtelet à l'abri des arbres pour ne pas passer à découvert sur ce grand espace. Il y a du raffut sur l'île de la Cité. Des cris résonnent jusqu'à nous. Puis ce sont des rafales et des tirs de gros calibre. Est-ce une ultime contre-attaque allemande ? Je ne prends pas le risque de m'arrêter pour me renseigner et poursuis ma course le long des quais. Mais après cent mètres à peine, je vois soudain foncer dans ma direction des véhicules militaires. Par réflexe je bifurque brusquement et vais trouver refuge devant la porte d'entrée d'un immeuble. Pourtant je remarque bien vite qu'il se passe quelque chose de différent. Il y a des vivats, aucun coup de feu, et un peu plus loin des personnes se précipitent vers la chaussée. Les patrouilles boches provoquent généralement des réactions contraires. Ce sont nos libérateurs ! Les chars sont là, visibles entre les troncs, entourés d'hommes et de femmes qui agitent gaiement les bras, applaudissent ou courent à côté d'eux. Le premier qui se présente s'appelle *Champagne* ! Difficile de le croire ! C'est sûrement un de ces chars Sherman avec lesquels les Alliés ont débarqué sur nos côtes et qui progressent dans nos campagnes. Ils portent l'étoile blanche de l'armée américaine, mais tous arborent nos couleurs !

Ils se succèdent maintenant devant moi dans un roulement de tonnerre continu fait du grondement des moteurs et du couinement des chenilles. *Orléans*, *Limousin*, *La Rochell*e. Je ne bouge toujours pas, subjuguée par cette image de liesse qui défile juste là. Tellement attendus, ces hommes. Tellement attendue, cette journée. Ma bouche s'est asséchée en un clin d'œil. Ma respiration est saccadée. Les gens passent à petits pas pour suivre le convoi, toucher les chars, poser une main sur leur lourde carlingue afin de s'assurer qu'ils sont bien réels. Les sourires des militaires rayonnent jusqu'à moi. Leurs regards restent alertes à observer de toutes parts, mais ces jeunes soldats ne peuvent se priver non plus de l'accueil qu'on leur offre. Principalement sur les blindés qui suivent et sur les Jeeps où ils serrent les mains qu'on leur tend et où ils se laissent embrasser à la volée par ces femmes et ces jeunes filles gagnées par une véritable frénésie dont l'air est empli.

Le bleu, le blanc et le rouge sont partout dans cette petite foule qui suit les arrivants. Le vacarme des engins se mêle aux battements des semelles de bois sur la chaussée et aux hourras qu'on leur lance depuis les balcons. « Vive la France ! » « Vive de Gaulle ! » Un reporter hissé sur un des blindés capte la ferveur avec sa petite caméra. Un enfant court à la hauteur d'un des véhicules en faisant claquer dans l'air au-dessus de lui un drapeau qu'il tient à bout de bras. Il contourne avec agilité ceux qui se présentent devant lui et qui pourraient mettre fin à sa course intrépide.

Je me rends compte que je pleure. Je n'ai même pas senti les larmes monter, elles se déversent toutes seules. Le soulagement s'exprime sans que mon corps le contrôle. Partout des sourires. Partout des rires et des larmes aussi. Après toutes ces années à retenir nos émotions, on peut enfin les laisser venir à la surface. Et difficile de les refréner. D'ailleurs pourquoi les refréner après une si longue abstinence ? On se plaît à hurler notre joie, à applaudir nos guerriers au visage souriant derrière la couche de fatigue et de poussière. Ils semblent même quelque peu abasourdis par ce bourdonnement de ruche autour de leur cortège.

Instinctivement je remonte sur ma selle et rejoins la chaussée pour suivre le défilé à côté d'un char dans le sens inverse de celui par lequel je suis arrivée. Je me cale à sa vitesse et roule entre les piétons qui vont et viennent devant ma roue. Je suis totalement muette. Je me rends compte que je n'ai pas poussé une seule exclamation, me régalant pleinement de chaque détail du spectacle unique qui m'est offert : les rires des soldats, leurs armes rutilantes, les bonjours qu'ils envoient de droite et de gauche, leurs treillis un peu usés où est cousu un écusson bleu et or à croix de Lorraine, les bouquets accrochés au blindage cabossé, les fleurs rouges ou blanches qui dépassent de leurs poches, les regards stupéfaits qu'ils lancent parfois à leurs poursuivants deux mètres plus bas, les paroles qu'ils échangent entre eux en riant, les signes qu'ils se font d'une tourelle à l'autre. Les voilà les « soldats de *Leclerc* » que tout le monde évoquait tout à l'heure ! « Les gars d'chez nous » !

Je manque de percuter une fille qui vient offrir un bouquet supplémentaire à nos sauveurs et qui m'oblige à me coller aux chenilles du char à côté duquel je pédale. M'accrochant à sa carlingue, je me laisse alors entraîner par le blindé, plus près maintenant de la scène, inséparable de cette cohorte de Libération qui répand la joie sur son passage, dont je sens les pulsions mécaniques, sa puissance qui me fait littéralement vibrer. Je sais que le moment est exceptionnel, que l'instant est même historique. Partout, pour tous, l'arrivée de ces soldats est un vrai tournant ; cette apparition dans la capitale est le symbole de la délivrance qui progresse sur tout le territoire. Plus que nous délivrer même, ils viennent nous sauver. C'est le sauvetage de Paris qui est en cours.

Je pense à Auguste. J'aimerais partager cette joie avec lui. Je pense aussi à *Sancerre*, à *Claudel* et aux autres *Étendards*. Je pense à mon père. Et à ma mère. À Denise et à Suzon. En fait mes proches me traversent l'esprit plus que je n'y pense vraiment car l'instant est si intense que l'émotion emporte tout et empêche la moindre réflexion. Jamais je n'ai senti un si grand vertige. J'ai l'impression d'une communion avec tous ceux qui sont là, militaires et civils. Même avec les véhicules. Comme si mon âme ne m'appartenait plus mais faisait, là, partie d'un tout. D'un mouvement en avant. Incontrôlable. Presque un délire mental et physique. Une hystérie douce, bienheureuse, salvatrice. Un élan. L'élan de tout un peuple. Une force mystique. Et mythique. Électrique. Énergie humaine pure. Viscérale. Surhumaine. L'expression de corps et d'esprits qui se libèrent tout entiers. L'osmose.

Un coup de feu interrompt brusquement cette parade insolite. La foule se rue vers la Seine dans un grand mouvement pour se mettre à l'abri derrière les blindés. Un second tir résonne, aussitôt suivi d'un troisième. Le convoi s'est arrêté net. Je me laisse tomber à terre et me recroqueville derrière mon vélo, contre la chenille de métal chaud. À côté de moi une autre femme se fait également toute petite pour trouver la protection du char, bien que nous soyons apparemment du côté d'où viennent les tirs.

Dans un brouhaha étrange fait de grognements et de cris courts, les derniers se faufilent entre les véhicules pour trouver refuge derrière leur masse imposante. D'autres se sont jetés vers les entrées des immeubles, et certains ont escaladé les balcons du rez-de-chaussée pour se coller dans l'encadrement des fenêtres. Déjà un fusil mitrailleur riposte d'une longue salve vers les façades qui s'élèvent devant nous. Les feuilles qui se trouvent dans sa trajectoire de tir au sommet des arbres sont déchiquetées. Tous les yeux sont tournés vers les derniers étages et vers les toits à la recherche du ou des tireurs. À la porte des immeubles, des fifis se pressent déjà pour grimper dans les cages d'escaliers. Le fusil mitrailleur se tait, laissant se disperser un nuage compact et une lourde odeur de poudre. Les vestiges des feuilles fauchées par le tir virevoltent jusqu'à nous comme de gros confettis. Des douilles continuent de glisser de la carlingue du véhicule, tintant au sol comme des pièces d'or. Devant nous plusieurs personnes ont formé des grappes dans l'enfilade des larges troncs d'arbres qui bordent la chaussée ou derrière une vespasienne. Tout le monde reste paralysé, plaqué à terre ou contre son abri improvisé. Les moteurs des blindés tournent au ralenti.

Des voix donnent des indications sur la provenance des tirs. Elles sont interrompues par de nouvelles détonations qui claquent depuis les hauteurs, sans que je voie d'impacts au sol. Le fusil mitrailleur entre à nouveau en action dans un tintamarre assourdissant. Les ordres fusent et, couverts par les rafales, des soldats traversent en quelques bonds les espaces dégagés pour aller se poster à l'aplomb d'un immeuble, hors de portée des balles adverses. Puis l'arme automatique s'arrête. Personne ne bouge autour, seuls les visages tentent parfois un regard en haut. On échange un mot rapide avec son voisin, peut-être pour calmer sa peur. Ma voisine garde les yeux fermés, les mains crispées sur son foulard. Les minutes sont longues.

On s'agite un peu plus loin sur la droite. Quelqu'un

est touché. Un jeune garçon. Il gémit. On le transporte aussitôt pour le mettre à couvert. Nouvelle rafale de nos soldats pour couvrir l'opération. La pluie de douilles se répand sur la chaussée. Quand elle cesse, une voix annonce, là-haut, que c'est bon, qu'ils le tiennent. Après avoir eu confirmation que le tireur était seul, les soldats reviennent vers leurs blindés à reculons, canons pointés vers le ciel pour s'assurer que la voie est bien libre. Alors lentement tout le monde se relève, se déplie, en gardant au cas où un œil vers les étages supérieurs. Je redresse mon vélo dont j'avais fait un bouclier aux allures de passoire. Les grappes humaines qui s'étaient formées derrière les points de protection improvisés se dénouent progressivement, manifestant leur soulagement par des rires brefs. Le ronronnement des moteurs monte tout le long de la colonne qui se remet en branle.

Le cortège se reforme aussitôt autour des blindés, des personnes qui se tenaient un peu plus loin et qui les attendaient avec impatience se précipitent sur eux. On se bouscule à nouveau contre leurs carlingues impressionnantes. Les soldats restent sur le qui-vive mais acceptent les poignées de main, les fleurs et les baisers. La foule continue de grossir tout autour et de féliciter ses sauveurs avec un enthousiasme fabuleux.

Je reviens ainsi avec les libérateurs jusqu'à la place du Châtelet, mais la plénitude qui me porte s'évanouit lorsqu'ils s'engagent sur la place d'où montent les applaudissements, car je reprends conscience de la mission que m'a confiée *Sancerre*. Je cesse alors de pédaler et continue sur mon élan en laissant s'éloigner le véhicule que je suivais. Les deux soldats à côté desquels je progressais me font un signe auquel je réponds par un sourire charmé. Mais déjà ils sont engloutis par une population plus dense ici, et ils disparaissent derrière un char.

Je m'arrête le long du trottoir et regarde les autres blindés poursuivre leur route pour aller prendre position sur la place, suivis par la nuée de Parisiens qui sautent de joie sur leur passage et tendent les mains pour serrer celles de leurs libérateurs. Il en vient encore et encore. La clameur se répercute de rue en rue. Et toujours plus de monde déboule pour venir les applaudir, leur lancer des cocardes, les remercier. Beaucoup pleurent. Les hommes n'essaient pas de cacher leurs larmes. Au contraire, ils les affichent presque fièrement, tout comme ils sont fiers de ces Français qui entrent dans leur capitale. Des femmes se tiennent par les épaules pour partager leur bonheur, des pères portent leur enfant pour qu'il puisse apprécier le spectacle, agitant la main vers ces guerriers qui font figure de dieux vivants. Des vieillards restés un peu en retrait pour ne pas être bousculés saluent les jeunes troupes juchées sur ces nouveaux engins de guerre.

Un véhicule à chenilles ferme la marche, un portrait de de Gaulle fixé sur son blindage. Le soldat assis à l'arrière m'adresse un salut amical. Je lui envoie de la main un baiser qu'il reçoit en riant car ses camarades ont remarqué mon geste et sifflent bruyamment. Mais déjà ils sont dévorés par d'autres admiratrices qui partent à leur suite en sautant de joie et en jouant des coudes. Aux balcons, des personnes brandissent des drapeaux, lèvent des bouteilles de champagne, ou leur font signe des deux mains pour attirer leur attention.

Des fifis en armes fendent la masse humaine pour se présenter devant les véhicules qui se sont positionnés dans un coin de la place ; sans doute viennent-ils faire le point sur la situation dans le quartier et se mettre à la disposition de ces soldats de l'armée régulière.

Je reste là un instant, les yeux embués, mes lèvres serrées arborant toujours leur sourire. La ferveur ne cesse de gronder dans mes oreilles. Difficile de détacher mon regard de ces casques, de ces corps perchés sur les carlingues, de cette force qui désormais va nous protéger.

Je reprends ma route initiale et file jusqu'au parvis de l'Hôtel de Ville où stationnent d'autres militaires. Les traces des combats grêlent la face du bâtiment qui resplendit malgré tout sous une multitude d'oriflammes tricolores dont on a pavoisé les fenêtres. Ici aussi on se presse pour voir les soldats, pour les toucher, en espérant qu'ils ne sont pas un mirage, un faux espoir de plus.

Un fifi en faction m'apprend que la centaine d'hommes en place là sont les éclaireurs arrivés la veille au soir. Il s'agit d'une compagnie, surnommée « la *Nueve* » car elle est composée de nombreux Espagnols chassés de leur pays et venus combattre le fascisme en France après avoir commencé en Afrique. Je ne peux m'empêcher d'observer un moment les Parisiens qui tournent autour des chars nommés *Guadalajara* ou *Brunete*. Ils donnent l'accolade aux militaires dont le sourire éclatant contraste avec leur teint buriné par les kilomètres parcourus pour venir jusqu'ici. Jusqu'à nous. Comme les Rois mages qui apportent en cadeau la liberté. Nos héros venus de si loin.

La joie est telle autour d'eux qu'on pourrait croire qu'il s'agit d'un simple spectacle plutôt que de soldats engagés dans un combat pour la prise d'une ville. Mais quand un cri résonne un peu plus fort ou qu'il y a un petit mouvement de foule, on se rend compte qu'ils sont aux aguets car les mentons se redressent aussitôt pour évaluer l'éventuel danger.

Je me résous une fois de plus à quitter le spectacle pour essayer de pousser plus loin, de l'autre côté de la Seine. Préférant encore éviter l'île de la Cité, je décide d'aller, comme la nuit dernière, jusqu'à l'île Saint-Louis pour traverser le fleuve par les ponts à cheval sur les deux îles et m'engouffrer de là dans le Quartier Latin. Tout le long du parcours je croise des gens qui errent sur les quais, à la pêche aux informations pour savoir où ils peuvent se rendre pour *les* voir. Nos soldats. On prononce le mot avec respect. Avec un tremblement dans la gorge.

Sur la rive gauche, l'ambiance est plus sereine qu'il y a quelques heures. Les troupes qui sont apparues un peu plus tôt ont illuminé les visages malgré la fatigue et la maigreur de certains. Des barricades ont été ouvertes pour permettre le passage des chars, facilitant par là-même celui de la population qui se promène dans l'attente d'un nouvel afflux de troupes, car il paraît que plusieurs compagnies de l'armée américaine sont également entrées dans Paris ce matin. J'avance au milieu de cette liesse populaire naissante. Des personnes s'embrassent, se serrent la main en se tapant dans le dos. On exulte. Aux barricades, les fifis restent tout de même sur leurs gardes car la partie n'est pas jouée ; la ville, même si certaines rues en ont l'air, n'est pas encore totalement libérée. Dans le secteur, il reste au moins un important bastion ennemi au Sénat et dans l'enceinte du jardin du Luxembourg.

Je me faufile par les ruelles jusqu'à la fontaine Saint-Michel, où l'on se presse autour des nombreux blindés et véhicules des Forces Françaises qui se sont positionnés ici aussi. J'ai posé le pied à terre et traverse la place en poussant mon vélo à côté de moi. Un vieil homme se dirige vers un groupe de soldats avec une bouteille de vin et plusieurs verres coincés entre ses doigts pour leur proposer de trinquer. Deux enfants courent en riant au milieu du joyeux désordre, l'un tenant le pan de chemise de celui qui le précède. Une femme pleure sur un banc, de bonheur sans doute car une autre femme a posé sa main sur son épaule et nous regarde en souriant de l'incontrôlable émotion de son amie. De la fenêtre située juste au-dessus d'un cinéma des combattants entonnent *La Marseillaise*. Aussitôt le chant se propage sur la place et se termine par un tonnerre d'applaudissements d'où montent des : « Vive de Gaulle ! », des « Vive la France ! »

Deux voitures font leur apparition, sigles FFI grossièrement peinturlurés sur les portières. On s'écarte pour leur ouvrir le passage. Elles disparaissent vers la place Saint-André-des-Arts.

Je décide de les suivre et me dirige également à droite de la fontaine. Il y a du monde sur la petite place ombragée. D'autres chars et automitrailleuses, ainsi que de nombreux fifis aux uniformes dépareillés. Plusieurs d'entre eux aident les deux voitures à fendre la masse des Parisiens. Utilisant mon laissez-passer pour franchir le cordon de FFI, je me retrouve au milieu de ces soldats de tous horizons. Je remarque tout de suite parmi les « gars de *Leclerc* » des indigènes, spahis marocains, algériens ou tunisiens, à la peau foncée et au sourire délicieux. Leurs yeux pénétrants expriment toute la joie qu'ils éprouvent d'être là, égale à celle que nous avons de les voir. Et la fatigue qui creuse leurs rides ne semble pas affecter leur émerveillement.

J'apprends par un fifi que l'on prépare l'attaque

du Sénat où se sont barricadées plusieurs centaines d'hommes de la Wehrmacht mais aussi des sections de SS. On organise le plan de bataille car leur défense s'étend depuis l'Odéon jusqu'à l'autre bout du jardin du Luxembourg. Je me demande si notre document sera utilisé dans l'élaboration de l'attaque sur les bâtiments. J'espère qu'il a été transmis, et particulièrement à tous ces bataillons chargés de prendre possession des dernières poches allemandes. Ce serait regrettable qu'ils n'aient pu avoir ces renseignements à temps.

Deux coups de feu derrière nous provoquent une soudaine ruée vers les immeubles. Puis des applaudissements suivent rapidement place Saint-Michel où il y a de plus en plus de monde. Ceux qui se sont précipités à l'abri reviennent à leur poste d'observation. Une vieille femme a entrouvert son volet du rez-de-chaussée et, aux premières loges, ne manque rien des va-et-vient. Un soldat accueille sur son char un enfant que son père hisse à bout de bras. Intimidé, le garçon hésite entre le fait d'être éloigné de son père et la fierté de se tenir sur la plate-forme de l'engin de guerre.

Cigarette au coin de la bouche, des FFL déchargent des caisses d'un camion et distribuent des munitions. D'autres, de retour d'une patrouille dans les petites rues adjacentes, retirent leurs casques pour s'éponger le front. Il y a là aussi des infirmières du secteur qui se sont mises sous les ordres du médecin de la compagnie. Blouses maculées de taches de sang, visages marqués par l'épuisement, elles portent toujours haut leur sourire et écoutent attentivement le toubib militaire.

Une quarantaine d'Allemands sont gardés par des FFI et des gardes mobiles, assis ou adossés contre un mur, regardant autour d'eux, éberlués et hirsutes, comme s'ils sortaient du lit. Certains baissent les yeux quand des habitants invectivent contre eux, mais d'autres affrontent les regards et les insultes.

Un fifi tend une clope à un vieux soldat qui se tient à une extrémité du groupe. Le Boche a l'air peu rassuré, presque méfiant, mais le garçon lui fait comprendre qu'il peut avoir confiance. Alors l'autre ébauche un sourire et accepte la cigarette que lui allume son ennemi d'il y a encore quelques minutes. Je repense aux entrefilets que l'état-major du Gross Paris faisait publier dans les journaux pour annoncer le nombre de terroristes fusillés chaque jour en représailles aux attentats. Le fifi veut-il montrer aux soldats de la Wehrmacht qu'ils ne sont pas les « tueurs » aveugles que les autorités essayaient de diaboliser, ou est-ce un geste spontané, d'homme à homme ? L'image me bouleverse sans que je sache exactement comment interpréter ce sentiment.

À côté, hors du rang, un infirmier est en train de nettoyer la blessure d'un jeune Allemand touché à l'épaule. Il doit n'avoir que quinze ou seize ans. Il est torse nu et on voit nettement saillir ses côtes. Je me demande si c'est le manque de nourriture qui l'a autant amaigri ou bien si ce n'est pas tout simplement le fait d'être trop jeune pour affronter la pression de ces derniers jours. Sans doute les deux.

Un nouveau coup de feu pas très loin ! Toutes les têtes se tournent tandis que les corps se penchent en avant, réflexe naturel maintenant. Mais comme le tir est sans suite ni riposte, les mouvements reprennent au sein des troupes et de la population. La situation reste tout de même tendue, et malgré l'enthousiasme général il faut vraiment se méfier des derniers combattants allemands ou de leurs amis perchés sur les toits.

Je dois retourner faire mon rapport à *Sancerre* sur la situation. Impossible d'aller plus loin pour l'instant ; je pourrais encore contourner le quartier pour tenter de gagner la gare Montparnasse où apparemment le général *Leclerc* a installé son PC, mais il est préférable d'informer les *Étendards* de ce qui se passe ici, de partager avec eux l'allégresse qui gagne le centre.

À contrecœur il faut le dire, je m'extrais donc de la foule pour rejoindre les quais. Dans l'air monte soudain le grondement sourd d'un avion. Les têtes se lèvent, tout le monde s'apprête à se jeter vers le premier abri, mais ce sont deux chasseurs aux couleurs américaines qui apparaissent et passent tout près des toits, sans doute en reconnaissance. Aussitôt les applaudissements fusent, les mains s'agitent pour saluer les pilotes. Le ciel aussi est sous contrôle.

Je suis tentée de partir par les quais afin de remonter au plus court et voir par la même occasion quelle est la situation aux Invalides ou sur les Champs-Élysées, mais un soldat me conseille d'éviter ces zones car des combats sont engagés ou s'y préparent pour faire tomber les importants camps retranchés boches. Il vaut mieux donc emprunter une nouvelle fois mon itinéraire par l'île Saint-Louis, l'Opéra et retourner ainsi vers la place de Clichy. J'évite également encore de passer devant la Préfecture de police car on me dit aussi que l'ambiance y est électrique.

Sur ma route, je retrouve un peu partout le même mélange de jovialité, d'embrassades, de Parisiens qui respirent librement sur les trottoirs, célébrant l'armée française ou attendant encore de la voir, mais chantant déjà *La Marseillaise* sans craindre de représailles.

Pourtant il persiste dans les rues l'attente de l'annonce officielle du dénouement. Les nombreux points d'appui ennemis disséminés dans toute la ville représentant toujours une menace, on retient encore sa joie, on ne veut pas tout de suite totalement se relâcher. Et puis cette libération est attendue depuis si longtemps que son arrivée en serait presque perturbante. La peur de ne pas retrouver ses repères dans la liberté. Le poids de l'armée allemande sur les têtes a été si intense qu'elles ont du mal à se redresser. Tant de fois ballottés par les rumeurs, on en attendrait presque d'avoir sous les yeux le document qui certifie que la capitale appartient à nouveau à ses habitants et non plus aux troupes germaniques. Mais déjà nos couleurs hissées au sommet de la tour Eiffel confirment que la grandeur de Paris est en train de revenir, que la ville va bientôt retrouver son indépendance.

En passant à côté d'une petite place, j'aperçois deux hommes rudoyés par des Parisiens en colère. Les femmes sont les plus virulentes dans la mêlée, où d'autres tentent de les calmer pour éviter que la situation ne tourne au tragique. Plus loin, je suis deux autres fois témoin de ce genre de scène. On règle ses comptes. Beaucoup craignent plus que jamais que certains ne profitent pour faire justice eux-mêmes de ce moment où l'autorité de la France n'existe plus vraiment. On redoute aussi la multiplication des vols, les réquisitions abusives de la part de résistants malveillants, les pillages systématiques. Et dans ce contexte, il incombe toujours à nos compagnies de quartier de faire respecter l'ordre en attendant que l'on instaure à nouveau un pouvoir officiel.

Je contourne encore la place de l'Opéra où la Kommandantur est toujours tenue par ses occupants. Les coups de feu se répondent. Je vois soudain apparaître une infirmière, son petit drapeau blanc à bout de bras, suivie par des infirmiers qui évacuent deux soldats allemands posés tête-bêche sur un brancard, l'un d'eux blessé au visage, l'autre semblant déjà mort. Le convoi disparaît au coin de la rue, sans doute vers l'un des postes de secours du quartier.

Sur la place de Clichy, je retrouve le même état d'impatience un peu fébrile. Du monde s'y est regroupé, arborant drapeaux et cocardes, sourire aux lèvres, mais ici aussi on attend la confirmation que les Boches se sont tous rendus et on espère apercevoir les chars Sherman dont on parle tant remonter le boulevard des Batignolles ou bien la rue d'Amsterdam en provenance de la gare Saint-Lazare. On tourne en rond, on va de poste en poste pour s'informer de la situation et, même si on est euphorique, on ne veut pas se laisser piéger par une exaltation qui pourrait être vite calmée par une ultime contre-attaque allemande. On a déjà été échaudé.

Au poste de combat installé à la fenêtre d'un appartement au-dessus de la brasserie *Wepler*, les fifis restent prêts à intervenir derrière leur mitrailleuse. L'impressionnant panneau « *Soldatenheim* » a été partiellement arraché de la devanture de l'établissement et les petites barrières blanches qui délimitaient les lieux ont été remisées sur le côté. Les vitrines, elles, sont criblées d'impacts divers, comme toutes les façades de la place où l'on s'est battu sans retenue ces derniers jours.

Sancerre écoute attentivement le récit de ma traversée épique de la ville jusqu'à la place Saint-André-des-Arts. D'après les informations qu'il a reçues, le général *Leclerc* veut que l'Occupant signe aujourd'hui sa reddition. Je pense alors à *Cyprien* et à son lien direct avec l'état-major de *Rol*. Il veut toutefois rester prudent car, même si la situation paraît plutôt favorable, il vaut mieux ne pas s'emballer trop vite. Nous sommes sur le pied de guerre depuis une semaine et il faudra peut-être encore une journée ou deux avant que l'ensemble des Boches consente à se rendre définitivement.

Dans le quartier, seules de petites escarmouches avec des véhicules allemands sur le boulevard Bessières ont marqué ce début de journée. Mais ce qui inquiète particulièrement *Sancerre*, ce sont les agressions physiques dont il a été témoin contre des personnes accusées d'avoir montré trop d'intimité avec l'ennemi. Il a également encore vu passer deux femmes auxquelles on avait rasé la tête. Elles étaient promenées dans la rue et données en pâture à des Parisiens qui suivaient leurs victimes défigurées comme une horde de chiens poursuivant un gibier blessé avant la curée. Bien qu'il comprenne l'amertume de ceux qui ont vécu ces années difficiles et terribles, il est remonté contre ce comportement indigne de notre République. Il apparaît de plus en plus nettement que les Français, voyant enfin venir le temps de la vengeance, vont déverser ainsi leur haine sur les premiers venus. Et *Sancerre*, constatant que ces scènes se répandent partout dans Paris, craint qu'on ne puisse toujours les contrôler.

Je parviens à ne rien laisser paraître de mon trouble à l'évocation de ce nouvel exemple de tonte de femmes, mais à nouveau je ne peux empêcher des pointes de venir me transpercer. Même si je reste consciente de ce dont on pourrait m'accuser, je me dis que notre action commune de la nuit avec Auguste prouve que, s'il y avait collaboration, elle serait plutôt bénéfique puisqu'elle a permis de récupérer un document peut-être primordial.

Après m'avoir fait apporter un casse-croûte et un simili café sacchariné, *Sancerre* me demande d'aller transmettre son rapport sur la situation dans notre zone à d'autres responsables de groupes, puis de repartir faire le tour des points de résistance boches dans le centre pour voir comment ça évolue.

Pendant ma tournée des différents PC du nord de la capitale, le récit sur les femmes tondues me poursuit. Comme si j'entendais les cris, les huées de la foule. Il y a de plus en plus de monde dans les rues et deux fois encore j'assiste à de petites émeutes autour de Collaborateurs, tireurs isolés ou peut-être profiteurs enrichis par le marché noir. Les animosités se révèlent un peu plus au fur et à mesure qu'approche la conclusion. Les foyers de rancœur grondent un peu partout, et on ouvre de nouvelles plaies en voulant faire justice soi-même.

J'essaie malgré tout de repousser les sales idées qui tournent dans ma tête et redescends vers le centre en prenant bien soin d'éviter les dangers qui menacent encore dans chaque rue. On se bat toujours place de l'Opéra. Plus sérieusement maintenant. J'aperçois en franchissant d'un bond le boulevard des Italiens des voitures allemandes qui brûlent, et des blindés et fantassins français qui manœuvrent dans le brouillard provoqué par les incendies, des FFI à leurs côtés.

Au pied de la Comédie-Française, place du Palais-Royal, un poste de secours a été installé. L'atmosphère est teintée d'une légère odeur d'éther ; on soigne là des militaires français, des fifis, malheureusement plusieurs civils, mais aussi des Allemands. Les sourires timides de ces soldats ennemis traduisent leur reconnaissance d'être ainsi dignement traités. Comédiens et comédiennes du théâtre se sont adjoints aux infirmières pour venir en aide à tous ces blessés que l'on rapatrie pour la majorité de la rue de Rivoli et de la rue Saint-Honoré où nos soldats progressent vers l'hôtel *Meurice* pour l'encercler. Le général von Choltitz ne voulant pas se rendre suite aux demandes répétées de capitulation, les détachements réunis dans le quartier ont décidé de donner l'assaut au secteur.

Je distingue dans le prolongement de la longue artère qui borde les Tuileries les chars qui se suivent, tourelles dirigées vers la Concorde, et l'infanterie qui avance sous les arcades ou à l'abri derrière les blindés. Ripostant à une salve, des tirs partent en direction d'un immeuble sur la droite. Mais plusieurs grenades lancées du deuxième étage leur répondent, provoquant une série d'explosions. Les fantassins qui étaient à découvert se précipitent vers les arcades. L'un d'eux reste au sol, inanimé. Un char tire aussitôt sur l'immeuble, presque à bout portant. La perspective disparaît derrière un rideau de fumée et de poussière.

On se bat avec la même détermination à côté, dans l'enceinte du jardin où canonnades et explosions succèdent aux rafales. Les têtes se penchent au coin des rues, repoussées par les FFI qui restent en appui et veulent empêcher d'autres victimes inutiles.

Comme le cordon me demande également de rester à couvert, je décide de laisser se dérouler le combat et de repartir par les petites rues pour continuer mon chemin vers la place Saint-Michel.

Je franchis cette fois-ci la Seine par l'île de la Cité et fais une halte devant la porte de la Préfecture de police qui donne sur le parvis de Notre-Dame. Plusieurs blindés des troupes de Libération se sont arrêtés là, entourés de curieux qui les observent avec ravissement. L'un d'eux, baptisé *Maréchal nous voilà !*, provoque immanquablement des sourires. L'entrée du bâtiment rongée par les impacts d'obus est protégée par des murs de sacs de sable. L'ensemble de la façade porte les plaies des rudes combats dont ce lieu a été le théâtre ces derniers jours, et certaines fenêtres ont été totalement soufflées.

Il grouille ici une incroyable disparité d'uniformes : FFI, policiers, gardes mobiles, gendarmes, pompiers, militaires de la 2e DB, hommes et femmes aux multiples brassards, infirmiers et infirmières, et même un prêtre en soutane portant la croix de Lorraine au biceps.

Dans la cour se trouvent des véhicules sur lesquels la même croix, les lettres « FFI » ou le mot « Police » ont été hâtivement tracés à la peinture. Dans un coin, des prisonniers allemands attendent qu'on décide de leur sort. Il paraît que le bâtiment renferme déjà plusieurs dizaines d'autres prisonniers, personnes ayant fait commerce avec l'ennemi, dans le sens large du terme, dont certaines personnalités de la politique ou du spectacle. Une jeune fille qui se tient là me dit que le général *Leclerc* s'apprête à venir. Ses yeux illuminés traduisent l'admiration pour cet officier qui est en train d'entrer dans la légende.

Une voiture sort en trombe et s'éloigne vers la rive droite. Sur son marchepied se tient un jeune garçon, pistolet mitrailleur au poing, cheveux plaqués en arrière, barbe de trois jours, clope aux lèvres. Les types comme celui-ci m'angoissent avec leurs airs de petit chef. Je n'aime pas l'arrogance qu'ils affichent. De plus j'ai l'impression qu'elle s'est accentuée depuis ce matin, depuis que le vent a définitivement tourné en notre faveur avec l'arrivée des bataillons de la France

Libre. Je comprends les craintes de certains qui redoutent des excès et surtout les abus de pouvoir.

En passant sur le pont Saint-Michel, je vois dans la perspective de la Seine qu'on se bat toujours durement aux Tuileries et rue de Rivoli. Des panaches de fumée montent de toutes parts. Les canons tonnent, ponctués de rafales. Remontant le fleuve, un petit avion vrombit dans l'air chaud, en observation au-dessus du champ de bataille, ce qu'est devenu Paris.

L'euphorie qui régnait ce matin sur la place Saint-Michel s'est atténuée ; le quartier est sous tension car le bastion du Sénat et du Luxembourg tarde à tomber. Les Boches qui s'y sont repliés refusent de se rendre sans mener un dernier combat, et la 2e DB secondée ici aussi par les FFI se heurte à un feu soutenu. Je parviens tout de même à rejoindre le carrefour de l'Odéon où sont regroupés plusieurs chars. Fixé à l'avant de l'un d'eux je remarque un casque allemand arboré comme un trophée. Ici encore la foule est dense, venue comme au spectacle applaudir les manœuvres et les faits d'armes de ses soldats. Des coups de feu résonnent dans tout le quartier. La fumée d'un incendie monte autour du dôme du palais du Sénat. Les Boches s'acharnent à résister, même s'ils se savent encerclés. Leurs chars tentent des contre-attaques sans réelle portée.

J'aperçois les positions avancées de nos troupes sur la place du théâtre. Aux balcons, les habitants attendent le prochain acte, drapeau français en main. Des fifis leur crient depuis la rue de ne pas s'exposer ainsi. Suit aussitôt le sifflet strident des soldats qui les somment de fermer leurs volets. Alors ils hésitent, obtempèrent, puis, trop curieux, reviennent passer la tête derrière leur bouclier de métal. Un cameraman des actualités se déplace avec son trépied pour filmer la scène sous différents angles. Des regards se profilent dans les embrasures. Quand les armes donnent de la voix, ils disparaissent subitement.

Une ambulance descend rapidement la rue. Tout le monde s'écarte pour la laisser passer. Les cous se tendent pour essayer d'apercevoir quelque chose par les portes entrouvertes du véhicule. Puis un coup de feu plus haut dans la rue annonce la reprise du spectacle.

Je reste un moment dans les parages en espérant pouvoir assister à la reddition de cette importante place forte, mais les Boches se sont murés dans leur entêtement et obligent les militaires à tenir le siège.

Je m'éloigne alors sur le boulevard Saint-Germain jusqu'au carrefour avec la rue de Rennes où plusieurs chars sont postés avec une vue imprenable sur l'artère qui file jusqu'à la gare Montparnasse et sur le large boulevard. Ici aussi les libérateurs sont un point d'attraction. *Les Deux-Magots* a rouvert ses portes ; les casquettes des officiers de la Wehrmacht ont enfin abandonné sa terrasse. Sur la rue de Rennes, on se regroupe en différents points et on flâne également en essayant de masquer son impatience.

Comme je m'apprête à pousser jusqu'à la gare où s'est installé le PC des Forces Françaises, la radio d'un blindé annonce soudain que le général von Choltitz s'est rendu et a quitté l'hôtel *Meurice*. Une incroyable exclamation gagne la petite foule réunie là, aussitôt suivie d'applaudissements. Le commandant du Gross Paris est parti avec une escorte de soldats français pour rejoindre *Leclerc* à la Préfecture où il devrait signer l'acte de capitulation de l'armée allemande pour Paris. La radio nous livre les informations au fur et à mesure qu'elle les reçoit et chaque fois elles sont accueillies par de nouvelles manifestations de joie. Un homme qui a sorti son clairon joue les premières notes de *La Marseillaise* et tout le monde la reprend en chœur, soldats inclus. Je ne sais combien de fois j'ai entendu notre hymne depuis ce matin, mais chaque fois il me remue le cœur et je sens immanquablement venir les larmes. Je ne suis pas la seule, une femme chante à côté de moi, les larmes perlant sur son chemisier alors qu'un sourire étincelle sur son visage. C'est un sentiment unique. Comme chaque fois, le chant se conclut par des : « Vive la France ! » et des : « Vive de Gaulle ! »

Je fais alors demi-tour et file vers les quais : je veux vérifier au plus vite que l'état-major allemand est véritablement tombé aux mains de nos troupes.

En arrivant au bout de la rue, je me rends compte que je pédale avec empressement et la prudence m'oblige à ralentir.

Tandis que je traverse le pont, j'entends sur ma gauche des tirs répétés vers les Invalides et un peu plus loin vers l'Étoile. Ainsi que de réguliers coups de canon. Au-dessus des toits de multiples colonnes de fumée se diluent dans le bleu estival. Les combats se poursuivent dans les derniers fiefs boches. Plus pour longtemps j'espère. Et au milieu la Seine coule tranquillement, imperturbable malgré ce qui se joue de part et d'autre de ses rives.

Mon laissez-passer me permet de franchir le barrage de soldats qui contrôlent l'entrée sur la place du Carrousel. À mes risques et périls, me prévient l'officier. Je passe donc sur cet espace vide avec à ma droite le Louvre et à ma gauche le petit Arc de Triomphe où les fanfares boches venaient parader. Triste souvenir désormais. Derrière, s'élevant à travers les marronniers des Tuileries, l'opaque fumée des véhicules incendiés est balayée par l'air chaud de l'été. J'aperçois trois de nos chars qui font voler la poussière sur la grande allée centrale qui mène à la Concorde tandis que des fantassins rassemblent un imposant groupe de prisonniers vert-de-gris à côté du grand bassin.

Sur la rue de Rivoli, je descends de mon vélo et continue en le poussant à côté de moi. Soldats, fifis et piétons ont reconquis le pavé, à découvert maintenant que le secteur est libéré. On sent dans les regards, dans les sourires, le soulagement d'une nouvelle victoire. Importante celle-là car il s'agit de l'état-major.

Un fifi me dit qu'il a vu passer tout à l'heure le général von Choltitz dans une voiture, en route pour la Préfecture de police. Un autre nous confirme que l'officier allemand a maintenant signé l'acte de capitulation. La reddition de toute son armée n'est peut-être plus loin. Mon cœur frémit. Est-ce vraiment possible ? Tout cela est-il bien réel ?

Sur la place des Pyramides, la statue dorée de Jeanne d'Arc scintille au soleil. Après avoir été accaparée par la propagande de Vichy comme référence historique puisqu'elle avait bouté les Anglais hors de France, elle rejoint enfin le camp de la Résistance qui se l'est aussi appropriée, car elle symbolise également celle qui a chassé les envahisseurs.

Les chars et autres blindés manœuvrent autour de la Pucelle.

Certains s'engouffrent dans une rue pour nettoyer totalement le quartier derrière eux. Un groupe de « sanitaires » disparaît avec des brancards.

Sur la chaussée est allongé un jeune garçon qui porte un brassard tricolore. Un de ses camarades le couvre avec une veste et plusieurs « fifis » se signent autour de la dépouille. Deux camions de pompiers passent à toute vitesse. Les Parisiens observent le ballet avec ravissement bien qu'on sente encore dans l'air une certaine anxiété devant ces manœuvres. Une jeune femme vient offrir de l'eau aux soldats qui accueillent ses belles fossettes avec des regards complices. Une cinquantaine d'Allemands est poussée sur Rivoli par un groupe de FFI, canons dans les reins. Les visages fermés des prisonniers aux bras levés au-dessus de leur tête contrastent avec la fierté des combattants en manches de chemise qu'on applaudit.

Je poursuis ma progression sur le trottoir, me rapprochant lentement de l'hôtel *Meurice*. Les façades témoignent de la puissance de l'assaut que les unités françaises ont mené et de la résistance à laquelle elles ont dû faire face. De larges taches de sang noircissent les trottoirs. Deux cadavres de soldats de la Wehrmacht ont été alignés contre un pilier, un vêtement recouvrant leurs visages. Une motocyclette sur laquelle se tient un de nos hommes en uniforme passe à toute allure ; un messager, j'imagine.

Dans les rues perpendiculaires, les camions et voitures boches qui hier soir encore quadrillaient le quartier finissaient de se consumer. On les laisse ainsi se décomposer comme les autres jusqu'à ce qu'apparaisse leur squelette métallique. Les petits hôtels ont été vidés de leurs occupants qu'on a regroupés sous les arcades ; surveillés par des FFI, ils attendent là de savoir ce qu'on va faire d'eux. Assis contre un mur, un soldat français se laisse panser l'avant-bras par une infirmière, sous le regard de son compagnon debout à côté, un fusil dans chaque main. Un reporter prend plusieurs clichés de la scène.

De derrière le *Meurice* monte un lourd magma de fumée. À l'un des balcons, des soldats des Forces Françaises apprécient la vue sur leur capitale. Je remarque parmi eux une jeune femme en uniforme ; je ne savais pas qu'il y avait des éléments féminins engagés dans cette armée régulière. La longue bannière à croix gammée qui pendait hier à mes pieds a disparu. Dès qu'un bâtiment est pris, on s'empresse d'en retirer cet affreux symbole.

Je dois soudain m'arrêter pour m'appuyer contre le parapet du jardin. Le souvenir de la nuit dernière remonte brusquement. Très clair. Vif. Presque la nausée. Comme si je sentais encore sa main entre mes cuisses. Son haleine de champagne et de vin rouge. Sa puissance physique, qui me cloue au matelas. Je reste là, les yeux braqués sur la façade sans la voir, une main sur mon guidon, l'autre sur le parapet, incapable du moindre mouvement. Puis j'aperçois sous les arcades une file d'officiers et de soldats de la Wehrmacht que l'on avait réunis hors du bâtiment et que l'on met en branle, bras levés ou mains sur la tête. Les jeunes FFL leur montrent le chemin du bout de leur canon, les faisant sortir de l'ombre pour les placer au centre de la rue ensoleillée. Le reporter marche à leur hauteur, l'œil rivé à son objectif. Un couple de Parisiens qui s'est faufilé jusque-là se fige instantanément. La femme se retourne et se blottit dans les bras de son compagnon qui, des yeux, semble prendre chaque Boche à partie. Même si l'orgueilleux ennemi est désormais hors d'état de nuire, la douleur est toujours présente, pour longtemps encore sans doute.

La colonne s'allonge et commence sa marche en direction du Louvre, entourée notamment de fifis qui tiennent à distance les Parisiens qui se pressent pour invectiver contre les prisonniers au moins une fois avant qu'ils disparaissent. Certains leurs font des bras d'honneur accompagnés d'insultes. D'autres applaudissent leur départ depuis leur balcon. Je me colle instinctivement un peu plus à la grille, comme pour me dissimuler à la vue de ces soldats. La peur de cette nuit est là. Irraisonnée car je ne crains plus rien. Pourtant incontrôlable. Traumatisante. Je ne peux malgré tout m'empêcher de redresser la tête pour les regarder. Je ne le veux pas, mais je cherche à le reconnaître. Savoir s'il est vivant. Savoir s'il a survécu au coup que lui a assené Auguste. Je me rends compte alors que c'est pour ça que je suis venue ici dès l'annonce de la reddition de l'hôtel. Sans vraiment en avoir conscience. Pour savoir. Sans vraiment espérer ni l'une ou l'autre des possibilités. Juste savoir. Comme attirée. Et à nouveau tout remonte. Un flot de bile acide. Mes yeux me brûlent. Ma gorge se contracte. Mes mains sont moites et mes jambes se ramollissent. Je croise le regard de certains officiers. L'un d'eux me toise avec insistance. Était-il présent hier à la petite fête ? Je ne sais pas. Ils se ressemblent tous, j'en ai l'impression, avec leurs uniformes et leurs casquettes surmontés de l'aigle brillant. Ou bien mon esprit se refuse à les distinguer. Alors une force lointaine me pousse à me remettre sur pied. Mes yeux se fixent sur la chaussée et, agrippée à mon guidon, je m'enfuis pour échapper au supplice que je m'impose de manière incompréhensible. Je dois évacuer tout ça. Oublier.

Une ambulance qui déboule de la rue de Castiglione me fait redresser la tête comme pour me rappeler à la réalité. Devant le *Continental* aussi ont été regroupés un nombre important de Boches aux vestes déboutonnées, désarmés, au figuré comme au propre. Auguste ferait peut-être partie de ce troupeau de prisonniers si nous n'avions pas agi ensemble hier soir.

Dans la rue au fond de laquelle se dresse la colonne Vendôme ne reste plus que l'ombre des fortifications qui ont volé sous les coups de boutoir des chars, ou bien qui achèvent elles aussi de flamber. Un officier de la Wehrmacht entouré de soldats français et de fifis indique plusieurs points sur un plan du quartier déplié sur un capot.

À l'abord de la Concorde, je note malgré mon état que les combats ont été acharnés ici aussi. Un char est immobilisé, apparemment hors d'état de marche. Deux couvertures cachent les cadavres de soldats que veillent des FFI. Le lion en pierre normalement perché sur le mur d'enceinte du jardin est venu se briser sur le trottoir à côté de l'entrée du métro, sans doute délogé par un obus.

Toujours appuyée sur mon vélo, je traverse comme une somnambule la place où la foule commence à se rassembler ; le lieu est symbolique, historiquement chargé, et c'est là que le peuple de Paris va venir partager sa joie d'être enfin libéré. Le drapeau tricolore flotte sur le ministère de la Marine qui a été touché dans la bataille. Les vestiges des protections boches, rails antichars, chevaux de frise et barrières, ont été entassés dans un coin.

L'Obélisque, lui, trône intact au milieu de la place. Des chars sont postés devant la grille des Tuileries à côté des carcasses de leurs prédécesseurs. Les soldats rincent leurs visages dans un seau d'eau. L'un d'eux distribue des cigarettes à des civils admiratifs.

J'essaie de chasser les pensées parasites qui me harcèlent encore en leur tournant le dos, et ne retrouve une certaine lucidité qu'à l'ombre des arbres des

Champs-Élysées. Tout en haut de l'avenue, un immense drapeau français a été déployé sous l'Arc de Triomphe, marquant la possession de ce secteur. Sur toute la longueur de l'avenue, le pavé est occupé de Parisiens. Ce n'est pas une foule compacte, mais elle est formée d'un bout à l'autre par des hommes et des femmes qui retiennent encore leur souffle car, même si partout circule l'idée d'une reddition imminente, le grondement des combats monte toujours au-dessus de la capitale.

On trépigne sur la chaussée. Un pan de la verrière du Grand Palais endommagée lors de l'incendie d'avant-hier s'écroule avec fracas dans le bâtiment fragilisé et toutes les têtes se tournent. Cette fièvre parvient à dissiper mon trouble bien qu'il me reste toujours un goût âcre dans la gorge.

Ceux qui, comme moi, montent vers l'Étoile et ceux qui descendent vers la Concorde se croisent en échangeant un sourire que des « V » formés par l'index et le majeur accompagnent immanquablement. Et il vient de toutes les rues encore d'autres Parisiens sortis de leurs tanières. C'est sur cette avenue que les Boches ont défilé symboliquement le 14 juin 40 pour montrer au monde entier qu'ils possédaient Paris, et c'est cette avenue que, depuis, un bataillon descendait tous les jours au son d'une fanfare ; alors on se presse ici pour reprendre possession du pavé, de notre pavé. Et les chars en poste à l'angle de plusieurs rues confirment que c'est désormais l'armée française qui tient l'avenue à la renommée mondiale.

Parmi ces soldats de tous horizons, provinciaux et étrangers, très peu sont sans doute déjà venus ici ; mais qu'importe, ils leur appartiennent également ces Champs-Élysées, ils appartiennent à tous ceux qui se battent pour qu'on puisse à nouveau s'y promener librement. Aux balcons des myriades de drapeaux battent l'air comme les fanions d'un bal populaire. L'avenue porte bien quelques balafres, mais elle n'a subi aucun dommage sérieux. Elle a été préservée et les façades des *Soldatenkinos*[1] ont été démontées sans attendre pour effacer au plus vite leurs présences voyantes des deux côtés de l'artère.

Tout autour du rond-point de l'Étoile, les chars sont rangés à l'ombre des arbres. Ils ont remplacé les véhicules allemands qui, il y a encore trois jours, se mettaient à couvert sous les larges branches feuillues pour ne pas être repérés par l'aviation.

Je suis attirée vers l'avenue Kléber où les curieux convergent. L'hôtel *Majestic*, siège de la propagande boche situé dans une rue parallèle à l'avenue, est tombé un peu plus tôt. Les Allemands avaient créé plusieurs nids de défense qu'il a fallu éliminer les uns après les autres. Apparemment l'hôtel n'a pas été détruit par les mines que ses occupants auraient prétendument laissées derrière eux. Je me demande à nouveau si c'est « notre » document qui a pu permettre d'épargner l'édifice.

Les soldats délogés de leurs repaires sont amenés par groupes sur l'avenue. À droite, au bas d'un immeuble, gît le cadavre désarticulé d'un soldat de la Wehrmacht devant lequel plusieurs hommes en armes se sont réunis. Je comprends à leurs gestes et à leurs regards portés vers les hauteurs que le soldat est tombé du toit et est venu s'écraser sur le trottoir ; sans doute un tireur isolé qu'on aura débusqué ou qui aura glissé sur le zinc des toitures.

La rumeur déjà importante s'amplifie un peu plus

1. Cinémas réservés aux soldats allemands.

quand tombe le dernier drapeau à croix gammée qui ornait encore la façade du *Raphaël*, aussitôt remplacé par nos couleurs. L'opération est saluée par des applaudissements auxquels succède l'hymne national. La bousculade est joyeuse, nerveuse, pleine d'allégresse tendue. Je croise un homme qui tient sous son bras un panneau de direction écrit en allemand, sans doute en souvenir des mauvais jours. Des rues adjacentes accourent des dizaines d'habitants informés de l'événement par les acclamations de la foule.

Je reviens sur la place de l'Étoile. L'impressionnant drapeau tricolore qui flotte sous l'Arc de Triomphe ondule doucement comme un voile dans l'air léger de l'été. On dit que ce sont des pompiers qui l'ont déployé là en début d'après-midi. On me fait aussi remarquer que *La Marseillaise* de Rude sur le pilier droit a été touchée par un obus lors des combats. Touchée, mais pas tombée. Meurtrie, blessée, mais pas vaincue, au contraire menant toujours son peuple à la victoire.

Comme tout le monde, je jette un œil à la flamme du soldat inconnu. Je n'y suis pas particulièrement sensible, mais en ce jour spécial je ressens le besoin de me recueillir un instant devant ce soldat qui représente tous nos soldats, ceux qui sont autour de nous mais également ceux qui libèrent les villes et les villages de France. Je suis émue. Je ne suis pas la seule. Comment ne pas l'être en un jour comme celui-là ? Évidemment je pense aussi à mon père, à ce soldat de la drôle de guerre qui n'a pas revu son pays, sa ville, sa famille depuis quatre ans. Mon père qui est peut-être mort car cela fait trois mois que nous sommes sans nouvelles, mon père qui pourrait faire partie de la longue liste de ceux pour lesquels brûle cette flamme. Plusieurs personnes sont venues déposer des fleurs sur la dalle, tout comme les femmes en offrent aux soldats depuis ce matin. Vivants et morts au même niveau aujourd'hui, ayant tous vaillamment combattu pour notre liberté, qu'elle soit d'hier ou d'aujourd'hui.

Puis comme je sors de ce rassemblement autour de la flamme, une onde court dans la foule. Une onde étrange. Presque surnaturelle. « Ils ont signé... », « Avec *Leclerc*... », « La capitulation... », « La reddition... », « À la gare Montparnasse... », « Avec de Gaulle... », « C'est fini... » Tout le monde se regarde. Est-ce vrai ? Est-ce enfin vrai cette fois-ci ? Apparemment oui. Ça se confirme. Plusieurs sources. Certains se précipitent vers les blindés pour en avoir la certitude. D'autres portent leur main à la bouche pour retenir une émotion qui, de toute manière, va déborder. D'autres encore s'embrassent chaleureusement, ne pouvant plus attendre. Les visages, qui déjà étaient radieux depuis ce matin, se colorent encore un peu plus. Les yeux papillonnent, comme stupéfaits.

Je m'approche d'un char où la radio prend plaisir à répéter que la reddition des troupes allemandes a été signée par le général von Choltitz et le général *Leclerc*, et que des officiers allemands sont partis avec des officiers français porter l'ordre de cessez-le-feu aux derniers bastions encore tenus par la Wehrmacht. C'est donc vrai. Les larmes. Mes jambes qui se dérobent. Heureusement que je m'appuie sur mon vélo. La délivrance. C'est merveilleux ! Un souffle d'air. Merveilleux ! Une femme s'est évanouie sur un trottoir. La chaleur ? L'émotion ? Une exaltation jamais connue. Un sentiment nouveau. Nous l'attendions, nous le sentions, mais tant que ce n'était pas là, impossible de le concevoir. Et maintenant c'est réel. Les larmes. Et le sourire. Un rire nerveux même. Les regards des autres, tout aussi noyés que le mien, tout aussi éberlués, tout aussi ravis. Liberté, liberté chérie. Cette liberté désapprise. J'avance sans savoir où je vais. Vers un autre blindé je cherche le même bonheur. Ici aussi ils disent que c'est fini. Les militaires s'étreignent fortement et s'adressent des signes de victoire d'un engin à l'autre. J'en vois certains pleurer, les larmes traçant des sillons clairs dans la poussière qui couvre leurs visages. Mais encore une fois, aujourd'hui tout le monde a le droit de pleurer, femmes, hommes, et même les soldats. L'onde d'émotion qui se répand sur toute la place n'épargne personne. L'allégresse n'est pourtant pas totale car on ne réalise pas encore vraiment ce qui se passe. Ça reste encore une idée, un rêve qu'on a du mal à se représenter de manière concrète. À droite comme à gauche *La Marseillaise* est entonnée, les « Vive de Gaulle ! », « Vive la France ! » reviennent. Un immense brouhaha enfle ; il vient de la rue, des balcons, du sommet de l'Arc de Triomphe. De partout. Et où que se posent les yeux s'agitent le bleu, le blanc et le rouge. On brandit gaiement le « V » que forment les deux doigts. Ce n'est désormais plus un signe d'espoir, mais celui d'une réalité. D'une célébration. D'une Libération.

— Vous savez, c'est difficile de décrire précisément ce que l'on ressentait…

Elle semble être dans le même état d'esprit que sur le moment, et les mots ont du mal à sortir. Le trouble est intact.

— C'était trop… Trop d'émotions d'un coup…

Un long silence fait place au flot de paroles qui se sont succédé. Je n'ose pas interrompre ce moment de calme. De paix presque, pourrait-on dire.

— C'était unique…

Elle reste encore un temps à savourer ses souvenirs.

— Je me suis souvent demandé avec quoi on pouvait comparer ces instants. J'ai d'abord pensé aux personnes qui sortent de prison, au sentiment de liberté qui doit gagner les prisonniers lorsqu'ils franchissent la porte, lorsqu'ils se retrouvent enfin dehors après plusieurs années d'enfermement. Il y a cette idée dans ce que tous les Parisiens ont vécu ce jour-là et tous les Français avant ou par la suite, au fur et à mesure de la libération du territoire. Mais ceux qui font de longs séjours derrière les barreaux y sont souvent pour une raison, pour un crime ou pour un délit. Alors ce qu'on a ressenti est en fait sans doute plus proche de ce que ressentent les otages qui ont été enfermés contre leur gré et que l'on relâche après plusieurs mois ou plusieurs années de captivité. Ce sentiment, lorsque leurs geôliers les abandonnent dans une rue et qu'ils comprennent soudain qu'ils sont libres. Car c'est ce que nous étions, des otages. Les Allemands étaient nos ravisseurs et ils avaient fait de notre pays une prison à ciel ouvert, avec les lois qui s'instaurent dans les établissements pénitenciaires, les clans, les caïds, et ceux qui attendent sagement que leur peine se termine. Mais au lieu d'un seul otage ou d'un petit groupe, c'était des milliers de personnes qui retrouvaient brusquement leur liberté. Et c'est cette incroyable intensité qui caractérisait cette fin d'après-midi. Avec l'envie de courir partout, de sauter de joie !

Le silence à nouveau. Comme un besoin de recueillement. Avec cette impression de percevoir à travers les années les applaudissements et les hourras que la ferveur particulière de ce jour semble avoir rendus éternels.

Sur l'océan, un bateau de pêche se dirige tout droit vers le port où les deux petits phares qui en marquent l'entrée se sont illuminés de rouge et de vert clignotant. On ne perçoit pas le son du moteur que le vent pousse vers le large.

Nous restons ainsi devant l'étendue monotone qui s'assombrit lentement au fur et à mesure que le soleil décline.

Nous finissons par échanger un sourire. Je suis impressionné par le poids de l'Histoire qui me semble être là, recréé sur la terrasse de ce restaurant par cette femme si menue qui renferme tant de force.

Il y a un tel contraste avec ma grand-mère qui parlait très peu de son passé. Lorsque je la questionnais pour savoir ce qu'elle avait fait pendant cette période, j'avais toujours l'impression d'aborder un sujet tabou. Je n'ai jamais su si cela cachait une douleur ou un quelconque secret qu'elle n'aurait pu avouer. Il s'est passé tant de choses à cette époque, les gens pouvaient réagir de manières si différentes. Elle est partie avec son mystère, ou tout au moins avec ce qu'elle avait vécu alors.

Mme Dulac passe une main sur la peau plissée de sa gorge, soulevant la petite chaîne qu'elle porte autour du cou, à laquelle est suspendue une fine croix dorée.

— C'était une énorme respiration après des années d'asphyxie.

Retourner voir les gars des *Étendards*. Leur confirmer la nouvelle et leur rapporter tout ce que j'ai vu. Pourtant je voudrais rester là et profiter encore de l'effervescence qui envahit la place, rester immergée dans ce sentiment de liberté dont on a perdu l'habitude. Dans cette kermesse patriotique.

Certains disent que le général de Gaulle va venir déposer une gerbe devant la flamme du soldat inconnu. Ce serait tellement incroyable de le voir. Mais d'autres démentent ; le chef du gouvernement provisoire ira d'abord à l'Hôtel de Ville, centre névralgique et symbolique, pour rétablir la République. C'est le général *Leclerc* qui viendra sous l'Arc de Triomphe. Mais l'information n'est pas confirmée. La joie est là mais la confusion règne encore.

Les soldats de la France Libre étreignent les filles hissées sur leurs blindés le temps d'un baiser. De jeunes garçons entonnent un *Maréchal, ôte-toi d'là !* en fendant la foule. Une vieille dame tient dans ses deux mains une photo de de Gaulle qu'elle brandit comme ahurie devant ceux qu'elle croise. C'est peut-être elle qui est à l'origine de la rumeur de sa venue ici. Un couple danse sur une musique imaginaire, pour le simple plaisir de valser en plein air. Sur un banc, encore une femme qui pleure ; est-ce une joie qu'elle ne peut maîtriser ou la tristesse due à la perte d'un proche ? À quelques mètres de là un officier aide un homme en civil à monter sur son char. Riant aux larmes, ils s'observent d'abord l'un et l'autre de bas en haut comme pour vérifier qu'ils sont bien vivants, puis ils se tapent longuement dans le dos, toujours hilares. Deux amis ? Deux frères ? Les retrouvailles de ce genre vont être nombreuses.

Une voiture ornée d'une croix de Lorraine fait le tour de la place en klaxonnant, saluée par d'intenses applaudissements. Les fifis paradent, accoudés aux fenêtres ou installés sur l'aile avant. Une explosion retentit en bas de l'avenue de la Grande Armée, mais on en tient à peine compte, ce sont là les dernières défenses boches qui tombent. Leurs soubresauts. On sait inconsciemment que tout n'est pas fini, que la guerre elle-même est loin d'être terminée, mais en cet instant on oublie tout ! Seule compte notre Libération !

Titubant presque comme dans l'ivresse, je prends plaisir à flâner au milieu de cette joie quasi irréelle tant elle contraste avec notre situation d'il y a à peine deux semaines, avant que les Boches commencent à fuir. Des hommes et des femmes se serrent dans une bousculade bon enfant devant l'objectif d'un cameraman. Les Parisiens expriment leur bonheur sans retenue, d'une manière jamais vue. Les sentiments ont été tellement réprimés que lorsqu'ils explosent enfin, c'est comme un feu d'artifice, ça explose de partout. Et c'est beau à voir. Émouvant. Malgré le sourire qui ne quitte plus mes lèvres, je sens à plusieurs reprises des larmes glisser sur mes joues. C'est le soulagement. Se rendre compte qu'on a traversé toutes ces épreuves. Peut-être pas vraiment indemne à l'intérieur, mais vivante. Vivante pour voir le jour se lever après tant d'années d'obscurité.

Je quitte les lieux en croisant un nombre toujours plus impressionnant de Parisiens qui rejoignent la place de l'Étoile où on dirait qu'ils se sont tous donné rendez-vous. Paris déborde de partout !

Enfourchant mon vélo, je remonte doucement vers mon quartier. Je trouve les habitants dans la rue, descendus profiter ensemble de cette liberté revenue. Des voitures des FFI se dispersent pour annoncer que la ville est libérée et qu'il faut défaire toutes les barricades. Parfois un poste de radio a été sorti et on écoute les annonces officielles et les reporters de la *Radiodiffusion de la Nation Française* qui s'expriment enfin librement.

Tout au long de mon parcours, je fredonne *J'ai deux amours, mon pays et Paris* que m'a mis dans la tête un trio composé de deux garçons et d'une midinette glissée entre eux, qui chantaient à tue-tête en levant haut leurs verres de vin.

Le boulevard des Batignolles est lui aussi envahi par les habitants des rues avoisinantes. Le spectacle égale celui des autres quartiers, la joie y est similaire ; la vie est tout simplement de retour. La foule qui a sorti les drapeaux se laisse porter au grand air par les courants de la liberté. Impression d'une immense fête où l'on serait entraîné par le vertige d'un fantastique tourbillon.

Place de Clichy, je remets pied à terre. Des garçons et des filles sont montés sur la statue du maréchal Moncey et agitent gaiement leurs oriflammes tricolores. La brasserie *Wepler* a rouvert ses portes pour accueillir de nombreux clients qui viennent porter des toasts. Au-dessus, au poste de combat installé à la fenêtre d'un appartement, le groupe de fifis sirote du champagne en chantant *La Madelon*. À côté, devant le cinéma *Wepler* de la façade duquel on s'escrime à terminer de retirer l'immense panneau « *Soldatenheim* », c'est *L'Internationale* que l'on entonne.

Un grognement dans la foule ; on ramène un homme dont j'entends dire qu'il a tiré à plusieurs reprises sur des passants. J'aperçois ses yeux de fou à travers ses cheveux. Un regard terrible. Il tente de se dégager en secouant les épaules mais ses gardiens le tiennent fermement et finissent par le plaquer à terre pour le calmer. Ils ont ensuite du mal à le relever tant les gens se sont amassés autour du prisonnier. « Sale Boche ! » lui hurle-t-on. Les crachats fusent. « Sale Frisé ! » Une nouvelle fois la situation aurait vite fait de tourner à l'émeute sans l'intervention des fifis.

Je cherche parmi tous les visages si je n'aperçois pas celui de Denise ou de Suzon, mais c'est sur *Henriette* que je tombe par hasard. Nous ne nous sommes pas vues depuis notre dernière transaction avec Asnières et tombons dans les bras l'une de l'autre. Elle qui lors de nos courtes entrevues restait généralement réservée se montre là expansive, partageant avec moi son euphorie. Comme *Claudel* me l'avait laissé entendre, elle me raconte brièvement qu'elle a dû brusquement quitter Paris début août, craignant de s'être « grillée » avec un voisin. Ayant eu du mal à trouver un moyen de transport, elle n'est rentrée que ce matin, sûre désormais de ne plus être en danger, le vent ayant tourné et inversé les rôles. Son voisin a d'ailleurs fichu le camp.

Elle ne sait comment exprimer son bonheur. Nous nous étreignons alors fortement, comme si nous venions de réchapper par miracle d'une mort certaine. Je lui fais à mon tour un rapide récit des événements des derniers jours et de ce que j'ai vu à l'Étoile. Elle me dit que *Sancerre* est parti là-bas avec deux gars dès l'annonce de la signature de la reddition, pour profiter lui aussi de cette célébration, étant resté dans le quartier tout le temps de l'insurrection. Il a laissé le commandement à *Claudel* mais elle ne sait pas non plus où il est. Tous les gars de la compagnie ont quitté le PC pour manifester leur joie avec les autres dans la rue. Elle veut continuer de les chercher et m'invite à l'accompagner, mais je prétexte vouloir retrouver une amie. Nous nous étreignons à nouveau.

— Au fait, je m'appelle Jeannine Bertin !

— Et moi Odette Dulac, je lui réponds tout simplement avec ce besoin partagé de sortir de notre anonymat, de retrouver notre vraie identité.

Puis nos yeux se quittent avec un sourire affectueux comme elle disparaît dans la foule.

En fait c'est l'envie de partager tout ça avec Auguste qui m'a poussée à la laisser poursuivre seule. Lui raconter ce dont j'ai été témoin et ce que j'ai vécu depuis que j'ai quitté l'appartement. Les événements du jour devraient normalement être un pas de plus vers la fin du conflit qui oppose nos nations et fait de lui un ennemi. Lui aussi sera content de savoir que la Wehrmacht ne contrôle plus Paris, qu'elle a rendu les armes, et qu'apparemment aucun monument n'a été dynamité. Grâce à nous ou pas, je ne sais pas, mais Paris semble bien avoir été préservé d'un désastre qui aurait été irréparable.

Me reposer à ses côtés. Retrouver dans ses bras la quiétude qui caractérise notre relation. D'un coup je sens surgir le désir de m'isoler dans notre intimité, d'oublier à nouveau tout autour de nous, non plus par peur cette fois-ci, mais pour que nous profitions ensemble de cette paix à venir. Besoin d'évasion pour goûter au repos après ce trop-plein d'émotions contraires encaissées ces deux derniers jours.

Sur l'avenue de Clichy, en passant devant un café où les clients trinquent à tout va, j'entends la voix de Lina Margy et son *Petit vin blanc* qui résonne à l'intérieur sur un phono. Ça me fait l'effet d'un souffle d'air chaud, comme au pic de l'été quand un vent brûlant vient s'ajouter à une température déjà élevée. J'ai l'impression que je n'ai pas entendu de chansons depuis des années. Les airs qui se jouaient dans le salon d'Ottweiler la nuit dernière étaient dépourvus d'âme et la valse dans laquelle il m'a entraînée relevait plus du cauchemar que de l'étourdissement d'une danse. Elle n'avait en rien le goût de l'insouciance retrouvée que me procure ce refrain, comme celle d'une France revenue d'exil. Et puis même si pendant tout cette période où les bals étaient interdits il m'est quand même arrivé d'entendre des chansons à la radio, c'est aussi le volume poussé et amplifié par l'espace du café qui donne cette sensation de souffle retrouvé. Nous voilà à nouveau dans un pays qui fait entendre sa voix après être resté longtemps muet, ou plutôt après avoir parlé à couvert dans ses fêtes clandestines, avec la peur de la délation ou des représailles. La musique à tue-tête comme symbole de liberté.

En tournant au coin de ma rue et en apercevant un groupe de personnes réunies devant un immeuble, j'ai tout de suite un mauvais pressentiment. Peut-être est-ce parce que je capte instantanément l'électricité qui règne sur le trottoir. Je continue pourtant de marcher au même rythme à côté de ma bicyclette en observant bien ce qui se passe. Les gens sont excités, des enfants courent autour du groupe, des passants s'arrêtent pour observer, d'autres déjà présents lèvent le poing ou applaudissent. Deux jeunes garçons passent à côté de moi en courant, l'un lançant à l'autre « La tête qu'elle a ! » en s'esclaffant. Ils ne parlent pas de moi, non, ils parlent de celle dont je vois à présent le crâne. Tondue. Boule à zéro. Plantée au centre de ce cercle qui se bouscule autour d'elle. Avec des cris, des applaudissements, des rires. Il y a là, comme ces jours derniers pour assister aux combats, des hommes mais aussi des femmes et des enfants. Tous les âges. Au spectacle. La punition dont m'a parlé *Sancerre*. Humiliation perpétrée par ceux qui se sont attribué subitement des fonctions de juges.

Je sens la colère qui monte. Mes yeux s'assombrissent, mes poings se crispent sur mon guidon. Et en même temps un soupçon de peur. D'appréhension.

La jeune femme est là, au milieu, avec encore des petites touffes mal coupées au sommet de la tête. Elle se retourne : une croix gammée a été peinte sur son front. Je ne sais pas ce qu'elle a fait exactement, mais elle a été châtiée à la va-vite par cette bande d'énergumènes avides de revanche. La victoire est si belle, pourquoi la gâcher par des actes sauvages que l'on reprochait à nos occupants maintenant chassés ? C'est sans doute ainsi que l'on soulage ses nerfs, mais quelle honte ! Pourtant ce ne sont pas des voyous qui l'encerclent, ce sont des habitants du quartier, des « honnêtes gens » comme on dit. Ils ont sans doute beaucoup souffert le temps qu'a duré la présence nazie, mais faut-il ouvrir cette ère nouvelle en agissant de la sorte ?

En m'approchant encore, j'aperçois ses yeux baissés et les larmes qui ont fait couler le noir avec lequel elle les avait soulignés. Peut-être un semblant de maquillage pour célébrer la victoire et accueillir nos soldats.

— Elle aussi ! hurle une femme.

Et je vois tous les visages se tourner vers moi, un doigt qui me pointe, et le regard de Mme Bodin qui me transperce. Mon cœur bondit. Tout se tord à l'intérieur. Je pourrais m'écrouler au sol, là, morte, tuée par ce geste.

— Elle travaillait à la mairie avec les Boches !

Carole, sa fille, est à côté d'elle. Je ne l'entends pas mais je vois qu'elle acquiesce du chef en marmonnant quelque chose. Et déjà des hommes viennent dans ma direction. Je continue malgré tout mon chemin au milieu de la chaussée comme si ce n'était pas moi qu'on avait montrée du doigt mais une autre dans mon dos. Pourtant les regards ne me lâchent pas et les types arrivent maintenant à ma hauteur.

— Moi aussi je l'ai vue ! Je l'ai vue !

Les têtes opinent. La majorité des habitants du quartier ont effectivement pu me voir là-bas et peuvent témoigner que j'y travaillais bien, mais il ne semble pas nécessaire ici de se poser de question sur mes opinions : elles coulent de source puisque j'étais au service de l'administration française qui collaborait avec celle de la Wehrmacht…

— En plus elle porte un brassard des fifis pour circuler plus facilement !

— Pour s'échapper, oui !

On confirme tout autour. Une des deux femmes qui vient de lâcher ça a une cinquantaine d'années, ses traits sont creusés, et dans ses yeux se lit une excitation hystérique.

Un type armé veut attraper mon bras, je me dégage

d'un coup d'épaule. Mais un autre arrive derrière et me stoppe net.

— Fille à Boche… je l'entends dire tout près de mon oreille.

Ça va vite. D'autres encore s'agglutinent autour de moi. Des « Collabo ! » fusent de cette masse informe qui m'engloutit. « Sale Boche ! » La fureur enfle dans ma poitrine, mais au lieu de décupler mes forces, elle me cloue sur place. Me paralyse. Un électrochoc à l'envers.

Mes deux bras sont fermement saisis. On me force à lâcher mon vélo qui tombe sur le trottoir avec un bruit de quincaillerie.

— Elle visitait leurs hôtels régulièrement !

Voix de femme. Celle de Carole. Mon brassard est arraché. Je sens les forces me quitter et je ne peux rien faire. Ma colère est toujours là ; furieuse, mais claquemurée derrière un anéantissement total. La réaction bestiale de la foule me pétrifie.

— Allez, comme les autres !

Le groupe indistinct approuve. Un verdict fait de « Oui ! » catégoriques, de « Allez ! » vindicatifs. Tribunal populaire en pleine rue. Pas de représentant de la loi, juste le peuple. Je cherche parmi ces jurés un visage connu qui pourrait me venir en aide. Il y a des brassards FFI mais personne des *Étendards*. Personne pour ma défense. Pas même moi. Foudroyée par le choc.

Les hommes armés me forcent à entrer dans la cour de l'immeuble où a eu lieu l'exécution de la peine précédente, et tout le monde s'y engage à notre suite. J'entends la rumeur, les voix, les rires, les assentiments, les demandes impatientes de châtiment. Les spectateurs aux fenêtres applaudissent notre entrée dans l'arène. J'aimerais pouvoir me révolter mais j'en suis incapable. Cette violence, cette injustice à venir me désolent tant qu'elles me retirent toute pulsion combative. L'effet reste contraire. Abattement total. Sans doute la fatigue physique et nerveuse accumulée jouet-elle également dans cette absence de réaction, dans cet abandon. Je vois ce qui va arriver, pourtant je me laisse entraîner. Sombrer. Car je sais aussi que c'est trop tard. Que cette foule malsaine a décidé que j'étais de l'autre bord et que je devais tout de suite payer l'addition. La contestation, dans ces circonstances, ne pourrait que renforcer la haine qui amplifie au sein de la meute. Me défendre en me prétendant membre des *Étendards* attiserait la colère, se retournerait contre moi, on m'accuserait de mentir pour tenter de sauver ma peau. Je suis leur pâture. Peut-être si j'étais arrivée une heure plus tôt ou plus tard la réaction de Mme Bodin et des autres aurait-elle été différente, mais là, au sortir des premières tontes, on a envie d'enchaîner les jugements, de continuer à jouer les justiciers.

Le tabouret trône comme un échafaud au milieu de la cour. Sur les pavés gisent des cheveux bruns mais aussi les restes d'une blonde oxygénée. Elles sont plusieurs à être passées devant le tribunal. Boucles tranchées, mèches exécutées, tignasses scalpées. On m'assoit de force. Ils sont tous là, autour, formant un rempart. Un crachat atteint mon visage, aussitôt suivi d'un « Sale Boche ! » que d'autres répètent. Mais je ne les vois pas. « Salope ! » Je ne veux plus lever les yeux. « Putain ! » Je ne veux pas voir ces Français sans scrupule, ces personnes qui, pour peut-être plus de la moitié, auraient aussi quelque chose à se reprocher. Mais ils trouvent là une manière d'expier leurs propres péchés en les faisant porter par les autres.

Rires. Grognements. « Traître ! » Une tête d'enfant apparaît entre les jambes de deux femmes, émerveillé comme au cirque. Le public se presse au premier rang. Des hommes demandent qu'on s'écarte un peu. Que tout le monde en ait pour son argent quand même…

— Allez ! Allez ! scande-t-on.

Personne pour s'interroger. Pour calmer le jeu. Pas un qui émette un doute. Le verdict est tombé, le procès a été celui d'une parole, d'une accusation. Unanimité. La peine vient tout de suite. Comme s'il fallait faire vite.

— Les cheveux ! Les cheveux ! Les cheveux ! Les cheveux !

Le petit garçon qui est juste devant moi imite le mouvement des ciseaux avec deux de ses doigts pointés vers moi.

Un poing se referme alors sur l'épaisseur de ma nuque et pousse violemment ma tête en avant. Mon menton frappe ma poitrine, faisant claquer ma mâchoire, me coupant le souffle. Des ciseaux tintent à mes oreilles.

— Les oreilles en pointe ! En pointe !

— Les cheveux ! Les cheveux ! Les cheveux !

On est proche du délire. Éclats de rires et applaudissements. Je suis bousculée par un mouvement venant de la gauche ; on râle, puis on écarte les spectateurs indisciplinés, pistolet au poing. Dans le mouvement, je distingue le visage de celui qui s'apprête à me raser : un homme d'une quarantaine d'années, goguenard, en débardeur et béret sur la tête, une clope pincée entre ses lèvres qui lui donne l'air décontracté d'un type en train de bricoler dans son garage. Je ne le reconnais pas tout de suite car il ne porte pas la blouse blanche avec laquelle il travaille généralement ; c'est le coiffeur pour hommes du coin de la rue. Il fait un peu durer le spectacle en s'amusant encore à jouer des ciseaux dans le vide près de mes oreilles, à la grande satisfaction de son public, puis il attrape une grande mèche sur le haut de mon crâne et tranche dans le vif. Je vois les premières boucles rebondir sur mes genoux et toucher le sol à mes pieds. Un hourra accueille cet attentat à mes cheveux. Les autres suivent dans la même folie.

Un homme entonne alors *La Marseillaise*. J'ai envie de hurler mais je ne peux pas. Tout reste bloqué à l'intérieur. Plus rien ne réagit aux ordres de mon cerveau. Je ne suis plus qu'un mouton qu'on tond, une bête idiote qui se laisse faire. Et d'un coup la foule chante en chœur. À gorge déployée. « ... *Le jour de gloire est arrivé...* » La vue de mon supplice leur donne de la voix. Ça résonne dans la cour. Et les mèches s'entassent sur les pavés. La main attrape des touffes et les cisaille à la racine. Le métal des lames écorche mon crâne. « ... *Contre nous de la tyrannie*... » Me revient alors nettement ce jour où, petite, il a fallu me couper très court parce que j'avais attrapé des poux. Je me souviens d'avoir longtemps pleuré après. Ma mère aussi n'avait pas pu retenir ses larmes en me voyant dépouillée de ma belle chevelure d'enfant. « ... *L'étendard sanglant est levé*... » J'ai l'impression qu'ils sont de plus en plus nombreux à chanter. « ... *L'étendard sanglant est levé !* » La ferveur ne fait qu'augmenter. On se libère totalement en hurlant le couplet. Moi qui me suis réjouie toute la journée lorsque de la foule explosait ce chant... « ... *Entendez-vous dans nos campagnes, mugir ces féroces soldats ?*... » J'aperçois là, devant moi, parmi les godillots qui piétinent, des sandalettes : comment peut-on laisser un enfant être témoin d'un tel acte ?

« … *Ils viennent jusque dans vos bras…* » Les temps à venir sont-ils pires que ceux que nous quittons ? « … *Égorger vos fils, vos compagnes !…* » On espérait tellement le contraire. « *Aux armes, citoyens ! Formez vos bataillons !* » La chorale s'époumone. La nausée me prend la gorge car me traverse le souvenir de cette nuit de réveillon à Fresnes où la sublime voix d'ange a chanté notre hymne national dans le silence ému de la prison. Nous pleurions toutes alors. L'espoir était là. Et ils sont en train de le briser cet espoir, mon espoir, ils sont en train de massacrer tout ce que j'ai construit ces derniers mois, cette dernière année. « *Marchons, marchons, qu'un sang impur abreuve nos sillons.* » Applaudissements à tout rompre. On relève ma tête pour apprécier le résultat et ils s'intensifient encore. Mes yeux sont ouverts mais ils ne voient pas. Ils ne veulent plus voir. Ils sont secs. Ils sont vitreux. Ils sont morts. Pourtant les visages sont là, agglutinés devant moi. On se bouscule comme à la foire, on joue du coude pour mieux voir l'être difforme, infirme, que l'on expose. Les exclamations oscillent entre la jovialité et le malaise devant cette trogne peu habituelle. Et on applaudit comme à *Guignol*.

Le coiffeur me fait baisser à nouveau la tête pour peaufiner son travail avec la tondeuse. La foule couine sa jubilation et son impatience. Le métal de l'instrument racle mon crâne. Ça me brise. Je sens que ça me brise, là, dedans. Profondément. Ça flambe. Ça s'évapore. Les espoirs. Toute la force accumulée. La confiance. En soi. En tout. En tous. Comme un immeuble pilonné qui disparaît petit à petit, étage par étage. J'espère qu'il me restera les fondations pour reconstruire quelque chose. Car je sais déjà que tout va y passer. Que tout sera détruit, pulvérisé. Que tout est pulvérisé. Chaque passage de la tondeuse sur mon crâne est un obus qui emporte une partie du bâtiment. Réduit tout en poussière. Et il sera difficile de retrouver une partie indemne, même infime, dans les décombres. Je sais qu'il va falloir puiser en profondeur pour raviver un semblant de force. Je me glace. Je me rigidifie. Mon âme se perd. Je me perds moi-même.

L'opération se termine rapidement. Le coiffeur passe sa main sur mon crâne dénudé pour l'épousseter et on me relève. Bravos ! Sans doute suis-je l'œuvre d'une justice que l'on attendait. « Vive de Gaulle ! » Je reçois à nouveau un crachat au visage. « Vive la France ! » Un homme attrape mon chemisier et cherche à me le retirer, mais un autre lui ordonne d'arrêter, c'est assez comme ça. Je vois des armes, des brassards avec la croix de Lorraine, encore un enfant aux yeux tout ronds et à la bouche grande ouverte, puis une multitude de visages d'hommes et de femmes. Ils sont heureux. On me pousse au milieu d'eux et ils s'écartent comme si j'étais porteuse d'une maladie transmissible, incurable, mortelle. Une pestiférée au milieu de ses tortionnaires. On me bouscule par-derrière. Quelqu'un me frappe violemment au niveau de l'oreille. Il y a un mouvement de foule, on repousse l'assaillante qui hurle un « Putain ! » suraigu. Une main serre mon bras pour m'emmener dehors. Je me laisse emporter, paquet sans vie. Vide. Je ne veux d'ailleurs penser à rien. Je ne veux pas que mon cerveau enregistre ce qui se passe. Difficile pourtant.

On m'emmène dans la rue. En pleine lumière. Un coup de pied aux fesses me pousse encore et on rit de ce geste qui, en d'autres circonstances, paraîtrait obscène. « Salope ! » Des sourires, des sourires, partout des sourires. La joie. Mais de quelle sorte de joie s'agit-il, mon Dieu ?

L'autre tondue est là, sur le trottoir, avec sa croix gammée sur le front. À côté d'elle, une autre victime que je n'ai pas vue quand je suis arrivée. Elle aussi a subi une coupe expéditive, mais elle porte également des traces de coups ; le sang qui s'échappe de son nez coule sur sa bouche et son menton. Sans doute s'est-elle débattue ou a-t-elle essayé de fuir, ses poursuivants lui faisant payer son insoumission en la tabassant. Elle est dans un triste état, un regard marqué par la frayeur ou la folie, je ne saurais dire, et un sourire anormal qui montre ses dents couvertes de sang.

Les hommes en armes nous regroupent et l'exhibition peut commencer. Ils nous font avancer dans la rue comme du bétail, nous escortant fièrement. Tout le monde suit. Des adolescents déchaînés par cette curée nous précèdent en sautant. Je remarque des personnes accoudées à leur balcon. Les drapeaux tricolores ont envahi le décor, mais leurs couleurs semblent s'être enfuies. J'ai l'impression de voir tout en noir et blanc, comme au cinéma. Des enfants gambadent à nos côtés en nous regardant d'un air bizarre. Sur le pas des portes, des hommes observent le spectacle, les mains dans les poches, parfois la cigarette à la bouche, comme ils le faisaient peut-être pour les parades militaires boches, sans qu'il soit possible de savoir s'ils approuvent ou désapprouvent ce dont ils sont témoins. D'autres, moins stoïques, suivent le mouvement avec la satisfaction de chasseurs qui s'apprêtent à porter le coup de grâce à un cerf encerclé.

Des femmes nous houspillent. L'insulte est facile. Elle en deviendrait presque banale. « Filles à Boches ! Poules à Boches ! » Encore un crachat. Qui en entraîne d'autres. Un visage m'accroche. Celui d'un homme. Je le connais. Des yeux fureteurs, une mâchoire un peu carrée. Je cherche. Les *Étendards*. Mais ce n'est pas ça. Je fouille encore dans ma tête, mais ça ne vient pas. Peut-être une autre compagnie, un type que j'aurais croisé lors de mes multiples pérégrinations dans la capitale cette semaine, aperçu sur une barricade, dans un PC. Ça ne vient pas. Pourtant je le connais, j'en suis sûre. Mais déjà il a disparu dans le mouvement, dans cette foule qui ondule au gré de nos trajectoires tout en restant au plus près, comme des chiens de berger qui cherchent à nous maintenir au milieu de la chaussée alors que nous sommes instinctivement attirées vers les murs pour nous soustraire à la vue de tous. De toute façon qu'aurait-il pu faire s'il m'avait reconnue ? C'est trop tard. Je ne suis plus rien. Je ne suis plus qu'un traître qu'on exhibe au bon peuple. Une traînée. Une « bonne-à-coucher-avec-les-Boches ».

Le cortège fait une halte. Un cameraman et un photographe veulent prendre des images de ce défilé qu'ouvrent ces drôles de mascottes. Tout le monde pose. On nous oblige à relever la tête, à montrer nos visages, à exposer la honte que nous symbolisons pour les Parisiens. Un des hommes frotte mon crâne nu du plat de la main pour bien souligner la peine à laquelle j'ai été condamnée. Puis nous repartons pour poursuivre notre tour d'exhibition.

Les sourires qui accompagnent notre passage cautionnent la sentence, valident le fait que nous sommes coupables. C'est une singulière impression qui m'engourdit. Car c'est comme si je l'avais su. Comme si on me l'avait dit. Une sorte de fatalité. Une évidence. Croiser cette fille ce matin-là en sortant de l'hôtel m'a porté malheur. Je n'osais me l'avouer de manière formelle, mais j'ai su dès lors que ce danger planait au-dessus de moi. Ce n'est pas pour rien que j'ai évité Mme Bodin. Comme pour me faire oublier. Mais toujours le trouble persistait. Le doute. Enfoui. Impalpable. Refoulé. Et l'exaltation de la Libération qui semblait l'avoir un peu plus dissipé encore était un leurre inconscient. Les récits de *Sancerre* ne m'avaient pas trompée, l'angoisse était aussitôt revenue. Et j'avais beau essayer de me persuader que je ne faisais pas partie du camp des collabos, l'échéance ne faisait en fait qu'approcher. Et je sombre maintenant dans l'abattement. Je me noie dedans. Comme ça va vite ! Il y a une heure seulement je me sentais héroïque, désormais je ne suis plus rien. Défigurée. Déformée. Rebut. Plus rien du tout.

Je ne sais pas combien de temps dure notre marche forcée à travers le quartier. Peut-être une demi-heure. Peut-être plus. Bousculées, injuriées, moquées, cibles inoffensives de crachats. Je me terre dans mon état de demi-conscience pour me préserver au maximum de l'humiliation. Mais c'est difficile. J'espère toujours apercevoir un membre des *Étendards* ou d'une autre compagnie qui mettrait fin à mon calvaire, mais ça n'arrive pas. Il n'y a personne pour empêcher ces agissements cruels. Une fois seulement un homme s'approche pour faire cesser cette honteuse parade, mais il est aussitôt accroché par deux jeunes FFI qui l'entraînent violemment en arrière en lui hurlant : « Tu veux défendre ces putes ? »

Mon esprit est brutalement secoué quand mes yeux tombent sur Françoise, ma voisine du dessous, avec sa fille Nicole. Je n'arrive pas à savoir si elles me reconnaissent avec ma nouvelle coupe de cheveux. Je crois pourtant deviner que si dans le regard de

Françoise qui suit ma progression avec une expression où se mêlent l'étonnement et l'horreur. Mais je ne perçois pas de dédain. La gamine, elle, est trop jeune pour se rendre compte. Je vois juste qu'elle est perturbée par le spectacle. Elles se sont tapies contre le mur d'un immeuble pour observer ce sinistre défilé. La petite se colle un peu plus à sa mère quand nous passons devant elles. Mon regard revient fixer la chaussée pour mettre fin au supplice. Malgré la situation, ça me fait plaisir de voir qu'elles ont survécu toutes les deux à ces mois de pénurie, que Nicole a surmonté la maladie et qu'elle peut maintenant ressortir.

Et puis le public se lasse ; peut-être passe-t-il à autre chose, à d'autres victimes ; la foule s'éparpille, devient moins dense, moins passionnée. Un homme m'agrippe alors vigoureusement par le bras.

— Allez, on l'embarque ! On va voir c'qu'elle planque chez elle ! C'est la consigne…

J'aperçois un brassard FFI sur une manche relevée, le métal d'un fusil de chasse, d'imposantes chaussures d'hiver, un pantalon élimé et sale. Quand il serre un peu plus violemment mon biceps pour m'obliger à avancer, je relève la tête et reconnais le type de tout à l'heure, celui que je suis persuadée d'avoir déjà vu. Il m'entraîne à l'écart. Un autre type, plus jeune, se tient à ses côtés. La mèche grasse, une acné qui s'éparpille sur tout le visage. Lui aussi porte un brassard bleu blanc rouge. D'emblée je les trouve louches. Instinctivement.

— Où c'est que t'habites ? me demande celui qui pince mon bras.

Son ton est brusque et nonchalant. Des yeux secs, méchants. Je me demande s'il n'a pas bu. Son haleine est lourde. Ça m'énerve de ne pas me rappeler où je l'ai croisé. Pourtant, à le voir plus distinctement je suis encore plus certaine que nous nous sommes déjà rencontrés.

Comme je reste muette, repliée dans mon mutisme, il me secoue comme un gamin auquel on veut faire avouer une faute.

— Oh ! Tu réponds ? Où c'est qu't'habites ?

Et il continue de me ballotter pour faire sortir la réponse. Comme ça ne vient toujours pas, il me cloue au mur et enfonce le canon de son fusil au niveau de mon nombril.

— Alors ? Tu vas causer maintenant ?

Il murmure près de mon visage, menaçant, tout en faisant pression avec son canon.

« Auguste ! » S'ils viennent chez moi, ils tomberont sur Auguste ! Impossible. Horrible décharge électrique. Réveil soudain. Survoltage. Je dégage d'un brusque revers de la main l'extrémité de l'arme et bondis. Je crois bondir, en fait, mais l'autre bonhomme me stoppe aussitôt. Leurs rugissements sifflent à mes oreilles. Ils me plaquent face au mur, canon sur la nuque cette fois. À un doigt de l'exécution sommaire. Méthode de nos occupants. Les Boches sont-ils vraiment tous partis ?

Je continue de vouloir me débattre. Je dois les précéder chez moi, prévenir Auguste. Mais ils me maintiennent fermement. Mon front, mes joues, cognent contre la pierre de l'immeuble. Des personnes se sont rapprochées pour observer la scène, mais seulement par curiosité car ce n'est pas la peine d'intervenir, je ne suis plus une femme désormais, je suis juste une tondue qui est en train de se faire violenter par deux patriotes armés…

Ils me tiennent chacun un bras. Impossible de m'enfuir. Une main plonge dans la poche droite de ma jupe, puis dans la poche gauche. Elle en sort ma carte d'identité et mon laissez-passer, ainsi que la clef de chez moi.

Le bonhomme déplie d'abord le laissez-passer et le lit.

— Tu croyais pouvoir te disculper en te fabriquant ça ?

Mais il n'attend pas de réponse et en fait une boule qu'il jette dans le caniveau. Il regarde ensuite ma carte d'identité.

— Odette Dulac. 14, rue Baron. C'est juste à côté, c'est bien… Allez, on y va !

Quand ils relâchent la pression, je tente une nouvelle fois de leur échapper, mais ils sont sur leurs gardes et me retiennent. Ils m'embarquent dans la foulée, fusil dans les reins, chacun enserrant un de mes poignets, me tordant à moitié les bras pour me contenir. Une calotte sur le derrière du crâne m'oblige à baisser la tête.

Sur le chemin les spectateurs nous regardent passer sans réagir. Seuls deux enfants nous précèdent en sautillant. Mes gardiens les chassent comme ils le feraient avec des chats affamés, les deux mômes esquivant les pieds qui veulent leur botter les fesses.

Au loin, j'entends *La Marseillaise* chantée par un chœur plein d'ardeur, mêlée à des applaudissements. Sont-ils en train de tondre une autre mauvaise femme ? La question est vite balayée par une autre qui tourne en boucle dans ma tête : comment faire pour éviter qu'ils surprennent Auguste ? Mais je n'arrive pas à réfléchir correctement. Je suis azimutée. Impossible de me concentrer. L'idée fixe est là mais j'ai l'impression de rester les yeux ronds à essayer de trouver une solution sans parvenir à obtenir un semblant de cohérence dans mon esprit. Je vois le danger approcher mais je me sens impuissante. Et plus j'en ai conscience, plus ça me déstabilise. Je m'embourbe à nouveau en moi-même.

Déjà nous passons le porche de mon immeuble. Je me demande si Mme Bodin est revenue, mais je ne la vois pas. Peut-être est-elle allée chercher de nouvelles victimes, dénoncer d'autres odieux crimes comme les miens, à base d'un vague « On m'a dit qu'on l'avait vue… » qui devient une preuve formelle. Nous nous arrêtons un instant devant le tableau des noms.

— Dulac. Escalier B. Cinquième étage.

Et ils m'entraînent vers le fond de la cour. Sentant l'étreinte se desserrer légèrement, je me jette en avant et parviens à me libérer de leur emprise. Mais le plus jeune est sur mes talons et je ne pourrai le semer d'ici à la porte du bâtiment. Je dévie sur la gauche, vers les box. L'autre est déjà là aussi, braquant son fusil à hauteur de hanche. Je suis piégée comme un rat. Alors, en bête traquée, perdue, je me mets à hurler. Sans doute m'entendra-t-il. Leurs mains sont sur moi. Épaisses, puissantes. Elles me tiennent et me frappent. S'acharnent pour me faire taire. Coups de crosse. Mais je hurle quand même. Plus fort. Douleur. Supplice. Un cri d'alerte nourri par mon désespoir. Tout le désespoir accumulé ces dernières heures. Et la crainte qu'Auguste ne subisse lui aussi la violence à laquelle je suis soumise. Ou pire même. Lui épargner la rancœur aveugle de ce peuple meurtri et avide de vengeance. Lui éviter d'être également une victime inutile du statut d'Allemand qu'il porte, du sang qui coule dans ses veines. L'injustice d'une humiliation imméritée. Aucun son n'est sorti de ma bouche depuis mon retour dans le quartier, alors j'expulse ici toute ma détresse. Une longue plainte douloureuse qui monte dans toute la cour.

Le déluge de coups sur ma tête parvient à étouffer mon cri. Ils profitent de cet instant de faiblesse pour me tirer sans ménagement vers la porte, jusqu'à la cage d'escalier. L'effort qu'ils fournissent se traduit par un grognement animal. La porte se referme. Nos souffles se mêlent. La lutte se poursuit malgré tout. J'essaie de les entraîner à droite et à gauche pour les déséquilibrer. Mais ils me menottent à nouveau avec leurs mains et la douleur des torsions m'oblige à avancer. Et soudain, alors que je me retrouve debout, le pied sur la première marche, j'entends juste derrière moi un raclement de gorge. Le raclement de gorge de la rue Leroux. Le même. Bien spécifique. Celui du type aperçu par l'interstice de ma cellule, dans l'ombre de l'ampoule jaunâtre. Le type qui faisait du marché noir. Qui faisait commerce avec les hommes du contre-espionnage. Que j'ai revu sur le palier avant un interrogatoire. Ce cou épais, cette mâchoire anguleuse, ce regard fourbe. Je l'ai toujours aperçu avec sa gabardine et son bonnet, mais c'est bien lui. Le son qui sort de sa bouche ne trompe pas. Je suis donc entre les mains d'un véritable Résistant du Mois d'Août, un homme sans scrupule, qui a retourné sa veste sans tarder pour se mettre dans le sens du vent qui souffle sur Paris et sur la France. Porter le brassard est un passe-droit qui lui permet sans doute de poursuivre son trafic.

Non contente d'avoir fait les frais d'une justice expéditive, me voilà maintenant à la merci d'un salopard de ce genre. Profiteur, opportuniste à l'extrême. Je sens un gémissement monter dans ma gorge, mais il m'étouffe.

Le souvenir du placard en métal qui me servait de cellule revient. Avec son cortège de monstruosités.

Je me débats à nouveau pour ne pas franchir les premières marches, mais je ne peux rivaliser à une contre deux et ils m'obligent à grimper. Encore un raclement de gorge. Sans doute utilisent-ils leur nouvel uniforme pour entrer ainsi dans les appartements inhabités ou ceux des collabos afin de les dévaliser tranquillement. Ce n'est pas possible, quel sort s'acharne sur moi ?

Ils me poussent avec violence, comme pressés. Inutile de lutter, ils parviendront à leurs fins. Je m'applique juste à ralentir notre progression pour qu'Auguste ait le temps de réagir s'il m'a entendue. Bizarrement, le fait de monter vers lui me rend plus confiante. Je sais que, dès que nous serons dans l'appartement, il sera là pour me défendre. Je ne serai plus seule. Lueur d'espoir dans ce bourbier.

Je sens la bouche chargée de mon commerçant qui souffle sur ma nuque dénudée. Il se racle à nouveau la gorge. Un son détestable. Sordide. De temps en temps il dit quelque chose mais je ne l'écoute pas. Il est énervé. J'ai usé de leur patience. Je regarde les étages défiler. Personne ne se présente sur les paliers malgré le bruit que nous faisons. Sans doute, comme Françoise, tous les locataires sont-ils partis célébrer la Libération dans les rues, ou bien ont-ils fui la ville il y a quelques jours dans la peur des violents combats.

Au quatrième je me révolte une fois encore, mais ils me tiennent toujours sous leur poigne et me remettent dans le droit chemin. Le commerçant commence à s'échauffer sérieusement. Il m'assène des coups dans le bas du dos avec son genou en répétant des « Allez, allez ! » furibonds qui me forcent à poursuivre l'ascension. La crosse de son fusil cogne aux barreaux de la rampe d'escalier avec un bruit de ferraille.

Palier du cinquième. Ma porte est là. Il confie mon bras à son acolyte qui l'empoigne et le colle à l'autre dans mon dos. Puis avec un sourire de contentement, il sort la clef de sa poche et s'approche à nouveau de mon oreille, m'enveloppant de son haleine fétide.

— Tu vis toute seule ici ? murmure-t-il.

Je fixe la porte en l'ignorant. Emporté par une pulsion, il attrape mon chemisier et me balance d'avant en arrière comme un prunier, dans un étrange silence. Je le sens à bout de nerfs. Puis il s'arrête et revient près de mon oreille, comme s'il voulait maintenant être discret après tout le bruit que nous avons fait.

— Oh ? Y'a qu'toi dans c't'appartement ?

Toujours sans prendre la peine de le regarder, je réponds par l'affirmative d'un hochement de tête. Il me lâche et marque un temps, se penchant en avant pour capter mon attention.

— Tu vis pas avec tes parents ?

Je fais signe que « si ».

— Et ils sont pas là ? me murmure-t-il encore, mâchoires contractées.

Je fais « non ».

— Ils sont pas à Paris ?

« Non ».

— Ils sont en province ?

« Oui ».

— Et pas de frère ? De sœur ? Un oncle ? Un cousin ?

« Non ».

— J'espère que tu tentes pas un coup foireux… Ce s'rait idiot…

Je ne bouge pas. Alors il me gratifie à nouveau d'un sourire satisfait.

— Bon ben, allons-y !

Il introduit la clef dans la serrure et le verrou claque. Soit Auguste s'est enfermé, soit il est parti et a verrouillé la porte derrière lui.

Le chef nous fait signe d'entrer avec la pointe de son fusil. Tenant toujours mes bras tordus et serrés dans mon dos, mon jeune gardien me pousse en avant. Nous filons droit au salon tandis que l'autre referme la porte.

Quand nous arrivons dans la pièce aux rideaux fermés, le commerçant se cure la gorge plus fort.

— Allez, lâche-la.

Le garçon s'exécute. La douleur que provoque le relâchement de mes épaules me fait grimacer.

Le commerçant se dirige vers les rideaux et les entrouvre pour vérifier que personne ne se cache derrière, jetant au passage un œil dans la cour.

— Va regarder quand même dans les autres pièces s'il n'y a personne…

Après que son compagnon a disparu dans mon dos, il amorce un petit tour du séjour, tranquille, pour détailler ce qui s'y trouve, tout en gardant un œil sur moi, son fusil dans une main.

Je reste là debout, les yeux baissés.

— C'est gentil chez toi, dis donc…

Il poursuit sa ronde, comme s'il procédait à un inventaire, ouvre une boîte puis la referme.

— Tes parents, ils sont partis se planquer en province ?

Il ne semble même pas attendre de réponse, sans doute à cause du mutisme que j'affiche depuis le début. Il se contente de déambuler encore devant chaque meuble, inspectant les bibelots épars. J'entends, derrière, le garçon qui ouvre les portes des autres pièces.

Puis il aperçoit sur la table ma petite pochette en cuir que j'avais laissée là. Il s'en empare, curieux, l'ouvre, et en sort l'*ausweis* qui m'a permis de pénétrer dans la forteresse allemande la nuit dernière.

Il le lit attentivement.

— Un *ausweis* daté d'hier… C'est intéressant ! « *Fräulein Odette Dulac* »…

Il poursuit sa lecture et invective contre moi.

— Et après tu vas nous dire que t'as pas fricoté avec les Boches ?

Il parcourt encore le document puis le laisse tomber sur la table.

— T'aurais peut-être mieux fait de repartir avec eux, tu sais…

Il s'approche alors de moi avec candeur et s'arrête à quelques centimètres pour enfoncer ses yeux dans les miens. Je les affronte avec le peu de forces qui me restent.

— T'as une belle petite gueule, tu sais ?

Je puise au tréfonds de moi-même pour rester en contact. Le dégoût qu'il me procure me donne envie de l'ignorer, mais je dois lui montrer que malgré l'avantage qu'il a sur moi je n'ai pas l'intention de me laisser faire.

— Dommage qu'ils aient rasé tout ça… Ça devait être mieux avant quand même…

Son sourire a quelque chose de bizarre. Mielleux. Pervers.

— En même temps, tu l'as bien mérité, non ?

L'éclat de ses yeux vire au malsain. Il lève doucement la main vers ma joue pour la caresser, mais je la dégage d'un vif mouvement du bras avant qu'elle n'atteigne son but. Il riposte aussitôt en pointant le double canon de son fusil sous ma gorge et en me giflant puissamment de sa main libre.

— Ça va pas, non ?

Mon oreille gauche semble sourde, ma mâchoire de travers. Pris d'une soudaine fureur, il enchaîne sur une volée de coups qui s'abattent d'abord sur mon visage et sur mon crâne, puis sur mes avant-bras quand je les lève pour me protéger. Mes jambes plient sous la puissance des impacts répétés. Tabassage furieux, d'une seule main, l'autre gardant l'arme pointée sur mon thorax. Dans la grêle de coups, je distingue son visage déformé par le plus vil des rictus. La méchanceté. Mes râles de défense se mêlent à son souffle rauque, mon impuissance se confondant avec le sentiment de domination totale qu'il éructe.

Son assaut m'oblige à reculer, mais il me suit pas à pas pour continuer de tambouriner sur toutes les parties de mon corps qu'il peut atteindre. Et brusquement il m'envoie valser sur la méridienne où s'allongeait toujours ma grand-mère. Ma tête tape violemment le montant. Je crois entendre craquer mes cervicales.

— J'vais t'montrer ce dont tu as besoin…

Et tout en se jetant sur moi il pose sa carabine contre l'assise, puis cherche à relever ma jupe.

Bien qu'un peu sonnée, je me débats. Une gifle me percute. Une autre. Et encore une autre. Ma défense s'en trouve quasiment anéantie. Comme excité par ma faiblesse, ses mains s'attaquent à nouveau à ma jupe.

— Tu vas voir ! Tu vas voir ce qu'on leur fait, nous, aux filles comme toi !

Un loup. Un ours. Il a calé ses genoux sur mes cuisses pour bloquer mes jambes. Mais mes mains le battent avec rage. L'instinct de défense. La hargne.

Moi aussi je grogne comme une bête. Une furie. Il saisit un de mes poignets à la volée, stoppant net mon geste. Mais mon autre poing frappe toujours au hasard sur la tête, le torse, les épaules. Il esquive, il encaisse. Ses yeux brûlent.

— Prends-lui l'autre main, bon Dieu !

Le garçon est réapparu, sans doute alerté par nos cris ; il se rue sur moi et parvient à attraper mon avant-bras après trois tentatives. Me voilà entièrement immobilisée. Mon agresseur prend le bas de ma jupe avec sa main libre et la remonte d'un coup sec. Une des coutures craque.

— T'es sûr, Pablo ? fait le garçon avec un accent où teinte une certaine lâcheté.

Pablo. Est-ce son vrai prénom ? Ça ressemble plus à un pseudonyme, mais au moins je peux mettre un nom sur ce visage de traître. Il se tourne vers son compagnon, presque offusqué.

— Ta gueule ! Tu crois quoi ? Qu'on a monté les cinq étages pour admirer la vue sur les toits !

Le garçon ne moufte pas.

— Tu crois pas qu'on peut se servir comme les autres, non ?

Et il a un sourire bref que je préférerais ne pas avoir vu.

— Allez, tiens-lui bien les deux bras, on va lui montrer…

L'autre écrase maintenant mes deux poignets contre l'accoudoir. Les mains libres de mon agresseur finissent de relever ma jupe, découvrant totalement mes cuisses. J'ai beau me démener avec l'énergie du désespoir, rien n'y fait. L'animal est plus puissant, il me tient fermement contre la méridienne, sa gueule au-dessus de moi, la pointe de ses cheveux frôlant mon front. Je pousse des petits cris mais ma gorge semble s'être contractée. Je sens à nouveau le contact des mains d'Ottweiler. Mon corps se rigidifie. Pourquoi Auguste ne vient-il pas à mon secours ? A-t-il dû quitter l'appartement en urgence comme me le laissait deviner la porte fermée ? Mon Dieu, faites que non…

Comme il se relève en tirant sur ma culotte pour l'enlever, je secoue les jambes dans tous les sens pour lui assener quelques coups de genou et de tibia. Furieux, enragé, il grogne « Ah merde ! » et se penche sur moi pour me décocher une gifle ou un coup de poing, je ne sais pas, mais suffisamment appuyé pour m'assommer à moitié. Instinctivement je continue de remuer les jambes, mais je ne l'atteins plus. Un autre coup au visage pour m'affaiblir encore. J'ai l'impression que je saigne du nez. C'est sans doute son poing qu'il utilise désormais.

Ses mains s'emparent de ma culotte et la font glisser le long de mes jambes sans force. Il la jette négligemment par-dessus son épaule. Avec Ottweiler, Auguste a surgi au dernier moment ; veut-il créer le même effet de surprise quand mon agresseur est le plus vulnérable, perdu dans son plaisir sadique, ne pensant plus à ce qui l'entoure ? Ou alors suis-je toute seule avec ces deux monstres ?

Mes yeux implorent le jeune garçon pour tenter d'y trouver un soutien. Sa lâcheté fera peut-être surgir des scrupules. Au moins chez lui. Mais il m'observe sans exprimer la moindre émotion. Ni gêne ni plaisir. Un peu un regard de débile mental à vrai dire.

Mon bourreau ouvre son pantalon et écarte mes jambes avec ses cuisses épaisses. Mon corps est secoué d'un soubresaut mais je bouge à peine. C'est plutôt un tremblement qui me gagne. De la tête aux pieds. Au-delà de la peur. Indescriptible horreur.

Je ne sais pas ce qui me pousse à garder les yeux ouverts. Peut-être l'ultime espoir qu'il y lise ma détresse. Mais il n'est apparemment pas du genre à s'apitoyer.

Son visage vient quasiment se coller au mien. Les poils de sa barbe affleurent sur son menton. Son haleine infecte. Ses lèvres pincées dans une déformation indéfinissable. Pourtant je maintiens encore mes yeux ouverts car c'est ma dernière défense, lui refléter l'acte abominable qu'il s'apprête à faire. Mais il ne s'en préoccupe pas. Il est déjà ailleurs, dans sa sexualité de malade.

Une de ses mains plonge vers mon sexe. Un cri s'étrangle dans ma gorge sans pouvoir naître. Ma vue se brouille. Les sanglots ne parviennent pas à se former non plus, juste à noyer mes pupilles. Mon corps est tout entier paralysé. Il n'a plus la capacité de réagir tant il est contracté et anéanti.

Des pas précipités résonnent sur le parquet et le garçon qui tient mes mains est violemment projeté sur nous. D'un réflexe inouï, mon bourreau l'esquive et se redresse, parvenant à contrer l'attaque d'Auguste qui trébuche et s'étale par terre de tout son long. La masse du pilon en marbre de la cuisine qu'il brandissait tombe sur le tapis et roule un peu plus loin.

Je repousse à la hâte le garçon à moitié *groggy* qui s'est écroulé sur moi et me précipite sur mon bourreau. Mais il est habile et d'une main il me renvoie sur la méridienne, récupérant son fusil dans le mouvement.

Auguste parvient à récupérer son arme improvisée, mais au moment où il se relève l'autre est déjà à sa portée et lui pointe son canon au milieu de la poitrine.

Je n'ai même pas le temps de pousser un cri que le coup est parti. À bout portant ! La chemise d'Auguste éclate et se tache aussitôt de déchirures de sang ! Un fin nuage de poudre se dissout entre les deux hommes. Le bourreau lève un peu plus son arme et vise la tête d'Auguste. Je me jette sur lui, mais sa crosse percute ma tempe d'un coup précis et je me retrouve à nouveau sur la méridienne, étourdie.

L'extrémité du canon vient se replacer sous le nez d'Auguste. Mais déjà son regard se vide. Il observe le double tube métallique avec la moue de quelqu'un qui ne comprend pas. Sa main lâche la masse du pilon qui percute le sol. Puis il recule d'un pas. D'un second. Et sa tête part en arrière, entraînant tout son corps d'un bloc. Il s'écroule sur le tapis avec un bruit lourd.

Le silence qui retombe est insupportable.

Le bout du canon pivote maintenant vers moi et s'arrête devant mes yeux. Je sens la chaleur du métal et l'odeur forte de la poudre. Mon bourreau lance un regard sur le côté où son second se relève, une main plaquée sur le sommet de son crâne, du sang entre les doigts. Puis il tourne la tête vers Auguste qui ne bouge plus, se racle la gorge et sourit, l'air amusé.

— Eh ben ! On a eu chaud !

Son rictus disparaît aussi rapidement qu'il est venu. Une attitude anormale. Effrayante. Il remonte sur son biceps son brassard FFI qui a glissé dans la lutte, puis avance son fusil. Je dois basculer en arrière pour que le canon ne me touche pas ; il me force ainsi à m'allonger.

Prenant son temps, il ouvre alors complètement son pantalon et le baisse à mi-cuisse. Il m'écrase ensuite de tout son poids. Mais je suis partie. Partie. Loin. Il n'y a plus personne dans mon corps. Quel intérêt ? Pourquoi rester ? Pour ça ? Non, je préfère m'en aller. Avoir accompli tout ça pour en arriver là ? Non merci. Ça n'a pas de sens. Alors il peut venir, je ne suis plus là.

Il ne se gêne pas.

Pas de larmes. Elles viendront plus tard je pense. Juste le néant. Le vide absolu. Une pierre. Marbre.

Ma chambre. Celle d'Odette, la jeune fille qui a disparu. La fenêtre est ouverte car j'ai besoin d'air. Mon regard est porté sur le ciel qui s'assombrit lentement. Je tente d'en percer la profondeur. Assise sur mon lit, le dos contre le mur. Prostrée. Depuis combien de temps, je ne sais pas. Plus besoin de compter le temps.

Cette fenêtre ouverte, j'ai bien pensé à m'y jeter tout à l'heure. Elle me tend les bras. Mais ce serait lui offrir une victoire de plus. Il a eu mon corps, certes, mais il n'aura pas mon âme. Elle reste mienne. Personne ne pourra me la retirer. Ni le contre-espionnage, ni la Wehrmacht, ni ces faux résistants.

Auguste l'a eue, lui. Je la lui ai offerte. Et il en a emporté une partie avec lui.

Je prie pour qu'il trouve la paix éternelle.

Encore des applaudissements. Mais où est cette fameuse victoire qu'on célèbre aujourd'hui ? Dans ce que je viens de subir ? De partout elle monte. La joie des Parisiens. Est-ce que ce sont les mêmes qui ont assisté tout à l'heure à ma tonte sans intervenir ? Ils sont sans doute parmi ceux-là. J'espère qu'un jour ils auront honte. Du remords. Un minimum.

Des coups de feu ont éclaté il y a quelques minutes. Puis des cris. Maintenant le son d'une TSF résonne dans la cour. Un reporter est à l'Hôtel de Ville où on attend le général de Gaulle. Ça hurle dans le micro : « *Vive la France !* », « *Vive de Gaulle !* » Le refrain de la journée. Je revois encore ces visages ahuris sur la place de l'Étoile quand a commencé à circuler l'information selon laquelle la reddition était signée. Le soulagement que j'ai ressenti d'être arrivée jusque-là, d'avoir accompli ce parcours. Pourquoi a-t-il fallu que ça se termine ainsi ? La journée était si belle. Personne ne m'est venu en aide. C'est ce qu'il y a de plus abominable. Peut-être peut-on contester ma position, ma relation avec Auguste, avec l'ennemi, ça je l'accepte, mais qu'on me juge sur la parole d'une femme, qu'on me défigure ainsi, qu'on fasse de moi une autre personne, ça je le refuse. Ce n'est pas digne de nous.

J'ai pris soin d'éviter les miroirs en venant jusqu'à ma chambre afin de ne pas affronter ce visage qui n'est plus. Mais je sais bien que je ne suis plus moi-même. Pas besoin de mon reflet pour le savoir. C'est à l'intérieur que ça se passe. Mon âme s'était enfuie avant que l'autre ne vienne en moi, et je ne sais pas si elle reviendra un jour.

Le son augmente encore. Ou plutôt ce sont les cris dans la TSF qui se font plus intenses. Puis une voix s'impose, pleine d'emphase, de solennité : « *Pourquoi voulez-vous que nous dissimulions l'émotion qui nous étreint tous, hommes et femmes, qui sommes ici, chez nous, dans Paris debout pour se libérer et qui a su le faire de ses mains... ?* » La voix qui nous venait de Londres. Celle de l'espoir. Elle est ici désormais. Au centre de Paris. « *Il y a là des minutes qui dépassent chacune de nos pauvres vies...* » Pourtant ça ne me réjouit pas. Je l'entends, mais plus rien ne semble me toucher. Inerte. Amorphe. « *Paris libéré ! Libéré par lui-même, libéré par son peuple avec le concours des armées de la France, avec l'appui et le concours de la France tout entière, de la France qui se bat, de la seule France, de la vraie France, de la France éternelle...* » Les applaudissements ponctuent chacune de ses tirades. Il poursuit et je remarque un oiseau qui passe dans le ciel plus sombre maintenant. J'ai l'impression de n'avoir pas vu d'oiseau depuis longtemps. Peut-être peuvent-ils enfin se remettre à voler maintenant que les Boches ont été chassés. « *... hormis quelques malheureux traîtres qui se sont livrés à l'ennemi et connaissent ou connaîtront la rigueur des lois...* » Mon attention s'accroche sur cette phrase. « *La rigueur des lois* » ? Celles d'aujourd'hui ne sont pourtant pas à la hauteur du discours qu'il prononce, de la France qu'il remercie et qu'il représente. Cautionne-t-il ces agissements ? J'en doute. Un dernier « *Vive la France !* » et les applaudissements explosent encore une fois. De la cour aussi il en monte. De partout on applaudit celui qui, ce soir, reprend les rênes. Il est vrai qu'il a su nous montrer qu'il fallait garder espoir et il nous prouve aujourd'hui que l'effort est récompensé. Il était difficile d'y croire, et pourtant.

Des voix, des rires. On se parle de balcon à balcon, on se hèle d'un bout à l'autre de la rue devenue un lieu de fête. Le volume de la TSF a diminué mais j'entends les chansons qui se succèdent à l'antenne. Des airs de liberté. Plus loin, on en joue d'autres. Peut-être dans un bistrot comme je l'ai vu en revenant ici, avec un phono ou bien un orchestre qui se reforme après les journées de lutte. Un accordéon qui chante. Un doux brouhaha festif envahit la nuit où l'atmosphère semble enfin plus légère.

Il a ensuite proposé à son second de prendre sa place comme il aurait offert son siège à une vieille dame dans un autobus bondé. Et il a insulté le garçon qui refusait. « Qu'est-ce tu t'en fous ? C'est une fille à Boches ! »

Moi je ne bougeais pas. J'avais fini par fermer les yeux pour ne plus les voir. Besoin de ne plus voir l'existence. Noir complet. Persistaient uniquement les sons. Le cliquetis de la boucle du ceinturon qui se referme, « Alors va voir dans la cuisine si y'a pas qué'que chose à manger ! », un raclement de gorge, les pas sur le parquet, l'ouverture du secrétaire du salon où mon père range ses papiers importants, un objet qui tombe, « Merde ! », les placards qui s'ouvrent et se ferment dans la cuisine, les pas qui font le tour du salon, passent à côté de moi, puis partent inspecter les autres pièces. « Viens voir par là ! » Les pas vont de la cuisine à ce que je pense être la chambre de mes parents. Qu'ont-ils vu ? Ma mère a emporté tous ses bijoux et les rares objets de valeur que nous avons, craignant les cambriolages pendant mes absences dans la journée. En même temps tout peut se vendre en ce moment. Ils trifouillent, font des allers-retours. Je maintiens mes paupières fermées. J'ai un peu froid. Mais je ne veux pas bouger. Je refuse de sentir ce qu'a subi mon corps. Ce n'est pas le mien. C'est un corps duquel s'est extraite une âme, et les deux ne sont plus reliés que par un fil. La décision de rester accrochés est en suspens. En délibération. Ne pas bouger.

Puis ils reviennent. Raclement de gorge, suivi de l'haleine chargée tout près de moi.

— Tu la fermes, compris ? Sinon on saura où te r'trouver…

Il reste là un instant. Peut-être attend-il une réponse, une confirmation, un remerciement. Une main frôle ma cuisse. Puis ils partent sans empressement. Leurs pas s'estompent dans l'escalier. J'entends en bas la porte du bâtiment et celle qui donne sur la rue qui s'ouvrent puis se ferment.

Longtemps ensuite j'écoute les sons alentour. La rumeur de la victoire.

Quand je rouvre les yeux le soleil s'est éclipsé. Les rideaux tirés accentuent la pénombre. En tournant la tête, j'aperçois le corps inerte d'Auguste. Je n'arrive toujours pas à réaliser qu'il est là, la poitrine ouverte, sans vie. Sans vie. La notion est abstraite. Je me dis en fait que ce n'est pas lui. Il y a bien un corps, mais ce n'est pas le sien. Ce n'est qu'une enveloppe. Une enveloppe morte.

Je me retrouve soudain debout, ramassant ma culotte pour l'enfiler. Mes yeux fixent le sol. Ne pas réfléchir. Juste agir. Pour avancer. La machine fonctionne toute seule. Besoin de retrouver ma chambre. Ma chambre d'avant. D'avant tout ça. D'avant la Libération, d'avant mon action avec les réseaux de résistance, d'avant Auguste, d'avant le départ de ma mère, d'avant l'Occupation, d'avant l'absence de mon père. L'univers d'une gamine protégée par des parents qui prennent soin de leur fille unique, une jeune fille qui sort difficilement de son adolescence. Se réfugier dans l'insouciance perdue.

La nuit est désormais tombée. Les premières étoiles se sont allumées au-dessus des toits. J'ai tiré l'édredon vers moi pour m'y emmitoufler. La chaleur d'un cocon. Et la fenêtre ouverte sur l'espace.

Il y a encore eu des coups de feu tout à l'heure, très loin. Un échange de tirs pendant un long moment, puis plus rien.

Toujours de la musique, des ovations et des éclats de rire. Sans doute un bal. On fête la Libération en dansant devant un bar ou dans la cour d'un immeuble. Les robes doivent tournoyer à la lueur des lampions.

Est-ce que j'ai payé pour ce que j'ai fait ? Je ne sais pas pourquoi je me pose la question, mais je me la pose. Elle tourne en boucle dans ma tête. Fatigante litanie. Et aucune réponse. Bien sûr j'ai joué avec le feu, mais la punition n'est-elle pas trop sévère ? Et n'ai-je pas eu raison de suivre mon instinct dans tout ce que j'ai entrepris, que ce soit avec Paul, avec Auguste ou avec les *Étendards* ? Que tout cela me semble loin ! Était-ce réel ? J'ai un doute. Ai-je vraiment été enfermée dans un placard, puis à Fresnes ? Est-ce moi qui ai fait transiter des armes dans la capitale ? Est-ce Odette qui a franchi les barricades pour transmettre des informations en se courbant pour éviter les tirs ? Ne l'ai-je pas rêvé ? Cauchemardé ? Ça me paraît irréel. En désaccord avec moi. Avec la gamine que je suis.

Une trappe s'était ouverte avec Paul, l'amorce d'un épanouissement qui, d'épreuve en épreuve, n'avait fait que grandir. Mais tout a été balayé. La trappe s'est brusquement refermée. Toute cette énergie qui était née s'est désintégrée d'un coup au contact de la monstruosité. Disparue. Les agressions successives dans la rue, dans cette cour, puis ici, se confondent pour ne faire qu'une, créant un trouble irréversible. Mon cœur s'est effrité. Je me suis fermée à jamais. Le vide. Je suis au fond d'un puits à sec. Scellé à vie.

— Mais vous voyez, je suis encore là quand même !

Le sourire qu'elle parvient à esquisser cache difficilement la douleur qui est remontée au fur et à mesure qu'elle me relatait ses souvenirs. Je dois avouer que je suis moi aussi quelque peu tétanisé par son récit, à court de souffle, ne trouvant rien à lui répondre.

Nos yeux se croisent. Je tente un sourire, mais elle a mis une telle énergie à ressusciter ces événements que j'ai l'impression de les avoir vécus à mon tour, et je doute que mon sourire qui se veut réconfortant le soit vraiment.

Nous restons un moment silencieux. Le soleil est en toute fin de course. Il ne va pas tarder à se coucher dans l'océan pour passer de l'autre côté du globe. Les traînées de deux avions s'étirent dans le ciel, rosies par ses derniers rayons. Le vent s'est calmé et la température reste encore supportable.

Un peu de silence est nécessaire après cette pénible incursion dans le passé. Besoin de revenir en douceur dans un présent qui, du coup, nous semble moins mouvementé.

Mme Dulac se lève en me disant que : « Le thé fait encore des siennes ! » et elle se dirige vers le restaurant.

Je reste un moment les yeux dans le vague. Bouleversé à vrai dire. Encore englué dans l'horreur de ce que cette petite dame vient de me raconter. Étourdi aussi par le contraste entre sa gentille bouille de grand-mère et la violence inouïe des secrets qui se cachent sous son crâne. J'ai bien vu que lentement l'émotion montait dans son regard et marquait ses intonations, mais je n'imaginais pas que sa confession irait jusque-là. Jusqu'à ce dénouement.

Je sors mon portable qui a encore vibré à plusieurs reprises et écoute les messages : il y en a un du lieutenant Chenu que je n'avais pas écouté un peu plus tôt et que j'efface aussitôt ; un autre lieutenant qui me fait un rapport sur une seconde affaire en cours ; Chenu à nouveau, qui me confirme que les deux garçons sont avec lui au commissariat et qu'ils m'attendent ; et pour finir, Mme Prenchère qui me demande si je suis bien toujours avec sa pensionnaire, un brin d'inquiétude dans la voix.

Au moment où je range mon portable, je la vois revenir, sillonnant tranquillement entre les tables. La lumière s'allume sur la terrasse ; la pénombre ne va pas tarder à engloutir le décor.

Son sourire reste spontané, bien que sur ses traits persiste l'écho de la tragédie.

— Mme Prenchère vous réclame !

— Je m'en doutais… Vous lui avez parlé ?

— Non, elle a laissé un message. Il faut que je la rappelle…

Elle se rassoit en évitant soigneusement de se prendre les pieds dans ceux de la chaise.

— Alors demandez-lui si elle veut bien me mettre au deuxième service… À 20 heures. Je ne serai plus très longue, mais il sera trop tard pour le premier service… Le temps que nous rentrions ensuite…

— D'accord.

Ressurgit le malaise qui m'a gagné en la voyant couper sa laine avec sa paire de ciseaux. Ces ciseaux qui pourraient avoir tué M. Jouanaud. Une palpitation m'ébranle à nouveau. La vengeance. Il y a dans ce qu'elle vient de me raconter un terrain tout à fait propice à la vengeance. Torture, tentative de viol, humiliation, viol, voilà de quoi alimenter des motivations pour commettre un meurtre. Je n'ai jamais écarté cette éventualité malgré son âge. Et puis elle m'a montré qu'au sortir de l'adolescence, les cruautés de l'Occupation et les événements de la Libération ont éveillé et développé ses capacités de défense, et d'attaque même. Retrouver un de ses bourreaux pourrait avoir déclenché la même réaction soixante ans après.

Pourtant, même si je peux l'envisager, j'ai du mal à accepter cette hypothèse maintenant que je la connais un peu mieux, car ses actions étaient alors uniquement motivées par une volonté ferme de libération de sa ville et de sa nation, et non par un esprit revanchard quelconque.

Avant que nous partions pour venir dans ce restaurant où elle voulait me parler, elle m'avait dit qu'elle ne savait pas si elle aurait beaucoup l'occasion de revenir ici : était-ce l'habituelle formule d'une personne âgée qui pense qu'elle ne sera plus là l'année prochaine, ou insinuait-elle qu'elle voulait m'avouer quelque chose qui entraînerait son arrestation ? Comme un crime.

En tout cas maintenant elle parle de retourner à *Sainte-Cécile* lorsque notre longue entrevue sera terminée. Je m'y perds. La dureté de son récit, son application à me retranscrire chacun de ses sentiments, chacune de ses souffrances, m'ont quelque peu désorienté. D'autant qu'elle l'a fait sans pudeur, mais sans verser non plus dans l'exhibitionnisme malsain. Tout cela est surprenant venant d'une femme âgée. Les vieilles personnes mettent généralement plus d'entrain à partager les bons moments de leur passé, leurs actes héroïques s'il y en a eu, qu'à raviver les passages douloureux de leur existence qu'elles préfèrent éluder. Mme Dulac, elle, ne s'est pas contentée de revenir sur ses exploits, elle a pris le temps et eu le courage de faire resurgir ses démons pour que je comprenne bien le cheminement de son esprit tout au long des mois, des semaines, et puis des jours, jusqu'aux heures, aux minutes mêmes.

Je me lève à mon tour pour « évacuer le thé », comme elle dit, et appeler Mme Prenchère. Je me sens vaciller entre les tables en rejoignant le restaurant. Perturbé en fait par cet *imbroglio* d'hypothèses sur l'enquête que je suis en train de mener. Je me demande si j'ai bien fait d'accepter de venir ; peut-être cette vieille dame avait-elle simplement besoin de se confier après tant d'années et a-t-elle trouvé en moi un interlocuteur de choix, sans qu'il y ait de finalité. Je reste perplexe.

— Vous voulez un apéritif ?

Je me retourne. Elle est là, seule face à la mer, presque radieuse.

— Pourquoi pas ?

— Kir ?

— Oui, très bien. Vous voulez que je les commande en passant ?

— Non, non, elle va venir…

Je lui souris en retour et disparais.

Mme Prenchère est étonnée que nous ne soyons toujours pas revenus. Je la rassure en lui expliquant où nous sommes et que ça a été plus long que prévu, mais que ça ne me dérange pas d'avoir changé un peu les idées et l'horizon de sa pensionnaire pour l'après-midi. Je lui précise aussi que je verrai donc les derniers demain. Puis je lui transmets la demande de Mme Dulac pour l'horaire du dîner et lui promets de la ramener à l'heure.

Dans le silence des toilettes, je me sens encore mal à l'aise. Incapable de deviner où elle veut vraiment en venir. Ne parvenant à ordonner aucune idée pour y voir plus clair. Pourquoi me faire tout ce récit, à moi, en pleine enquête, pourquoi revenir sur ces temps anciens, si ce n'est pour avouer un crime motivé par la vengeance ? Et puis à nouveau je me dis que ce n'est pas possible, que je fais fausse route. Le brouillard…

Pourtant une chose est sûre, cet apéritif qu'elle m'a proposé n'est pas anodin, c'est une invitation évidente à prolonger notre entrevue.

Quand je reviens sur la terrasse, la table a été débarrassée et la serveuse me suit avec les deux kirs sur un plateau.

Je reprends ma place tandis qu'elle pose les apéritifs devant nous.

— Vous n'avez pas trop froid, madame Dulac ? demande-t-elle, pleine d'affection.

— Non, ça va très bien… Merci.

Je confirme d'un léger coup de tête. Elle se retire et nous laisse seuls. À l'intérieur, plusieurs clients se sont installés le long de la baie vitrée pour profiter des dernières lueurs du jour en sirotant eux aussi leur apéritif.

Un voilier rentre au port au moteur, le reflet de ses feux de signalisation filant à la surface de l'eau maintenant assombrie.

Mme Dulac prend son verre et je l'imite. Nous les levons à la hauteur de nos yeux mais n'échangeons pas la formule classique, seulement un regard un peu confus. Il y a de la retenue chez elle, et sans doute également une certaine mélancolie engendrée par la douleur ressuscitée. Je tente pour ma part de masquer mon appréhension pour la suite. Peut-être cache-t-elle, elle aussi, de l'anxiété.

Nous buvons dans un silence que je n'ose interrompre, lui laissant l'initiative de poursuivre. Si toutefois elle le souhaite.

— Vous avez eu Mme Prenchère ?

— Oui, oui…

— Ça ne l'ennuie pas qu'on rentre plus tard ?

— Non, non, tant qu'elle est prévenue…

Mais elle est ailleurs. Ses yeux dans le dégradé bleu foncé de l'horizon. Ce regard lointain qui a marqué les temps de pause tout au long de son récit.

— Et puis il n'y a aucun problème pour le deuxième service…

Elle ne semble pas entendre non plus ce que je viens d'ajouter. Poser ces questions était une manière de gagner encore un peu de temps en évitant de nous perdre dans un silence trop pesant.

Ses cils battent plusieurs fois, comme si elle chassait une image de ses yeux. Ou se réveillait d'un songe.

—Vous savez, il y en avait beaucoup à cette époque des types comme lui. Ils se sont faits héros au bon moment, et ils le sont restés, parfois au détriment des vrais héros qui gardaient leurs faits d'armes ou leur longue activité dans le renseignement sous silence, par pudeur. Ceux-là ne sentaient pas le besoin de bomber le torse en public, de proclamer haut et fort qu'ils avaient risqué leur vie et celle de toute leur famille pour que le pays retrouve sa dignité.

Elle explore les profondeurs de son kir.

— Quand l'insurrection a commencé, beaucoup de Parisiens se sont ralliés aux FFI qui demandaient à tous les habitants de se soulever avec eux contre l'Occupant. La majorité l'a fait non par opportunisme mais simplement pour apporter leurs forces à celles des combattants qui avaient amorcé le mouvement de libération. Mais parmi les Parisiens, et ça s'est vu partout en France, il y avait ceux qu'on appelait les RMA, les « Résistants du Mois d'Août », des hommes ou des femmes qui ne s'étaient pas manifestés pendant toute la durée de l'Occupation, n'ayant flirté avec la Résistance que de manière platonique, et qui voyaient là l'occasion de se donner des airs de guerriers, de justiciers, voire de moralisateurs pour chasser les Allemands et ceux qui les avaient soutenus… La tonte a été à Paris et dans tout le pays un exutoire pour beaucoup de Français, mais aussi une manière de se dédouaner de n'avoir rien fait pendant quatre ans et donc de se racheter une conscience. Humilier les femmes qui avaient eu des relations avec les Allemands était une façon indirecte de s'attaquer à l'Occupant sans risquer de représailles… Bien sûr il y avait aussi ceux qui ont profité de la situation pour régler quelques comptes personnels ou ceux qui se collaient un brassard sur le bras afin de piller allégrement magasins ou appartements inoccupés. Et puis, encore au-dessus, on trouvait ceux qui avaient carrément collaboré avec l'Occupant et qui profitaient de la confusion de ces derniers jours pour passer du bon côté… C'était le cas de ce fameux Pablo. Il avait dû exploiter le filon du marché noir jusqu'au bout, jusqu'à changer son fusil d'épaule quand le vent avait commencé à tourner, pour se ranger du côté des partisans, n'hésitant pas à faire partie de ceux qui jugeaient les autres afin de mieux asseoir son nouveau statut…

Elle boit une gorgée et reste les yeux fixés sur le ciel opaque, comme lisant directement dans le flux agité de ses souvenirs.

— Ça a été dur de me faire traiter de RMA, ou de « Résistante de la treizième heure » comme on disait aussi, par cette foule qui réclamait une justice immédiate… Bien entendu le viol a été une torture physique et mentale, et la mort d'Auguste un supplice, mais étrangement le traumatisme est venu un peu plus tard. Comme si je ne pouvais pleinement réaliser l'impact de ces deux faits sur le moment. Comme s'il me fallait du recul avant d'en ressentir les dégâts. Ce qui m'a fait flancher dans un premier temps, ça a été le mépris, le dénigrement dont j'ai été victime. Ça m'a énormément marquée. Blessée. Profondément. Car je les prenais pour une violation de ma nature, de ma nouvelle nature. Je venais à peine de naître sous un jour nouveau, de prendre mon envol, et on m'a abattue, on m'a ramenée de force sur la terre pour me traîner dans la boue, me salir, m'humilier. Les cris, les gestes, les rires de ceux qui se régalaient de la tonte… Se faire traiter de « collabo » par un homme qui représentait la pire espèce de ce qui traînait dans les rues de Paris à ce moment-là…

La douleur est encore là, ranimée, sensible. Elle reste un petit moment sans rien dire. J'attends en observant les vestiges du jour dans le bas du ciel.

— Cette part d'ombre des Français de cette période,

de certains Français, est restée longtemps taboue. On préférait l'étouffer pour se concentrer sur la glorification des héros de la Résistance et sur la fabuleuse aventure de la Libération… Ce n'est que récemment que des historiens se sont penchés sur ces épisodes des tontes. Ils estiment qu'environ vingt mille femmes ont subi ce châtiment dans toute la France. Un traitement qui a été infligé sans distinction à celles qui ont eu des relations avec les Allemands, quels que soient le degré et la nature de cette relation, qu'elle soit sexuelle, que ce soit une collaboration pure et dure en travaillant avec eux, en dénonçant, ou en se livrant à un marché noir fructueux. Même peine pour toutes. Pendant l'Occupation, on reprochait déjà à ces femmes, parfois très jeunes, d'avoir cessé de croire en la victoire en ayant des relations avec l'ennemi. Elles étaient indignes du pays, elles faisaient partie des mauvais Français. Pourtant c'étaient pour beaucoup des femmes comme moi qui, avant toute idée opportuniste, avaient succombé aux charmes d'hommes dont la majorité était de simples soldats de la Wehrmacht, et non pas des nazis ou des SS. « Collaboration sentimentale » on a appelé ça aussi. C'était peut-être de la faiblesse, mais bon… ce n'était pas ça qui allait changer le cours de la guerre. Et puis il faut bien avoir conscience que beaucoup de maris, de garçons, étaient partis, prisonniers ou au maquis, alors il y avait forcément des tentations…

Le coin de sa bouche se soulève discrètement, ses yeux se plissent. Elle prend soin de me regarder.

— En poussant plus loin l'analyse, les historiens ont conclu que ces punitions sauvages avaient d'abord été le symbole d'une renaissance pour ceux qui tenaient les armes à ce moment-là. Ces hommes, ces soldats, traumatisés par la défaite du début de la guerre, par la déroute de l'armée, ont eu besoin de retrouver leur dignité, et c'est en nous humiliant de leur geste barbare qu'ils l'ont retrouvée, que leur toute-puissance est revenue. Les femmes ont été les victimes expiatoires d'une virilité mise à mal par l'échec de 1940 ; c'est par cette formule que les spécialistes résument tout ça. L'ennemi enfin parti, il y avait urgence pour la gent masculine de procéder à des arrestations et à des tontes pour effacer ses mauvais souvenirs, sa propre humiliation de 40. Les gaillards fanfaronnaient ainsi de leur pouvoir reconquis, de leur place prépondérante enfin reprise au sein de la société. Et la populace les encourageait, ravie du spectacle et tirant elle aussi un trait sur la déroute qu'avait connue notre pays et la peur provoquée par l'arrivée subite des Allemands…

Elle tousse doucement puis passe une main dans ses cheveux. À nouveau elle se plonge dans le lointain de l'océan et, je le vois à l'expression de son visage, dans son passé. Mais ça ne vient pas tout de suite. Elle ne se précipite pas, ordonne ses pensées. Et ajuste son col avant de reprendre.

— Je suis restée longtemps assise sur mon lit à regarder par la fenêtre et à écouter les rumeurs des fêtes qui me parvenaient d'un peu partout. Tard dans la nuit. Jusqu'à m'endormir. Assommée par la fatigue. J'en avais accumulé tellement dans les derniers jours. Et le dénouement m'avait définitivement abattue… Je me suis réveillée le lendemain à midi. À nouveau j'ai voulu croire que j'avais fait un mauvais rêve, mais j'ai senti tout de suite un grand poids qui m'écrasait. Rien de tout cela n'avait été rêvé. J'étais toujours dans ma triste réalité.

Elle jette un œil vers moi et serre les lèvres dans une moue désolée.

— J'ai juste trouvé la force de me laver. Sorte de première étape. Mais je n'avais le courage de rien d'autre. Je voulais vite retrouver ma chambre, mon lit. M'isoler encore. Aller-retour dans la salle de bains en évitant toujours soigneusement mon reflet dans les miroirs. Pourtant le fait de m'être levée, d'avoir bougé, de m'être rafraîchie, m'a fait sortir de ma léthargie, et j'ai pris conscience de la présence d'Auguste à côté. Et du fait qu'il soit mort. Pour toujours. Je devais l'accepter. Je n'ai pas eu le courage d'aller le voir, mais je me suis forcée à admettre que ce que nous avions partagé faisait désormais partie du passé, que c'était terminé, que notre histoire s'était achevée quand il s'était jeté à mon secours… Je me suis sentie d'autant plus oppressée. Ça explosait doucement à l'intérieur, une brèche s'ouvrait. Et elle n'était pas près de se refermer.

Elle pose son verre sur la table et marque un temps.

— Ils ne savaient même pas que c'était un Allemand. Ils l'ont simplement abattu parce qu'il gênait. Parce qu'il était venu perturber leur plan.

Sa main vient tapoter sa cuisse. Sans doute une manière de contenir sa peine.

— J'étais dans un état de demi-conscience, ne pouvant arrêter mes larmes, n'espérant plus rien pour le reste de ma vie. Défaitisme absolu que l'on rencontre forcément dans ce genre de situation… J'entendais dehors des personnes qui se hélaient d'un balcon à l'autre pour partir sur les Champs-Élysées que de Gaulle devait descendre dans l'après-midi. Dans mon désespoir, j'imaginais la fête que ça allait être. Puis je replongeais. Je laissais les sanglots me secouer ;

je savais qu'il ne fallait rien retenir si je ne voulais pas sombrer pour de bon. Il me restait au moins cette présence d'esprit. Je devais évacuer la douleur première, celle de l'instant, ne pas la garder pour que la suivante, plus longue, puisse s'installer une fois celle-ci consommée.

Sa main tapote toujours sur sa cuisse.

— J'ai fini par me rendormir en fin de journée. Les tireurs des toits qui continuaient de sévir interrompaient ponctuellement mon sommeil, mais je repartais aussitôt. Puis vers 23 heures les sirènes qui prévenaient d'un bombardement m'ont réveillée en sursaut. Et déjà venaient les premières déflagrations. Mais je n'ai pas bougé. Cette fois-ci c'étaient des appareils allemands qui larguaient leurs bombes sur Paris. Comme une vengeance, un dernier baroud d'honneur. En dessous, la petite de Françoise gémissait à chaque impact. Sa mère m'avait dit qu'elle avait été traumatisée une nuit par une violente explosion et que, depuis, le moindre son de bombardement la mettait dans un état second. Peut-être regrettait-elle d'avoir refusé que sa fille soit emmenée en province avec d'autres petits Parisiens par mesure de précaution ; mais elle n'avait pas voulu qu'on les sépare… Il y avait aussi des cris dans la cour. Et des pas dévalaient l'escalier à toute allure pour gagner les abris à la cave. Moi j'attendais que ça vienne. C'était peut-être l'occasion de disparaître à mon tour. Me jeter par la fenêtre, j'en étais incapable, mais si une bombe venait à frapper l'immeuble, elle ferait mon affaire. J'ai attendu. Les explosions se sont rapprochées, certaines ont atteint des immeubles tout proches, les murs vibraient, les fenêtres prêtes à voler en éclats, mais ce n'est pas venu jusque chez moi.

Dieu en a voulu autrement. Il voulait que je vive, sans doute. Je ne savais pas pour quoi au juste…

Elle soupire, un peu désabusée, puis se reprend.

— Le lendemain, j'étais presque sereine. C'était relatif bien sûr mais, comme j'étais en vie après le violent bombardement de la nuit, je me suis dit que je devais continuer. J'ai trouvé la force de me regarder dans la glace et de passer une main sur mon crâne dégarni.

Elle réprime une sorte de brusque haut-le-cœur.

— Impossible de vous décrire ce que j'éprouvais… Je ne me reconnaissais pas… J'avais devant moi quelqu'un que je n'avais jamais vu…

Elle n'arrive toujours pas à admettre son reflet. Une vie n'y suffirait pas.

— Puis j'ai rassemblé tout mon courage pour aller jusqu'au salon avec un grand drap blanc.

Elle s'arrête un court instant, comme hésitant devant l'obstacle.

— En m'approchant du corps d'Auguste, j'ai remarqué qu'un de ses recueils de théâtre dépassait d'une poche de son pantalon. Je me souviens parfaitement de ce petit détail, de la couleur violette de la couverture un peu cornée. Il ne les avait pas quittés. Je me suis dit qu'au moins il partirait avec ces œuvres qu'il aimait tant…

Elle marque à nouveau un temps et respire pour prendre son élan.

— J'ai juste jeté un œil à son visage, mais je ne voulais pas trop garder celui-ci en mémoire, je préférais rester sur celui de nos nuits dans sa chambre, son enthousiasme, les cigarettes partagées, la tendresse de nos étreintes… Je l'ai couvert avec le drap et j'ai fait une longue prière à laquelle se mêlaient nos souvenirs, espérant qu'il trouverait une bonne place là-haut. Il y avait de la ferveur religieuse et il y avait de l'amour. La volonté de lui en transmettre encore. Et je pleurais. Je le pleurais. C'était la douleur d'un enterrement. Car déjà je savais que je ne serais pas là le jour où on le couvrirait d'une stèle de marbre.

Ses yeux se perdent un moment encore sur la houle que l'on devine à peine. Elle se redresse un peu, sans doute pour dissiper l'émotion qui est revenue en force.

— Puis j'ai déchiré l'*ausweis* qui traînait toujours sur la table du salon et l'ai brûlé morceau par morceau dans le cendrier pour le faire disparaître…

Son regard reste braqué vers l'horizon.

— J'ai pensé à ce moment-là que j'aurais pu montrer mon laissez-passer des *Étendards* à ceux qui m'accusaient et qui m'ont entraînée dans cette cour… C'était une preuve qui aurait pu les calmer… Mais j'étais tellement désarçonnée et paniquée que je n'avais même pas eu la présence d'esprit de le brandir…

Nous nous regardons un instant ; j'amorce un sourire compréhensif.

— Mais bon… Je ne pense pas que ça aurait changé grand-chose de toute manière… Sans doute, comme ce Pablo, auraient-ils décrété que c'était un faux, tellement persuadés de ma culpabilité…

Elle laisse quelques secondes s'écouler puis me rend mon sourire. Un peu affecté, il faut dire.

— Après de multiples tentatives à plusieurs numéros, je suis parvenue à joindre *Claudel*. Je lui ai demandé de venir chez moi, lui précisant que c'était important. Il a noté mon adresse qu'il n'avait pas, bien entendu, et m'a dit qu'il viendrait dès qu'il le pourrait. Je ne sais pas s'il a deviné quelque chose au son de ma voix ou s'il n'était pas loin, mais il était là une heure après. Avec *Jean*, que j'avais déjà croisé plusieurs fois. Son sourire a tout de suite disparu quand il m'a aperçue dans l'embrasure de la porte. J'ai lu la frayeur mais aussi l'incompréhension sur son visage. Et je me suis jetée dans ses bras comme une gamine dans les bras de son père. Je me suis accrochée à lui en déversant tout mon désespoir, tout mon chagrin. Il m'a prise par les épaules et m'a poussée doucement dans l'appartement pour que *Jean* puisse fermer derrière nous. La douleur qui me secouait alors était différente de celle qui me rongeait jusque-là. Car le regard qui se posait sur moi était celui de mon chef direct, celui aux ordres duquel j'étais fière de répondre, celui avec lequel j'avais partagé des moments de tension hors du commun. Je craquais, tout simplement. Mais lui restait perplexe, me demandant ce qu'il s'était passé. Et il ne comprenait rien de ce que je bredouillais au milieu de mes sanglots. *Jean* a découvert le corps d'Auguste dans le salon, mais j'étais toujours incapable d'expliquer qui il était et ce qu'il faisait là. Je hoquetais sans pouvoir prononcer deux mots intelligibles.

Elle rabat un pan de son manteau et croise les bras sur sa poitrine.

— Quand je me suis calmée, j'ai pu leur expliquer. Auguste. Notre relation. Les plans dérobés au *Meurice*. Puis la suite. Le retour à la maison… Les deux hommes m'observaient, chaque fois un peu plus abasourdis par mon récit. Ils restaient muets. Parfois les sanglots me reprenaient et *Claudel* me serrait dans ses bras pour me réconforter.

Son regard se pose sur le mien et repart.

— Je suis allée jusqu'au bout de mon histoire, puis je me suis encore effondrée. J'avais l'impression que je ne pourrais plus m'arrêter. *Claudel* me serrait toujours.

Comme un grand frère. Il me disait de ne pas m'en faire. De ne pas me culpabiliser. Que ça irait. Qu'ils allaient retrouver ce Pablo. Mais je ne pouvais plus lui répondre. Ma gorge m'empêchait de parler.

Elle tousse, comme pour se la dégager, sans s'en rendre compte sûrement.

— Il s'est occupé de tout…

À nouveau elle s'étrangle, puis se reprend pour poursuivre.

— Je m'étais réfugiée dans ma chambre quand ils ont emporté le corps d'Auguste…

C'est comme si je la voyais, la tête tournée vers sa porte fermée, écoutant malgré elle les efforts des hommes qui sortent le cadavre sur une civière.

— Et puis il a tout organisé pour que j'aille chez ma tante en Bretagne retrouver ma mère et ma grand-mère, comme je le lui avais demandé. Je voulais quitter l'appartement au plus vite. J'ai fait mes bagages dans la nuit et le lendemain matin *Jean* est venu me chercher. *Claudel* était là pour me dire « au revoir ». Il m'a confié une lettre signée de *Sancerre* dans laquelle ce dernier certifiait mon action au sein des *Étendards* pendant les mois qui ont précédé la Libération, précisant qu'il pourrait témoigner en ma faveur si jamais quelqu'un voulait me traîner devant les tribunaux. Heureusement je n'ai jamais eu besoin de me servir de ce courrier…

Elle se redresse un peu sur son siège.

— Il m'a annoncé qu'il s'était engagé dans l'armée de *Leclerc* avec *Sancerre* et d'autres résistants pour former des bataillons afin de poursuivre le combat vers l'Allemagne. Ils ont été nombreux, après plusieurs semaines ou mois de lutte clandestine, à se présenter ainsi dans les bureaux d'enrôlement pour s'engager dans l'armée officielle. Il devait partir le lendemain. Alors nous nous sommes embrassés en nous promettant de nous revoir quand tout ça serait terminé. Mais je savais déjà au fond de moi que je ne tiendrais pas cette promesse pour ne pas avoir à renouer avec cette période. Ça a été le cas. Je ne sais même pas s'il est revenu de ces derniers mois de combats. Et j'ai même oublié son vrai nom qu'il m'a confié ce jour-là… Pour moi il est resté *Claudel*.

Elle ébauche un sourire.

— « Prenons un air badin… » imite-t-elle.

Son sourire s'élargit, empreint de nostalgie. Il faut dire qu'elle a partagé des moments d'une intensité unique avec cet homme qui semble avoir été comme une sorte d'oncle d'adoption, courageux, affectueux et sincère, sur lequel elle a pu se reposer en ces temps bouleversés.

— Couverte d'un foulard, je me suis engouffrée dans la voiture et ai à peine relevé la tête pendant les deux jours qu'a duré le voyage. Je me suis tassée à l'arrière du véhicule et n'ai plus bougé. Par la vitre j'ai entraperçu Paris qui renaissait, puis les villages que nous traversions qui réapprenaient à vivre sous un jour nouveau. Nous croisions des convois ininterrompus de véhicules américains qui roulaient en sens inverse, vers l'Est, tous ornés de leur grosse étoile blanche. Certains secteurs par lesquels nous sommes passés avaient été ravagés par des tapis de bombes et de terribles combats. Il ne restait parfois que des villages en ruine et plus aucun civil… Je me souviens aussi d'un soldat américain, un de ces *Sammies*, stationné sur le bord de la route avec une moustache taillée comme celle d'Hitler et un grand sourire. Comme une image furtive, un rêve. J'étais dans un brouillard épais. Je ne pensais plus à rien. Je me laissais guider. J'avais besoin de m'abandonner un moment.

Elle marque encore un silence qui dure un peu. Et ajoute juste :

— Les retrouvailles avec ma mère ont été heureuses et douloureuses en même temps.

Sa phrase est longuement ponctuée par les vagues qui, en bas, viennent s'échouer sur la plage, inlassablement.

— Mon père n'est jamais revenu d'Allemagne. Il est mort lors d'un bombardement allié sur l'usine où il travaillait. On n'a rien récupéré de lui. Pas même le témoignage d'un de ses camarades. Juste une pension…

Je remarque que son ton est monocorde. Une manière de ne pas mettre d'émotion dans ses mots, de les laisser à plat pour éviter d'être gagnée plus encore par la tristesse.

— Les malheurs s'enchaînaient… Ma mère n'a pas voulu retourner vivre à Paris. Elle a revendu l'appartement et n'a fait revenir que certains meubles, vendant aussi tout le reste. Nous vivions encore chez ma tante avec ma grand-mère en attendant de trouver une maison dans la région. L'atmosphère était étrange. Nous étions comme des naufragées. Veuves et orphelines. Perdues sur une île déserte.

Ses phrases sont de plus en plus espacées. Pourtant, malgré la difficulté, elle poursuit. Ce doit être une nouvelle phase qui lui permet d'exorciser ses souvenirs. Maintenant qu'elle est revenue dessus, il faut aller jusqu'au bout.

— Bien sûr, je leur ai raconté ce qui s'était passé… La guerre avait beau m'avoir appris l'art du mensonge, je ne pouvais quand même pas en cette période prétendre que ma boule à zéro venait du fait que j'aie eu des poux…

L'esquisse de sourire est bien faible, mais je remarque qu'elle garde encore un brin d'ironie.

— Je disais à ma mère : « Pleure pas, maman, ça va repousser », car elle ne pouvait s'en empêcher, comme la fois où on me les avait coupés, gamine.

Et une main aplatit la mèche sur sa tempe, comme un geste de coquetterie qui a survécu à tout ça.

— Mais elles n'ont jamais su que j'étais enceinte…

J'ai l'impression que plus elle avance plus je m'enfonce dans ma chaise, comme happé par cette accumulation de malheurs.

— Je me suis fait avorter… Les faiseuses d'anges avaient eu le temps de se faire la main pendant l'Occupation, avec tous les enfants conçus avec les Allemands ou avec un amant pendant que le mari était prisonnier ou au STO…

Elle semble soudain sortir de son récit et sourit.

— C'est un peu la misère, hein ? Mais bon, ça arrive les mauvaises passes… Là j'en tenais une belle, vous me direz !

Elle rit presque.

Je ne peux m'empêcher de sourire face à la désinvolture qu'elle arrive à manifester au milieu de tout ça. Et puis ça me permet d'évacuer moi aussi !

— Je me demandais parfois où ça allait s'arrêter, si on pouvait connaître pire que de perdre son amoureux, puis son père, et avorter de l'enfant d'un viol…

Son visage se ferme de nouveau dans un soupir.

— Ma foi s'est renforcée… J'avais besoin de la religion pour survivre… Mon esprit mettait au second plan ma souffrance pour ne pas gâcher la suite de mon existence. Je pouvais déjà considérer que j'avais de la chance d'être en vie… Je relativisais en pensant à toutes celles et ceux arrêtés par la Police française, par la Milice ou par la Gestapo et qui ont subi la torture avant d'être envoyés en Allemagne. Et qui n'en sont jamais revenus. Je me disais qu'à côté ma douleur était infime, qu'au fond j'avais eu de la chance de ne pas connaître le pire de la nature humaine qu'ont été les camps de concentration…

Un temps d'arrêt est nécessaire pour laisser passer cette bourrasque. Il se prolonge un peu.

— La guerre n'était plus là mais elle restait omniprésente dans la presse, à la radio et dans nos conversations. Il subsistait toujours des poches de résistance allemande sur la côte Atlantique, mais le front principal se situait dans l'est du pays et en Belgique… Là-bas, après le dernier tour de force d'Hitler dans les Ardennes, les troupes alliées réduisaient chaque jour un peu plus le territoire ennemi… Les combats étaient féroces et meurtriers… L'Allemagne se faisait pilonner par nos bombardiers… Des villes entières étaient rasées en quelques heures… En France, on craignait qu'une guerre civile n'éclate, entre l'épuration et les rivalités politiques qui refaisaient surface, mais de Gaulle, président du gouvernement provisoire, est parvenu à arbitrer tout le monde et à maintenir la nation debout…

Encore un soupir.

— Quand on a appris la mort d'Hitler, on ne savait pas s'il fallait s'en réjouir ou préférer qu'il ait pu être pris vivant pour être jugé… Dans la foulée l'armistice a été signé pour l'Europe… Ça a été un certain soulagement, on pouvait enfin se dire que la guerre était terminée… Mais les plaies étaient encore à vif…

Elles le sont toujours, je le vois bien.

— Puis il y a eu l'ouverture des camps… Des

images insupportables… L'inimaginable… Le poids de la honte pour l'humanité… Nous vivions des temps maudits…

Ses paupières se ferment un instant.

— Les prisonniers revenaient enfin. Pour ceux qui avaient eu la chance de survivre… Étaient aussi rapatriés ceux qui par miracle avaient réchappé des camps et qu'on avait appelé les « déplacés » ou les « absents », comme pour ne pas mettre de vrai nom sur une réalité… juifs, communistes, résistants, qui reprenaient leur existence comme ils le pouvaient avec le secret de ce qu'ils avaient subi enfoui au plus profond d'eux… Le silence qui recouvrait leurs blessures arrangeait tout le monde… On trouvait qu'on avait déjà connu assez de souffrances comme ça… En fait on ne voulait pas voir. On ne voulait pas savoir… Et puis personne ne pouvait imaginer… Ça restait inconcevable… Inhumain…

Ses yeux restent une nouvelle fois clos plusieurs secondes.

— La guerre, elle, se poursuivait en Asie. Puis les deux bombes atomiques ont été larguées sur le Japon… Des milliers de morts en quelques secondes… Je me souviens que certains journaux faisaient l'éloge de cette technologie moderne… Comme s'il n'y avait pas eu assez de victimes et d'atrocités jusque-là… Mais ça a mis un terme définitif à la guerre, alors on ne savait plus trop quoi penser…

Une fois encore elle laisse traîner sa phrase qui est emportée par un souffle léger.

— La paix avait beau être véritablement revenue, le quotidien restait difficile. Le ravitaillement n'était pas régulier, on utilisait encore les coupons d'alimentation… Ils sont d'ailleurs restés longtemps en vigueur…

Le pays était ruiné. Il avait du mal à reprendre vie. Moi, après avoir traversé toute cette période de libération un peu comme un fantôme, j'ai tout de même fini par déménager pour changer d'horizon, et surtout pour ne plus traîner dans les jupons de ma mère. Il était temps que je grandisse pour de bon, que je devienne indépendante. J'avais tout simplement besoin de devenir une femme... C'était une question de survie ; il devenait nécessaire d'évacuer tout le reste... Alors je me suis installée à Nantes. Pas trop loin d'elle quand même... Nous avions besoin l'une de l'autre...

Un silence. Un coup d'œil.

— Mes cheveux avaient repoussé, j'étais redevenue la jeune femme que j'avais quittée le jour de la Libération. Du moins en apparence, car à l'intérieur la reconstruction était laborieuse. J'avais encore des périodes d'abattement total. Parfois je restais toute la journée au lit et ne parvenais à m'en extraire que le lendemain matin. J'étais encore fragile. Il fallait y aller par étapes...

Son regard se perd dans le vide.

— C'était dur... Il fallait essayer d'oublier ces années d'Occupation, toute cette violence morale accumulée, l'angoisse, la tristesse, mais aussi la tension des derniers mois de lutte. Les combattants que nous étions devenus. Enragés, prêts à tout... Et par conséquent il fallait faire face au vide que la paix avait créé. Après la clandestinité et toute l'adrénaline qu'elle engendrait, la vie semblait morne. Plus qu'elle ne l'était réellement. Je me sentais inutile. Bêtement vivante au milieu de ces tristes souvenirs, de tous ces cadavres qui hantaient mon passé. Et avec le rétablissement de l'ordre sur notre territoire, tous les espoirs de renouveau de la jeunesse qui étaient nés de la lutte étaient balayés d'un coup ; les adultes reprenaient le dessus. On revenait à la même situation qu'avant. En pire. C'est comme si on ne cessait de nous punir…

Elle tend la main pour attraper son verre mais le laisse sur la table.

— « Tout est pourri », avait-on l'habitude de dire en parlant de nos conditions de vie, de la guerre politique en cours, de l'épuration qui n'en finissait pas…

Elle finit par prendre son verre, en scrute inconsciemment le contenu et boit une gorgée. Le mien est toujours sur la table. Je suis dans un tel état d'ahurissement que je ne pense pas à le boire. Je me contente de la regarder comme je le fais depuis tout à l'heure. Combien de temps a-t-elle parlé en tout ? Je n'en sais rien. Et moi qui n'ai pas ouvert la bouche pour ne pas l'interrompre, la laisser se livrer à son rythme, sans la bousculer.

— Je n'ai jamais rien évoqué de tout ça avec personne… Pas de chance, c'est sur vous que ça tombe !

Et elle a son petit rire qui mélange nervosité et amusement.

— Vous savez, je n'ai jamais vraiment eu envie de revivre ces moments-là. Ne serait-ce que les souvenirs qui reviennent souvent sur cette période, les chaussures à semelles de bois, les coutures de bas peintes sur les mollets, les savons au suif ou à la soude, les rutabagas ou les topinambours… Je n'ai jamais voulu raconter… Les restrictions, la faim, le son des patrouilles allemandes sur les pavés, les peurs quotidiennes, tout ça était bien là où c'était, derrière nous…

Son sourire traîne encore un instant, puis le masque revient à nouveau brusquement.

— Je n'ai jamais oublié Auguste… Il s'est seulement dissipé dans mon esprit pour que je puisse vivre en paix… *Jean* m'a écrit que son corps avait été remis à l'armée allemande vaincue, mais je ne sais pas où il a été enterré… Et je n'ai pas fait de recherches pour retrouver le cimetière où il repose. Ce n'est pas que je m'en fichais, au contraire, mais je ne ressentais pas le besoin de voir sa tombe. Je ne voulais pas me lancer dans un pèlerinage et tout faire remonter inutilement… Je vois déjà l'effet que ça me fait d'en parler aujourd'hui… Ce qui importe, c'est qu'Auguste soit resté là, près de moi, tout au fond…

J'aimerais bien voir à quoi il ressemblait. Je m'en suis fait une idée, mais sans doute est-elle complètement fausse.

— Et j'ai gardé sa manière légère d'aborder la vie, cette faculté qu'il avait de faire face aux événements avec un certain détachement… Heureusement, vous me direz ! Ça m'a bien servi…

Elle boit une nouvelle gorgée d'apéritif. Peut-être à sa santé. Peut-être aussi pour se donner le courage d'aller au bout.

Elle prend un peu de temps avant de continuer.

— Pendant que les Alliés progressaient vers nous après le débarquement, je me disais qu'une fois le pays libéré tout reviendrait dans l'ordre, qu'après tant de souffrances les hommes vivraient plus en harmonie. L'élan solidaire qui nous portait tous semblait avoir supprimé les conflits de classes et les batailles politiques… J'étais encore bien naïve… Ce que j'ai subi dans les premières heures de la Libération m'a donné un avant-goût de ce qui allait suivre : l'heure des comptes avait sonné, et avec elle les pires et les plus mesquines vengeances. Comme si ce qu'avaient fait la Gestapo et la Wehrmacht n'avait pas servi de leçon, leur mentalité malfaisante faite de haine et de lâcheté perdurait.

Elle serre nerveusement le pan de sa veste contre elle, montrant son agacement à cette évocation.

— C'était écœurant. Honteux. Triste. Même s'il fallait effectivement punir ceux qui comme les miliciens avaient aidé les Allemands dans leurs besognes et particulièrement ceux qui étaient aux ordres des SS ou de la Gestapo, la première vague d'épuration qui s'est faite en dehors de toute institution judiciaire s'est étendue dans l'anarchie la plus complète à des hommes et à des femmes qui avaient de près ou de loin eu un contact avec un Allemand. Partout en France la justice prenait l'allure d'un défouloir populaire…

J'ai en tête des images de pendus et de tondues de la Libération vues je ne me souviens plus quand exactement à la télévision, ces foules grisées par les peines infligées aux accusés après l'application d'une loi du talion à grande échelle.

— On ne faisait pas dans la finesse. On tranchait dans le vif. La chasse était lancée et il fallait trouver des coupables. Les premières semaines ont été odieuses… Par la suite, un semblant de justice est revenu quand les institutions républicaines ont été véritablement rétablies, mais bon nombre de procès ont été bâclés et les peines disproportionnées, exagérées pour l'exemple.

Elle hausse les épaules et secoue la tête par dépit.

— Je pense que dans sa très grande majorité la France a plus subi la Collaboration qu'elle n'a véritablement collaboré. Je ne dis pas qu'il n'y a pas eu de Collaborateurs, mais dans l'ensemble les Français ont été contraints de cohabiter avec les Allemands. Alors forcément il y a eu des contacts, des interactions, mais de là à dire que chaque lien pouvait être considéré comme criminel… Les Français n'étaient pas pro-allemands ou pronazis, ils ont juste dû se faire bon gré mal gré à cette occupation qu'ils n'avaient pas souhaitée. Alors bien sûr dans le lot il y a eu des profiteurs, des délateurs… Par ailleurs, je pense que les résistants d'août et de septembre qui sont entrés dans le rang par opportunisme ont pour beaucoup discrédité le mouvement réel de la Résistance qui voyait dans la Libération l'aboutissement de quatre années d'efforts. Tout cela a favorisé les amalgames dans cette période confuse, ce qui a bien arrangé les manœuvres politiques de certains…

On devait effectivement se surpasser dans les manigances pour tirer son épingle du jeu.

— Et à côté de ça aussi, des fonctionnaires qui avaient officiellement œuvré pour le gouvernement de Vichy, ont eu après la guerre des postes importants dans l'administration malgré leurs actes infâmes pendant l'Occupation. Certains procès sont venus un peu tard. Parfois cinquante ans après. C'est fou, non ?

Je ne peux qu'approuver.

— Papon, Barbie… Même si les procédures étaient longues, pourquoi a-t-on attendu si longtemps pour juger des hommes accusés de crimes contre l'humanité ? Ça donnait l'impression d'une honte difficile à avouer, d'un rachat de conscience qui avait du mal à venir. Imaginez ce que ressentaient les familles des victimes… Sans oublier les fonctionnaires comme Bousquet ou Touvier qui ont été protégés jusqu'à leur mort…

Son visage est marqué par une moue d'écœurement qui persiste un instant avant d'être évacuée.

— Parallèlement aux règlements de comptes de

l'épuration se jouait la cacophonie des demandes de reconnaissance. Après la période de lutte où tout le monde s'était à peu près entendu pour mener le combat jusqu'au bout, chacun voulait désormais récupérer une part du butin. Que ce soient les résistants, communistes, partisans de de Gaulle, ou gaullistes réfugiés à Londres et à Alger, ou que ce soient les fonctionnaires en place pendant l'Occupation qui témoignaient de leur bonne foi, de leur patriotisme, et refusaient qu'on dise qu'ils avaient collaboré. Chacun voulait en fait entrer dans l'Histoire.

Elle jette un regard dans ma direction pour voir si je suis attentif.

— L'exemple de la Libération de Paris est assez significatif de cette course aux lauriers. Certains se targuaient d'avoir sauvé la ville de la destruction, les uns par la négociation, les autres par la force. Et chacun estimait que sans lui la capitale n'aurait pas été libérée. Mais pour moi il est évident que c'est la conjugaison de toutes les actions diplomatiques et guerrières qui ont permis à la ville de s'en sortir comme elle s'en est sortie…

Elle laisse passer une mouette que l'on devine à peine dans l'obscurité, glissant sur la brise du soir.

— Quoi qu'il en soit, comme beaucoup d'autres j'avais agi dans l'anonymat pour le bien de tous et non pas pour une idée politique, avec pour seul but celui de pouvoir enfin revivre en paix… Et malgré les désillusions de l'après-guerre, je restais fière de ce à quoi j'avais participé, même si je ne l'évoquais jamais, fière d'avoir été un des maillons qui avaient libéré la France de sa servitude.

Elle boit encore une gorgée. Je ne sais pas si elle

boit vraiment ou si elle porte juste le verre à ses lèvres pour mettre de l'ordre dans ses idées.

— De temps à autre des cauchemars revenaient me hanter. J'avais ces visages qui tournaient autour de moi, qui riaient, se moquaient, exultaient. Ils sont surtout revenus lorsque j'ai appris que je ne pourrais jamais avoir d'enfant. L'avortement clandestin que j'avais subi avait mis à mal mon organisme… Et c'est pour cela que l'homme avec lequel je vivais alors m'a quittée… Il ne manquait plus que ça pour couronner le tout ! Moi qui commençais presque à sortir de la nuit dans laquelle j'étais plongée, à retrouver un semblant de goût à la vie, cette affreuse journée du 25 août revenait ruiner mon existence. Difficile de trouver encore du courage pour relever la tête une fois de plus. C'était une nouvelle désillusion ; un homme avec lequel je vivais depuis trois ans m'abandonnait pour ça… Pour me consoler je me suis dit que ce n'était pas le bon. Et du coup je suis toujours restée seule par la suite !

Elle termine avec son sourire qui oscille entre l'ironie et la peine.

— C'est Cosette, hein ? *Les Misérables* !

Là elle rit plus franchement. Je ne parviens qu'à ébaucher un sourire, ne pouvant prendre autant de recul qu'elle.

— C'est vrai que quand on fait le résumé de tout ça, ça ne laisse pas beaucoup de place à la joie ou à l'épanouissement ! Mais malgré tout, après j'ai eu une vie relativement calme et agréable. Pour compenser toutes les souffrances de ma jeunesse trop vite disparue, ce tunnel d'années noires, j'ai été active dans les œuvres sociales. J'ai rencontré beaucoup de monde. J'ai eu, et j'ai encore, des amitiés sincères.

Son sourire est chaleureux.

— Je ne voudrais quand même pas vous faire pleurer avec mes drames !

Elle rit encore en plaquant ses yeux sur les miens. Je sens pourtant de la tension derrière cette joie qui me paraît un peu forcée. Qui veut masquer un malaise. On arrive à la fin de son récit et il y a autre chose. Qu'elle repousse encore. Ne pas oublier qu'elle m'a demandé de venir ici pour me *parler*... Alors j'attends.

— Je dois bien avouer quand même que j'ai été marquée par tout ça, par toute cette période, tout ce qu'elle m'avait apporté et repris aussitôt... J'avais beau me dire que c'était la vie, relativiser de mon mieux, au final je savais que ça m'avait profondément meurtrie.

Son sourire bienveillant masque une souffrance encore bien vivace. Elle reste un petit moment sans rien dire.

— En fait je n'ai jamais cessé d'avoir peur. Cette peur d'être accusée à tort. D'être châtiée à nouveau. Qu'on vienne me chercher. La peur d'être coupable. Je n'ai jamais été guérie du mal qu'on m'a fait. Je ne l'ai jamais montré, mais c'est resté là...

Son poing se pose doucement sur son sein gauche.

— J'ai mis du temps avant de pouvoir revenir à Paris. Ne serait-ce qu'une journée. Au début rien que le nom de la ville me serrait les entrailles. Et les fois où j'y suis allée je n'ai pas remis les pieds dans mon quartier. Impossible. Déjà le fait de revoir certains endroits m'était douloureux. Les belles images de la Libération que je gardais ou que je pouvais voir aux actualités ou après à la télévision, celles de nos soldats qui entrent dans la capitale, celles de la foule en liesse, étaient toujours ternies par celles qui avaient suivi. Même si je m'étais imposé des œillères sur le moment pour garder le moins de souvenirs de cette tonte atroce et de la manière dont ça s'était enchaîné, chaque seconde restait encore terriblement vivante en moi. Dans mon sang.

À nouveau elle maintient un long moment de silence. Puis elle boit une gorgée de kir comme pour effacer tout ça et poursuivre.

— Je n'ai jamais revu ni Denise ni Suzon. Denise a bien essayé de me contacter un ou deux ans après la guerre, mais je n'ai donné aucune suite à ses courriers. Je ne voulais pas avoir à raconter mon histoire ; c'était le passé et je m'étais promis de le garder bien enterré, dans la fosse où il avait été relégué. Denise m'aurait sans doute comprise, elle m'aurait aidée, mais je ne voulais plus évoquer cette période à laquelle elle était, malgré elle, rattachée. C'était dommage, mais plus fort que moi…

Elle dodeline de la tête pour signifier son impuissance.

— Je n'ai jamais revu Paul non plus… J'ai su par ma mère qu'il était mort à Ravensbrück…

Elle laisse passer les images. Toutes ces images… La mort lente, l'extrême maigreur des déportés, ces corps désarticulés qu'un bulldozer pousse dans une grande fosse remplie de squelettes…

— Dans les recherches qu'elle a entreprises pour retrouver sa trace, elle a découvert qu'il avait été le chef d'un réseau de renseignements. Elle en était fière et m'a fait part de ce qu'elle avait pu trouver à son sujet. J'ai fait semblant de l'écouter. Je ne voulais pas savoir. Je ne voulais pas rouvrir la trappe. Paul restait presque aussi important que mon père, déjà parce qu'ils avaient été amis, mais surtout parce que les quelques mois passés avec lui avaient été comme des moments passés avec mon père, par procuration. Je ne voulais pas raviver la plaie. Ma mère a fini par s'en apercevoir et elle a abrégé. Elle a mis ça sur le compte de la période qui m'était douloureuse plutôt que sur l'évocation de Paul en particulier. Elle n'a jamais su que j'avais travaillé avec lui. Je ne sais pas pourquoi je ne le lui ai jamais dit. Peut-être pour ne pas lui laisser supposer que j'aie pu avoir quelque affection pour lui... Comme si la gêne et la pudeur de la trop jeune femme que j'étais alors pouvaient resurgir encore plusieurs années après.

Et, même là, ce trouble semble revenir. J'ai l'impression de voir une adolescente qui bat des cils pour ne pas avouer son béguin. Elle garde les yeux sur le grand large. Ce Paul, j'aimerais bien savoir aussi comment il était. Je me le suis imaginé par le portrait qu'elle m'en a fait, mais c'est un peu frustrant de ne pas connaître son vrai visage.

Elle hésite. Remet ses idées en place. Cherche en haut, en bas, sur le côté, mais ne vient pas à ma rencontre. Chaque parcelle du décor peut l'aider à formuler la suite. Elle s'y appuie fermement. Ça dure.

Puis elle s'éclaircit un peu la gorge.

— Je n'ai jamais entendu parler ou lu une seule évocation des plans que nous avons volés. Ont-ils disparu ? Les a-t-on cachés par manœuvre politique ? Est-ce que les résistants n'ont pas voulu dire qu'ils étaient en possession de documents qui auraient pu les aider dans leur combat afin de préserver leur statut de héros ? Je ne sais pas. Peut-être Ottweiler a-t-il voulu se faire mousser avec de vieux plans caducs qui se sont révélés totalement inutiles. Je ne sais pas non plus. Toujours est-il que personne n'en a jamais parlé...

Malgré le détachement qu'elle cherche à montrer je vois bien qu'il y a là une blessure toujours ouverte.

— J'ai quand même été tentée plusieurs fois de me lancer à leur recherche, mais je craignais, si j'en revendiquais le vol, de passer pour une affabulatrice. Alors j'ai renoncé à m'aventurer dans de telles démarches qui m'auraient, en plus, replongée dans cet enfer.

J'imagine sa frustration ; juste comprendre pourquoi, sachant que des membres haut placés de la Résistance les ont eus entre les mains, pourquoi personne ne les a jamais mentionnés.

— Ce n'était pas un besoin de reconnaissance, d'avoir mon nom dans les manuels ou dans les récits sur la Résistance, comme l'avait dit *Sancerre*, non, c'était juste que j'avais l'impression d'avoir pris ce soir-là des risques considérables, d'avoir dépassé mes limites, pour quelque chose qui, au final, n'aura apparemment pas été utile. Si encore les personnes auxquelles nous les avions confiés ne s'étaient pas montrées intéressées, je n'aurais pas eu d'espoir qu'ils servent, mais ça n'a pas été le cas, alors l'absence totale de mention de ces plans après la Libération me fait dire qu'on les a volontairement oubliés, ou peut-être même fait disparaître. Je ne veux pas forcément y voir un complot ou un quelconque coup tordu, mais le fait que leur existence ait été passée totalement sous silence reste pour moi un grand mystère… Et puis il n'y avait pas que ceux que nous avons dérobés, il y avait aussi les exemplaires qui restaient dans l'armoire du *Meurice* ainsi que ceux qui avaient peut-être déjà été distribués, et qu'on a forcément retrouvés. À moins que ceux-là les Allemands ne les aient fait disparaître avant leur reddition… Tout ça reste étrange… Même si au final, plus de soixante ans après, je ne sais pas si j'aimerais savoir pourquoi ils n'ont jamais été évoqués… Sans doute la peur d'être déçue… Je ne sais pas…

Il y a effectivement de quoi rester perplexe. Au point qu'on pourrait même se demander si ces documents ont vraiment existé ; sinon pourquoi n'en aurait-on jamais parlé compte tenu du nombre de livres publiés, d'articles écrits, de documentaires et de films tournés sur cette période ? Pourtant je ne vois pas quel intérêt aurait cette dame de quatre-vingts et quelques années à inventer une telle épopée maintenant, et auprès de moi qui ne suis ni historien ni spécialiste de cette époque.

Elle porte à nouveau son regard en pleine réflexion vers une ligne d'horizon qui a désormais disparu. Je vois qu'elle prend son temps pour arriver au bout. Qu'elle prolonge. Elle me résume l'après, seulement après l'après, il y a le maintenant, le présent, l'aujourd'hui, et je me rends compte qu'elle freine pour repousser le moment de l'aborder. Ou alors il est important à ses yeux de me transmettre correctement toutes les données avant de passer à l'affaire qui nous a menés jusqu'ici.

Mme Dulac reste encore un long moment perdue dans le lointain. Puis elle reprend son verre, mais ne boit pas. Elle le pose contre sa poitrine. Son autre main est toujours serrée sur le tissu de sa veste.

— J'ai rapidement restitué le dessin de Degas. Il était magnifique mais je ne pouvais pas le garder. Il était beaucoup trop lié à tout ça… Et puis j'avais appris qu'il provenait d'une saisie faite à un Juif. Ottweiler m'avait juré qu'il ne l'avait pas volé : effectivement, prendre un dessin de maître à un Juif n'était pas ce qu'on appelait voler pour un officier du Grand Reich… Le propriétaire et sa famille ayant été déportés et n'étant jamais revenus, je l'ai remis aux Musées nationaux… Je ne sais pas ce qui m'avait poussée à le dérober. Peut-être pour éviter qu'Ottweiler ne reparte avec s'il survivait à sa blessure, ou qu'un autre officier ou soldat ne s'empresse de le chaparder s'il était mort. L'instinct, pour que cette œuvre française reste sur notre sol. C'était une sorte de résistance. Une résistance culturelle !

Elle sourit. Mais ça retombe aussi vite.

— Auguste n'a pas eu le temps de savoir que j'avais fait cela. Pourquoi ne le lui ai-je pas dit sur le moment ? Je n'en sais rien. Sans doute m'en aurait-il empêchée de peur que ça ne fasse capoter notre mission. Et puis je voulais peut-être lui faire la surprise. Plus tard. En souvenir de cette nuit de fous…

Elle s'arrête là. Encore brusquement. Refoulant la montée d'émotion. Se remettant à scruter l'obscurité comme si elle y lisait distinctement.

Je m'empare de mon verre et bois une grande gorgée. Les questions se bousculent ; mon instinct de flic voudrait accélérer le mouvement, presser l'interlocuteur pour le mener là où il veut aller, là où il doit aller. Mais je dois faire attention de ne pas la brusquer après être resté si calme et attentif, et continuer de tenir ce surprenant rôle de confident.

— Il y avait aussi *le Belge*. Jamais je n'ai vu mentionné dans les journaux un homme qui lui corresponde. Il a dû s'évanouir dans la nature comme beaucoup d'autres…

Elle fait doucement tourner son apéritif dans son verre, l'œil fixé au tourbillon qui se crée. Le silence file avec son geste. Puis sans relever la tête, elle dit, un ton plus bas :

— J'y ai eu droit moi aussi, au final, à l'abbé…

Il me l'a fait subir… La tête la première dans l'eau glacée… Avec la souffrance des précédents détenus qui traîne encore à la surface et au fond… Les mains derrière le dos, à moitié engloutie, avec la barre de fer qui vous meurtrit la colonne vertébrale et les jambes… On se demande alors si on ne ferait pas mieux de se noyer… Mais ils le sentent et vous redressent brusquement juste avant l'asphyxie…

Le kir tournoie toujours dans le verre, régulier, sans trembler.

— Deux fois… Avant de m'envoyer à Fresnes… La première fois j'ai continué de lui dire qu'il se trompait… J'ai tenu… Mais la seconde fois je me suis mise à pleurer, à lui hurler qu'il n'avait pas le droit de me faire subir ça, que je n'étais qu'un otage qu'il gardait pour faire parler Paul et qu'il n'avait pas à faire subir ça à un otage. Mes larmes n'étaient pas feintes, je vous assure. J'étais à bout. Et tellement persuadée, à force de me le répéter, que j'étais la maîtresse de Paul et pas autre chose, que je craquais réellement en considérant ses sévices comme de l'injustice.

Le verre se stabilise et le liquide retombe rapidement. Elle relève la tête sans pour autant rencontrer mon regard.

— Dans cette sorte de dédoublement de la personnalité et de démence provoquée par la baignoire, j'étais donc sincère, et ça a peut-être joué en ma faveur. C'est peut-être ça qui a permis de le convaincre que je lui disais la vérité…

Elle hausse les épaules.

— Je ne sais pas…

Une minute s'écoule. Longue. Ses yeux sur l'horizon indistinct. Je l'imite pour éviter de la fixer de manière gênante. Puis elle boit d'un coup sec. Ne laissant qu'un fond pour une dernière gorgée. Je sais que c'est le signe. Mme Dulac n'a rien à cacher. Elle ne joue pas un rôle. Elle est franche, je le sais depuis le début. Alors quand elle boit, là, d'un trait, je sais que c'est pour aborder la raison de notre venue ici.

— En m'installant à *Sainte-Cécile* il y a trois ans, je savais que j'entrais dans la dernière étape de ma vie… Je m'y étais préparée. Je m'étais souvent dit que j'emménagerais là-bas avant d'être impotente, pour avoir le temps de m'adapter à l'environnement. Je préférais prendre les devants tant que j'avais encore toute ma tête. Ne pas avoir à m'y retrouver du jour au lendemain suite à un accident qui ne me permettrait plus de vivre seule, dépendante, ayant besoin de soins médicaux. Un changement radical à mon âge peut être fatal. Là j'ai eu le temps de me faire à l'idée, de choisir les meubles que j'emportais, de faire en quelque sorte le deuil de mon ancien appartement pour en retrouver un plus petit, mais que je peux quand même considérer comme chez moi. Ça n'a pas été facile… Mais bon, je sais que ç'aurait été encore plus difficile si ça s'était fait brusquement.

C'est étrange comme elle semble avoir repris une attitude de vieille femme en évoquant sa vie actuelle. La combattante s'est éclipsée pour faire place à une grand-mère un peu fragile.

— Je ne voulais pas non plus terminer mes jours seule. J'ai toujours eu un besoin constant de compagnie, sans doute pour compenser les événements du début de ma vie, et je pense que je n'aurais pas supporté de rester isolée chez moi sans plus pouvoir bouger… Je savais que *Sainte-Cécile* était prisée pour son confort et la gentillesse de son personnel, alors j'ai demandé une place et j'ai attendu que l'un de ses pensionnaires s'en aille... C'est triste mais c'est comme ça que ça se passe. Il faut attendre que l'un de nous s'éteigne pour qu'un autre vienne prendre sa place... avant que ce ne soit à son tour...

Ce côté un peu défaitiste qu'elle arbore maintenant après m'avoir montré tant de force m'étonne vraiment. Mais c'est normal après tout. Elle a la chance d'être réaliste. C'est la dure loi de ces endroits, mouroirs confortables certes – pour ceux du standing du sien –, mais dernières demeures quand même. Ma grand-mère a eu tant de mal à s'adapter, à accepter l'inacceptable, savoir qu'il n'y avait plus rien derrière. Dans les moments où son moral flanchait, elle ajoutait que tout son argent passait dans son logement prémortuaire, et que par conséquent elle ne me laisserait rien. Elle était presque désolée de ne pas mourir plus vite !... Je compensais en riant. Mais quand je voyais dans un coin de la pièce l'unique valise dans laquelle elle avait apporté ses vêtements se couvrir de poussière, le fait de me dire que ce bagage ne repartirait que pour débarrasser la pièce une fois qu'elle l'aurait définitivement quittée me rendait morose. À plusieurs reprises je me suis retenu de pleurer devant elle. Je gardais mes larmes pour l'escalier, une fois franchi le seuil de sa chambre.

Elle tente un détour par mon regard. Je l'observe peut-être d'une façon différente de tout à l'heure quand elle évoquait ses souvenirs. Guetter chaque détail. Savoir où elle va. Être certain qu'elle est totalement sincère. Je m'en veux presque de lui porter ce regard de flic, mais c'est plus fort que moi.

— J'ai eu besoin d'un petit temps d'adaptation, quand même. C'est comme partout. Mais je me suis vite habituée...

Elle regarde ses genoux et je sens qu'elle est troublée. Mais seulement parce qu'elle prépare ses mots pour la suite ; je ne pense pas que ce soit l'émotion de me relater son arrivée dans la maison de repos.

Quand elle relève la tête et se plante dans mes yeux, je sais que c'est pour maintenant. C'est le regard de la personne qui avoue. Il y a les attitudes fuyantes de ceux qui n'assument pas, qui se livrent car ils n'ont plus d'autre issue, et il y a ceux qui vous toisent fermement pour vous montrer qu'ils vont se confier sans se dérober.

— Et un jour j'ai entendu un raclement de gorge derrière moi dans le couloir. *Le* raclement de gorge.

Elle reste concentrée. Ses yeux passent par-dessus mon épaule pour marquer une respiration, puis elle replonge.

— Le même. Distinguable entre mille. Comme s'il n'avait pas changé en soixante ans. Il revenait à mes oreilles de la même manière. Et son regard que j'ai tout de suite reconnu.

Elle souffle. Elle a déjà fait une première partie du chemin.

— Comment vous expliquer ce que ça m'a fait… ?

J'imagine. Je ne sais pas si des mots peuvent véritablement traduire le sentiment que ça provoque. Je reste d'ailleurs aussi abasourdi qu'intrigué. Impatient qu'elle poursuive. Mais elle a besoin de temps.

— C'était un Breton, comme moi. Jouanaud… Ben oui, vous connaissez son nom, forcément… Yves Jouanaud. *Pablo* était bien un pseudonyme.

Elle prend une bouffée d'air, comme pour contenir un haut-le-cœur.

— Le hasard a fait que nous sommes tous les deux

de familles originaires du coin, de villages séparés d'à peine vingt kilomètres…

Je me rends compte que mes mains sont moites. Elles ne le sont pas souvent pourtant. Le trouble qui m'a gagné quand je l'ai vue avant-hier avec sa paire de ciseaux est là. Perturbant ma respiration.

— Lui ne m'a pas reconnue. Je l'aurais vu au premier coup d'œil. Il n'aurait pas pu le cacher. Moi j'ai pu me préparer à affronter son regard après l'avoir entendu se curer la gorge, mais lui non, et il n'a pas réagi en me croisant. Il faut dire que j'avais été un chiffon pour lui à l'époque, une serpillière sur laquelle il s'était frotté, rien de plus. Je n'avais d'ailleurs peut-être pas été sa seule victime, alors bien sûr il ne s'était pas focalisé sur moi…

Sa vitalité revient. La vieille dame s'efface pour laisser place à nouveau à la combattante de l'ombre, à la jeune messagère de la Libération.

— Forcément tout est remonté d'un coup à la surface. La trappe s'est rouverte, provoquant un grand appel d'air qui a fait table rase de toutes les années écoulées depuis et qui m'a ramenée directement à cette époque. Comme face à lui dans l'appartement de mes parents. La même intensité. Sauf que je n'étais pas dans le même état d'abattement qu'alors. Entre-temps les épreuves m'ont endurcie…

Son regard se porte sur son verre. Ses lèvres se pincent.

— Ce n'était pas de la rancœur qui était née depuis, ni même de la haine, non, juste du dégoût. Pour tout ce qu'il avait représenté. Et pour ce qu'il avait brisé en moi. Alors voir que cet homme était là, vivant, et à quelques portes de la mienne, c'était insupportable. Impossible. Intolérable.

Elle passe sa main sur la table, comme pour balayer des miettes imaginaires.

— Il est arrivé il y a un peu moins d'un an. Toujours très cordial. Il m'a même fait un peu de gringue… Je crois que tout le monde l'aimait bien. Il amusait la galerie. Mais moi il ne m'amusait pas. C'était trop… Le voir là, c'était comme une provocation du destin. Je ne pouvais pas accepter qu'il vienne gâcher la fin de mon existence. Me narguer jusqu'ici, m'empêcher de partir en paix le jour où le Seigneur le déciderait…

Elle est sèche. Regardant tout cela froidement.

— Je ne dormais plus. Je revivais tout. Toutes les nuits. Auguste, Ottweiler, ce salopard, Paul, le placard, la baignoire…

Quand elle prononce les noms et les mots, ses pupilles s'assombrissent. Passent en désordre le souvenir de ceux qu'elle a aimés et l'écho de son calvaire.

— Mon intrépidité qui s'était révélée à l'époque face au danger est revenue. Comme inchangée. S'y étaient ajoutées les années d'efforts à cacher mes douleurs. Le réveil a été violent. Tout l'inavoué, l'inavouable, le non-assumé, le refoulé, le relégué au fin fond de ma conscience, a refait surface. Un grand bol d'oxygène. Une incroyable vigueur ressuscitée.

J'imagine les ravages que ça a pu faire et ce que ça a été de les raviver. Comme un vieux dragon de conte enfermé dans sa grotte et qui a dormi trop longtemps.

— J'ai hésité à aller tout divulguer à un journaliste pour faire paraître un article afin que tout le monde soit au courant de ce qu'il avait fait il y a soixante ans. Que tout le monde sache qui il était vraiment. Ou au moins qui il avait été. Que les autres pensionnaires le sachent, le personnel aussi. Et surtout sa famille ; je les voyais quand ils venaient le samedi ou le dimanche, l'entourant, riant de ses blagues…

Elle est blessée. Redevenue animal traqué.

— Avec ses airs de « père tranquille »… Le sale type !

Encore à fleur de peau.

— Je l'ai tué. Ce que j'aurais été capable de faire à l'époque après tout, mais que je n'avais pas fait compte tenu des circonstances et de ma détresse.

La détermination qu'elle y a mise est apparente.

— J'ai bien préparé mon coup, j'ai observé, j'ai jaugé, je l'ai un peu apprivoisé pour qu'il ne s'étonne pas de me voir dans sa chambre, au contraire, qu'il soit plutôt content, qu'il ne se méfie pas, puis j'ai attendu le bon moment et je l'ai tué. Vous savez de quelle manière…

Il y a presque du naturel dans ce qu'elle dit. Comme si c'était évident. Et j'ai du mal à réaliser ce qu'elle vient de me confier car j'ai devant moi une femme de plus de quatre-vingts ans qui est loin d'avoir le profil d'un meurtrier. Si profil il y a, car elle est apparemment la preuve du contraire.

— Je suis sortie de ma chambre vers 21 h 30 car à cette heure-là le va-et-vient est terminé, sauf si l'un de nous appelle les infirmières de garde pour une urgence… Je ne lui ai même pas donné d'explication, je l'ai laissé dans l'incompréhension, allongé sur le sol, comme il m'a laissée il y a soixante ans…

Est-ce de la vengeance ou un acte de défense, un geste qu'elle aurait pu faire alors pour être épargnée, un peu comme de la légitime défense, mais *a posteriori* ? Quel que soit son âge ou son mobile, ça reste dans tous les cas un meurtre – un assassinat même puisqu'il a été prémédité –, et j'ai besoin d'en comprendre le sens exact. Et ce que je vois, c'est qu'en 1944 ce geste aurait changé son avenir, donc ce qu'elle a fait est en quelque sorte une manière d'effacer les sévices que lui avait fait subir sa victime et tout ce qu'ils ont engendré. De s'accorder avec elle-même. De tuer ses fantômes, au sens propre.

— La suite, vous la connaissez…

Oui. Je revois encore le corps du vieil homme sur lequel s'est acharnée la fureur. Six coups portés pour tuer. La rage.

— Je devais le faire. Je ne voyais pas d'autre solution. Ça a été évident quand je l'ai revu la première fois, et l'idée ne m'a alors plus lâchée. Comme une obsession.

La clairvoyance dans ses yeux. Pas un cil qui ne frémisse. Elle sait bien ce qu'elle est en train de faire. Elle le sait très bien depuis le début, depuis qu'elle a décidé de se confier à moi. Un aveu. Une revendication presque. Assumer son geste.

— C'est un peu contre les principes de l'Église d'agir ainsi, de se faire justice soi-même, mais j'en avais besoin. Je ne sais pas où j'ai trouvé le courage et la force de le faire, mais je l'ai fait…

Quitte à se rendre coupable face à la justice des hommes et à celle de Dieu. Exorciser ses vieux démons en s'acharnant sur la Bête. Aller coûte que coûte au bout de ce que lui dictait son instinct, avec toute la force de sa douleur refoulée.

— Ça m'a soulagée, vous ne pouvez pas savoir… Une vraie libération.

Et un lent sourire adoucit les traits de son visage. Une sorte de quiétude qui gagne tout son être. Effectivement libérée de l'avoir fait. Et de me l'avoir dit maintenant.

Les phares qui viennent en contresens nous éblouissent. Après tout ce temps passé dehors face au large, nous nous retrouvons dans le calme de l'habitacle.

Le silence s'impose à la suite de ce long échange. Les faits qu'elle a relatés étaient éprouvants, nous avons besoin de laisser retomber le niveau d'émotion.

Pourtant l'engourdissement n'est que relatif car une autre tension est venue se substituer à celle qu'elle m'a transmise par son histoire. Le dilemme se dresse devant moi, terrible. Honteux, d'une certaine manière. Je le tourne et retourne dans ma tête : dois-je garder sa confession pour moi ou bien l'emmener au commissariat pour enregistrer sa déposition ?

Elle est assise à côté de moi, détendue, dans une attitude de petite vieille bien sage, les deux mains sur son sac posé sur ses cuisses. Ces mains osseuses qui manient la laine de ses layettes avec tant de dextérité et qui sont des mains de meurtrière. Des mains d'assassin !

Elle affiche un air satisfait. Sans doute plus légère maintenant qu'elle a évacué une partie de son drame. Mais moi je me sens de plomb. Miné par la charge qu'elle a placée entre mes mains.

Chaque fois que je ralentis pour m'engager sur un rond-point, je sens le silence s'appesantir un peu plus.

Après qu'elle a eu terminé, plus aucune parole n'a été prononcée. Restaient deux individus mal à l'aise. Elle, essoufflée par l'énergie qu'elle avait puisée pour extraire le récit de ses entrailles, et moi par cette position compliquée dans laquelle je me retrouvais.

Elle ne semblait pas attendre mon avis, elle avait

transmis son secret, c'est ce qui importait, à moi d'en faire l'usage que j'estimais nécessaire.

Nos regards se sont rencontrés plusieurs fois dans le troublant silence tout juste entrecoupé par les dernières bourrasques du soir. Ça me rappelait mon mutisme quand ma grand-mère me disait qu'elle trouvait le temps long, allongée toute la journée sur son lit face au mur dans les dernières semaines de sa vie, ne se nourrissant quasiment plus, la télévision allumée dans un coin, le son coupé car elle n'entendait de toute manière plus assez bien. « Quel besoin de s'infliger tout ça ? » lançait-elle crûment en passant une main squelettique dans ses cheveux pour se recoiffer, ultime sursaut de dignité, de cette coquetterie qu'elle avait toujours eue, un geste pourtant vain car il ne pouvait rien contre les épis coriaces que provoquait le contact permanent avec l'oreiller. Et chaque fois je me retrouvais désemparé, incapable de prononcer un mot réconfortant ou, comme j'arrivais à le faire parfois, une boutade pour essayer de dédramatiser la triste réalité dont elle se plaignait.

Puis nous avons décrété qu'il était temps de rentrer. Elle a plaisanté en disant qu'elle n'avait pas la permission de minuit. Et elle a insisté pour régler l'addition.

Nous avons échangé quelques mots avec la patronne, comme si nous venions simplement de passer un bon moment ensemble à parler de la pluie et du beau temps, des menus de *Sainte-Cécile*, ou de commenter les programmes télé. Nous avons quitté l'établissement après de chaleureux saluts du personnel.

Mme Dulac était guillerette, comme à son arrivée. Sauf qu'entre-temps nous avions effectué une descente en apnée dans son passé et je restais un peu le souffle court. Perturbé. La poitrine écrasée par l'appréhension.

Celle qui vous oppresse lorsque vous devez faire un choix important et que vous êtes déchiré en deux.

Nous atteignons les premières maisons de la ville. Je me sens vidé. Au fur et à mesure de son récit, j'ai bien senti venir ce dilemme, mais je n'ai pas voulu le considérer tant que je n'en avais pas la certitude. Et c'est une grande lassitude qui me gagne maintenant.

Je freine et arrête en douceur la voiture à un feu rouge.

J'observe machinalement une femme qui tire derrière elle un enfant en pleurs.

— Vous me mettez dans une drôle de posture, vous savez…

Je sens bien qu'elle hésite. Elle s'octroie plusieurs secondes avant de répondre. Le feu passe au vert et je redémarre tranquillement.

— Quelle posture ?

Je la regarde, un peu étonné par l'espèce d'innocence qu'elle a mise dans sa question. Elle reste concentrée sur une mobylette que je mets du temps à dépasser. Je m'éclaircis la gorge.

— De devoir choisir… D'oublier ou non ce que vous m'avez raconté…

Elle suit le deux-roues que je laisse sur notre droite. Son pot d'échappement fait un vacarme ahurissant.

— Mais il n'est pas question de faire un choix, dit-elle d'une voix claire. J'assume ce que j'ai fait. Si je vous ai raconté tout ça, c'est pour éviter que vous ne mettiez en cause une mauvaise personne, que vous n'arrêtiez par erreur un autre type…

Elle tourne un instant la tête vers moi mais je dois maintenir mon attention sur la route pour prendre garde à un cycliste qui longe le trottoir.

— On arrête si facilement un vagabond, un petit voyou, pour lui faire porter le chapeau, pour trouver absolument un coupable…

Je prends quand même une seconde pour lui jeter un coup œil. Mais elle semble subjuguée par la plaque minéralogique du véhicule qui nous précède.

Elle ne dit pas : « Arrêtez-moi », elle veut juste m'éviter une erreur judiciaire, sans pour autant me pousser à dévoiler le vrai coupable, et en l'occurrence la vraie coupable. Elle est forte. Elle sait ce qu'elle fait. Elle sait très bien que j'ai la possibilité de ne rien dire. C'est un coup à tenter. Elle a plaidé en sa faveur, m'a montré que ce meurtre n'était que le malheureux résultat d'un passé qui a resurgi par hasard. Elle n'a jamais cherché à retrouver son bourreau pour lui faire payer son crime, mais comme celui-ci s'est présenté face à elle, elle n'a pas pu faire autrement. C'est juste un mauvais concours de circonstances. Et ce qu'elle ne veut pas maintenant, c'est qu'un innocent paie à sa place.

À chaque feu rouge, le vide semble encore s'intensifier. Le sang bourdonne dans mes veines. Est-ce que le fait de la ramener à *Sainte-Cécile* est déjà un aveu de l'orientation de ma décision ? Non, je veux prendre du recul pour réfléchir. Puisque c'est elle qui a pris l'initiative de me parler, je ne vois pas pourquoi elle s'enfuirait maintenant ; et pour aller où à son âge ? Je peux donc me laisser un peu de temps pour essayer de voir clair dans la mélasse dans laquelle je suis plongé. Et qui m'étouffe.

C'est fou comme mon instinct a vu juste au premier coup d'œil. C'est même assez troublant d'avoir pressenti que ses ciseaux étaient ceux qui avaient tué, que son regard était presque un aveu. Tout ça pour qu'une fois la vérité acquise je reste face à un gouffre.

Quand j'ai revu Mme Prenchère, elle m'a demandé ce que nous avions fait, Mme Dulac et moi, pendant tout ce temps. Je lui ai donc raconté qu'elle m'avait amené sur sa terrasse favorite prendre un thé, comme toute bonne mamie qui se respecte, et que nous avions bavardé dans la douceur printanière. Puis j'ai ajouté que ça m'avait rappelé mes visites régulières à ma propre grand-mère, lorsque je me promenais avec elle pour lui changer les idées quand elle était cloîtrée dans une maison comme la sienne. Passer cet après-midi avec Mme Dulac avait été un peu comme retrouver la mienne un an après son départ. Elle a été touchée, je crois. J'étais sincère.

J'ai d'ailleurs raconté la même chose au lieutenant Chenu afin qu'il ne soit pas étonné que je doive retourner encore à *Sainte-Cécile* pour rencontrer les derniers pensionnaires.

J'ai remis ce matin mes conclusions au juge d'instruction : l'enquête n'a abouti sur rien. Nous n'avons retrouvé aucune trace d'effraction, pas d'arme du crime, et tous les ciseaux de l'établissement ont été inspectés, en vain – je ne sais pas si les siens faisaient partie du lot ou si elle s'en était débarrassée après s'être confiée à moi. Les membres du personnel ainsi que les pensionnaires présents dans la soirée ou la nuit avaient tous un alibi, et personne n'a remarqué de mouvement suspect dans l'établissement.

Les recherches de l'Identité judiciaire n'ont rien relevé non plus qui nous permette de nous lancer sur une quelconque piste.

En refaisant le tour des lieux, nous avons juste repéré deux portes de secours par lesquelles on peut uniquement sortir, non reliées à une alarme ; alors peut-être quelqu'un a-t-il pénétré de jour et est ressorti tranquillement après avoir commis son forfait.

Le mobile reste lui aussi mystérieux : pas d'argent ou d'objet dérobé, pas de dette, pas de conflit dont quelqu'un ait eu vent.

Les soupçons sur le fils Jouanaud et son ami n'avaient aucun rapport avec notre affaire. Comme l'avait senti Chenu, ils étaient effectivement allés à Vannes ce soir-là pour acheter de la cocaïne pour une soirée le week-end suivant. Nous avions leurs aveux et des preuves. Dommage que leur virée soit tombée le soir de la mort du grand-père. Ils ont eu un rappel à la loi.

Une des hypothèses que l'on privilégie donc est celle d'un malade mental qui aurait eu besoin de tuer. Nous serons particulièrement attentifs aux autres crimes de ce genre dans la région ou sur le territoire.

Le juge d'instruction n'a pas apprécié cette conclusion ; compte tenu du retentissement de l'affaire, il aurait été préférable de trouver un coupable. Mais c'est ainsi, toutes les affaires ne sont pas toujours résolues.

Difficile de débuter sa carrière par un échec. Car c'en est un. Un échec que j'ai provoqué. Mais que j'assume.

On ne peut pas dire que j'ai falsifié l'enquête, que j'ai fait en sorte qu'elle ne débouche sur rien de concret ; je n'ai omis aucune piste et n'ai pas camouflé de preuves, j'ai juste laissé dans un coin de ma mémoire les aveux de la coupable…

Compliqué cas de conscience. De quoi douter de tout. De soi. De son serment. De ma fonction.

Pourtant il faut avouer que c'est spécial. Mme Dulac a tué un homme, certes, mais il a tué sa vie. Et à son âge, irait-elle en prison ? Je ne pense pas. Alors doit-on lui imposer un procès, l'obliger à raconter et donc à revivre son histoire devant tout le monde ?

Si je n'ai rien dit, ce n'est pas par compassion, mais parce que je la comprends. Je n'approuve pas, mais je comprends son geste. Et même, dans mes dérives à essayer de trancher sur la question, j'ai trouvé que son acte avait quelque chose d'héroïque.

Nous ne nous sommes pas revus depuis. Je l'ai aperçue une fois en retournant à *Sainte-Cécile*, mais je me suis débrouillé pour l'éviter.

Moi qui avais promis à ma grand-mère de réussir dans cette voie, elle qui était si fière de mon parcours, que penserait-elle de ce que j'ai fait ? Le comprendrait-elle, elle qui a également vécu cette époque ?

Ça me poursuit. Je vis avec.

Mais je reste persuadé que j'ai fait le bon choix.

Car elle partira avec son secret. Et son âme est libérée.

Elle l'a libérée.

Documentation

Livres :

Histoire de la Libération de Paris d'Adrien Dansette – Librairie Arthème Fayard

La libération de Paris de Raymond Dronne – Presses de la Cité

La libération de Paris de Henri Michel – Éditions Complexe – 1980

Et Paris se libéra de Georges Le Fèvre – Hachette

Délivrance de Paris d'Yvonne Féron – Librairie Hachette

Et Paris ne fut pas détruit de Pierre Taittinger – L'Élan – 1945

L'entrée des Allemands à Paris (14 juin 1940) de Jean-Marc de Foville – Calmann-Lévy

Libération de Paris – Les cent documents de Roger Bourderon et Colonel Rol-Tanguy – Éditions Pluriel

La vérité sur la libération de Paris de Francis Crémieux – Belfond – 1971

Libération de Paris – 18 août-28 août 1944 (photographies) – O.P.G.

La semaine héroïque – 19-25 août 1944 (photographies) – S.E.P.E. 1944

La délivrance de Paris – 19-26 août 1944 (photographies) – Arthaud

Paris libéré – Flammarion
Les Parisiens sous l'Occupation – Photographies en couleurs d'André Zucca – Gallimard Biblio
La vie à Paris sous l'Occupation de Gérard Walter – Armand Colin
La vie parisienne sous l'Occupation – Paris le jour et *Paris la nuit* de Hervé Le Boterf – Pocket
La vie des Français sous l'Occupation de Henri Amouroux – Librairie Arthème Fayard
Vivre et survivre en France 1939-1947 de Dominique Veillon – Histoire Payot – 1995
Les années noires – Vivre sous l'Occupation de Henry Rousso – Découvertes Gallimard
Paris de ma fenêtre de Colette – Éditions du Milieu du Monde
Les yeux ouverts dans Paris insurgé de Claude Roy – René Julliard
Vu pendant la Libération de Paris – Journal d'un témoin d'Edmond Dubois
Mon journal pendant l'Occupation de Jean Galtier-Boissière – *Éditions de la Jeune Parque*
Jours de guerre – Ma vie sous l'Occupation de Berthe Auroy – Bayard
Journal à quatre mains de Benoîte et Flora Groult – Livre de Poche
Journal secret de la libération d'Yves Cazaux – Albin Michel
Journal des années noires de Jean Guéhenno – Livre de poche
Journal d'Occupation Paris 1940-1944 – Chronique au jour le jour d'une époque oubliée de Liliane Schroeder – François-Xavier de Guibert
Une Résistance ordinaire – septembre 1939 – août 1944 de Claire Chevrillon – Éditions du Félin

La Mégère de la rue Daguerre de Lise London – Seuil-Mémoire
Dans la prison que France est devenue – Mémoires de Résistance de Jean Bernard – Albin Michel
Une jeune fille libre de Denise Domenach-Lallich – Les Arènes
Ils partiront dans l'ivresse – Lyon, mai 1943 – Londres, février 1944 de Lucie Aubrac – Seuil
Femmes sous l'Occupation de Célia Bertin – Stock
Les combattantes de l'ombre – Histoire des femmes dans la Résistance de Margaret Collins Weitz – Albin Michel
Combattantes sans uniforme d'Elisabeth Terrenoire – Éditions Bloud & Gay
Il était des femmes dans la Résistance d'Ania Francos – Stock – 1978
La Résistance (Naissance et Organisation) de Lucie Aubrac – Éditions Robert Lang – 1945
La Résistance par ceux qui l'ont vécue – Dossier Historama N° 3
Les jeunes dans la résistance – 20 ans en 1940 de Marie Granet – France-Empire
Les bataillons de la jeunesse d'Albert Ouzoulias – Éditions Sociales – 1967
La France « virile » de Fabrice Virgili – Petite Bibliothèque Payot
Les champs secrets (Épisodes de la Résistance en France) d'André Linné et Edmond Nessler – Éditions de la Maison Française
Paroles de l'ombre – Lettres et carnets des Français sous l'Occupation (1939-1945) de Jean-Pierre Guéno et Jérôme Pecnard – Les Arènes
La France sans étoile – souvenirs de l'avant-guerre

et du temps de l'Occupation de Philippe Erlanger – Plon – 1974
Mémoires de guerre du Général de Gaulle – Livre de poche historique
Mémoires d'un agent secret de la France libre du Colonel Rémy (Gilbert Renault) – Pocket
Les balcons de Tulle du Colonel Rémy (Gilbert Renault) – Pocket
La dernière carte du Colonel Rémy (Gilbert Renault) – Presses de la cité – 1963
Les conversations secrètes des Français sous l'Occupation d'Antoine Lefébure – Plon
D-Day et la bataille de Normandie d'Antony Beevor – Calmann-Lévy
Premier combat de Jean Moulin – Les Éditions de Minuit
Le secret du jour J de Gilles Perrault – Fayard – 1964
Ils arrivent ! – La bataille de Normandie vue du côté allemand de Paul Carell – J'ai lu – 1962
Qui ose vaincra – Les parachutistes de la France Libre de Paul Bonnecarrère – Fayard – 1971
Ils se sont battus – mai-juin 1940 de Christophe Dutrône – Du Toucan Éditions
La Libération. D'Omaha Beach à Berlin de Marc Brincourt et Guillaume Clavières – Éditions Filipacchi
Robert Capa – La Collection de Richard Whelan – Édition Phaidon
Liquidez Paris ! de Sven Hassel – Pocket
Bleubite d'Alphonse Boudard – Folio
Les combattants du petit bonheur d'Alphonse Boudard – La table ronde
Le p'tit cheval de retour de Michel Audiard – Julliard
Le silence de la mer de Vercors – Livre de Poche – 1942

L'armée des ombres de Joseph Kessel – Pocket
Le bataillon du ciel de Joseph Kessel – Folio – 1961
Lutetia de Pierre Assouline – Folio – 2005
Les fins dernières de Pierre de Boisdeffre – Livre de Poche – 1952
Sauver Paris – Mémoires du consul de Suède de Raoul Nordling – Éd. Petite Bibliothèque Payot

DVD :

Des hommes libres – Une histoire de la France par ceux qui l'ont faite – un film de Daniel Rondeau et Alain Ferrari – FTT Production – Éditions du Montparnasse

Tondues en 1944 – Une page honteuse au cœur de la Libération – un film de JP Carlon – F3 Éd.

La bataille du rail de René Clément

Apocalypse – La Seconde Guerre mondiale – un film de Daniel Costelle – Éditions Acropole

Été 44 – La libération – un film de Patrick Rotman – France Télévisions Éditions

Site Internet :

www.liberation-de-paris.gilles-primout.fr

Remerciements

À Virginie, Catherine et Bruno, ainsi qu'à Jean-Laurent Poitevin, aux membres du comité de lecture citoyen *Nouvelles Plumes,* et aux correcteurs.

Composition et mise en pages
Nord Compo à Villeneuve-d'Ascq

Imprimé en Espagne par
Liberdúplex
à Barcelone
en juillet 2014

POCKET – 12, avenue d'Italie – 75627 Paris cedex 13

Dépôt légal : août 2014
S24757/01